Knaur

Über die Autorin:

Lisa Stocker, Jahrgang 1971, arbeitete als Redakteurin bei der *Welt*. Sie lebt und arbeitet als freie Journalistin und Autorin in Berlin. »Um Himmels willen« ist ihr erster Roman.

Lisa Stocker

Um Himmels willen

Lottes Kampf um Kaltenthal

Roman nach der Vorlage von Michael Baier

Knaur

Besuchen Sie uns im Internet:
www.knaur.de

Vollständige Taschenbuchausgabe 2003
Droemersche Verlagsanstalt Th. Knaur Nachf., München

Umschlaggestaltung: ZERO Werbeagentur, München
Umschlagabbildung: Barbara Bauriedl, mit freundlicher
Genehmigung der Degeto und des NDF
Satz: Apple Macintosh, Quark XPress im Verlag
Druck und Bindung: Clausen & Bosse, Leck
Printed in Germany
ISBN 3-426-62376-5

2 4 5 3 1

Erstes Kapitel

Schwester Lotte war so richtig in ihrem Element. Tagelang hatte es geregnet, bei diesen typisch deutschen Temperaturen, die Lotte in ihrer langen Zeit im Ausland fast vergessen hatte. Doch heute war ein wunderbarer Sommertag, wie geschaffen für eine Partie Fußball. Bei schlechterem Wetter hätte sie mit den Kindern drinnen im Hobbyraum »Wer wird Millionär« spielen müssen. Oder Tischtennis. Aber Fußball brachte die Bande immer am schnellsten aus der Puste. Und wenn Lotte ehrlich sein sollte, dann war es auch ihr ganz persönlicher Lieblingssport. Wie ein Profi-Spielmacher sauste sie in ihrer Kutte auf dem Platz hinter dem Mutterhaus hin und her. Eben hatte sie den Stürmer des anderen Teams abgehängt und trieb den Ball flink auf das improvisierte Tor zu. Ihre kleinen Gegner versuchten, die Schwester zu stoppen. Doch keine Chance – Lotte maß die Entfernung – Schuss. Und: »Tor!« Unhaltbar für Jonas, den achtjährigen Keeper.

Gebremst wurde sie erst von Schwester Hildegard, der Assistentin ihrer Äbtissin. Die hatte sich in sicherer Entfernung von den angehenden Fußballstars in Position gebracht und rief vorsichtig: »Schwester Lotte!« Noch einmal, diesmal etwas lauter: »Schwester Lotte!«

Hildegards Stimmchen war schon immer zart und leicht zu überhören gewesen. Doch in den letzten Wochen schien das Wesen hinter der dicken Brille noch trauriger und leiser geworden zu sein. »Früh vergreist«, nannte Lotte Schwester Hildegard manchmal bei sich. Hildegard wirkte mit ihren gerade mal 30 Jahren heute schon älter als die meisten anderen Nonnen. Kein Wunder, dass Lotte im Eifer des Gefechts auf die bleiche

Gestalt zuerst gar nicht reagiert hatte. Als sie dann aber endlich Notiz von ihr nahm, schwante ihr sofort, dass das wohl nichts Gutes heißen würde.
»Ich komme gleich wieder«, vertröstete sie die Kinder und folgte Hildegard ins Haus. Die Mutter Oberin konnte äußerst unangenehm werden, wenn man sie warten ließ. Und das wollte Lotte keinesfalls riskieren.

Die Äbtissin Elisabeth Reuter stand hinter ihrem Schreibtisch und blickte durchs Fenster nach draußen auf die spielenden Kinder. Als Lotte eintrat, schloss sie das Fenster und ging ihr entgegen. Sie war Mitte 50, eine große, stolze Frau, die in ihrer Jugend einmal eine echte Schönheit gewesen sein musste. Lotte hatte großen Respekt vor ihrer »Chefin«, obwohl das Verhältnis zwischen den beiden noch nie ganz frei von Komplikationen gewesen war. »Gelobt sei Jesus Christus.«
»Amen«, sagte die Äbtissin. Mit mehr Vorgeplänkel hielt sie sich nicht auf. Sie nahm einen Brief von ihrem ordentlich aufgeräumten Schreibtisch und reichte ihn Lotte. »Lesen Sie!« Lotte nahm ihn hastig und überflog den Inhalt des Schreibens. Es war ein Bericht des Tropen-Krankenhauses, in dem man dem Ordensmitglied Charlotte Albers von einem weiteren Einsatz in Nigeria »dringend« abriet. »Eine nochmalige Infektion würde Schwester Lotte voraussichtlich das Leben kosten«, schrieb der Leiter des Krankenhauses, Professor Werner. Lottes Herz schlug schneller. Ihr Mund wurde trocken, als hätte sie soeben von ihrer Kündigung erfahren. Sie reichte der Äbtissin den Brief zurück. Tapfer blickte sie ihr dabei in die Augen und versuchte ein Lächeln. »Nun ja«, meinte sie. »Klingt nicht sehr verheißungsvoll. Aber muss man den Ärzten denn alles glauben?«
Schwester Elisabeth ging gar nicht auf Lottes Schönwetterversuch ein. »Sie haben verstanden, was Professor Werner empfiehlt? Keine weitere Überanstrengung!«, erklärte sie in bestimmtem Ton. »Auch Fußball ist anstrengend.« In Lotte keim-

te der alte Trotz wieder auf. »Das ganze Leben ist anstrengend«, sagte sie. »Und wie heißt es so schön? Ich bin in den besten Jahren.« Sie hatte es noch nie leiden können, wenn man über ihren Kopf hinweg bestimmen wollte. Doch diesmal befand sie sich in einer schlechten Position.

»Schwester Lotte, Sie sind im Augenblick nicht voll einsatzfähig,« hörte sie wie von ferne. »Ich habe mir daher erlaubt, nach einer für uns alle befriedigenden Lösung zu suchen.« Kühl und professionell erklärte die Äbtissin, dass zum Kloster eine weitere Niederlassung gehöre. Ganz in der Nähe, vielleicht vierzig Kilometer entfernt. Ein idyllisch gelegenes Stift. Lotte stöhnte leise auf. Sie wusste schon, was kam. »Nicht nach Kaltenthal«, murmelte Lotte. »Bitte nicht.« Die Äbtissin blickte unbewegt auf ihre Armbanduhr und gab damit zu verstehen, was sie von solchen Ausbrüchen hielt. »Sie sind eine Schwester, seit 20 Jahren in der Mission! Ihr ganzes Leben lang waren Sie immer nur auf sich allein gestellt.« Das, fuhr sie fort, habe eben nicht nur gute Folgen nach sich gezogen: »Sie haben es verlernt, sich in unserer Gemeinschaft ein- geschweige denn unterzuordnen. Insofern scheint es mir am besten, Sie würden Kaltenthal vorerst als Ihre neue Missionsstation betrachten. Dann sehen wir weiter.«

Die Schwester starrte ihre Vorgesetzte entsetzt an. »Lebendig begraben könnte man es auch nennen«, meinte sie. Doch auch diesmal kam sie mit ihrem Protest nicht weiter: »Ich habe bereits alles arrangiert,« erklärte ihr die Oberin umgehend. »Sie werden Schwester Felicitas in Kaltenthal etwas zur Hand gehen. Man erwartet Sie noch heute. Machen Sie's gut.« Kurzer Händedruck, dann geleitete sie Lotte zur Tür.

Lotte schwankte. So kam es ihr zumindest für einen kurzen Moment vor. Was dachte sich diese Frau eigentlich? Musste man als Dienerin des Herrn wirklich jede Entscheidung seiner irdischen Stellvertreter akzeptieren? Derzeit jedoch blieb ihr wohl nichts anderes übrig, als hinauf in die Zelle zu gehen und sich reisefertig zu machen.

Der kleine Reisewecker auf ihrem Nachttisch zeigte 11.30 Uhr. In einer Stunde ging der Vorortzug Richtung Kaltenthal. Lotte hatte alle Zeit der Welt, um sich in Ruhe fertig zu machen. Es gab ja nicht viel zu packen. Zwei Bongo-Trommeln, Souvenirs aus Afrika, waren die einzigen Schmuckstücke in ihrer Kammer. Die Leute ihres Dorfes in Nigeria hatten sie ihr zum Abschied geschenkt. Und schon oft hatte ihr das Trommeln geholfen, wenn sie nicht mehr weiter wusste. Wie jetzt zum Beispiel. Deprimiert stellte sie das größere der fellbespannten Instrumente auf den Boden, das kleinere auf ihren Schreibtisch, und begann zu spielen.

Fünf Minuten später stand sie auf und sprach vor dem Kruzifix ein kurzes Gebet. Dann atmete sie tief durch und füllte den bescheidenen Inhalt ihres Kleiderschranks in die Reisetasche. Die Schuhe und persönlichen Akten kamen in den alten Koffer ihrer Großmutter.

»Kaltenthal ... Kaltenthal ... Bitte alles aussteigen. Der Zug endet hier!« – »Hoffentlich nicht für immer«, dachte Lotte gerade noch. Dann fiel ihr Blick auf den hübschen Zwiebel-Kirchturm des Städtchens. In diesem Moment beschloss sie, ihrem Dienstausflug nach Kaltenthal eine Chance zu geben. »Vielleicht kann es hier ja doch ganz schön werden«, dachte sie. Wenn es nur irgendeine sinnvolle Aufgabe für sie gäbe. Nur eine klitzekleine Mission für eine ehemalige Missionsschwester.

Als ob der Himmel ihren Wunsch erhört hätte, bemerkte sie eine schwangere Frau am Bahngleis. Sie war ihr unter den wenigen Aussteigenden sofort aufgefallen, weil sie dunkelhäutig war – und sehr hübsch, wie Lotte fand. Aus Nordafrika vielleicht? Ihr weites, farbenprächtiges Kleid ließ darauf schließen. Man konnte der jungen Frau allerdings ansehen, dass sie sich im Augenblick nicht recht wohl fühlte. Brauchte sie Hilfe? Reglos stand sie noch immer am Bahngleis. Als Lotte eben zu ihr gehen wollte, hatte sich der nette Zugbegleiter ihrer bereits erbarmt.

Lotte sah, wie die Frau in ihrer Reisetasche kramte und schließlich eine Postkarte hervorzog. »Wissen Sie, wo das hier ist?«, fragte sie den Schaffner stockend.
»Sicher, zu Fuß sind Sie in zehn Minuten da. Aber in Ihrem Zustand sollten Sie vielleicht ein Taxi nehmen.« Damit schloss der Mann die Türen des Zuges, und die Schwangere machte sich mit ihrer schweren Tasche auf zum Ausgang.
Lotte selbst fühlte sich auch etwas verlassen in ihrer neuen Gemeinde. Auf dem ganzen Bahnhofsareal war niemand vom Kloster zu sehen. Dabei sollte sie doch eigentlich pünktlich um 13 Uhr hier von der Klosterfamilie in Empfang genommen werden. »Bestellt, aber nicht abgeholt«, sagte sie zu sich selbst, als sie auf einem Wartebänkchen Platz nahm. Wenig später tauchten zwei Novizinnen des Stifts auf. Atemlos rannten die beiden Mädchen auf Lotte zu. »Tut uns Leid, dass Sie warten mussten. Aber die alte Kiste sprang wieder nicht an.« Natürlich, dachte Lotte bei sich, wieder so eine Rostlaube. Für ordentliche Autos war bisher noch in keinem ihrer Klöster Geld da gewesen.
Die erste Novizin stellte sich als Barbara vor, die andere als Sophie. Einträchtig gingen die drei in die Bahnhofshalle, als sie plötzlich ein Stöhnen hörten. Lotte erkannte sofort, woher der Laut kam: In der hintersten Ecke der Halle saß die junge Schwangere, vor Schmerzen gekrümmt. Lotte rannte auf sie zu. »Das Baby? Ist es schon so weit?« Die Frau sah nur kurz hoch und fing dann leise an, in sich hinein zu wimmern. Barbara hatte als erste die Fassung wiedergefunden: »Ich hole den Notarzt«, beschloss sie.
Das war der werdenden Mutter aber nicht recht. »Nein!«, stöhnte sie auf. »Bloß nicht! Bitte nicht!« Tapfer die Schmerzen unterdrückend, wollte sie aufstehen und ihre Tasche allein aus der Halle tragen. Doch Lotte drückte sie gleich wieder zurück auf die Bank. »Unsinn«, schimpfte sie. »Sie müssen in die Klinik. Wie oft kommen die Wehen denn schon?«
»Ich komme allein klar«, wehrte die Frau wieder ab. »Bitte, lassen Sie mich!« Sie versuchte von Neuem, ihre Tasche aufzu-

nehmen, was ihr aber nicht gelang. Stattdessen verkrampfte sie sich, laut stöhnend.

Lotte und Barbara sahen sich betroffen an. »Wo steht der Wagen?«, fragte Lotte. Barbara meinte: »Direkt vor dem Bahnhof.« – »Im Halteverbot,« ergänzte Sophie. »Na, dann mal los,« sagte Lotte. Und zu der Frau gewandt: »Kommen Sie, Kind! So geht das nicht. Wollen Sie Ihr Baby denn auf dem Bahnhof zur Welt bringen?« Ihre Stimme war mütterlich, aber bestimmt. »Wir nehmen jetzt ihr Gepäck, und dann schnell raus hier.« Doch die Schwangere wehrte sich noch heftiger: »Nicht! Nicht in die Klinik. Ich ...«

Jetzt verlor Schwester Lotte langsam die Geduld: »Stehen Sie bitte auf, so, ganz langsam! Zu viert schaffen wir das schon.«

Draußen vor dem Bahnhofsgebäude war der Dorfpolizist gerade dabei, einen Strafzettel auszustellen. Der Mann mochte Ende 30 sein, mittelgroß, und zumindest aus der Ferne wirkte er ziemlich muskulös. Lotte baute sich mit ihrer ganzen Autorität vor ihm auf und machte ihn zackig auf den Notfall aufmerksam. »Sehen Sie das Problem, Herr Wachtmeister? Oder haben Sie vielleicht zufällig eine Ausbildung als Geburtshelfer?« Damit konnte der gemütliche Mann natürlich nicht dienen. Irritiert blickte er die Frauen an. »Nein. Äh. Ach so ...«

»Na also, dann stecken Sie den Wisch jetzt weg und fahren vor uns her. Damit es schneller geht. Ab in die nächste Klinik!« Lotte verfrachtete die Schwangere resolut auf den Beifahrersitz und knallte die Tür zu. Der Polizist sprang auf sein Motorrad, ließ es an und brauste tatsächlich mit Blaulicht los. Die Frauen in ihrem alten Mercedes-Diesel rumpelten hinterher.

Soweit Lotte das in der Aufregung vom Wagen aus sehen konnte, war Kaltenthal wirklich ein recht idyllischer Flecken. Wie vor hundert Jahren standen die schmucken Bürgerhäuser am

Marktplatz um die barocke Kirche gruppiert. Jedes der Häuser war in einer anderen Farbe gestrichen und geschmackvoll renoviert. Es gab zwei Bäcker, einen Metzger, und ein »Kaufhaus Urban« gab es auch. Dann war da noch das Kuchen-Cafe Habermeyer und der imposante »Gasthof zum Ochsen«. Lotte gefiel das alles sehr. Es blieb ihr allerdings nicht viel Zeit, sich zu freuen, denn die Frau auf dem Beifahrersitz begann nun hemmungslos zu schluchzen. Das Weinen war ihr größter Trumpf. Fragend sah Lotte Schwester Barbara an, die neben ihr auf dem Rücksitz saß. »Was glauben Sie, was passiert, wenn wir sie in die Klinik fahren?«

Barbara zuckte die Achseln. »Haben Sie denn einen guten Hausarzt?«, fragte Lotte weiter. Barbara nickte. »Gut, dann fahren wir ins Kloster.« Sophie, die den Wagen steuerte, wurde angewiesen, dem Polizisten nicht weiter zu folgen. Das Motorrad fuhr an der nächsten Kreuzung allein weiter, geradeaus, während der alte Mercedes der Nonnen nach rechts abbog. Endlich erreichten sie den Klosterpark. In seiner Mitte erwartete sie eine efeubewachsene Villa: Lottes neue Heimat. Mit Müh und Not kamen sie gerade noch vor das Portal dieses Dornröschen-Schlosses. Dann gab der Wagen mit einem Quietschen endgültig den Geist auf.

Fast synchron öffneten die Schwestern die Türen und sprangen heraus. Barbara rannte direkt ins Büro, um den Arzt zu rufen. Sophie und Lotte halfen der jungen Frau aus dem Wagen. Inzwischen war auch der Polizist wieder aufgetaucht. Wichtig erklärte er: »Das ist aber nicht die Klinik!«

»Das wissen wir selbst, dass das hier das Kloster ist«, antwortete Lotte knapp. »Aber das Kind ist schon unterwegs. Sie könnten sich höchstens noch unseren Wagen ansehen – falls Sie sich nützlich machen wollen.« Der Wachtmeister schüttelte den Kopf, muckste sich aber nicht mehr und machte stattdessen die Motorhaube des Mercedes auf.

Drinnen im Haus war Schwester Sophie bereits dabei, im Gästetrakt ein Bett für die Schwangere herzurichten. Anschließend half Lotte der jungen Frau vorsichtig, sich hinzulegen. Dann setzte sie sich zu ihr auf die Bettkante und fragte leise: »Willst du mir sagen, wie du heißt?«

»Sandra.«

»Und wie noch?« Doch da bekam sie schon keine Antwort mehr. »Wo wohnen denn deine Eltern?«, versuchte es Lotte von neuem. Sandra schwieg wieder. »Aber du hast doch Eltern, oder?« Immerhin – die Frage beantwortete die geschwächte Frau mit einem Nicken. »Du willst mir aber nicht sagen, wo sie sind?« Sandra schüttelte den Kopf. »Und wer der Vater deines Babys ist, kannst du auch nicht sagen?« Schweigen. Kopfschütteln. Nichts zu machen. Da fiel Lotte noch eine Frage ein. »Aber dein Alter kannst du mir doch verraten!«

»Siebzehn«, tönte es schwach. In diesem Moment setzte wieder eine Wehe ein. Sandra stöhnte, und Lotte gab mit ruhiger Stimme die Kommandos. »Tief durchatmen! Einatmen. Ausatmen. Nicht verkrampfen. Einatmen. Ausatmen.« Ohne es je gelernt zu haben, konnte Lotte eine reiche Erfahrung als Aushilfs-Hebamme vorweisen. Im Busch hatte sie mehreren Kindern auf die Welt geholfen. Trotzdem wäre ihr deutlich wohler gewesen, wenn der Arzt endlich gekommen wäre. Stattdessen kam Schwester Agnes herein und machte Meldung: »Der Doktor ist im Urlaub, und der Vertretungsarzt lässt ausrichten, dass er nach der Sprechstunde vorbeischaut.«

»Wie bitte?«, fragte Lotte ungläubig. »Das darf doch nicht wahr sein!« – »Der Doktor sagt, eine Schwangerschaft ist keine Krankheit. Und wenn die Patientin so weit ist, soll sie in die Gynäkologie.« Lotte sprang auf. »Sie bleiben bei ihr. Ich rede mal mit diesem Herrn. Wie heißt denn der saubere Herr Doktor? Und wo gibt's hier eigentlich ein Telefon?«

Schwester Sophie, die eben mit Sandras Gepäck hereinkam, führte sie ins Büro. Dazu durchquerten sie das Wohn- und Refektoriumszimmer des Stifts. In der Ecke bemerkte Lotte

ein hölzernes Stehpult für die Lesungen zu den Mahlzeiten. »Alles wie vor hundert Jahren«, schüttelte sie innerlich den Kopf. Aber irgendwie hatte diese Einrichtung auch Charme. Durch eine Schiebetür gelangten sie in den ehemaligen Wintergarten, der jetzt zum Büro umfunktioniert war. Stapel von Briefen türmten sich auf dem Schreibtisch. Lotte betrachtete sie und musste lächeln. Über zu wenig Arbeit konnte man sich in Kaltenthal anscheinend nicht beklagen.
Dann nahm sie hinter dem Schreibtisch Platz und wählte hastig die Telefonnummer, die ihr Schwester Sophie diktierte. In der Praxis wurde auch gleich abgenommen. »Grüß Gott«, meldete sich Lotte, »hier spricht Schwester Lotte vom Stift Kaltenthal. Den Dr. Richter bitte!« Die Sprechstundenhilfe am anderen Ende gab wohl zu verstehen, dass der Doktor nicht gestört werden könne, und Lotte fiel es zunehmend schwer, freundlich zu bleiben. »Wir haben hier einen Notfall. Also holen Sie ihn bitte!«, meinte sie. Nach weiteren fruchtlosen Diskussionen fragte sie schließlich: »Wo ist denn die Praxis, wenn man fragen darf?« Wenn der Arzt nicht an den Apparat kommen wollte, musste sie eben den Herrn Doktor besuchen. Sie knallte den Hörer auf die Gabel und wollte zur Tür hinaus.
In diesem Augenblick kam ausgerechnet Schwester Felicitas herein, die Leiterin des Stifts. Lotte kannte sie noch von ihrer Ausbildung, damals in den siebziger Jahren im Münchner Mutterhaus. Der alte Besen hatte ihr jetzt gerade gefehlt! Felicitas war mittlerweile wohl knapp 70 Jahre alt. Jedenfalls ähnelte sie mehr und mehr einem hageren, streng dreinblickenden Gespenst. »Oh, Lotte!«, säuselte sie mit künstlicher Freundlichkeit. »Hast du zugenommen?« Lotte verdrehte die Augen gen Himmel. Als ob sie jetzt nichts Besseres zu tun hätte, als mit der bigotten Gestalt über ihre Figur zu diskutieren. »Du hast dich jedenfalls überhaupt nicht verändert«, antwortete sie kurz.
Die Ältere wechselte das Thema: »Sag mal, hast du dieses Mädchen mitgebracht? Aus Afrika?«
»Nein!«, sagte Lotte kühl. Dann machte sie sich auf den Weg.

Im Hinauseilen rief sie ihr noch zu: »Aber schau sie dir doch mal an. Möglicherweise ist sie hier in der Gegend bekannt. Sie will nämlich nicht sagen, woher sie kommt. Und wer der Vater des Kindes ist.«
Damit war sie im Klosterhof angelangt. Sie ging auf den Wachtmeister zu, der immer noch vor der geöffneten Motorhaube herumstand. »Und?«, fragte sie. »Ich fürchte, die Zündkerzen sind hinüber«, meinte er. »Na, dann nehmen wir Ihr Motorrad«, schlug Lotte vor. »Kommen Sie! Schnell! Zu Dr. Richter.«

Zunächst hielt sich Lotte noch ängstlich an ihrem Chauffeur fest, doch schon bald genoss sie die Fahrt auf dem Sozius. Bei strahlend blauem Himmel ging es wieder durch die sanft geschwungene Hügellandschaft. Der Herr machte ihr den Einstand wirklich leicht, fand sie. Wenn jetzt noch der Doktor etwas Entgegenkommen zeigen würde! Da bremste der Polizist seine Maschine auch schon vor einer gediegenen Villa ab. In anderen Gegenden Deutschlands hätte man das Haus vielleicht kitschig gefunden, doch hier stand es am richtigen Platz. »Praxis Dr. Wieland« stand an der Tür. »Dann mal nichts wie rein«, sagte Lotte. »Sie warten hier besser auf mich!« Der Polizist tat wie ihm geheißen und stellte die Maschine ab. Lotte eilte in die Praxis und bat die Blondine am Empfang, sofort vorgelassen zu werden. Für ihren Geschmack blickte die Sprechstundenhilfe schon viel zu langsam vom Computer auf. »Bedaure«, sagte sie dann, »der Herr Doktor behandelt gerade den Bürgermeister!«
»Na und?«, antwortete Lotte. Kurz entschlossen öffnete sie die Tür zum Sprechzimmer. An dem Belastungsgerät sah sie einen etwa 50-jährigen Mann. Daneben, im weißen Kittel, stand der junge Vertretungs-Arzt.
»Grüß Gott«, sagte Lotte, als sie im Zimmer stand. Hinter ihr folgte die Sprechstundenhilfe. »Das geht entschieden zu weit!«, empörte sie sich. Und zum Doktor gewandt: »Verzeihen Sie bitte, die Schwester war nicht zu bremsen.«

Amüsiert schauten die beiden Männer die Frauen an. »Tut mir Leid, aber ich brauche sofort einen Arzt«, sagte Lotte. »Es geht um eine Schwangerschaft, die Wehen haben bereits eingesetzt.«
»Ich hoffe doch sehr, nicht bei Ihnen?« Der Satz kam vom Bürgermeister. Bei den Kaltenthalern war er für seine Witze schon bekannt. Lotte allerdings konnte mit diesem Altherrenhumor überhaupt nichts anfangen. »Bei mir gibt's keine Wehen! Aber nur, weil Männer wie Sie mir die Einhaltung des Keuschheitsgelübdes wirklich leicht machen.« Die flapsige Antwort war ihr so rausgerutscht. Doch der Bürgermeister konnte offenbar gut damit umgehen. »Na dann gehen Sie mal, Doktor«, meinte er jovial zum Arzt. »Meine Prostata wird es überleben.«
Der Arzt folgte Lotte. Sein Patient blieb lachend im Sprechzimmer zurück und zog sich an. Mit dieser Nonne würde er noch viel Spaß haben, dachte er.

Lotte zog für den Rückweg ins Kloster diesmal die Fahrt in der Limousine des Arztes vor. Der Polizist eskortierte sie noch bis zur Einfahrt des Stifts, dann wollte er sich verabschieden. »Ich muss mich jetzt langsam wieder auf der Wache melden.« Doch Lotte sah ihn flehend an. »Ach bitte, noch ganz kurz, könnten Sie sich nicht um die Zündkerzen kümmern? Wir haben hier ja keinen Mann im Haus.« Der Polizist, der sich inzwischen mit Meier vorgestellt hatte, konnte sich nicht widersetzen. In seiner Jugend hatte er einige Jahre den Ministrantendienst verrichtet. Das verpflichtete.
Als Lotte sah, wie er widerstandslos nickte, ging sie zufrieden mit sich ins Haus. Der Arzt folgte ihr. Drinnen kam ihnen die Novizin Barbara entgegen. »Barbara wird Ihnen den Weg zeigen«, sagte Lotte zum Doktor. Sie merkte, dass sie nun dringend eine kleine Pause einlegen musste.

Der Arzt war von seiner jungen Führerin durchaus angetan. Wie hypnotisiert starrte er die Novizin an. »Wie heißen Sie?«, fragte er. »Barbara.« Bei dieser einfachen Antwort war sie schon rot geworden. »Ein wunderschöner Name«, meinte Dr. Richter und hätte die Unterhaltung mit Barbara liebend gerne fortgeführt. Aber da waren sie bereits in dem provisorischen Kreißsaal angelangt. Hier ließ ihn Barbara mit der werdenden Mutter allein, die den Arzt aus ihren großen, dunklen Augen ängstlich ansah. Dr. Richter fragte sie, warum sie nicht in die Klinik wolle. »Nein«, stöhnte das Mädchen wieder auf, »bitte nicht!« Er nickte ihr beruhigend zu und begann mit den Untersuchungen.

Vor der Tür warteten Schwester Lotte und Schwester Felicitas, in eine nicht eben freundliche Diskussion verstrickt: »Wir sind hier nun mal nicht im Busch, falls dir das entgangen sein sollte! Für eine Geburt sind wir wahrlich nicht eingerichtet.« Lotte sagte: »Du kannst ja eine Kerze anzünden.« Ihre ganze Aufmerksamkeit richtete sich auf die Postkarte, die sie in Sandras Manteltasche gefunden hatte. Den handschriftlichen Text hatte sie bereits entziffert. »Hallo Sandra, erinnerst du dich noch an mich. Ich habe dich und die schöne Zeit auf Djerba nie vergessen! Dein Wolfgang«, stand da. Aber den Stempel konnte sie nicht lesen. »Kannst du erkennen, was das hier heißt?«, fragte sie Felicitas. Die rückte ihre Lesebrille zurecht und entzifferte den Stempel auf der Karte. »Autohaus Wöller! Na so was. Das ist der Bürgermeister!«
»Wolfgang Wöller?«, fragte Lotte völlig perplex. Felicitas hatte den Braten auch schon gerochen und war kaum noch zu halten. »Ich gehe jetzt und informiere die Schwester Oberin!«, kündigte sie mit böse blitzenden Augen an. Lotte konterte sofort: »Das wirst du nicht tun. Sonst kannst du auch gleich die Verantwortung für die Geburt übernehmen.«
In diesem Moment ging die Tür auf, und der Doktor kam heraus. »Wie steht's?«, fragte Lotte ihn aufgeregt. »Soweit ich das

unter den gegebenen Umständen beurteilen kann, sind keine Komplikationen zu erwarten«, informierte sie Dr. Richter. »Trotzdem wäre es mir lieber, wenn wir sie in ein Krankenhaus bringen könnten.« Lotte zeigte ihm die Postkarte. »Das habe ich in ihrer Tasche gefunden. Und jetzt kann ich mir auch vorstellen, warum sie keine Öffentlichkeit will. Anscheinend ist der Vater des Kindes ein prominenter Bürger dieser Stadt.« »Sie wollen aber nicht sagen, wer es ist, oder?«, fragte Dr. Richter. Lotte schüttelte den Kopf. »Ich bin dabei, das herauszufinden.«

Das ganze Kloster fieberte mittlerweile der Geburt des Kindes entgegen. Doch noch immer ließ die Niederkunft auf sich warten. Irgendwann hielt es Lotte nicht mehr aus. Um die quälende Wartezeit zu verkürzen, setzte sie sich in ihren frisch reparierten Mercedes und fuhr mit quietschenden Reifen vor dem Rathaus vor. Je eher sie sich den Bürgermeister vorknöpfen konnte, umso besser. Doch vorher musste sie erst noch an Wöllers Vorzimmerdame, Marianne Laban, vorbei. »Guten Abend«, grüßte Lotte in Frau Labans Büro, »ich müsste dringend den Bürgermeister sprechen!« Doch die Laban wehrte sie ab: »Der Bürgermeister hat jetzt eine Besprechung, morgen ist er in Sachen Wahlkampf unterwegs. Aber gegen 16 Uhr mache ich Ihnen gern einen Termin, Schwester!« Aus der Sicht des Bürgermeisters war die patente Enddreißigerin ihr Geld wirklich wert. Lotte musste sich anstrengen, wenn sie sie umstimmen wollte: »Unmöglich! Es geht, vorsichtig ausgedrückt, um eine delikate private Angelegenheit. Morgen ist es viel zu spät!« Doch auch diese Andeutungen beeindruckten die Laban kein bisschen. Lotte wäre wohl nie an ihr vorbeigekommen, wenn nicht genau jetzt ein Grafiker hereingekommen wäre und die Vorzimmerdame mit Wöllers Wahlkampfplakaten abgelenkt hätte. Diese Chance nutzte Lotte. Sie huschte an der Sekretärin vorbei ins Bürgermeisterzimmer, wo die Sitzung andauerte. Der

Bürgermeister war über die Diskussion so sehr in Rage geraten, dass ihn nichts mehr auf seinem Stuhl hielt. Wie ein Tiger rannte er mit hochrotem Kopf um den Konferenztisch herum. »Ich habe meinen Wählern Arbeitsplätze und Kulturförderung versprochen!«, schrie er. »Nicht Bauchtanz, Rumbarasseln und Bongotrommeln!« Vor lauter Aufregung hatte er nicht einmal gemerkt, dass die Tür aufgegangen war. Erst die Sekretärin, die plötzlich hinter Lotte stand, machte ihn und die Ratsherren auf ihre ungebetene Zuhörerin aufmerksam: »Tut mir Leid, Herr Bürgermeister«, meinte sie, »aber die Frau ist einfach an mir vorbei!« Wöller, der mittags schon einen ganz ähnlichen Auftritt in der Arztpraxis erlebt hatte, versuchte halb verärgert, halb amüsiert, Lotte wieder hinauszukomplimentieren. »Alles was recht ist, Schwester«, er packte er sie sanft an der Schulter, »aber nur weil Sie in diesem Kostüm herumlaufen, berechtigt Sie das noch lange nicht ...« Doch Lotte ließ sich nicht so leicht vertreiben. »Das ist normalerweise auch nicht meine Art, aber die Angelegenheit duldet keinen Aufschub. Es geht um die Folgen Ihres letzten Urlaubs in Tunesien!«
»Tunesien« wirkte. Sofort entschuldigte er sich bei den Ratskollegen und ging Lotte voraus zur Tür auf den Flur. Dort angekommen, fragte er: »Was gibt's?«
Lotte sparte sich größere Vorreden. »Ich habe heute auf dem Bahnhof ein junges Mädchen kennen gelernt. Hochschwanger. Sie hat sich geweigert, den Kindsvater zu nennen. Aber dann haben wir in ihrer Tasche diese Postkarte gefunden. Sie wurde in Ihrer Firma frankiert. Hier, sehen Sie, das ist doch eindeutig der Stempel des Autohauses Wöller!« Der Bürgermeister schluckte, fing sich aber sofort wieder. »Moment, Schwester! Sie glauben doch nicht, dass ich ...?!« Lotte ließ sich nicht beirren. »Na sicher, logisch glaube ich, dass Sie ...! Ein Urlaub reicht allemal, um Vater zu werden. Und die Karte ist ganz klar von einem Wolfgang unterschrieben!«
Wöller spielte weiterhin den Ahnungslosen. »Da müssen Sie sich schon einen anderen Dummen suchen«, sagte er spitz. »Ich

habe mit der Sache nichts zu tun. Und ich möchte Sie dringend ersuchen, meinen Namen in diesem Zusammenhang nicht mehr zu erwähnen. Wir stehen kurz vor der Wahl.«

Lotte wurde nun ernstlich böse. »Eben. Gerade deshalb müsste es doch in Ihrem Interesse zu sein, Ihrer Verantwortung auch im Privatleben gerecht zu werden, Herr Bürgermeister!«

Wöller musste sich richtig zusammenreißen, um nicht ausfallend zu werden. »Ich bitte Sie, Schwester. Sie wissen doch, dass diese Mädels heutzutage immer früher anfangen. Und so eine wie diese Sandra, die treibt es doch mit jedem Touristen!« Lotte nickte. »Aha, der Name Sandra ist Ihnen also doch ein Begriff!«

Wöller versuchte es nun mit Drohen. »Ich bin wirklich ein netter Mensch, Schwester. Aber ich kann auch anders.« – »Ich auch«, sagte Lotte. »Aber ich habe da noch eine ganz andere Frage: Was haben Sie eigentlich mit dem Stift vor?« Auf dem Konferenztisch des Gemeinderats hatte sie einige Großaufnahmen ihres Klosters gesehen. Kein Zweifel, dass die Herrn irgendetwas planten.

Doch Wöller hatte für solche Fragen gar keinen Sinn – nicht jetzt. »Die Sache ist noch nicht spruchreif«, wiegelte er ab. »Und jetzt machen Sie nicht so viel Wind um diese Sache, das könnte sonst unangenehme Folgen für Ihr Stift haben.«

Im »Kreißsaal« des Stifts wurde Sandra nun schon im Abstand von weniger als drei Minuten von Wehen geschüttelt. Es konnte nicht mehr lange dauern. Barbara hatte schon Dr. Richter verständigt. Nun rannte sie ins Refektorium, um Sophie zu holen. Sie wollte doch so gern dabei sein, wenn das Kind kam. »Wer Ohren hat zu hören, der höre. Und wer Augen hat zu sehen, der sehe«, las Sophie gerade am Stehpult. So war es Brauch im Kloster – während des Abendessens las eine der Novizinnen aus der Bibel vor. Sophie verrichtete diese Tätigkeit normalerweise ganz gern. Nur heute machte sie mitten im Satz Schluss, sobald

sie Barbara hereinkommen sah. So blieben Schwester Agnes und Schwester Felicitas allein am Abendbrottisch zurück. »Ein Kind im Haus!«, sinnierte Agnes vor sich hin. »Das ist doch ein schönes Symbol. Ein Zeichen für einen Neuanfang, finden Sie nicht?« Doch Felicitas war offenbar die einzige, die das »Ereignis« nicht verändert hatte. »Den Anfang vom Ende, meinen Sie wohl?«, konterte sie in ihrer trockenen Art. Dann nahm sie einen Schluck aus dem Flachmann, den sie unter der Schürze bei sich trug. Heute war es ihr egal, ob man sie dabei beobachtete.
Nun kam endlich auch Lotte auf den Hof gefahren. Barbara rannte ihr aufgeregt entgegen. »Wo waren Sie denn? Das Kind kann jeden Moment kommen!« – »Immer mit der Ruhe«, versuchte Lotte zu beschwichtigen. »Haben Sie wenigstens den glücklichen Vater gefunden?«, hakte Barbara nun mit leiserer Stimme nach. »Sieht ganz so aus«, sagte Lotte, »aber glücklich ist der jetzt garantiert nicht.«

Im Haus der Wöllers nahm sich der 19-jährige Filius des Bürgermeisters ein Bier aus dem Kühlschrank. Gleich würde die Sportschau beginnen. Cool, so ein Abend allein zu Hause, dachte er zufrieden bei sich, als sein Vater die Haustür aufschloss. »Wolfgang! Bist du da?« Damit stand der Bürgermeister auch schon in der Diele und plärrte los. »Sag mal, bist du von allen guten Geistern verlassen? Hast du tatsächlich dem Mädel ein Kind gemacht, im letzten Tunesien-Urlaub? Hab' ich nicht immer gesagt, du sollst die Finger von ihr lassen?«
»Sandra?«, fragte der Junior heiser. »Woher weißt du?« Wöller senior erzählte ihm von seinen beiden Begegnungen mit der Nonne. »Ich dachte, mich trifft der Schlag, als die Frau schon wieder auftauchte und diesmal sogar in unsere Sitzung platzte!« Wöller junior zuckte schuldbewusst die Schultern. »Wieso eine Nonne? Glaubst du, Sandra ist im Stift?« Der Bürgermeister konnte sich denken, was jetzt kommen musste. »Bleib bloß da! Nur nicht zu viel Wind machen. Wir stehen kurz vor

der Wahl!« – »Ja und?«, fragte sein Sohn naiv. Den Jungen hatte die Politik nie interessiert. Für Wöller senior hingegen zählte nur sein Amt. Das galt es zu erhalten, egal wie. »Ja, was glaubst du, was hier los ist, wenn publik wird, dass der Sohn vom Wöller mit so einer … ?«
Das ließ der Sohn nicht auf sich sitzen. »Mit so einer?«, äffte er ihn aggressiv nach. »Mit einer Afrikanerin, sag's ruhig! Ich weiß doch, was du denkst.« Er war schon an der Tür. »Also, wenn du jetzt wirklich ins Kloster fährst, brauchst du gar nicht mehr hier aufzutauchen!«, schrie der Alte. »Das habe ich auch nicht vor«, gab sein Sohn keinen Deut leiser zurück. Geräuschvoll flog die Haustür hinter ihm ins Schloss.
Der Abend würde noch lang und unangenehm werden, dachte Wöller, als er endlich erschöpft auf seine Couch sank. Und morgen musste er die Mutter Oberin in München dazu bringen, ihre unrentable Niederlassung in Kaltenthal zu schließen. Er trug sich ja schon lange mit dem Plan, das Haus nach einer umfassenden Renovierung als Konferenzzentrum weiterzuführen. Ein echtes Aushängeschild für die Gemeinde könnte das werden! Stattdessen schickte die Oberin immer wieder neue Klostermitglieder – deren schlimmstes Exemplar nun heute in Gestalt dieser Schwester Lotte eingetroffen war.

Wolfgang Wöller junior war schnurstracks in einem der Vorführwagen zum Stift hinaus gefahren. Von seiner üblichen Coolness war im Moment nichts, aber auch gar nichts übrig geblieben. Wie ein Schulbub, der etwas ausgefressen hatte, fühlte er sich, als er an der Pforte klingelte. Lotte selbst öffnete ihm die Tür. »Grüß Gott, ähm, ich bin der Wöller«, sagte Wolfgang Wöller. »Ist sie hier? Äh, ist Sandra hier?« Lotte brauchte eine Weile, um zu verstehen, was hier überhaupt vor sich ging. »Ach, so ist das!«, entfuhr es ihr dann. »Der Junior!« Das änderte natürlich so manches. Freundlich sagte sie: »Na, dann kommen Sie erst mal mit mir in die Küche.«

Die Küche des Klosters war wirklich ein Museumsstück. Durch große Sprossenfenster blickte man hinaus in den Garten. Es gab einen altmodischen Herd aus den dreißiger Jahren, einen Kühlschrank aus den Fünfzigern. Das Beste aber waren die dunkelgrünen Kacheln und der schöne, große Holztisch, von dem eine ungemein beruhigende Wirkung ausging. Wie früher in Mutters Stube fühlte man sich an diesem Platz. Und genau dahin setzte Lotte den armen Sünder jetzt.
»Ganz ruhig, es geht ihr gut. Der Doktor ist bei ihr«, sprach sie auf ihn ein. Wolfgang wollte aufstehen. »Wo? Ich will zu ihr!« Lotte drückte ihn wieder auf seine Bank. »Immer mit der Ruhe, junger Mann. Sind Sie sicher, dass Sie so eine Geburt durchstehen? Gleich geht's nämlich los, da oben. Vielleicht sollten Sie vorher erst noch was essen?« Der Junge verdrehte die Augen. Seine Freundin bekam ein Kind, und er sollte hier unten mit einer Nonne Stullen essen?
In dem Moment war ein markerschütternder Schrei zu hören. Bestürzt sprang Wolfgang vom Tisch auf. »Was machen die da?«, fragte er Lotte. Die Schwester drückte ihn wieder auf die Bank zurück. »Eine Erstgeburt ist keine leichte Sache«, erklärte sie ihm. »Schon gar nicht, wenn man sowieso schon durcheinander ist. Aber vielleicht erzählen Sie mir erst mal, wie es dazu kommen konnte, hm?« Wolfgang druckste nicht lange herum. »Also, das war in den letzten Sommerferien in Tunesien. Da ist mir eine Plombe rausgefallen. Ich habe einen Zahnarzt gesucht, der Deutsch konnte – das war Sandras Vater. Der hat nämlich in Heidelberg studiert. Ihre Mutter ist Deutsche. Als ich zur Behandlung dran kam, hat Sandra ihrem Vater assistiert. So haben wir uns kennen gelernt. Nach dem Urlaub habe ich ihr noch ein paar Mal geschrieben, aber sie hat nie geantwortet.«
Da kamen von oben wieder diese herzerweichenden Schreie. »Meinen Sie nicht, ich sollte doch nach oben gehen?«, fragte Wöller junior. »Vielleicht kann ich irgendwie helfen …« Lotte schüttelte energisch den Kopf. »Quatsch! Sie wären unserem Geburtsteam doch nur im Weg!« Stattdessen schlug sie ihm vor,

das Geschirr zu spülen. Als Beschäftigungstherapie sozusagen. Das war zu viel für Wolfgang Wöller. Entgeistert schaute er Lotte dabei zu, wie sie seelenruhig ein nigerianisches Risotto zubereitete. Woher nahm diese Frau nur ihre Gelassenheit? Dann ging er zum Fenster und starrte in die Nacht. Vielleicht sollte er jetzt beten?
Plötzlich stand Lotte neben ihm: »Ich denke, Sie sollten sich gut überlegen, was Sie ihr sagen, wenn Sie sie zum ersten Mal sehen. Nach so langer Zeit.« Mit diesen Worten holte sie ihn in die Realität zurück. Wolfgang wusste genau, was er ihr sagen wollte. »Mein Vater ist mir völlig egal. Ich wollte ja schon damals, dass sie mit mir nach Deutschland kommt. Aber sie wollte nicht.« Mit dem Kind sei das nun alles anders geworden. »Jetzt kann sie nicht mehr zurück. Ihr Vater ist ja noch tausendmal schlimmer als meiner.« – »Lieben Sie sie denn noch immer?«, fragte ihn Lotte. »Klar. Wäre ich sonst hier? Ich will sie sehen! Sofort.«
In diesem Augenblick hörte man wieder Schreie – diesmal von einem Kind. Und nun gab es kein Halten mehr. Alle wollten möglichst schnell Mutter und Kind sehen.
Oben strahlten Sandra und Schwester Barbara um die Wette. Barbara lächelte Dr. Richter so selig an, als wäre sie selbst die Kindsmutter. Eine Schüssel mit warmem Wasser hatte sie bereitgestellt. Darin wusch der Doktor das Kind, bevor er es der jungen Mutter reichte. In dem Moment kam Wolfgang zur Tür herein, gefolgt von Lotte, die jetzt auch einen Kloß im Hals hatte. Sie blieb in der Tür stehen und blickte gerührt auf die junge Familie.

Lotte fühlte sich nach diesem langen, aufregenden Tag reif für ein klärendes Gespräch mit Gott. Sie ging in die Kapelle, die früher wohl so etwas wie das Herrenzimmer des Gutshauses gewesen sein musste. Im Erkerfenster stand der Altar, die Fenster waren bunt und bleiverglast. Ansonsten füllten nur noch drei

Gebetsbänke den Raum. Lotte fühlte sich hier sofort zu Hause. »Also ehrlich, Herr«, sprach sie zu IHM, »ich blicke nicht mehr durch. Du hast mich mit dieser Tropenkrankheit geschlagen, damit ich das Mädel hier auflese. Das leuchtet ja noch ein. Aber dass das Kind ausgerechnet vom Sohn des Bürgermeisters sein muss, der sich dein Haus hier unter den Nagel reißen möchte? Entschuldige, aber das musst du mir erklären.« Wenn sie hier in wenigen Wochen sowieso wieder überflüssig sein würde, fand Lotte, hätte ER sie ja auch gleich in Nigeria lassen können. Dabei hatte er ihr vorerst ja noch ein Problem zum Lösen zugedacht: Was passierte mit dem Baby und den jungen Eltern? Im Kloster konnten sie nicht bleiben. »Und wie ich die Eltern einschätze«, argumentierte Lotte weiter, »da sehe ich ganz schwarz. Also, lass dir was einfallen, ja? Ich komme später noch mal vorbei.« Sie beugte die Knie. Dann fügte sie hinzu: »Ich liebe dich. Obwohl ich dich nicht immer verstehe. Aber das weißt du ja.«

Im Zimmer der beiden Novizinnen war das Licht schon gelöscht. Doch an Schlaf war nicht zu denken. Mit weit geöffneten Augen lagen die Mädchen in ihren Betten und unterhielten sich. »Ich könnte das nie, ein Kind kriegen«, meinte Sophie. »Du?« Barbara schwieg, und Sophie redete einfach weiter. »Ich hatte aber auch nie ein richtiges Zuhause. Meiner Mutter war ich immer nur im Weg. Wenn die Nonnen mich nicht von der Straße geholt hätten, wäre ich längst weiß Gott wo!« Barbara schwieg noch immer, mit seligem Lächeln auf dem Gesicht. »Schläfst du schon?«, fragte Sophie vorsichtshalber. »Nein.« – »Was denkst du dann gerade?« – »Dr. Richter hat mich auf ein Bier eingeladen.« – »Nein!« – »Das habe ich auch gesagt«, erzählte Barbara, »aber jetzt tut's mir doch Leid. Er ist echt ein toller Arzt.«

Wolfgang Wöller junior war seit der Geburt keine Minute von Sandras Bett gewichen. Ganz leise unterhielten sie sich, um das Baby nicht zu wecken. Sandra erzählte ihm, wie sie ihr Vater wegen der Schwangerschaft gar nicht mehr aus dem Haus gelassen hatte. »Und wie hast du es geschafft, abzuhauen?«, fragte Wolfgang nervös. »An einem Wochenende musste er nach Djerba, da hab' ich Mutter rumgekriegt, mich gehen zu lassen.« In diesem Moment klopfte es an der Tür und Lotte kam herein. Sie brachte einen Wäschekorb aus Weide. »Na, alles klar?«, fragte sie. »Er schläft«, antwortete Sandra. Und Wolfgang fragte: »Schön, oder?« Dann stutzte er und wollte von ihr wissen: »Was wollen Sie denn mit dem Korb?« – »Na, Klein-Moses ist in einem Binsenkorb auf dem Nil getrieben. Da ist das hier schon wesentlich komfortabler! Ihr müsst jetzt nämlich auch endlich schlafen, vor allem Sandra!« Zusammen mit dem Kindsvater legte sie den Kleinen behutsam in seine provisorische Wiege. »Du übernachtest wohl besser zu Hause!«, sagte Lotte zu dem jungen Mann. Doch da biss sie auf Granit. »Nein, ich geh' nicht nach Hause, nie mehr!« Lotte konnte nur den Kopf schütteln vor so viel jugendlichem Ungestüm. »Nun mal schön langsam, Mister Wöller! Nichts wird so heiß gegessen, wie es gekocht wird. Jetzt erholt euch erst mal, dann sehen wir weiter.« In dem Moment fiel Lotte auf, dass die Mutter Oberin heute morgen genau den gleichen Satz zu ihr gesagt hat. Erholen Sie sich, dann sehen wir weiter ... Schön gedacht, grinste Lotte. Nur auf die Erholung würde sie wohl noch warten müssen. Aber das war ihr auch sehr viel lieber so. Wolfgang machte inzwischen Anstalten, sich auf den Boden zu legen. »Ich schlafe hier, das macht mir nichts aus«, sagte er. »Na gut«, sagte Lotte. »Dann schlaft mal schön. Und keine Angst! Der liebe Gott liebt Kinder.« Mit Blick auf die provisorische Wiege sagte sie: »Gute Nacht, mein Kleiner.«

Die erste Nacht in Kaltenthal war nicht besonders angenehm für Lotte. Auf der linken Seite ihrer Kammer schrie der Kleine fast stündlich nach seiner Mutter. Und wenn sie gerade wieder etwas eingeschlummert war, ging das junge Paar ihr auch im Traum nicht aus dem Kopf. So war Lotte froh, als es halb sechs war, Zeit zum Aufstehen und zur Morgenandacht. Inständig bat sie Gott um ein Zeichen, was mit den jungen Eltern passieren sollte.
Doch zunächst einmal blieb ihr wohl nichts anderes übrig, als gleich noch einmal bei ihrem speziellen Freund, Wolfgang Wöller senior, vorbeizuschauen. Man musste ihn ja wenigstens davon in Kenntnis setzen, dass er Großvater geworden war. Ohne Frühstück fuhr Lotte also hinaus zu Wöllers Anwesen. Der Bürgermeister musste gerade unter der Dusche gestanden haben; mit nassen Haaren und im Bademantel machte er die Tür auf.
»Sie schon wieder!«, blaffte er statt eines Grußes. »Ich schon wieder«, echote Lotte. »Genau. Sie müssen mir nur sagen, ob Sie zuerst die gute oder die schlechte Nachricht von mir hören wollen.« Wöller versuchte, Lotte die Tür vor der Nase zuzuschlagen. »Mit Ihnen rede ich doch gar nicht, um diese Zeit schon zweimal nicht!« Doch Lotte war schneller. »Die gute Nachricht ist: Ihren Sohn sind Sie los. Er schmeißt den Job in Ihrer Firma hin und geht mit Sandra zusammen hier weg.« Wöller starrte sie an wie eine Erscheinung. »Und die schlechte Nachricht ist«, machte Lotte grinsend weiter, »Sie sind heute Nacht Großvater geworden. Ein Junge. Er hat ganz Ihre Augen, womöglich auch Ihren Dickschädel. Zumindest hat er fast die ganze Nacht gebrüllt.« Wöller blinzelte sie immer noch ungläubig an. Dann gab er auf. »Wollen Sie einen Kaffee?«, fragte er. Lotte nahm fröhlich an. »Gern. Und bitte stark!«
Sie folgte ihm in die Küche, wo er sich für die Unordnung entschuldigte. »Nach der Scheidung ist das hier ein richtiger Männerhaushalt geworden«, erklärte er das Chaos. »Aber Kaffee haben wir. Und da ist auch die Maschine. Ich nehme an, Sie wis-

sen, wie sie funktioniert. Vielleicht setzen Sie sie in Gang, ich ziehe mich schnell an. Bin sofort wieder da.«
Da stand Lotte nun und räumte erst mal den Müll weg. Dann betrachtete sie in aller Ruhe die gerahmten Fotos an der Wand. Familie Wöller in glücklichen Tagen. Diese Seite des Bürgermeisters gefiel Lotte schon besser. Vielleicht konnte man ja doch mit ihm reden? Da kam er bereits zurück, ordentlich in Hemd und Anzughose, die Krawatte noch ungebunden um den Hals gelegt. »Und jetzt sind die Kinder bei Ihnen, im Stift?«, fragte er mit leichter Besorgnis in der Stimme. »Ja«, antwortete ihm Lotte, »als ich ging, hat ihr Sohn gerade Frühstück für seine Familie gemacht.« Mit dem Begriff hatte sie bei Wöller offenbar einen Nerv getroffen. »Familie? Das Leben von den beiden ist doch schon ruiniert, bevor es überhaupt angefangen hat!« Lotte seufzte. Sie reichte ihm zuerst seinen Becher, dann sagte sie: »Das Leben der beiden wird nur dann schwierig, wenn Sie sich weiter so stur stellen. Ein Kind bedeutet doch nicht das Ende der Welt.« Doch Wöller ließ sich so leicht nicht umstimmen. »In meiner Welt ist das anders«, sagte er knapp. »Ich höre doch schon den politischen Gegner feixen!«
»Und ich dachte immer, Politik ist die Kunst, das Machbare möglich zu machen«, ließ sich Lotte nicht entmutigen. »Also, machen Sie! Nehmen Sie Ihren Gegnern einfach den Wind aus den Segeln!« Damit hielt sie ihm eines seiner Wahlplakate vor die Nase, das sie auf dem Küchentisch gefunden hatte. »Mit Wöller in die Zukunft! – Ihr Motto ist gar nicht so schlecht. Nur die Brille würde ich weglassen, die steht Ihnen nicht!« Damit hatte sie Wöllers Eitelkeit schon empfindlich getroffen. »Meine Wähler sind nun mal konservativ«, versuchte er auszuweichen. »Klar«, meinte Lotte, »aber wie wäre es, wenn Sie sich statt mit Brille mit Ihrem Enkel ablichten ließen? Ich könnte ihnen auch noch einen anderen Slogan dichten: »Wöller – ein Bürgermeister für alle Bürger, die alten und die neuen.«
Da musste sogar Wöller lachen. Dann sah er auf die Uhr. »Aber jetzt entschuldigen Sie mich, ich muss dringend los.« Lotte sah

ihn eindringlich an. »Ja, und was ist nun mit Ihrem Sohn? Was soll ich dem ausrichten?« Wöllers Antwort fiel melodramatisch aus: »Ich habe keinen Sohn mehr, der ist im Urlaub in Tunesien verunglückt.« Was sollte man dazu noch sagen? Lotte würde jetzt zum Pfarrer fahren, um mit ihm die Taufe zu besprechen. Die sollte möglichst bald stattfinden, und zwar im Kloster, nicht in der Stadtpfarrkirche. Solange Wöller sich sperrte, hielt Lotte Diskretion für ihre vornehmste Pflicht.

Als sie im Kloster ankam, stand vor der Pforte schon der BMW der Mutter Oberin. Im Refektorium fand sie Felicitas, Agnes, Sophie und Barbara um den Tisch versammelt, die Oberin saß eifrig rechnend hinter ihrem Laptop am Schreibtisch des Büros. Gut gelaunt grüßte Lotte ihre Mitschwestern. Sie hatte unterwegs einen Strampelanzug für den Kleinen besorgt, den sie Agnes gerade fröhlich unter die Nase halten wollte. Doch da stand die Äbtissin auch schon vor ihr. Streng bat sie die anderen, sie allein zu lassen. So begann das, worauf Lotte insgeheim schon gewartet hatte – die Gardinenpredigt: »Sie sind noch nicht einmal 24 Stunden im Stift und haben es schon geschafft, nicht nur den Betrieb völlig durcheinander zu bringen, sondern auch einen Gemeinderat samt Bürgermeister in Aufruhr zu versetzen.« Lotte blickte ihr offen ins Gesicht. »Was Felicitas noch gar nicht petzen konnte, ist, dass ich heute morgen schon beim Bürgermeister zu Hause war und versucht habe, ihn zur Versöhnung mit seinem Sohn zu überreden. Leider ohne Erfolg.« Die Oberin sah sie ernst an. Lotte sprach mutig weiter. »Und inzwischen habe ich erfahren, dass Sie das Stift auflösen wollen!«

Nun war es an der Oberin, die Karten auf den Tisch zu legen. »Den Unterhalt und die aufgelaufenen Schulden an die Gemeinde könnten wir notfalls noch aufbringen. Dazu kommen aber noch mindestens 400.000 Euro für die überfällige Renovierung. Und das ist nicht zu schaffen.« – »Ich glaube doch«, brach es aus Lotte hervor. »Schwester!«, rügte sie die Oberin. Doch Lotte war nicht zu bremsen. »Die Gemeinde will uns übers Ohr hauen! Das Grundstück ist Millionen wert, in dieser Lage, so nahe an der Landeshauptstadt. Also, bitte, geben Sie mir etwas Zeit!« Die Argumente der Äbtissin waren jedoch nicht von der Hand zu weisen: »Das Haus ist inzwischen eher ein Luxuswohnheim für zwei Nonnen und zwei Novizinnen. Sicher, sie helfen im Krankenhaus aus und im Kindergarten. Das rechtfertigt aber nicht den Aufwand.« Doch Lotte traute sich die Rettung von Kaltenthal wirklich zu. »Ich darf Ihnen sagen, dass ich heute Nacht wegen des Babys kaum Schlaf fand. So hatte ich umso mehr Zeit zum Nachdenken. Bis gestern wusste ich nicht, warum mich der Herr von Nigeria ausgerechnet nach Kaltenthal geführt hat. Aber jetzt weiß ich es, Mutter!« Sie machte eine eindrucksvolle Pause. »Er will Kaltenthal nicht aufgeben. Und das trifft sich gut, ich will es nämlich auch nicht.« Die Oberin reagierte kühl. »Ihre Interpretation von Gottes Willen in allen Ehren, Schwester, aber so geht es nicht!« Damit wandte sie sich ab und ging ins Büro zurück. »Vielleicht ist nach der Wahl, in drei Monaten wieder alles anders«, rief Lotte in den Nachbarraum hinein. »Vielleicht kommt ja die Opposition zum Zug! Wo ein Wille ist, muss doch ein Weg sein.« Doch die Oberin klappte bereits ihren Computer zu. »Ich kann Ihnen nichts versprechen. Unsere Anwälte prüfen gerade die Möglichkeiten.«

Der Sonntag wurde dann aber doch noch zu einem echten »Erntetag« für Lotte. In der Hauskapelle hatte sie einen alten Waschzuber zum Taufbecken umfunktioniert. Sophie und Barbara hatten die Patenschaft übernommen. Sogar die Mutter Oberin war erschienen, um gerührt dabei zuzusehen, wie der junge Vater seinen Sohn übers Taufbecken hielt. Da ging die Tür noch einmal auf, und die kleine Taufgemeinde erhielt weiteren prominenten Zuwachs: Bürgermeister Wöller kam herein und stellte sich in die hinterste Bank. Lotte spielte ein Stück von Schumann auf dem Harmonium. Der Pfarrer segnete das Kind. Als die Zeremonie vorüber war, traten alle gut gelaunt in den Hof. Der Bürgermeister umarmte »werbewirksam« seinen Sohn, eine Geste, die von einem »zufällig« anwesenden Fotografen auch prompt dokumentiert wurde. Lotte musste innerlich laut lachen.

Zweites Kapitel

Die Nachmittagsandacht ging ihrem Ende zu. Lotte begleitete am Harmonium gerade das Lied »Großer Gott, wir loben dich!«, als Schwester Barbara hereinkam. An ihrer Hand lief ein kleiner Junge, etwa fünf Jahre alt. Barbara stellte sich mit ihm in die Bank neben Sophie und stimmte in den Chor der Schwestern ein. Der Junge sah sich etwas ängstlich um, ließ dann aber auch ein zartes »Lala« hören. Es war wirklich rührend. »Was ist denn mit dem Bub?«, fragte Sophie neugierig. Barbara flüsterte: »Das ist René. Seine Mutter hat ihn mal wieder nicht vom Kindergarten abgeholt. Ich habe überall herumtelefoniert und ihn jetzt halt mitgebracht.«
Lotte hatte den kleinen Gast ebenfalls bemerkt. So kam auch sie nach der Andacht zu Barbara und zwinkerte der Novizin fröhlich zu: »Na, wen haben wir denn da? Lassen Sie den jungen Mann für ein Weilchen bei der alten Tante Lotte, ja?« Barbara überließ ihr das Kind gerne. So führte Lotte den jungen Mann in die Küche, wo sie spontan ein Kindertheater improvisierte. Die Darsteller waren eine Spülbürste, ein Topfschwamm, ein Handtuch. »Und da ist das kleine Handtuch furchtbar erschrocken und ist schnell zur Spülbürste gelaufen und hat ihr ins Ohr geflüstert, bitte, liebe Frau Spülbürste, sagen Sie mir, was ich machen soll! Die wollen mich in den Mülleimer werfen, weil ich so alt bin.«
»Was, sag noch mal, was hat die Spülbürste gesagt?«, fragte der Junge. Es war nicht der erste Satz, den er offenbar nicht verstanden hatte. Da wurden sie allerdings in ihrem Spiel unterbrochen, weil eine blonde Frau hereinkam. Und deren Stimme war nun wirklich nicht zu überhören: »Da ist ja mein Sohn!«,

zeterte sie. Barbara rannte hinter ihr her. »Was hätte ich denn tun sollen, wenn Sie nicht kommen?« Die Frau rechtfertigte sich lautstark. »Wir hatten Inventur im Supermarkt. Ich wollte ja anrufen, aber da war immer besetzt.«
Lotte und Barbara sahen sich betreten an. Der Junge tat ihnen Leid. Außerdem war Lotte aufgefallen, dass er offenbar auf beiden Ohren schlecht hörte. Eigentlich hatte er während ihres Theaters keinen Satz auf Anhieb verstanden. Eine unangenehme Angelegenheit, doch sie musste es der Mutter sagen: »Einen Moment noch, Frau Pfister«, rief Lotte. »Ich glaube, dass René nicht gut hört. Haben Sie ihn schon mal von einem Hals-Nasen-Ohrenarzt untersuchen lassen?« Die Mutter aber hatte dafür nur ein ungnädiges »Papperlapapp« übrig. Auf die mutmaßliche Schwerhörigkeit ging sie gar nicht weiter ein. Stattdessen nahm sie René an der Hand und ließ die beiden Schwestern einfach stehen.
Lotte schüttelte den Kopf. »Wie haben Sie das mit den Ohren denn herausgefunden?«, wollte Barbara wissen. Statt einer Antwort hielt Lotte die zur Handpuppe umfunktionierte Spülbürste hoch. »Ein Trick aus Nigeria. Da gibt es viele Kinder, die nach Infektionen nicht mehr richtig hören können.« – »Aber das muss man doch merken, als Mutter«, sagte Barbara entrüstet. Lotte zuckte die Schultern. »Gesagt haben wir es ihr jetzt. Achte mal drauf, ob sie was unternimmt.« In dem Moment läutete die Glocke zum Abendessen.

Bürgermeister Wöller stieg aus seinem Wagen – wie üblich mit dem Mobiltelefon am Ohr. Schon bevor er das Rathaus betrat, begann er, seiner Sekretärin die nächsten Aufgaben zu diktieren. »Haben Sie die Mahnung rausgeschickt? Und? Haben die Nonnen bezahlt? – Okay, dann werden wir ihnen eben ab morgen das Wasser abstellen!« Inzwischen hatte er das Vorzimmer seines Büros erreicht. Im Eifer des Gefechts hörte er aber noch immer nicht auf, mit Marianne Laban am Telefon zu sprechen.

Wie ein wild gewordener Stier rannte er an ihrem Schreibtisch vorbei. »Genau! Ab morgen wird das Wasser abgestellt. Und wenn das Geld dann immer noch nicht da ist, sperren wir auch noch den Strom und die Müllabfuhr!« Er würdigte seine Sekretärin dabei keines Blickes. »Diese Nebelkrähen werde ich aushungern. Ab sofort gilt der Belagerungszustand!«, schrie er und knallte die Bürotür hinter sich zu. Marianne Laban verdrehte die Augen zum Himmel und legte den Hörer auf. Sie folgte ihrem Chef in sein Zimmer und sprach ihn vorsichtig an. »Also ehrlich, Herr Wöller! Das wird ja zu einer richtigen Manie. Und alles andere bleibt liegen!« Damit deutete sie vorwurfsvoll auf den Stapel unbearbeiteter Schreiben, der sich vor Wöller türmte. »Der Kram kann warten bis nach der Wahl«, sagte Wöller knapp. Frau Laban schnaufte. »Sie haben gut reden. Und ich darf mir die Beschwerden anhören!« Wöller wurde ruhiger. »Ich kann's nicht ändern, Frau Laban. Ich brauche das Kongresszentrum, sonst kann ich einpacken. Und Sie auch! Oder glauben Sie, der Heinz lässt Sie hier weiter Sekretärin spielen, wenn er auf meinem Stuhl sitzt?« Heinz Lehmann war traditionell Wöllers einziger Gegenkandidat. Allerdings hatte er Wöller noch nie mehr als zehn Prozent abnehmen können.
Doch Wöller merkte selbst, dass er den Bogen etwas überspannt hatte, und zeigte sich schnell wieder versöhnlich. »Also, jetzt rufen Sie noch mal bei den Stadtwerken an, und dann machen Sie Feierabend für heute.« Das war wieder ein guter Zug von ihm, fand Marianne Laban. Ihr Mann war sowieso schon sauer, weil es immer später wurde. Als sie das Rathaus wenige Minuten später verließ, blieb ihr Blick an dem neuen Plakat hängen, das den Bürgermeister mit seinem Enkel auf dem Arm zeigte. »Wöller – ein Bürgermeister für ALLE Bürger – die alten und die neuen!« »Gar nicht schlecht«, dachte Marianne Laban. Von wem er den Spruch wohl hatte? Wöller hatte ihr gesagt, er sei ihm eines Sonntags einfach so eingefallen …

Der nächste Morgen begann für Schwester Lotte mit einer Enttäuschung. »Gibt's keinen Kaffee?«, fragte sie am Frühstückstisch im Refektorium. »Der ist leider alle«, antwortete ihr Felicitas. »Aber Schwester Agnes macht uns gerade einen Tee!« Lotte ächzte. »Dann eben Tee ... in Gottes Namen! Aber diesmal besorg' ich den Kaffee! Nicht wieder die koffeinfreie Plörre. In der dritten Welt wird hervorragender Kaffee angebaut!« Dann packte sie ihre Unterlagen aus der Aktentasche. In den letzten Tagen hatte sie eine Unterschriftenaktion zum Erhalt des Klosters angezettelt, die allerdings nur schleppend in Gang kam. Lediglich Barbara konnte eine Erfolgsmeldung vorweisen. »Die Eltern vom Kindergarten habe ich durch, und die haben alle unterschrieben.«
»Gut«, sagte Lotte, »dann klappert Sophie heute die aktiven Gemeindeglieder ab. Ich habe schon mit dem Pfarrer gesprochen.« Sophie nickte. »Und du, Felicitas«, kommandierte Lotte weiter, »fragst bitte heute im Krankenhaus deine Patienten. Wir brauchen jeden!«
In diesem Moment kam Agnes herein, völlig aufgelöst. »Die haben uns das Wasser abgestellt!«, meldete sie. Lotte stand auf und griff nach ihrer Tasche. »Ich hab's dir ja immer gesagt«, zeterte Felicitas. »Wir hätten die Rechnungen bezahlen sollen!« Aber da war Lotte schon draußen im Hof. Durchs Fenster hatte sie einen städtischen Arbeiter gesehen, der sich am Gully zu schaffen machte. »Darf ich mal fragen, was Sie hier tun?«, fragte sie in den Kanal hinab. Doch der Mann tauchte weder auf, noch gab er ihr eine Antwort.
Zurück im Haus, stellte Lotte gleich den nächsten Plan auf: »Ihr geht jetzt wieder an die Arbeit, und ich kläre das mal im Rathaus!« Im Laufschritt eilte sie zum Wagen. Dort angekommen, drehte sie sich noch einmal zu den düster dreinschauenden Mitschwestern um: »Also, Schwestern, es geht los! Der Bürgermeister will uns das Leben schwer machen. Also holen wir uns die Unterstützung der Gemeinde.« Damit stieg sie ein und kurbelte das Fenster herunter. »Wir haben knapp drei Monate

Zeit, um unsere Existenz hier zu sichern. Und das werden wir tun!« Ausnahmsweise sprang der Wagen diesmal sofort an, und Lotte war sehr zufrieden.

Mittlerweile kannte sie den Weg zum Rathaus recht gut. Ruck zuck parkte sie den Wagen zwischen Wöllers Schlitten und dem neuen Wahlplakat, auf dem Bürgermeister Wöller sein Großvaterglück präsentierte. Lotte musste lachen, weil der Mann gerade wieder einmal zeigte, was sich hinter seinem gütigen Opa-Lächeln wirklich verbarg.
Schon an der Tür zum Bürgermeisterzimmer konnte sie sein lautes Organ vernehmen. Sie blieb kurz stehen und hörte ihm zu, wie er seiner Sekretärin eine Rede diktierte. »Und wenn es nach der Opposition ginge – diesen ewigen Miesmachern, Quertreibern und Querulanten, dann stünden wir heute nicht da, wo wir jetzt stehen. Am Anfang einer ...« Er unterbrach sich. »Nein, das ist zu lasch. Streichen Sie den Anfang.« Marianne Laban wagte einen Verbesserungsvorschlag. »Wie wäre es mit an der Schwelle?« – »Sehr gut! An der Schwelle einer ...« – »Zukunft«, warf Marianne Laban, jetzt schon mutiger, ein. »Stehen wir an der Schwelle einer Z...«, wollte der Bürgermeister auch diesen Vorschlag aufgreifen.
Da fand Lotte die Zeit für ihren Auftritt gekommen; der Mann lieferte ihr ja selbst das Stichwort. »Sie stehen ganz woanders, Herr Wöller!«, ließ sie sich vernehmen. Wöller zuckte zusammen und wandte sich um. »Sie stehen an einem Abgrund. An einem Abgrund von Hinterhältigkeit!« Wöller hob unschuldig die Hände: »Ich?« Lotte ging nicht darauf ein, sondern wandte sich der Sekretärin zu. »Oder was meinen Sie, Frau Laban, ist es üblich, dass einfach das Wasser abgestellt wird?« Marianne sah ihren Chef an. Der Bürgermeister sah Lotte an. »Ach, daher die Aufregung! Das tut mir Leid, aber in Anbetracht ihrer Weigerung, die Rechnungen zu begleichen oder auch nur auf die Mahnungen zu reagieren ...« Lotte ließ ihn nicht ausreden.

»Das ist eine Unverschämtheit«, machte sie ihrem Ärger Luft. Wöller konterte. »Dann ist nächste Woche eben auch ihre Stromleitung dran!«
Das verschlug sogar Lotte die Sprache. Dann musste sie eben andere Wege beschreiten. »Na schön«, verabschiedete sie sich. »Wenn Sie Krieg wollen, können Sie ihn haben. Heute Abend auf Ihrer Wahlveranstaltung. Und da komme ich nicht allein, sondern mit ziemlich vielen Unterschriften!« Damit rauschte sie aus dem Zimmer. Wöller lächelte schon wieder siegessicher. »Bitte sehr, ich kann es kaum erwarten!«

Draußen auf dem Platz vor dem Rathaus ging der Kampf mit dem Auto wieder los. Lotte versuchte dreimal vergeblich, den Wagen anzulassen. Just in diesem Moment kam Wachtmeister Meier auf seinem Motorrad vorbei. Er erkannte seine Lieblingskundin sofort. »Will er wieder nicht?«, fragte er, während er die Maschine abbremste. Lotte sah ihn dankbar an. Die Auseinandersetzung mit Wöller steckte ihr doch noch in den Knochen. »Autos sind von Männern erfunden worden. Wie kann man da erwarten, dass sie funktionieren ...?« Der Polizist grinste gutmütig. »Na, na, Schwester!« Gemeinsam öffneten sie die Motorhaube. »Haben Sie ein Taschenmesser?«, fragte Lotte. »Wofür denn? Wollen Sie sich ein neues Auto schnitzen?«, gab der Polizist zurück. »Nein, aber der Luftschlauch ist ausgefranst, sehen Sie?« Lotte machte sich an die Arbeit. Der Polizist staunte. »Wo haben Sie das denn gelernt?«, fragte er. »In Nigeria. Wenn die nächste Werkstatt zwei Tagesreisen entfernt ist, wird man erfinderisch.«

Im Mutterhaus des Ordens hatte die Oberin die Pläne für das Kaltenthaler Kongresszentrum vor sich ausgebreitet, als das Telefon klingelte. Sie nahm ab. »Bitte! ... Hat er auch gesagt, um was es geht? Ach, um Schwester Lotte! Gut, stellen Sie durch!« Am anderen Ende der Leitung machte Wöller seinem Ärger Luft. Er konnte es sich nicht gefallen lassen, wenn Schwester Lotte seinen Wahlkampf sabotierte. »Sie hat gedroht, meine Veranstaltung zu stören«, schnaufte er ins Telefon. »Wie kommt Sie denn dazu?«, fragte die Oberin verblüfft. Die Erklärung, man habe die Wasserleitung zum Kloster abgestellt, gefiel ihr allerdings auch nicht. Offenbar durfte man dem Mann doch nicht zu sehr vertrauen. Als Wöller mit seiner Suada fertig war, gab sie ihm eine salomonische Antwort: »Vielen Dank für die Information. Aber Sie werden mir sicher gestatten, dass ich mir selbst ein Bild mache.«

Damit war Wöller aber noch nicht am Ende. Er wollte mit ihr sein derzeitiges Lieblingsprojekt besprechen: Was die Schwester Oberin denn zu den Plänen für das Kongresszentrum sage? Der Denkmalschutz habe sie ja auch schon »fast« abgesegnet, weil die historische Bausubstanz so wunderbar in das Konzept integriert werde. »Also, hören Sie auf, die Angelegenheit hinauszuzögern«, schloss er seinen Monolog. Sein Drängen schreckte Schwester Elisabeth aber eher ab, als dass es sie überzeugte. »Wie ich Ihnen schon gesagt habe, beschäftigen sich unsere Anwälte gerade damit«, beschied sie ihn kühl. »Vor allem, was die Gemeinnützigkeit anbelangt. Sie werden zu gegebener Zeit von uns hören!« Begeistert sah sie nicht aus, als sie den Hörer zurück auf die Gabel legte.

In Kaltenthal war Schwester Lotte inzwischen wieder ins Kloster zurückgekehrt, um zu telefonieren. Sie musste unbedingt die Stadtwerke erreichen! Wenn der Bürgermeister den Belagerungszustand nicht freiwillig aufheben wollte, musste man ihn mit seinen eigenen Waffen schlagen. Zuerst hörte sie die typische Tonbandansage. Doch nach einigen endlosen Minuten erkundigte sich tatsächlich ein menschlicher Mitarbeiter nach ihren Wünschen. »Grüß Gott, mein Name ist Wöller«, säuselte Lotte. »Ich habe ein etwas heikles Problem, aber Sie können mir vielleicht helfen, Herr Schmidt! Folgendes: Mein Mann und ich sind seit zwei Monaten geschieden. Er weigert sich aber, aus unserem Haus auszuziehen. Ich stehe mit den Kindern praktisch auf der Straße. Dabei ist mir das Haus zugesprochen worden!« Nach einer fünf Minuten dauernden schauspielerischen Glanzleistung hatte Frau Wöller alias Lotte dem Mann das Versprechen abgeluchst, dem vermeintlichen Ex-Gatten den Strom abzudrehen. Ab Mittwochnacht, 0.00 Uhr würde Wöller für seine Sturheit büßen! Lotte legte den Hörer auf und prustete los.

Lange konnte sie sich aber nicht freuen, denn nun stand Agnes in der Tür. »Während Sie unterwegs waren, hat die Schwester Oberin angerufen. Sie sollen zurückrufen!« Lotte nickte ergeben. Was das wohl wieder zu bedeuten hatte? Agnes sprach weiter. »Sie klang gar nicht freundlich ... Gab es ein Problem mit dem Bürgermeister?« Lotte wurde langsam ungnädig. »Na klar gab es ein Problem mit dem Bürgermeister! Ich hab' ihm den Marsch geblasen. Und anscheinend hat er sofort die Maschinerie in Gang gesetzt und im Mutterhaus angerufen.« Zusammen gingen die beiden in die Küche, wo Lotte ihre Tasche auspackte. Unter anderem zog sie ein Päckchen Kaffee hervor, das sie Agnes in die Hand drückte, zusammen mit einer Flasche Mineralwasser. »Hier, Wasser habe ich auch gekauft. Machen Sie uns jetzt erst mal einen ordentlichen Kaffee. Zwei Löffel pro Tasse. Minimum!« Agnes war etwas eingeschüchtert von Lottes überbordender Energie. »Darf ich mir auch einen Tee machen?«, fragte sie. »Sicher!«, sagte Lotte und wählte die Nummer der Oberin. Sofort war die Verbindung da. »Reuter«, tönte es voll aus dem Hörer. »Hier Schwester Lotte. Verzeihen Sie, aber ich bin eben erst zurückgekommen. Es geht um Wöller, nehm' ich an?« – »Allerdings«, gab Elisabeth Reuter zurück. »Er hat mich angerufen, weil er befürchtet, Sie wollten seine Wahlversammlung stören. Ich will doch hoffen, dass sein ›Sabotageverdacht‹ jeglicher Grundlage entbehrt?« Lotte bemühte sich, ruhig zu bleiben. »Es geht nicht um Sabotage. Ich möchte mich an der Dis-

kussion beteiligen, um gewisse Hintergründe und Machenschaften ans Licht zu bringen.« Sie wusste, dass sie aufpassen musste. Trotzdem fand sie, dass das Kloster an seiner Misere nicht ganz unschuldig war. Dieses Thema wollte sie schon die ganze Zeit auf den Tisch bringen.
»Ich weiß, es steht mir nicht zu, Ihre Amtsführung zu kritisieren«, begann sie daher vorsichtig. »Aber ich frage mich schon, wie es überhaupt so weit kommen konnte.« Die Oberin war entsetzt. »Schwester Lotte, jetzt reicht es aber!« Ihr Ton wurde schärfer. »Darf ich dazu vielleicht etwas anmerken?« – »Selbstverständlich!«, sagte Lotte. »Nun, dann möchte ich Sie darauf hinweisen, dass es ein Prinzip unseres Ordens gibt, das seit 400 Jahren gilt. Danach trägt sich jede Niederlassung selbst. Heutzutage würde man wohl von einem ›Profit center‹ sprechen. Mit anderen Worten: Wenn Sie Kaltenthal erhalten wollen, sorgen Sie dafür, dass es sich rechnet.« – »Das werde ich versuchen«, antwortete ihr Lotte, »aber ich bin auch nur ein Mensch und kann mir nicht in zwei Wochen so viel Geld aus den Rippen schneiden. Rückwirkend zum Januar plus Zinsen und Mahngebühren.« Sie merkte, dass die Geduld am anderen Ende der Leitung zu Ende war. Daher bat sie noch einmal leise: »Halten Sie uns noch ein paar Wochen den Rücken frei?« Die Oberin gab gnädig ihre Einwilligung. »Na gut, dann machen Sie mal! Amen.«

Lotte ging auf ihr Zimmer und holte die Bongotrommeln aus dem Schrank. Musik war immer noch die beste Art, sich abzureagieren. Und in ihr brodelte es gewaltig, das konnte sie nicht leugnen. In dem Moment erschien Agnes mit einer Tasse Kaffee und Butterkeksen in der Tür. »War es schlimm?«, fragte sie mitfühlend. Lotte nahm ihr dankbar die Kaffeetasse ab und stellte sie auf den kleinen Tisch. »Ach, Gehorsam ist nun mal nicht meine Stärke«, gab sie zu. »Zum Glück steht die Mutter Oberin momentan noch zu ihrem Versprechen, die Entscheidung aufzuschieben. Allerdings besteht sie darauf, dass wir uns selbst finanzieren!« Bevor sie den ersten Schluck nahm, schnupperte sie genießerisch an der Kaffeetasse. »Hm, riecht gut!« Agnes war froh, dass sie ihr diese kleine Freude machen konnte. »Mit einer Prise Salz zubereitet!«, sagte sie stolz. »So hab' ich es bei meiner Mutter gelernt.« – »Wunderbar!«, lobte Lotte. Dann fragte sie: »Wann ist eigentlich der Kindergarten aus?« – »Um vier«, antwortete Agnes. »Aber bis alles aufgeräumt ist, wird es schon fünf werden.« – »Gut«, sagte Lotte. »Dann müssen wir uns heute Abend zusammensetzen und einen Plan machen. Drei Monate sind nicht viel Zeit. Aber wie heißt es so schön? Hilf dir selbst, dann hilft dir Gott.«

Im Kindergarten war das Aufräumen schon im Gange. Die meisten Kinder waren von ihren Eltern abgeholt worden. Nur René und zwei kleine Puppenspielerinnen waren noch da. Die Kindergärtnerin Anke stellte mit dem Jungen zusammen die Bilderbücher ins Regal zurück. Dabei fiel ihr Blick auf seine Handflächen. »Was ist denn das, René?«, sagte sie entsetzt. Sofort brachte sie ihn mit zu Barbara, die die Spielecke sauber machte. »Schau dir das mal an, René hat einen schlimmen Ausschlag an den Händen!« Barbara war entsetzt. »Mensch, tut das nicht weh?«, rief sie. René sagte nichts, sondern kratzte sich nur. »Hör auf«, bat ihn Anke, »das macht es nur schlimmer.« Zu Barbara sagte sie leise, dass es ihr jetzt langsam reiche mit dieser Frau Pfister. Barbara nickte. Dann sah sie auf ihre Uhr. »Ich glaub', ich fahr' kurz noch mit ihm zum Arzt. So viel Zeit muss sein. Womöglich ist es ja was Ansteckendes!« Zu René sagte sie: »Komm, wir gehen jetzt zum Onkel Doktor. Und unterwegs kaufen wir dir ein Eis, ja?« Anke war aber doch etwas irritiert. »Und was sag' ich der Mutter, falls sie vorher kommt?« Barbara drehte sich nur kurz um. »Sie soll warten!«

Damit gingen sie zum Tor. Anke begleitete sie noch ein Stück. »Sag mal, wer ist eigentlich Renés Vater?«, fragte Barbara. »Offiziell gibt es keinen«, antwortete die Kindergärtnerin. »Aber inoffiziell soll sie was mit Matuschek gehabt haben.« – »Matuschek?« Barbara kannte keinen Matuschek. »Liest du keine Zeitung? Der Fußballer! Zur Zeit ist er noch beim FC, aber nächste Saison soll er für 1860 spielen. Und rate mal, wie hoch die Ablösesumme war!« Barbara zuckte die Schultern. »Keine Ahnung. Beim Fußball kenn' ich mich nicht aus!« – »Vier Millionen!« – »Na, bravo«, sagte Barbara. »Und sein Sohn hat die schäbigsten Klamotten an und möglicherweise einen psychosomatisch bedingten Ausschlag. Na, mal sehen, was der Doktor dazu sagt.« Sie wäre eine gute Mutter geworden, fand Anke, als sie sah, wie die Kollegin mit dem Jungen an der Hand die Straße zur Praxis hinauf lief.

In der Praxis musste Barbara einige Minuten im Wartezimmer Platz nehmen. Um die Zeit zu überbrücken, erzählte sie René das Märchen vom Froschkönig. Sie war aber noch nicht fertig, da ging auch schon die Tür auf, und Dr. Richter bat sie herein. »Tut mir Leid, dass es so lange gedauert hat«, sagte er zur Begrüßung. »Ach was«, lächelte Barbara. »Ich finde es ja furchtbar nett, dass Sie uns überhaupt noch drannehmen. Sag mal ›Guten Tag‹ zum Onkel Doktor!«, forderte sie den Kleinen auf. René streckte ihm brav die Hand hin. »Ich heiße Martin«, sagte der Arzt. »Und du?« – »René!« – »Gut, dann wollen wir uns das mal anschauen, René!«

»Meine Kollegin im Kindergarten meint, dass der Junge nicht genug Zuwendung bekommt. Kann das sein?«, fragte Barbara. »Wieso?« gab der Arzt zurück. »Na, die Mutter ist völlig überfordert. Sie hat nicht mal gemerkt, dass er Probleme mit seinem Gehör hat. Und jetzt dieser Ausschlag. Möglich wäre doch eine psychosomatische Reaktion, oder?« Das hatte René wider Erwarten verstanden. »Was ist eine psychosomatische Reaktion?«, fragte er misstrauisch. Der Arzt erklärte ihm behutsam, dass es ein anderes Wort für »Seele« sei. Dann pfiff er durch die Zähne. »Herrje, Dermatitis! Ziemlich böse! Wenigstens ist es nicht ansteckend. Ich gebe Ihnen eine Creme mit!« René merkte, dass er seinen Part fast erfüllt hatte, und hatte nun nur noch seine Belohnung im Kopf. »Wann gehen wir endlich Eis essen?«,

quengelte er. »Gleich«, versprach ihm Barbara. »Aber erst lässt du den Doktor noch in deine Ohren gucken, ja?« – »Genau«, ergänzte der Arzt. »Mit diesem tollen Gerät hier, schau!«
Nach kurzer Zeit beendete er die Untersuchung. »Sieht wie eine Infektion aus. Aber das muss sich unbedingt ein Spezialist ansehen. Ich schreibe Ihnen gleich mal eine Nummer auf.« Anschließend half Barbara dem kleinen René vom Untersuchungstisch herunter. Martin sah ihr versonnen zu. Nein, er konnte nicht dagegen an – er fand das Mädchen einfach hinreißend. Zu dumm, dass sie eine Nonne war. Dann notierte er die Nummer auf einen Zettel und gab sie ihr. »Soll ich Sie bis zum Kindergarten mitnehmen?«, fasste er sich wieder ein Herz. »Ich mache jetzt auch Schluss für heute!« Doch Barbara lehnte ab. »Danke, es sind ja nur ein paar Schritte. Und ich muss jetzt unbedingt noch im Café Schober ein Eis kaufen, stimmt's René?« Der Junge nickte strahlend. Beim Abschied hielt Martin ihre Hand ziemlich lange fest. »Sie sollten auf jeden Fall mal die Verhältnisse im Elternhaus prüfen. Möglicherweise hat Ihre Kollegin mit ihrer psychosomatischen Erklärung gar nicht so unrecht.« – »Mach' ich. Ich halte Sie auf dem Laufenden«, antwortete sie leicht errötend. Zu dritt verließen sie die Praxis.
Barbara hatte weiche Knie. Am liebsten wäre sie umgekehrt. Oder auf der Stelle stehen geblieben und zur Salzsäule erstarrt wie Lots Weib. Aber René zog sie weiter. »Was ist denn, Barbara? Jetzt komm!« Barbara ließ sich abführen. Sie holten Eis und beeilten sich dann auf dem Weg zurück zum Kindergarten, um Renés Mutter nicht allzu lange warten zu lassen. Tatsächlich stand die Frau schon an der Pforte. Sie stürzte sofort auf ihren Sohn zu, zog ihn von der Schwester weg und rannte mit ihm hinaus, ohne auch nur Guten Abend zu sagen.
Anke ging zu Barbara. Man sah ihr an, dass sie mit den Nerven völlig am Ende war. »So ein Wahnsinn!«, stöhnte sie. »Was war denn?«, fragte Barbara. »Na ja, erst mal war ich etwas sauer, dass sie schon wieder als Letzte hier ankam. Insofern war ich auch nicht gerade freundlich zu ihr. Aber als sie dann hörte, dass du

mit René beim Arzt bist, da ist sie ausgerastet.« Die beiden gingen ins Haus, um noch ein wenig aufzuräumen. »Was uns überhaupt einfiele, ohne ihre Genehmigung zum Doktor zu gehen. Die Rechnung zahlt sie natürlich auch nicht. Und so weiter und so fort.« – »Seltsame Frau«, sagte Barbara. »Deren Probleme möchte ich nicht haben.« – »Aber jetzt erzähl du doch mal«, unterbrach sie Anke. »Was meint denn der Arzt? Ist es ansteckend?« – »Nein, eine allergische Reaktion. Dermatitis nennt man das wohl.« Damit griff sie in ihre Schürzentasche. »Mist, jetzt hab' ich vergessen, ihr die Creme zu geben. Weißt du, wo sie wohnt?« – »Klar«, sagte Anke. »Aber zu Hause ist die jetzt noch nicht. Abends putzt sie in der Sparkasse, nach dem anderen Job im Supermarkt.« Barbara sah sie bittend an. »Mensch, kannst du ihr das vielleicht auf dem Heimweg vorbeibringen? Und das hier ist die Nummer von einem Ohren-Spezialisten.« Anke war nicht so wohl bei dem Gedanken. »Glaubst du nicht, dass das eher ein Fall fürs Jugendamt ist?« – »Na, nun übertreib mal nicht gleich«, meinte Barbara. Damit steckte sie Zettel und Creme wieder in ihre Tasche und ging hinaus.

Im Kloster hatten die Schwestern eine ganze Weile mit dem Abendessen auf Barbara gewartet. Dann hatten sie doch angefangen, obwohl ihr Platz immer noch leer war. Lotte musste natürlich ausführlich von ihrem Telefonat mit der Mutter Oberin erzählen: »Zuerst teilte sie mir mit, dass eine Ordensschwester auf einer Wahlveranstaltung absolut nichts zu suchen hätte. Das war aber nur der Auftakt.« Sie machte eine Pause und nahm einen herzhaften Schluck Malzbier. »Anschließend hat sie mir noch mal auseinander gesetzt, dass wir uns selbst finanzieren sollen. Ihrer Meinung nach sind wir kein Kloster, sondern ein Profit center. Nur damit das mal klar ist, haha!« Sophie konnte darüber nicht lachen. »Profit center? Ich fasse es nicht.« Lotte wandte sich an Felicitas. »Wie war das denn früher hier?« Felicitas starrte auf ihren Teller. »Früher waren wir über vierzig Nonnen hier. Und wir hatten die gesamte Klinik zu betreuen. Die hieß damals noch ›Marienhospital‹ nach unserer heiligen Mutter!« – »Ja, und dann?«, fragte Lotte interessiert weiter. »Dann hat uns die Stadt übernommen. Weil wir ja immer weniger Novizinnen hatten.« Sie machte eine Pause und dachte an die vergangenen Zeiten zurück. »Also ehrlich, Lotte«, machte sie dann in ihrem typischen vorauseilenden Gehorsam weiter, »ich glaube, die Mutter Oberin hat Recht. Schau uns doch an – wie sollen wir zu so viel Geld kommen?« Lotte blickte sie etwas ratlos an: »Das weiß ich auch nicht. Aber als ich mein Gelübde abgelegt habe, da hab' ich meinen Verstand nicht mit abgelegt. Und was Wöller mit uns treibt, das schreit doch zum Himmel!« Felicitas drohte ihr mit dem Zeigefinger. »Du willst dich doch hoffentlich nicht der Mutter Oberin widersetzen?« Lotte hasste diesen Tonfall. »Sie hat nur gesagt, dass ich nicht zu der Wahlveranstaltung darf. Es war aber nicht die Rede davon, dass ich keine Lokale mehr betreten darf. Und Flugblätter zu verteilen hat sie mir auch nicht verboten.« Sie hatte sich am Nachmittag schon ein paar Gedanken gemacht, wie sie dem Bürgermeister sein Vorhaben vermasseln konnte. »Haben wir eigentlich einen Kopierer hier?«, fragte sie weiter. Sophie schüttelte energisch den Kopf. »Nichts dergleichen.«

Nach dem Essen zog sich Lotte für ein Weilchen in ihr Zimmer zurück. Dort sprach sie den »Lebensgefährten« am Kreuz über ihrem Bett gleich direkt an. »Also ehrlich, Herr! Das Wasser abstellen … war das nötig? Manchmal machst du es einem wirklich nicht leicht. Entschuldige, wenn ich mich jetzt erstmal abreagieren muss.« Damit setzte sie sich mit ihren Trommeln in den Schneidersitz und ließ die Erinnerung an Afrika in ihre Kammer. Sie schloss die Augen, schlug die Bongos und bewegte ihren Oberkörper im Rhythmus mit. In den 45 Jahren ihres Lebens hatte sie nichts entdeckt, das sie mehr entspannte, als diese Form des Musikmachens.

Unten war nun endlich die Eingangstür zu hören, und Barbara kam ins Haus. Sophie, die auf dem Besuchersofa gelesen hatte, sprang sofort auf und lief ihr entgegen. »Wo warst du denn so lange? Wir haben uns schon Sorgen gemacht.« Statt einer Antwort fragte Barbara gleich nach Schwester Lotte. »Die ist oben«, sagte ihr Sophie. »Du hörst ja die Bongos. Aber sag mir doch erst mal, was los ist.« Doch Barbara ging einfach an ihr vorbei die Treppen hoch – was sonst überhaupt nicht ihre Art war. Sophie stand unten und hielt sich am Treppengeländer fest. Irgendwie hatte sich das Leben im Kloster ziemlich verändert, seitdem Schwester Lotte da war.

Kurz darauf fuhren Lotte und Barbara noch einmal mit dem Wagen weg. Im Auto unterhielten sie sich über René. »Es ist doch immer dasselbe«, sagte Barbara. »Wenn wir das Jugendamt einschalten, nehmen sie der Mutter das Kind weg. Dabei versucht sie ja, über die Runden zu kommen. Ohne den Vater …« Lotte sah sie fragend an. »Und der zahlt gar nichts?« – »Offenbar nicht«, meinte Barbara. »Obwohl er eine lokale Berühmtheit sein soll. Matuschek heißt er. Ein Fußballer.« Dann sagte sie: »Stopp. Hier ist die Sparkasse. Hoffentlich ist sie noch da!« Sie waren beide schon ausgestiegen, als Lotte noch etwas einfiel. »Reichst du mir mal den Umschlag da? Vielleicht können wir da drin den Kopierer benutzen!«
Schon von außen sahen sie durch die großen Fensterscheiben René am Boden mit dem Staubsauger spielen. Die Mutter saß an einem der Schreibtische und telefonierte. »Mit Renés Ohren stimmt irgendwas nicht«, sagte sie gerade. »Und jetzt hat er sich auch noch einen Ausschlag geholt. Die im Kindergarten behaupten, ich sei schuld.« Sie machte eine Pause. »Ich hab' dir nie Schwierigkeiten gemacht, hab' dich immer aus allem rausgehalten. Aber jetzt bin ich am Ende. Ich kann nicht mehr.«
Von außen klopften die Schwestern an die große Eingangstür. René kam angerannt und öffnete ihnen. »Schwester Lotte!«, rief

er entzückt. Und zu Schwester Barbara sagte er: »Gehen wir morgen wieder Eis essen?« Die beiden Schwestern nahmen ihn in die Mitte. Zu dritt gingen sie auf den Tisch zu, an dem seine Mutter telefonierte. »Ich will kein Geld, sondern nur, dass du dich ein wenig um ihn kümmerst. Wenigstens bis er wieder gesund ist.« Sie ließ den Hörer sinken. Dann sagte sie: »Aufgelegt, na bravo!«

René schmiegte sich an ihre Knie und sagte: »Die Barbara ist da, Mama!« Frau Pfister war von dem späten Besuch gar nicht begeistert. »Sie schon wieder? Was wollen Sie von mir?« Barbara streckte ihr die Creme entgegen. »Ich wollte Ihnen die Creme von Doktor Richter vorbeibringen. Gegen den Hautausschlag.« – »Und bei der Gelegenheit«, mischte sich Lotte ein, »würden wir gern mit Ihnen reden. Haben Sie kurz Zeit?« Frau Pfister seufzte. »Ich kann mir schon denken, worum es geht: René darf nicht mehr in den Kindergarten …« Barbara schüttelte energisch den Kopf. »Quatsch! Er hat zwar eine Infektion in den Ohren, aber seine Dermatitis ist nicht ansteckend. Wenn er sich schön eincremt, dann wird das schnell wieder gut.« – »Wir wollen Ihnen wirklich nur helfen, Frau Pfister!«, begann Lotte noch einmal von vorn. »Tolle Hilfe!«, schüttelte sich die Pfister. »Wenn das herauskommt, dass ich Sie hier eingelassen habe, bin ich meinen Job los. Das ist eine Bank!« Lotte versuchte zu scherzen. »Bringen Sie mich nicht auf dumme Gedanken. Wir könnten Geld gebrauchen!« Frau Pfister lachte bitter. »Ich auch!« René fragte Lotte: »Was hast du gesagt, sag noch mal!« Lotte musste grinsen. »Nein, das wiederhole ich lieber nicht.« Und zu Frau Pfister gewandt, sagte sie: »War das sein Vater am Telefon?« »Vater ist übertrieben«, antwortete sie. »Darunter verstehe ich etwas anderes. Sagen wir lieber: der Erzeuger.« Lotte sah sie direkt an: »Das heißt, er zahlt nichts?« Frau Pfister hatte nun Vertrauen gefasst. »Er ist verheiratet, und ein uneheliches Kind wäre schlecht für seinen Marktwert. Das musste ich akzeptieren«, gab sie Auskunft. »Dann stimmt es also, dass er ein prominenter Fußballer ist?«, hakte Lotte nach.

Karin Pfister hatte sich offenbar von einer Sekunde auf die andere entschlossen, alles zu erzählen. Immerhin waren die Frauen Nonnen – wenn nicht sie, wer sollte ihr dann zuhören? »Er behauptet, ich hätte mit der halben Fußballmannschaft geschlafen!«, begann sie. »Und, haben Sie?«, fragte Lotte. »Ach, was!«, rief Frau Pfister und schüttelte den Kopf. »Aber warum«, bohrte Lotte weiter, »warum lassen Sie sich dann so etwas gefallen?« Die Antwort kam wie aus der Pistole geschossen. »Ich hab' auch meinen Stolz. Ich war jung und dumm und hab' einen Fehler gemacht. Und jetzt ist es sowieso zu spät ...« – »Verstehe ich überhaupt nicht!«, schimpfte Barbara. »Schon gar nicht, wo sein Verein vier Millionen Ablöse kassiert! Vier Millionen!« Lotte sah sie entgeistert an. »Woher weißt du das?« – »Soll in der Zeitung gestanden haben«, berichtete Barbara. »Anke weiß alles über ihn.« Lotte sah wieder Frau Pfister an: »Stimmt das?« Die nickte nur stumm. »Also, in diesem Fall, Frau Pfister«, redete Lotte der Mutter ins Gewissen, »sollten Sie aber wirklich kämpfen. Schon im Interesse des Kindes. Der Kleine braucht seine Mutter. Mit zwei Jobs können Sie ihm doch nichts mehr geben.« In das Schweigen hinein machte Lotte einfach weiter: »Jetzt mag es noch angehen, da hat er ja Barbara und Anke, die sich sehr um ihn bemühen. Aber später, in der Schule, braucht er wirklich einen Halt zu Hause.« Frau Pfister strich sich müde die Haare aus dem Gesicht. »Ich tue, was ich kann! Egal, was man im Kindergarten behauptet, wirklich!« Sie sah auf ihre Armbanduhr und zuckte zusammen. »Herrje, es ist schon sieben, und ich hab' noch nicht mal richtig angefangen!« Lotte sah Barbara an. »Wir helfen Ihnen. Und dann gehen Sie nach Hause. Komm, Barbara!« Karin Pfister sah die beiden Nonnen entgeistert an. »Doch, doch«, nickte Lotte ihr aufmunternd zu. Dann fiel ihr der Umschlag wieder ein. »Ach ja, sagen Sie, könnten Sie das vielleicht hundertmal für mich kopieren? Wir haben nämlich kein Kopiergerät.« Da musste Frau Pfister lächeln. »Ihnen darf man wohl kaum widersprechen, oder?« Lotte lachte. »Nein, das haben wir gar nicht gern!«

Den nächsten Tag hatte der Herr Bürgermeister schon seit Wochen rot in seinem Kalender markiert. An diesem Abend sollte nämlich die Auftaktveranstaltung zu seinem Wahlkampf stattfinden, in seinem Stammlokal, dem »Ochsen«. Fünf Veranstaltungen hatte er insgesamt geplant, und es durfte nichts schief gehen. Jeder Zwischenfall konnte ihn Wählerstimmen kosten. So war er sehr beruhigt, bei seinem letzten Kontrollbesuch am Vormittag festzustellen, dass die Kellnerin hinten im Nebenzimmer die Stühle in Reihen aufstellte. Auch das Transparent mit dem Slogan »Mit Wolfgang Wöller in die Zukunft!« hing bereits an Ort und Stelle. In aller Bescheidenheit fand sich Wöller auf dem Foto recht gut getroffen. »Hallo, Erika!«, begrüßte er die Kellnerin, die ihn vor lauter Stühlerücken gar nicht gehört hatte. »Alles klar im Ochsen?« Erika sah ihn etwas erschöpft an. »Bei mir schon«, sagte sie. »Aber wehe, wenn Sie wieder stundenlang Reden schwingen – und kein Mensch kann was bestellen! Das führt nämlich dazu, dass ich keinen Umsatz mache – und kein Trinkgeld! Dann ist für Sie hier ein für allemal Schluss!« Was den Bürgermeister schnell wieder zum Tagesgeschäft zurückrief. »Okay«, meinte er, »dann sag' ich dir jetzt noch was Wichtiges. Du musst aufpassen, dass heute Abend keine Revoluzzer unter Anführung einer Nonne hier eindringen.« Erika war sich nicht sicher, ob sie richtig gehört hatte. »Bitte, was?«, fragte sie nach, »Nonnen?« Wöller nickte. »Genau, falls die hier tatsächlich auftauchen sollten, schmeißt du sie bitte raus, ja?« Damit zog er einen Hundert-Euro-Schein aus der Tasche und streckte ihn Erika hin. »Hier, für deine Bemühungen!«

Beim Aufstehen fühlte sich Lotte diesmal noch tatendurstiger als sonst. Mit Barbara hatte sie gestern Abend vereinbart, dass sie den Fußballer Matuschek so bald als möglich persönlich zur Rede stellen würde. Was bedeutete, dass Lotte, die ungekrönte Fußball-Königin des Klosters, heute ein echtes Profi-Team besuchen durfte. Als die beiden Schwestern endlich im Vereinsheim ankamen, standen die Kicker bereits unter der Dusche, um sich den Schweiß herunterzuwaschen. Barbara blieb im Auto sitzen. Und Lotte ging einfach den lauten Stimmen nach, bis sie plötzlich mitten in den Waschräumen stand. Vor lauter Dampf konnte sie zunächst kaum etwas erkennen. Anders die jungen Männer, die ziemlich verwirrt waren. »Himmel!«, schrie einer. »Wo sind die Handtücher?« In Windeseile schnappten sich die Fußballer ihre Frotteetücher und bedeckten verschämt ihre Blöße. Lotte blieb in all der Hektik ziemlich cool. »Lassen Sie sich nicht stören, meine Herren!«, sagte sie so ruhig wie möglich. »Ich bin auf der Suche nach einem Herrn Matuschek!« Ein stämmiger Mann trat auf sie zu. »Wer sind Sie?« Lotte lächelte. »Sagen wir mal, ich bin ein Fan und hätte gern ein Autogramm!« Matuschek lachte. »Na, das können Sie gern haben, Sie müssen mir nur den Rücken schrubben!« Nach diesem Geflachse wurde Lotte schnell ernst. »So einfach ist es nicht. Das Autogramm sollte nämlich auf einem Scheck stehen – ausgestellt auf Frau Karin Pfister!« Über diese Worte konnte Matuschek nun nicht mehr lachen. »Wie bitte?« Lotte sprach unbeirrt weiter. »Sie wissen genau, was ich meine, Herr Matuschek. Und dieser Scheck wird nicht der letzte sein, so ein Wisch ist ab sofort jeden Monat fällig. Und wenn ich ihn immer persönlich hier abholen muss!« Matuschek rastete aus. »Sind Sie denn noch ganz sauber?«, schrie er. »Raus hier!« Doch Lotte wich keinen Zentimeter. »Hören Sie endlich auf, den starken Maxe zu spielen. Sie haben einen kleinen Sohn in die Welt gesetzt, der braucht Sie jetzt. Und wenn Sie ihm schon kein Vater sein wollen, dann müssen Sie ihn wenigstens ernähren.« So etwas hatte Matuschek nicht erwartet. »Ich glaub', ich spinne!«, ereiferte er sich. »Was denken Sie eigentlich, wer Sie sind? Verschwinden Sie!« Er begann, zu drohen: »Sie werden schon sehen, wo das hinführt, wenn Sie nicht aufhören, mich zu belästigen. Das können Sie auch der Karin ausrichten, ja, sagen Sie ihr das. Schönen Gruß!« Damit stieß er Lotte am Arm hinaus und schlug die Tür hinter ihr zu.

Lotte stand noch eine Weile vor der Tür. So schwierig hatte sie sich den Besuch nicht vorgestellt. Dann atmete sie tief durch und ging zum Auto. »Wie ist es gelaufen?«, fragte Barbara neugierig. »Phh!«, machte Lotte und strich sich über die Stirn. Dann sagte sie: »Das ist ein ganz kalter Bursche. Ich fürchte, bei dem müssen wir härtere Geschütze auffahren.«

Die Fahrt war lang gewesen. Lotte hatte nicht mal mehr Zeit, um kurz zu Hause im Stift vorbeizufahren und ihre Teilnahme beim Abendessen abzusagen. Sie musste schnellstens zum Gasthaus, in dem Wöller heute seinen großen Auftritt hatte. Vor dem Lokal stellte sie ihren Wagen ab und stieg mit ihren hundert Infozetteln aus. Einen Teil davon klemmte sie an die Windschutzscheiben der bereits geparkten Autos, den anderen Teil drückte sie den ankommenden Wöller-Fans gleich selbst in die Hand. Da das Fenster des Nebenzimmers geöffnet war, konnte sie Wöllers Rede live miterleben. Es machte also gar nichts aus, dass man ihr den Zutritt verboten hatte. Überhaupt fand sie es viel angenehmer, Wöllers Gerede im Freien anzuhören. Sie war sehr zufrieden. »Und für alle, die es noch immer nicht begriffen haben – oder nicht begreifen wollen«, hörte sie gerade einen Text, den sie schon kannte, »wir stehen an der Schwelle einer neuen Ära! Wenn Kaltenthal es nicht schafft, mit attraktiven Projekten an die Gelder von Land und Bund zu kommen, dann hat es keine Zukunft. Sondern nur noch eine Vergangenheit.«
»Der Mann drischt nur Phrasen«, dachte Lotte. Doch die Rede war noch nicht zu Ende. Denn in diesem Moment brachte Wöller seinen Lieblingsspruch: »Wer Wöller wählt, wählt die Zukunft!« Lotte verdrehte die Augen. Den Wöller-Fans hatte die Rede jedenfalls gefallen, das war nicht zu überhören. Als der Beifall nachließ, ging plötzlich die Tür des Gasthauses auf. »Aha, die ersten flüchten schon«, dachte Lotte grinsend. Doch der Mann, der da mit raschen Schritten auf sie zukam, war der Bür-

germeister höchstpersönlich. In der Hand hielt er einen von Lottes »Informations-Zetteln«. »Ich habe ja geahnt, dass Sie hier herumlungern! Jetzt sagen Sie mir, was das soll!«, schrie er. »Das sind ja übelste Verleumdungen. Mir geht es ausschließlich um das Wohl der Gemeinde.« Lotte zitierte ihn: »Wer Wöller wählt, wählt die Zukunft. Die Frage ist nur, ob man in so einer Zukunft leben will! Ich jedenfalls nicht! Und ich bin nicht die einzige. Wir haben schon über zweitausend Unterschriften!« Die Zahl musste auch Wöller beunruhigen, doch vorerst zuckte er nur mit den Schultern. Dann meinte er bissig: »Ich kann bloß hoffen, dass Sie auch die Stimme ihrer Chefin haben!« Lotte lächelte ihm souverän zu. »Bis jetzt noch nicht. Aber das wird sich ändern, wenn Sie erfährt, wie Sie sich hier benehmen. Und im übrigen werden Sie die Freigabe eines gewissen Liberos an den neuen Verein verweigern!« Wöller verstand nicht, was das jetzt zu bedeuten hatte. »Sie werden dem Herrn klar machen, dass er weiter in Kaltenthal spielen darf, statt in München, wenn er sich weiterhin weigert, den Unterhalt für sein Kind zu bezahlen!« Wöller war mit seiner Geduld am Ende. »Wie komme ich dazu?« Doch Lotte hatte sich gut informiert. »Na, Sie sind doch im Vorstand des FC, oder nicht?« – »Schon, aber ...« stotterte der Bürgermeister. »Dann tun Sie, was ich Ihnen gesagt habe«, bestimmte Lotte. »Und dann noch ein Letztes: Morgen blasen Sie den Belagerungszustand unseres Klosters wieder ab. Wenn ich morgen die Dusche aufdrehe und da kommt kein Wasser, dann sehe ich mich leider gezwungen ...« Jetzt reichte es Wöller endgültig. »Wissen Sie, was Sie mich können? – Kreuzweise können Sie mich!« Lotte ließ ihn einfach stehen und ging zu ihrem Wagen. »Sehr schön. Wie Sie meinen.«
Als Lotte das Haus betrat, brannte in der Küche noch Licht. Schwester Agnes war mit Bügeln beschäftigt. Das schien sogar Lotte zu viel Eifer. »Agnes, du bist noch auf?«, sprach sie sie leise an. »Weißt du nicht, wie spät es ist?« – »Na, irgendwer muss die Arbeit doch machen«, antwortete die Mitschwester gutmütig. »Sicher«, gab Lotte zurück, »aber doch nicht immer

nur du.« Sie öffnete den Kühlschrank. Da trat Agnes hinter sie. »Hier, ich hab' dir ein Stück Apfelkuchen aufgehoben.« Lotte biss sofort hungrig hinein. Dann berichtete sie der braven Agnes die Neuigkeit: »Morgen haben wir wieder Wasser!« Die freute sich: »Echt! Haben Sie den Bürgermeister also doch rumgekriegt?« Lotte schüttelte den Kopf: »Natürlich hat er sich wieder aufgeplustert und sich geweigert. Aber ich hab' noch ein Ass im Ärmel, das in ein paar Minuten seine Wirkung zeigen dürfte.« Damit sah sie auf ihre Uhr, die mittlerweile kurz vor Zwölf zeigte. Dann sagte sie zu Agnes: »Komm, es reicht jetzt.« Und vorsichtshalber zog sie auch noch den Bügeleisenstecker aus der Steckdose.

Als sie in ihr Zimmer kam, war Lotte zufrieden mit sich und der Welt. Das musste sie ihrem Lebensgefährten noch sagen. Vor allem auf das »Ass«, von dem sie Agnes erzählt hatte, war sie stolz: Exakt in diesem Moment würde wohl bei Wöller der Strom abgestellt. Wenn die Nonnen auf Wasser verzichten mussten, sollte sich der Bürgermeister ruhig auch ein paar Tage mit Kerzen durchschlagen. »Ich weiß, dass du dir etwas anderes von mir gewünscht hättest«, sprach sie in Richtung Kreuz. »Aber ich kann nicht anders. Der Mann muss merken, dass wir starke Frauen sind, auch wenn wir Kutten tragen.«

Am nächsten Morgen stand Barbara wie immer am Eingang des Kindergartens und begrüßte die Kleinen. Plötzlich fiel ihr Blick auf einen roten Sportwagen, der am Straßenrand geparkt war. Was der hier wohl zu suchen hatte? Sie konnte nicht weiter auf ihn achten, weil soeben René mit seiner Mutter hereinkam. »Na, du Rabauke, tun deine Hände noch weh?«, empfing sie ihn. »Nö!« machte René, »nicht mehr doll!« Dann lief er zu den Jungen, die im Garten Fußball spielten. In diesem Moment stieg der Mann aus seinem Sportwagen und ging Frau Pfister nach. »Hallo, Karin!«, rief er. Sie drehte sich um. »Was willst du?« Statt einer Antwort reichte er ihr einen Umschlag. »Was ist das?«, fragte sie. »Tu nicht so«, meinte er nicht besonders charmant. »Das weißt du genau. Aber halt mir in Zukunft diese Nonne vom Leib, ja?« Frau Pfister konnte ihre Neugier kaum zügeln und warf einen Blick in den Briefumschlag. »So viel?«, sagte sie ungläubig. »Für die letzten Jahre!«, erklärte er. »Und wenn du mir deine Kontonummer gibst, überweise ich dir ab sofort monatlich was.« Karin Pfister wusste nicht, was sie sagen sollte. Beide sahen sie den Kindern auf dem Rasen zu. »Welcher ist es?«, fragte Matuschek verlegen. René schoss gerade den Ball gegen die Hauswand. »Dreimal darfst du raten!«, sagte Frau Pfister lächelnd.

Auch im Stift kündigte sich gerade ein kleines Wunder an: Der Bürgermeister fuhr persönlich mit seinem schweren BMW vor. Agnes kam ihm entgegen und bedankte sich für das Wasser, das endlich wieder aus dem Hahn kam. »Schon gut«, wimmelte Wöller sie ab. »Wo ist Schwester Lotte?« – »Im Büro«, sagte Agnes und ging ihm voraus. Sie fanden Lotte am Schreibtisch, wo sie sich der Post widmete. Bevor Lotte etwas sagen konnte, schoss der Bürgermeister schon los: »Okay, Madame, der Matuschek blecht seine Alimente. Und bei Ihnen läuft das Wasser! Aber jetzt will ich meinen Strom wieder!« Lotte grinste ihn an. »Gern, Sie müssen nur den Antrag stellen.« Wöller sah sie fragend an: »Antrag?« – »Na ja«, antwortete sie, »ich habe Sie abgemeldet. Der Sachbearbeiter war sehr verständnisvoll!« Wöller traute seinen Ohren nicht. »Aber das geht doch gar nicht!« – »Doch«, meinte Lotte, »mit etwas Fantasie geht fast alles.« Wöller starrte sie nur an. Diese Frau ist unglaublich, dachte er. Doch wenn er ehrlich war, musste er zugeben, dass sie ihm mächtig imponierte.

Drittes Kapitel

Es waren noch mehr als vier Wochen bis zum kalendarischen Termin am 21. Juni. Aber man konnte den Sommer schon riechen. Die Rapsfelder waren ein einziges Meer von Gelb. Und seit ein paar Tagen brauchte man zum Radfahren nicht mal mehr eine Jacke. Schwester Lotte genoss es. Obwohl sie, um ehrlich zu sein, ihr gesundheitsbewusstes Leben zurzeit nicht ganz freiwillig führte: Eigentlich war ja der alte Mercedes schuld, der wieder seinen Dienst verweigerte. Aber solange das Wetter mitspielte, machte sie sich darüber keine Gedanken. Anders Schwester Sophie, mit der Lotte gerade vom Krankenhaus zurück zum Stift radelte. Die Novizin träumte laut von einem schnuckeligen Kleinwagen, rot lackiert und natürlich vom Mutterhaus finanziert. »Das wäre toll, so ein richtiges Frauenauto«, sprach sie vor sich hin. Doch Lotte konnte über so etwas nur den Kopf schütteln. »Versteh das doch«, erklärte sie der Novizin, »wenn ich der Mutter Oberin jetzt einen neuen Wagen abschwatzen will, bekomme ich sofort ein ›Nein!‹ zur Antwort.«
In diesem Moment hatte Lotte abseits vom Weg einen Wagen im Gebüsch stehen sehen und ihren Drahtesel vorsichtig abgebremst. »Wart mal«, hielt sie auch Sophie zum Bremsen an. »Komisch, vor der Lichtung steht ein Wagen!« Sophie zuckte die Achseln und wollte wieder auf den Sattel steigen. »Da werden zwei miteinander knutschen, nehm' ich an.« Aber Lotte legte ihr Fahrrad in die Wiese und ging auf den Wagen zu. »Ich weiß nicht, irgendwie gefällt mir das nicht.« Sophie war die Verzögerung gar nicht recht. »Ich muss ins Pfarrhaus, Schwester Lotte, zum Kommunion-Unterricht.« Lotte antwortete ihr nicht. Sie war nur noch einige Meter vom Kofferraum des Fahr-

zeugs entfernt und traute ihren Augen nicht: Am Auspuff hing ein Schlauch, der durchs Hinterfenster in das Wageninnere führte. Sie rannte die letzten Meter und zerrte den Schlauch aus dem Fenster. Auf dem Beifahrersitz sah sie einen Mann liegen. Er atmete nur noch schwach.

Auch Sophie hatte nun ihr Fahrrad ins Gras geworfen und sich neben Lotte gestellt. Was sie sah, versetzte ihr einen Schock. Bislang kannte sie solche Situationen nur aus dem Fernsehen. Lotte ging es nicht anders, doch nach der ersten Schrecksekunde rissen die Schwestern die Beifahrertür auf und zerrten den Bewusstlosen ins Freie. »Er lebt noch, siehst du?«, fragte Lotte erleichtert. »Los, Erste Hilfe!«

Nach wenigen Minuten begann der Mann zu husten und schlug die Augen auf. »Oh nein«, stöhnte er entsetzt. Lotte und Sophie sahen sich erleichtert an. Diese Regung wirkte irgendwie schon sehr lebendig. Trotzdem mussten sie dringend einen Notarzt rufen, fand Lotte. Man konnte ja nicht wissen, wie lange der Mann die giftigen Gase schon eingeatmet hatte. Ihr Blick fiel auf das Handy des Mannes, das auf dem Handschuhfach lag. Sie versuchte es zu benutzen, bekam aber kein Freizeichen. Sophie nahm es ihr aus der Hand und sagte: »Geben Sie her, ich mach' das.« Das hatte der Mann mitbekommen. »Nein!«, stöhnte er noch lauter, »um Himmels willen, bloß keinen Arzt! Sonst kann ich mich gleich aufhängen!« Lotte klopfte ihm sachte auf die Schulter, wobei sie sich ein kleines Lächeln nicht verkneifen konnte.

Lotte und Sophie sahen sich an. Was sollte man in so einem Fall machen? Es schien ihnen am klügsten, die Fahrräder in den Kofferraum zu packen und den Mann zurück zur Stadt zu chauffieren. Mit deutlich überhöhter Geschwindigkeit fuhr Lotte los. Sie hatten den Mann auf die Rückbank gepackt. Zwischendurch rief Sophie auf dem Handy die Auskunft an und ließ sich mit der Arztpraxis Wieland verbinden.

Vertretungsarzt Dr. Richter war sogar selbst am Apparat, wollte aber gerade zu einem Hausbesuch. »Ach bitte, Herr Doktor!«, versuchte Sophie ihn aufzuhalten, »können Sie nicht doch auf einen Sprung bei uns im Kloster vorbeischauen? Der Mann will auf keinen Fall ins Krankenhaus ...« Am anderen Ende der Leitung wurde sie abgewimmelt. Da spielte Sophie ihren größten Trumpf aus: »Wenn ich Schwester Barbara wäre, wären Sie schon längst unterwegs!« Lotte traute ihren Ohren nicht. Barbara? Was hatte die mit dem Arzt zu tun? »Ist doch wahr!«, sagte Sophie und schaltete ärgerlich das Handy wieder aus.

Jetzt hatten sie fast das Stift erreicht, allerdings nicht allein: Wachtmeister Meier war ihnen auf seinem Motorrad gefolgt und winkte aufgeregt. »Moment Schwester! So geht's ja nicht!«, sagte er statt einer Begrüßung. »Ich weiß«, versuchte Lotte sich zu entschuldigen, »aber der Mann hatte einen Unfall.« Meier erkannte den Wageninhaber. »Herr Diebold?«, fragte er. Lotte bat ihn mit leiser Stimme: »Jetzt machen Sie keinen Aufstand! Bitte!« In dem Moment erschien Schwester Barbara in der Tür. Sophie eilte sofort auf sie zu. »Ist Dr. Richter schon da?« – »Nein«, gab Barbara zurück, »sollte er?«

Lotte und Sophie führten den Mann namens Diebold ins Haus. »Wenn Richter kommt, soll er gleich ins Gästezimmer kommen«, befahl Lotte. Dort hoffte Sie, mit dem Lebensmüden ins Gespräch zu kommen. »Herr Diebold, bitte! Ich muss doch Ihre Angehörigen verständigen«, begann sie vorsichtig und tätschelte ihm die Wange. Tatsächlich schlug der Mann bei diesem Vorstoß endlich wieder die Augen auf. »Meine Frau ist nicht zu Hause! Die ist jeden Tag in München – shoppen. Ach Schwester!« jammerte er. »Zehn Minuten hätte ich noch gebraucht, dann wäre es überstanden gewesen ... Warum mussten Sie ausgerechnet in diesem Augenblick kommen? In diese gottverlassene Gegend!« – »Offenbar war die Gegend doch nicht so gottverlassen!«, entgegnete Lotte trocken. Doch Diebold wollte nichts mehr sagen. Kein Wort.

Im Hof tauchte Dr. Richters Kombi auf. Und weil Sophie sich in ihren Kommunion-Unterricht verabschiedet hatte, ging ihm Barbara entgegen. Der junge Arzt holte seine Tasche von der

Rückbank und begrüßte sie: »Hallo, Schwester Barbara. Sie sollten nicht Theologie studieren, sondern Medizin, bei dem Patientenandrang, den Sie hier draußen haben ...« Doch diesmal ging Barbara auf seine Witze nicht ein. »Kommen Sie mit, der Mann ist unten im Gästezimmer und spricht nicht mehr!«, stieß sie hervor. »Was ist denn passiert?«, versuchte sich Martin Richter nun wieder zu konzentrieren. »Ich war nicht dabei«, sagte Barbara, »aber Sophie sagt, dass er versucht hat, sich mit Autoabgasen das Leben zu nehmen. Und der Polizist meint, er sei Verkaufsleiter im Autohaus Wöller.«

In der Firma Wöller ging ohne Philipp Diebold alles drunter und drüber. Bürgermeister Wöller hatte nur noch einen Verkäufer zur Hand, und der war erst seit einem Jahr bei ihm und rhetorisch wahrlich keine Leuchte. Trotzdem musste Wöller den Kerl wenigstens vorübergehend als Verkäufer aufbauen. Er klopfte ihm auf die Schulter. Bei sich dachte er, dass er schon längst im Rathaus sein sollte – in Wahlkampfzeiten musste das Geschäft halt etwas in den Hintergrund treten. Doch der Mann stand immer noch unsicher vor ihm. Wöller fühlte sich abermals genötigt, ihm Mut zuzusprechen: »Ganz ruhig! In Ihrem Alter hab' ich den Laden auch allein geschaukelt. Und wenn was sein sollte, rufen Sie einfach Marianne Laban an – die weiß, wo ich zu erreichen bin.« Mit diesen Worten stieg er in seinen Wagen. Der junge Mann stand noch eine ganze Weile betreten auf dem Parkplatz. Man musste kein Hellseher sein, um zu wissen was er sich wünschte: Dass heute kein Mensch in Kaltenthal auf die Idee kommen möge, im Autohaus Wöller einen Wagen zu kaufen ...

Nach wenigen Minuten war Wöller auf seinem Stammparkplatz vor dem Rathaus angekommen. Und was sah er da? Jemand hatte sein schönes Plakat mit einem düsteren Hitler-Schnurrbart

verunstaltet. Wöller kochte innerlich – das Plakat würde er so schnell wie möglich austauschen lassen. Dann rannte er entschlossen die Stufen hoch, hinein ins Vorzimmer zu Marianne Laban. Die hatte gerade einen Anrufer in der Leitung. »Normalerweise müsste er schon längst da sein!« Als die Tür aufging, sagte sie schnell: »Moment, da kommt er!« Da sah sie, wie ihr Chef die Augen verdrehte, und schwenkte blitzschnell um. »Tut mir furchtbar Leid, Schwester Oberin, aber er hat einen Besuch dabei. Ich fürchte, er kann im Augenblick nicht ...«
Bei dem Stichwort »Schwester Oberin« eilte der Bürgermeister sofort an ihren Schreibtisch und riss ihr den Hörer aus der Hand. »Für Sie bin ich immer zu sprechen, Schwester Oberin!«, säuselte er. Doch was sie ihm zu sagen hatte, gefiel ihm gar nicht. »Wir haben Ihr Angebot geprüft«, hörte er, »und sind zu anderen Ergebnissen gekommen.« – »Äh, wie meinen?«, hüstelte Wöller. »Entschuldigen Sie, das ist doch wohl ein Scherz, oder?« Doch die Oberin stellte ihn sofort ruhig. »Darf ich ausreden?«, unterbrach sie ihn. »Wir werden versuchen, ein tragfähiges Konzept für das Kloster Kaltenthal zu entwickeln, damit wir in absehbarer Zeit unseren Verpflichtungen der Gemeinde gegenüber wieder nachkommen können. Auch die Instandhaltung soll damit langfristig gewährleistet werden.« Wöllers Antwort auf diese neue Wendung fiel nicht gerade freundlich aus: »Na, da bin ich ja gespannt«, blaffte er. Vor Aufregung griff er nach Marianne Labans Kaffeetasse und trank einen Schluck kalten Kaffee daraus. »Meinen Sie, es wäre möglich, dass Sie für zwei Minuten sachlich bleiben?«, ließ sich die Oberin wieder vernehmen. »Ich bin keine Kaltenthaler Wählerin, bei mir ist ihre Propaganda also verschwendet. Aber wenn Sie mir Ihre Fax-Nummer geben, können Sie die Analyse unserer Anwälte in ein paar Minuten selbst lesen. Und wenn Sie sich die anschauen, ist unsere Lage gar nicht so hoffnungslos!« Der Bürgermeister drehte sich zu Marianne Laban um: »Unsere Fax-Nummer?«, fragte er. Marianne sagte sie ihm, und Wöller gab sie weiter: »Aber ich verstehe nicht, warum Sie jetzt Anwälte einschalten.

Sie können doch froh sein, wenn die Gemeinde Ihnen den unrentablen Kasten abnimmt!« Die Oberin lachte. »Lesen Sie sich das Ganze mal durch. Und schlagen Sie sich die Idee vom ›abnehmen‹ aus dem Kopf. Wenn überhaupt, verkaufen wir Ihnen das Objekt.... Und jetzt guten Tag!« Damit hatte sie aufgelegt.

Im Kloster untersuchte Dr. Martin Richter derweil den verhinderten Selbstmörder. Viel mehr konnte er im Moment nicht tun. »Sie haben sehr viel Glück gehabt«, sagte er zu Diebold. »Ich kann Ihnen nur raten, sich spätestens morgen von Ihrem Hausarzt durchchecken zu lassen.« Dann bat er Schwester Lotte um ein paar Worte unter vier Augen. Lotte ging ihm voraus in den Wintergarten. » Sie wissen, dass ich das melden muss«, begann der junge Arzt. Lotte unterbrach ihn. »Ich weiß! Und das dürfen Sie auch. Aber zuerst geben Sie mir eine Chance, bitte! Wenn so ein Mensch erst mal in die Mühlen der Psychiatrie gerät ...« Sie versprach Dr. Richter, den Patienten nicht aus den Augen zu lassen. Dann begleitete sie den Arzt zu seinem Wagen, um gleich noch nach dem Polizisten Meier zu sehen. Der schraubte noch immer an ihrer Kiste herum – ohne Erfolg. »Ich geb's auf«, sagte der Mann erschöpft, »da ist ein Austauschmotor fällig. Öl verliert er auch.«
Aber das war Lotte im Moment nicht so wichtig. »Was mich viel mehr interessiert, ist, was Sie über Herrn Diebold wissen!«, begann sie. »Diebold ist der Star-Verkäufer bei Wöller«, sagte der Polizist. »Ich nehme an, der hat sich schon längst 'ne goldene Nase verdient.« Lotte sah ihn ungläubig an. Meier nickte eifrig: »Der Mann kann einem Blinden einen Fernseher verkaufen.« – »Hat er Kinder?«, fragte Lotte. »Glaub' ich nicht«, sagte der Polizist, schloss die Motorhaube und machte sich auf den Weg.

Schwester Barbara war zur Aufpasserin von Philipp Diebold ernannt worden, eine Aufgabe, die ihr im Moment ganz gelegen kam. Diebold sprach kaum, und sie konnte ungestört ihren Gedanken nachhängen. Nur einmal an diesem Nachmittag unterbrach sie der Mann auf dem Sofa in ihren Tagträumen. Das war, als er das Madonnenbild an der Wand gegenüber entdeckt hatte. »Genau das Bild hab' ich zu meiner Erstkommunion bekommen«, sagte er leise. »Ich habe mich sofort in die Frau verliebt!« Barbara antwortete geistesabwesend: »Ach ja?« Und der Mann sagte, mehr zu sich selbst: »Ja, mein Leben lang hab' ich genau so eine Frau gesucht.« Diese Reden waren Wasser auf Barbaras Gedankenmühle. Sie konnte nicht leugnen, dass sie im Moment ebenfalls am liebsten über »ganz normale Beziehungen« nachdachte. Wie das wohl war, wenn man mit einem leibhaftigen Mann zusammenlebte? Ob man sich überhaupt ein ganzes Leben lang ehren und achten konnte? Ach, es war wirklich nicht leicht!

Lotte ging zu Agnes in die Küche, um ihr zu sagen, dass sie etwas mehr kochen solle. »Wir haben einen Gast zum Essen«, teilte sie ihr mit. »Etwa den ... den Mann?«, fragte Agnes. »Genau den«, antwortete ihr Lotte bestimmt. »Herr Diebold bleibt vorläufig bei uns.« Agnes protestierte: »Aber das verstößt gegen die Regel, dass ein Mann ...« Lotte ging dazwischen: »Herr Diebold ist zuerst mal ein Mensch. Und er braucht Hilfe!« Dann fragte sie: »Was gibt es eigentlich?« – »Gemüseeintopf.« – »Ohne Fleisch?« – »Wir hatten doch gestern erst Huhn«, antwortete die Köchin. »Das bisschen Frikassee!«, widersprach Lotte. »Der Mann braucht was Ordentliches. Essen hält Leib und Seele zusammen. Ruf besser mal Sophie im Pfarrhaus an, die soll auf dem Heimweg ein Pfund Lamm mitbringen, zum Mitkochen. Zur Not auch Hammel!« Agnes wusste nicht so recht. »Da muss ich erst Felicitas fragen!« Doch Lotte meinte nur: »Ich klär' das! Wo ist die eigentlich?« – »Im Keller ... Kartoffeln holen«, gab

Agnes zur Antwort und folgte Lotte zur Tür: »Also wirklich, ich weiß nicht – ein Mann im Kloster! Das ist ...« Doch Lotte hatte die Diskussion bereits abgeschlossen. »Jetzt ruf schon Sophie an!« Anschließend stieg sie in den Keller hinab, um mit Felicitas zu reden.

Im Schein einer Kerze sah sie die Vorsteherin mit einer Flasche hantieren. »Was treibst du denn da?«, fragte sie verblüfft. Felicitas fuhr herum. Besuch konnte sie jetzt nicht brauchen. Es durfte ja niemand wissen, dass sie aus den Überresten der alten Destillieranlage regelmäßig ihren Flachmann nachfüllte. »Lotte!«, rief sie erschrocken aus. »Was ist das?«, fragte Lotte. »Das sind die letzten Flaschen von dem Likör, von dem ich dir erzählt hab'.« Lotte nahm ihr das Fläschchen aus der Hand und schnupperte. »Reine Medizin«, erklärte Felicitas, »das Einzige, äh, was meinen Nerven hilft.« Lotte schraubte den Verschluss ab und nippte. »Medizin? Das ist hochprozentiger Stoff!« Felicitas zuckte mit den Schultern.

Da sah sich Lotte die Flaschen noch mal an. »Die müssen doch uralt sein, oder?« – »Jahrgang 1944, das war der letzte. Dann mussten wir die Rohre und den Kessel für den ›Endsieg‹ hergeben ...« Lotte begann zu strahlen. »Felicitas! Das ist unsere Rettung!«, meinte sie begeistert. »Weißt du, was so was wert ist? Über 50 Jahre alter Alkohol! Und das sind ja bestimmt über 100 Flaschen!« Felicitas fragte nach – sie hatte noch nicht ganz verstanden: »Du willst sie verkaufen?« In ihrer Stimme schwang Entsetzen mit. »Klar, damit können wir alle Rechnungen bezahlen, vielleicht sogar einige Reparaturen!« Felicitas hatte sich langsam von dem Schrecken erholt: »Moment, das hab' immer noch ich zu entscheiden!« Lotte zog die Augenbrauen hoch. »Ach übrigens«, meinte sie, »weiß die Mutter Oberin von deinem Hobby?« Felicitas schüttelte den Kopf. »Gut«, murmelte Lotte, »dann habe ich auch nichts gesehen.« Sie lächelte und ging dann hinter Felicitas die Kellerstufen hoch. »Ach, da fällt mir noch ein – bitte sag Agnes, dass du nichts dagegen hast, wenn Herr Diebold unser Gast ist, bis er sich wieder etwas gefangen hat!« Felicitas stieß einen spitzen Schrei aus. »Was?« – »Und dass es heute Lamm gibt zum Abendessen«, redete Lotte schon weiter. »Ein Mann im Kloster? Lotte!« – »Falls du Angst um deine Keuschheit hast, kann ich dich beruhigen: Herr Diebold hat zurzeit andere Sorgen!« Und damit marschierte sie schon in Richtung Besucherzimmer.

Als Lotte in das provisorische Krankenzimmer trat, hatte sich Diebold gerade aufgerichtet. Anscheinend zeigte die Spritze Wirkung – wie ein Buch redete er nun auf Barbara ein. Die hatte sich auf einen Stuhl gesetzt und hörte ihm geduldig zu. »Und dann hab' ich ihm gesagt: ›Wissen Sie was Sie mich können, Herr Wöller? Am A…‹« In dem Moment fiel sein Blick auf Schwester Lotte, die die Tür leise schloss. Barbara stand auf, um ihr Platz zu machen. »Na, wie geht's?«, sprach ihn Lotte an. Diebold gab ihr aufgeräumt Antwort: »Was auch immer der Doktor da gespritzt hat – es wirkt … So gut hab' ich mich schon lange nicht mehr gefühlt!« Lotte hätte beinahe laut gelacht. »Na, wunderbar!« Und zu Barbara sagte sie: »Bist du so nett und richtest für Herrn Diebold ein Zimmer her? Vielleicht oben unterm Dach, damit Sie ganz ungestört ausruhen können …« Diebold blickte sie ungläubig an: »Hier, im Kloster?« Barbara ging hinaus; Lotte sah ihr lange nach. Dann erst antwortete sie auf Diebolds Frage. »Wo sonst? Ich musste doch Dr. Richter versprechen, dass wir ein Auge auf Sie haben.« Diebold klopfte sich auf die Schenkel. »Na, super. Philipp Diebold im Kloster …« Lotte sah ihn ernst an. »Freuen Sie sich nicht zu früh. Ein Zuckerschlecken ist das nicht. Um fünf Uhr Aufstehen, dann eine einstündige Andacht in der Kapelle, bescheidenes Frühstück, und dann wird gearbeitet: Ora et labora!« Diebold starrte Lotte an wie ein Wesen vom anderen Stern: »Wie bitte?« – »Bete und arbeite heißt das«, erklärte ihm Lotte. »Es gibt genug zu tun. Und ein Mann in unserem Haus ist was Besonderes, das müssen wir ausnützen …« Sie lachte ihn aufmunternd an. »Aber

jetzt beichten Sie mir mal, was eigentlich los ist. Wenn ich vorhin richtig gehört habe, haben Sie Ihrem Chef Wöller ...« – »... den Krempel hingeschmissen! Nach über 15 Jahren«, gab er zu. »Ich lasse mir ja einiges gefallen, aber ...« Lotte nickte. »Und nach dieser Heldentat fahren Sie ins nächstbeste Gebüsch und drehen den Gashahn auf?« Diebold machte ein ernstes Gesicht. Bitter sagte er dazu: »Dass ich meinen Job los bin, das war nur der Tropfen, der das Fass zum Überlaufen gebracht hat.« Er lehnte sich zurück und schloss die Augen. »Ihre Frau?«, fragte Lotte vorsichtig. Diebold seufzte: »Ja genau – meine Frau.« Dann schwieg er wieder, und Lotte ließ ihn schweigen, bis er endlich sagte: »Eigentlich bin ich ja selbst schuld. Ich bin pleite, Schwester! Die Raten, die Kredite ... und meine Frau glaubt, ich sei Millionär!« Lotte konnte ihm nicht mehr ganz folgen. »Karin hätte jeden haben können. Aber sie hat sich ausgerechnet mich ausgesucht. Ich hab' sie auf Händen getragen. Unsere Wohnung ist ein Traum – 200 Quadratmeter, mit Sauna. Am Starnberger See haben wir ein Boot. Alle paar Tage kauft sie neue Klamotten, die Abende verbringen wir in den feinsten Restaurants.« Lotte ahnte, wie die Geschichte weiterging. »Und ihre Frau weiß nicht, dass Sie sich das alles gar nicht leisten können?« Diebold nickte. »Nein, das konnte ich ihr einfach nicht antun: dass sie mit einem Versager ...«
Lotte hatte genug gehört. »Wo kann ich Ihre Frau erreichen«, fragte sie. »Sie wird sich Sorgen machen!« Diebold unterbrach sie: »Lieber nicht, Schwester!« Die fuhr ihn heftig an. »Herr Diebold! Sie müssen sich mit ihr aussprechen!« Sie stand auf und ging zum Schreibtisch, um die Nummer aufzuschreiben. »Also?« – »492347, aber sagen Sie nicht, dass ich ...« – »Nein«, nickte sie, »Sie sind auf Exerzitien im Kloster.« Diebold kannte das Wort nicht. »Auf was bitte?« – »Das machen Top-Manager und andere gestresste Menschen: in Klöstern ein paar Tage Auszeit nehmen, um wieder zur Ruhe zu kommen. Jetzt zeig' ich Ihnen erst mal Ihr Zimmer, da können Sie vor dem Abendessen noch ausruhen.« Diebold stand etwas wackelig auf. »Geht

es?«, fragte Lotte. »So lala«, antwortete er. Aber es klang schon fast wieder vergnügt. Beim Hinausgehen drehte er sich zu dem Madonnenbild um. »Wiedersehen, schöne Frau!«, sagte er. Lotte blickte ihn verdutzt an. Einen ulkigen Humor hatte der Mann!

Bürgermeister Wöller hatte das Rathaus eben erreicht, als Marianne Laban herauskam. Sie hatte die günstige Gelegenheit genutzt und schnell ihre Sachen gepackt. Einmal in der Woche wollte sie diesen Laden pünktlich verlassen. Fast hätte es auch geklappt – da lief sie nun ausgerechnet Wöller in die Arme. »Sie gehen schon?«, fragte er. »Wir müssen aber noch den Schrieb an die Ober-Nonne rausschicken.« Doch Marianne Laban ließ nicht mit sich handeln. »Ich muss nach Hause, Herr Wöller. Mein Mann denkt schon Gott weiß was!« Wöller tat resigniert. »Alles muss man alleine machen! In die Firma muss ich auch noch.« Er sah genervt auf seine Uhr. Da fiel Marianne noch etwas ein: »Ach so, die Frau Diebold sollen Sie zurückrufen. Ihr Mann ist verschollen.« – »Verschollen ist gut«, antwortete Wöller, »ich hab' ihn gefeuert!« Marianne konnte es nicht glauben. »Sie haben Diebold gefeuert? Ihren besten Mann?« – »Der Krug geht so lange zum Brunnen, bis er bricht«, wich Wöller aus. Damit hastete er grußlos die letzten Stufen hinauf. Marianne sah ihm irritiert nach.

Oben angekommen, überlegte Wöller, dass sein einsames Dasein hier nun auch nicht mehr viel Sinn machte. Er nahm die Schlüssel, sperrte ab und fuhr zu seiner Firma, wo er prompt auf Karin Diebold traf. Wöller war noch nicht aus seinem Wagen ausgestiegen, da rief sie ihm schon zu: »Was höre ich – Sie haben meinen Mann entlassen?« Wöller zuckte die Schultern. »Sagen Sie, dass das nicht wahr ist!«, schrie sie. Wöller versuchte sie zu beruhigen. »Glauben Sie mir, die Entscheidung ist mir nicht leicht gefallen.« – »Aber warum denn?«, wollte Karin Diebold wissen. »Ich dachte, er ...« Wöller gab ihr unwillig Antwort. »Es gab Unregelmäßigkeiten in der Abrechnung der Provisionen.

Er kann froh sein, dass ich ihn nicht angezeigt habe.« Frau Diebold war fassungslos. »Philipp! Ein Betrüger?« Ihr blieb die Stimme weg. »Tja«, sagte Wöller, »man sollte meinen, dass er genug verdient hat, aber manche Leute können den Hals nicht voll kriegen.« Damit ließ er die Frau stehen. Sie saß schon in ihrem Wagen, als er plötzlich noch mal herauskam und sie aufhielt. »Moment noch, Frau Diebold. Eigentlich müsste ich Sie bitten, den Wagen gleich hier zu lassen.« Karin Diebold verstand nicht, was er meinte. »Der Wagen?« – »... ist ein Vorführwagen«, ergänzte Wöller den Satz, »den ich Ihrem Mann überlassen habe. Aber vielleicht können wir das unter uns regeln. Haben Sie heute Abend schon etwas vor?«
Das war zu viel für die attraktive Frau. Sie nahm ihre Handtasche und die Einkaufstüten vom Beifahrersitz und stieg mit hoch erhobenem Haupt aus. Ohne Gruß machte sie sich zu Fuß auf in Richtung Stadt. »Na, dann eben nicht!«, ärgerte sich Wöller. Trotzdem sah er ihr noch einige Sekunden nach, bis sie hinter der ersten Biegung verschwunden war.

Karin Diebold war bei der Unterredung richtig übel geworden. Da tat es gut, ein paar Schritte zu gehen. Trotzdem war sie froh, als ihr plötzlich ein leeres Taxi entgegenkam. Sie hielt es an und ließ sich nach Hause chauffieren. Noch im Wagen sah sie vor ihrer Tür die Nonne stehen. Lotte hatte zweimal geklingelt und dann beschlossen, zu warten, bis die Hausherrin auftauchte. Glücklicherweise waren noch keine fünf Minuten vergangen, als das Taxi kam.
»Guten Abend«, rief Lotte. »Sind Sie Frau Diebold?« – »Ja, warum?« – »Entschuldigen Sie, wenn ich Sie so überfalle. Aber Sie waren telefonisch nicht zu erreichen, und da dachte ich ...« – »Um was geht's«, fragte die Diebold hastig. Lotte versuchte, sie vorsichtig mit der neuen Situation vertraut zu machen. »Ihr Mann ist bei uns im Stift«, begann sie, »wir haben ihn in einem ziemlich verzweifelten Zustand gefunden ...«

»Mein Mann ist im Kloster?« Frau Diebold traute ihren Ohren nicht. »Ja«, sprach Lotte weiter, »und auf Anraten des Arztes soll er dort auch bleiben, bis sich sein Zustand stabilisiert hat.« Sie machte eine Pause, dann sagte sie: »Ich weiß nicht, ob Sie wissen, dass er gekündigt hat, beim Autohaus Wöller.« – »Gekündigt?«, lachte Karin Diebold auf. »Er ist entlassen worden, wegen Provisions-Schwindeleien!« Jetzt war es an Lotte, ihren Ohren nicht zu trauen. »Wer sagt das?« – »Wöller«, erwiderte Karin Diebold. »Ich muss jetzt sofort meinen Mann sprechen. Sind Sie mit dem Wagen da? Meinen hat Wöller gleich einkassiert.« – »Nein, mit dem Fahrrad«, antwortete Lotte wahrheitsgemäß. Sie versuchte, behutsam auf Karin Diebold einzuwirken. »Ihr Mann ist ziemlich verzweifelt«, sagte sie, »und ich weiß nicht, ob es gut ist, wenn Sie …« Da blitzte etwas Kaltes in Karin Diebolds Augen auf, das Lotte gar nicht gefiel. »Darauf kann ich keine Rücksicht nehmen«, entgegnete sie. »Was denken Sie, wie mir zumute ist?« Lotte seufzte. Dann musste sie jetzt wohl doch mit der Wahrheit herausrücken. »Ihr Mann hat versucht, sich das Leben zu nehmen, Frau Diebold!« – »Wie bitte?« fragte die Diebold wieder. Sie sagte es ohne jedes Gefühl. »Er hat sich offenbar völlig übernommen, finanziell. Aus Liebe zu Ihnen. Und dann hat er sich nicht getraut, mit Ihnen darüber zu reden.« So, jetzt war alles heraus. Lotte fühlte sich fast etwas erschöpft. Da bemerkte sie zu ihrer Überraschung eine radikale Veränderung an ihrem Gegenüber. Wie irre begann die Dame nun zu lachen, laut und tief: »Dieser Versager!« Lotte war entsetzt. »Frau Diebold«, versuchte sie das Schauspiel zu stoppen, »es gibt Schlimmeres als Geldsorgen. So was kann man in den Griff kriegen, wenn man sich etwas einschränkt!« Karin Diebold äffte sie nach: »Ach ja, kann man das in den Griff kriegen? Was Sie nicht sagen. Entschuldigen Sie mich, das, äh, ist doch alles etwas viel!« Genau wie vorhin Wöller ließ sie nun Lotte ohne Gruß stehen und stöckelte ins Haus.

Im Stift war die Zeit fürs Abendessen gekommen. Lotte war noch nicht zurück, aber Sophie, Felicitas und Agnes hatten sich bereits um den Tisch versammelt, während Barbara gerade unterwegs war, den »Mann im Haus« zum Essen zu holen. Da kam sie schon – zusammen mit dem Gast. »Darf ich vorstellen«, begann sie förmlich, »Schwester Sophie kennen Sie ja schon.« – »Hallo, Herr Diebold«, sagte Sophie betont fröhlich. »Na, jetzt sehen Sie schon viel besser aus!« Dann machte Barbara weiter: »Das ist unsere Schwester Felicitas.« – »Gelobt sei Jesus Christus!«, grüßte die Vorsteherin steif. »Und da haben wir noch Schwester Agnes, die extra zu Ihren Ehren ein Lamm geschlachtet hat!« Agnes kicherte leise.
Diebold reagierte etwas verlegen. »Guten Appetit zusammen. Ich, äh, hab' eigentlich gar keinen Hunger!« Sophie lachte. »Dann können Sie ja heute die Lesung übernehmen!« Sie reichte Diebold das dicke Buch und setzte sich wieder. Agnes schöpfte die Suppe in die Teller, und Felicitas dozierte in Richtung Diebold: »Unsere Ordensregel schreibt vor, dass wir unsere Mahlzeiten schweigend einnehmen und die Gedanken dabei auf die Lesung konzentrieren.« Diebold sagte ergeben: »Bitte, wie Sie meinen.« Er räusperte sich und begann dann eine Passage aus dem Buch Hiob vorzulesen.
Allerdings hatte er erst einen Satz gelesen, als es an der Tür läutete. Barbara stand auf, um zu öffnen. Es war Dr. Richter, und sie merkte, wie ihr Herz raste. »Guten Abend«, sagte er. »Ich wollte nur noch mal kurz nach dem Patienten sehen, bevor ich nach München fahre. Wie geht's ihm denn?« – »Er hat geschlafen und sitzt gerade beim Abendessen.« – »Kann ich ihn sehen?«, fragte Richter. »Sicher, kommen Sie mit!« Gemeinsam traten sie ins Esszimmer, wo Diebold seine Lesung wieder aufgenommen hatte. »Guten Abend allerseits!«, grüßte der Arzt freundlich. Dann sagte er: »Na, Herr Diebold, wie ich sehe, sind Ihre Lebensgeister zurückgekehrt!« – »Ja«, meinte der Autoverkäufer, »ich glaube schon.« – »Sehr schön. Schwindelgefühle?« Diebold schüttelte den Kopf. »Sehr gut. Appetit?« Diebold schüttelte den

Kopf. Doch der Arzt sagte: »Das hängt mit der Spritze zusammen. Und sonst?«, meinte er und nahm dann Diebolds linken Arm, um den Puls zu messen. Er schwieg eine Weile und sagte dann: »Alles normal. Alles bestens.« Er blickte in die kleine Runde und verabschiedete sich: »Tja, das war's schon, guten Appetit weiterhin!« Sophie wollte ihm einen Teller Suppe anbieten. Doch der Arzt lehnte freundlich ab: »Liebend gerne, aber ich habe noch eine Verabredung in München und muss jetzt los.« Er versprach, am Montag wieder vorbeizuschauen, und Barbara begleitete ihn hinaus. Vor der Tür zog er noch eine Visitenkarte aus seiner Tasche. »Hier, da steht auch meine Handy-Nummer drauf. Falls etwas sein sollte.« – »Was sollte denn sein?«, fragte Barbara. Martin Richter sah sie schweigend an. »Ich weiß nicht«, sagte er dann, »nur so.« Dann ging er zu seinem Wagen.

Wolfgang Wöller war dem Zusammenbruch nahe. In Hemdsärmeln saß er vor seinem übervollen Schreibtisch in der Firma und versuchte zu retten, was zu retten war. Vor lauter Nervosität hatte sein junger Verkäufer alles kaputt gemacht. Dabei war der Deal fast perfekt gewesen. Jetzt musste er selbst noch einmal seinen Kunden anrufen und ihn davon überzeugen, dass er mit dem Autohaus Wöller am besten fuhr. »Warum sind Sie denn nicht gleich zu mir gekommen?«, fragte er ins Telefon. Es sei nämlich so, »dass wir bei Großaufträgen dieser Art sehr flexibel sind, was die Preise angeht ...« Der Mann am anderen Ende der Leitung wollte es sich noch mal überlegen, Wöller gerade noch mal zum Sprung ansetzen – als er Schwester Lotte zur Tür hereinkommen sah. »Was halten Sie davon, wenn ich gleich morgen früh bei Ihnen vorbeikomme ...«, fragte er seinen Telefonpartner. »Wie? Nein, da kann ich nicht. Da haben wir eine Sitzung vom Parteivorstand. Aber ich ruf' Sie morgen noch mal an. Dann wünsche ich jetzt erst mal einen angenehmen Abend!« Er knallte den Hörer auf die Gabel. »Nicht zu fassen«, sagte er

zu Lotte, »lässt der sich diesen Auftrag durch die Lappen gehen! Es geht um 18 Taxis!« Die Schwester grinste. »Sie erwarten doch von mir kein Mitgefühl, Herr Wöller?«, fragte sie. Wöller schnaufte. »Also, wenn Sie mir Scherereien machen wollen wegen Ihrem Kloster, dann können Sie gleich wieder gehen. Ich hab' heute andere Sorgen!« Lotte konnte sich schon denken, worum es ging. »Könnte es sein, dass Sie Ihren Verkaufsleiter schon vermissen?«, fragte sie ironisch. Wöller sah sie verblüfft an. »Ich will Sie nicht von der Arbeit abhalten,« fuhr Lotte fort. »Aber ich war eben bei Frau Diebold. Die meinte, Sie hätten Philipp Diebold wegen irgendwelcher Provisionen gekündigt?« Wöller hustete künstlich. Dann meinte er: »Das ist sehr vornehm ausgedrückt: Schmiergelder wäre der treffendere Begriff!« Lotte schluckte. »Der Mann hat finanzielle Probleme!«, appellierte sie an Wöllers Mitgefühl. »Er hat geglaubt, seiner Frau den Krösus vorspielen zu müssen. Sie können sich denken, was das bedeutet: teure Eigentumswohnung, exquisite Möbel ...« Wöller schlug mit der Hand durch die Luft. »Hören Sie auf, mir kommen die Tränen. Hier handelt es sich um Betrug!« Damit kam er Lotte gerade recht. »Schmiergelder! Und das werfen ausgerechnet Sie ihm vor? Als ob Sie sich noch nie gefällig gezeigt hätten ...«
Wöller reichte es. »Wenn in meiner Firma jemand die Hand aufhält, dann bin ich das und nicht irgendein Verkaufsleiter!« Das Telefon läutete wieder. Lotte stand auf. »Dann ist das Ihr letztes Wort – Herr Diebold ist entlassen?« – »Genau das, und jetzt bitte ...« Er nahm den Hörer ab, und Lotte zog die Tür hinter sich ins Schloss – etwas heftiger, als nötig.

Im Kloster hielt man nach dem Abendessen eine Andacht ab, zu der auch Philipp Diebold geladen war. So saß er nun in seiner Bank und sah aus wie ein verirrtes Wesen vom Mars. Das hätte er sich nicht träumen lassen, dass es einmal so weit mit ihm kommen würde. Irgendwann hielt er es nicht mehr aus und ging

hinaus. Lotte wollte nachher mit ihm sprechen, hatte sie angekündigt. Vielleicht hatte sie Neuigkeiten von seiner Frau?
Endlich ging die Tür auf, und die Schwestern strömten heraus. Lotte war die letzte. »Na, dann kommen Sie mal mit ins Büro«, sprach sie ihn an. Dort drückte sie ihm als Erstes eine Plastiktüte vom Supermarkt in die Hand. »Hier, ich hab' Ihnen ein paar Sachen besorgt, etwas Wäsche, Rasierzeug, sehr einfach, aber für den Übergang ...« Diebold sah sie gerührt an. Dann stellte er die Frage, die ihm auf dem Herzen lag: »Waren Sie bei meiner Frau?« – »Ja, und bei Ihrem Chef ... Keine Angst, ich habe ihm nichts gesagt, nur Ihrer Frau musste ich reinen Wein einschenken.« Dann sah sie ihn vorwurfsvoll an. »Aber dass Sie mich angeschwindelt haben, Herr Diebold ... Wöller hat Sie gefeuert, nicht umgekehrt!« Diebold seufzte. »Na ja, er hat rausgekriegt, dass ich die Rabatte von Großaufträgen mit dem Kunden geteilt habe, aber das macht er doch auch selber ständig!«
Lotte nickte. »Kann ich mir denken. Trotzdem ist er eben der Chef in dem Laden. Jedenfalls: Er stellt sich stur.« Diebold fragte wieder nach seiner Frau: »Und Karin? Wie hat sie es aufgenommen?« Lotte versuchte es ihm schonend beizubringen. »Ich würde sagen, sie ist aus allen Wolken gefallen. Ehrlich, ich verstehe nicht, warum Sie Ihre Frau die ganze Zeit in diesem Wolkenkuckucksheim haben leben lassen.« Sie schüttelte energisch den Kopf. »Dazu ist man doch wohl verheiratet, dass man die guten wie die schlechten Zeiten teilt, oder?« Diebold wand sich. »Karin kommt aus einer ziemlich wohlhabenden Familie. Ihr Vater sitzt im Aufsichtsrat von zig Firmen. Und ihre erste Ehe ist daran gescheitert, dass ihr Mann ein Versager war.«
Da war es wieder, dieses Wort, das Lotte schon gehört hatte. Sie ahnte, wie einsam sich der Mann gefühlt haben musste. »Also, Herr Diebold, jetzt gehen Sie erst mal schlafen. Morgen sieht alles schon ganz anders aus«, sagte sie und gab ihm die Einkaufstüte. »Danke, und Ihnen auch eine gute Nacht«, verabschiedete sich Diebold.

Lotte ging in die Kapelle zurück. Sie brauchte wieder einmal eine Privataudienz bei ihrem Lebensgefährten. Doch sie war offenbar nicht die einzige mit diesem Gedanken – auch Schwester Barbara saß noch in der Bank. Lotte war froh, dass sie sie hier fand. Es war ihr schon aufgefallen, dass Barbara mit ihren Gedanken derzeit ständig woanders war. Sie setzte sich direkt neben sie. Barbara sah Lotte nur kurz an. Doch Lotte suchte das Gespräch. »Manchmal antwortet Gott auf unsere Fragen nicht«, begann sie. Wenigstens wandte sich Barbara ihr nun doch zu, sprach aber immer noch nichts. »Weil er will, dass wir selbst drauf kommen«, fuhr Lotte fort. Und nach einer kleinen Pause meinte sie: »Du kannst natürlich auch mich fragen! Nicht, dass ich auf alles eine Antwort parat habe, aber manchmal genügt es, dass man seine Gedanken und Gefühle ausspricht.« Barbara versuchte auszuweichen. »Danke, aber ich weiß ja nicht mal, was ich fragen soll!« Sie stand auf, bekreuzigte sich und ging hinaus. Lotte blieb sitzen. Und als die Tür hinter Barbara ins Schloss gefallen war, begann sie leise zu sprechen. »Tja, was machen wir da? Wenn es stimmt, was Sophie angedeutet hat, dann steht das Mädel vor einer harten Probe! Mir hast du es ja relativ einfach gemacht, damals, als du mir meine große Liebe einfach weggenommen hast!« Damit stand sie auf, um am Altar einige verwelkte Blumen aus den Vasen zu nehmen. Und weil sonst niemand mehr da war, setzte sie ihren Dialog mit Gott gleich halblaut fort. »Aber ich habe noch eine Frage: Was hast du mit Diebold vor? Um ein Haar wäre er vor der Zeit bei dir gelandet … Und jetzt hab' ich ihn am Hals. Irgendwas musst du dir ja dabei gedacht haben, oder?« Sie hielt inne, um zu lauschen und nachzudenken. »Na ja, uns wird schon was einfallen, hm? Gute Nacht, ich bin todmüde!« Sie fühlte sich nun schon viel ruhiger.

Barbara war leise in ihr Zimmer gegangen. Zum Glück schlief Sophie noch nicht, sondern saß lesend in ihrem Bett. »Sophie?«, sprach sie die Freundin vorsichtig an. »Hast du gegenüber

Schwester Lotte irgendwelche Andeutungen gemacht? Was Martin angeht, meine ich?«

Martin! Sophie sah ihre schlimmsten Befürchtungen bestätigt. So weit war es also schon! Wenn Barbara bereits von Martin sprach und nicht mehr von Dr. Richter … Trotzdem stellte sie sich erst mal dumm: »Warum?« – »Hast du?«, fragte Barbara noch mal nach. »Nein! Wieso, hat Schwester Lotte was gesagt?«, erwiderte die Kollegin. »Ich hab' das Gefühl, sie beobachtet mich«, gestand Barbara. Sophie musste lachen. »Na, du wirst ja auch jedes Mal ganz verlegen, wenn er hier auftaucht. Da ist es kein Kunststück, drauf zu kommen, dass du in ihn verknallt bist.« Barbara hängte ihre Kutte ordentlich in den Schrank und zog sich ihr weißes Nachthemd an. »Ich glaube, ich muss Schwester Lotte bitten, mich versetzen zu lassen«, sagte sie. »Irgendwohin.« Sophie wollte davon nichts wissen. »Nee, nee, nee!«, sagte sie schnell. Doch Barbara redete weiter: »Hamburg oder Köln vielleicht.« Da stand Sophie auf und setzte sich zu ihr aufs Bett. »Barbara«, flüsterte sie eindringlich, »davonrennen bringt doch nichts. Dr. Richter wird nicht der letzte Mann sein, der sich für dich interessiert. Und nicht der letzte, den du toll findest! Das ist ganz normal … Und auch nicht schlimm. Ich kann dir sagen – es vergeht mit der Zeit.« Doch Barbara war davon nicht überzeugt. Sie seufzte tief: »Ach, Sophie!« – »Sophie, genau!«, redete die Freundin weiter. »Was wird dann aus Sophie? Ich brauch' dich doch. Ohne dich schaff' ich das hier nie!«

In diesem Augenblick fiel Barbara die Visitenkarte wieder ein. »Er hat mir heute sogar seine Handynummer gegeben.« Sophie nahm das Kärtchen und zerriss es in kleine Fitzel. »Schluss damit!«, sagte sie resolut und ging zur Tür, um das Licht auszumachen.

Bürgermeister Wöller begann den nächsten Tag sehr früh und in denkbar schlechter Stimmung. Im Auto fiel sein Blick auf die

Lokalzeitung, die neben ihm auf dem Beifahrersitz lag. »Kloster auf Kollisionskurs mit Rathaus«, las er die Schlagzeile. Er musste unwillkürlich den Kopf schütteln. »Was für ein Schrott!« Intuitiv blätterte er gleich noch zum Anzeigenteil weiter, wo heute seine neue Annonce erscheinen sollte. Richtig, da waren die neuen Modelle ganzseitig abgedruckt. Doch was war das? Über der Anzeige stand der Name falsch gedruckt. »Autohaus Möller« hatten sie geschrieben. Wöller traute seinen Augen nicht! »Heiliger Strohsack!«, schimpfte er laut. Seit Jahren gab er ein Vermögen für diese Anzeigen aus, und jetzt wussten die im Verlag auf einmal nicht mehr, wie man ihn richtig schrieb! Er feuerte die Zeitung auf den Beifahrersitz und zückte sein Handy. »Wöller hier, guten Tag«, meldete er sich bei der Zeitung, »sagen Sie, welche Knalltüte hat eigentlich die neue Anzeige freigegeben? ... Die ganzseitige, meine ich, mit der neuen Modell-Palette, die heute drin ist.« Die Person am anderen Ende der Leitung verstand seine Aufregung offenbar nicht. »Warum?«, schrie er nach einer kurzen Pause weiter, »weil der Name falsch ist. Oder kennen Sie hier am Ort ein Autohaus Möller? ... Den Anzeigenleiter, bitte. Der ist noch nicht im Büro? Dann rufe ich in fünf Minuten noch mal an!«

Als Diebold aufwachte, spürte er endlich wieder seine Lebensgeister. Draußen schien die Sonne, und jetzt wollte er etwas Sinnvolles tun. Gleich beim Frühstück sprach er Lotte an, ob sie nicht etwas Arbeit für ihn hätte. Lotte lachte. »Na, und ob. Ich habe es Ihnen ja schon angedroht: Einen Mann im Haus muss ich leider schamlos ausnutzen.« Nach dem Morgenkaffee ging sie mit ihm in den Garten und zeigte ihm die Regenrinne. Die leckte. Allerdings würde sich Diebold zur Reparatur erst eine Leiter aus dem Schuppen holen müssen, meinte sie. Diebold nickte eifrig.
Nach einer halben Stunde, als er fast fertig war, erschien Lotte schon wieder am Fuß der Leiter. »Herr Diebold?« Er schaute

zu ihr herab. »Kommen Sie mal!« – »Moment, ich bin gleich fertig«, sagte er. Er setzte noch einen Nagel und hämmerte ihn ein. Dann kletterte er herunter. »Fertig?«, fragte Lotte anerkennend, »so schnell?« – »Gewusst wie!«, meinte er. Dann zeigte sie ihm die Anzeigenseite in der Lokalzeitung. »Hier! Ich dachte, das wird Ihre Stimmung etwas aufhellen!« Diebold sah den Druckfehler natürlich sofort. »Autohaus Möller! Nicht zu fassen …« – »War das auch Ihr Job?«, fragte Lotte. »Klar, ich hab' fast alles gemacht in dem Laden. Wöller ist ja selten da!« Damit gab er ihr die Zeitung zurück. »Dann wird es wohl nicht mehr lange dauern«, prophezeite Lotte, »bis er einsieht, wie stark er sich mit Ihrer Entlassung ins eigene Fleisch geschnitten hat.« – »Ach«, wehrte Diebold ab, »Wöller ist ein sturer Bock!« – »Aber wenn es um seinen Profit geht, kennt er nichts«, gab Lotte zurück. »Deshalb ist er ja so leicht zu durchschauen. Er wird kommen, Herr Diebold. Und das ist Ihre Chance. Erst mal werden Sie ihn abblitzen lassen. Und dann die Karten neu verteilen!« Diebolds Augen weiteten sich, während sie weitersprach. »Der wird bald merken, was er an Ihnen hatte! Und in der Zwischenzeit können Sie sich vielleicht noch unseren Wagen anschauen … Herr Meier meint, er braucht einen neuen Motor!« Diebold musste lachen. »Halten Sie mich nur auf Trab!« Und Lotte meinte: »Solange Sie selbst nichts mit Ihrem Leben anzufangen wissen, fällt mir genug für Sie ein. Machen Sie sich keine Sorgen!« Damit ging sie ins Haus zurück – und Diebold über den Hof zum Wagen.

Plötzlich fuhr ein Taxi auf den Klosterhof. Auf dem Beifahrersitz erkannte Diebold seine Frau. Er wischte sich die Hände ab und schaute ihr bang entgegen. »Hallo, Karin!«, begrüßte er sie unsicher. Sie verhielt sich betont distanziert und blieb in einigem Abstand stehen. »Hübsch hast du's hier!«, stellte sie mit zynischem Unterton fest. »Und auch schon wieder einen neuen Job! Für ›Gotteslohn‹, nehme ich an.« Diebold konnte ihr kaum zuhören. »Karin«, sagte er flehend. Aber mit diesem Ton war er bei ihr an der falschen Stelle. »Hier, die Schlüssel fürs

Haus. Ich fahre nach München, zu meinen Eltern. Schließlich will ich nicht warten, bis sie uns aus der Wohnung werfen.« Diebold nickte ergeben. »Tut mir Leid, dass ich es nicht geschafft hab'!« Karin lachte auf. »Du hast es ja nicht mal geschafft, dich umzubringen! Dann hätte ich jetzt wenigstens das Geld von der Versicherung!« Damit stöckelte sie zurück zum Taxi. Diebold stand wie versteinert auf seinem Platz.
Nach einigen Minuten zwang er sich, aus diesem Albtraum aufzuwachen, und ging ins Besuchszimmer des Klosters. Da hing ja »seine« Maria! Er nahm sie behutsam von der Wand, trug sie zu seinem Auto und fuhr los. Schwester Lotte hatte das Türenschlagen gehört und rannte in den Hof, aber das Auto war schon weg. »Oh mein Gott!«, sagte sie leise.

Diebold bog in seine Straße ein. Er parkte vor seinem Haus, stieg aus und holte die Madonna vom Beifahrersitz. Als erstes ging er ins Schlafzimmer. Die Schranktüren standen offen; alles deutete auf einen hastigen Aufbruch hin. Nicht mal ihr Bett hat sie gemacht, dachte er. Und als er so auf die Reste seiner Ehe schaute, seufzte er wieder – der Verfall war nicht zu übersehen! Dann ging er hinüber ins Wohnzimmer und setzte sich auf das Sofa. Das Madonnenbild lehnte ihm gegenüber an der Wand. Minutenlang starrte er die Maria an. Irgendwann stand er auf, um sich aus der Küche ein Glas Wasser zu holen, dazu jede Menge Tabletten aus der Hausapotheke.
Endlich stand alles griffbereit vor ihm. In diesem Moment läutete das Telefon, doch Diebold war entschlossen, es zu ignorieren. Er nahm eine Tablettenreihe aus der Schachtel und löste sie im Wasser auf. Dann blickte er wieder seine Madonna an. Irgendwie war es ihr nicht recht, dachte er. Er zögerte – dann schleuderte er die Tablettenschachtel mit einer heftigen Geste von sich.

Lotte machte sich ernsthafte Sorgen. Also war sie nun mit ihrem Fahrrad noch einmal an jene Stelle zurückgekehrt, wo sie Diebold gestern in seinem Auto aufgefunden hatte. Irgendwie war sie überzeugt davon gewesen, dass sie den Mann hier wieder treffen würde. Doch sie hatte sich getäuscht. Nervös wandte sie sich an das kleine Feldkreuz am Wegrand und meinte: »Das kannst du mit mir nicht machen! Nach allem, was ich getan hab' für den Mann!« Sie hielt einen Moment inne, und wartete auf eine Antwort von oben. Als sie sich immer noch keinen Reim machen konnte, sprach sie weiter. »Oder hab' ich was falsch gemacht? Dann sag mir das – ich hab' die Weisheit ja nicht gepachtet. Also, bitte!« Sie kniete sich ins Gras. »Ich bin am Ende, jetzt bist du dran.« Damit stand sie auf und fuhr zum Kloster zurück.

Im Hof kam ihr Felicitas entgegen. »Und?«, fragte Lotte, »ist Diebold wieder aufgetaucht?« Doch die Vorsteherin schüttelte nur den Kopf. Unsicher fragte sie Lotte: »Was sollen wir denn jetzt machen?« Gleichzeitig griff sie in die Tasche ihrer Kutte und holte ihren Nerventröster hervor. Lotte nahm ihr den Flachmann weg und genehmigte sich selbst erst mal einen kräftigen Schluck. Dann meinte sie: »Du bist die Oberin!« Sie gab ihr das Fläschchen zurück und machte sich noch mal auf den Weg nach draußen. »Ich gehe jetzt zur Polizei«, rief sie energisch. »Länger abzuwarten kann ich nicht verantworten!«

Zu ihrer Überraschung wurde sie draußen aber erst einmal von Wöller aufgehalten. »Einen wunderschönen Abend!«, wünschte er ihr. Lotte fühlte sich fast überfahren von seiner Fröhlichkeit. »Lassen Sie mich raten«, erwiderte sie matt. »Sie sind gekommen, um Herrn Diebold ein Angebot zu machen?« Wöller nickte. »Unter anderem, ja. Wo finde ich ihn?« – »Ich fürchte, Sie kommen zu spät«, sagte Lotte leise. Wöller glaubte, nicht richtig zu hören. »Zu spät?« Da ließ Lotte all die schweren Gedanken aus sich heraus: »Tja, möglicherweise haben Sie ein Menschenleben auf dem Gewissen, Herr Wöller!«

Wöller wollte ihr das alles noch immer nicht abnehmen. Aber

Schwester Lotte war auffallend weiß im Gesicht. Sie sah wirklich fertig aus. »Schwester, ist Ihnen nicht gut?«, fragte er. Ausgerechnet in diesem Augenblick fuhr Philipp Diebolds Wagen auf den Hof. Als Lotte das sah, sagte sie lächelnd zu Wöller: »Nein, aber jetzt geht es mir schon deutlich besser!« Sie ließ den Bürgermeister stehen und eilte Diebold entgegen. »Herr Diebold! Was machen Sie denn für Geschichten?« – »Tut mir Leid«, sagte der, »ich ...« Da trat auch Wöller an die beiden heran. »Na, da sind Sie ja, Diebold!« Diebold begrüßte ihn mit einer Anspielung auf die Zeitungsannonce: »Ach sieh an, der Herr Möller!« Wöller war aber im Moment nicht nach Scherzen zumute, jetzt noch nicht. »Streuen Sie kein Salz in offene Wunden, Herr Diebold«, bat er. »Wir haben beide Fehler gemacht – Sie, weil Sie gedacht haben, Sie könnten mich einseifen. Und ich, weil ich dachte, der Laden läuft auch ohne Sie! Aber Schwamm drüber!« Er streckte Diebold die Hand hin. Fragend sah Diebold zu Lotte hin. Dann blickte er auf das Madonnenbild, das immer noch auf dem Beifahrersitz lag: »Na, was meinst du«, fragte er. »Soll ich?« Wöller war verwirrt. »Ist Ihnen nicht gut?«, fragte er den Mann vorsichtig. »Doch, doch. Die Frau hat mir nur das Leben gerettet«, meinte Diebold und gab Lotte das Bild zurück. »Aber ich musste ihr versprechen, nicht wieder denselben Mist zu machen!« Lotte lächelte.
Ihr Patient wurde langsam wieder der Alte. »Ich danke Ihnen für Ihr Angebot, Herr Wöller«, sagte er, »aber wenn ich wieder bei ihnen einsteigen soll, müssen Sie sich was einfallen lassen!« Lotte war erleichtert. Das Ganze ließ sich nicht schlecht an. Daher sagte sie diplomatisch zu Wöller: »Immerhin macht Herr Diebold nebenher Ihre Werbung!« – »Und die Marketing-Aktionen und Incentive-Programme«, ergänzte der Verkäufer selbst. »Ist ja gut«, unterbrach Wöller die beiden. Dann sah er Lotte an: »Sie krieg' ich noch«, meinte er, »und Ihren Laden auch! Und wenn es das Letzte ist, was ich als Bürgermeister tue.« Und zu Diebold sagte er: »Morgen früh um acht in meinem Büro!«

Viertes Kapitel

Es war schon spät, weit nach 22 Uhr. Doch Schwester Lotte hatte beschlossen, aufzubleiben, bis Barbara nach Hause gekommen war. Die Zeit vertrieb sie sich mit Büroarbeit. Ganze Stapel von Briefen hatten sich angesammelt. Lotte kam gut voran. Die anderen lagen längst im Bett, und nichts lenkte sie ab. Zügig beantwortete sie Geschäftsbriefe, sogar einige Abrechnungen für die Steuer konnte sie noch zusammenstellen. Da durchbrach plötzlich ein Martinshorn die Stille. Sie sprang vor Schreck auf und eilte nach draußen. Im Hof sah sie Meier, den Polizisten, auf seinem Motorrad heranbrettern. »Was ist denn passiert, Herr Meier?«, fragte sie ihn sofort.

»Ist Ihnen im Stift jemand aufgefallen?«, stellte er, statt zu antworten, die Gegenfrage. »Ein Mädchen, so 15 bis 17 Jahre alt. Auf einem Fahrrad ...« Lotte schüttelte wahrheitsgemäß den Kopf. Nein, sie hatte ja den ganzen Abend im Büro verbracht. Meier hob seine Hand zum Gruß und wollte sich schon wieder verabschieden. Da hörten beide, wie irgendwo ein Fahrrad umfiel. Dem Lärm nach musste es ganz in der Nähe gestanden haben.

Die beiden gingen wieder in die Mitte des Klosterhofs und sahen sich an. »Da war was!«, sagte Meier scharfsinnig. Lotte fragte: »Was hat das Mädchen denn angestellt, dass Sie so dringend nach ihr fahnden? 15 Jahre! Das ist ja noch ein Kind!« Der Polizist stellte endlich den Motor seiner Maschine ab. »Auch Kinder können Autos knacken und Radios klauen«, gab er zur Antwort. Er zog seine Taschenlampe unter dem Motorradsitz hervor und fing an, den Hof auszuleuchten. Lotte folgte dem Lichtkegel mit ihren scharfen Augen. Sie konnte gerade noch beobachten, wie tatsächlich hinten an der Hauswand ein Mädchen um die Ecke verschwand. Das musste sie sein! Meier hatte das Fahrrad entdeckt und sagte aufgeregt: »Das Fahrrad, Schwester Lotte! Sehen Sie? Sie muss hier sein!« Doch Lotte hielt ihn zurück. »Das Fahrrad gehört Schwester Barbara.« Meier drehte sich um. »Sind Sie sicher?« – »Ganz sicher. Wie es hierher kommt, weiß ich allerdings nicht!«

In die Stille hinein begann nun Meiers Funkgerät zu krächzen. Eine Stimme kommandierte: »Anton zwo, bitte melden!« Meier sprang wieder zu seinem Motorrad. »Ja, Anton zwo hier, was ist …«, fragte er in die Muschel hinein, »habt ihr die Leute?« – »Beide gefasst«, hörte er, »und du?« Meier musste passen. »Nichts!«, meinte er resigniert. »Dann brechen wir jetzt den Einsatz ab«, ließ sich sein Gesprächspartner noch mal vernehmen, »fahr du zu Wöller!« Meier schaltete den Funk ab und setzte sich wieder aufs Motorrad. »Falls das Mädchen auftaucht, rufen Sie uns an, ja?«, bat er die Schwester. »Klar, mach ich«, versprach ihm Lotte.

Sobald er wieder auf der Landstraße war, ging sie eilig ums Haus herum – mit leisen Schritten immer an der Hauswand entlang. Tatsächlich saß das Mädchen auf der Treppe zum Keller und atmete schwer. Am liebsten wäre sie wohl gleich wieder aufgesprungen und weggelaufen, doch ihre Kräfte reichten nicht mehr. Lotte sprach beruhigend auf sie ein: »Er ist weg, du kannst rauskommen.« Dann wies sie zum Haus: »Komm mit!« Sie ging mit dem Mädchen über den einsamen Hof ins Kloster. »Du wirst Hunger haben«, meinte sie und machte ihr in der Küche ein paar Käsebrote. Das Mädchen aß wie ein Scheunendrescher, bedenkenlos schmatzend, bis der ganze Brotteller leer war. Bemerkenswerter Appetit!, dachte Lotte und sah ihr schweigend zu. Die Pause nutzte sie, um sich ein Bild von dem Kind zu machen. Die Lederjacke sah aus, als ob sie damit schon hundert Punk-Konzerte besucht hatte. Auch die Jeans waren ziemlich am Ende. Am Hals und an den Armen sah man Henna-Tattoos. Eine richtige Lumpen-Lady war ihr da ins Haus geflattert, dachte Lotte. Doch sie kannte keine Berührungsängste. Nur den Namen hätte sie noch gern gewusst. »Annika«, antwortete das Mädchen.

Barbara war nach dem Elternabend noch mit Dr. Richter in den Gasthof zum Ochsen gegangen. »Aber nur auf ein kleines Glas Wein!«, hatte sie gesagt, als er am Telefon gefragt hatte. Doch diese Worte waren längst vergessen – schon stand das zweite Viertel Wein vor ihr. Sie fühlte sich wohl. Richter blickte sie so fasziniert an, außerdem schien er sich wirklich für die Sache zu interessieren. Und Barbara fand es schön, mit einer neutralen Person über die Probleme der Schwestern sprechen zu können. Und so redete sie locker über alles, was sich in den letzten Tagen und Wochen zugetragen hatte.

Richter hatte gerade den Vorschlag gemacht, die Presse stärker zum Sprachrohr des Klosters zu machen. Jedenfalls entwickelten die beiden so viele Ideen, dass sie nicht einmal hörten, wie gegen elf Uhr plötzlich das Telefon an der Theke läutete. Der Wirt nahm ab und ging dann ins Nebenzimmer, um den Bürgermeister zu holen, der dort wieder eine Wahlveranstaltung abhielt. Mit dem Reden war er bereits fertig, nun wurde nur noch getrunken. Es dauerte eine Weile, bis der Rathauschef leicht schwankend ans Telefon kam. Laut dröhnte er in den Apparat: »Wöller, ja! Eingebrochen? Wo? Wann? Aha. Na, zum Glück sind das nur Gebrauchtwagen.« Während er sprach, drehte er sich einmal um die eigene Achse und sah sich um. An Barbara und Dr. Richter blieb sein Blick hängen. Seine Augen weiteten sich, dann rief er in den Hörer: »Ich bin in einer Sitzung, aber das geht natürlich vor! Bin in zehn Minuten da!« Er legte auf, und dann steuerte er auf den Tisch in der Nische zu. Er konnte einfach nicht anders.

»Da schau an«, krähte er, »der Herr Doktor hat auch nach Mitternacht Sprechzeit!« Er machte Anstalten, sich neben Barbara zu setzen: »Ich hoffe doch, nichts Ernstes?«

Barbara war stumm vor Schreck, doch Dr. Richter fand seine Sprache schnell wieder. »Was soll das, Herr Wöller?«, fragte er scharf. Doch Wöller fand immer mehr Gefallen an der Situation. Noch einmal wandte er sich der armen Barbara zu: »Weiß Ihre Ober-Nonne, was Sie hier treiben?« Dann deutete er auf Barbaras Weinglas. »Drogen sind auch im Spiel! – Also, ich muss mich doch sehr wundern ...« Jetzt sprang Martin Richter zornig auf. »Was erlauben Sie sich eigentlich?«, fuhr er den Bürgermeister an. Der hob unschuldig die Hände und stand auf. »Schon gut, ich habe nichts gesehen.« Damit wankte er in Richtung Ausgang. Richter sah ihm kopfschüttelnd nach. Währenddessen fiel Barbaras Blick auf die Uhr über der Theke. »Schon nach zwölf! Ich muss dringend heim!«, meinte sie entsetzt.
Gemeinsam traten sie in die laue Nacht hinaus. Dr. Richter fuhr Barbara zum Kloster. Im Hof gab sie ihm schüchtern die Hand. »Gute Nacht«, sagte sie, »und noch mal vielen Dank für die Beratung.« Martin zuckte nur die Schultern. »Gern«, meinte er. »Da fällt mir noch ein – ich kenne ein paar Leute vom Fernsehen. Vielleicht interessieren sich die ja auch für euch.« Barbara nickte. Dann meinte er: »Wann sehe ich Sie wieder?« Sie lächelte gequält. »Herr Doktor!« Sie ging zum Kloster, ohne sich noch einmal umzudrehen. Martin schloss die Beifahrertür und sah ihr nachdenklich nach.

Als sie mit dem Essen fertig war, hatte das Mädchen am Küchentisch ganz von selbst angefangen, zu erzählen. »Die Jungs haben mich nur mitgenommen, damit ich aufpasse. Aber auf einmal waren die Bullen da, und ich ...«, erklärte sie gerade. Da hörte man die Eingangstür. Annika sah erschrocken auf. »Keine Sorge«, sagte Lotte, »ich bin gleich wieder da.« Damit ging sie hinaus und empfing ihre Novizin. »Barbara!« Die drehte sich erschrocken um. »Ich möchte mit dir reden«, teilte ihr Lotte ohne Umschweife mit, »sei so nett und warte im Büro auf mich.«

Barbara unternahm einen schwachen Versuch, die Unterredung auf den nächsten Tag zu verschieben. Doch Lotte blieb hart. »Nein, das machen wir heute noch!« Dann ging sie zurück in die Küche.

»Bist du satt?«, fragte sie Annika. »Du kannst gerne noch einen Apfel haben.« Doch Annika unterbrach sie: »Ich glaube, es ist besser, ich gehe jetzt wieder.« Da kam sie Lotte aber gerade recht! »Tut mir Leid«, meinte die Schwester, »aber ich fürchte, das wird nicht gehen.« Annika fuhr herum. Lotte sah sie ernst an. »Ich hab deinetwegen den Wachtmeister angelogen. Etwas, was ich sehr ungern tue – lügen. Weil es nichts Gutes bringt.« Annika verteidigte sich gleich wieder. »Ich sag' doch: Ich hab' nichts geklaut. Ich hab' nur ...« Doch diesmal kürzte Lotte die Entschuldigungsarie radikal ab: »Mitgefangen, mitgehangen«, sagte sie nur. Dann machte sie ihr einen Vorschlag: »Ich denke, du gehst jetzt erst mal unter die Dusche und schläfst dich aus. Morgen sehen wir dann weiter, okay?« Man konnte Annika ansehen, wie es in ihr arbeitete. Das Kloster war ihr nicht ganz geheuer. Andererseits war sie hier aber für eine Nacht in Sicherheit. Lotte nahm ihr die Entscheidung schließlich ab, indem sie sagte: »Wenn du nicht hier bleiben willst, liefere ich dich auf dem Revier ab.« Da lenkte Annika endlich ein. »Haben Sie eine Badewanne?«, fragte sie fast kindlich. »Ich hab' das schon so lange nicht mehr gemacht.« – »Baden kannst du«, sagte Lotte und legte ihr die Hand auf die Schulter, » und jetzt komm!«

Nachdem Annika glücklich versorgt war, fand Lotte endlich Zeit für ihr anderes Sorgenkind, das nun schon eine ganze Weile im Büro gewartet hatte. »Kommst du mit?«, fragte sie Barbara. Sie hatte Annikas schmutzige Klamotten auf dem Arm. »Ich muss das noch schnell in die Waschmaschine tun.« Barbara ging mit ihr in die Waschküche im Keller. Als sie die Jeans sah, fragte sie: »Haben wir wieder Besuch?« Lotte nickte. »Eine Ausreißerin. Sie hat Probleme mit der Polizei.« Dann lächelte sie. »Aber ohne Kleider kann sie mir kaum ausbüchsen. Sie ist nämlich mit allen Wassern gewaschen.« Sie machte eine Pause.

»Im Gegensatz zu dir, übrigens. Dir sieht man alles immer gleich an.« Barbara errötete leicht. »Jedenfalls muss der Elternabend gegen zehn zu Ende gewesen sein. Zumindest hat da niemand mehr abgehoben, als ich angerufen habe.« – »Stimmt«, gab Barbara zu. »Du warst wieder mit Dr. Richter zusammen?«, fragte Lotte sie direkt. »Ja«, meinte Barbara offen, »aber doch nur wegen unserer Demo. Richter meint, wir müssen die Medien aktivieren.« Lotte ließ sich nicht blenden: »Bist du in ihn verliebt?« Doch Barbara blieb die Antwort schuldig und schwieg. »Barbara!«, sagte Lotte leise und eindringlich. Die Novizin zuckte hilflos mit den Schultern. »Ich hab' ihn gebeten, mich in Ruhe zu lassen. Und Sie wollte ich bitten, mich nach Köln-Brühl versetzen zu lassen. Sind Sie jetzt zufrieden?«

Lotte brauchte eine Weile, um diese Neuigkeiten zu verdauen. Schließlich fiel ihr etwas ein. »Weißt du was, jetzt trinken wir ein Gläschen Likör zusammen.« Sie sah auf die Uhr. »Damit überbrücken wir die halbe Stunde noch, und dann kann die Wäsche in den Trockner.« Und schon standen die beiden in der heimlichen Schatzkammer. »Hier, unser Kloster-Likör, über 50 Jahre alt.« Barbara traute ihren Augen nicht. »Das ist ja unglaublich!« Lotte ergänzte: »Find' ich auch – da liegen über 100 Flaschen hochprozentiger Kräuterlikör aus der ehemaligen Kloster-Destille.« Dann musste sie lachen. »Nur schade, dass unsere gute Felicitas im Laufe der Jahre schon jede Menge davon weggesüffelt hat.« Sie zeigte ihr die alten Fässer. Barbara schaute sich fasziniert um. Im Schein des Kerzenlichts war es richtig romantisch hier. Laut sagte sie: »Mein Gott, das ist ja fantastisch!« Lotte entkorkte eine der grünen Flaschen. »Es schmeckt auch fantastisch. Hier, probier mal!« Damit hielt sie der jungen Kollegin die Flasche hin. Barbara roch vorsichtig daran und nippte dann ein wenig. »Und – was sagst du?«, fragte Lotte, selbst ganz begeistert. Barbara zögerte. »Ich weiß nicht, was ist denn da alles drin?« – »Wenn ich das wüsste!«, seufzte Lotte. Ich habe schon überall nach dem Rezept gesucht. Dabei könnten wir damit richtig Geld verdienen!« – »Mit Schnapsbrennen?«, fragte Barbara. Sie fand diese Einnahmequelle doch etwas bedenklich. Doch Lotte hatte auch schon ein Alibi parat: »Medizin könnte man auch sagen, Barbara, immerhin sind das alles Heilkräuter.« Sie nahm ihr die Flache wieder ab und stellte sie in das Geheimfach zurück. »Die Anlage wurde im Zweiten Weltkrieg demontiert, aber man könnte sie sicher wieder zum Laufen bringen ...«, spann sie ihre Pläne weiter. Dann unterbrach sie sich. »Aber das interessiert dich jetzt wohl weniger, hm? Wenn du nach Köln willst?« Sie sah sie mütterlich an. »Du würdest uns sehr fehlen, das weißt du, oder?«, fragte sie. »Vor allem Sophie!« Barbara nickte. Als sie die »Hausbar« wieder verließen, meinte Lotte noch zu ihr: »Ich an deiner Stelle würde nicht so schnell aufgeben.«

Am Morgen, die Nonnen waren noch bei der Andacht, machte sich Annika auf den Weg in die Küche. Mit wohligem Gefühl hatte sie die frisch gewaschenen Sachen angezogen, und nun fand sie ziemlich schnell, was sie suchte: Schwester Agnes' Keksdose. Als sie die Dose öffnete, machte sie aber erst mal ein verdutztes Gesicht. Offensichtlich hatte man sie hier längst durchschaut – statt dem erwarteten Haushaltsgeld lag ein Zettel in der Dose. »Guten Morgen, Annika!«, hatte Lotte darauf geschrieben.

Den Zettel musste Annika schleunigst in ihrer Hosentasche verschwinden lassen, denn ausgerechnet jetzt kam Sophie zur Tür herein. »Ach, da bist du«, meinte sie fröhlich. Annika brauchte einen Vorwand und murmelte nur: »Klar, ich hab' echt Hunger!« Sophie sah sie lachend an. »Da bist du hier aber ganz falsch. In der Dose sind keine Kekse drin, das ist die Sparkasse von Schwester Agnes.« Damit nahm sie ihr die Dose weg und stellte sie wieder an ihren Platz. »Aber du kannst mir helfen, den Tisch zu decken«, schlug sie ihr vor.

Inzwischen hatte sich Agnes daran gemacht, kannenweise Kaffee und Tee zu kochen. Schwester Felicitas schnitt derweil die

Äpfel fürs Müsli und fragte Agnes irritiert: »Bist du sicher?« Agnes hatte sich eben laut gewundert, weil in der Küchentisch-Schublade kein Geld mehr lag. Auch eines ihrer Nachthemden sowie zwei Handtücher waren über Nacht verschwunden. Felicitas wollte ihr das gar nicht glauben. »Du bist einfach schusselig«, schimpfte sie. »Jetzt gib mir lieber Geld für meine Monatskarte, gestern musste ich schon schwarzfahren!« Agnes musste lachen: »Du fährst schwarz, Felicitas?« Damit ging sie zu ihrer Keksdose und öffnete die. Dann entfuhr ihr ein kleiner Schrei: »Nein!« Langsam wurde ihr das alles unheimlich. »Das Haushaltsgeld ist auch weg!«, sagte sie zu Felicitas. »Meinst du nicht, dass du es vielleicht irgendwo anders deponiert hast?«, fragte die. »Quatsch, das weiß ich genau – über 100 Euro waren da drin«, antwortete Agnes. Sie eilte hinaus. Und Felicitas seufzte: »Sodom und Gomorrha, ich sag's ja!«

Im Esszimmer hatte Sophie Annika den Platz neben sich zugewiesen. Das Mädchen erinnerte sie an ihre eigene wilde Zeit. Genauso, dachte sie, hatte sie sich damals auch durchgeschlagen. Und wer weiß, was aus ihr geworden wäre, wenn sie nicht gerade noch rechtzeitig von den Nonnen aufgenommen worden wäre? Wenn sie das Mädchen ansah, kam ihr das alles wieder zu Bewusstsein. Sie wollte Annika wirklich helfen. Doch dafür musste sie ihre Geschichte kennen. »Erzähl«, bat sie, während sie selbst den Tisch deckte. Und Annika erzählte. Sophie gegenüber war sie richtig zutraulich. »Plötzlich war dann der Motorrad-Bulle hinter mir her!«, berichtete sie. »Der Streifenwagen hätte mich nie erwischt – ich kenn' nämlich alle Abzweigungen, wo man nur mit dem Fahrrad durchkommt. Aber mit den Motorrad-Bullen ist es schwieriger.« Dabei unterbrach sie sich plötzlich. »Vielleicht sollte ich jetzt doch besser abhauen!«, meinte sie und stand plötzlich hektisch auf. »Irgendwann kommt der Polizist bestimmt wieder.« Sophie tätschelte ihr beruhigend den Arm. Wie gut sie diese Situation kannte! Laut sagte sie zu ihr: »Relax! Das wird schon alles!« Annika ließ sich wieder auf den Stuhl zurückfallen und seufzte tief: »Wenn du wüsstest!« Es klang ziemlich verzweifelt und bitter für ihr Alter. Sophie lachte. »Ich glaub', ich war früher genau wie du. Soll ich raten? – Eltern geschieden, Mutter hat neuen Freund, mit dem du nicht kannst ...« Annika starrte Sophie an. Die machte ungerührt weiter. »Du willst ihn rausekeln. Aber Mama glaubt dir natürlich nicht, dass er dich befummeln wollte. Und dann haust du ab, pennst bei irgendeinem Typen. Und wenn der komisch wird, ziehst du zum nächsten, und so weiter. Stimmt's?« Annika nickte. Sophies Erzählung hatte ihr die Sprache verschlagen. »Und irgendwann«, machte Sophie jetzt sehr ernst weiter, »irgendwann gibst du nach. Der erste Joint, der erste Bierrausch. Und der erste Mann!« Sie unterbrach sich, weil sie dachte, die anderen kämen nun zum Essen. Doch Annika bat sie: »Erzähl weiter!« – »Na, von irgendwas leben muss man ja auch«, grinste Sophie schon wieder. »Meine Spezialität waren Supermärkte. Da war ich ziemlich gut!« Annika sah sie fasziniert an. »Und dann?« – »Eine Nonne«, erinnerte sich Sophie. »So eine wie unsere Lotte. Nur einen Kopf größer! Die hat mich erwischt, in München, als ich den Opferstock in der Kirche knacken wollte.« Sie musste lachen bei dem Gedanken: »Versuch nie, den lieben Gott zu beklauen, das sag' ich dir! Du siehst ja, was er mit mir gemacht hat.« Damit strich sie demonstrativ über ihre Kutte: »Fast eine Heilige!« In dem Moment kam Schwester Felicitas mit Kaffee und Teekannen herein. Sophie zwinkerte Annika zu und korrigierte sich: »Natürlich nicht so heilig wie Schwester Felicitas.« Felicitas sah sie irritiert an. »Hör auf!« Dann wandte sie sich an Annika und fragte: »Darf ich fragen, mit wem ich das Vergnügen habe?« Das Mädchen antwortete mit ihrem ganzen Namen: »Annika Wagner.« Normalerweise behielt sie ihren Nachnamen strikt für sich, aber wenn diese Nonne so formell fragte ...

Nach dem Frühstück passte Schwester Lotte ihre »kleine Ausreißerin«, wie sie sie mittlerweile alle nannten, ab. Annika wäre gern noch ein wenig bei Sophie geblieben, doch Lotte kannte kein Pardon. »Ab in den Garten«, kommandierte sie. Annika maulte. »Sie werden mich doch jetzt nicht auch noch Gartenarbeit machen lassen?«, fragte sie. »Schaden würde es dir nicht«, fand Lotte, »aber wir machen was ganz anderes.« Dann fragte sie: »Wie alt bist du eigentlich?« – »15«, sagte Annika zögernd. Bei diesen Worten zog Lotte einen Kreis in die Erde eines frischen Beetes, und zwar exakt um Annikas Standort herum. Die wollte sich etwas abseits hinstellen, doch Lotte hielt sie zurück. »Nein, bleib!« Dann erklärte sie ihr, was es mit dem Zirkel auf sich hatte. »In Nigeria, wenn da ein Junge 14 ist, dann führen ihn die Ältesten in den Urwald und ziehen einen Kreis um ihn.« Sie deutete auf ihr Werk. »So ungefähr – groß genug, um darin sitzen zu können, aber zu klein, um sich hinlegen und schlafen zu können.« Annika sah sie an. »Soll ich da hinein?«, fragte sie ungläubig. »Nur 24 Stunden«, beruhigte sie Lotte, »allein mit dir und deinen Gedanken und Gefühlen.« Das Mädchen schüttelte den Kopf und versuchte, aus dem Kreis herauszutreten. Aber Lotte stellte sich ihr in den Weg. »Für jeden kommt irgendwann im Leben der Punkt, an dem sich alles entscheidet. Beim einen früher, beim anderen später. Ein Schritt in die falsche Richtung – und es gibt kein Zurück. Das hier, der Kreis, ist dieser Punkt in deinem Leben. Und wenn du jetzt gehst und einfach so weitermachst wie bisher – dann kannst du dir vorstellen, wo das hinführt!« Annika war von Lottes fürsorglichen Worten so beeindruckt, dass ihr die Tränen in die Augen traten. Lotte merkte das und bat sie noch einmal: »Gib dir selbst diese Chance, Annika, bitte, das bist du dir schuldig!« Dann strich sie ihr mit einer mütterlichen Geste das Haar zurück. »Keine Angst«, beruhigte sie sie, »in diesen alten Bräuchen steckt eine große Kraft. Du wirst schon sehen!« Damit ging Lotte zum Schuppen, um ihre Harke zurückzubringen. Annika aber stand noch eine Weile verwirrt in ihrem Kreis und starrte ihr nach. Vor der Haustür drehte sich Lotte noch einmal um und winkte ihr zu. Da endlich setzte sich das Mädchen hin und schlang die Arme um ihre angezogenen Beine.

Wöllers Kopfschmerzen waren gegen elf Uhr vormittags unerträglich geworden. Daher beschloss er, hinter seinem Schreibtisch im Rathaus ein wenig Nachtschlaf nachzuholen. Er ließ sich von Frau Laban ein nasses Küchentuch geben, das legte er sich übers Gesicht. Der Effekt war ein einigermaßen kühler Kopf. Außerdem wollte er so auch die Sonne etwas abhalten. »Ich bin jetzt erst mal für niemanden zu sprechen!«, herrschte er Frau Laban an. Dann schloss er die Tür und legte die Füße auf den Tisch. »Ach ja«, seufzte er noch, dann war er eingeschlafen.

Kurz darauf fuhr die Limousine der Mutter Oberin, Elisabeth Reuter, auf dem Marktplatz von Kaltenthal vor. Da die Oberin viel unterwegs war, hatte sie ihren Wagen zu einem rollenden Büro umgestaltet. Auf ihren Knien lag der Laptop, neben ihr ein mobiles Faxgerät. Zu Schwester Hildegard, ihrer Vertrauten und Fahrerin, sagte sie: »Bitte rufen Sie an und kündigen unseren Besuch an. Die Nummer ist unter Wöller im Handy gespeichert.« Damit gab sie ihr das Handy, während sie selbst noch schnell eine Notiz schrieb.

Oben nahm Marianne Laban den Anruf entgegen. Sie ahnte, dass der Bürgermeister den Besuch jetzt absolut nicht brauchen konnte. Andererseits hatte er ihr eingeschärft, beim Namen »Mutter Oberin« immer sofort Meldung zu machen. Also ging sie doch wieder ins Chefzimmer, wo er mittlerweile laut schnarchte. »Chef!«, sprach sie ihn vorsichtig an, »die Schwester Oberin lässt fragen, ob Sie kurz Zeit haben. Sie sei gerade in der Gegend und …« Als er das Stichwort Oberin hörte, öffnete Wöller entsetzt die Augen. »In meiner Verfassung?«, stöhnte er. »Die Frau ist hart wie Kruppstahl. Können Sie nicht eine Ausrede erfinden?« – »Ich weiß nicht«, gab Marianne Laban

hilflos zurück. »Außerdem hatte ich noch keine Gelegenheit, den Gemeinderat über die neue Situation zu informieren«, sprach Wöller weiter. »Wimmeln Sie sie ab, bitte!«
Marianne ging an ihren Schreibtisch zurück. »Sind Sie noch dran?«, nahm sie den Hörer wieder auf. »Also, es geht heute beim besten Willen nicht. Er ist praktisch schon auf dem Weg zu seiner nächsten Veranstaltung.« Die Schwester an der anderen Leitung signalisierte Verständnis. Und Marianne Laban sagte erleichtert: »Nichts zu danken! Wiedersehen!«
Damit war das Gefecht aber noch nicht vorüber. Hildegard hatte ihrer Oberin zwar Bescheid gegeben, dass der Bürgermeister im Moment nicht zu sprechen sei. Doch die hatte längst seinen Wagen auf dem Parkplatz entdeckt und meinte nur: »Da steht er doch!« Dann nahm sie ihre Aktentasche und rauschte ins Rathaus. Marianne Laban staunte also nicht schlecht, als plötzlich die Tür aufging und die Oberin höchstpersönlich vor ihrem Schreibtisch stand. »Schwester?«, sagte sie entsetzt. Dann gab sie auf. »Machen Sie doch, was Sie wollen«, sagte sie, nahm ihre Handtasche und verließ das Zimmer. Wöller war ein Choleriker. Und wenn er gleich ausrastete, wollte sie eine gute Ausrede haben.
Wöller erstarrte, als plötzlich die Tür aufging und die oberste Nonne majestätisch eintrat. »Lügen haben kurze Beine«, sagte die Schwester statt eines Morgengrußes. Geistesgegenwärtig nahm Wöller beim Stichwort »Beine« wenigstens die Füße vom Tisch. Das Handtuch warf er mit kühnem Schwung in den Papierkorb. Die Oberin holte sich einen Stuhl und setzte sich ihm gegenüber. Natürlich war ihr nicht entgangen, dass der Bürgermeister in diesem Moment erst mal die Krawatte hochzog. Sie ging aber erstaunlich souverän mit der Situation um: »Jetzt gucken Sie mich nicht so an!«, sagte sie zu ihm. »Ich mach' das manchmal auch! Aber da ich auf mein Angebot hin nichts mehr von Ihnen gehört habe, dachte ich …« Wöller fühlte sich langsam wieder besser. »Ich hatte«, dann räusperte er sich, »Verzeihung, aber ich hatte noch keine Gelegenheit, den Gemeinderat

zu unterrichten.« Die Oberin sah ihn mitleidig an. »Herr Wöller! Das hier ist nicht das Weiße Haus in Washington, wir sind immer noch in Kaltenthal. Und ich wette, dass Sie jeden Abend beim Ochsenwirt ein paar von Ihren Gemeindehanseln treffen! Ist es nicht vielmehr so, dass Sie die Sache bis nach den Wahlen verschleppen wollen?« Das konnte Wöller nicht auf sich sitzen lassen: »Also, jetzt machen Sie aber einen Punkt, Schwester! Zwei Millionen sind kein Pappenstiel!« Die Schwester Oberin sah ihn durchdringend an: »Im Vergleich zu den Unsummen, die Sie für den Umbau ausgeben wollen, ist das ein Pappenstiel, Herr Wöller.« Dann stand sie auf. »Aber gut, ich werde mich nach einem anderen Verwendungszweck umsehen.« Sie wandte sich zur Tür.

Inzwischen war auch Wöller aufgestanden. »Das sind ja Methoden wie bei der Mafia«, raunzte er. Die Oberin drehte sich um und zog die Augenbrauen hoch. Doch nun war Wöller in Fahrt gekommen. »Jahrzehntelang haben Sie den alten Kasten vergammeln lassen, und jetzt auf einmal, wo Sie Geld wittern, jetzt soll alles am besten schon vorgestern entschieden sein!« Die Oberin kam noch einmal auf seinen vorherigen Satz zu sprechen: »Das mit der Mafia will ich überhört haben. Ich versuche nur, so gut wie möglich mein Amt auszufüllen. Das ist alles.« – »Dagegen habe ich ja nichts«, meinte der Bürgermeister, der nun wieder Oberwasser bekam, »mich stören nur Ihre Methoden!« Die Oberin schmunzelte. »Mein ›Chef‹ hat uns ganz genaue Anweisungen gegeben. Ist alles aufgeschrieben«, stellte sie klar. Wöller hüstelte: »Jesus Christus? Da bin ich aber gespannt.« Worauf sie lächelnd zum Abschied sagte: »Seid sanft wie die Tauben, aber klug wie die Schlange. Und jetzt gute Besserung!«

Wie sollte sie das nur überstehen? 24 lange Stunden! Annika saß immer noch in ihrem Kreis und fühlte sich wie Häschen in der Grube. Die Sonne stieg immer höher, sie schwitzte in ihrer Jacke. Aber ausziehen wollte sie sie auch nicht. Noch nicht. Die

Jacke vermittelte ihr eine Art von Schutz bei diesem ungewöhnlichen Survivaltrip. Das heißt, ein Trip war es eigentlich nicht, dachte Annika. Es passierte nicht eben viel im klösterlichen Garten. Von Zeit zu Zeit kam eine Saatkrähe vorbeigeflogen, die bald wieder abdrehte, weil die Nonnen ihre Stauden durch Vogelscheuchen schützten. Annika seufzte. Sie schloss die Augen wieder und hielt ihr Gesicht in die Sonne. Plötzlich hörte sie Schritte. Es war Sophie. Annika freute sich sehr über ihren Besuch. »Da«, sagte Sophie lächelnd zu ihr, »das soll ich dir geben, von Schwester Lotte.« Damit stellte sie Lottes Bongo-Trommeln aus Afrika neben Annika in den Kreis. »Aber ich darf nicht mit dir reden«, erklärte sie. Annika nickte ergeben. »Ich, äh, ich werde für dich beten«, versprach ihr Sophie. Sie genierte sich fast ein wenig. Aber Annika hatte schon verstanden. Während Sophie sich wieder entfernte, nahm sie die Trommeln und klemmte sie zwischen ihre Knie. Sie klopfte vorsichtig einen kurzen Rhythmus mit den Fingern darauf. So etwas hatte sie noch nie ausprobiert. Aber es gefiel ihr, und die Zeit verging auch ein wenig schneller. Irgendwann hörte sie vom Kirchturm die Glocken. Es musste wohl gerade 12 Uhr Mittag sein.

Lotte fühlte sich verpflichtet, so schnell wie möglich Annikas Mutter zu verständigen. Dafür musste sie die aber erst mal ausfindig machen! Wagners gab es nämlich eine ganze Menge im Landkreis. So musste Lotte alle Schulen des Kreises heraussuchen und abtelefonieren, bis ihr endlich eine Sekretärin weiterhelfen konnte. Die wusste nicht nur, dass Annika seit zwei Monaten nicht mehr zum Unterricht erschienen war, sondern auch, wo die Mutter tagsüber zu erreichen war: In der Brauerei Markl könnte sie Glück haben, hörte Lotte zu ihrer Erleichterung. Sie setzte sich in ihren Wagen und fuhr sofort hin.
Am Eingang fragte sie nach Frau Wagner, worauf sie der freundliche Pförtner gleich mit zur Flaschen-Waschanlage nahm. Da

stand eine ungefähr 40-jährige Frau in einem kobaltblauen Arbeiter-Overall. »Das ist unsere Doris Wagner«, sagte der Mann und nickte freundlich in ihre Richtung. Lotte folgte seinem Blick. Die Flaschen ratterten an einer Lichtschranke vorbei. Offenbar war es so möglich, die beschädigten oder sonstwie unbrauchbaren Flaschen festzustellen. Frau Wagners Aufgabe war es dann, diese fehlerhaften Flaschen auszusortieren.
Mittlerweile war der Mann zu ihr hinübergegangen und hatte mit dem Kopf in Lottes Richtung genickt. Und um ihr das Gespräch mit Lotte zu ermöglichen, nahm er gleich selbst den Platz am Band ein. Doris Wagner trocknete auf dem Weg zu Lotte ihre Hände an der Schürze ab und streckte der Schwester dann freundlich die Rechte entgegen. Man konnte ihrem Gesicht ansehen, dass sie keine Ahnung hatte, was die Nonne von ihr wollte. »Guten Tag?«, grüßte sie fragend. Lotte erwiderte den Gruß. »Guten Tag, ich bin Schwester Lotte vom Stift in Kaltenthal.« – »Ja, und?« – »Es geht um Ihre Tochter.« – »Annika?« – »Ja, sie ist bei uns«, fuhr Lotte fort, »genauer gesagt, sie hat bei uns Zuflucht gesucht, als die Polizei …« Die beiden Frauen waren unterdessen in den Aufenthaltsraum gegangen.
Bei dem Wort »Polizei« wurde die Mutter blass. »Mein Gott!«, entfuhr es ihr. Doch die Schwester beruhigte sie. »Bis jetzt ist die Sache glimpflich verlaufen. Aber ich kann nicht garantieren, dass es so bleibt.« Frau Wagner schüttelte sich. »Das Mädel bringt mich ins Grab!«, seufzte sie. Lotte sprach nun etwas leiser, weil inzwischen Leute in den Raum gekommen waren. »Annika hat einer Mitschwester von mir ihr Herz ausgeschüttet, Frau Wagner. Da hört sich das ganz anders an. Offenbar kommt das Mädchen mit Ihrem neuen Lebensgefährten nicht klar?« Die Frau nickte. »Annika nimmt mir übel, dass ich nicht ein Leben lang die trauernde Witwe spiele.« Lotte sah sie ernst an. »Ihre Tochter braucht ein geordnetes Zuhause. Egal wie! Sonst endet sie in einem Erziehungsheim – oder noch schlimmer …« Frau Wagner konnte Lottes Visionen kaum ertragen. Sie stand auf und meinte unsicher: »Ich muss zurück, glaub'

ich!« Doch Lotte war noch nicht fertig. »Ich bitte Sie, Frau Wagner: Sprechen Sie sich mit Annika aus. Ich bin gern bereit zu vermitteln.« Damit streckte sie ihr die Hand hin. Frau Wagner zögerte. »Das Kind hat es nie verkraftet, dass ihr Vater ...« Dann nahm sie Lottes Hand. »Gut, aber erwarten Sie nicht zu viel!« Lotte sah ihr nach, wie sie an die Flaschenanlage zurückging.

Im Klosterhof fuhr in diesem Moment der schwere BMW der Oberin vor. »Warten Sie bitte hier«, wies sie ihre Assistentin an. »Es kann nur ein paar Minuten dauern!« Dann stieg sie aus. Als erstes hörte sie die Rhythmen der Bongotrommeln. Was das nun wieder zu bedeuten hatte? Vorsichtshalber drehte sie sich noch einmal zu Hildegard um und korrigierte sich: »Na, möglicherweise dauert es doch etwas länger.« Sie schlug die Autotür energisch zu und ging dem Trommeln nach. Als sie beim Garten angelangt war, traute sie ihren Augen kaum! Ein Mädchen saß mitten im Garten auf der Erde und schlug mit geschlossenen Augen die Trommeln. Doch was noch befremdlicher war: Auch Küchenschwester Agnes war dabei und drehte sich zu der Musik, wobei sie ausgelassen den Rechen schwang. Erst als sie Schwester Elisabeths Schritte hörte, hielt Agnes inne. Das Mädchen sah kurz auf, machte jedoch ohne Pause weiter. »Mutter Oberin!«, stotterte Schwester Agnes errötend und erstarrte. Die Oberin war indigniert. »Darf ich fragen, was das hier ...«, wollte sie eben eine Gardinenpredigt beginnen. Doch dann unterbrach sie sich und meinte schneidend: »Nein, lieber nicht. Wo ist Schwester Lotte?« Alarmiert durch den scharfen Tonfall, hielt nun auch Annika inne. Agnes sah sie eindringlich an: »Sag der Mutter Oberin guten Tag, Annika!« Doch die Oberin fuhr sie nur barsch an: »Keine Umstände, bitte! Also, wo ist Schwester Lotte?« Agnes konnte nur Vermutungen anstellen: »In der Brauerei, nehm' ich an. Bei der Mutter von ...« Da fing auch Annika wieder an zu sprechen: »Bei meiner Mutter? Wie hat sie raus-

gekriegt, wo die arbeitet?« – »Weiß ich nicht«, meinte Agnes, »aber bei Schwester Lotte wundert mich nichts mehr!«
Schwester Elisabeth hatte nun endgültig genug. Gelassen sagte sie zu Agnes: »Würden Sie Schwester Lotte bitte ausrichten, dass ich sie in München erwarte, und zwar noch heute!« Damit marschierte sie zurück zu ihrem Wagen.
»Das ging ja ruck-zuck!«, meinte Hildegard, als die Chefin wieder im Fond Platz nahm. Die Oberin aber meinte nur: »Nichts wie weg hier!«

Wenige Minuten später traf Wachtmeister Meier auf seinem Motorrad vor dem Kloster ein. Er sah Annikas Fahrrad neben der Tür stehen und überprüfte das Reifenprofil. Na, bitte! Es war absolut identisch mit dem des Flucht-Fahrrads. Anscheinend hatte ihn die Schwester diesmal tatsächlich angelogen. Das Mädchen musste hier sein!
Aber da kam Lotte auch schon im Mercedes angefahren. In dem Auto, das er ihr bestimmt schon zehn Mal repariert hatte, dachte Meier enttäuscht. Doch auch Lotte reagierte reserviert, als sie ihn da vor dem Kloster stehen sah. »Gibt's was Neues?«, fragte sie Meier vorsichtig. »Tja, ich muss mich schon sehr wundern, Schwester«, antwortete er. »Eine Nonne, die lügt!« – »Wieso?«, fragte Lotte scheinheilig. »Na, ich hab' mir die Mühe gemacht, nach Spuren zu suchen, von den Fahrradreifen. Und im Stadtpark fand ich dann genau dieses Profil!« Er ging zu Annikas Fahrrad und zeigte ihr die Reifen. »Okay«, meinte Lotte, »ich bin eine schlechte Lügnerin, das geb' ich gern zu. Aber in dem Fall würde ich es wieder tun, fürchte ich.« Wachtmeister Meier sah sie kopfschüttelnd an. Doch Lotte verteidigte sich: »Das Mädel ist doch noch keine 16. Und jetzt habe ich ihre Mutter aufgetrieben, Herr Meier. Ich werde dafür sorgen, dass sie wieder in geordnete Verhältnisse kommt.« Der Polizist lächelte gequält. »Das geht doch nicht, Schwester Lotte!« – »Jetzt kommen Sie mal mit«, sagte Lotte kurz angebunden, »ich zeig'

Ihnen was.« Sie ging ihm in Richtung Haus voraus. Da kam Schwester Barbara angelaufen, die am Fenster auf Lotte gewartet haben musste. »Schwester Lotte, ganz schlechte Nachrichten! Die Mutter Oberin war vor fünf Minuten hier und möchte, dass Sie sofort nach München kommen!« Lotte wischte mit der Hand durch die Luft. »Die wird sich jetzt auch mal gedulden müssen. Morgen vielleicht.«

Lotte führte Meier an ein Fenster im Kreuzgang, von dem aus man Annika still in ihrem kleinen Kreis sitzen sah. »Da ist sie«, sagte Lotte. »Ich hab' es geschafft, sie zu einer geistigen Klausur zu überreden.« – »Häh?«, machte Meier verständnislos. »Das Mädchen ist doch keine Verbrecherin, Herr Meier«, erklärte ihm Lotte. »Und wenn sie die Nacht noch durchhält, dann …« Sie sah den Polizisten an. »Ich weiß, Sie glauben nicht an so was, aber ich!« Meier konnte ihr nur zustimmen. »Es ist ein Wunder, dass sie Ihnen noch nicht ausgebüchst ist!« Und Lotte gab zurück: »Stellen Sie sich vor, es wäre Ihre Tochter.« Da sah auch der Polizist gerührt zu dem Mädchen hinüber. Lotte merkte es und lächelte wieder. Und als er aufbrach, sagte sie leise: »Danke, Herr Meier!«

In der Praxis von Dr. Wieland hatte Martin Richter heute glücklicherweise nicht viel zu tun gehabt. So blieb ihm Zeit, seinen Gedanken nachzuhängen. Mehr als einmal ertappte er sich dabei, wie er geistesabwesend in den Garten hinausstarrte. Das war auch Anita, der Sprechstundenhilfe, aufgefallen. Er wirkte so verloren, fand sie. Daher schlug sie ihm beim Abschied vor, er solle für heute auch Schluss machen. Doch er antwortete nur fahrig: »Ja ja.« Mit seinen Gedanken war er ganz woanders. Anita zögerte, wollte aber das Sprechzimmer noch nicht verlassen. »Was halten Sie davon, wenn ich Sie heute mal in den ›Ochsen‹ einlade?«, fragte sie. Er sah sie erschrocken an: »Danke, das ist nett, aber ich glaube, heute eher nicht. Ein andermal!« Anita entschuldigte sich sofort: »Ich dachte nur, weil Sie immer so alleine sind.« – »Am Wochenende bin ich ja wieder in München«, meinte Martin, »aber lieb von Ihnen.« – »Na dann, bis morgen!«, verabschiedete sich die Sprechstundenhilfe. Als sie endlich weg war, verspürte auch Martin keine große Lust, noch weiterzuarbeiten. Er sah wieder zum Fenster hinaus und konnte seine Gedanken nicht von Barbara lösen. Es kam ihm zu Bewusstsein, dass er tatsächlich sehr einsam war.

Mittlerweile war die Sonne untergegangen. Annika saß immer noch in ihrem Kreis. Im Haus waren die Schwestern voll des Lobes für die »kleine Ausreißerin«. Sophie hatte sie sogar laut ins Tischgebet eingeschlossen: »Und dann bitten wir dich, Herr, um einen besonderen Segen für unseren Gast Annika!«, sprach sie. Und selbst die traurig-verbiesterte Felicitas nickte bei diesem Wunsch. Insgeheim hätte es keine von ihnen für möglich gehalten, dass das Mädchen die Klausur durchhalten würde. Nicht mal Lotte hatte das geglaubt. Umso wichtiger schien es ihr, Annika ein kleines, aber deutliches Zeichen zu geben. Ein Zeichen der Anerkennung, und etwas Ermutigendes sollte es auch sein. So ging Lotte vor dem Schlafengehen noch einmal zu ihr hinaus. In den Händen trug sie eine dicke, weiße Kerze. »Gute Nacht, Annika«, wünschte Lotte und sah Annika mit einem Nicken an. »Gute Nacht!«, sagte Annika. Mehr sprachen sie nicht. Stattdessen stellte ihr die Schwester die dicke Kerze hin und zündete sie an. Und Annika starrte ergeben in die flackernde Flamme.

Als die Nonnen ihr Frühstück am nächsten Morgen eben beendet hatten, läutete es an der Pforte. Barbara öffnete. »Guten Tag, mein Name ist Wagner«, stellte sich die Besucherin vor. Die Nervosität stand ihr ins Gesicht geschrieben. »Schwester Lotte …« Weiter kam sie nicht, denn Barbara unterbrach sie. »Schwester Lotte musste nach München, aber das macht nichts.

Kommen Sie herein, Frau Wagner, Annika wird sich freuen!« Damit schloss sie die Tür hinter ihr. Frau Wagner entgegnete: »Da bin ich mir nicht so sicher.« Doch Barbara führte sie einfach in den Kreuzgang zum Fenster. Sie machte es auf und rief hinaus: »Annika, guck mal, wer da ist!«
Dabei bemerkte sie zu ihrem Entsetzen, dass der Kreis leer war. »Annika?« sagte sie noch mal, etwas leiser. »Wo ist sie?«, wollte Frau Wagner wissen. »Tja, tut mir Leid, aber ich glaube ...«, meinte Barbara mit Enttäuschung in der Stimme. Da kam von hinten Agnes aus der Küche. »Hast du Annika gesehen?«, fragte Barbara sie besorgt. »Nein, aber mein Haushaltsgeld ist weg«, kam die prompte Antwort. Frau Wagner zuckte resigniert die Schultern. »Tja, das war's dann wohl«, meinte sie und wandte sich zum Gehen.

Ungefähr zur gleichen Zeit war Lotte im Münchner Mutterhaus eingetroffen. Schwester Hildegard meldete ihre Ankunft der Mutter Oberin. Doch die saß gerade am Computer und wollte sich nicht stören lassen. »Soll warten«, murmelte sie. Aber da trat Lotte schon aus dem Vorzimmer direkt vor ihren Schreibtisch. »Bitte, ich muss gleich wieder zurück!«, flehte sie. Die Oberin stand auf. »Woher wissen Sie eigentlich, dass Sie zurückfahren?« Lotte glaubte, nicht recht gehört zu haben. »Wie bitte?«, fragte sie selbstbewusst nach. Das war doch die Höhe! Erst wurde sie hinausgeschickt nach Kaltenthal, dann wieder zurückbeordert? »Bin ich denn ein Punchingball?«, dachte sie. Die Oberin sah sie lange und bedeutungsvoll an. »Sie wissen genau, was ich meine! Mal abgesehen von den Buschtrommeln und den amüsanten Bauchtänzen – was will die Polizei von Ihnen?« Erleichtert meinte Lotte: »Also, das ist ganz leicht zu erklären!« Doch die Oberin war noch nicht fertig. »Und wissen Sie, was mich am meisten ärgert? Dass dieser unsägliche Wöller auch noch Recht zu haben scheint, wenn er Sie anschwärzt!« Sie schien ernstlich böse zu sein.

Lotte atmete also tief ein und setzte dann zu einer langen Rede an. Es wurde ein echter Rundumschlag. »Also, erstens, die Buschtrommeln – das sind meine Bongos, die ich aus Nigeria mitgebracht habe. Und das Mädchen, das darauf gespielt hat, hab' ich sozusagen auf der Straße aufgelesen, und ich bin gerade dabei, sie wieder auf den rechten Weg zurückzubringen.« Sie machte eine kurze Pause, dann redete sie weiter: »Schwester Barbara hat sich in den Doktor verliebt. Aber mehr ist nicht. Sie hat sogar um ihre Versetzung gebeten, aber ich glaube nicht, dass sie das ernst meint. Kommen wir zu Wachtmeister Meier. Er war im Kloster, weil er das Mädchen gesucht hat – dessen Mutter ich aber inzwischen gefunden habe. Und die holt ihre Tochter jetzt hoffentlich gerade ab.« Sie sah nervös auf ihre Armbanduhr und schloss dann: »Wo ich allerdings gern dabei wäre, weil die beiden eine nicht gerade unproblematische Beziehung haben.«

Jetzt hatte Lotte alles herausgesprudelt. Dann sah sie die Chefin erwartungsvoll an. Doch die war wohl noch nicht ganz vom Wahrheitsgehalt der Erzählungen überzeugt. Lotte musste also nachhaken: »Das ist wirklich alles. Und wenn Sie Ihren Besuch gestern angekündigt hätten, dann …« – »Ich war im Rathaus«, erklärte Schwester Elisabeth barsch. Sie ging um ihren Schreibtisch herum und setzte sich wieder. »Glück für Sie, dass Wöller sich weigert, uns Kaltenthal abzukaufen! Sonst würde ich es ihm jetzt schenken. Aber zwei Millionen können wir gut gebrauchen!« Schwester Lotte verstand nicht, worauf sie hinauswollte. »Zwei Millionen?«, fragte sie. »Sie verstehen, dass ich mir jetzt keinen Skandal leisten kann«, fuhr die Oberin fort, »das würde mir alle Verhandlungsvorteile nehmen.«

Lotte wurde es kurz schwarz vor Augen. »Aber wir haben doch schon über 2000 Unterschriften«, verteidigte sie sich, »und die Presse ist auch auf unserer Seite! Sie haben mir drei Monate zugestanden, die sind noch lange nicht um!« Die Mutter Oberin nickte: »Richtig, aber Sie werden mir gestatten, einen Ersatzplan in petto zu haben – nur für den Fall, dass Sie scheitern …«

»Ich werde nicht scheitern!«, sagte Lotte knapp. Die Mutter Oberin nahm sie einfach nicht ernst. Das konnte man auch aus ihrer Antwort erkennen, als sie meinte: »Wann begreifen Sie endlich, dass Sie gegen Windmühlen anrennen, Schwester Lotte? Gottes Wille geschehe!« – »Amen«, meinte Lotte unwillig. »Kann ich jetzt gehen, bitte?« In dem Moment läutete das Telefon. Die Mutter Oberin nahm ab. »Muss das jetzt sein?«, fragte sie ungeduldig in den Hörer. »Na gut!« Damit reichte sie ihn an Lotte weiter: »Für Sie.«

Lotte war entsetzt von dem, was ihr Barbara zu sagen hatte. »Das kann ich nicht glauben. Habt ihr überall nachgeschaut?« Dann berichtete Barbara von dem Haushaltsgeld. Da konnte Lotte sie wieder beruhigen. »Nein, das hab' ich«, meinte sie und sagte dann: »Jetzt beruhigt euch erst mal! Ich bin bald wieder da!« Sie legte auf und seufzte. »Sie hören es ja. Darf ich jetzt gehen?« – »Schwester, Schwester!«, machte Elisabeth Reuter noch mal. »Ich weiß«, entschuldigte sich Lotte abermals, »aber ich kann genauso wenig aus meiner Haut wie Sie!« Ein kurzer Gruß, dann eilte sie flink hinaus.

In ihrem Auto lud sie ihre Sorgen gleich bei ihrem »Lebensgefährten« ab. Mit gelegentlichem Blick auf das Kreuz am Rückspiegel sprach sie alles an, was ihr im Moment im Magen lag. Zuvorderst war da natürlich die Geschichte mit Annika. »Was hast du dir denn dabei nur gedacht? Ich meine, es kann doch wohl nicht daran gelegen haben, dass die Sache mit dem Kreis nicht von deinem Verein erfunden worden ist, sondern von Heiden! Oder?« Sie schaute prüfend zum Kreuz, dann richtete sich ihr Blick wieder auf die Landstraße. »Eben. Es sei denn, das Mädel ist kaputter, als ich dachte. Aber so, wie sie mich angeschaut hat, heute Morgen. Sie hat etwas begriffen, da bin ich mir sicher!« Lotte seufzte. »Und was erzähle ich jetzt dem Meier? Also, lass dir was einfallen, ja?«

Auf dem Polizeirevier durfte Wachtmeister Meier zu seiner Freude ein Geständnis-Protokoll aufnehmen. Wer hätte das gedacht, dass sich das Mädchen freiwillig melden würde? »Ich sag's ja, diese Schwester Lotte!«, murmelte er, als er einen Bogen Papier einspannte. Laut forderte er Annika auf, den Hergang des Einbruchs detailliert zu schildern. Eifrig tippte er auf seiner Schreibmaschine mit. »Und dann sind sie über den Zaun geklettert, und ich hab' draußen gewartet«, sagte Annika. »Den Rest kennen Sie ja.« Sie hielt inne. Dann fragte sie gespannt: »Und was passiert nun mit mir?« – »Du unterschreibst das jetzt, und dann kriegt das der Staatsanwalt. Aber in Anbetracht deines Alters und der Tatsache, dass du dich freiwillig gestellt hast, wird nicht viel passieren!« Annika unterschrieb. »Dann darf ich jetzt wieder gehen?«, fragte sie. »Ja«, meinte der Wachtmeister lächelnd, »aber ich komme mit! Das Gesicht von Schwester Lotte will ich sehen!« Er bot ihr sogar den Sozius seines Motorrads an, zur Belohnung.

Als die beiden wenige Minuten später auf den Klosterhof fuhren, waren Annikas Haare vom Fahrtwind wild zerzaust, aber sie strahlte. Und auch Lotte strahlte, als sie ins Stift zurückkam. Da saßen nämlich Sophie und Barbara mit dem Polizisten Meier einträchtig zusammen auf dem Besuchersofa. In der Mitte des Refektoriums aber stand Annika und spielte für sie auf Lottes Trommeln.

Fünftes Kapitel

Die Uhr im Esszimmer zeigte Punkt zwölf, Zeit zum klösterlichen Mittagessen. Ausnahmsweise war die kleine Gemeinschaft vollzählig um den Mittagstisch versammelt. Agnes machte das immer ganz glücklich, wenn keine Schwester fehlte. Selig lächelnd teilte sie mit dem großen Schöpflöffel die Suppe aus. Sophie sprach das Tischgebet: »Komm, Herr Jesus, sei unser Gast, und segne, was du uns bescheret hast.« Da durchbrach ein lautes Röhren die klösterliche Stille. Über das alte Kopfsteinpflaster im Hof hörte man Motorräder heranfahren. Sogar der Löffel in der Suppenschüssel zitterte und machte ein klirrendes Geräusch.

Sophie sprang als erste von ihrem Platz auf und rannte ans Fenster. »Heiliger Strohsack!«, entfuhr es ihr. Vier junge Leute mit wehenden Schals kamen da gerade auf Mopeds in den stillen Klosterhof geknattert. »Richtige Halbstarke«, dachte Sophie. Einer von den Jungs hatte ein Mädchen auf dem Sozius, das wiederum einen riesigen Kassettenrekorder in den Händen hielt. Aus dem dröhnte Rockmusik. Die beiden älteren Schwestern Felicitas und Agnes hielten sich gleich die Ohren zu. Dann aber rannten sie doch alle hinaus.

Im Hof drehten die Jungs erst noch ein paar Runden, bis sie endlich abstiegen und ihre fahrbaren Untersätze aufbockten. Der größte von ihnen, vermutlich der Anführer, kam mit breiten Schritten auf die Schwestern zu. »Wer ist die Obernonne hier?«, fragte er. Lotte sah ihn forsch an und meinte: »Was wollen Sie von uns?« Da zog der Junge einen Brief aus seiner Lederjacke und reichte ihn ihr. »Steht alles da drin«, tönte er großspurig. »Schönen Gruß vom Bürgermeister, wir sollen zu Ihnen umziehen.« Dann drehte er sich zu seinen Kumpels um, die immer noch ihre Runden drehten, und brüllte gegen den Lärm der Maschinen an: »Schluss jetzt!« Daraufhin herrschte tatsächlich so etwas wie Stille.

Lotte öffnete den Brief und konnte nun schwarz auf weiß lesen, was der Junge angedeutet hatte: Anscheinend würden sie bald neue Untermieter haben. Sie reichte den Brief mit ernstem Blick an die anderen Schwestern. Doch selbst Sophie, die ja sonst für Außenseiter im Allgemeinen und schwierige Jugendliche im Besonderen immer ein großes Herz hatte, meinte nur: »Das ist ja voll krass!« Die zarte Agnes raunte fassungslos: »Ich glaub', mir wird schwindelig, oh Gott!«, und verzog sich in ihre Küche. Der Anführer, der sich mittlerweile als »Manni« vorgestellt hatte, wurde langsam ungeduldig. »Also, wo können wir jetzt unser Equipment parken?«, fragte er Lotte. »Die Instrumente, Verstärker, Anlage ... Ihr Kasten hat doch sicher einen Keller oder so was, wo wir proben können?« Lotte fuhr ihn energisch an: »Sie warten hier, bis ich zurück bin.« Dann nahm sie Felicitas den Brief aus der Hand und eilte mit großen Schritten zu ihrem Auto. Der junge Mann hatte offenbar nicht viel Zeit. »Was heißt hier warten?«, rief er ihr nach. Doch Sophie brachte ihm schnell bei, dass das der falsche Ton war: »Spiel hier nicht den starken Mann!«, fuhr sie ihn an.

Schon Sekunden später erkundigte sie sich allerdings fast freundlich nach der Musik, die immer noch in ungebremster Lautstärke aus dem Ghetto-Blaster drang: »Was läuft denn da? Ist das von euch?« – »Sicher«, meinte Manni mit stolzgeschwellter Brust, »für 15 Euro können Sie ein Tape kaufen.« In dem Moment verließ Lottes Auto den Hof. Manni sah ihm nach und fragte: »Gehört der Schlitten Ihnen?« – »Ja, warum?«, mischte sich nun Barbara ein. »Ach, ich hab' nur gedacht, dass man damit vielleicht unsere Sachen abholen könnte, aus dem alten Jugendclub.« Felicitas schnaubte empört. Um ihren Mund kräuselten sich ganz viele kleine Fältchen, als sie zischte: »Sonst noch was?« Und zu den Novizinnen sagte sie: »Schluss jetzt!« Sie rauschte davon. Barbara und Sophie folgten ihr. Gegen diesen bestimmten Tonfall durfte man sich nicht sträuben, so viel hatten die Novizinnen schon gelernt. Sophie aber sah sich noch mal verschwörerisch zu der Bande um. »Ich muss jetzt ins Haus«, sagte sie, »aber ich werde versuchen, den Wagen später auszuleihen. Wenn's klappt, helfe ich euch gern.«

Zur selben Zeit war Lotte mit dem Mercedes vor dem Rathaus angekommen. Weil gerade frei war, parkte sie gleich auf Wöllers Platz und hetzte dann, immer zwei Stufen auf einmal nehmend, die Treppe hinauf. Vor Marianne Labans Zimmer machte sie Halt und klopfte kurz. Ohne abzuwarten, trat sie ein. »Schwester!«, rief die Sekretärin aus, die gerade vorsichtig eine dampfende Kaffeetasse zum Mund führen wollte. So viel Hektik kannte sie sonst nur von ihrem Chef. »Ist er da?«, fiel Lotte mit der Tür ins Haus. Die Laban schüttelte den Kopf. »Der Herr Bürgermeister ist zu Tisch.« – »Wo?«, meinte Lotte kurz. »Das weiß ich nicht«, gab Marianne Laban zurück, »aber vielleicht kann ich Ihnen ...« Lotte war inzwischen mehr als ungeduldig. »Frau Laban, jetzt tun Sie doch nicht so«, sagte sie und wedelte demonstrativ mit dem Brief herum. »Sie wissen doch ganz genau, worum es geht! Sie haben den Schrieb mit dem ausgelagerten Jugendzentrum doch selbst getippt!« – »Ach, das«, nickte die Laban, als fiele es ihr jetzt erst wieder ein, »na, da machen Sie sich mal keine Sorgen. Das ist nur vorübergehend, bis die Gemeinde, sprich der Herr Mangold, eine neue Bleibe für das Jugendheim gefunden hat.« – »Der Herr Mangold?«, wiederholte Lotte fragend. »Unser Jugendreferent«, gab die Sekretärin Auskunft. Lotte nickte. Das hatte sie sich schon gedacht. Aber was war mit dem alten Jugendheim? »Die Erbengemeinschaft ist sich endlich einig geworden und hat das Gebäude, äh, verkauft«, erzählte Marianne Laban bereitwillig weiter. Lotte grinste. Wenn da mal nicht wieder ein typisches Amigo-Geschäft von Wöller dahinter steckte! Laut sagte sie: »Ach, verkauft? Darf ich raten, an wen?« Und Marianne Laban antwortete ergeben: »Das kann ich Ihnen nicht verbieten. Aber die Angelegenheit ist streng vertraulich, bis ein Bebauungsplan vorliegt.«

In dem Moment läutete das Telefon, und Marianne sagte: »Entschuldigen Sie mich!« Offenbar hatte die Laban jetzt auch schon den Jugendreferenten an der Strippe. Wie Lotte sich zusammenreimen konnte, war der auch nicht gerade glücklich über Wöllers neueste Aktion. »Jetzt regen Sie sich ab«, sprach die Laban in den Hörer, »der Herr Wöller hat schon einen Platz für ihre Jungs gefunden.« Sie kicherte: »Ja, genau, im Kloster!« Lotte schüttelte ärgerlich den Kopf und ging hinaus. Deutlich lauter als sonst ließ sie die Bürotür hinter sich zufallen.

Doch keine zwei Minuten später tauchte schon das nächste überflüssige Übel vor ihrer Nase auf: Dorfpolizist Meier war gerade dabei, dem Kloster-Mercedes ein Knöllchen zu schreiben. »Herr Meier«, begrüßte ihn Lotte, »was soll das denn?« Der drehte sich langsam zu ihr um. »Na, Sie stehen auf dem Platz vom Herrn Bürgermeister, Schwester!« – »Weil er nicht da ist, wie Sie sehen!«, gab Lotte souverän zurück. »Stecken Sie das Ding gleich wieder ein!« – »Auch für den geistlichen Stand gelten die Regeln der allgemeinen Straßenverkehrsordnung«, belehrte sie der Polizist. »Also, Herr Meier«, atmete Lotte tief ein, »ich hab' höchstens drei Minuten hier geparkt. Und ich bin auch gleich wieder weg, wenn Sie mir sagen, wo der Wöller gewöhnlich zu Mittag isst!«

Den Gefallen konnte ihr Meier tun: »Ich hab' seinen Wagen gerade vor dem ›Ochsen‹ gesehen.« Lotte bedankte sich. »Super, und hier«, damit hielt sie ihm den Strafzettel hin, »das nehmen Sie doch zurück, oder? Ich werde es auch nie wieder tun.« – »Aber nur Ihnen zuliebe!« Meier seufzte und steckte seinen sorgfältig ausgefüllten Wisch wieder ein. Beim Einsteigen lächelte ihn Lotte dankbar an.

Drei Minuten später stand sie in der Gaststube des »Ochsen«. Sie hätte fast den Wirt über den Haufen gerannt, der eben zwei

Gläser Pils gezapft hatte und nun servieren wollte. »Guten Tag!«, sagte Lotte. Der Bürgermeister saß an seinem Stammtisch, neben sich den Bauunternehmer Huber. »Sieh einer an, Wöller und sein Lieblings-Amigo!«, sagte Lotte leise zu sich. Laut fragte sie den Wirt: »Sind die Biere für den Bürgermeister?« Der Wirt nickte, und Lotte nahm ihm das Tablett ab. Zwinkernd machte sie sich auf zum Stammtisch.

Als sie nur noch wenige Schritte entfernt war, konnte sie hören, worüber die Herren redeten. »Den Mangold hab' ich voll im Griff«, tönte Wöller gerade. »Wichtig ist nur, dass dein Bebauungsplan ...« Huber hatte Lotte nun endlich erkannt und zupfte den Bürgermeister, damit er den Mund hielt. Das war Lottes Einsatz: »Zwei Bier, die Herren!«, grinste sie. Der Bürgermeister fuhr herum. »Schwester Lotte?« Sie wurde schon wieder ernst: »Wie kommen Sie dazu, einfach ohne unser Einverständnis über das Stift zu verfügen?« Huber mischte sich in die Debatte ein: »Moment, Schwester, nicht so schnell! Das ist nicht Ihr Stift!« Lotte zischte: »Na, Ihres wohl erst recht nicht!« Und mit Blick auf Wöller meinte sie: »Und Herrn Wöller gehört es auch nicht – noch nicht!«

Wöller schlug schon einen versöhnlicheren Ton an, der aus seinem Mund allerdings immer besonders künstlich klang: »Was haben Sie eigentlich gegen die Kinder, Schwester Lotte?« Lotte rollte mit den Augen. »Ihre ›Kinder‹ sind fast erwachsene Menschen. Für so etwas sind wir ja schon sanitär gar nicht ausgerüstet!« Wieder war es Huber, der antwortete: »Wer behauptet denn immer, dass das Stift eine gemeinnützige Einrichtung sei? Sie doch, Schwester! Und solange Sie Ihre Rechnungen nicht begleichen, hat die Gemeinde das Recht, den Laden mitzunutzen. Also raffen Sie Ihren Rock und lassen uns in Frieden.«

Das war starker Tobak. Auch Wöller meldete sich jetzt noch mal zu Wort. »Genau«, meinte er. »Seien Sie froh, dass wir Ihnen keine Asylbewerber schicken!« Sein Spezi lachte. »Gute Idee, Wolfgang!« Lottes Augen funkelten ihn böse an. Sie hatte nun endgültig genug. Zu Wöller sagte sie: »Wie ich Sie kenne, läuft hier wieder ein ganz besonderes Geschäft ab. Aber wenn ich das rauskriege, dann schicke ich Ihnen unseren Anwalt!« Ohne ein Wort des Grußes eilte sie hinaus.

Im Hof des Klosters herrschte inzwischen ausgelassene Stimmung. Einer der Jungs bastelte am Auspuff seines Mopeds herum, ein anderer knutschte innig mit seiner Freundin, der dritte saß an der Hauswand und zupfte an seiner Gitarre. Und ein vierter tanzte wild mit geschlossenen Augen zur Musik aus seinem Walkman. Die reinste Idylle. Tassen und große Thermoskannen voll Kaffee standen schon auf einem kleinen Eisentisch neben dem Eingang. Und schon wieder kamen Barbara und Sophie heraus und fragten: »Hallo, Herrschaften, es ist noch Rhabarberkuchen von gestern da.« Die Kids sahen die beiden Novizinnen begeistert an. »Super!« und »Echt nett von Ihnen!« kam es zurück. Nur Anführer Manni blieb unwillig. »Wo steckt denn jetzt Ihre Ober-Nonne?«, brummte er. Barbara korrigierte ihn sofort: »Das heißt Schwester Lotte. Kannst du dir das merken?« Dann stellte sie sich vor: »Ich bin Barbara, und das ist Sophie.«
Anschließend erkundigten sich die Schwestern nach dem bisherigen Jugendheim: »Was ist denn damit? Das war doch in der alten Druckerei, nicht?« – »Ja«, nickte Manni, »aber die ist verkauft. Da soll jetzt ein ›Möbelparadies‹ hin!« Barbara verteilte den Kuchen; auch dem wilden Tänzer hielt sie ein Stück hin. Doch der schüttelte den Kopf und schloss gleich wieder die Augen.
Draußen war Lotte eben in den Hof geprescht. Die Jugendlichen standen auf und gingen ihr entgegen. »Und?« – »Ihr könnt bleiben«, gab ihnen Lotte zur Antwort. »Toll!« Mit den Novizinnen hatten sie schon Freundschaft geschlossen, daher waren sie von der Nachricht ehrlich begeistert. »Moment«, sagte Lotte, »erst mal müssen wir einen Platz für euch finden. Und dann gibt es da auch ein paar Regeln, die zu beachten sind.« Manni

ahnte das Schlimmste: »Sagen Sie jetzt bloß nicht, dass wir keine Musik machen dürfen«, meinte er. Doch da konnte ihn Lotte beruhigen. »Wer sagt denn so was? Nein, ich meine ja nur, nicht 24 Stunden am Tag!«
Wenig später durften die Jugendlichen ihr neues Domizil beziehen. Lotte hatte sich entschieden, ihnen die Remise des Klosters zu überlassen. Hier würden sie nicht allzu sehr stören, außerdem hatten sie dort genügend Platz. Sophie ging mit, als sie das Gebäude besichtigten. Schließlich kamen die Schwestern selbst fast nie in den staubigen Kasten.
Die Jugendlichen waren sofort Feuer und Flamme, als sie den alten Schuppen betraten, in dem früher die Wagen des Klosters untergebracht gewesen waren. Es war zwar etwas dunkel dort, aber mit ordentlichen Lampen ließ sich das leicht beheben. »Vielleicht finden wir auch noch ein paar Möbel auf dem Speicher«, dachte Lotte laut. Manni nickte. »Und wenn nicht – am Freitag ist Sperrmüll.« Dann fiel ihm das Wichtigste ein: »Gibt es denn hier überhaupt Strom? Sonst sind wir nämlich aufgeschmissen!« Sophie knipste schon das Licht an. »Bitte sehr!«, sagte sie, als die kleine Funzel brannte. »Okay«, meinte Manni beruhigt, »das reicht fürs Erste.« Doch Lotte wollte erst noch ihre Spielregeln loswerden, die sie sich für die Jugendgruppe ausgedacht hatte. »Moment«, sagte sie also, »erst mal herhören! Alle!« Die vier Jungs und das Mädchen sahen sie irritiert an. »Ich hätte da noch ein paar Regeln. Die erste lautet: Ihr könnt von zehn Uhr früh bis zehn Uhr abends hier sein. Danach ist Nachtruhe.« Manni nickte. Das ließ sich machen. Lottes zweiter Punkt aber war schon heikler: »Keine Drogen, exotische Tabakwaren, Pülverchen oder bunte Pillen, sonst ist hier sofort Feierabend.« – »Was ist mit Bier?«, fragte Manni offen. Lotte gab ihm eine klare Antwort: »Hier drin nicht!« Sophie grinste in die Runde: »Get high on yourself!«, sagte sie. »Musik ist doch die beste Droge, oder?« – »Genau!«, sekundierte ihr Lotte. »Einverstanden?« Sie streckte Manni ihre Hand hin. »Okay«, antwortete der. »Solange wir nicht jeden Tag in die Kirche müssen

…« Er schlug ein. »Prima!« Lotte sah ihn freundlich an. Dann bat sie Sophie: »Gehst du mal auf den Speicher? Ich glaub', ich hab' da ein paar alte Stühle gesehen.« Sophie fragte in die Runde: »Wer von euch kommt mit?« Keine Frage – alle wollten dabei sein. Lotte sah der halbstarken Rasselbande lächelnd nach.

Im Auto auf dem Weg ins Rathaus nahm Bürgermeister Wöller ein Gespräch auf dem Handy an. »Herr Dollbrück!«, tat er erfreut. »Sie müssen Gedanken lesen können. Ich komme nämlich gerade von einer Besprechung mit Herrn Huber. Und wenn Sie bereit sind, die doch recht beträchtlichen Erschließungskosten zu übernehmen, dann sehe ich keinen Grund, warum der Gemeinderat …« Da wurde er von Dollbrück jäh unterbrochen. »Wie?«, fragte der Bürgermeister verständnislos, »sagen Sie das noch mal! Morgen könnten wir das Geschäft perfekt machen! Aber warum denn?« Da berichtete ihm sein Gesprächspartner vom Besuch einer gewissen Nonne. »Was?«, meinte Wöller empört. »Was hat die denn damit zu tun?« Dann hatte Wöller nur noch ein Tuten in der Leitung. Möglicherweise war nun der Empfang von Dollbrücks Handy gestört. Jedenfalls war das Gespräch damit auf halbem Weg unterbrochen. Wöller schüttelte energisch den Kopf: »Das darf doch alles nicht wahr sein!«
Zurück im Rathaus stellte er sofort Frau Laban zur Rede. »Was haben Sie der Nonne eigentlich von dem Projekt mit dem Möbelhaus erzählt? Ich will alles wissen, Wort für Wort! Irgendwie hat sie Wind davon bekommen.« Marianne verteidigte sich: »Ich hab nur gesagt, dass das erst bekannt gegeben wird, wenn der Bebauungsplan genehmigt ist, vom Gemeinderat.« – »Wie kommt die dann bloß auf den Dollbrück?«, grübelte der Bürgermeister laut nach.
In dem Moment tobte sein Freund, der Bauunternehmer Huber herein. »Raus hier!«, raunzte er Frau Laban an. »Was ich dem Chef jetzt gleich zu sagen habe, ist nicht für zarte Damenohren

bestimmt.« Damit kam er der klugen Sekretärin gerade recht. Sie stellte sich einfach vor die Tür und hörte die wichtigen »Männergespräche« mit.

»Ich glaub', ich weiß, warum der Dollbrück kalte Füße bekommen hat: Schwester Lotte war bei ihm und hat ihm mit irgendeiner alten Ehegeschichte gedroht, die ihr jemand gesteckt hat«, eröffnete Wöller. »Und ich kann mir auch denken, wer. Ihr Sohn ist doch bei den Kindern, die aus dem Jugendzentrum ins Kloster verfrachtet wurden.«

Doch Huber war nicht zu bremsen. »Ach, halt doch die Klappe! Weißt du, wie ich mir inzwischen vorkomme? Wie ein Hampelmann. Du ziehst die Fäden, und ich hampel rum. Von früh bis spät. Bloß um die Pläne und Genehmigungen zu kriegen. Und dann ist doch wieder alles für die Katz!« Wöller versuchte ihn zu beruhigen. »Da ist doch das letzte Wort noch lange nicht gesprochen, Hermann!« – »Hah«, machte Hermann, »das hör ich jetzt schon seit Wochen. Ach was, seit Monaten! Mit deinem verdammten Kongresszentrum ist es doch ganz genau die gleiche Leier.« Er äffte Wöller nach: »Schwester Lotte hier, Schwester Lotte da. Kann man diese Frau denn nicht zum Schweigen bringen?«

Dollbrück berichtete inzwischen in der Umkleide des Tennisclubs seinem Freund und Spielpartner Roll von der Angelegenheit. Was er zu erzählen hatte, war zwar nur ein Teil der Wahrheit, klang aber gut. »Und als Wöller dann noch die Erschließungskosten obendrauf packen wollte, hat es mir wirklich gereicht!«, berichtete er seinem Kumpel über die gescheiterten Pläne für das Möbelparadies. » ›Wissen Sie was, Herr Wöller!‹, hab ich gesagt. ›Schmieren Sie sich das Projekt einfach in die Haare!‹« Roll lachte kurz, wurde dann aber schnell wieder ernst, denn in diesem Moment ging die Tür auf, und Wöller kam herein – sichtlich um eine positive Stimmung bemüht. »Ach, da ist ja Herr Dollbrück! Sagen Sie, wie darf ich denn das alles verstehen? Da gebe mir Mühe, Ihnen ein passendes Grundstück zu beschaffen, schaffe es sogar, den Mangold mitsamt seinem Jugendzentrum auszuquartieren, organisiere eine Mehrheit im Gemeinderat für Ihr Möbel-Paradies, bequatsche die Huber AG, mit einem Konzept in die Vorlage zu gehen ...« Roll unterbrach ihn mit ironischem Grinsen: »Und das alles aus vollkommen uneigennützigen Gründen, nur zum Wohle der Allgemeinheit!« Wöller sah ihn irritiert an: »Was denn sonst?« Dollbrück wischte mit der Hand durch die Luft, als wollte er damit das Projekt endgültig in den Orkus schicken. »Vergessen Sie's, Herr Wöller!« – »Und dann lesen Sie mal den Schrieb von der Aktionsgruppe der Nonnen«, sekundierte ihm Roll, »da stellt sich Ihr uneigennütziger Einsatz schon etwas anders dar!« Wöller war empört. »Das sind üble Verleumdungen der Opposition, gegen die ich auch gerichtlich vorgehen werde. Aber erst nach den Wahlen«, kündigte er an. Ihm war nicht mehr zum Spaßen zumute. Roll hatte sich inzwischen gekämmt und die Tasche gepackt. Dann steuerte er mit Dollbrück dem Ausgang entgegen. Wöller eilte ihnen nach: »Dann war das Ihr letztes Wort?«, fragte er völlig erledigt. »Ja, und zwar das Allerletzte!«, gab Dollbrück zurück. »In diesem Fall wird Ihnen demnächst eine gesalzene Rechnung ins Haus flattern. Die Huber-AG denkt nämlich nicht daran, die Vorkosten abzuschreiben.« Da fiel die Tür ins Schloss. Unsäglich wütend trat Wöller mit seinem Fuß gegen eine Spindtür des Vereins. Das machte seine Wut aber nicht besser – schmerzlich verzog er das Gesicht. Doch gleich rannte er wieder hinter den beiden her zum Parkplatz. »Und das eine wollen wir doch mal festhalten«, rief er zu Dollbrücks Limousine hinüber. »Sie sind nicht die einzige Möbelfirma im Großraum München! Und Objekte in so idealer Lage mit Anbindung an die Innenstadt sind kaum noch zu kriegen!« Dollbrück, der seinen Wagen schon aufgeschlossen hatte, drehte sich noch einmal zum Bürgermeister um: »Was wollen Sie eigentlich, Herr Wöller? Mich erpressen?« Der lächelte gequält. »Konkurrenz belebt das Geschäft, wie man so schön sagt, nicht wahr?

Ich möchte Sie nur auf diverse Konsequenzen hinweisen, die Sie möglicherweise in Ihrem Gespräch mit der Nonne noch nicht bedacht haben!« – »Diese Nonne«, mischte sich nun auch Roll noch mal ein, »die wäre jedenfalls besser geeignet als Bürgermeister. Wenn sie sich aufstellen lassen würde, wäre ihr meine Stimme sicher!«

Dieses Szenario war das Schlimmste für Wöller. Damit hatten ihn die beiden Unternehmer endgültig mundtot gemacht. Blass setzte er sich in seinen Wagen und fuhr ohne ein weiteres Wort davon. Irgendwie wirkte er sehr verloren in diesem Moment. Und bei sich dachte er: »Es ist sehr einsam an der Spitze!«

In der Remise war es richtig gemütlich geworden. Die Mädchen hatten Kerzen in alte Saftflaschen gestellt. Sophie und die Jungs hatten die alten Stühle aus dem Speicher geholt. Ein Vater hatte sozusagen als angewandte Jugend-Hilfe ein ausgemustertes Sofa beigesteuert. Die Verstärker und Musikanlagen waren auch schon installiert. Außerdem gab es nicht nur die klassischen Instrumente der Rockmusik, sondern auch echte Bongo-Trommeln aus Afrika. Die spielte natürlich Schwester Lotte.

Plötzlich ging die Tür auf, und Agnes brachte einen Teller mit belegten Broten herein, gefolgt von Schwester Felicitas, die sich auch nicht lumpen lassen wollte und Melonenstücke transportierte. »Yeah!«, sagte Manni anerkennend. »Ist ja spitze!« Doch Felicitas bremste: »Langsam! Jeder nur eine Schnitte, damit es für alle reicht!« Dann ging sie zu Lotte und zupfte sie so lange am Ärmel, bis die Bongo-Expertin aus ihrer Trance erwacht war. »Lotte, der Bürgermeister ist da!« Lotte übergab die Bongos an Sophie und ging hinaus. Da sah sie ihn auch schon vor seinem Auto stehen. Doch irgendwie sah er heute weniger herrisch aus, als sie das sonst von ihm gewohnt war. »Lassen Sie mich raten, Sie sind gekommen, um den jungen Leuten zu sagen, dass sie wieder zurückdürfen in ihr Jugendzentrum, stimmt's?« Wöller schüttelte den Kopf. »Ich war ein glücklicher Mensch, bevor Sie in unsere Gemeinde eingefallen sind.« – »Tja, äh, tut mir Leid«, meinte Lotte, nur mäßig zerknirscht. »Klar, jeder hat so seine Probleme«, meinte Wöller weiter, »da war die Scheidung, dann die Kinder – mein Sohn vor allem –, und in der Firma läuft auch nicht alles so rund, wie es sollte. Aber im Rathaus, da hatte ich alles unter Kontrolle. Alles an seinem Platz. Der Gemeinderat hat mir aus der Hand gefressen. Tja, und von einem Tag auf den anderen ist der Wurm drin.« – »Entschuldigen Sie, aber …« Wöller ließ die Schwester gar nicht zu Wort kommen. »Moment, jetzt bin ich mal dran! Was bilden Sie sich eigentlich ein? Kaltenthal ist kein afrikanisches Kaff, wo der Medizinmann mit seinem Hokus Pokus die Leute einnebelt. Ich bin hier zu Hause, Schwester, im Gegensatz zu Ihnen. Ich bin mit den Problemen hier vertraut. Trotzdem wagen Sie es, mir ein Projekt nach dem anderen zu sabotieren. Woher nehmen Sie eigentlich dieses Selbstbewusstsein?«

Lotte war von diesem Ausbruch ehrlich betroffen. »Ich bilde mir nicht ein, die Weisheit gepachtet zu haben«, fing sie an, »nur ein wenig Integrität.« Wöller lachte kläglich auf: »Integrität! Meinen Sie, mir macht es Spaß, jedem in den Arsch kriechen zu müssen, damit hier was läuft? Oder dass ich von meinem mickrigen Gehalt auch noch irgendwelche Entscheidungsträger bei Laune halten darf? So was wie Integrität kann man sich leisten, wenn man wie Sie selig im ›Himmelbett‹ liegt.« Im Hintergrund hatten die Kinder ihre kreative Pause gerade beendet und machten wieder laute, erdige Rockmusik. »Yeah, yeah, yeah!«, hörte Wöller. Es klang wie höhnisches Gelächter in seinen Ohren. Trotzdem wollte er den Kampf noch nicht aufgeben. »Eins sag' ich Ihnen, Schwester: Dieser Laden wird ein Kongresszentrum. Ich will es haben. Nicht um mir damit ein Denkmal zu setzen, sondern weil Kaltenthal etwas braucht, damit es nicht von der Landkarte verschwindet. So, und jetzt hab' ich die Nase voll für heute.« Damit ging er wieder zu seinem Auto. Lotte sah ihm nach. Irgendwie wirkte er heute wirklich anders – wie ein geschlagener Ritter von der traurigen Gestalt. Dabei war Wöller wohl der letzte, der ihr Mitleid verdient hatte. Und trotzdem! Sie schnaufte und sah ihm traurig nach.

Es war schon kurz vor acht, als Schwester Barbara heimlich noch mal auf ihr Fahrrad stieg. Eine ganze Woche hatte sie überlegt und sich den Dia-Abend verboten, zu dem sie Martin Richter eingeladen hatte. Doch heute hatte sie es fast nicht mehr ausgehalten. Sie wollte ihn sehen, Punktum. Egal was Sophie und Schwester Lotte von ihr halten würden. Sie radelte in Windeseile und mit laut klopfendem Herzen. Gerade noch rechtzeitig kam sie vor dem »Ochsen« an. Doch was sie da beobachten musste, trieb ihr die Tränen in die Augen. Gerade fuhr Herr Doktor im Wagen vor, und auf dem Beifahrersitz saß eine dralle Blondine. Die beiden amüsierten sich prächtig – anscheinend kannten sie sich schon länger. Barbara dachte nicht lange nach und machte schleunigst kehrt, bevor man sie sehen konnte. Sicher meinte es der Herr nur gut mit ihr. Trotzdem konnte sie nicht leugnen, dass ihr Gesicht beim Nachhauseradeln die ganze Zeit vor Scham und Enttäuschung brannte.
Schlimmer hatte es heute wohl nur den Bürgermeister getroffen. Denn kaum hatte er seinen Wagen in der Garage abgestellt, sah er schon ein wohlbekanntes Fahrzeug in die Straße einbiegen: Der alte Mercedes von Schwester Lotte fuhr geradewegs auf sein Haus zu. »Die hat mir noch gefehlt!«, murmelte er resigniert. »Herr Wöller!«, rief sie ihm auch schon zu. Doch er konnte nun einfach nicht mehr. Dieser Tag war hart genug gewesen. Und Lotte hatte ihm noch nie wohlwollend gegenübergestanden. »Bitte nicht, Schwester«, meinte er, »was immer Sie sagen wollen, vergessen Sie's! Ich hab' heute mehr zu hören gekriegt, als ein normaler Mensch verkraften kann!«
Lotte nickte ihm freundlich zu. »Ich wollte Ihnen auch nur sagen, dass ich nichts dagegen habe, wenn die Jugendlichen bei uns bleiben. Und bei der Gelegenheit wollte ich mich auch noch entschuldigen.« Wöller traute seinen Ohren nicht. »Wie bitte?«, fragte er entgeistert. »Ja, ich muss zugeben, ich hab' Sie unterschätzt! Nach dem, was Sie mir vorhin im Hof gesagt haben, ist mir klar geworden, dass Sie diese Stadt und ihre Menschen wirklich lieben.« Wöller konnte sie nur noch wie blöde anstarren.

»Lieben?«, sagte er, »wie kommen Sie denn darauf?« Jetzt kapierte Lotte gar nichts mehr. Von ehrlicher Sorge für die Gemeinde keine Spur – der Bürgermeister spuckte nun seinen ganzen Überdruss vor ihr aus: »Ich? Diese Neidhammel, ewigen Nörgler und sturen Böcke … lieben? Schwester, Sie haben ja keine Ahnung.« Lotte sah enttäuscht aus. Jetzt hatte sie sich gerade mal ein positives Bild von diesem komplizierten Mann gemacht. Und dann musste er sich gleich wieder von seiner schlechten Seite zeigen. Dabei konnte sie aber auch nicht umhin, über die ganze Situation zu lachen. »Entschuldigen Sie, dass ich Sie fast für einen guten Menschen gehalten hätte! Versehentlich. Ich nehme alles zurück. Wenn Sie so besser leben können …« Dann ging sie zu ihrem Auto zurück. Wöller kam jetzt endlich dazu, seine Haustür aufzusperren. »Diese Frau ist einfach nicht zu fassen!«, sagte er dabei leise zu sich selbst.

Sechstes Kapitel

Der 75. Geburtstag der Freiwilligen Feuerwehr Kaltenthal war ein rauschendes Fest. Der ganze Ort hatte sich im großen Saal des Ochsenwirts versammelt. Oder zumindest fast der ganze Ort. Die Schwestern waren dem rummeligen Treiben natürlich fern geblieben – wo so viel Alkohol im Spiel war, hatten sie nichts verloren, da waren sich Felicitas und Lotte ausnahmsweise einig. Doch auch Marianne Labans Mann hatte komischerweise für diesen Abend noch Überstunden angekündigt und war sich nicht sicher, ob er noch kommen würde. Marianne hatte sich kurz darüber gewundert, ihrer Stimmung aber tat das nicht den geringsten Abbruch. Sie fand die Feier von Anfang an gelungen, eine richtig schöne Party für Leute zwischen 35 und 70. Selig und ohne weitere Hintergedanken ließ sie sich zum Tanz auffordern. So gelöst hatte man die sonst eher ernste Sekretärin lange nicht mehr erlebt. Bis ihr Chef Wöller plötzlich neben ihr auf dem Parkett auftauchte. Nicht dass er sie auch auffordern wollte, nein, er komplimentierte sie mit wichtiger Miene aus dem Saal hinaus! Sein Sakko hatte er über die Schulter geworfen. Was darauf schließen ließ, dass er gehen wollte. Und sie sollte ihn offenbar begleiten.

»Sie amüsieren sich ja gar nicht?«, fragte Marianne Laban leichthin. Er reagierte nicht einmal auf die Frage. Vielleicht lag es daran, dachte die Sekretärin, dass er mit keiner einzigen Frau getanzt hatte, sondern nur immer mit seinen Ratskollegen am Stammtisch Bürgermeister-Gespräche führte? Der Bürgermeister wirkte so in sich gekehrt, anscheinend war er mit seinen Gedanken ganz woanders. »Warum tanzen Sie denn nicht, Herr Wöller?«, versuchte sie es noch mal. Aber sie merkte, dass es keinen Sinn mehr hatte. Also gab sie nach und holte ihren Mantel von der Garderobe. »Ich kann nicht tanzen«, gab er ihr schließlich doch noch muffig zur Antwort. »Außerdem müssen die Rundschreiben morgen raus!« Marianne traute ihren Ohren nicht. »Sagen Sie nicht, Sie wollen jetzt noch arbeiten!« Das bedeutete nämlich, dass sich auch die Sekretärin noch mal hinter ihren Computer setzen sollte. Dabei war es schon kurz vor 23 Uhr, als der Bürgermeister sie mit forschen Schritten zu seinem Wagen bugsierte. »In einer Stunde sind wir damit durch, maximal zwei«, beschwichtigte er sie. »Also, jammern Sie nicht rum, steigen Sie ein.« Damit setzte er sich hinters Steuer, und sie stieg neben ihm auf der Beifahrerseite ein.

Draußen war es so dunkel, dass keinem von beiden auffiel, wie ihnen auf dem Weg zum Rathaus ein Fahrzeug folgte, das Marianne hätte bekannt vorkommen müssen: der grüne Opel ihres Mannes. Aber Marianne Laban war in Gedanken noch auf dem Fest. Der Alkohol hatte sie beschwingt. Sie berichtete ihrem Chef sogar von ihrer Vermutung, die Freundin des Bauunternehmers Huber hätte ein Auge auf den Bürgermeister geworfen. »Ehrlich«, plauderte sie vor sich hin, »die will was von Ihnen. Das schwöre ich.« – »Die Freundin vom Huber?«, fragte der Bürgermeister. »Genau«, kam es vom Beifahrersitz, »der Huber hat sich ja kaum um sie gekümmert. Sie hätten sie nur zum Tanzen auffordern müssen!« Wöller schnaubte: »Ich sagte es doch schon: Ich kann nicht tanzen!« Doch Marianne Laban ließ sich nicht abbringen von ihrer Idee, dem Bürgermeister zu einer neuen Frau zu verhelfen. Noch auf dem Treppenaufgang im Rathaus versprach sie: »Jeden Abend zu Dienstschluss ein paar Minuten, dann sind Sie bald ein perfekter Tänzer.« Irgendwie war Wöller von ihrem kindlichen Eifer nun doch gerührt. Andererseits wusste er, dass bei seinem Talent auf dem Parkett Hopfen und Malz verloren waren. »Frau Laban!«, stöhnte er deshalb gequält. Doch die nickte schon eifrig. »Klar, so machen wir das. Bis drei zählen, das werden Sie doch wohl können!« Damit fasste sie ihn an der Schulter, drehte ihn im Kreis und

zählte mit: »Eins, zwei, drei, eins, zwei, drei.« Nach einigen Drehungen begann sie zu singen: »Ich tanze mit dir in den Himmel hinein, in den siebenten Himmel der Liebe!« Es war einfach der erstbeste Schlager, der ihr eingefallen war.
Doch sehr viel weiter kam sie nicht mehr. In diesem Augenblick stürmte nämlich ihr eigener Mann ins Zimmer und riss Frau Laban aus Wöllers Armen. Willy Laban war mindestens einen Kopf größer als Wöller.
Marianne taumelte rückwärts und schlug mit dem Hinterkopf an den Kleiderständer. Wöller traf es noch härter: Er bekam von Laban zwei Fausthiebe ins Gesicht. Seine Nase begann sofort heftig zu bluten. Wöller konnte kaum noch etwas sagen. »Sind Sie verrückt geworden?«, japste er. Dann schlug er lang hin. »Dich schick' ich gleich in den Himmel«, brüllte Laban in die Stille hinein. »Aber nicht in den der Liebe!« Marianne konnte ihn im letzten Moment noch zurückzerren. »Hör auf, du Idiot«, versuchte sie, ihren eifersüchtigen Gatten zur Vernunft zu bringen. Dafür bekam sie auch noch einen Schlag ins Gesicht. Dann packte Laban seine Frau hart am Oberarm und zerrte sie hinaus. Er brüllte wie ein Stier: »Überstunden, wie? Und in Wirklichkeit knutschst du mit dem Wöller rum! Los jetzt, raus hier!«
Marianne bekam es wirklich mit der Angst zu tun. Eifersüchtig war er immer gewesen, aber so extrem hatte ihr Willy noch nie randaliert. Am liebsten wäre sie gar nicht mit ihm nach Hause gefahren. Wer weiß, was er noch vorhatte! Doch da stieß er sie auch schon auf den Beifahrersitz und fuhr mit quietschenden Reifen los. Marianne dachte noch kurz an ihren Chef, der jetzt bewusstlos unter seinem Schreibtisch lag. Aber diesmal konnte sie nicht das Geringste für ihn tun.

Im Kloster begann der Morgen damit, dass ein Lastwagen vorfuhr. Auf der Seite stand in Farbe »Telefon-Service«. Ein Mann stieg aus und betätigte kurz die Klingel. Doch niemand rührte sich. Wie man am Klang des Harmoniums hören konnte, war die Andacht noch im Gange. Klar, dass sich keine der Nonnen blicken ließ. Nur Bandleader Manni war schon früh zum Kloster rausgefahren und übte auf seiner Gitarre.

»He, Sie!«, sprach ihn der Fahrer des LKWs an. »Wissen Sie, wo die DSL-Anschlüsse hinsollen?« Worauf ihm Manni gutmütig grinsend antwortete: »Da müssen Sie noch ein wenig warten, die Nonnen sind gerade in der Kapelle.« Der Mann hatte aber keine Lust, so viel Zeit zu verplempern, und fragte: »Und wie komme ich dann bitte zu der Kapelle?« – »Na, immer dem Gedudel nach!« Da horchte auch der Telefon-Experte auf die Stimmen, die von oben aus dem geöffneten Fenster drangen. Er seufzte und machte sich wieder auf den Weg ins Kloster. Manni ging neugierig zu dem Wagen und schüttelte ungläubig den Kopf: »Schon irre! Die Schwestern haben nicht mal einen Computer, und jetzt kriegen sie DSL?« Dann setzte er sich wieder vor die Remise und zupfte weiter an seiner Gitarre.

Im Haus war der Installateur dem Gesang der Nonnen gefolgt und bis zur Kapellentür gekommen. Er blieb erst eine Minute stehen und lauschte. Hörte sich idyllisch an, wie die zarten Stimmchen da zu Ehren Mariens sangen. Trotzdem wurde er ja nicht fürs Zuhören bezahlt, sondern für seinen Dienst am Telefonkunden. Und bei seiner derzeitigen Auftragslage konnte er nicht länger warten. Er entschloss sich, doch hineinzugehen. Die älteste der Schwestern, Felicitas, stand in diesem Moment auf und ging langsam zum Lesepult. Sie begann einen Psalm vorzutragen, als sein Handy den ungebetenen Gast auch schon verriet. Mit hochrotem Kopf schaltete er das Gerät gleich ab, doch Schwester Lotte hatte ihn längst gesehen und kam auf ihn zu. Sie legte den Finger auf den Mund und winkte ihn hinaus. »Entschuldigen Sie, Schwester, ich will nicht stören. Aber ich soll hier zwei DSL-Modems installieren«, erklärte er. Lotte wusste von nichts und meinte daher nur kurz: »Wir haben nichts bestellt!« Das wusste der Kommunikations-Fachmann besser: »Doch! Und einen neuen Telefon-Anschluss soll ich auch

legen!« Lotte verstand nur Bahnhof. »Was soll das sein – ein DSL?« – »Na, ein Anschluss für das Modem Ihres Computers!«, sagte er. Aber Lotte schüttelte nur noch energischer ihren Kopf: »Das muss wirklich eine Verwechslung sein, wir haben gar keinen Computer!«
Der Mann zeigte ihr seufzend seinen Lieferauftrag. »Hier, Stift Kaltenthal«, las er Schwester Lotte vor, »zwei Modems, einmal Büro, einmal Reflektorium, oder was das heißen soll ...« – »Refektorium, heißt das«, verbesserte Lotte ihn. »Das Problem ist nur: Ich weiß von nichts.« – »Der Auftrag kommt von unserer Zentrale aus München, bestellt von einer Frau Reuter.« Damit zeigte ihr der Mann den Durchschlag. »Sagt Ihnen der Name was?« Lotte lächelte. »Ja, das ist unsere ehrwürdige Mutter Oberin. Aber ich versteh' es immer noch nicht – ein Modem ohne Computer?« Der Mann, der sich mittlerweile als Willy Fuhrmann vorgestellt hatte, zuckte ratlos mit den Schultern. Lotte konnte ihn nicht länger so stehen lassen. »Na gut, kommen Sie!«, kommandierte sie ihn in ihr Büro. Sollte er sich doch selbst ansehen, was er mit ihrem altmodischen Telefon anstellen konnte! »Aha«, sagte Fuhrmann, als er endlich vor der mittelalterlichen Telefon-Anlage stand, »ein Telefon haben Sie also. Ist doch schon mal was.« Dann sah er sich nach der Steckdose des Telefons um. Doch da hielt Lotte schon den Hörer in der Hand und pfiff ihn zurück: »Nicht so hastig, junger Mann! Drei Minuten brauche ich es noch!« Sie wählte die Nummer des Mutterhauses und sprach Sekunden später in den Hörer: »Gelobt sei Jesus Christus! Ist die Mutter Oberin zu sprechen?« Kurze Pause. »Wann kann ich sie erreichen? Es ist dringend. Wir haben hier einen Mann da, der will uns irgendwelche Computeranschlüsse andrehen.« Der Mann sah Lotte beim Ausdruck »andrehen« etwas beleidigt an und murmelte: »Installieren, wenn ich bitten darf!« Lotte nickte und winkte schnell ab. Es entstand eine längere Pause. Offenbar war ihre Gesprächspartnerin doch kurz zur Mutter Oberin gegangen und hatte nachgefragt.

Als sie wieder zurück am Apparat war, konnte Lotte die Antwort zuerst gar nicht glauben: »Wie? Was haben Sie gesagt? Das geht in Ordnung? Aber wieso...?« Fuhrmann murmelte wieder dazwischen: »Sag ich doch!« Lotte lenkte ein. »Tja, wenn das so ist«, meinte sie, »dann richten Sie der ehrwürdigen Mutter bitte nur noch aus, dass ich die Rechnung nicht bezahle. Amen.« Fuhrmann trat an ihre Seite und beruhigte sie: »Sie brauchen auch gar nichts bezahlen, weil alles schon beglichen ist.« Lotte kapierte gar nichts mehr. »Dann tun Sie eben in Gottes Namen, was Sie nicht lassen können«, sagte sie. Dabei fiel ihr aber auf, dass die Sache vielleicht doch nicht so schlecht war – wenn die Modernisierung auf Wunsch der Oberin passierte, konnte das ja nur heißen, dass sie im Stift bleiben würden, oder? In dem Moment fiel Lottes Blick zur Bürotür, in der plötzlich Marianne Laban aufgetaucht war. Sie trug eine Sonnenbrille, und um ihren Hals hatte sie einen Schal drapiert. »Frau Laban, guten Morgen!«, rief sie überrascht. Die Sekretärin des Bürgermeisters war noch nie im Kloster gewesen; normalerweise war das Stift Chefsache. »Kann ich Sie sprechen, Schwester?«, fragte Frau Laban. Es hörte sich ziemlich mitgenommen an. »Aber ja«, meinte Lotte. Und zu Fuhrmann sagte sie: »Falls Sie mich brauchen: Ich bin nebenan.« Dann gingen die beiden Frauen gemeinsam in den Wohnraum hinüber, wobei Lotte gleich auf die Kontroverse zwischen der Gemeinde und dem Stift zu sprechen kam: »Ich hoffe, Ihr Besuch hat nichts mit unserer Demo vor dem Rathaus zu tun«, begann sie. Doch im nächsten Moment merkte sie, dass sie in eine völlig falsche Richtung gedacht hatte. Statt einer Antwort nahm Frau Laban nämlich ihre Sonnenbrille ab. Auch das Halstuch ließ sie fallen. Und was Lotte nun sah, verschlug ihr die Sprache. »Frau Laban!«, sagte sie mitfühlend. Marianne Labans Gesicht und Hals waren voller blauer Flecken. Sie leuchteten relativ dezent, was nur bedeuten konnte, dass sie noch frisch waren. Lotte schloss die Tür ab. In diesem Zustand sollte die Rathaus-Sekretärin vorerst auch keine der anderen Schwestern sehen.

Auch Bürgermeister Wöller hatte sich an diesem Morgen regelrecht maskiert. Im Gesicht trug er – genau wie seine Sekretärin – eine dunkel getönte Pilotenbrille. Und über seinen lädierten Schädel hatte er eine Baskenmütze gezogen, die die Blessuren notdürftig verdeckte. In diesem »Outfit« fuhr er also ins Rathaus, von wo aus er als erstes Wachtmeister Meier anrief. »Meier, tun Sie mir den Gefallen, und schauen Sie gleich vorbei. Es ist dringend«, rief Wöller mühsam ins Telefon. Meier kam auch tatsächlich schon nach wenigen Minuten. Doch als er in Frau Labans Vorzimmer trat, war niemand da. Das ganze Bürgermeisteramt schien verwaist.

Endlich ging die Tür auf, und der Bürgermeister kam hereingeeilt. »Ich möchte Anzeige erstatten«, sagte er kurz. Der Polizist glaubte, sich verhört zu haben. »Und deswegen lassen Sie mich hier antanzen? Warum kommen Sie denn nicht aufs Revier wie jeder andere Bürger?« – »Weil ich kein normaler Bürger bin«, blaffte der Rathaus-Chef. Da war zwar etwas Wahres dran, andererseits fand der Polizist dieses selbstherrliche Verhalten reichlich übertrieben. In seine Gedanken hinein sagte der Bürgermeister: »Oder sehe ich so aus?«, und zog sich die Brille von der Nase. Au weia! Das Veilchen, das darunter zum Vorschein kam, schlug jedes weitere Argument des Polizeiwachtmeisters. Dann nahm Wöller auch noch die Baskenmütze ab, unter der ein XXL-Pflaster nur unvollständig das verkrustete Blut bedeckte. »Heiliger Strohsack«, sagte Meier und pfiff durch die Zähne. Er hatte wirklich ein mitfühlendes Herz! »So kann ich doch nicht rumlaufen, mitten im Wahlkampf!«, erklärte Wöller seine Lage. »Und ausgerechnet heute Mittag ist die Abstimmung im Gemeinderat über den Ankauf des Stifts!« – »Wer war das denn?«, fragte Meier. »Einer von der Opposition?« Wöller ließ sich neben ihn auf das Besuchersofa fallen. »Ach was«, ächzte er, »der Mann von der Frau Laban!« Er lehnte sich zurück, stöhnte und schloss dann die Augen. Meier konnte es nicht glauben: »Willy Laban?« Er kannte Frau Labans Mann, früher in der Jugend war er mal mit ihm im Fußballverein gewesen. Laban

war nicht der schnellste, weshalb sie ihn damals immer ins Tor geschickt hatten. Aber sonst fiel Meier beim besten Willen nichts Schlechtes über ihn ein. »Gestern Nacht!«, erzählte der Bürgermeister weiter. »Ich bin nach dem Feuerwehrball noch mit Frau Laban ins Rathaus gefahren, wegen der Rundschreiben für die Sitzung heute. Und auf einmal taucht dieser Irre auf!«
In dem Moment sah Wöller plötzlich unruhig auf die Uhr. »Na los!«, beschleunigte er jetzt das Tempo, »schreiben Sie mit! Ich hab' keine Lust, das heute alles zweimal zu erzählen!« Doch Meier bremste ihn. »Langsam, langsam«, meinte er bedächtig, »könnte es sein, dass Laban einen Grund gehabt hat?« Wöller fuhr hoch. »Jetzt fangen Sie nicht auch noch an«, schimpfte er. Dann streckte er seine beiden Arme aus und markierte damit den Raum: »Sehen Sie diese vier Ecken da? Das ist nicht das Oval Office – und ich rauche auch keine Zigarren!« Meier grinste. »Na ja, aber nach so einem Ball, mit ein paar Promille zu viel?« Wöller versuchte es nun betont sachlich. »Herr Meier, wissen Sie, wie lange Frau Laban schon für mich arbeitet? 15 Jahre! Wenn ich wirklich was mit ihr am Hut hätte, dann wäre das vor 15 Jahren wesentlich attraktiver gewesen. Zumal sie damals noch nicht mit diesem Neandertaler verheiratet war. Außerdem hab' ich sie gestern gleich noch gefeuert, nach dem Vorfall. Das dürfte doch reichen als Beweis, dass nichts war. Also, schreiben Sie!« Damit setzte er sich hinter seinen Schreibtisch. Und Meier blieb nichts anderes übrig, als die Geschichte zu Protokoll zu nehmen.

Während der Unterredung mit Frau Laban war Lotte zu dem Entschluss gekommen, die Frau zunächst einmal im Kloster zu behalten, bis sie sich wieder gefangen hatte. Im Moment stand Frau Laban offensichtlich vor dem Nichts. »Mein Leben ist ein Scherbenhaufen«, hatte sie der Schwester anvertraut. Man musste das ernst nehmen, fand Lotte, auch starke Frauen brauchten manchmal einen Ort, an dem sie aufgepäppelt wurden. Bald würde die patente Sekretärin wieder selbstbewusst auf eigenen Füßen stehen.

Gemeinsam verließen sie das Refektorium, um in die Kammer zu gehen, die Lotte Frau Laban als »Notaufnahme« zugedacht hatte. Sie lag im ersten Stock, nicht weit von der Klausur der Schwestern entfernt. Der Raum war lange nicht gelüftet worden. »Etwas muffig«, entschuldigte sich Lotte, als sie das Zimmer aufschloss. »Aber mit Blick auf den See!«, meinte Frau Laban. »Vielen Dank, Schwester Lotte! Es ist wunderschön.« Lotte winkte ab. »Ist doch selbstverständlich. So, und jetzt legen Sie sich erst mal hin und versuchen zu schlafen. Sie haben ja sicher einiges nachzuholen von heute Nacht …« Marianne Laban sah sie bekümmert an. Lottes Vorschlag war gut gemeint, aber sie wusste, dass es nicht ging. »Ich kann nicht schlafen«, sagte sie traurig. Immerhin ließ sie sich auf der Bettkante nieder. Lotte musste eigentlich wieder nach unten, zu dem Telefon-Installateur, aber sie hatte die Sorge in Marianne Labans Stimme auch gehört. »Es ist nicht das erste Mal, dass Ihr Mann Sie …?«, setzte sie die Unterredung von vorhin vorsichtig fort. »Schlägt?«, fragte Marianne. »Natürlich nicht. Nur, wie das so ist: Danach hat er immer geheult, und ich hab' ihm verziehen. Aber mit seiner ständigen Eifersucht …« Sie sah Lotte hilflos an. Kein einziges Mal war sie mit einem anderen Mann ausgegangen. Wöller zählte ja nicht.

Im Grunde fand sie ja die cholerische Art des Bürgermeisters fast schlimmer als die Eifersucht von Willy. So hing Marianne ihren Gedanken nach, bis Lotte, die sie die ganze Zeit schon angesehen hatte, fragte: »Entschuldigen Sie, aber hatte Ihr Mann denn Gründe für so was?« Marianne lachte fast ein wenig: »Nein, ich wollte Herrn Wöller nur den Langsamen Walzer beibringen.« Lotte sah sie ungläubig an: »Der Bürgermeister kann nicht tanzen?«, fragte sie. »Nein, auch das kann er nicht. Mein Mann muss uns nachgefahren sein …« Lotte hatte den Ablauf des Abends noch nicht ganz kapiert. »Ihr Mann war also auch auf dem Ball?« – »Nein«, erklärte Frau Laban, »er hat noch eine

Fuhre machen müssen für den Huber und wollte nachkommen.« Sie stöhnte bitter. »Jetzt kann er Überstunden machen, bis er schwarz wird: Ohne mein Gehalt schaffen wir das nämlich nie mit den Raten.«

»Wie bitte?«, fragte Lotte vorsichtshalber nach, »Der Wöller hat Sie entlassen?« – »Klar, gleich gestern Nacht. Fristlos. Und ich nehme an, damit kommt er sogar durch, so wie Willy ihn zugerichtet hat!« Die beiden Frauen schwiegen nun eine Weile und sahen sich an. Dann meinte Marianne Laban lächelnd: »Ich hab' nie verstanden, warum eine Frau ins Kloster geht. Und jetzt sitz' ich selber hier!« Lotte meinte nur: »Es gibt gottlob noch ein paar bessere Gründe für diesen Schritt. Aber legen Sie sich doch ein bisschen hin! Ich lass' Ihnen Tee hochbringen, oder lieber Kaffee?« Aber Marianne Laban wollte ihr keine Arbeit machen und meinte nur: »Bitte, keine Umstände!« Vor dem Hinausgehen fragte Lotte noch: »Und sagen Sie mir doch, wo ich Ihren Mann finde!« Marianne wurde kreidebleich. »Schwester!«, kreischte sie fast. »Ja, und mit Wöller rede ich auch«, versprach ihr Lotte. Marianne Laban warnte sie noch: »Sie kennen meinen Mann nicht.« Doch Lotte lächelte und sagte in ihrer kampfeslustigen Art: »Er mich auch nicht, aber er wird mich kennen lernen!«

Unten im Büro arbeitete Installateur Fuhrmann mittlerweile umgeben von einer Schar Schwestern: Nicht nur Barbara und Sophie hatten sich eingefunden und sahen dabei zu, wie er den Zweitanschluss für das Refektorium legte. Nein, auch Felicitas studierte das Modem-Paket auf dem Tisch genau. Sie konnte aber immer nur den Kopf schütteln – mit solch modernem Kram wusste sie nichts anzufangen. »Das kann ich nicht glauben«, murmelte sie, »dass unsere Mutter Oberin so was bestellt hat ...« – »Sie meinen, so ein Teufelszeug wie einen High-Speed-Internet-Anschluss?«, fragte Barbara ironisch. »Einen was?«, ächzte Felicitas.

Da trat Lotte in den Raum, hektisch in ihrer Handtasche kramend. Für ihre Mitschwestern war das ein klares Zeichen dafür, dass sie wieder auf dem Sprung war. Lotte wollte Barbara noch bitten, sich um Frau Laban zu kümmern: »Bringst du unserem Gast bitte einen Tee hoch? Ich hab' ihr das Zimmer neben deinem gegeben. Ich bin jetzt für ein paar Stunden weg.« Barbara versuchte zu protestieren: »Aber ich muss noch in den Kindergarten!« Für diese Ausflüchte hatte Lotte jetzt aber keinen Sinn. »Dann sag Agnes Bescheid«, wies sie sie an. Und schon war sie zur Tür hinaus.

Barbara rannte ihr nach. Ihr ging es noch um etwas anderes: ihre persönliche Zukunft. »Schwester Lotte!«, rief sie Lotte nach. Es kam ihr doch sehr komisch vor, dass sie von Köln noch nichts gehört hatte. »Heißt das, dass Sie meinen Antrag auf Versetzung noch gar nicht weitergeleitet haben?«, fragte sie vorsichtig. »Eben das.« Lotte grinste. »Ich wollte dir mehr Zeit lassen. Du kannst doch nicht alles wegwerfen, nur wegen einem Mann. Nicht einmal, wenn er so nett ist wie Doktor Richter. Außerdem brauche ich dich hier; in Köln haben sie genug Novizinnen!«

Barbara war enttäuscht. Ihr ganzer schöner Plan schien gescheitert. Da war Lotte beim Wagen angekommen. »Davonlaufen bringt nichts«, erklärte sie ihr. »Man muss sich den Dingen stellen.« Diese Haltung hatte sie ihr doch schon so oft gepredigt, warum wollte die sonst so kluge Novizin das nicht verstehen? »Ich kann das nicht!«, jammerte Barbara. »Das weiß man erst, wenn man es ernsthaft versucht hat«, gab ihr Lotte zur Antwort. »Also, geh zu ihm, und sag ihm, dass er sich keine Hoffnungen machen soll!« – »Das hab' ich doch schon!« – »Ach was«, sagte Lotte, »du hast dich die ganze Woche in der Kapelle verkrochen. Wann warst du denn das letzte Mal in der Stadt? Außer im Kindergarten, meine ich!«

Barbara zuckte mit den Schultern. Was sollte sie denn tun, wenn sie den ganzen Tag immer nur mit dem einen Gedanken beschäftigt war. Immerfort ging ihr dieser Mann durch den Kopf – und die Frage, wie sie ihn jemals wieder vergessen sollte. »Weißt du was«, sagte Lotte gerade, »du rufst jetzt in der Praxis an und fragst Dr. Richter, ob er sich mal die Frau Laban anschauen kann.« Barbara verstand überhaupt nichts mehr. Doch Lotte redete bereits völlig sachlich weiter: »Ich möchte ihr nicht zumuten, im Wartezimmer zu sitzen. Sonst wissen es morgen alle in der Stadt, dass sie von ihrem Mann geschlagen wurde!« Barbara schüttelte ihren hübschen Kopf: »Verzeihen Sie, aber ich verstehe Sie wirklich nicht.« Lotte lächelte und meinte: »Deine Rede sei Ja oder Nein! ›Vielleicht‹ ist weder heiß noch kalt! ›Vielleicht‹ ist nur lauwarm.« Und mit diesen Worten fuhr sie los, hinaus zum Hoch- und Tiefbauunternehmen Huber.

Sie ging dort zuerst ins Büro, um sich den Weg zu Willy Laban zeigen zu lassen. Hermann Huber, der Chef, kam ihr gleich als Erster persönlich entgegen. »Entschuldigen Sie, aber wissen Sie vielleicht, wo ich Herrn Laban erreichen kann?«, fragte sie. Huber war offensichtlich sauer. »Das wüsste ich selber gern«, schimpfte er, »aber wenn Sie ihn finden sollten, dann sagen Sie ihm, er soll seinen Hintern sofort hierher bewegen, sonst kann er sich bei Ihnen bewerben! Als Möbelpacker!« Lotte verstand nur, dass Huber ein reichlich ungehobelter Mann war. Aber was sollte die Anspielung mit dem Möbelpacker? »Sie ziehen nämlich aus, am Monatsende«, redete Huber schon weiter. »Heute fällt im Gemeinderat die Entscheidung.« Lotte war entsetzt. Sie hatte gehofft, dass es eine Abstimmung über den Ankauf gäbe. Doch wenn man Huber so hörte, musste man glauben, dass die Würfel längst gefallen waren. »Klar gibt's eine Abstimmung«, antwortete er auf ihre Nachfrage. »Aber wie die ausgeht, ist doch wohl klar! Deshalb hab' ich Ihrer Ober-Nonne auch längst ein besseres Angebot gemacht: Drei Millionen. Eine mehr als sie von der Gemeinde will ...« Lotte schrie auf: »Drei Millionen?« – »Ja«, nickte der feiste Baulöwe. »Ihre Chefin wäre schön blöd, wenn sie da nicht ja sagt. Und dann gehört der Laden mir!«, grinste er. »Und jetzt entschuldigen Sie mich: Ich muss mir meine Brötchen sauer verdienen!« Damit wandte er sich dem nächststehenden Polier zu: »Ruf den Seifensieder von Architekt an! Er soll sofort bei mir antanzen!« Lotte schlug grußlos die Tür zu. Offenbar gab es hier nichts mehr für sie zu tun. Und gegen die Entscheidung im Gemeinderat war sie machtlos. So beschloss sie, bei den Labans zu Hause vorbeizufahren. Vielleicht hatte sie dort ja mehr Glück.

Wolfgang Wöller allein zu Haus! So fühlte er sich an diesem Vormittag in seinem Bürgermeisterbüro. Ständig läutete das Telefon. Und jedes Mal dachte er erst, Frau Laban würde abnehmen und in wichtigen Fällen zu ihm durchstellen. Aber heute saß keine Marianne Laban auf ihrem bewährten Posten, immer wieder musste er sich selbst mit den überflüssigsten Anfragen beschäftigen. Da läutete es schon wieder. Der Bürgermeister rollte die Augen gen Decke. »Ja, Wöller?«, schrie er in die Muschel. »Was? Ja, die Gemeinderatssitzung ist verschoben! Warum? Höhere Gewalt!«
Jetzt klingelte es zur Abwechslung an Marianne Labans Apparat. Er eilte an ihren Schreibtisch. Als er hörte, wer ihn sprechen wollte, wurde sein Ton schlagartig freundlich: »Ja, Schwester Oberin!«, säuselte er. »Können Sie Gedanken lesen? Eben wollte ich …« Aber Schwester Oberin war heute nicht besonders gut gestimmt: »Wenn ich Ihre Gedanken lesen könnte, würde ich Ihnen raten, das Land zu verlassen, um beispielsweise in Paraguay eine neue Karriere zu starten«, gab sie ihm zu verstehen. Wöller fragte pikiert: »Ich nehme an, Sie beziehen sich auf mein Schreiben vom 18. dieses Monats?« – »Richtig. Und wenn Sie sich mal Ihre E-Mails anschauen, werden Sie meine Antwort finden.« Der Bürgermeister hätte das gern getan, kam aber nicht an sein E-Mail-Fach, wie er nun gestehen musste. Es war wirklich peinlich. »Unser Computer funktioniert im Moment nicht. Aber warum erledigen wir die Sache nicht jetzt gleich?«

»Lieber nicht«, sagte die Oberin. »Schriftlich hab' ich mich besser unter Kontrolle. Einen mündlichen Kommentar zu Ihrem sittenwidrigen Antrag möchte ich Ihnen ersparen!« Wöller wusste nicht, was er sagen sollte. »Also ...«, begann er unsicher. Doch die Mutter Oberin unterbrach ihn: »Die zwei Millionen waren für den Fall gedacht, dass die Gemeinde Kaltenthal das Objekt übernimmt und nicht irgendwelche Kumpels von Ihnen!« – »Wie? Ich verstehe nicht!«, stotterte Wöller. Die Oberin jedoch teilte ihm nur noch knapp mit: »Ihr alter Freund Huber hat mir drei Millionen geboten. Also, lesen Sie meine Post, wenn Ihr Computer wieder läuft. Auf wiederhören!« Dann hatte sie auch schon aufgelegt. Der Bürgermeister saß stumm am Schreibtisch seiner Sekretärin. Er betastete vorsichtig sein Auge und verzog schmerzlich das Gesicht. Nein, heute war nicht sein Tag. Am besten wäre es wohl, er würde einfach nach Hause ins Bett gehen.

Als Lotte vor dem Haus der Labans ankam, traute sie ihren Augen nicht: Das Motorrad von Wachtmeister Meier parkte vor der Haustür. Und als sie klingeln wollte, kam ihr der Wachtmeister auch schon entgegen. »Herr Meier?«, begrüßte ihn Lotte, die sich immer noch nicht erklären konnte, was er hier zu suchen hatte. »Schwester?«, sagte er, nicht minder verblüfft. »Sie waren bei Herrn Laban?«, wollte sie wissen. Der Polizist nickte. »Keine gute Idee. Willy ist nicht zurechnungsfähig. Ich komme besser noch mal, wenn er wieder nüchtern ist. Seine Frau hat ihn anscheinend verlassen.« Lotte grinste: »Die ist bei uns im Stift.« Sie ging durch den Garten auf die Haustür zu. Der Polizist folgte ihr. »Sie wollen doch da jetzt nicht rein, oder?« – »Sicher«, meinte Lotte kühl. »Schwester«, versuchte Meier sie von ihrem Plan abzubringen, »der Willy ...« – »... ist auch nur ein Mann!«, vollendete Lotte den Satz. »Was wollten Sie überhaupt hier, Herr Meier? Hat seine Frau Sie geschickt?« – »Nein«, gab Meier zur Antwort, »der Bürgermeister hat ihn angezeigt, wegen Körperverletzung und übler Nachrede!« Dann fuhr er kopfschüttelnd davon. Bitte, wenn sie nicht hören wollte, er hatte sie gewarnt.

Im Eingang der Wohnung war es dunkel. Lotte machte Licht an und ging durch den Flur, wo sie zunächst unbemerkt mithörte, wie Willy Laban telefonierte. Offenbar war es ein Gespräch mit der Mutter seiner Frau. »Lüg mich nicht an! Wo soll sie denn sein, wenn nicht bei dir?«, lallte er mit schwerer Zunge. »Also, hör auf mit den Versteckspielchen, und hol sie ans Telefon!« Willy hatte seinen Gast noch nicht bemerkt. Doch weil Lotte die Haustür nicht geschlossen hatte, fiel durch den Luftzug die Durchgangstür hinter ihr ins Schloss. Laban legte vor Schreck den Hörer auf und fuhr herum. Er war im Unterhemd und unrasiert. Hinter ihm auf dem Couchtisch stand eine Batterie leerer Flaschen. Keine Frage – der Mann hatte sich schwer betrunken. Doch Lotte ließ sich nicht verunsichern: »Tag, Herr Laban«, begrüßte sie ihn. »Was wollen Sie?«, blaffte der zurück. »Ich kann Ihnen sagen, wo Ihre Frau ist. Sie ist bei uns im Stift!« Laban traute ihr nicht. »Im Kloster?« – »Genau. Und da wird sie bleiben, bis ich mich davon überzeugt habe, dass Sie vor Ihnen sicher ist.«
Laban sah Lotte mit schweren Augen an. »Sie, Sie, na Sie kommen mir gerade recht! Was bilden Sie sich ein?«, raunzte er. Dann packte er sie auch schon am Arm: »Los, Sie kommen jetzt mit, und wir holen meine Frau.« Lotte fauchte: »Lassen Sie mich los!« Aber der Mann mit der Boxer-Statur zog sie unerbittlich weiter. »Herr Laban«, schrie Lotte und wollte sich losreißen, »ich warne Sie!« Doch er murmelte nur: »Ach, halt die Klappe!« und versuchte sie weiter zum dunklen Eingang hin zu stoßen.
Doch hier holte Lotte nun schwungvoll aus. Laban taumelte und knallte gegen den Türpfosten. Er ließ Lotte los und stotterte: »Sie, Sie!« Als er Anstalten machte, zurückzuschlagen,

holte Lotte noch einmal aus und legte ihn mit einem Faustschlag aufs Kinn flach. Damit war er fürs Erste erledigt. »Verzeih mir Herr«, sagte Lotte zu dem Kreuz, das sie auf der Brust trug, »aber bei Betrunkenen macht es nun mal keinen Sinn, nach der linken Wange auch noch die rechte hinzuhalten.« Dann schnappte sie sich das Telefon und rief im Polizeirevier an.

Es war eine harte Prüfung für Barbara gewesen, bei Dr. Richter anzurufen und ihn ins Kloster zu bitten. Normalerweise hätte sie Sophie gebeten, den Auftrag zu erfüllen. Aber Sophie war nicht da – und sie durfte sich gegen Lottes Anweisung nicht auflehnen. Der Sinn dieser Aktion war ihr inzwischen völlig klar: Sie sollte durch Kontakt mit dem Doktor abgehärtet werden, bis sie bei seinem Erscheinen cool bleiben konnte. Bis er ihr nicht länger schöne Augen machte. Trotzdem, dachte Barbara, war es wohl noch ein langer Weg dahin. Aber egal. Sie rief also bei Dr. Richter an und schilderte ihm den neuen Fall. Martin Richter ließ sich auch nicht lange bitten und kam kurz darauf in seinem BMW angefahren. Barbara hätte sich am liebsten wieder in der Kapelle versteckt, aber es half nichts, sie musste da durch. Sie war blass, bemühte sich aber, ruhig zu wirken. Dr. Richter spürte, wie aufgeregt sie war. Barbara klopfte jedoch schon an die Zellentür. Endlich hörte sie von innen eine leise Antwort. Offenbar hatte Frau Laban doch kurz geschlafen. »Doktor Richter ist hier!«, rief Barbara ins Zimmer. Dann öffnete sie die Tür und schob ihn hinein. Marianne Laban hatte sich im Bett aufgerichtet und meinte: »Ich fürchte, Sie haben sich umsonst bemüht, Doktor, es geht mir schon viel besser.« – »Ich komme lieber umsonst, als zu spät«, antwortete Richter. Und zu Barbara, die noch in der Tür stand, sagte er: »Laufen Sie bitte nicht weg ich muss Sie noch sprechen!« Barbara nickte und ließ ihn mit Frau Laban allein.
Bürgermeister Wöller hatte sich nun doch entschlossen, noch im Büro zu bleiben. Kein guter Entschluss, wie er inzwischen

einsah, denn eben war ihm der Ausgangsordner heruntergefallen. So robbte er gerade unter dem Schreibtisch herum, um die ganze Zettelwirtschaft wieder aufzulesen. Als er ungefähr die Hälfte eingesammelt hatte, klopfte es an der Tür, und Polizist Meier kam herein. Wöller merkte, dass Meier ihn schon wieder so mitleidig ansah. Das konnte er im Moment überhaupt nicht brauchen. »Steh'n Sie nicht rum«, herrschte er ihn an, »helfen Sie mir lieber!« Meier schüttelte den Kopf. »Muss auch gleich wieder weg. Ich soll Ihnen nur von Schwester Lotte ausrichten, dass Sie sofort zu Labans nach Hause kommen sollen!« Wöller richtete sich auf. »Sonst noch was?« Der Bürgermeister war ernsthaft empört. »Keine Angst«, beruhigte ihn Meier, »der tut Ihnen nichts. Schwester Lotte hat ihn umgenietet.« Man konnte die Bewunderung in seiner Stimme deutlich hören. Und auch Wöllers Augen weiteten sich staunend. »Sie meinen?«, fragte Wöller. »Genau«, grinste Meier und beschrieb mit der Faust einen Schlag auf ein imaginäres Kinn: »Zack, Bumm, K.O.«

Im Haus der Labans war Willy auf dem Sofa von seinem K.O. Zustand in Tiefschlaf verfallen. Laut schnarchend lag er da, ungefähr eine halbe Stunde lang, während Lotte die Bierflaschen einsammelte. In der Küche setzte sie Wasser auf, um Kaffee zu kochen. Als der Kessel zu pfeifen begann, wurde Laban kurz munter und öffnete die Augen. Er versuchte aufzustehen, doch keine Chance: Wie ein gefällter Baum sank er gleich wieder zurück. »Oh mein Gott!«, stöhnte er. Gerade betastete er sein Kinn und die Beule an der Stirn, als Lotte mit einem dampfenden Becher hereinkam. »Ach, da sind Sie ja schon wieder!«, begrüßte sie ihn freundlich. »Bleiben Sie liegen. Ich habe Ihnen Kaffee gemacht.« Laban konnte sich anscheinend an nichts mehr erinnern: »Was ist passiert?«, murmelte er. »Wer sind Sie? Wie kommen Sie in meine Wohnung?« Lotte beschloss, ihn in Unwissenheit zu lassen. »Hier, trinken Sie erst mal Ihren Kaffee!« Laban umfasste die Tasse mit beiden Händen und sah Lot-

te misstrauisch an. Die setzte sich nun in den Sessel ihm gegenüber.
»Und jetzt hören Sie mir mal gut zu«, erläuterte sie ihm dann seine Lage. »Sie haben ein echtes Problem, Herr Laban. Und wenn Sie nichts dagegen unternehmen, dann wird es Sie, Ihre Ehe und Ihr ganzes Leben zerstören. Ich könnte Ihnen aber einen guten Therapeuten empfehlen ...« Obwohl sichtlich angeschlagen, reagierte Laban auf diesen Vorschlag schon wieder gereizt. »Kommt überhaupt nicht in Frage!« Lotte war nicht überrascht. »Ich weiß, Männer reden nicht gern über ihre Probleme. Aber es wird Ihnen nichts anderes übrig bleiben! Wenn Sie mit Ihrer Frau nicht reden können, ohne auszurasten, dann eben mit einem Profi.«
Als Lotte seine Frau erwähnte, wurde Laban blass. »Ich hab' ja versucht, mit ihr zu reden«, murmelte er. Doch Lotte wusste es besser: »Sie haben nicht geredet, Sie brüllen – betrunken wie Sie sind, wenn die Eifersucht Sie packt. Und wenn Sie nicht mehr weiterwissen, schlagen Sie zu.« Mehr als einmal hatte sie Männer seines Kalibers schon erlebt. »Der Wöller und Marianne haben ...« winselte er. »Miteinander getanzt, ja!«, rief Lotte. »Oder besser gesagt: Ihre Frau wollte dem Mann das Tanzen beibringen.« Damit stand sie auf und stellte ihm das Telefon vor die Nase, damit er sich endlich bei Huber meldete. »Sonst sind Sie Ihren Job nämlich auch los!« Darauf reagierte Laban ausnahmsweise ziemlich rasch. »Wieso ›auch‹?«, wollte er wissen. »Ja, glauben Sie, der Wöller will eine Zeitbombe in seinem Vorzimmer sitzen haben?« Lotte hielt ihm den Hörer ins Gesicht. Laban nahm ihn und rief ins Telefon: »Ich bin's, Willy, ist der Huber bei euch? Ja, ich weiß, deshalb ruf' ich ja an.«
In dem Moment war von der Straße ein Hupen zu vernehmen. Lotte konnte sich denken, wer das war. Im Hinausgehen rief sie Laban zu: »Bin gleich wieder da!« Tatsächlich, draußen stand Meier neben seiner Maschine und wartete schon auf sie. »Er stellt sich stur«, berichtete der Polizist vom Ausgang seiner Mission. »Er meint, wenn einer kommen muss, dann wäre das

Laban.« Das klang sogar in Lottes Ohren plausibel. »Und was ist mit der Kündigung?«, schnitt sie das andere Thema an. Meier lachte. »Also, so wie es in seinem Büro jetzt ausgesehen hat, ist er gottfroh, wenn er seine Sekretärin bald wieder hat. Alles läuft ihm aus dem Ruder. Die Gemeinderatssitzung hat er auch abgesagt.«

Für diese letzte Nachricht hätte ihn Lotte fast umarmt. »Dann hat er bestimmt keine Mehrheit«, hoffte sie erfreut. »Na, ich glaube, vor allem will er sich nicht blamieren«, vermutete der Polizist. »Mit seinem blauen Auge ...« Über so viel männliche Eitelkeit hatte Lotte noch gar nicht nachgedacht. Es konnte aber durchaus sein, dass da was dran war. »Männer!« rief sie Meier zu, dann meinte sie: »Vielen Dank, Herr Meier. Dann muss ich halt noch mal ran!« – »Wie geht's Laban?«, wollte der Wachtmeister noch wissen, bevor er sich auf seine Maschine schwang. »Schwerer Kater!«, grinste Lotte. »Ich denke, in der Phase sind Männer in der Regel etwas zugänglicher für vernünftige Vorschläge!« – »Viel Glück!«, wünschte ihr Meier. Und Lotte ging wieder zurück zum Haus.

Im Kloster war Martin Richter mit seiner Visite bei Frau Laban fertig und hielt nach Barbara Ausschau. Vor der Tür der Zelle fand er sie nicht mehr – dafür aber im Büro. »Ich müsste Sie noch kurz sprechen«, meinte er mit seiner offiziellen Medizinerstimme, damit Agnes keinen Verdacht schöpfte. Barbara folgte ihm in den Hof. Dr. Martin Richter warf einen prüfenden Blick auf das Gebäude, und als er keinen Zeugen sehen konnte, platzte er heraus: »Dr. Wolfram hat mir seine Praxis angeboten! Mit einer Hilfe bei der Finanzierung. So eine Chance bekommt man nur einmal im Leben!« Barbara sah ihn an und wusste nicht, was sie sagen sollte. Offenbar hatte er seine Entscheidung ja schon getroffen. Dann gab er sich einen Ruck. »Aber ich sage nur zu, wenn Sie ... Ich liebe dich, Barbara!« Barbara wand sich. »Das ist nicht fair, Doktor!«, versuchte sie auszuweichen. Doch der Arzt ließ sich nicht bremsen. »Ich weiß! Aber du bist auch nicht fair zu mir. Und zu dir selbst auch nicht.« Barbara schluckte. Er sah, wie es in ihr arbeitete. »Ich weiß, was in dir vorgeht« meinte er selbstbewusst. »Deshalb habe ich Doktor Wolfram auch um Bedenkzeit gebeten. Aber ich warte auf deine Antwort. Überleg es dir!« In dem Augenblick klang er nun gar nicht mehr romantisch, er redete eher wie über einen medizinischen Befund. Und um sich und ihr weitere Peinlichkeiten zu ersparen, stieg er in seinen Wagen. Barbara wartete gar nicht erst, bis er anfuhr, sondern wandte sich nun ihrerseits zum Gehen. Sie drehte sich kein einziges Mal nach ihm um. In ihrem Hals saß ein dicker Kloß. Jetzt bloß niemandem begegnen, dachte sie. Und dann rannte sie so schnell sie konnte hinauf in die Kapelle, um Gott um Rat zu fragen. Sie wusste nur eines: So konnte es nicht weitergehen!

Lotte war zum Rathaus gefahren. Nach allem, was Meier erzählt hatte, konnte man Wöller jetzt wohl am leichtesten dazu bringen, die Kündigung seiner Sekretärin zurückzunehmen. Als sie ins Bürgermeisteramt kam, stand die Tür zum Flur halb offen. Klar und deutlich konnte man Wöller beim Telefonieren hören. »Sie wollen doch nicht behaupten, dass Ihre Tochter seit gestern verschollen ist und Sie keine Ahnung haben, wo sie ist?«, rief er. Und nach einer kurzen Pause: »Ja ja, in der Hitze des Gefechts sagt man viel, was einem hinterher wieder Leid tut!« Offenbar sprach Wöller gerade mit Mariannes Mutter.

»Was Sie nicht sagen!«, begann Lotte sofort nach ihrem Eintreten das Gespräch. Wöller beendete das Telefonat: »Sie soll mich sofort anrufen! Danke, Frau Adelmann!« Dann legte er auf und drehte sich zu Lotte um. »Frau Labans Mutter?«, fragte die Schwester. Wöller winkte ab. »Sagen Sie mir lieber, wie ich den Computer wieder zum Laufen kriege.« Lotte zuckte mit den Schultern. Von Computern verstand sie nichts. »Ich dachte nur«, meinte Wöller respektvoll, »weil sie so gut drauf sind, was einen rechten Haken angeht. Hat der Meier gesagt.« Lotte antwortete nichts darauf, weil sie jetzt zum ersten Mal sein

Gesicht genauer ansah. Sie fand den Anblick so fürchterlich, dass ihre Antipathie gegenüber Wöller fast weggeblasen war. »Sie hat es aber erwischt!«, sagte sie mitfühlend. Doch Wöller winkte sie nur hinüber in sein Büro.
»Viel blöder ist«, eröffnete er ehrlich, »dass ich jetzt meine Sekretärin los bin. Und alles nur wegen diesem blöden ...« Das Telefon bimmelte schon wieder, aber er schien es nicht zu hören. »Wollen Sie nicht drangehen?«, fragte Lotte. »Wie? Ach, das geht den ganzen Tag schon so. Als ob ich Mutter Teresa wär'! Wo, bitteschön, ist Frau Laban?« Lotte zuckte die Schultern. Doch Wöller hatte sie durchschaut. »Bei Ihnen im Stift, stimmt's?«, fragte er müde. »Wenn Sie sie wiederhaben wollen, dann müssen Sie schon mehr bieten als dieses müde Lächeln!«, gab ihm Lotte Bescheid. »Nee, nee«, sagte Wöller, »zu diesem Wahnsinnigen kriegen mich keine zehn Pferde. Auch Sie nicht, Schwester. Wo kommen wir denn da hin, wenn jeder hier reinlaufen würde und auf den Bürgermeister eindrischt?« Lotte musste schon wieder grinsen. Es machte ihr wirklich Spaß, diese Show abzuziehen – nachdem sie jetzt sicher wusste, dass es ihm Leid tat! Sie nickte ihm noch einmal kurz zu und wandte sich dann zur Tür.
Da hatte Wöller endlich begriffen. »Ich, äh, bin dafür bekannt, dass ich es schaffe, das Unmögliche möglich zu machen, Schwester!«, kündigte er vollmundig an. Und Lotte fragte nur noch ironisch: »Ein Wunder?« – »Na ja, ich möchte nicht unbescheiden erscheinen«, sagte Wöller, »aber ich hab' damals gegen alle Voraussagen die Umgehungsstraße durchgesetzt. Und das Kongresszentrum kriegen wir auch.«
Lotte konnte über seine Dreistigkeit nur den Kopf schütteln. Laut fragte sie ihn: »Ich höre, die Sitzung ist verschoben?« – »Ja«, sagte Wöller, »und Ihre Demo können Sie auch abblasen. Die Angelegenheit geht vors Oberlandesgericht. Ach, und dann werden Sie noch Bekanntschaft mit dem Gerichtsvollzieher machen!« Lotte konnte es nicht fassen, wie schnell die Stimmung bei diesem Mann umschlug. »Was Sie nicht sagen?«, frag-

te auch sie jetzt spitz wie immer, wenn sie mit ihm sprach. »Das verdanken Sie der Engstirnigkeit Ihrer Mutter Oberin«, klärte Wöller sie auf. »Drei Millionen hat die Frau abgelehnt!« Er jaulte auf. »Drei Millionen für einen alten Kasten, der nicht mal fließend Kalt- und Warmwasser hat! Ein Dach wie ein morscher Keks. Und im Keller mehr Schwämme als auf einem Korallenriff in der Karibik!«

Lotte konnte sich gar nicht genug freuen. »Sie hat drei Millionen abgelehnt?«, jubelte sie beinahe. »Ich verstehe die Frau nicht«, wiederholte Wöller fast tonlos. »Aber bitte, auf die Tour kriegt sie natürlich gar nichts!« Lotte verspürte wieder ihren Kampfgeist. »Ende des Monats kriegt die Gemeinde ihr Geld«, versprach sie selbstbewusst. »Das meinen Sie nicht ernst«, meinte Wöller. »Auf Heller und Pfennig«, nickte Schwester Lotte. Wöller glaubte ihr offensichtlich nicht. »Wollen Sie eine Sparkasse überfallen?«

Doch Lotte wollte darüber jetzt nicht diskutieren. »Lassen wir das«, brach sie ab. »Wie wäre es, wenn Willy Laban hierher kommt und sich entschuldigt?« Wöller lehnte ab. »Nein, wenn überhaupt treffe ich mich nur unter Zeugen mit dem Mann.« – »Gut!« Lotte war sofort einverstanden. »Auf neutralem Boden. Wie wäre es im ›Ochsen‹, Ihrem Stammlokal?« – »Aber ich komme nur mit Polizeischutz«, sagte der Bürgermeister. Die Furcht vor dem wilden Laban steckte ihm immer noch in den Knochen. »Okay«, sagte Lotte beruhigend, »es wird Meier sicher ein Vergnügen sein.« Dann wandte sie sich zur Tür. Hinter ihr läutete schon wieder das Telefon. »17 Uhr?«, fragte Wöller. »Das wird sich einrichten lassen!«, meinte Lotte.

Als Lotte wieder im Kloster eintraf, war der Installateur Fuhrmann gerade dabei, sein Werkzeug im Wagen zu verstauen. »Ich bin fertig«, rief er ihr stolz zu, »jetzt brauch' ich nur noch Ihre Unterschrift!« Doch Lotte war immer noch skeptisch. »Ich unterschreibe gar nichts!« – »Hier, Schwester, Sie brauchen nur

zu quittieren, dass die Anschlüsse installiert und getestet sind!« Lotte las den Zettel durch und setzte dann ihr Autogramm darunter. »Danke«, lächelte er, »und viel Spaß beim Surfen!« Sie nickte und ging dann endlich ins Haus.
»War der Doktor bei Frau Laban?«, war das erste, was sie von Felicitas wissen wollte, die eben noch ihren Flachmann verstecken konnte. »Ja, und die Mutter Oberin hat angerufen. Sie kommt gleich vorbei. Und dabei sieht es hier aus wie nach einem Bombenangriff!« – »Hat sie gesagt, was sie will?«, fragte Lotte. »Nein«, mischte sich Agnes ein, »aber vielleicht kannst du mir helfen, den Tisch wieder richtig hinzustellen?« Lotte nickte und sah sich im Refektorium um. Ausgerechnet in der Mitte der Wand hatte er das Ding angebracht. »Warum hat er ihn denn da hingeschraubt?«, fragte Lotte gereizt. »Er hat halt gemeint, zentral wäre es am besten«, gab Agnes Auskunft. »Du warst ja nicht zu erreichen!«, legte Felicitas nach. »Wieso ich? – Ich denke, du bist die Chefin hier?« Bloß keine weiteren Diskussionen! »Wenn die Mutter Oberin kommt, ich bin oben bei Frau Laban!« – »Die ist in der Kapelle!«, verriet ihr Agnes. Lotte nickte dankbar.
In der Kapelle bekreuzigte sie sich, beugte kurz die Knie und setzte sich dann neben Marianne Laban in die Bank. Marianne sah ihr schon erwartungsvoll entgegen. »Und?«, flüsterte sie. »Ich denke, ich hab' es geschafft. Ihr Mann ist ein Häuflein Elend. Er hat sich zwar kategorisch geweigert, eine Therapie zu machen …« – »Logisch«, meinte Frau Laban, »ich bin doch an allem schuld!« – »Wie auch immer«, sagte Lotte. »Ich habe trotzdem für kommenden Montag einen Termin für Sie beide ausgemacht. In der Gruppentherapie von Dr. Pfitzer in Auingen.« Marianne sah sie verstört an. »Ich auch?«, fragte sie. »Das ist besser so. Wenigstens die ersten Stunden! Dann kann sich der Therapeut ein besseres Bild machen, meint er. Außerdem muss Ihr Mann dann mit, wenn Sie hingehen.« Sie lächelte Marianne beruhigend zu. »Na gut«, meinte die, und das klang nun gar nicht mehr so abwehrend, »wenn ich ihn rumkriege!« – »Kei-

ne Angst«, sprach Lotte ihr Mut zu, »so klein, wie der im Moment ist, kriegen Sie alles von ihm!«
Marianne Laban konnte es nicht ganz glauben, aber da flüsterte Lotte schon weiter. »Übrigens – im Rathaus war ich auch. Ihr Chef ist völlig aufgeschmissen ohne Sie! Der Computer ist ihm abgestürzt, und dauernd klingelt das Telefon! Kurzum: Um 17 Uhr kommt er. Und Ihr Mann auch!« Marianne Laban sah Lotte entgeistert an: »Beide?«, fragte sie entsetzt. Aber Lotte nickte siegessicher: »Die werden sich schon wieder vertragen. Weil ich beiden angedroht hab', dass sie Sie sonst nie wiedersehen.« Sie lachte laut heraus, doch gleich fiel ihr wieder ein, dass sie sich ja in der Kapelle befanden. »Wie machen Sie das nur, Schwester?«, fragte Marianne Laban schwer beeindruckt. »Nicht ich! Der da oben!«, gab ihr Lotte lächelnd zur Antwort.
Marianne schüttelte den Kopf. »Wenn ich mir vorstelle, dass hier die Cafeteria vom Kongresszentrum geplant ist!« Lotte nickte. An so etwas durfte sie gar nicht denken. Dann erzählte sie den Rest der Neuigkeiten. »Wöller hat die Abstimmung vertagt und will uns den Prozess machen!« – »Was?«, rief Marianne entgeistert. Doch Lotte tätschelte ihr beruhigend die Schulter. »Ich kann nur sagen: Gottes Wille geschehe.« In dem Moment ging die Tür auf, und Schwester Agnes machte Lotte aufgeregte Zeichen, zu kommen: »Die Mutter Oberin ist da!« Lotte nickte ergeben und ging hinaus.

Auf dem Weg nach unten berichtete Agnes, was sie gesehen hatte: »Stell dir vor, sie hat einen Computer mitgebracht!« Tatsächlich, da stand die Chefin auch schon und mühte sich mit einem riesigen Paket, das sie aus dem Kofferraum gezogen hatte. Schwester Hildegard und Schwester Agnes nahmen ihr das Ungetüm ab. In einer Art Prozession brachten sie es ins Büro. Hier herrschte die Oberin nun auch Lotte an: »Helfen Sie doch mal beim Auspacken!« Was dazu führte, dass Lotte gemeinsam mit der Mutter Oberin den Computer aus seinen Verpackungen schälte. Danach rief Elisabeth Reuter ihre Assistentin herbei: »Sie schließen ihn an, ja?« Und zu Agnes meinte sie: »Ein Tee wäre jetzt auch eine nette Idee!« Dann verzog sie sich mit Schwester Lotte ins Refektorium.

Lotte schloss die Tür hinter sich. Dann meinte sie resigniert: »Also, ich versteh' die Welt nicht mehr!« Die Oberin drehte sich mit leicht pikiertem Augenaufschlag um. »Ja«, machte Lotte weiter, »Sie lassen einen Computer bei uns installieren. Sie lehnen ein Angebot von drei Millionen ab. Soll das heißen, Sie haben sich dazu durchgerungen, Kaltenthal zu behalten?« Die Oberin schüttelte den Kopf. »Nein«, meinte sie kühl, »aber ich bin auch nicht bereit, es kampflos irgendwelchen Haien in den Rachen zu werfen!« Lotte schluckte. »Sie wissen, dass Wöller vor Gericht ziehen will?« – »Das sind doch nur leere Drohungen«, höhnte die Oberin. »Er weiß genau, dass sich so etwas über Jahre hinziehen kann. Und so lange werden sich seine Geschäftsfreunde nicht gedulden!« An anderen Tagen dachte Lotte auch so ähnlich, aber heute war sie sich nicht mehr so sicher. »Wenn der die Wahl ...«, wollte sie eben weiterreden, da schnitt ihr die Oberin schon wieder das Wort ab.

Ich habe mich dazu überreden lassen, Ihnen drei Monate Zeit zu geben, um die Gemeinnützigkeit von Kaltenthal unter Beweis zu stellen. Oder die Immobilie aus eigener Kraft zu erhalten.« Sie machte eine kurze Pause. »Nun, wie sieht es damit aus?« Lotte blieb ruhig: »Das werden wir auch tun.« – »Mit Demonstrationen oder riskanten Alleingängen schaden Sie der Sache aber eher.« Die Oberin blickte sie streng an, dann fuhr sie fort: »Ich kann Wöller mit unseren Anwälten sicher noch ein paar Wochen oder auch Monate hinhalten. Aber sicherheitshalber werde ich mich ab sofort persönlich dieser Sache annehmen. Und da ich nicht überall zur gleichen Zeit sein kann, werden wir das mit Mitteln der modernen Kommunikation bewerkstelligen. Mit Video-Konferenzen zum Beispiel!« Lotte sah sie erschrocken an. »Video?« – »Das klingt komplizierter, als es ist«, beruhigte sie die Oberin. »Meine Assistentin wird Sie ein-

weisen. Den Rest entnehmen Sie bitte der Gebrauchsanleitung. Und bis heute Abend, 19 Uhr, erwarte ich von Ihnen einen Businessplan. Einen Vorschlag also, woher Sie die Investitionsmittel nehmen wollen. Und ab dann bringen Sie mir bitte einen wöchentlichen Activity-Report.« Dann sah sie auf die Uhr. »Sonst noch Fragen?« Lotte schluckte und schüttelte den Kopf. Was sollte sie mit ihren bescheidenen Mitteln gegen diese beinharte Managerin ausrichten? »Gut«, rief Schwester Elisabeth zufrieden aus, »dann bis heute Abend. Und lassen Sie sich was Brauchbares einfallen!« Damit war sie bereits zur Tür hinaus. Lotte stand wie versteinert da. Na wunderbar, dachte sie. Gerade heute, wo sie noch eine ganz andere Konferenz leiten sollte, die zwischen den beiden Streithähnen Wöller und Laban, gerade jetzt sollte sie mal eben einen Businessplan aus dem Ärmel schütteln! Sie stöhnte noch einmal herzhaft auf. Da kamen ihre Novizinnen angeschlichen. »Was wollte denn die Mutter Oberin?«, fragte Sophie neugierig. Lotte schüttelte sich. »Verstehst du was von Computern?«, wollte sie wissen. Sophie nickte. »Sie hat uns also wirklich einen Computer spendiert?« Lotte nickte. »Ja, und heute Abend soll die erste Video-Konferenz steigen!« Sophie war begeistert. »Ist ja irre!«, rief sie und rannte gleich hinüber ins Büro. »Freu dich nicht zu früh!«, rief ihr Lotte nach. »Sie will auch genau wissen, wie wir das Geld zum Erhalt des Klosters auftreiben wollen!« Sophie nickte: »Na, dann sagen wir ihr das eben!«
Als Sophie endlich hinter dem Bildschirm verschwunden war, blieb Barbara noch stehen. Lotte hatte sie schon beobachtet; es musste etwas passiert sein. »Doktor Richter?«, fragte sie nur. Man sah es der Novizin an der Nasenspitze an. Barbara nickte. Doch Lotte hatte jetzt gar keine Zeit. Ausnahmsweise musste sie sie heute auf den Abend vertrösten.

Im Büro feierte Sophie schon die ersten Erfolge im Kampf mit dem vermeintlichen »Teufelszeug«. Der Bildschirmschoner funktionierte und spuckte einen fliegenden Toaster nach dem anderen aus. »Nicht zu fassen«, meinte Agnes, die sich seit einer halben Stunde nicht von Sophies Seite weg bewegt hatte. Sophie ging auch wirklich professionell an die Sache heran: »Echt das neueste Modell!«, pfiff sie zwischendurch anerkennend durch die Zähne. »Und ich dachte, sie schickt uns eine ausrangierte Kiste aus dem Mutterhaus.« Vor allem gefiel ihr das Software-Paket: »Alles da, was man braucht.« Agnes bestätigte: »Und eine Kamera hat er auch.« Das hörte Felicitas, die unauffällig im Hintergrund stand, um sich zwischendurch einen Schluck genehmigen zu können. Bei dem Wort Kamera steckte sie ihren Flachmann sofort weg. »Kamera? Wo?«, fragte sie. Wenn die im Mutterhaus von ihrem Nerventröster Wind bekamen, war sie geliefert!

Schließlich kam auch Barbara dazu und sah sich das neue Gerät an. »Ist der schnell!«, meinte sie. »Tausendmal fixer als mein Laptop.« Da fiel Agnes ein, dass Dr. Richter nach der Novizin gefragt hatte. »Du sollst Dr. Richter anrufen, Barbara. Er hat ein Ärztemuster gefunden, für die Frau Laban!« Barbara nickte. Und weil sie schon wieder rot wurde, ging sie schnell hinaus.

Lotte hatte Barbara nicht ohne Grund weggeschickt. Schließlich sollte sie ja längst im Gasthof zum Ochsen sein, wo Wöller und Laban vielleicht schon auf sie warteten. Es war fünf Minuten nach 17 Uhr, als sie atemlos in den Gastraum stürmte. »Grüß Gott«, sagte sie zum Wirt, »war der Wöller schon da?« Der Mann schüttelte nur den Kopf. Lotte atmete auf.

Willy Laban kam zu Fuß zum »Ochsen«. Mit hängendem Kopf trottete er vor sich hin. So merkte er zuerst auch nicht, wie plötzlich der Wagen des Bürgermeisters neben ihm abbremste. »Steigen Sie ein, Laban!«, sprach ihn Wöller an. »Ich dachte, Sie wollen mich nur unter Zeugen …« – »Na, mit meinem Gesicht bleibe ich lieber incognito!«, meinte Wöller, »also, steigen Sie ein!« Willy Laban ging um den Wagen herum und stieg auf der

Beifahrerseite ein. Wöller grinste ihn an. »Sie sehen aber auch nicht so richtig gut aus«, meinte er feixend. Laban nickte. »Diese Nonne! Wer denkt denn an so was? Aber sie hat anscheinend in Afrika mit Rebellen geübt!« Wöller konnte es sich bildhaft vorstellen. »Ja ja, die Schwester Lotte«, sagte er anerkennend. Dann schwiegen sie.

»Nun sagen Sie's schon«, meinte Wöller schließlich, »und dann Schwamm drüber!« – »Na schön«, sagte sein Beifahrer ergeben. »Also, ich hab' mich da vergaloppiert! Aber es sah wirklich so aus ...« Wöller atmete tief ein: »Ich will ihnen mal was sagen, Laban: Wenn Sie so eine attraktive und gescheite Frau heiraten, dann seien Sie doch stolz, dass sie auch anderen Männern gefällt, statt hinter jedem Baum einen Verehrer zu wittern!« Laban sah ihn schuldbewusst an. Doch Wöller sprach schon weiter. »Jedenfalls ist mir klar geworden, dass ich ohne Ihre Frau meinen Job nicht schaffe.« – »Und ich kann mich nur aufhängen«, sagte Willy Laban. Schade, dass Marianne Laban dieses Gespräch unter Männern nicht hören konnte! Noch während er das Auto parkte, schlug Wöller Laban auch schon auf die Schulter. »Na, wunderbar. Machen Sie ›klar Schiff‹ und sorgen dafür, dass sie morgen wieder an ihrem Schreibtisch sitzt. Dann ziehe ich auch meine Anzeige bei der Polizei zurück, einverstanden?« Lotte sah die beiden gerade noch aus dem Fenster der Gaststube. Erst stiegen sie aus und gaben sich die Hand. Dann setzte sich Wöller wieder hinters Steuer und brauste davon. Laban machte sich zu Fuß auf den Heimweg. Lotte rannte ihm aus dem Wirtshaus hinterher. »Herr Laban«, rief sie. Laban blieb stehen. »Gratuliere«, sprach sie ihn an, »war doch halb so wild, oder?« – »Stimmt, verglichen mit dem Veilchen, das Sie mir verpasst haben!« Lotte nickte entschuldigend. »Aber jetzt kommt der schwerere Teil: Ihre Frau. Kommen Sie!« – »Jetzt gleich?«, fragte Laban und wirkte leicht überfordert. »Sicher«, sprach Lotte ihm Mut zu, »man soll doch das Eisen schmieden, solange es heiß ist!« Dann gingen sie zu ihrem alten Mercedes.

Im Klosterhof angekommen, bat Lotte ihn erst einmal, zu war-

ten, bis sie Marianne vorbereitet hatte. Laban nickte gottergeben. Er hatte sich da in wenigen Stunden in einen schönen Schlamassel hineinmanövriert! Sorgenvoll sah er Lotte nach, wie sie ins Haus ging.
Hier war mittlerweile auch Marianne Laban zum Computer-Team gestoßen. Sie stand hinter Sophie und half ihr mit ihrem Experten-Wissen aus: »Also, bei meinem PC steht das unter ›Optionen‹. Oder versuchen Sie es unter ›Zubehör‹!« Da kam Lotte auf sie zu und zog sie ins Nebenzimmer. »Frau Laban, Ihr Mann hat sich jetzt mit Wöller ausgesöhnt. Ich habe ihn mitgebracht …« Marianne Laban schluckte. »Willy ist hier?« – »Kommen Sie mal mit!« Aus dem Hintergrund rief ihnen Sophie begeistert nach: »Guckt doch mal, ich bin jetzt so weit!« Doch ausnahmsweise interessierte sich gerade niemand dafür. Schwester Lotte und Frau Laban waren schon an der Garderobe angekommen, wo die Sekretärin in Windeseile nach Hut und Mantel griff. »Aber ich darf wiederkommen, wenn …?«, fragte sie vorsichtshalber. Sie beendete den Satz nicht. Doch Lotte beruhigte sie: »Sie dürfen immer kommen.« Dann schüttelte sie ihr die Hand. »Alles Gute, Frau Laban.« Marianne konnte kaum reden vor Rührung. »Danke«, war das einzige, was sie herausbrachte. Schließlich trat sie auf den Hof hinaus. Willy, der es im Wagen nicht mehr ausgehalten hatte, rannte ihr, so gut es ging, entgegen. »Marianne, ich bin so ein Idiot!« Darüber mussten beide lachen. Und ohne Rücksicht auf Zeugen fielen sie sich in die Arme. Laban hatte Tränen in den Augen. »Meine Güte«, sagte er, als er ihr geschundenes Gesicht sah, »hab' ich dich zugerichtet!« Das war das Stichwort für Marianne. »Das kannst du alles am Montag Dr. Pfitzer erzählen!« – »Dr. Pfitzer?« – »Weil wir zwei da hingehen, zusammen.« Das gefiel Laban weniger. Er wollte eben protestieren, da sagte seine Frau: »Jetzt sei doch mal still!« Dann küsste sie ihn innig. Lotte, die dieses »happy end« von der Tür aus mitverfolgt hatte, war sehr zufrieden mit ihrem Werk. Beruhigt machte sie die Tür zu. Dann konnte sie sich ja jetzt getrost ihrem »Businessplan« widmen!

Als sie ins Refektorium zurückkam, sah sie ihre kleine Mannschaft schon mit rauchenden Köpfen über weißen Papieren sitzen. Sophie hatte sich zur Dozentin aufgeschwungen und erklärte eben das komplizierte Wort »Activity-Report«. Lotte unterbrach sie, weil ihr auffiel, dass die zweite Novizin fehlte. »Entschuldigt bitte, wo ist Barbara?« – »Doktor Richter wollte ihr ein Medikament geben, für Frau Laban«, gab Sophie Auskunft. »Aber damit können wir uns jetzt nicht aufhalten, in einer halben Stunde steht die Video-Leitung!«
Lotte setzte sich dazu. Felicitas ahnte schon, was jetzt gleich kommen würde und fragte unwillig: »Ihr wollt den Klosterlikör verkaufen, stimmt's?« – »Versteigern lassen!«, verbesserte Lotte. »Aber der Reihe nach: erst den Plan, bitte!« – »Sophie meint, wir sollen aus dem Kloster ein Hotel machen«, warf Agnes das eben Gehörte noch mal auf den Tisch. Lotte fand die Idee gar nicht so schlecht, mit einer kleinen Abwandlung: »Kein Hotel«, sagte sie, »einen Ort für Selbstfindungs-Seminare. Mit maximal 15 Teilnehmern pro Wochenende!« – »Genau«, murmelte Sophie, »alles inklusive, Übernachtung, Essen, etcetera!« – »Das kannst du schon mal kalkulieren«, sagte Lotte zu Agnes, »zwei Übernachtungen und die Mahlzeiten, plus die Kosten für den Seminarleiter.«
»Hab' ich schon«, sagte Sophie stolz. »Da müssten wir im Schnitt rund tausend Euro verlangen.« Agnes und Felicitas fielen aus allen Wolken: »Was, tausend Euro?«, riefen sie unisono aus. Lotte beschwichtigte. »Das müssen wir der Mutter Oberin ja nicht alles schon beim ersten Mal unter die Nase reiben, oder?« Felicitas räusperte sich. Dann sagte sie: »Und du glaubst, du findest genug Leute, die für die magere Kost unserer Agnes und für eine Zelle mit Klo und Bad im Flur rund 1000 Euro bezahlen?« Bevor Lotte sich dazu äußern konnte, protestierte Agnes gegen diese Äußerungen über ihre Küche. »Gesunde Kost aus eigenem Garten, würde ich sagen!« Sophie nickte ihr zu. »Ja, und von dem Geld, das wir für den Likör kriegen, könnten wir ja die Bäder renovieren und die Zimmer aufmöbeln.«

Lotte war mit diesem Plan sofort einverstanden. »Schlicht und einfach, versteht sich. Das ist ja die Besonderheit, die wir hier zu bieten haben! Luxus kann man überall kaufen. Stille und Einfachheit nicht! Das kriegt man nur bei uns.« Dann sah sie auf die Uhr. Man konnte ihr ansehen, dass diese Video-Konferenz sie doch etwas nervös machte. »Kannst du das in Stichpunkten zusammenfassen?«, bat sie Sophie. »Ich muss noch mal für einen Moment meine Gedanken sammeln!« Damit wollte sie zur Tür hinaus. Agnes rief ihr nach: »Und wenn die Mutter Oberin …?« Lotte seufzte ergeben. »Ich bin in der Kapelle, sagt mir Bescheid, wenn es so weit ist!«
Sobald Lotte den Raum verlassen hatte, legte Felicitas los. »Ich verstehe nicht, warum die Mutter Oberin da mitmacht«, keifte sie. »Das kann doch nicht gut gehen.« Doch anstelle von Lotte stieg nun Sophie in den Ring: »Das ist das Schöne an Ihnen, Schwester Felicitas! Sie sind immer so positiv«, meinte sie ironisch. Und zu Agnes sagte sie: »Dann wollen wir beide mal! Punkt eins …«

In der Kapelle war es etwas kühler als in den übrigen Räumen des Klosters. Vielleicht lag es an den farbigen Fenstergläsern, die doch einige Sonnenstrahlen filterten. Ganz sicher war sich Lotte aber nicht bei dieser Theorie. Jedenfalls tat es gut, noch eine Weile in der Kapelle zu sitzen, um im Gespräch mit ihrem »Lebensgefährten« Kraft zu tanken. Für die letzte große Herausforderung an diesem Tag! »Erst mal danke für deine Hilfe!«, begann sie leicht erschöpft. »Vielleicht hast du auch weiterhin ein Auge auf die Labans, damit sie es doch noch miteinander schaffen.« Dann machte sie eine Pause und meinte leise seufzend: »Und jetzt zu unserem Stift: Warum muss jetzt auch noch der Huber mit seinen Millionen rumzocken? Da kann ich der Mutter Oberin doch sagen, was ich will. Gegen drei Millionen sehen wir immer alt aus!« Dabei hatte sie eigentlich ein anderes Problem: »Wenn ich ehrlich sein soll, weiß ich noch immer nicht, was ich ihr sagen soll. Sie will ein Profit-Center aus dem Kloster machen! Aber …« Dann, nach einer weiteren Pause, klang sie richtig verzweifelt. »Jetzt sag doch was«, bat sie ihren Herrn und Gott.

Plötzlich ging die Tür auf, und Sophie kam herein – selbst sie schien diesmal ziemlich aufgeregt: »Schwester Lotte, kommen Sie! Die Mutter Oberin ist dran, die Leitung nach München steht! Sie will Sie sprechen!« Lotte stand auf. »Jetzt schon«, seufzte sie leise. Aber das bekam Sophie nicht mit.

Sie gingen hinunter ins Büro, wo man auf dem Monitor bereits Schwester Elisabeth Reuter in voller Schönheit sehen konnte. Sophie zeigte Lotte, in welchen Stuhl sie sich setzen sollte: »Hier! Die Kamera ist da installiert!« Lotte fühlte sich unbehaglich. Mit Auftritten dieser Art hatte sie keine Erfahrung. Aber offenbar war man im Medienzeitalter auch als Nonne nicht mehr vor so etwas gefeit. »Guten Abend, Schwester!«, ließ sich nun die Oberin vernehmen. »Guten Abend!«, sagte auch Lotte. »Es tut mir Leid«, hörte Lotte, »dass ich etwas schroff war. Aber Sie müssen verstehen, dass ich das große Ganze im Auge behalten muss. Und Stift Kaltenthal ist nur eines von vielen Problemfeldern!« Lotte traute ihren Ohren nicht. Wenn diese Gerätschaften dazu führten, dass die Mutter Oberin neuerdings so milde redete, dann sollten sie ihr recht sein! Laut antwortete sie: »Das verstehe ich, nur Sie müssen auch verstehen, dass es um unsere Existenz geht. Und kampflos aufgeben, das kann ich nicht!« Man sah die Oberin wohlwollend nickend. »Schön gesagt, Schwester! Leider ist es mit Worten nicht getan! Wir brauchen tragfähige Konzepte, die sich rechnen! Und was Sie bisher geliefert haben …« Sie sprach den Satz nicht zu Ende. Sophie hielt demonstrativ ihren Zettel in die Höhe, auf dem groß und breit »Businessplan« stand. Lotte sah das Zeichen und setzte zu ihrer Verteidigungsrede an: »Sicher nicht! Wir haben jetzt aber eine Art Businessplan entwickelt und könnten uns gut vorstellen, dass man mit geringfügigem Aufwand etwas auf die Beine stellen könnte.« Sophie soufflierte wieder aus dem Hinter-

grund: »Wenn man in sanitäre Anlagen und Möbel investiert!« Lotte wiederholte den Satz brav. »Vielleicht könnte man ja schon mit Flohmarkt-Mobiliar aus dem Stift ein echtes Refugium für Menschen aus der Großstadt machen. Für Leute, die Exerzitien suchen, oder besser: einen ›Urlaub von der Welt‹ bei uns im Kloster!« In ihrer ganz normalen Lautstärke sagte Sophie jetzt: »Genau, und dabei können die Herren Manager auch gleich ein paar Pfund abspecken.« – »Mit organischer Kost aus dem Klostergarten!«, setzte jetzt Agnes den Werbefeldzug fort. »Das auch«, warf Lotte ein. »Aber nicht nur Manager – nein, jeder, der mit sich ins Reine kommen will oder eine Zuflucht sucht. Und die etwas Betuchteren zahlen etwas mehr, damit die anderen sich das leisten können.« Sophie legte sogar schon Zahlen vor: »Wenn die nicht benutzten Zellen zu 70 Prozent belegt sind, dann können wir pro Monat rund 40.000 umsetzen.« Lotte nickte. »Was meinen Sie dazu? Dann würden wir der Gemeinde nicht mehr zur Last fallen, und die leidige Frage der Gemeinnützigkeit wäre auch erledigt!« Die Oberin klang trotzdem nicht überzeugt. »Und wo, bitte, wollen Sie das Geld hernehmen?«, fragte sie, »das Startkapital – haben Sie da auch schon dran gedacht?« Lotte grinste. »Doch, haben wir, da müssen wir uns wohl von ein paar Antiquitäten trennen!« Die Mutter Oberin verstand nicht: »Was meinen Sie damit?« – »Ich werde die Objekte schätzen lassen«, wich Lotte aus, »und Sie informieren, wenn es so weit ist.« Sophie konnte kaum an sich halten, so begeistert war sie. Auch, weil dann jede Schwester endlich wieder eine sinnvolle Aufgabe hätte. »Bitte, Mutter Oberin«, rief sie. »Das wäre echt toll!« Die Oberin schien auch nicht mehr so skeptisch wie sonst. »Na gut«, nickte sie, »aber ich muss das schriftlich haben.« Auf ihrem Schreibtisch läutete gerade das Telefon, und so war das Gespräch für sie beendet: »Morgen zur gleichen Zeit! Gelobt sei Jesus Christus!« – »In Ewigkeit, Amen!«, gaben Lotte und Sophie zurück.
Erleichtert sahen sie sich an: »Geschafft!« Nur Felicitas jammerte: »Die Likörflaschen sind doch keine Antiquitäten!« –

»Nun ja«, meinte Lotte, »aber dass wir die Zukunft des Klosters mit Alkohol finanzieren, will ich ihr in dieser, sagen wir mal, hochsensiblen Phase wirklich nicht zumuten!« Da fiel ihr plötzlich auf, dass sie immer noch nicht vollständig versammelt waren. »Wo bleibt eigentlich Barbara?«, fragte Lotte.

Barbara hatte natürlich sofort begriffen, dass die Sache mit Frau Laban nur ein Vorwand war. Ihr Herz klopfte, als sie in der Praxis ankam. Martin Richter erwartete sie bereits. Er konnte sich gut vorstellen, wie ihr jetzt zumute war. Irgendwie musste er versuchen, sie zu beruhigen! Seiner Erfahrung nach ging das am leichtesten draußen in der Natur. Und so hatte er sich überlegt, dass er mit ihr hinaus zum Klostersee fahren wollte. Ob sie Lust dazu habe? Barbara nickte.
Während der Fahrt sahen sie sich abwechselnd von der Seite an, doch keiner sprach ein Wort. Erst als sie am See ausgestiegen waren, sagte Barbara: »Ich kann einfach nicht!« Martin Richter konnte es nicht glauben. »Das hat dir Schwester Lotte eingeredet!« Barbara schüttelte energisch den Kopf: »Meine Entscheidung hat nichts mit Schwester Lotte zu tun!« Sie stockte und meinte dann: »Aber ich kann doch nicht alles einfach so aufgeben! Das musst du doch verstehen!« Martin blickte über den See hinweg und sagte tonlos: »Sicher!« Barbara redete unterdessen kämpferisch weiter: »Du hast dich da in etwas verrannt! Du kennst mich doch gar nicht!« Martin stellte sich ihr direkt gegenüber. »Nicht ein Wort, glaube ich dir. Du hast doch nur Angst. Angst, zuzugeben, dass du nicht so bist, wie du gerne wärst!« Barbara schluckte und wusste darauf keine rechte Antwort. Da stand er plötzlich ganz nah vor ihr. Ohne ein weiteres Wort setzte er einen Kuss auf ihre Lippen. Erst nur ganz vorsichtig. Doch nach dem ersten Schreck gab Barbara nach. Sie lächelte ihn an und ließ sich dann einfach in seine Arme fallen.

Siebtes Kapitel

Dr. Richter hatte schlecht geschlafen. Gestern Abend war er noch mit Barbara durch die Wälder gelaufen. Zuerst war es so wunderbar gewesen, wie er es sich immer gewünscht hatte. Doch als sie sich von ihm verabschiedete, wurde Barbara wieder so nervös. Fahrig war sie aus dem Wagen gestiegen und wie ein gehetztes Reh davongerannt. Dabei hatte er sie wirklich rechtzeitig auf dem Klosterhof abgesetzt. Und während des ganzen Gesprächs hatte er mit Engelsgeduld versucht, sie zu beruhigen. »Niemand wird dir böse sein«, hatte er gepredigt. Sie musste ihre Entscheidung nur endlich öffentlich machen. Aber Barbara wollte das alles nicht. Sobald sie im Auto saßen, war es, als ob jemand eine Betonwand zwischen ihnen hochgezogen hätte. Man konnte also wirklich nicht sagen, dass jetzt nach dem ersten Kuss alles gut war. Und wie er nachts so schlaflos in seinem kleinen Pensionsbett im »Ochsen« lag, hatte Dr. Richter beschlossen, dass es nur einen Weg gab, den nächsten Tag lebend zu überstehen: Er musste Barbara sehen. Also fuhr er gleich in der Mittagspause hinaus zum Kloster. Im Auto fühlte er sich sicher, doch das Klingeln fiel ihm heute deutlich schwerer als sonst. Auf unangenehme Fragen musste er sich wohl gefasst machen, dachte er. Dann zog er den Glockenstrang an der Pforte. Er musste sogar zweimal ziehen, bis ihm jemand öffnete. Es war Sophie. Soweit er das mitbekommen hatte, war sie Barbaras engste Vertraute im Kloster. Ihm selbst gegenüber verhielt die Novizin sich aber schon seit einiger Zeit ziemlich schnippisch. Und wirklich: »Tut mir Leid, Barbara ist nicht da!«, sagte Sophie. Richter schluckte. »Aber ihr Fahrrad steht doch da«, wandte er ein. »Bitte, ich muss gleich wieder in die Praxis. Und ich muss sie vorher sprechen.« Sophie unterbrach ihn: »Glaub' ich gern, aber Barbara will Sie nicht sehen, Herr Doktor!« – »Schwester!«, rief er noch einmal. Doch Sophie blieb hart: »Bitte gehen Sie jetzt, Doktor!« Dann machte sie ihm die Tür vor der Nase zu.

Im Kloster saßen die Schwestern beim Mittagessen und besprachen das Seminar, das heute Nachmittag beginnen sollte. Felicitas, die immer schon am skeptischsten gewesen war, fragte spitz: »Zwei Teilnehmer nur? Das lohnt sich doch überhaupt nicht!« Doch Lotte gab ihr klar zu verstehen, dass man jetzt nicht mehr absagen könne. Außerdem meinte sie: »Vielleicht kommt ja in letzter Minute noch jemand dazu?« Sophie war schon in die Schwachstellenanalyse eingestiegen und vermutete: »Vermutlich lag es an der Anzeige. Ich habe ja gleich gesagt, dass dieses Käseblatt keiner liest!« Lotte jedoch verteidigte ihre Werbung im Bistums-Blatt: »Dafür hat die Anzeige nichts gekostet«, sagte sie. »Und klarer kann man sich kaum ausdrücken: Ferien vom Ich – im Kloster Kaltenthal. Wochenend-Seminare für Menschen jeden Alters und Glaubens – Gebet, Arbeit und Besinnung in klösterlicher Stille. – Bitte, alles drin, das ist doch gut? Und immerhin bringen zwei Teilnehmer 1500 Euro in unsere Kasse. Das reicht beim nächsten Mal schon für eine ordentliche Anzeige.«
»Darf man fragen, was das für Leute sind, die beiden Kursteilnehmer?«, wollte nun Felicitas wissen. »Ein Vertreter für Friseurbedarf und ein Studienrat aus München!«, rief Sophie wie aus der Pistole geschossen. Sie hatte sich die beiden Anmeldebögen genau angesehen und wusste alles über die beiden. »Na, ein Gutes hat es ja«, meinte Agnes, als alle mit dem Essen fertig waren. »Ich brauche nicht für so viele Leute zu kochen.« – »Eben«, murmelte Lotte. »Und ich werde mit zwei Versuchskaninchen auch leichter fertig.«
Gerade noch rechtzeitig, bevor sich die Tischgesellschaft auflöste, fiel Sophie ein, was ihr der Pfarrer gestern schon gesagt

hatte: »Ach, Moment! Der Herr Pfarrer lässt ausrichten, dass er nach Freising muss, zu seiner Mutter, und darum die Beichte Samstag Vormittag abnimmt! Von zehn bis zwölf Uhr!«
In dem Moment klingelte es wieder an der Pforte. Sophie und Lotte sahen sich an, schließlich stand Lotte auf und ging zur Tür. Draußen stand ein grauhaariger Mann mit einem altertümlichen Brillengestell und einem beinahe überkorrekten Anzug. Normalerweise war Lotte das Äußere eines Menschen nicht so wichtig, doch bei diesem Mann fiel ihr die geschniegelte Kleidung sofort auf. Sie stand in seltsamem Gegensatz zu den unsicheren Bewegungen des Mannes. »Guten Tag!«, grüßte er fahrig. »Man hat mir gesagt, dass ich mich hier melden soll. Zum Wochenende der Besinnung im Kloster.« Lotte nickte freundlich und meinte: »Sie müssen der Studienrat sein, aus München?« Doch der Mann verneinte und stellte sich vor als »Stolpe, Gebietsvertreter München-Nord für die Firma Bodystyle, Kosmetik und Friseurbedarf!« Lotte hatte Mühe, ernst zu bleiben. Zu dem Mann sagte sie: »Bitte, hier herein! Sie sind leider etwas früh dran. Aber dann trinken Sie halt einen Kaffee und warten noch ein bisschen!«

Im Autohaus Wöller versuchte der Chef gerade, seinem neuen Angestellten etwas mehr Tempo beizubringen. »Also, Waldmann«, sprach Wöller auf ihn ein, »nächsten Monat kommen die neuen Modelle rein. Bis dahin müssen diese Ladenhüter weg. Und dafür können Sie durchaus was tun!« Er machte eine weit ausholende Geste, wie ein amerikanischer Politiker. Doch als er sah, welch hoher Besuch eben draußen auf seinem Kundenparkplatz vorfuhr, verschlug es ihm die Sprache. Ein schwarzer BMW war es, mit zwei Wimpeln vorne auf der Kühlerhaube. Auch der Verkäufer hatte den Neuankömmling gerade bemerkt. »Heiliger Strohsack«, sagte er neugierig, »wer ist denn das?« Wöller wurde unruhig. »Das ist der Bischof! Ich werd' verrückt!« Damit riss er auch schon weit die Eingangstür auf und eilte dem

Chauffeur entgegen. »Grüß Gott! Äh, was kann ich tun, äh, für Seine Exzellenz?« – »Wir hätten gern einen Wagen gemietet, übers Wochenende. Sie vermieten doch Autos?« Wöller überschlug sich fast vor Diensteifer. »Sicher, sicher«, nickte er. Und bevor er richtig loslegen konnte, sagte der Chauffeur: »Seine Exzellenz ist dieses Wochenende incognito unterwegs.« – »Ah«, meinte Wöller schlau, »ich verstehe, es geht um die Nonnen im Stift. Und um ihr bescheuertes Seminar!« Sein Gesprächspartner ließ sich nichts anmerken, doch Wöller war in Gedanken schon ins Kloster unterwegs. »Kann ich jetzt einen Wagen mieten, ein einfaches Economy-Modell, bitte?«, fragte der Fahrer. Wöller rief seinen Verkäufer. »Erledigen Sie das«, befahl er und eilte selbst wie von der Tarantel gestochen in sein Büro. Hastig wählte er die Nummer vom Rathaus. »Büro Wöller«, hörte er die Stimme seiner Sekretärin. »Ich bin's. Rufen Sie sofort im Stift an, ob noch ein Platz frei ist, für das Wochenend-Seminar!« Marianne Laban war verblüfft. »Und Ihre Wahlkampf-Termine am Wochenende?« – »Die sagen Sie selbstverständlich alle ab und verlegen sie auf nächste Woche! Und keine Angst«, dabei lächelte er hintergründig, »die 750 Euro sind gut angelegt. Das soll das erste und letzte Seminar sein, das in dem Laden veranstaltet wird!« Marianne hörte nur noch ein Klacken in der Leitung. Es war ihr nicht wohl bei dem Auftrag, doch sie musste ihn ausführen.

Schwester Lotte nahm selbst ab: »Ja, Kloster Kaltenthal!« Marianne Laban erkannte ihre Stimme sofort und begrüßte sie wie eine alte Freundin. Dann meinte sie sehr ernst: »Stimmt das, dass Sie da ein Seminar abhalten?« – »Stimmt«, antwortete Lotte. Marianne Laban blieb vorsichtig. »Ich frage nicht für uns – meinen Mann im Kloster kann ich mir überhaupt nicht vorstellen. Nein, aber halten Sie sich fest: Ich soll Bürgermeister Wöller bei Ihnen anmelden!« Lotte staunte nicht schlecht. »Wöller?« – »Ja«, bestätigte Frau Laban, »er hat schon alle Wochenendtermine abgesagt!« Lotte war fassungslos. »Um Besinnung und Selbstfindung geht es. Aber ich kann mir beim besten Willen nicht vorstellen, dass der Herr Bürgermeister in der Richtung irgendeinen Bedarf hat.« – »Ich auch nicht«, raunte Marianne leise ins Telefon, »ich habe eher das Gefühl, dass er Ihre Veranstaltung sabotieren will. Also, was soll ich ihm sagen?« Lotte atmete tief durch. Dann meinte sie: »Nun gut, dann sagen Sie ihm, wenn er bereit ist, den Last-Minute-Tarif von 1500 Euro anzulegen, ist er herzlich willkommen.« – »1500 Euro!«, hauchte Marianne Laban nur noch. »Genau«, grinste Lotte, »Sabotieren ist teuer! Und es trifft ja keinen Armen! Aber jetzt muss ich leider hier weitermachen.« – »Moment noch!«, sagte Marianne Laban schnell, weil ihr gerade wieder ihre Lieblingsidee eingefallen war. »Haben Sie es sich schon überlegt mit der Kandidatur?« Es ging darum, dass bei der nächsten Bürgermeister-Wahl nicht mehr Wöller gewinnen sollte, sondern Schwester Lotte. Natürlich musste die Sekretärin höllisch aufpassen, dass niemand von ihrer Vision erfuhr. Doch wenn Lotte mitmachen würde, hätte sie gute Chancen auf einen Sieg. Das wusste Marianne Laban. Sie war ja nicht die einzige, der die quirlige Schwester schon geholfen hatte. Nur Lotte zog noch immer nicht so recht. »Ehrlich, Frau Laban«, wich sie jetzt wieder aus, »wie oft soll ich Ihnen noch sagen, dass ich nicht die geringsten Ambitionen habe!« Marianne sagte verschwörerisch: »Aber ich hab' läuten hören, dass es dem Heinz Lehmann nicht gut gehen soll. Ein Wort von Ihnen – und er legt seine Kandidatur sofort nieder.« Lotte kannte natürlich den netten Mann von der Opposition, der wegen seines schwachen Herzens immer wieder im Krankenhaus lag und sich kaum um die Gemeinde kümmern konnte. Trotzdem bat sie kurz: »Bitte, Frau Laban! Ich muss jetzt los!« Sie legte auf.

Im Refektorium traf sie Agnes. »Wir haben noch einen dritten Teilnehmer, höchstwahrscheinlich!«, raunte sie ihr zu. »Wie schön!«, freute sich Agnes. Lotte wollte ihr das Gefühl nicht gleich wieder nehmen und meinte nur: »Ich weiß nicht, ob es so schön wird. Aber besser als nichts!« Dann ging sie wieder hinaus und schloss die Tür.

Der Bischof hatte sich selbst hinters Steuer gesetzt, nachdem sein Fahrer es endlich geschafft hatte, einen kleinen roten Wagen vom Autohaus Wöller auszuleihen. An der nächsten Tankstelle hielt er an, um sein Incognito zu perfektionieren. Er kramte schon länger im Kofferraum seiner Limousine, als der gemietete Kleinwagen endlich wieder hinter ihm auftauchte. »Wo bleiben Sie denn?«, rief Seine Exzellenz den Chauffeur ungeduldig entgegen. Doch der Fahrer wusste sich zu verteidigen: »Entschuldigen Sie, aber als Normalbürger ohne Wimpel kann ich es mir nicht leisten, mit 70 Sachen über eine gelbe Ampel zu fahren.« – »Ich will eben nicht zu spät kommen!«, rechtfertigte sich der Bischof. »Als Studienrat könnten Sie ja sagen, sie hätten noch Latein-Klausuren korrigieren müssen«, riet ihm der Chauffeur. »Haben Sie die Schwester Oberin schon erreicht?«, fragte ihn sein Chef jetzt. »Nicht, dass sie noch auftaucht und mich verrät!« Und dann verschwand er mit der Reisetasche aus seinem Kofferraum auf der Tankstellen-Toilette und zog sich um. Der Chauffeur nahm wieder hinter dem Steuer der Limousine Platz und griff zum Autotelefon. »Guten Tag, Schwester, ist die Mutter Oberin inzwischen eingetrudelt? Nein? Aber es ist wirklich dringend. Wenn Sie ihr wenigstens folgende Notiz auf den Tisch legen könnten, ja, von Bischof Rossbauer: Sie soll an diesem Wochenende auf keinen Fall in Kloster Kaltenthal Visite machen! Der Bischof nimmt nämlich incognito an dem Seminar teil, das dort stattfindet. Und er möchte nicht, dass er erkannt wird! Danke! In Ewigkeit, Amen!« Wartend sah er zur Uhr. Da ging auch schon die Tür der Herrentoilette auf, und der Bischof kam heraus – perfekt verkleidet. In grauem Blouson und dunkler Hose nahm man ihm den Studienrat sofort ab, fand der Chauffeur. »Na, wie sehe ich aus?«, fragte ihn der Bischof sofort. »Gut!«, fand der Chauffeur. »Wenn Sie mit der Kluft in diesem Kleinwagen da mit 70 durch die Ortschaft brettern, kriegen Sie sofort eine Anzeige!« – »Prima«, meinte Bischof Rossbauer lächelnd. »Und die Oberin, haben Sie die erreicht?« – »Leider nicht, aber ich habe ihr eine Nachricht hinterlassen.

Ich frage mich nur, was Sie mit dieser Maskerade eigentlich bezwecken?« Der Bischof sah ihn freundlich an. »Ich will wissen, ob es sich lohnt, das Stift zu behalten. Und das erfahre ich nur, wenn ich nicht als bischöfliche Exzellenz auftauche. Da kriegt man nämlich immer nur ein geschöntes Bild präsentiert.« Sein Chauffeur nickte ergeben.

Sein Chef verstaute die Reisetasche auf dem Beifahrersitz und meinte noch: »Gut, dann sehen wir uns nach dem Seminar wieder hier, sagen wir Sonntag Abend, 19 Uhr!« – »Geht klar!«, nickte der Chauffeur. Der Bischof klemmte sich grinsend hinter das Steuer seines ungewohnten Gefährts. Er war sich seiner Sache so sicher, dass er fröhlich vor sich hinzupfeifen begann: »Großer Gott, wir loben dich!«

Als er mit dem Wägelchen auf den Hof rollte, kam ihm Sophie entgegen. Sieh an, vermutlich unser zweiter Seminarteilnehmer, schloss sie hellsichtig. »Guten Tag! Sie möchten zum Seminar?«, begrüßte sie ihn. »Richtig«, nickte er. »Tut mir Leid, dass ich mich verspätet habe, aber ich hatte etwas Probleme mit dem Wagen!« – »Sie sind also Herr Bauer«, fragte Sophie wieder. Der Bischof hatte den Namen schon fast vergessen. Und so dauerte es eine Weile, bis er nickend sagte: »Äh, ja. Bauer, Studienrat am Humboldt-Gymnasium!« – »Ich weiß«, meinte Sophie arglos, »wir haben telefoniert. Na, dann gehen Sie mal rein, der andere Teilnehmer ist schon da.« Dem Bischof schwante nichts Gutes: »Soll das heißen, dass außer mir nur noch einer mit im Boot ist?« – »Das ist unser erstes Seminar«, antwortete Sophie ihm offen, »und wir haben den Fehler gemacht, im Bistums-Boten zu inserieren.« – »Wieso Fehler?«, fragte »Herr Bauer« nach. »Na, mit dem Blatt stopfen die Leute doch höchstens noch ihre Schuhe aus«, grinste Sophie. Damit stieg sie auf ihr Fahrrad und radelte endlich zum Hof hinaus. Der Bischof aber griff sofort zu seinem Handy und rief seinen Assistenten an: »Ich bin es, Pater Gottlieb! Sagen Sie, wann ist die nächste Redaktions-Konferenz vom ›Bistums-Boten‹? – Ich werde da teilnehmen. Richtig! Haben Sie die neue Ausgabe gelesen?

Reden Sie nicht drumrum! Dachte ich mir. Aber falls das Ihr Gewissen erleichtert: Ich habe auch nur die Anzeigen gelesen! Dann bis Montag!« Dann schaltete er das Mobiltelefon ab und ging zu Pforte.
Er musste gar nicht klingeln, denn Schwester Agnes öffnete ihm schon die Tür. »Willkommen im Kloster Kaltenthal!«, begrüßte sie ihn freundlich. Neben der Küche sah sie es als ihre Hauptaufgabe an, die Fremden gleich etwas mit dem Klosteralltag vertraut zu machen. Klaus Stolpe hatte sie mit ihrem Kaffee schon ein wenig die Furcht genommen, dachte sie. Und Herr Bauer konnte vielleicht auch erst mal einen heißen Schluck vertragen. Doch der Mann lehnte freundlich ab: »Danke, im Moment nicht!« Nun gut, fand Agnes, dann konnte sie jetzt auch nicht mehr für ihn tun, als ihn mit Herrn Stolpe bekannt zu machen. So führte sie ihn also ins Refektorium. »Hier, das ist Ihr Kollege«, erklärte sie. Und anschließend sagte sie, an beide gerichtet: »Schwester Lotte wird sich gleich um Sie kümmern, sobald auch unser letzter Gast da ist. Äh, haben die Herren irgendwelche Wünsche zum Abendessen? Ich hätte Grünkernsuppe anzubieten, oder einen frischen Gartensalat mit selbst gelegten Eiern.« Als ihr die missverständliche Formulierung bewusst wurde, kicherte sie. »Äh, von freilaufenden Hühnern, meinte ich.« – »Ist das alles?«, fragte der falsche Studienrat mit mühsam verborgenem Entsetzen. »Dazu mache ich einen schönen Apfelkuchen zum Nachtisch!«, meinte Agnes ahnungslos. »Ach, wissen Sie was – ich serviere die Suppe *und* den Salat! Dann können Sie selbst entscheiden!« Damit ging sie eilig hinaus – vermutlich musste sie das Grünzeug im Garten noch zupfen.
Die beiden Herren sahen sich betroffen an. »Ziemlich bescheiden«, begann Rossbauer dann ein Gespräch, »750 Euro für ein Bett in einer Zelle und ein wenig Grünzeug!« – »Von mir aus«, bemerkte der andere gleichgültig. »Ich bin nicht zum Schlemmen gekommen. Und Sie könnten auch ein paar Pfund abspecken, meinen Sie nicht?« Rossbauer überging diese Anspielung und fragte seinen Kollegen, was ihn nach Kaltenthal geführt

habe. »Meine Frau meinte, das wäre genau das, was ich jetzt brauche. Ich, äh, habe berufliche Probleme! Das heißt, auch private! Weil, wer keinen Umsatz macht, der ist auch abends zu Hause nicht gut drauf, verstehen Sie?« – »Ich denke doch!« – »Tja, und ich bin nun mal Vertreter für Haarshampoos. Zum Beispiel haben wir gerade ein neues Produkt im Programm. Das wäre auch was für Sie – trockener Typ mit Schuppen-Problemen! Ich habe ein paar Proben mitgebracht von unseren Produkten. Hier! *Hairport dry!* Ein bescheuerter Name, aber das Marketing macht die Frau unseres Chefs selber. Sie wissen ja, wie das ist!« Rossbauer wusste gar nichts: »Nein, ich bin Lateinlehrer!« – »Ach, ich habe nur mittlere Reife«, meinte sein Gegenüber, der seinen Werbeblock endlich beendet hatte und wieder brav am Tisch saß. »Da soll übrigens noch einer kommen«, flüsterte er dann weiter, »einer mit Geld bis zum Abwinken!« Rossbauer zog interessiert seine Augenbrauen hoch. »Hab' das vorhin mitbekommen: Der Typ soll sogar 1500 Euro berappen für das Wochenende!« – »Was Sie nicht sagen! Wer soll das sein?« – »Keine Ahnung!«, meinte Stolpe und versank dann in eine Art nervösen Schweigezustand.

Bürgermeister Wöller war ebenfalls schon ziemlich nervös. Wie ein Rumpelstilzchen sprang er im Foyer seines Autohauses herum und gab den Verkäufern und Mechanikern ständig neue Anweisungen. »Also, wenn es brennen sollte, ich nehm' das Handy mit! Ein Anruf zu früh ist besser als einer zu spät!« Die Angestellten sahen sich schon grinsend an. Endlich fuhr draußen seine Sekretärin vor. Wöller stürzte ihr entgegen: »Frau Laban, wo bleiben Sie denn?« – »Na, Sie machen mir Spaß«, gab sie zurück. »Erstens gehört es nicht zu meinen Aufgaben als Gemeindesekretärin, Ihre Reisetasche zu packen. Und zweitens musste ich erst Ihre Unterhosen durch den Trockner jagen. Wie lange gammeln die denn schon in der Waschmaschine rum?« Wöller ignorierte die Frage, nahm ihr die Tasche ab und ging zu seinem Wagen. Doch sie rannte ihm nach und baute sich vor ihm auf: »Wollen Sie sich das wirklich antun, Herr Bürgermeister?«, fragte sie besorgt. »Sie haben gegen Schwester Lotte doch keine Chance! Wann begreifen Sie das endlich? Und jetzt 1500 Euro aus dem Fenster pulvern?!« Wöller lächelte sie überlegen an: »Ich hab' mein Pulver noch lange nicht verschossen.« Marianne blickte ihn tadelnd an: »Herr Wöller!?« Dann gab sie es auf. Sie hatte keine Lust mehr, ihn vor seinem eigenen Unglück zu bewahren. Sollte er doch tun, was er nicht lassen konnte!

Vor dem Kindergarten stauten sich die Autos der Eltern, die jetzt ihre Kinder abholten. Nur der letzte Wagen gehörte einem Single: Dr. Martin Richter. Barbara hatte ihn längst entdeckt und verschwand im Haus. Anke musste die Eltern alleine abfertigen. Martin Richter kam zu ihr. Zu seiner Erleichterung hörte er, dass Barbara noch irgendwo sein musste. »Um was geht es denn?«, fragte Anke ahnungslos. »Kann ich Ihnen vielleicht helfen?« Martin Richter musste fast lachen, als er meinte: »Nein, schon gut. Bitte richten Sie ihr nur aus, dass ich morgen um acht Uhr einen Termin für sie habe. Sie weiß dann schon, wo.« – »Oh Gott! Ist sie krank?«, fragte Anke. Richter schüttelte den Kopf, »Nein, alles in Ordnung.« Und bei sich dachte er: »Die hat wirklich gar keine Ahnung.«

Ungefähr zur selben Zeit preschte der schwere Wagen des Bürgermeisters in den Klosterhof. Hektisch stieg Wolfgang Wöller aus und holte seine Reisetasche vom Beifahrersitz. Schwester Agnes, die nur das Motorengeräusch gehört hatte, wollte schon wieder zur Tür eilen und den dritten Gast begrüßen. Sie trocknete sich gerade die Hände an der Schürze ab, als Lotte sie zurückhielt: »Moment, Agnes, den Gast übernehme lieber ich!« Sie war bereits an der Pforte, da drehte sie sich noch mal um und informierte Agnes über den weiteren Ablauf des Abends: »Die Herren Bauer und Stolpe sind auf ihrem Zimmer und meditieren. Sobald ich den Dritten verarztet habe, fangen wir an.« Agnes nickte und blieb neugierig in der Küchentür stehen. Das wollte sie doch sehen, welcher Gast so wichtig war, dass er von Lotte persönlich begrüßt werden musste! Im Halbdunkel hörte sie mit weit aufgerissenen Augen, wie der prominente Mann an der Tür sagte: »Grüß Gott, Schwester Lotte! Ein armer Sünder bittet um Aufnahme!« Lotte sagte spitz: »Sie finden sich jetzt wahnsinnig komisch, oder?« Worauf der Mann meinte: »Für 1500 Euro wird ein kleiner Scherz ja wohl erlaubt sein!«

Lotte sah ihn böse an. Hintereinander gingen sie die Treppe hoch, durch den langen Flur, in dem die Zellen der Gäste lagen. Wöller stänkerte dabei die ganze Zeit: »Kein Aufzug, natürlich. Toiletten auf halber Treppe! Und ein dezenter Modergeruch vom Schwamm im Keller! Da kommen Hunderttausende auf Sie zu, Schwester, allein an Sanierungskosten! Das ist Ihnen doch klar!« Lotte schluckte die Antwort souverän hinunter. Dann öffnete sie eine der Türen und meinte kühl: »Ihr Zimmer!« Wöller betrat es Nase rümpfend. »Zimmer ist doch wohl übertrieben!«, rief er besserwisserisch. »Wie wäre es mit Kabuff?« Es kostete Lotte zwar die größte Anstrengung, doch sie konnte sich immer noch beherrschen. »Die Duschen und die Örtlichkeiten finden Sie am Ende des Ganges«, erklärte sie. »Wie praktisch!«, lächelte Wöller.

Lotte ging mit keiner Silbe auf seine kleinen Spitzen ein. »Sie können sich jetzt sammeln und Ihre Gedanken ordnen! Wir treffen uns dann gleich alle in der Kapelle. Sobald die Glocke läutet!« In dem Moment klingelte Wöllers Handy. So konnte sich Lotte endlich auf elegante Art für die ganzen Unverschämtheiten rächen, die er in den vergangenen Minuten von sich gegeben hatte. »Kein Handy, bitte!«, sagte sie streng und streckte die Hand aus. »Sie kriegen es auch am Ende des Seminars wieder. Und Ihre Armbanduhr muss ich ebenfalls konfiszieren!« Wöller schnaubte. »Also, jetzt machen Sie aber einen Punkt!« Doch Lotte wies ihm nur kühl den Weg zur Tür: »Bitte, Sie dürfen auch wieder gehen, wenn Ihnen unsere Regeln nicht passen.« Zähneknirschend löste Wöller sein goldenes Statussymbol vom Handgelenk. »Aber mein Handy brauch' ich! Sonst bin ich nur ein halber Mensch!« Lotte konnte sich den Scherz nicht mehr verkneifen und platzte heraus: »In Ihrem Fall wäre das schon ein Fortschritt!«

Zu ihrem Glück hatte Wöller die Pointe nicht verstanden. So konnte Lotte gleich weitermachen: »Herr Wöller, ich möchte auch bei Ihnen keine Ausnahme machen. Zeitdruck und Informationsflut sind genau die Stressfaktoren, die wir in den nächsten 48 Stunden ausschalten wollen. Entspannen Sie sich! Oder meditieren Sie, falls Sie wissen, wie das geht!« – »Im Schneidersitz hocken und auf die eigene Nasenspitze schielen?«, vermutete er. »So ähnlich«, lächelte Lotte und schloss leise hinter ihm die Tür. Wöller war also allein. Ein Zustand, der ihm gänzlich unbekannt war. Er hatte auch keine Arbeit in diesem Zimmer. So ging er zum Fenster und schaute hinaus. Unten im Garten pflückte Schwester Agnes gerade das Abendessen. Frustriert blickte Wöller auf seine Armbanduhr – nur um festzustellen, dass sie nicht mehr da war. Dann legte er sich aufs Bett, um die Matratze zu testen. Natürlich war sie so, wie er es nicht mochte: extra hart!

In den anderen Zellen waren Wöllers Seminar-Kollegen nicht viel erfolgreicher mit ihren »Übungen«. Bischof Rossbauer las mit wachsendem Missvergnügen sein Bistums-Blatt. Und Vertreter Stolpe räumte pedantisch seine wenigen Habseligkeiten in den Schrank. Die Palette von Haarmittel-Pröbchen stellte er neben sein Waschbecken. Beide waren erleichtert, als sie die Glocke der Kapelle läuten hörten.

Es war Punkt vier Uhr, als Schwester Agnes auf Lottes Nicken hin die Klosterglocke betätigt hatte. Lotte selbst kniete währenddessen noch demütig in ihrer Bank und hatte beim Dialog mit ihrem Lebensgefährten die Hände vors Gesicht geschlagen. Das schaffte eine Atmosphäre der Abgeschiedenheit, in der sie noch viel inniger mit ihm sprechen konnte. Natürlich war ihr nicht ganz wohl vor ihrem ersten Seminar. »Wenn jetzt gleich die Tür aufgeht und die Herren kommen, dann lass mich nicht hängen, ja?«, bat sie ihn. »Vor allem, was Herrn Wöller angeht: Bitte gib mir bei ihm die nötige Langmut und Geduld, damit ich nicht ausraste! Amen!« In dem Moment hörte sie hinten die Tür gehen, schüttelte sich kurz und stand dann auf. Zuerst kam sehr aufrecht Bischof Rossbauer, den noch keiner erkannt hatte. Ihm folgte die traurige Gestalt des Klaus Stolpe. »Wenn Sie bitte zu mir nach vorne kommen wollen«, rief ihnen Lotte zu. In dem Moment kam auch Wöller herein, der offenbar noch kurz geschlafen hatte und daher hektisch an seiner Jacke herumnestelte. Als sie endlich ordentlich zugeknöpft war, trötete er in die kleine Runde: »Tag allerseits! Tut mir Leid, aber ich war eingenickt. Darf ich mich vorstellen?« Lotte unterbrach ihn: »Moment, das möchte ich tun, wenn Sie gestatten.« – »Bitte, bitte«, nickte Wöller übertrieben freundlich. Er setzte sich neben Rossbauer und zwinkerte ihm zu. Doch der ging mit keiner Regung auf ihn ein.

Als alle einen Platz gefunden hatten, fing Lotte mit ihrer offiziellen Begrüßung an: »Mein Name ist Schwester Lotte. Ich bin die Leiterin dieses Seminars, bzw. der Exerzitien, wie das hier bei uns heißt. Sie werden mit Recht fragen, was mich zu dieser Aufgabe befähigt. Und ich kann darauf nur antworten: nichts!« Wöller sagte halblaut: »Ach ja?«, und Rossbauer zog schweigend seine Augenbrauen hoch. »Das ist auch nicht nötig«, sprach Lotte unbeeindruckt von der Reaktion der beiden weiter, »weil Sie, Sie selbst – die ganze Arbeit leisten werden.« Sie lächelte den dreien Vertrauen einflössend zu: »Diese Arbeit besteht darin, den eigenen Willen, Ihr Ego, unten an der Pforte abzulegen und sich den Regeln unseres Klosters unterzuordnen: Ora et labora! Bete und arbeite!« Wöller hüstelte kurz und hob dann die Hand. »Und zwar in Stille und Einkehr!«, sprach Lotte zuende. Wöller sagte: »Ich möchte nur kurz anmerken …« Doch

Lotte unterbrach ihn geschickt: »Stille, Herr Wöller! Der Ablauf des Seminars folgt ebenfalls unseren Ordensregeln: Um 6 Uhr beginnt der Tag mit einer Morgenandacht, dann folgt das Frühstück mit der Lesung des Tages, danach wird Ihnen Schwester Agnes eine Arbeit zuteilen.« Wöller hüstelte wieder in die Stille hinein: »Arbeit?« – »Ja, eine Arbeit mit meditativem Charakter, Herr Wöller! Zum Mittagessen treffen wir uns unten im Refektorium. Danach folgt wieder eine stille Meditation in Ihrer Zelle. Von 15 bis 17 Uhr wieder ...« – »Arbeit, nehme ich an?«, kam es vom Bürgermeister. Worauf Lotte nur nickte. »Richtig, Herr Wöller, und danach folgen Abendessen und Gespräche in der Gruppe!« – »Darf ich jetzt vielleicht?«, unterbrach Wöller wieder. Lotte blieb bemerkenswert geduldig: »Bitte, jetzt nicht, Herr Wöller!« Der Bürgermeister verdrehte die Augen, gab aber endlich auf.

»Zur Einstimmung werden wir jetzt versuchen, still zu sein und an nichts zu denken«, sagte Lotte. Damit verließ sie ihren Platz am Altar und setzte sich genau wie die anderen in eine Bank. »Wir schließen die Augen und atmen bewusst ein und wieder aus. Einatmen und ausatmen! Wir wehren uns nicht gegen die Gedanken, die da auftauchen, sondern nehmen sie bewusst in uns auf.« Wöller sah hinüber zu seinem Banknachbarn, doch Rossbauer hatte die Augen tatsächlich geschlossen. Dann schielte Wöller auf seine nicht vorhandene Armbanduhr. Lotte sprach ruhig weiter: »Aufgeben, sich der Stille hingeben.« Von weit her hörte man eines der Handys klingeln. Doch Lotte hatte sie alle, gemeinsam mit den Uhren, fein säuberlich in der Schreibtischschublade verstaut.

In ihrem Münchner Büro wunderte sich die Mutter Oberin inzwischen schon, dass sie bei Bischof Rossbauers Handy immer nur die Mobilbox erreichte. »Versuchen Sie mal, seinen Fahrer zu erreichen«, gab sie ihrer Assistentin Anweisung. »Ich muss wissen, was da läuft!« Hildegard meinte mit leisem Widerstand:

»Der wird wohl frei haben, aber vielleicht weiß jemand im Bischöflichen Palais Bescheid!« – »Egal wo«, meinte Schwester Elisabeth, »mit der mageren Auskunft kann ich jedenfalls nichts anfangen! ›Incognito‹ unterwegs …« – »Das hat der Chauffeur Seiner Exzellenz hinterlassen, ich weiß auch nicht mehr!« – »Und was für ein Seminar ist das?«, fragte die Mutter Oberin weiter. »Die Anzeige stand im letzten Bistums-Boten«, erklärte ihr die Assistentin. »Er liegt in Ihrem Eingangskorb, wie immer!« Als Hildegard sah, wie hilflos ihre Chefin in der Post wühlte, erbarmte sie sich und reichte ihr die Zeitung. Die Oberin blätterte bis zur letzten Doppelseite. »Ferien vom Ich im Kloster!«, las sie laut. »Verbinden Sie mich mit Schwester Lotte!« Das hatte Hildegard schon die ganze Zeit versucht – vergeblich! »In Kaltenthal geht leider auch keiner ran«, meinte sie schulterzuckend. »Dann schicken Sie ihr eine E-Mail. Sie soll sich bei mir melden! Aber vorher verbinden Sie mich mit Bürgermeister Wöller.« Hildegard tat wie ihr geheißen, doch wieder hatte sie Pech! »Tut mir Leid Schwester, aber der Bürgermeister ist nicht erreichbar!«, hörte sie Marianne Labans Stimme am anderen Ende der Leitung. Die Oberin, die bisher nur mitgehört hatte, nahm ihrer Hildegard den Hörer aus der Hand und sprach selbst hinein: »Bitte nicht die üblichen Spielchen, Frau Laban! Wo ist er?« – »Nun, ich denke, Ihnen kann ich das sagen. Er nimmt im Kloster Kaltenthal an einem Seminar teil. Ja! – Nichts zu danken!«

Wöllers Probleme mit diesem Seminar fingen schon an: Momentan stand er vor der Toilettenschüssel, die irgendwer verstopft haben musste. Schwester Agnes hatte ihm die Reinigung als »meditative Arbeit« verpasst. Das musste man sich mal vorstellen: Der Bürgermeister von Kaltenthal räumt den Nonnen das Klosett aus! Er schnaufte. Die Spülung hatte er schon dreimal betätigt. Aber so einfach war das nicht! Nach wie vor versagte die Toilette ihren Dienst. Er versuchte es mit dem Gummistampfer, der griffbereit hinter der Schüssel stand. Laut fluchend drückte er ihn in den Abfluss hinunter. Alles vergeblich!

In dem Moment kam Agnes an die Tür und flötete freundlich: »Abendessen, Herr Wöller!« Der Bürgermeister machte seinem Ärger in voller Lautstärke Luft: »Ich krieg' das blöde Teil nicht zum Laufen«, schrie er. »Was haben Sie denn da runtergespült? Küchenabfälle?« Agnes lächelte sanft: »Sie werden das schon schaffen, mit Geduld und Liebe. Aber jetzt kommen Sie, morgen ist auch noch ein Tag!«
Einige Minuten später tauchte der Bürgermeister endlich im Refektorium auf, wo ihn alle anderen Hausgenossen erwartungsfroh ansahen. Schwester Agnes schöpfte seinen Teller voll, und Sophie stand auf, um die Lesung zu beginnen.
Vermutlich hatte keiner der Seminarteilnehmer vorher schon einmal eine original biologische Grünkernsuppe genossen. Doch keiner der Gäste am unteren Ende des Tisches wagte sich über die Suppe auszulassen – mit Ausnahme von Bürgermeister Wöller! Man hatte ihm zwar gesagt, dass er während der Mahlzeiten schweigen sollte, doch als er den grün-braunen Gesundheitsbrei in seinem Suppenteller sah, brach es einfach aus ihm heraus: »Also, bei aller Liebe: das ist ...!« Lotte warf ihm über den Tisch hinweg einen Blick zu, der ihn sofort verstummen ließ. Da legte Wöller ergeben seinen Löffel neben den Teller und ging hinaus. Für seine Verhältnisse machte er dabei sogar relativ wenig Lärm. Was sollte er nun tun? Woher Essen nehmen, wenn nicht in der Küche stehlen? Um besser über seine prekäre Lage nachdenken zu können, ging er hinauf in seine Kammer und legte sich aufs Bett. Hier fiel ihm sofort ein, wie er doch noch auf seine angestammte Kalorienzahl kommen würde: Nachher, wenn alle in ihren Betten lägen, würde er noch mal losfahren und sich vom Ochsenwirt etwas Herzhaftes kredenzen lassen. Er würde es ihnen schon zeigen, diesen Nebelkrähen. Unangenehm war nur, dass sein Magen so laut knurrte. Aber den konnte man auch austricksen, indem man schnell noch ein Nickerchen machte. Und so geschah es dann auch. Und seltsamerweise schlief er durch bis zum Morgen.

Nach dem Frühstück war Bürgermeister Wöller zum Unkrautjäten in den Gemüsegarten abkommandiert worden. Einerseits fand er diese Arbeit natürlich unter seiner Würde, gleichzeitig war er aber auch froh, dass er im Freien sein durfte. Besser als die Sache mit der Toilette. Auffallend eifrig zupfte er in der Hocke das Unkraut aus. Und schon bald konnte er Agnes stolz melden: »Der Eimer ist voll! Wohin damit?« – »Da hinten, auf den Komposthaufen«, gab Agnes zurück. Irgendeine Eingebung riet ihr aber, sich Wöllers Werk einmal anzusehen. So kam sie aus dem Nachbarbeet, in dem Stolpe sein Glück versuchte, zu Wöller herüber – und bekam einen Riesenschrecken: »Herrje, was haben Sie denn da gemacht? Die ganze Reihe Setzlinge haben Sie ausgerissen!« Wöller sah sie irritiert an. »Entschuldigen Sie, Schwester, aber ich hab' nicht Botanik studiert!« Agnes war sauer und nahm ihm den Eimer ab. So dumm konnte man doch gar nicht sein, dachte sie. Doch sie fing sich schnell wieder. »Dann setzen Sie jetzt eben den Komposthaufen um. Schaufeln können Sie ja, oder muss man das auch studieren?« Wöller starrte sie wütend an und stapfte wortlos in Richtung Komposthaufen. Hilfesuchend sah er dabei immer wieder zu Bischof Rossbauer hinüber. Aber der war offenbar mit voller Konzentration bei der Sache.

Klaus Stolpe war von Agnes mit einem Korb voll frisch geerntetem Gemüse in die Küche geschickt worden. Er hatte ihn eben abgestellt, als Lotte an der offenen Tür vorbeiging. Sie sprach ihn an. »Es tut mir Leid, dass ich Sie hier mit etwas Geschäftlichem behellige, aber Sie kommen doch ziemlich viel rum. Kennen Sie vielleicht in München ein Auktionshaus, das sich mit wertvollen alten Getränken befasst?« Eigentlich erwartete sie von Stolpe keine konkrete Antwort, doch offenbar kannte er sich wirklich aus. Er habe kürzlich etwas in der Zeitung gelesen, meinte er. »Auktionshaus Gallwitz, das könnte was für Sie sein, die sollen für ein halbes Dutzend Flaschen Weißwein aus der Zeit Napoleons über 70.000 Euro erzielt haben!« Lotte war begeistert und holte sofort ihr Branchenbuch. »Horst Gallwitz, tatsächlich, hier ist er!« – »Dann kann ich ja wieder zu Schwester Agnes«, verabschiedete sich Stolpe. »Sagen Sie mir nur noch, wo die restlichen Körbe hängen!« – »An der Wand vor der Kellertreppe. Viel Spaß im Garten!«, lächelte ihm Lotte aufmunternd zu. Und als Stolpe aus dem Zimmer war, rief sie gleich bei der Firma Gallwitz an. »Guten Tag, mein Name ist Albers. Könnte ich Herrn Gallwitz sprechen? Es geht um rund 120 Flaschen fünfzig Jahre alten Abtei-Geist. Ja, Kräuterschnaps! Gut, ich warte.«

Sophie kümmerte sich um den Blumenschmuck in der Stadtpfarrkirche. Sie tat das sehr gern und fühlte sich dabei fast wie eine Künstlerin. Heute hatte sie auf einer Lichtung am Wald Flieder geschnitten; den band sie nun mit den weißen Rosen zusammen, die der Mesner gekauft hatte. Es sah sehr schön aus, fand sie. Plötzlich hörte sie die schwere Kirchentür, und Barbara kam herein. Offenbar hatte sie Sophie gar nicht bemerkt. Die versteckte sich hinter dem Altar, ließ Barbara aber nicht aus den Augen. Sie kniete kurz nieder, bekreuzigte sich dabei und nahm dann in der Bank vor dem Beichtstuhl Platz. Sophie glaubte zu wissen, was die Freundin tun würde: Wahrscheinlich wollte sie dem Pfarrer ihr Herz ausschütten und wartete nur noch, bis der Beichtstuhl frei wurde. Tatsächlich, da kam gerade ein kleiner Junge heraus – und Barbara schlüpfte flink hinein. Sophie focht einen harten inneren Kampf mit sich aus. Einerseits durfte sie die Lieblingskollegin in diesem heiligen Moment nicht belauschen. Andererseits war es doch wichtig zu erfahren, was überhaupt in Barbara vorging. Und da die sich so radikal von allen Schwestern zurückzog, fand Sophie, war es fast ihre Pflicht, doch ein paar Schritte näher zu treten.

Sie verließ ihr Versteck und ging den Seitengang entlang, bis sie Barbaras feine Stimme gut hören konnte. »An Pfingsten sind die Weihen«, hörte Sophie sie sagen. Worauf der Pfarrer antwortete: »Das ist für jeden Menschen eine schwere Entscheidung, vor allem in unserer heutigen Zeit. Du musst dir da keine Vorwürfe machen!« Barbara erzählte, dass sie nie Zweifel an ihrer Berufung gehabt hätte. »Schon mit 14 wollte ich Nonne werden. Aber jetzt ist alles anders. Ich komme mir schon vor wie eine Verräterin.« – »Darf ich wissen, seit wann du so verunsichert bist?«, fragte sie der Pfarrer ganz ruhig. »Ich«, fing Barbara an, dann musste sie eine Pause machen. Es war zu schwer, den ganzen Sachverhalt zu gestehen. »Ich habe einen Mann kennen gelernt!« So, nun war es draußen. »Er sagt, er liebt mich. Ich habe ihm von Anfang an gesagt, dass ich ihn nicht mehr sehen will. Aber …« – »Ja?«, fragte ihr Beichtvater mit leiser Neugier in der Stimme. »Er will mich wiedersehen, heute Abend noch.« – »Mehr war nicht?«, hakte er nach. »Nein«, antwortete sie. In diesem Moment ging wieder die Kirchentür, und nun bekam Sophie doch ein schlechtes Gewissen. Schnell entfernte sie sich vom Beichtstuhl und ging wieder nach vorne zum Altar. Was sie gehört hatte, reichte ihr. Vermutlich musste sie mit Dr. Richter ein ernstes Wort reden, sonst brachte dieser Mann es noch fertig, ihre Freundin aus dem Kloster herauszulotsen.

Sie verteilte die Blumenvasen auf die Nebenaltäre, dann nahm sie ihre Tasche und ging zu ihrem Fahrrad, das sie vor der Sakristei abgestellt hatte. Wie der Wind radelte sie zur Arztpraxis. Die Tür war nicht verschlossen; so war es kein Problem, ins Sprechzimmer zu gelangen. Und da saß der junge Vertretungsarzt, obwohl er samstags eigentlich frei hatte, hinter seinem Schreibtisch. Anscheinend arbeitete er den Papierkram der Woche auf. »Sophie!«, begrüßte er sie überrascht, »die Praxis ist heute …« – »Geschlossen!«, nickte sie, »ich weiß!« Dann brach es aus ihr heraus: »Ich bin nicht krank, aber Sie! Sie sind krank!« Dr. Richter sah sie an. Was sie da sagte, traf ihn tief. Doch er beherrschte sich und sagte kühl: »Und wie kommen Sie zu dieser Diagnose?« – »Tja, leider ist Ihre Krankheit auch noch ansteckend. Ich glaube, Sie haben keine Ahnung, was Sie da anrichten, mit Barbara. Ich kann Ihnen nur sagen: Vergessen Sie es!« Martin blieb immer noch ruhig: »Glauben Sie nicht, dass das Barbara zu entscheiden hat?« Sophie schüttelte den Kopf: »Nein, sie ist viel zu naiv.« Martin Richter war ratlos. »Weiß Barbara, dass Sie hier sind?«, fragte er. »Natürlich!«, log Sophie. »Ich soll Ihnen ausrichten, dass sie heute Abend nicht kommen wird.« Mit einem Lächeln verabschiedete sie sich: »Gelobt sei Jesus Christus!« Martin antwortete nicht mehr. Nachdenklich lehnte er sich in seinem Chefsessel zurück und starrte Löcher in die Luft. Wenn Barbara wirklich nicht kommen würde, bedeutete das wohl eine endgültige Entscheidung.

Schwester Hildegard chauffierte die Limousine der Mutter Oberin rasant in den Hof. Als sie den Wagen zum Stehen gebracht hatte, sprang sie heraus, um ihrer Chefin die Tür zu öffnen. Doch Schwester Elisabeth war schneller. Behende stieg sie aus dem Fond und überquerte mit großen Schritten den Hof. Bischof Rossbauer war der erste, der ihr entgegenkam. Doch in seiner durch und durch zivilen Aufmachung erkannte auch sie ihn nicht. Rossbauer war nämlich nicht nur hemdsärmelig unterwegs, sondern auch noch mit einem handfesten Reisigbesen bewaffnet. Und die Mutter Oberin hätte es selbst in ihren kühnsten Vorstellungen nicht für möglich gehalten, dass Lotte ihre Seminaristen mit solch niedrigen Arbeiten wie »Hoffegen« beauftragen würde. Schon war sie also im Haus angekommen und folgte einfach den Stimmen, die aus der Küche kamen. Dort versuchte Schwester Agnes mit Bürgermeister Wöller offenbar ein Apfelkompott zu fabrizieren – was sich einfacher anhörte, als es war. »Nicht so viel wegwerfen, nur den Butzen! Sie schmeißen ja den halben Apfel weg!«, schimpfte Agnes leise. »Sonst noch Wünsche?«, fragte der Bürgermeister verstimmt. »Außerdem hab' ich Kopfschmerzen, haben Sie denn keine Tabletten im Haus?«

In dem Moment betrat die Schwester Oberin die Küche. »Na endlich!«, rief Wöller freudig aus, beglückt, dass sein klägliches

Dasein als Seminarist von Kaltenthal in wenigen Minuten seinem Ende zugehen würde. Um den Prozess zu beschleunigen, meinte er: »Schauen Sie sich das an, Schwester! Apfelkompott darf ich machen, Klos putzen, und Unkraut jäten. Das nennen die hier ein Seminar und knöpfen mir 1500 Euro ab!« Doch die Oberin ging darauf gar nicht ein. »Wo ist Schwester Lotte?«, fragte sie Agnes. Diese war völlig eingeschüchtert von dem unangemeldeten hohen Besuch. »Ich glaube, sie ist mit Herrn Stolpe im Kreuzgang«, gab sie nervös zur Antwort. »Wahrscheinlich muss der Ärmste die Fliesen mit der Zahnbürste putzen!«, warf Wöller bissig ein. Doch seine Äußerung lenkte den Zorn der Oberin nur auf ihn selbst. »Was machen Sie überhaupt hier, Herr Wöller?«, wollte sie wissen. »Das Gleiche, was Ihr Chef hier macht: Mich informieren! Und das sage ich Ihnen gleich: Mit der Nummer kommen Sie nicht durch! Da, schauen Sie – geschnitten habe ich mich auch schon!« Er hätte es wissen müssen, dass die Oberin für solch wehleidiges Verhalten nichts übrig hatte. Mit einem pikierten Blick rauschte sie wieder hinaus, um Lotte zu suchen. Wöller ärgerte sich und versuchte, ihr zu folgen. Doch Agnes hielt ihn zurück: »Nichts da, hiergeblieben! Sonst wird das nie fertig bis zum Abendessen!« Doch Wöller, der vor der stillen Schwester nicht den geringsten Respekt hatte, sagte nur: »Sie können mich mal!« Er rammte sein Messer in einen Apfel und rannte hinaus.

Angesichts der vielen Probleme, die Klaus Stolpe zu einem riesigen Berg aufgetürmt vor sich sah, hielt es Lotte für das Sinnvollste, ihn in den nigerianischen Lebenskreis zu setzen. Alle, die Lotte bisher damit traktiert hatte, profitierten heute noch davon. Das Schwierige war nur, dem Probanden das Prinzip erst mal schmackhaft zu machen! So stand sie mit Stolpe also wieder in dem kleinen Rasenstück, wo sie schon die kleine Ausreißerin behandelt hatte; die Bongo-Trommeln hatte sie auch gleich mitgebracht. Dann fing sie mit ihrer Lektion an. »Der Kreis symbolisiert die Welt. Ihre Welt, in der Sie gefangen sind. Gerade groß genug, um zu überleben. Aber zu klein, um glücklich zu sein und sich wohlzufühlen«, erklärte sie Stolpe. Der Mann sah sie fast ängstlich an: »Und da soll ich die ganze Nacht ...« Lotte nickte. »Die jungen Leute in Afrika müssen das drei Tage durchhalten. Danach sind sie keine Jungs mehr, sondern Männer!« In dem Moment bemerkte Herr Stolpe die fremde Nonne am Fenster des Kreuzgangs. »Guten Tag«, nickte er in Schwester Elisabeths Richtung. Und zu Lotte sagte er: »Ich glaube, Sie bekommen Besuch!« Da winkte die Mutter Oberin Lotte auch schon zu sich. »Ach herrje!«, flüsterte Lotte. Sie ließ Stolpe im Kreis sitzen und ging zu ihrer Chefin. »Wo ist seine Exzellenz, der Bischof?«, verlangte die ehrwürdige Mutter anstelle einer Begrüßung zu wissen. Lotte kapierte nicht gleich, wovon sie sprach: »Wie?«, meinte sie nur. »Sagen Sie bloß, Sie haben ihn nicht erkannt!«, meinte die Mutter Oberin und schüttelte den Kopf. »Wir haben nur noch unseren Herrn Bauer«, gab ihr Lotte zur Antwort. Worauf die Oberin sagte: »Ich hoffe nur, Sie lassen ihn nicht gerade die Toiletten putzen!« – »Nein«, meinte Lotte, »der Herr Bauer soll das alte Laub im Hof zusammenfegen und auf den Kompost schaffen!« Die Schwester Oberin musste sich auf die Brüstung des Kreuzgangs setzen, um diese Nachricht zu verkraften. Sie atmete tief ein und aus. Doch Lotte versuchte sie zu beruhigen. »Das ist nicht der Bischof. Ich kenne Bischof Kreile, der ist viel dicker und kleiner!« Die Oberin richtete sich auf und meinte matt: »Das war der Vorgänger! Unser neuer Bischof heißt Rossbauer. Haben Sie ihm etwa auch 1500 Euro abverlangt?«

Lotte merkte, wie ihr die Felle davonschwammen. Und tatsächlich schien die Oberin ihre Entscheidung schon getroffen zu haben: »Geben Sie den Teilnehmern ihr Geld zurück, und schicken Sie sie nach Hause. Alle! Und sagen Sie ihnen, ich würde mich noch mit einem persönlichen Brief bei ihnen entschuldigen!« Lotte faltete die Hände vor der Brust. Sie musste die Oberin einfach um die Verlängerung des Seminars bitten, schon

wegen Stolpe! Doch dazu kam es nicht. »Haben Sie verstanden?«, fragte Schwester Elisabeth so barsch, dass selbst Lotte zusammenzuckte. Sie schluckte tapfer und wartete mit gesenktem Kopf, bis die Chefin endlich verschwunden war. Dann ging sie hinüber zu Stolpe, der immer noch im Kreis saß.
»Ärger?«, meinte er mitfühlend, als Lotte wieder neben ihm stand. »Das war unsere Mutter Oberin!«, gab ihm Lotte zur Antwort. »Und auf deren Geheiß muss ich Sie jetzt heimschicken, Herr Stolpe! Es tut mir Leid.« Stolpe sah sie fassungslos an. »Aber warum?«, wollte er wissen. »Es läuft doch prima!« – »Bitte, Herr Stolpe«, bat ihn Lotte, »machen Sie es mir nicht noch schwerer!« – »Ich denke nicht dran!«, sagte Stolpe, in dem der Widerstandsgeist erwacht sein musste. »Das ist meine Welt, haben Sie gesagt. Und da darf keiner rein und keiner raus. So machen wir das, bis morgen!« – »Ja, aber ...«, seufzte Lotte hilflos. Worauf Stolpe fast schon männlich sagte: »Nichts ja aber! Ich bleibe hier.« Und dann setzte er sich und fing an, auf die Bongo-Trommeln einzuschlagen.
Als Nächstes war die Schwester Oberin in den Hof geeilt, wo Bischof Rossbauer ihr schon erwartungsvoll entgegensah. Er unterbrach sein Fegen und lächelte sie an. »Exzellenz!«, rief Schwester Elisabeth. »Hat meine Nachricht Sie nicht erreicht?«, fragte er völlig entspannt. »Doch, doch«, antwortete sie atemlos, »deshalb bin ich ja hier. Das ist ja entsetzlich!« – »Besser als Unkraut jäten im Garten!«, meinte er trocken. Der Mutter Oberin war die ganze Szene sichtlich peinlich. »Und«, machte Rossbauer aufgeräumt mit seiner Erzählung weiter, »die anderen beiden Seminarteilnehmer helfen in der Küche beim Obst-Einmachen.« Schwester Elisabeth wusste nicht, was sie darauf antworten sollte. »Sie müssen mir glauben, dass ich nichts von alledem sanktioniert habe!«, entschuldigte sie sich. Doch der Bischof beruhigte sie: »Das habe ich auch nicht angenommen!« – »Ich habe veranlasst, dass das Seminar sofort abgebrochen wird«, gab die Oberin jetzt stolz bekannt, »und dass Sie alle Ihr Geld wiederbekommen.« Seine Exzellenz war davon allerdings

überhaupt nicht begeistert. »Um Himmels willen, nein!«, fiel er ihr abrupt ins Wort. Die Oberin erstarrte. »Ob Sie es glauben oder nicht«, lächelte er sie nun wieder an, »aber das Konzept von Schwester Lotte funktioniert! Fragen Sie mich nicht, warum – aber ich habe mich schon lange nicht mehr so entspannt und gelassen gefühlt!« – »Das ... das ist doch nicht Ihr Ernst!«, rief die ehrwürdige Mutter aus. »Doch, doch – ora et labora! Ich wette, ich schlafe heute Nacht wieder wie ein Murmeltier!« Die Oberin lachte ungläubig auf und strich dann kurz über ihren schwarzen Rock. So einfach konnte man die Menschen glücklich machen? Nicht zu fassen. Da schwärmte der Bischof schon weiter: »Ich war in meiner Funktion als Geistlicher auf vielen Seminaren. Da wird endlos geredet und diskutiert. Und hinterher fühlt man sich wie erschlagen. Und nie bekommt man etwas Neues mit. Hier jedoch erfahre ich etwas!« – »Wie man den Hof fegt?«, fragte die Oberin. Sie konnte es sich einfach nicht verkneifen. »Ja! Wir haben das doch längst vergessen, Schwester. Unser Amt scheint so überaus bedeutend, dass wir gar nicht mehr wissen, dass jede Aufgabe wichtig ist. Es zählt nur, was wir daraus machen!«

In dem Moment kam Bürgermeister Wöller, gefolgt von Schwester Lotte, aus dem Haus. In der Hand hielt er seine Reisetasche. Er freute sich sichtlich, dass die Schwester Oberin dem »Spuk«, wie er es nannte, tatsächlich ein Ende bereitet hatte. »Sie gehen schon, Herr Wöller?«, rief ihm Bischof Rossbauer Hof zu. »Klar, das ist doch kein Seminar! Das ist Zwangsarbeit!«, gab er zurück. »Und das lassen Sie sich gefallen?« Der Bischof nickte. »Sicher, ich wünschte, ich könnte noch ein paar Tage dranhängen!« Wöller blieb auf halbem Weg zu seinem Wagen stehen. »Wollen Sie damit sagen, dass Sie dieser Veranstaltung Ihren Segen geben?«, fragte er fassungslos. »Genau das!«, gab Rossbauer zurück. »Aber die Entscheidung liegt natürlich bei der Schwester Oberin.« Wöller wandte sich sofort von Rossbauer ab und der

Oberin zu: »Dann sorgen Sie bitte dafür, dass der Unfug hier endet. Allein die hygienischen Zustände schreien zum Himmel. Ganz zu schweigen von der Verpflegung. Dagegen ist Fasten ein Vergnügen!« Mit diesen Worten schritt er zu seinem Wagen. Rossbauer begann wieder zu fegen, und die Oberin sah ihm irritiert dabei zu. Was sollte sie jetzt machen, fragte sie sich. Da unterbrach der Bischof ihre Gedanken: »Sagen Sie, Mutter Oberin, sind Sie so nett und halten mir den gelben Plastiksack auf?« Sie kam seiner Bitte nach, und er füllte geschickt das aufgesammelte Laub hinein.

In diese Idylle hinein platzte die aufgeregte Lotte. »Verzeihen Sie, Exzellenz, dass ich Sie nicht gleich erkannt habe!« Sie wollte eben eine Entschuldigung starten, doch wieder wehrte der Bischof lächelnd ab: »Schon gut, Schwester! Ich bin ja stolz, dass ich als Lateinlehrer durchgekommen bin! Das war in der Schule immer meine schwächste Seite!«

Die Mutter Oberin erwachte aus ihrer Starre. »Hier«, streckte sie Lotte den gelben Müllsack entgegen, »übernehmen Sie mal, ich muss jetzt dringend weiter nach Freising!« Lotte musste sie aber doch noch nach ihrem Sorgenkind Stolpe fragen: »Entschuldigen Sie, aber Herr Stolpe will sein Seminar partout nicht abbrechen. Was soll ich jetzt mit ihm machen?« – »Na, von mir aus, dann soll er eben bleiben«, sagte die Oberin nach kurzem Seitenblick auf Seine Exzellenz. »Aber was Ihre nächsten Aktivitäten anbelangt, erwarte ich in Zukunft eine detaillierte Ausarbeitung Ihrer, äh, Ideen! Gelobt sei Jesus Christus!« – »In Ewigkeit, Amen«, riefen Rossbauer und Lotte im Chor. Als die Oberin endlich in ihrem schwarzen BMW verschwunden war, lachte der Bischof Lotte offen an: »Dafür kriege ich ein Stück Apfelkuchen extra, ja?« – »Aber sicher«, meinte Lotte, »wenn Sie wollen auch zwei!«

Sophie hatte sich schon vor einer ganzen Weile im Schilf am See versteckt. Es war ja nicht schwer zu erraten, wo Dr. Richter und seine Holde sich verabredeten! Tatsächlich, da kam auch Barbara kurz vor acht angeradelt. War sie also doch wieder schwach geworden! Atemlos beobachtete sie, wie Barbara ihr Fahrrad an einen Baum am Ufer kettete und dann in den alten Kahn stieg. Es war eine wunderbare Abendstimmung. Nur Barbara konnte sie immer weniger genießen, ahnte sie doch, dass Dr. Richter wohl nicht kommen würde. Sonst war er immer pünktlich, doch mittlerweile zeigte die Uhr schon zwanzig nach acht. Barbara seufzte und schlug die Hände vors Gesicht. Ob das vielleicht ein Zeichen des Herrn war? Sollte sie doch auf ihrem eingeschlagenen Weg bleiben? Sie wusste es einfach nicht. Sophie in ihrem Versteck fühlte sich einerseits schuldig, aber ihre Erleichterung darüber, dass Richter nicht gekommen war, überwog.

Nach dem Abendessen ging Lotte gleich in die Küche, um zwei Stücke Apfelkuchen für den Bischof abzuschneiden. Die brachte sie ihm auf einem Kuchenteller: »Bitte schön, der Herr!« – »Hmm«, machte Rossbauer und atmete den Duft des Kuchens mit geschlossenen Augen ein. »Der ist ja sogar noch warm!« Als er die Augen wieder öffnete, stand Lotte aber immer noch wie angewurzelt neben seinem Platz am Esstisch. »Ist was?«, fragte er sie. Sie lächelte: »Meinen Sie nicht, dass Sie mir noch eine Erklärung schuldig sind, Herr Bauer?« Doch er winkte nur ab: »Was wollen Sie? Dank meiner Incognito-Recherche konnte ich mir ein zuverlässiges Bild machen. Und was ich gesehen habe, gefällt mir. Meinen Segen haben Sie! Das habe ich auch der Mutter Oberin gesagt!«, gab er ehrlich Auskunft. »Meinen Sie, wir dürfen dann hier weitermachen, und das Kloster wird vorerst nicht verkauft?«, fragte Lotte aufgeregt. »Diese Entscheidung«, sagte der falsche Studienrat, »liegt allein bei der Mutter Oberin. Aber ich denke, sie wird es sich jetzt vielleicht nicht mehr so leicht machen. Das ist eben der Vorteil, wenn man nicht Bauer, sondern Rossbauer heißt!«

Achtes Kapitel

Manni und seine Freunde hatten sich inzwischen in der Remise eingelebt. Wohlgefühlt hatten sie sich ja gleich vom ersten Tag an, doch mit den alten Sesseln sah ihr neues Refugium jetzt richtig cool aus. Fast wie ein echter Musik-Club! Und manchmal kamen sogar Leute aus dem Gymnasium ins Kloster, um die Band zu hören. Manni verbrachte inzwischen fast jeden Tag draußen im Stift, und wenn er nicht probte, machte er sich nützlich. Sobald er mitbekam, dass irgendwo ein Hahn tropfte oder das Auto wieder nicht ansprang, bot er seine Hilfe an. Zig-mal hatte er die alte Kiste jetzt schon repariert. Und für Sophie installierte er immer neue Extra-Programme auf dem Computer.

Ja, Manni war tatsächlich so etwas wie ein guter Geist des Klosters geworden. Sogar Felicitas hatte ihn irgendwie in ihr Herz geschlossen. Heimlich freute sie sich, wenn sie ihn in Haus und Hof beschäftigt sah. Heute zum Beispiel war wieder einmal der Wagen dran. Manni hatte neue Zündkerzen besorgt und versuchte sie gerade einzubauen, als ein dunkler Land-Rover in den Hof gerollt kam. Das musste der Auktionator aus München sein, dachte Manni. Schwester Lotte hatte ihren »Hausmeister« schon über den wichtigen Besuch informiert. Es ging um den Verkauf des alten Klosterlikörs. Schwester Lotte wollte damit ihre Schulden bei der Gemeinde begleichen, so viel hatte Manni verstanden. »Kommen Sie vom Auktionshaus in München?«, begrüßte er den Mann, der nun aus dem schweren Wagen kletterte. Und als der nickte, erklärte der Junge: »Die Schwestern sind noch bei der Morgenmesse. Aber es kann sich nur noch um ein paar Minuten handeln. Kommen Sie, ich bring' Sie ins

Besucherzimmer!« Er wischte sich den gröbsten Schmutz von den Händen und ging dann voraus ins Kloster. Der Mann sah sich nervös um – als ob ihn irgendjemand verfolgen würde. Es war aber weit und breit niemand zu sehen – der ganze Hof lag still im morgendlichen Sonnenlicht. Einigermaßen beruhigt ging der Mann dann hinter Manni ins Büro.

»Das sind die alten Flaschenetiketten«, sagte der Junge stolz. »Original Jahrgang 1944. Hier haben wir das Konto-Buch, in dem alle Daten genau dokumentiert sind. Und da steht auch eine Flasche!« Der Auktionator nahm sie in die Hand. Dann fragte er Manni: »Arbeiten Sie hier?« Der Junge schüttelte den Kopf. »Nein, wir haben nur unseren Jugendclub hier, dafür helfen wir den Nonnen ab und zu aus. Und jetzt muss ich wieder ... Schwester Lotte braucht ihr Auto heute noch.«

Manni ging hinaus und machte die Tür hinter sich zu. Die Nonnen kamen ihm aus der Kapelle entgegen, der Gottesdienst war also vorbei. »Schwester Lotte!«, rief Manni ihr gleich zu. »Der Typ aus München ist da. Ich hab' ihn ins Besucherzimmer geführt.« Lotte nickte. »Ist gut, Manni«, meinte sie. Damit ging sie ins Büro.

Zu ihrer Beruhigung sah sie, dass sich der Mann schon selbst beschäftigt hatte: »Die Schwester ist jetzt da, ich melde mich später wieder. Bis dann!«, sprach er eilig in sein Handy, beendete das Gespräch und kam ihr mit ausgestreckter Hand entgegen. »Guten Tag, Schwester!« Lotte wollte von ihm wissen, ob er ihren Schatz schon begutachtet habe: »Und? Was meinen Sie?«, fragte sie erwartungsvoll. Der Mann mit dem schönen Namen Christlein antwortete betont langsam. »Ich fürchte, mehr als 50 bis 100 Euro pro Flasche dürfen Sie nicht erwarten!«, meinte er und zog ein bedenkliches Gesicht. »Was? Nur?«, rief Lotte empört. »Bei 50 Jahre altem Wein, voll dokumentiert und mit intaktem Kork, wäre das etwas anderes«, erklärte ihr Christlein. Doch Lotte ließ sich nicht so schnell entmutigen. »Haben Sie die Etiketten gesehen?«, fragte sie und hielt ihm die Kiste mit den Aufklebern unter die Nase. »Ja«, meinte der Auk-

tionator gedehnt. »Aber die sind leider nicht auf den Flaschen!« Lotte lächelte. »Dann kleben wir sie eben drauf – für die Versteigerung!« Sie hielt eines der Etiketten provisorisch an den Flaschenbauch. Die Schrift auf dem vergilbten Papier war noch gut zu lesen: »Kaltenthaler Klostergeist – Anno 1944« stand da. »Wäre das nicht Betrug, Schwester?«, reagierte Christlein mäßig begeistert. »Nein, so was geht nicht!«, sagte er mehr zu sich selbst. Auslassen wollte er das Geschäft aber auch nicht. »Wie viele Flaschen haben Sie?«, fragte er. Lotte blätterte in den dicken Büchern, die vor ihr auf dem Schreibtisch lagen. »Wenn in jeder Kiste 12 Flaschen sind, wären es wohl 120 Stück. Und ein paar lose extra, aber die würde ich gern behalten.« Christlein saß ihr gegenüber und tippte ein paar Zahlen in seinen Taschenrechner. Er machte es richtig spannend. Endlich meinte er: »Ich mache Ihnen ein Angebot: 20.000 Euro. Oder Sie warten die Auktion ab und riskieren, auf der Ware sitzen zu bleiben.«
Lotte war keine Verkäuferin, das merkte man sofort. Jede andere hätte gnadenlos verhandelt. Doch sie sagte nur leise, ohne aufzusehen: »Ich brauche 28.000 Minimum. Damit will ich unsere Rechnungen bezahlen.« Christlein zuckte bedauernd die Schultern. »Tja, dann kann ich Ihnen leider nicht helfen.« Er machte eine Pause und fragte vorsichtig: »Wissen Sie eigentlich, was in den Flaschen ist?« Lotte grinste ihn an: »Ich weiß nur, dass es gut schmeckt.« Sie witterte Morgenluft. Vielleicht konnte man ihn ja überzeugen, wenn er das Zeug gekostet hatte. »Möchten Sie probieren?«, fragte sie. Und ohne eine Antwort abzuwarten, goss sie zwei Schnapsgläser voll, die sie auf einem Tablett bereitgestellt hatte. Christlein zierte sich. »Ich weiß nicht!«, meinte er zögernd. Doch Lotte konnte ihn beruhigen: »Keine Sorge: Eine unserer Schwestern schwört darauf, sie verwendet es sozusagen für Heilzwecke! Es soll die Nerven und den Kreislauf stärken. Einreiben können Sie sich auch damit, bei Muskelzerrungen und so …« Damit reichte sie ihm ein Glas. Sie vergaß sogar, mit ihm anzustoßen, so gespannt sah sie ihm zu, wie er am Schnaps nippte.

Na bitte! Auch bei dem kühlen Geschäftsmann verfehlte der Brand seine Wirkung nicht. »Haaah!«, machte Christlein, um dann festzustellen: »Das ist gar kein Likör, das ist ja ein Kräutergeist! Nicht übel!« Lotte nickte stolz. »Meine Rede!«, grinste sie, »wir überlegen uns ja auch schon, ob wir die Produktion nicht wieder aufnehmen sollen. Leider ist die Original-Rezeptur zurzeit nicht aufzutreiben.« Christlein kippte nun auch noch das zweite Glas. Dabei fiel ihm auf, dass er der Schwester schon viel zu weit entgegengekommen war. Daher relativierte er sein positives Urteil gleich wieder, indem er meinte: »Er ist nur leider etwas bitter im Abgang!« Lotte überhörte diese Spitzfindigkeit. Sie hatte ja an seinem Gesicht gesehen, wie gut ihm der Schnaps geschmeckt hatte. Langsam ahnte sie, dass man mit solchen Leuten anders umgehen musste. Und nach Christleins zweitem Glas Kräutergeist nahm sie die Verhandlungen selbstbewusst wieder auf: »Ich habe mich erkundigt«, meinte sie. »Eine Flasche 50 Jahre alter Whiskey bringt wesentlich mehr als … Was ist 20.000 geteilt durch 120?« – »Rund 150 Euro!«, sagte Christlein laut. Doch Lotte meinte nur kühl: »Das ist mir etwas zu wenig!« Christlein reagierte professionell: »Bitte«, meinte er. »Sie können gern bei der Konkurrenz ein Angebot einholen.« Lotte versprach, das Thema mit ihren Mitschwestern zu besprechen.

Der Mann hätte das Geschäft aber lieber gleich unter Dach und Fach gebracht. »Wie Sie meinen«, sagte er steif, »ich möchte Sie aber darauf hinweisen, dass wir den Vertrag heute noch über die Bühne bringen sollten. Sonst müssen Sie warten bis zur Herbstauktion.« Lotte nickte. »Ich rufe Sie spätestens heute Nachmittag an«, versprach sie. Dann brachte sie ihn zur Pforte. Christlein verschwand in Richtung Wagen, ohne sich noch mal umzudrehen. Hektisch schloss er den Land-Rover auf und zückte sofort sein Handy. »Gute Nachrichten!«, meldete er nach München. Er schrie fast in die Muschel. »Das Zeug ist fantastisch. Und viel wertvoller, als die Nonnen ahnen. Wenn du willst, kannst du die ganze Lage für 120.000 Euro haben. Auf dem internationalen Sammlermarkt verkaufen wir das dann fürs Doppelte. Mit Originaletiketten, original verpackt. Sogar der Staub auf den Flaschen ist über 100 Jahre alt.« Sein Gesprächspartner war noch nicht überzeugt. Christlein wurde noch lauter: »Entschuldige, aber da bist du leider schlecht informiert. In London, bei der letzten Versteigerung, hat ein 50 Jahre alter Scotch aus Churchills Keller über 12.000 Pfund eingebracht. Weil allein die Flaschen schon Sammlerwert haben.« Er machte wieder eine Pause und hörte sich die Einwände seines Partners an. Dann blaffte er unwillig: »Warum, warum? Weil ich unter Druck bin und das Geld sofort brauche!« Dann verließ er mit quietschenden Reifen die Einfahrt.

Der »Kaltenthaler Anzeiger« war zwar ein echtes Käseblatt, dachte Bürgermeister Wöller, als er seinen Wagen vor dem Rathaus parkte. Aber für ihn persönlich hatte er tausend Mal mehr Nutzwert als die dicke »Süddeutsche Zeitung«, die er am Wochenende ins Haus bekam. Gut, manchmal waren die Macher der Lokalpostille sogar mit seinen Auto-Annoncen überfordert. Aber mit der Meldung, die er heute Morgen gelesen hatte, machten sie sich doch mal wieder unverzichtbar: »Einmalige Gelegenheit: 120 Flaschen über 50 Jahre alter Klosterlikör gegen Höchstgebot abzugeben«, hatte im Anzeigenteil gestanden. »Anfragen unter Tel. ...« Wöller hatte die Nummer des Klosters sofort erkannt. Im Eilschritt kam er in sein Vorzimmer gelaufen, wo Marianne Laban gerade telefonierte. Als sie fertig war, begrüßte er sie mit dem schlichten Satz: »Haben Sie das schon gelesen, Frau Laban?« Damit hielt er ihr die Zeitungsannonce unter die Nase.
Marianne überflog die Anzeige mit der »einmaligen Gelegenheit«, konnte sich aber keinen Reim darauf machen. »Ja und?«, sah sie ihren Chef fragend an. Wöller rannte immer noch vor ihrem Schreibtisch auf und ab. »Ja und?«, äffte er sie nach. »Das ist die Nummer von den Nonnen! Die wollen sich damit gesund-

stoßen, ist doch klar!« – »Na, wunderbar«, meinte Marianne arglos, »dann können sie endlich ihre Schulden bezahlen, und alles ist in Butter.« Sie wusste, dass Wöller andere Absichten hatte. Aber seit der Sache mit ihrem Willy stand auch Marianne Laban voll hinter Schwester Lotte. Sie hatte ihr sogar schon nahe gelegt, sich als Bürgermeisterkandidatin aufstellen zu lassen. Leider wollte die Schwester nicht. Aber noch war nicht aller Tage Abend.

»Wenn die Schwestern erst mal so viel Geld haben, können sie auch die Auflagen für ihre Wochenend-Seminare erfüllen. Und dann gnade uns der Herr!«, redete Wöller weiter. Marianne Laban fragte noch einmal: »Ja und?« Doch Wöller verschwand bereits in seinem Zimmer. Über die Schulter rief er ihr noch zu: »Am besten, Sie rufen den Ludwig an! Er soll sofort bei mir antanzen!«

Marianne Laban war entsetzt über diese Wendung: »Den Gerichtsvollzieher?« Wöller nickte: »Wenn Sie oder ich unsere Rechnungen nicht bezahlen – dann kommt wer? Eben. Spätestens nach der dritten Mahnung klebt der Kuckuck am Fernseher.« Marianne Laban begriff allmählich: »Sie wollen die Flaschen pfänden lassen?!« Doch Wöller lächelte nur. »Was soll ich machen? Jetzt rufen Sie schon an!« Sprach's und machte dazu eine scheinheilige Geste, die besagen sollte, dass er den Gang der Dinge nicht verhindern konnte. Dann warf er die Tür zu, und Frau Laban nahm hinter ihrem Schreibtisch seufzend den Hörer ab.

In der Klosterküche warteten Felicitas und Agnes nervös auf den Ausgang des Gesprächs mit dem Auktionator. Als Lotte hereinkam, überfielen sie sie mit Fragen: »Und, was sagt er?« Lotte schüttelte den Kopf: »Ach, höchstens 20.000! Das ist einfach zu wenig! Gibt's noch Kaffee?« Felicitas wollte es genauer wissen: »Und? Hast du verkauft?« – »Nein!«, rief Lotte grantig. Diese Antwort hellte Felicitas Stimmung sichtlich auf. »Also, dann! Ich muss in die Klinik. Schönen Tag!« Danach schwebte sie fast hinaus zu ihrem Fahrrad.

Die Kaffeetasse in der Hand, ging Lotte ins Büro, wo Sophie schon wieder vor dem Computer saß. Um die Novizin wenigstens nützlich zu beschäftigen, gab sie ihr einen Auftrag. »Kannst du mir eine Aufstellung unserer laufenden Kosten machen?« – »Mit dem Computer ist das kein Problem«, antwortete Sophie, ohne vom Bildschirm aufzusehen. »Wann brauchen Sie sie? Ich muss nämlich noch mal ins Pfarrhaus.« – »Bis heute Abend!«, antwortete Lotte. »Ich möchte der Mutter Oberin den Investitionsplan präsentieren!« – »Wird gemacht«, nickte Sophie. Dann fiel ihr der Mann ein, der heute morgen aufgetaucht war. »Hat es eigentlich geklappt mit dem Auktionator?«, wollte sie noch wissen, bevor Lotte wieder auf Tour ging. »Leider nein«, gab ihr Lotte ehrlich Auskunft. »Er will uns 20.000 geben, mehr nicht.« Sophie war sofort in kämpferischer Stimmung. »Der will Sie reinlegen! Wie sind Sie überhaupt an ihn geraten?« Da musste Lotte lachen: »Er heißt Christlein. Und ich dachte, der Name klingt gut.« Sophie sagte nur: »Nomen est omen! Aber auch hier bestätigen Ausnahmen offenbar die Regel.« Lotte war fast schon ihrer Meinung. »Nur leider habe ich nicht lange Zeit, herumzusuchen, weil er heute noch Bescheid haben will. Sonst müssen wir bis zur Herbst-Auktion warten.« – » Der will uns das Fell über die Ohren ziehen!«, platzte Sophie heraus. Lotte zog die Augenbrauen hoch. Die junge Kollegin aber rief im Pfarrhaus an und bat, etwas später kommen zu dürfen. »Ich muss Buchführung machen«, entschuldigte sie sich beim Pfarrer. Und als sie aufgelegt hatte, sagte sie laut: »So, Herr Christlein, dann wollen wir doch mal sehen, wer da wen über den Tisch zieht!« Lotte hatte anderes im Sinn. Sie musste dringend mit Barbara reden, die seit Tagen vollkommen apathisch war und kaum noch aß. Erst wenn sie wusste, was wirklich in der Novizin vorging, würde es möglich sein, gemeinsam eine Lösung zu finden.

Barbara lag in ihrem Zimmer auf dem Bett. »Wie geht's dir heute?«, fing Lotte an und setzte sich am Fußende auf Barbaras Bettkante. Das Mädchen tat zunächst, als wäre sie allein im Raum. Sie sah einfach weiter zur Decke. »So kann es nicht wei-

tergehen«, sprach Lotte gegen die Stille an. »Aber ich nehme an, das weißt du selbst.« Diesmal nickte Barbara. »Kann ich dir helfen?«, wollte Lotte wissen. Es klang mütterlich. Doch Barbara schien den liebevollen Tonfall nicht zu hören. Jedenfalls schüttelte sie nur den Kopf. »Barbara!«, versuchte Lotte, eine Antwort von ihr zu bekommen. Doch die meinte nur: »Es wird schon irgendwie weitergehen. Ich muss einfach allein sein, eine Weile wenigstens, um mir über alles klar zu werden. Warum versteht das denn niemand?« Sie war mit den Nerven völlig am Ende.
Lotte sah, dass alles Reden keinen Sinn hatte. Die junge Frau würde schon selbst herausfinden, was das Richtige für sie war. Man musste ihr nur dringend die Schuldgefühle nehmen. »Eines noch, Barbara, dann lass' ich dich auch in Ruhe«, sprach Lotte sie noch einmal leise an. »Du musst wissen, dass Gott ein viel größeres Herz hat, als du glaubst. Und er verzeiht alles, sogar die Fehler, die wir uns selbst nicht verzeihen können.« Barbara sah sie nur ungläubig an. »Er liebt dich, Barbara«, sprach die Schwester weiter und nahm Barbaras Hand. »Und er möchte, dass du glücklich bist! So, und jetzt schau nicht so, sondern frühstücke erst mal was Ordentliches, ja?« Zum ersten Mal an diesem Tag zeigte Barbara wieder eine Spur ihres schüchternen Lächelns. Und wenig später ließ sie sich sogar nach unten in die Küche führen.
Schwester Agnes saß gerade am Küchentisch und schmökerte in alten Kochbüchern, als die beiden Mitschwestern eintraten. »Agnes«, rief Lotte mit demonstrativem Optimismus, »bist du so gut und machst Barbara ein deftiges Frühstück?« – »Für Barbara immer«, lächelte Agnes der zarten Novizin zu, »und wenn ich dir erst eine schöne Buchweizengrütze gekocht hab', dann geht's dir gleich besser, wirst schon sehen.« Lotte war schon fast wieder aus der Küche, doch das Wort »Buchweizengrütze« hatte sie noch gehört. Sie drehte sich noch einmal um und wiederholte mit Nachdruck: »Etwas Deftiges, Agnes!«
Gerade noch rechtzeitig fiel Agnes ein, dass Felicitas aus dem Krankenhaus angerufen hatte. »Ach, Lotte, Moment noch!«,

stoppte sie die umtriebige Mitschwester. »Felicitas hat einen gewissen Heinz Lehmann auf der Intensivstation. Der möchte dich sprechen!« Lotte nickte. »Lehmann? Der Gegenkandidat vom Wöller? Gut, ich kümmere mich drum.« Damit machte sie sich endgültig bereit zum Aufbruch. Zu Barbara gewandt sagte sie: »Falls du mich brauchen solltest: Du kannst jederzeit zu mir kommen! Das weißt du?« Barbara nickte.

Bürgermeister Wöller musste sich lange gedulden, bis Marianne Laban ihren Kopf durch die Tür steckte und den Gerichtsvollzieher Ludwig ankündigte. »Ja, wo stecken Sie denn so lange?«, begrüßte ihn Wöller. »Wir telefonieren seit Stunden hinter Ihnen her!« Ludwig war ein typischer Beamter, hager und korrekt gekleidet. Wöller sagte zu seiner Sekretärin: »Einen Kaffee für den Herrn, bitte!« – »Mit Milch und zwei Stücken Zucker«, ergänzte der, »und koffeinfrei, wenn es möglich ist!« Er war sich seiner Funktion durchaus bewusst, aber er konnte sich nicht erinnern, dass Wöller jemals so viel Aufhebens um ihn gemacht hätte. So fragte er misstrauisch: »Wollen Sie Ihre Schwiegermutter pfänden lassen? Oder warum dieser ganze Service?« Wöller lachte. »Schwiegermutter? Haha, sehr witzig!« Dann wurde er aber wieder ernst. »Nein, es geht um die Nonnen von Kaltenthal. Da ist meine Geduld jetzt endgültig am Ende. Dritte Mahnung, keine Reaktion.« Ludwig nahm die Kopien, die ihm Wöller vor die Nase hielt. »28.471 Euro?«, fragte er. »Mit Zinsen und Mahngebühren«, bestätigte Wöller. »Aber das ist doch sinnlos«, versuchte Ludwig realistisch zu bleiben. »Die sind doch arm wie Kirchenmäuse!« Wöller verneinte mit einem Lächeln im Gesicht: »Von wegen! Die sitzen auf einer Goldmine, Herr Ludwig! 120 Flaschen über 50 Jahre alter Kloster-Schnaps! Ich habe gerade einen alten Freund angerufen. Und der meint, wenn das Zeug nur noch halbwegs genießbar ist, kriegt man dafür gut und gern fünfzig- bis sechzigtausend! Also, gehen Sie hin und walten Ihres Amtes!« – »Zwangsvollstreckung?«, fragte Ludwig noch mal nach. »Egal«, beschied ihn Wöller, »jedenfalls müssen die Werte solange sichergestellt werden, bis die Rechnung an die Gemeindekasse beglichen ist!«

Man konnte dem braven Beamten gut ansehen, wie unangenehm ihm diese Aufgabe war. Aber wenn der Bürgermeister es verlangte ... »Na gut«, gab er nach, »mal sehen, ob ich das nächste Woche hinkriege.« Wöller unterbrach ihn erregt: »Sind Sie verrückt? Sie trinken jetzt Ihren Kaffee, und dann nichts wie hin!« Anschließend zeigte er Ludwig – genau wie vorhin Frau Laban – die Annonce: »Da – jede Sekunde zählt! Sonst ist alles weg, und die Gemeinde schaut in den Mond!« Doch Gerichtsvollzieher Ludwig ließ sich so leicht nicht beeindrucken. »Also, ehrlich, Herr Bürgermeister«, meinte er ausweichend, »heute geht es auf gar keinen Fall mehr!« Wöller wurde langsam ungeduldig. »In dem Fall darf ich Sie daran erinnern, dass auf meinem Tisch seit Wochen Ihr Antrag für den Bau einer Garage liegt! Und wie Sie wissen, ist das alles Auslegungssache, und unter gewissen Bedingungen wäre ich gern bereit, mich für Sie ins Zeug zu legen, wenn Ihr Antrag am Montag in der Sitzung des Baureferats ansteht.« Ludwig sah ein, dass er gegen diesen Mann wenig Chancen hatte. »Na gut«, meinte er, »aber erst nach Feierabend!«

Auktionator Hans-Peter Christlein war sich seiner Sache sicher. Es könnte nicht lange dauern, dachte er, dann würde sich die Nonne bei ihm auf dem Handy melden. Wo sollte sie so schnell ein besseres Angebot auftreiben? Der Sieg war ihm zu 90 Prozent sicher. Damit wären dann auch seine Probleme größtenteils gelöst! Siegesgewiss beschloss Christlein spontan, gar nicht erst nach München zurückzufahren, sondern sich zuerst mal einen schönen Schweinebraten im Gasthaus von Kaltenthal zu gönnen. So einen Schweinebraten mit einer richtigen Kruste bekam man ja heutzutage nur noch auf dem Land, dachte er.

Schon wegen dieses Nebenaspekts fand Christlein den heutigen Tag bisher gar nicht so schlecht. Er setzte sich also in die Gaststube und ließ sich wenig später sein Essen schmecken. Danach stand er auf, um sich mit einem Bier am Flipper noch ein wenig zu entspannen. Er hatte ja alle Zeit der Welt, dachte Christlein.

Lotte war eben im Krankenhaus angekommen. Was der Anruf von Heinz Lehmann wohl zu bedeuten hatte? Hoffentlich war seine Erkrankung nicht so schwer, dass er die Kandidatur hinschmeißen wollte! Unruhig ging Lotte in der Warteecke der Station auf und ab. Da näherte sich endlich Felicitas mit wichtiger Miene. »So, Lotte, der Oberarzt meint, du kannst jetzt zu ihm!«, sagte sie und führte sie zu Lehmanns Krankenzimmer. »Aber höchstens fünf Minuten. Und du musst etwas lauter mit ihm reden: So ein Hörsturz beeinträchtigt die Gehörgänge!« Lotte nickte und betrat das Zimmer.
Heinz Lehmann saß aufrecht in seinem Bett. Er war an mehrere Apparate angeschlossen, anscheinend verabreichte man ihm gerade eine Infusion. Ansonsten aber sah er gar nicht so schlecht aus, wie Lotte befürchtet hatte. Als sie an sein Bett trat, lächelte er sogar und sagte: »Hallo, Schwester!« – »Grüß Gott, Herr Lehmann!« erwiderte Lotte freundlich. »Ja, was machen Sie denn für Sachen?« – »Halb so wild«, versuchte Lehmann seine Krankheit herunterzuspielen. Felicitas, die an der Tür aufpasste, warf laut ein: »Na na, mit so was ist nicht zu spaßen!« Durch den Satz war auch Lehmann ihre Anwesenheit aufgefallen, und er bat: »Kann ich Schwester Lotte kurz unter vier Augen sprechen?« – »Bitte«, meinte Felicitas sichtlich beleidigt, »aber nur fünf Minuten!«
Als die Tür wieder geschlossen war, rückte Lehmann mit seinem Anliegen heraus: »In einer Woche bin ich wieder auf dem Damm, meint der Doktor, aber ich bin mir klar darüber, dass das ein Schuss vor den Bug war. Ich glaube, ich hör' auf, Schwes-

ter. Mit der Politik. Und mit der Firma. Soll sich mein Sohn damit rumärgern!« Lotte begann zu verstehen: »Dann ...« Lehmann setzte ihren Gedanken fort: »Dann hat Wöller freie Bahn, genau! Weil wohl kaum einer von den anderen Hanseln den Mumm hat, gegen ihn anzutreten, so kurz vor der Wahl!« Lotte wusste, worauf er hinauswollte. »Und jetzt haben Sie auch diese verrückte Idee wie Frau Laban, dass ich ...« Sie sah ihn grimmig an. »Stimmt, die Frau Laban hat mich drauf gebracht«, gab Lehmann zu. »Zuerst hab' ich gedacht, dass sie jetzt anfängt zu spinnen! Aber je länger ich drüber nachdenke, desto mehr gefällt mir der Plan!«

Lotte schüttelte den Kopf: »Ja, sind denn in diesem Nest jetzt alle übergeschnappt!« Sie hatte Frau Laban nun schon mehrmals unmissverständlich gesagt, dass sie als Kandidatin für das Amt des Bürgermeisters nicht zur Verfügung stand. Aber statt endlich aufzuhören, zog die ihre Kreise nur noch weiter! »Das ist doch wirklich absurd«, redete sie weiter. Doch Lehmann unterbrach sie sofort: »Dass Sie das Zeug dazu haben, das haben Sie schon bewiesen! So schnell wie Sie hat dem Wöller noch niemand den Schneid abgekauft!« In seiner Stimme schwang ein großes Stück Bewunderung mit. Doch Lotte schüttelte nur den Kopf: »Ach was!« Lehmann faltete nun demonstrativ die Hände und meinte: »Bitte, bitte, Schwester! Sonst klotzt der Wöller mit seinem Spezl Huber doch sein dämliches Kongresszentrum auf Ihr Kloster! Die Rechnung zahlen jedenfalls Sie und die Gemeinde!«

Das war Lotte klar. »Ich weiß«, stimmte sie ihm zu, »aber selbst wenn ich so verrückt wäre, auf Ihr Angebot einzugehen, kann ich das nicht selbst entscheiden!« Lehmann lächelte schon wieder. Mit der Erwähnung des Kongresszentrums hatte er bei der Schwester einen Nerv getroffen, das wusste er. »Dann reden Sie halt mit Ihren Oberen«, meinte er. »Wenn Sie wirklich etwas wollen, dann hat doch eh' keiner eine Chance!« Lotte sah gar nicht so froh aus bei diesen Worten. Fast grimmig meinte sie: »Na ja, ich setz' mich oft durch. Nur leider nicht immer zu meinem

Besten!« Heinz Lehmann sah auf die Uhr und streckte dann die Hand aus: »Überlegen Sie es sich!« – »Gut«, versprach ihm Lotte, »aber deswegen dürfen Sie trotzdem gesund werden!«
In dem Moment streckte auch schon Felicitas ihren Kopf zur Tür rein und zwitscherte förmlich: »Schwester Lotte!« Worauf sie ihm schnell noch gute Besserung wünschte und dann den Raum verlassen wollte. »Lassen Sie sich von Schwester Felicitas meine Nummer geben!«, rief ihr Lehmann noch nach. »Sie können Tag und Nacht hier anrufen. Ich schlaf' sowieso kaum.« – »Mach ich«, versprach sie und schloss die Tür. Lehmann rieb sich vergnügt die Hände. Und leise sagte er zu sich selbst: »Das wäre ein echter Hammer!«
Als Lotte wieder in den Klosterhof einbog, waren die Jugendlichen gerade damit beschäftigt, die Holzkisten mit dem Klosterlikör vom Keller in den Hof zu transportieren. Sie mussten ganz schön geschleppt haben, sah Lotte – einigen stand der Schweiß auf der Stirn. Doch immerhin kam Manni sofort mit positiven Nachrichten zu ihrem Auto: »Fast fertig! Jetzt sind nur noch ein paar lose Flaschen unten!« Lotte lächelte ihn dankbar an: »Super, Manni, vielen, vielen Dank! Dann könnt Ihr jetzt aufhören. Die losen Flaschen behalten wir zur Erinnerung!« Damit ging sie ins Haus.
Dort fand Lotte nur noch Agnes vor, die in der Küche immer noch ihre alten Kräuterbücher durchblätterte. »Sophie musste ins Pfarrhaus«, sagte sie kurz. »Aber sie lässt ausrichten, dass du den Kräutergeist auf keinen Fall Herrn Christlein verkaufen sollst. Sie meint, Sie hätte was Besseres!« Lotte sah Agnes ungläubig an: »Und was, bitte?« – »Keine Ahnung«, sagte Agnes schulterzuckend, »jedenfalls hat Christlein mittlerweile bestimmt schon dreimal angerufen. Und bittet dringend um deinen Rückruf!« Lotte nickte. Mit einem Apfel in der Hand verzog sie sich hinter den Schreibtisch und sah auch schon Sophies ausgedruckte Kostenaufstellung. Das hatte sie wirklich fein gemacht, fand Lotte. Dann nahm sie Christleins Visitenkarte und wählte seine Handynummer. Christlein nahm sofort ab:

»Na endlich! Gerade wollte ich zurück nach München!« Lotte sagte lächelnd: »Das können Sie gerne machen, weil wir erst noch andere Angebote prüfen, Herr Christlein!« Der Mann musste offenbar erst schlucken, bis er etwas sagen konnte. Dann stammelte er: »Was? Warum?« Lotte blieb kühl: »Vorerst mal vielen Dank für Ihre Bemühungen. Wir werden gegebenenfalls auf Ihr Angebot zurückkommen!« Christlein sah bereits all seine Felle davonschwimmen. »Moment mal, Schwester«, bemühte er sich um seinen gewohnt professionellen Tonfall, »ich war inzwischen auch nicht untätig und habe meine Kontakte spielen lassen. Und jetzt halten Sie sich fest: Ich bin autorisiert, Ihnen 30.000 anzubieten für die ganze Lage!« Worauf Lotte meinte: »Das klingt doch schon viel besser! Von wem?« – »Der Käufer möchte anonym bleiben«, antwortete Christlein. »Und er besteht darauf, dass ich die Ware heute noch übernehme. Ist das irgendwie zu machen?« Lotte zögerte. »Das ginge, ich habe die Kisten schon im Hof bereitstellen lassen.« Dann fragte sie: »30.000 in bar?« – »So gut wie«, gab Christlein Auskunft, »per Barscheck vom Auktionshaus Müller, Lebsanft und Christlein. Passen Sie auf, ich komme jetzt vorbei, und wir machen den Vertrag!« Doch jetzt dachte Lotte wieder an Sophie und sagte: »Seien Sie mir nicht böse, Herr Christlein, aber das geht mir alles zu schnell! Ich überschlafe das lieber noch mal und rufe Sie morgen wieder an, ja?« – »Schwester!«, rief der Auktionator in sein Handy. Doch Lotte hatte schon aufgelegt.

Bitterböse war Christlein, als er ins Kloster zurückfuhr. Dieses Geschäft würde er sich nicht entgehen lassen, egal was passierte. Er brauchte das Geld! Und tatsächlich, auf dem Hof standen die Kisten fein säuberlich aufgestapelt. Christlein wurde übermütig. Er öffnete die Heckklappe seines Kombis, packte die erste Kiste und stemmte sie in den Wagen. Und so machte er weiter, hoch konzentriert und keuchend, und bemerkte gar nicht, dass er beobachtet wurde. Und zwar von Agnes, die im

Garten Beete harkte. Zuerst traute sie ihren Augen nicht. Hatte Lotte nicht erzählt, dass sie das Geschäft mit einem anderen Auktionator machen wollte? Sie rannte ins Haus und suchte aufgeregt nach der Mitschwester.
Lotte war gerade in der Kapelle, um sich wieder einmal Rat bei ihrem »Lebensgefährten« zu holen. »Du verstehst sicher, was ich meine«, sprach sie leise vor sich hin. »Mit 30.000 komme ich nicht weit. Und zum nächsten Seminar haben sich auch wieder nur fünf Leute angemeldet. Das ist zwar mehr als beim ersten Mal, aber zu wenig, um die Mutter Oberin zu überzeugen. Aber dass ich mich deshalb zur Wahl aufstellen lassen soll – das ist es doch auch nicht wert, oder?« Sie machte eine Pause und blickte zum Kreuz am Altar. »Ich würde mich doch nur dem Gespött der Leute aussetzen. Und dann die ganzen Intrigen in diesem entsetzlichen Job! Ach!«, seufzte sie, »ich kann dich nur zitieren: »Lass diesen Kelch an mir vorübergehen!« Sie schlug die Hände vors Gesicht. Wenn er nur endlich antworten würde, dachte sie, damit sie wüsste, wie es weitergehen sollte.
Doch statt einer Eingebung kam jetzt Agnes zu ihr geeilt. »Schnell, Lotte«, flüsterte sie, »der Herr Christlein lädt unten die ganzen Kisten ein!« Lotte sprang auf. »Oder hast du sie nun doch verkauft?«, fragte Agnes. Da war Lotte schon an der Tür und meinte nur: »Dieser Schlawiner!« Sie kam gerade noch rechtzeitig. Christleins Kombi war fast voll geladen. Gerade wuchtete er noch eine letzte Kiste in den Kofferraum. Da sprach Lotte ihn von hinten mit schneidender Schärfe an: »Moment mal, Herr Christlein! Was geht hier eigentlich vor?« Christlein hüstelte und meinte: »Ach, Schwester Lotte! Ich dachte, ich lade schon mal ein!« Lotte war ziemlich sauer. »Sagen Sie – sind Sie eigentlich schwer von Begriff? Ich habe mich doch deutlich ausgedrückt, oder? Falls Sie es aber nicht verstanden haben, wiederhole ich gerne noch mal: Nein!« Sie lächelte ihn böse an: »Und jetzt laden Sie das alles gefälligst wieder aus, aber dalli!«
»Schwester«, versuchte Christlein sich wichtig zu machen, »jetzt hören Sie doch erst mal, ich hab' noch mal mit dem Kunden

telefoniert. Und der ist mittlerweile auf 40.000 hochgegangen. Aber das ist sein letztes Wort.« – »Vierzig?«, fragte Lotte misstrauisch. »Genau!«, nickte Christlein. »Und das nur, weil er die Flaschen haben will. Der Inhalt interessiert ihn gar nicht. Sie haben das große Los gezogen, Schwester! Mehr kriegen Sie nirgends. Und jetzt schreib' ich Ihnen Ihren Scheck aus!« Er zückte sein Scheckbuch. Agnes war von hinten an Lotte herangetreten. »40.000! Mensch, Lotte! Und wenn ich das Rezept finde, dann können wir uns den Schnaps wieder selber machen!« Lotte hörte gar nicht zu, weil in diesem Moment noch ein Wagen auf den Hof fuhr. Ein Mann mit Aktentasche stieg aus. Mit großen Schritten ging er auf die kleine Gruppe im Hof zu. Christlein sagte gerade: »Hier, spätestens am Montag haben Sie das Geld dann auf Ihrem Konto!«, da war der neue Besucher schon zwischen ihn und Lotte gesprungen – und schnappte sich den fertig unterzeichneten Scheck. »Tut mir Leid«, sagte er, »das geht leider nicht. Die Ware ist vorläufig beschlagnahmt und Eigentum des Gläubigers – der Gemeinde Kaltenthal.« Dann stellte er sich mit zackigem Gruß vor: »Gestatten? Ludwig, mein Name, Gerichtsvollzieher.« Und während er noch redete, fummelte er in seiner Aktentasche, zog das Formular heraus und drückte es Lotte in die Hand.

Christlein hatte als erster seine Sprache wiedergefunden: »Zwangsvollstreckung?«, meinte er empört. »Schwester, sagen Sie, dass das nicht stimmt!« – »Doch«, erklärte Ludwig, »und jetzt muss ich Sie bitten, die Ware wieder auszuladen und sachgemäß zu lagern, bis der Bescheid aufgehoben ist.« Lotte war immer noch fassungslos. »Herr, äh«, begann sie mühsam. »Ludwig«, sagte Herr Ludwig. »Herr Ludwig, also, das muss ein Missverständnis sein. Wir wollen doch gerade eben verkaufen, um unsere Rechnungen bezahlen zu können.« – »Genau«, nickte Cristlein eifrig, »pfänden Sie doch den Scheck oder das Konto der Damen!« Doch Ludwig schüttelte nur bedauernd den Kopf. Es war ihm anzusehen, wie unangenehm ihm dieser Job war. »Das geht leider nicht«, sagte er sachlich. »Es steht Ihnen

aber frei, die Lage in einem Eilantrag an die Gemeinde klarzustellen. Bis dahin sind mir, äh, die Hände gebunden!«
Lotte nickte resigniert. Dann sah sie ihn direkt an und meinte: »Seien Sie ehrlich, Herr Ludwig! Da steckt doch unser Bürgermeister dahinter, oder?« Ludwig zuckte verlegen die Schultern. Diese Reaktion genügte Lotte schon. Sie zog ihre Autoschlüssel aus der Tasche und setzte sich blitzschnell in Richtung Mercedes in Bewegung. Über die Schulter hinweg rief sie: »Die Kisten bleiben auf dem Wagen, ich bin in spätestens einer Stunde wieder da!« Der alte Motor heulte auf – und Lotte war zum Hof hinaus. So konnte Ludwig ungeniert seines unangenehmen Amtes walten: Er zog die Pfändungsmarken aus der Aktentasche und pappte je eine auf die Kisten.

Diesmal fuhr Lotte gar nicht erst auf den Besucherparkplatz des Autohauses Wöller, sondern parkte direkt vor dem Eingang. Sie war entsetzlich geladen. Sie musste sich enorm zusammenreißen, dass sie nicht gleich von Anfang an laut wurde, dachte sie noch. Dann stiefelte sie mit festen Schritten in den Verkaufsraum, wo Wöller gerade höchstpersönlich ein Ehepaar bediente. Wobei das Wort »bedienen« für Wöllers Verkaufsstil fast untertrieben war, fand Lotte, als sie hörte, wie er seine potentiellen Kunden einseifte. »Und nicht zu vergessen, die Liegesitze! Und die Airbags! Und weil Sie es sind, Herr Studienrat, lege ich noch einen CD-Wechsler obendrauf!« Dazu machte Wöller machte eine so devote Geste, als stünde der Ministerpräsident persönlich vor ihm. »Das sind noch mal fünfhundert, die Sie da sparen!«
»Herr Wöller!«, unterbrach Lotte jetzt rücksichtslos seine Verhandlung. »Ich muss Sie sofort sprechen! Tut mir Leid!« Wöller reagierte scheinheilig: »Bitte, Schwester Lotte, sonst gern. Aber jetzt im Moment geht es nicht. Sie sehen doch, Herr und Frau Studienrat Kärcher sind gerade dabei, die wichtigste Entscheidung ihres Lebens zu treffen«, lachte er künstlich. »150

oder 200 PS, haha!« Lotte hatte für diese Art von Humor aber momentan überhaupt keinen Sinn. Knallhart sagte sie zu dem Ehepaar: »Wie? Sie wollen tatsächlich dieses Auto kaufen? Das steht ja schon seit Monaten hier rum! Außerdem«, dazu las sie laut den Sticker, der auf der Scheibe angebracht war, »ist es auch noch vom letzten Jahr!« Wöller fing hektisch an zu lachen: »Die Schwester Lotte! Immer zu einem Scherz aufgelegt.« Dann wandte er sich wieder seinen Kunden zu und riss die Fahrertür auf: »Warum setzen Sie sich nicht mal hinters Steuer, probehalber? Ich bin in zehn Sekunden wieder für Sie da!«

Damit führte er Lotte geschwind in sein Büro. »Sagen Sie mal, sind Sie übergeschnappt? Sie können mir doch nicht die besten Kunden vergraulen!« Lotte blieb unerbittlich: »Ich kann noch ganz anders«, sagte sie drohend. Wöller schloss eilig die Tür. »Zum Beispiel kann ich heute noch zur Zeitung gehen und Ihre Machenschaften ans Licht der Öffentlichkeit bringen«, redete Lotte weiter. »Machenschaften?«, wiederholte Wöller scheinbar ahnungslos. »Sie können mich doch nicht dafür verantwortlich machen, dass Sie Ihre Schulden nicht bezahlen!« – »Also doch«, lächelte Lotte, »ich hab' ja gewusst, dass Sie dahinter stecken!« – »Wie?«, machte Wöller. »Na, dass der Gerichtsvollzieher bei uns auftaucht – just in dem Moment, wo wir an Geld kommen könnten!« – »Ich hab' keine Ahnung, wovon Sie reden«, versuchte sich Wöller rauszumogeln. »Ja, das glaub' ich!« Lotte war wirklich auf 180. »Dass wir kurz davor sind, genug Geld zu erlösen, um auf die Füße zu kommen, passt Ihnen natürlich nicht in den Kram.« Wöller zuckte mit den Schultern. »Also, ehrlich, Schwester, vielleicht sollten Sie mal zum Arzt gehen – das grenzt ja an Verfolgungswahn!« Lotte schüttelte den Kopf: »Der Gerichtsvollzieher steht bei uns auf dem Hof. Das ist garantiert keine Wahnvorstellung von mir. Den haben Sie geschickt!« Wöller nickte: »Der Gerichtsvollzieher kommt nun mal in jeden Haushalt, der auf die dritte Mahnung nicht reagiert, Schwester!« Lotte blies die Backen auf, dann meinte sie gelassen: »Von mir aus. Aber wie sollen wir die Rechnungen bezahlen, wenn Sie uns das Geld wegnehmen? Das ist doch hirnverbrannt!« Wöller lächelte bescheiden. »Stimmt. Eine verzwickte Frage. Ich bin aber gerne bereit, sie auf die Tagesordnung setzen zu lassen. Gleich für die erste Sitzung nach den Wahlen!«

Lotte starrte Wöller entgeistert an. Was zu viel war, war zu viel. Und wenn sie bis eben noch unentschlossen gewesen war, ob sie sich als Gegenkandidatin aufstellen lassen sollte, so war dies nun ein deutliches Zeichen des Himmels, dass man diesem Mann das Handwerk legen musste. Und wenn sonst keiner wollte, dann musste sie eben in den Ring steigen, das war ihr jetzt klar. Aber auf die Nase binden würde sie ihm das natürlich noch lange nicht. Sie grub das Kriegsbeil lieber leise aus. Laut antwortete sie ihm nun in Form eines afrikanischen Sinnspruchs: »In Nigeria gibt es einen Spruch, der auf Ihre Situation genau passt. Denken Sie mal darüber nach. Er lautet: Wer lange genug am Ufer sitzt, sieht seine Feinde alle irgendwann als Wasserleichen vorbeitreiben!« Wöller blickte sie an wie ein Ochse. Natürlich hatte er kein Wort davon verstanden. Doch Lotte war schon an der Tür und ging grußlos wieder durch das Autohaus hinaus.

Im Verkaufsraum war es inzwischen ebenfalls zu einer Entscheidung gekommen. »Meine Frau meint, wir sollten vielleicht noch ein wenig abwarten, bis das neue Modell rauskommt«, gab der Studienrat freundlich, aber deutlich bekannt. »Wir kommen dann in einem halben Jahr wieder vorbei. Wiedersehen, Herr Wöller!«

Im Refektorium war Auktionator Hans-Peter Christlein inzwischen dabei, vor der versammelten Schwesternschaft zu beichten. Alles wollte er los werden, die ganze unangenehme Geschichte, warum er so scharf auf den Klostergeist und das Geld war, die Spielschulden und all die unglücklichen Zufälle, in denen er, Christlein von anderen Händlern über den Tisch gezogen war. »Bei Auktionen läuft nun mal viel über Bargeld ab«, begann er. »Und dann waren an einem Abend leider fast Hunderttausend in der Kasse.« – »Was? Die haben Sie komplett verspielt?«, fragte Agnes entsetzt. Aus der Sicht der armen Schwester waren 100.000 Euro ein Vermögen. Christlein nickte. »Und mit unserem Klostergeist wollten Sie sich wieder sanieren?« Sogar die stille Barbara begann sich darüber zu echauffieren. »Was sollte ich denn machen?«, verteidigte sich Christlein schwach, »da herrschen raue Sitten, in der Szene!« Nun war auch Lotte dazugekommen und wollte wissen, was der Mann da eigentlich erzählte. »Spielschulden!«, fasste Agnes das eben Gehörte zusammen, »Und zwar Hunderttausende!« Sophie triumphierte: »Ich hab's doch gesagt! Unsere Flaschen sind wesentlich mehr wert!«

»Sie wollten uns also betrügen«, sprach Lotte Christlein direkt an. »Ohne meine Verbindungen hätten Sie nie mehr gekriegt!«, verteidigte sich der gebeutelte Auktionator schwach. Lotte schwante Schlimmes. »Mit anderen Worten: Sie hätten von Ihrem mysteriösen Auftraggeber über 100.000 kassiert?« Christlein zuckte wieder nur die Schultern. »Die Typen brechen mir alle Knochen im Leib, wenn ich nicht zahle!«, sagte er apathisch. »Bitte, Schwester! Haben Sie Erbarmen!«

Lotte setzte sich Christlein gegenüber an den Tisch und meinte: »So, jetzt noch mal von vorn. Und zwar so, dass ich mitkomme. Sie haben also Schulden.« Christlein atmete tief ein und wiederholte seine Geschichte vom begabten Auktionator, der auf die schiefe Bahn geraten war.

Lotte wusste sich auch keinen Rat mit dieser Geschichte. Einerseits wollte sie dem Mann gern helfen, andererseits konnte sie unter diesen Umständen doch nicht an ihn verkaufen. Zögernd machte sie ihm einen Vorschlag: »Sie gehen jetzt hinunter in unsere Kapelle. Dort können Sie bleiben, so lange Sie wollen. Wenn Sie beten wollen, tun Sie's. Aber Sie müssen nicht. Vielleicht hilft es auch einfach, ein Weilchen dazusitzen und die Gedanken zu ordnen. Kommen Sie, ich zeige Ihnen den Weg.« Christlein setzte zuerst ein verdutztes Gesicht auf, aber dann willigte er ein und trottete hinter Lotte her Richtung Kapelle.

Als Lotte wieder ins Haus kam, hörte sie schon im Flur Sophie laut aus dem Büro rufen: »Schaut euch das an, das ist der totale Wahnsinn!« Die junge Kollegin hatte den Klosterschnaps inzwischen bei einer Internet-Auktion angeboten. Und offensichtlich war die Nachfrage größer als erwartet. Sophie konnte sich kaum ruhig halten. »Schwester Lotte, da bietet einer tausend Dollar pro Flasche!« Lotte glaubte erst, ihre Novizin wäre jetzt übergeschnappt. »Was? Bei dir noch alles in Ordnung, Sophie?«, fragte sie besorgt. »Jaaaaa!«, brüllte Sophie. Lotte stellte sich neben sie und starrte verständnislos auf den Bildschirm. »Ein Schnapsfabrikant aus Texas! Ich brauche nur auf ›Enter‹ zu drücken, dann ist der Deal perfekt! Soll ich?« – »Ja, wie?«, fragte Lotte, immer noch völlig verwirrt. »Meinst du wirklich, dass wir das Geld je zu sehen bekommen?« – »Klar«, jubelte Sophie, »das läuft über die Auktions-Website. Und überhaupt, er kriegt die Ware erst, wenn er bezahlt hat! Bitte! Das klappt schon.« – »Na gut«, sagte Lotte, »besser als nichts!« Mit ihrem Segen drückte Sophie nun die Enter-Taste. Da zeigte der Schirm auch schon die Bestätigung an: »Sold!«, stand da. Und Sophie nickte geschäftstüchtig: »Verkauft. Ich drucke nur schnell die Bestätigung aus.«
War es Telepathie? Oder einfach Intuition? – Jedenfalls stand plötzlich Felicitas im Nachthemd bei den beiden Mitschwestern und fragte blass: »Verkauft? Wirklich?« Sophie und Lotte sahen sie mitleidig an. »Ja, für 1000 Euro die Flasche. Das sollte dir den Abschied etwas versüßen!« Felicitas starrte Lotte an. Dann wandte sie sich abrupt ab. Gepresst stieß sie ein »Na, denn gute Nacht!« hervor.
Da fiel Lotte noch die Kandidatur fürs Bürgermeisteramt ein. »Moment«, hielt sie Felicitas auf, »da ist noch was: Man hat mich gefragt, ob ich mich als Gegenkandidatin von Wöller bei der

Bürgermeisterwahl aufstellen lassen würde.« Die anderen sahen sie sprachlos an. »Ich hab' natürlich abgelehnt. Ich bin Nonne und will Nonne bleiben!« – »Schade«, fand Agnes, die als letzte dazugestoßen war, als erste ihre Sprache wieder. »Wie bitte?«, rief Felicitas empört. Aber Agnes erklärte ganz sachlich: »Die Wahl würde sie wohl nicht gewinnen, aber es wäre doch eine gute Werbung für unsere Sache!« Felicitas schüttelte nur noch den Kopf und maulte: »Meine Zustimmung kann ich dazu nicht geben!« – »Wirst du aber!«, gab ihr Agnes lächelnd Contra. »Und weißt du auch warum?« Felicitas schüttelte mit Panik im Blick den Kopf. »Weil du dein ganzes Leben lang hier gelebt hast und nachts gar nicht schlafen kannst vor Angst, dass sie aus dem Kloster ein Kongresszentrum machen und du dann weg müsstest nach München oder Köln! Darum, Felicitas!« So keck hatte man die stille Küchenschwester noch nie reden hören!
Sophie war die nächste, die sich sofort hinter Lotte stellte: »Also, ich fänd's irgendwie cool!«, lachte sie. Lotte freute sich natürlich insgeheim über die Zustimmung der beiden. Doch nach außen hin hielt sie es vorläufig für besser, erst mal wieder zurückzurudern. »Hört schon auf, über ungelegte Eier zu streiten!«, befahl sie. Doch Agnes hatte jetzt Blut geleckt. »Nein!«, rief sie engagiert aus. »Jeder glaubt doch hier, mit uns machen zu können, was er will! Immer sollen wir demütig und gehorsam sein! Da wäre es doch mal toll, den Spieß umzudrehen!« Felicitas blieb bei ihrem ablehnenden Blick. Arrogant sagte sie zu Agnes: »Ich glaube, von Politik verstehst du nichts!« Doch Agnes war nicht mehr zu bremsen. Sie wollte die Revolution. »Wenn Schwester Lotte nicht gekommen wäre, gäbe es uns jetzt schon lange nicht mehr!«, provozierte sie. Die Novizin nickte dazu. Lotte hielt sich ganz raus. Nur Felicitas verteidigte noch ihre Chefin: »Die Mutter Oberin weiß schon ...«, fing sie an. Doch Agnes schnitt ihr schon wieder das Wort ab: »Genau, für die sind wir auch nur finanzieller Ballast. Wenn es nach ihr ginge, wären wir längst verkauft.« Sie nickte vor sich hin, dann sagte

sie zu Lotte: »Selbst wenn deine Kandidatur gar nichts bewirkt, dann haben wir wenigstens nicht zu allem ›Ja und Amen‹ gesagt!« Doch Felicitas wollte unbedingt Recht behalten. In Lottes Richtung sagte sie: »Nein, wirklich, ausgeschlossen, Lotte!« Die hatte langsam genug von der fruchtlosen Diskussion. »Ich hab' ja gesagt, ich will nicht! Und ich kann das auch gar nicht. Aber dank dir, Agnes, dass du mir so was zutrauen würdest!« Agnes nickte. Sie hatte von Schwester Lotte in der kurzen Zeit schon eine ganze Menge gelernt.
Felicitas brauchte nun dringend einen Schluck von ihrem Nervengeist. Zum Glück stand da noch die Probierflasche, aus der heute Morgen schon Christlein gekostet hatte. Ungeniert nahm sie die Flasche und schraubte sie auf. Sophie kam sofort heran und fragte: »Darf ich auch einen Schluck?« Als ihr das Glas gereicht wurde, machte sie genießerisch die Augen zu und meinte lächelnd: »Wenn man bedenkt, dass ein Schluck rund 200 Euro wert ist!«
In dem Moment hörte man, wie draußen auf dem Hof eine Kofferraumtür zugeschlagen wurde. Lotte war sofort alarmiert: »Was war denn das?«, fragte sie und war schon zur Tür hinaus. Sophie rannte ihr nach und kapierte als erste, was da vor sich ging: »Der Christlein!«, rief sie entsetzt aus. »Das darf doch nicht wahr sein!« Der ganze Besitz von Kloster Kaltenthal befand sich noch immer hinten auf seinem Wagen! Man sah gerade noch, wie er hektisch den Kombi anwarf, dann preschte er zur Einfahrt hinaus. Lotte war ehrlich enttäuscht von diesem Mann mit dem verheißungsvollen Namen.
»Dieser Dreckskerl!«, fauchte Sophie. Doch Lotte rief sie zur Ordnung: »Nicht, Sophie!« – »Ist doch wahr«, fand Sophie. »Jetzt müssen wir natürlich die Polizei verständigen!« Doch Lotte sagte nur: »Nein!« Sie legte ihr beruhigend den Arm um die Schultern und zog die Novizin ins Haus. »Schau«, meinte Lotte, »wir haben getan, was wir konnten! Jetzt ist ein anderer dran!« – »Gott?«, fragte Sophie etwas dümmlich. »Ich glaube, das haut nicht hin. Er ist so weit weg!«, schniefte sie. Doch Lotte

blieb dabei: »Nein, Sophie, im Gegenteil: Er ist so nah, dass wir ihn oft übersehen!«

Christlein raste wie der Teufel durch die kleine Stadt. Nur raus aus dem Kaff, dachte er, und zwar so schnell wie möglich! Dabei fühlte er sich grottenschlecht. Sein Magen knurrte. Mit den Händen trommelte er nervös irgendwelche Rhythmen auf dem Armaturenbrett. Natürlich wäre es ihm lieber gewesen, heute Nacht noch in aller Ruhe im Kloster zu übernachten und morgen wieder nach München zurückzufahren. Doch was würde ihn dort erwarten? Ihm war klar, dass er alles auf eine Karte setzen musste. Auch wenn er dadurch noch mehr in die Bredouille kam. Wie sollte das nur mit ihm weitergehen? Jetzt war er auch noch zum Dieb geworden, dachte er verzweifelt. Da kam die rote Ampel, direkt am Marktplatz. Direkt vor der Polizeistation. Christlein musste voll bremsen. Als es grün wurde, wollte er gleich wieder lospreschen. Doch vor lauter Hektik gab er wohl zu viel Gas – und sein teures Auto soff einfach ab. So war er noch keine fünf Minuten vom Kloster weg, als auch schon der Polizist Meier auf dem Motorrad neben ihm auftauchte und genüsslich grinsend meinte: »'n Abend, der Herr! Kann ich Ihnen vielleicht behilflich sein?«

Neuntes Kapitel

Die junge Frau saß im Fond des Taxis und hing ihren schweren Gedanken nach. Sie hatte sich nicht angemeldet und konnte nur hoffen, dass Sophie noch in diesem Kloster war. Möglicherweise hatte man sie ja schon versetzt? Ach, nein, Sophie musste einfach da sein und ihr helfen. Sophie war immer für sie da gewesen! Plötzlich riss sie der Taxifahrer aus ihren Tagträumen, und sagte: »Bitte sehr, Madame, da wären wir!« Die junge Frau betrachtete neugierig durch die Fensterscheibe die ländliche Idylle, in der Sophie nun lebte. Einen alten Garten sah sie und ein efeubewachsenes Gutshaus. Sonst war auf dem Hof des Klosters kein Mensch. »Warten Sie hier auf mich!«, beauftragte sie den Fahrer. Dann stieg sie aus und ging zur Pforte. Lotte hatte den Besuch von ihrem Schreibtisch aus schon gesehen und öffnete die Tür, noch bevor die Frau klingeln konnte.

Es war eine auffallend hübsche Person, die sich da in ihr Kloster verirrt hatte. »Die hat schon einige Männer auf dem Gewissen«, dachte Lotte für den Bruchteil einer Sekunde. Ein kurzes Pelzjäckchen hatte sie an und einen aufreizenden Minirock, der ihre langen Beine noch länger machte. »Guten Tag«, grüßte Lotte, »wie kann ich Ihnen helfen?« Die Frau wurde etwas verlegen und stammelte: »Entschuldigen Sie die Störung. Mein Name ist Eva Manger. Ich muss ganz dringend Sophie sprechen. Ich, äh, komme aus München!« Lotte sah sie erstaunt an und fragte: »Mit dem Taxi?« Das Mädchen musste ja ein Vermögen für die Fahrt bezahlt haben! Doch die Frau überging die Frage und wiederholte nur: »Bitte, ich muss Sophie sprechen! Wir sind zusammen zur Schule gegangen. Und sie ist meine einzige

Freundin!« – »Schon recht, kommen Sie mit«, sagte Lotte und führte sie ins Haus.
Sophie verbrachte ihre freie Zeit wieder einmal vor dem Computer, das hatte Lotte vorhin genau gesehen. Doch als sie sie rief, bekam sie keine Antwort. Sophie hatte sich nämlich von Manni Kopfhörer ausgeliehen. Mit denen konnte sie im Internet Musik-Videos anschauen, ohne die anderen zu stören. »Sophie, du hast Besuch«, rief Lotte noch einmal – diesmal extralaut, weil die Novizin immer noch nicht reagierte. Doch Sophie wiegte sich nur wie in Trance im Rhythmus einer für andere nicht wahrnehmbaren Musik. Da tippte Lotte ihr energisch auf die Schulter. Sophie fuhr erschrocken herum und riss die Hörer von den Ohren. Dann stieß sie einen erfreuten Schrei aus: »Nein, Eva! Das gibt's ja nicht!« Lotte wollte jetzt doch wissen, was Sophie den ganzen Tag vor dem Bildschirm trieb. »Musik-Videos gucken«, gab ihr Sophie zur Antwort, »man muss ja auf dem Laufenden bleiben, wenn man mit den Kids von heute reden will.« Lotte nahm ihr den Hörer weg und hielt ihn sich selbst probehalber an die Ohren. Doch was sie hörte, war eindeutig nicht nach ihrem Geschmack. »Brr«, schüttelte sie sich. »Wie stellt man denn das wieder ab?« Sophie zeigte es ihr mit mitleidigem Blick, der besagen sollte: »Von Computern hat hier wirklich keiner Ahnung!«
»Äh, Sophie«, brachte sich Eva jetzt vorsichtig wieder ins Gespräch, »hast du kurz Zeit für mich?« Sophie nickte. »Klar, ich muss nur hier alles ausschalten. Dann gehen wir in die Küche. Ich hab' Hunger, du auch?« Eva schüttelte nur den Kopf. Doch Sophie wollte ihr unbedingt etwas Gutes tun. »Hier, Quark mit Schnittlauch ist doch nicht schlecht«, plapperte sie weiter, während sie den Inhalt des Kühlschranks checkte. »Willst du nicht doch ein Brot? Oder was zu trinken?« Immerhin, dieses Angebot nahm Eva an: »Gegen ein Wasser hätte ich nichts einzuwenden.« Sophie fiel der Kloster-Likör im Medizinschrank wieder ein. Davon goss sie ihrer Freundin ein Gläschen ein. »Hier, trink!«, sagte sie. »Ist besser als Wasser!« Eva nahm es dankbar

und nippte vorsichtig. Sophie redete wie ein Wasserfall weiter: »So was Irres – wie hast du mich nur gefunden?« – »Zufall«, sagte Eva. »Als Georg mich vor ein paar Monaten seinen Eltern vorgestellt hat, habe ich dich vorbeiradeln sehen.« – »Aha«, nickte Sophie. Dann meinte sie lächelnd: »Georg? – Du weißt schon, dass es keinen Zufall gibt, oder? Alles hat seinen tieferen Grund!« Sie holte sich Messer und Holzbrett aus der Schublade und setzte sich zu Eva an den Küchentisch.
Während sie sich ihr Brot schmierte, meinte sie: »Also, was ist los? Probleme?« Eva sah ihr tief in die Augen. »Probleme ist gar kein Ausdruck!« – »So schlimm?«, fragte Sophie mitleidig. »Mmh«, nickte Eva und begann zu erzählen. »Am Sonntag soll ich heiraten. Hier in der Kirche. Und morgen um 10.00 Uhr ist die Standesamtliche!« Sophie konnte es nicht fassen. »Hier in Kaltenthal, Mensch, das ist ja toll! Und wer ist der Glückliche?« – »Er hat ziemlich viel Geld und ist rasend verliebt in mich.« Eva lächelte verlegen. »Logisch«, meinte Sophie. »Du hast den Männern schon immer den Kopf verdreht, schon damals im Heim. Weißt du noch, wie die Heimleiterin dich mit dem Udo erwischt hat?«
Eva verdrehte die Augen. »Ich und die Männer, das ist ja genau das Problem!« Sie nahm das Schnapsglas und trank es in einem Zug aus – als wollte sie sich Mut machen. Sophie schwieg jetzt und sah sie gespannt an. Eva gab sich einen Ruck. »Ich hab' mir mein Studium in einer Peep-Show verdient«, gestand sie. »Na ja, wie das so ist. Und jetzt bin ich Call-Girl.« – »Ach du Schande«, entfuhr es Sophie. Sie verbesserte sich aber schnell: »Entschuldige, ich will damit nicht sagen ...« – »Schon gut«, lächelte Eva, »ich will ja raus aus dem Milieu. Es läuft auch nicht so gut. Die Kunden wollen es jünger und knackiger. Neuerdings will mich mein Manager auf den Strich schicken! Jedenfalls kam mir Georg gerade recht!« Sophie kapierte ziemlich schnell. »Und er ahnt nichts von deinem, äh, Vorleben«, schloss sie. Eva lachte bitter auf. »Ich hab' ihm weisgemacht, dass ich als OP-Schwester arbeite. Schichtdienst im Krankenhaus, weißt du.

Dafür war mein abgebrochenes Studium also doch gut.« Sie lachte kurz, weil sie an ihre schauspielerische Leistung als Krankenschwester denken musste. Georg hatte ihre Erklärung jedenfalls sofort geschluckt. »Und da er sowieso darauf besteht, dass ich aufhöre zu arbeiten, wäre es nie rausgekommen!«

»Aber jetzt hat er es doch rausgekriegt?«, fragte Sophie atemlos. »Wie das denn?« – »Nicht er. Irgendeine alte Flamme von ihm, nehme ich an. Oder sie hat mich irgendwo mit einem Freier gesehen. Jedenfalls ist sie wohl ziemlich eifersüchtig.« Damit zog sie eine Postkarte aus ihrer Handtasche und zeigte sie Sophie. »Schau, das war heute früh in meinem Briefkasten!« In dem Moment kam Lotte zur Tür herein, und Eva zog die Karte blitzschnell wieder zurück. Lotte hatte ihre Reaktion aber aus den Augenwinkeln heraus beobachtet und stellte Eva nun die gleiche Frage, wie Sophie vor wenigen Minuten: »Probleme?« Doch diesmal machte die junge Frau nur eine abwehrende Handbewegung und murmelte: »Nein, nein, bei uns ist alles okay.«

Eva war nicht die einzige, die an diesem strahlenden Sommertag »Probleme« hatte. Auch über Bürgermeister Wöller, der sich eben in seinem Stammlokal mit einem kräftigen Braten gestärkt hatte, zogen sich dunkle Wolken zusammen. Als er gerade aus dem »Ochsen« zu seinem Auto gehen wollte, rief ihn Frau Laban auf dem Handy an und meldete, dass sich irgendwelche Leute vom Finanzamt mit Wöllers Steuererklärung nicht zufrieden geben wollten. Wöller war verärgert. »Wie kommt es, dass dieser Mensch überhaupt etwas gefunden hat?«, blaffte er seine Sekretärin an. »Das war doch alles super in der Bilanz versteckt!« Dann fiel ihm auf, dass Frau Laban seinen bösen Tonfall eigentlich nicht verdient hatte, und so lenkte er etwas freundlicher ein: »Nein, schon gut, rufen Sie ihn an, und sagen Sie ihm, ich werde das alles aufklären. In zehn Minuten bin ich da!« Er schaltete das Handy wieder ab und fuhr los – wobei er beim Ausparken ein Auto übersah, das gerade vorbeikam. So wurde Wöllers Wagen von dem anderen am Kotflügel geschrammt.

Wöller fluchte. Das hatte ihm jetzt gerade noch gefehlt. »Herrgott!«, rief er, als er ausstieg, um den Schaden zu begutachten. Der andere Fahrer hingegen gab erst recht Gas. »Fahrerflucht auch noch«, schimpfte Wöller vor sich hin. Da erkannte er den Mann am Steuer – Manni, der Chef der Band vom Jugend-Club. Und der war, soweit Wöller sich erinnerte, noch gar nicht volljährig! Es war nur eine kleine Schramme, doch der Bürgermeister hatte endlich wieder einen Grund gefunden, sich zu ärgern. »Na, warte«, schwor er sich, »dir werd' ich's zeigen!« Dann stieg er wieder ein und preschte mit Höchstgeschwindigkeit zu seinem Autohaus hinaus. Mit schwungvoller Geste öffnete er die Tür. Durch die Glasscheibe sah er den Steuerprüfer auch schon in seinem Büro sitzen, vor sich einen Stapel Akten, auf dem Schoß einen Taschenrechner, mit dem er die Beträge nachprüfte. »Widerlicher Kleinkrämer!«, dachte Wöller. Laut sagte er mit übertriebener Freundlichkeit: »Ja, wen haben wir denn da? Wunderschönen guten Tag! – Herr Schranz, nehme ich an?« – »Herr Wöller?«, sagte der Beamte und sah ihn fragend an. Wöller nickte. »Richtig!« – »Ich nehme an, Ihre Sekretärin hat Sie informiert? Es geht um fehlende Belege für insgesamt ...« Er wühlte in seinen Computerausdrucken. »Das werden wir gleich haben, Herr Schranz«, versuchte Wöller gutes Wetter zu machen, »vermutlich geht es um den Gebrauchtwagensektor!« Der Beamte hörte gar nicht zu. Er wusste zu gut, wie Geschäftsleute reagierten, wenn er sie mit seinen Berechnungen konfrontierte. Sachlich sagte er: »Alles in allem 88.000 Euro, die als ›Allgemeine Betriebskosten‹ gebucht sind.« Wöller spielte den Ahnungslosen. »88.000? – Ach! Darf ich Ihnen vielleicht erst mal einen Schampus anbieten?« – »Danke, nein«, sagte der Finanzbeamte Schranz kühl, dann brachte er das Gespräch wieder auf die Belege zurück: »Also, die Beträge wurden monatlich gebucht, 8000 im Monat, und jeweils bar entnommen!« Wöller verteidigte sich mit dem Hinweis: »Im Autohandel läuft nun mal viel über Cash!« Doch Schranz kündigte schon den nächsten Super-Gau für Wöller an: »Ich fürchte, wir müssen auch die Bücher der Vorjahre überprüfen.« Das war zu viel für den Bürgermeister. Mit tomatenrotem Gesicht schäumte Wöller: »Also, jetzt reicht's mir! Meinen Sie, ich weiß nicht, was hier gespielt wird? Steuerprüfung! So kurz vor den Wahlen! Da steckt doch die Opposition dahinter. Geben Sie ruhig zu, dass die Sie geschickt haben, um bei mir nach Leichen im Keller zu suchen.«

Doch dieser Ausbruch machte seine Situation nur noch schlimmer. Der Finanzbeamte Schranz erwiderte nämlich, dass er sich gegen derartige Unterstellungen verwehre und jetzt in Ruhe seiner Arbeit nachgehen wolle. Wöller begriff, dass er nichts ausrichten konnte. Entschlossen nahm er seine Jacke vom Haken: »Bitte! Verwehren Sie sich, so viel Sie wollen! Aber mich entschuldigen Sie jetzt bitte. Ich muss ins Rathaus. Und wenn ich zurückkomme, möchte ich Sie hier nicht mehr vorfinden. Vorher werde ich noch ein paar Anrufe an höherer Stelle tätigen!«

Ausgerechnet jetzt musste sich Lotte ebenfalls ein Quarkbrot in der Küche schmieren! So blieb Sophie und Eva nichts anderes übrig, als den gemütlichen Esstisch zu verlassen und in den Garten hinauszugehen. Sobald sie draußen vor Agnes' Gemüse standen, zog Eva die Postkarte wieder aus der Tasche und reichte sie Sophie zum Lesen. Die Karte zeigte eine Aufnahme von Kaltenthal: In der Mitte die Pfarrkirche, im Hintergrund die bunten Bürgerhäuser am Markt. Die Botschaft aber stand in absolutem Gegensatz zu der friedlichen Kleinstadt-Stimmung: »10.000 Euro! Oder G. erfährt alles. Stecken Sie den Umschlag ins Schlüsselfach SEX (6) von der Pension ›Ochsenwirt‹ – noch vor der Hochzeit! Sonst …« – »Ich kann den Text auswendig«, sagte Eva leise. Sophie war beim Lesen über das Schlüsselfach im »Ochsen« gestolpert. »Meinst du, dass es ein Gast sein könnte?«, überlegte sie. Eva zuckte nur die Schultern. »Keine Ahnung! Was soll ich nur machen? Sag's mir, Sophie! Das Geld hätte ich ja! Aber dann geht's ja weiter, wie man weiß.

Und nach der Standesamtlichen kann sie mich erst recht erpressen.« Sophie schwieg. Was würde Schwester Lotte in so einem Fall raten? Vermutlich wäre sie dafür, dem Zukünftigen sofort die Wahrheit zu beichten. Aber ob Eva zu so was imstande war? »Wie heißt eigentlich dein Bräutigam mit Nachnamen«, fragte Sophie. »Vielleicht kenne ich ihn?« – »Georg Dahlberg. Sein Vater ist Besitzer der Dachdeckerei.« – »Stimmt«, erinnerte sich Sophie, »der fährt jedes Jahr einen noch größeren Sportwagen.« Eva lächelte. »Ich habe ja gesagt, dass er Kohle hat.« Sophies nächste Frage brachte sie aber noch mehr in Verlegenheit: Sophie wollte von ihrer Freundin wissen, ob sie ihn eigentlich liebe, ihren Georg. Eva sagte zuerst gar nichts darauf. »Also nicht!«, folgerte Sophie. Worauf Eva zugab: »Ich weiß nur, dass ich ihn dringend brauche. Sonst schaffe ich es nie, da rauszukommen.« Sophie hatte sich schon so was gedacht. So wie Eva aussah und wie sie von Georg Dahlberg sprach, war sie kein bisschen verliebt. Wenn man da mal zum Vergleich an Barbara dachte! Wie verzückt die anfangs immer ausgesehen hatte, wenn sie Dr. Richter nur erwähnt hatte. Das war Sophie zwar auch nicht recht gewesen, aber egal.
Jedenfalls fand sie es besser, erst mal keine schlafenden Hunde zu wecken: »Also, ich an deiner Stelle würde ihm nichts sagen«, empfahl sie. »Männer sind doch ziemlich komisch, was so was angeht. Vor allem hier in der Provinz!« Eva biss sich auf die Lippe. Doch Sophie sah schon wieder zuversichtlich aus. »Wie kann ich dich später erreichen?«, fragte sie. »Ich versuch' mal rauszukriegen, wer hinter dieser Schweinerei steckt!« – »Wie denn?«, sagte Eva und blickte ziemlich hilflos drein. »Lass mich nur machen!« Dann nahm Sophie die Postkarte noch einmal, um sich die Handschrift genau einzuprägen. »Der Ochsenwirt ist ja kein allzu großer Laden, das müsste doch irgendwie zu schaffen sein!«
»Vorsicht, sie kommt!«, zischte Eva, weil sie bemerkt hatte, dass Lotte auf sie zusteuerte. Als sie vor den beiden stand, meinte Lotte: »Es geht mich ja nichts an, aber was habt ihr eigentlich mit-

einander, Mädchen?« – »Nichts«, versuchte Sophie abzulenken. »Eva heiratet morgen um 10 Uhr auf dem Standesamt. Und wir sind eingeladen. Am Samstag zur kirchlichen Trauung auch.« – »Gratuliere«, nickte Lotte freundlich, »und sonst ist da nichts, was ich vielleicht wissen sollte?« Evas Augen waren auf den Boden gerichtet. Doch Sophie antwortete schnell: »Nö, wieso?«

Lotte sah sie zwinkernd an: »Na, wie eine glückliche Braut sieht deine Freundin nicht gerade aus!« – »Ich bin eben doch schon ziemlich nervös«, versuchte sich Eva rauszureden. Es wirkte wenig überzeugend. Dafür demonstrierte Sophie umso mehr Selbstbewusstsein: »Wir machen das schon, Schwester. Sie haben doch genug am Hals, wenn das jetzt klappen sollte mit der Kandidatur. Haben Sie gesehen, dass die Wahlplakate der Opposition schon alle überklebt worden sind?« Lotte nickte lächelnd: »Stimmt, da hat der Herr Lehmann wohl ein bisschen vorschnell reagiert. Aber egal. Erst mal müssen wir abwarten, ob ich überhaupt noch aufgestellt werde. Vielleicht ist es ja schon zu spät. Tja, dann viel Glück, Eva!« Damit ging sie schnell zu ihrem alten Wagen. Eva, die zur Zeit jedes aufmunternde Wort brauchen konnte, sah ihr dankbar nach: »Ihnen auch!«

Sophies Notlüge hatte sie ziemlich überrascht. Klar, in ihrem Milieu wurde geschummelt und gemauschelt, dass sich alle Balken bogen. Da hieß eine Maria gern mal Cathleen, und die Freier nannten sich plötzlich Rocky oder John. Aber hier draußen – in dieser grünen Welt des Klosters? Eva schüttelte den Kopf: »Als angehende Nonne, so zu lügen!« – »Ich hab' nicht gelogen«, verteidigte sich Sophie. »Noch heiratest du doch am Samstag, oder? Und so wie ich Schwester Lotte kenne, hätte sie dir bestimmt geraten, dass du deinem Bräutigam alles beichten sollst. Aber was wäre dann gewonnen? Nein, was er nicht weiß, macht ihn nicht heiß! Jetzt fahr du mal, und ich recherchiere.« Sie umarmte Eva, setzte sie ins Taxi und versprach: »Ich ruf' dich an – sobald ich weiß, wer dahinter steckt.« Und um ihr Mut zu machen, sagte sie noch lächelnd: »Wäre ja nicht das erste Ding, das wir zusammen schaukeln würden, oder?«

Als das Taxi weg war, wollte Sophie gleich mit dem Fahrrad zum »Ochsen« fahren. Doch vom Haus her hörte sie Barbara nach ihr rufen: »Halt, warte, Sophie!« Da kam sie auch schon angelaufen und schloss ebenfalls ihr Fahrrad auf. »Mir ist lieber, ich fahr' mit dir zum Kindergarten«, meinte Barbara. Sophie beruhigte sie: »Der Herr Doktor ist doch längst in seiner Praxis, vergiss ihn einfach.« – »Versuch' ich ja«, sagte Barbara, »aber ...« Dann unterbrach sie sich mit einem tiefen Seufzer. »Na ja, wenn ich erst mal in Köln bin, wird es bestimmt besser!« Sophie wollte sie auf andere Gedanken bringen und schlug vor: »Weißt du was: Wir gehen heute mal zusammen aus. Ins Kino zum Beispiel.« Und beseelt von dieser Aussicht radelten die beiden Novizinnen einträchtig zum Hof hinaus.

Wolfgang Wöller fuhr gerade auf seinen Parkplatz vor dem Rathaus. Verblüfft sah er, wie ein Plakatkleber Heinz Lehmanns Wahlwerbung auf der Litfasssäule mit einem neutralen, weißen Plakat zudeckte. Was sollte das schon wieder bedeuten? Vor lauter Aufregung vergaß der Bürgermeister den Motor abzustellen. Er setzte sich seine Sonnenbrille auf und kurbelte das Fenster herunter. Sollte der alte Kämpe endlich begriffen haben, dass er gegen ihn, Wöller, niemals gewinnen würde? Der Bürgermeister konnte seine Neugierde kaum bezähmen. Endlich stellte er den Wagen ab und ging auf den Mann mit den weißen Plakaten zu. »Was ist denn hier los?«, fragte er. Doch der Mann konnte ihm nicht weiterhelfen. »Typisch«, dachte Wöller bei sich und rannte die Stufen zum Rathaus hoch.
In seinem Büro fand er Marianne Laban am Telefon vor. »Das werde ich dem Bürgermeister gerne ausrichten, Herr Manteuffel, einen Moment bitte!« Dann legte sie die Hand auf die Muschel und flüsterte ihrem Chef zu: »Herr Manteuffel, Oberfinanzdirektion!« – »Bin nicht zu sprechen«, zischte Wöller zurück. Der Typ hatte ihm jetzt gerade gefehlt! Marianne nahm das Gespräch wieder auf: »Tut mir Leid, Herr Manteuffel, ich

dachte, ich hätte ihn kommen hören, aber das war er doch nicht. Bitte, keine Ursache!« Dann folgte sie Wöller in sein Büro. »Was haben Sie denn mit Ihrem Steuerprüfer gemacht?«, fragte sie. »Das war gerade sein Chef, und ich soll Ihnen ausrichten, dass auch für Bürgermeister die Steuergesetze gelten!« Wöller legte die Briefe zurück, die er gerade durchgesehen hatte: »Ach was?« – »Ja, und damit Sie sich noch weiter aufregen können: Die Steuerprüfung wird fortgesetzt! So lange, bis alle Unklarheiten beseitigt sind.«

»Vergessen Sie es einfach«, grinste Wöller, »da lass ich mir schon was einfallen. Aber vielleicht können Sie mir ja erklären, warum plötzlich alle Wahlplakate mit Lehmanns Konterfei überklebt werden?« – »Wieso?«, fragte Marianne Laban scheinheilig und tat, als hätte sie von der ganzen Aktion noch gar nichts mitbekommen. Wöller stand wortlos von seinem Schreibtisch auf und ging zum Fenster. »Da!«, rief er. »Und das vier Wochen vor der Wahl!« Marianne lächelte. »Tja, Herr Wöller, es geschehen noch Zeichen und Wunder!« Wöller wurde misstrauisch. Die Frau wusste mehr, als sie zugeben wollte. »Was soll das?«, fragte er noch mal. Doch es half nichts, Marianne Laban kicherte nur. Mühsam riss sie sich zusammen und meinte: »Ich glaube, Sie müssen jetzt zu Ihrer Sitzung, sonst kommen Sie noch zu spät!« Und im Hinausgehen meinte sie: »Der Lehmann hätte doch sowieso verloren. Vielleicht hat die Opposition jetzt einen besseren Kandidaten gefunden?« Wöller sah ihr erschrocken nach. Als er sich wieder einigermaßen beruhigt hatte, rief er Marianne Laban an und sagte: »Statt sich in politischen Spekulationen zu ergehen, könnten Sie mir mal den Manfred Wehrle herzitieren, Frau Laban! Ich denke, diese jugendlichen Rowdys sind immer noch bei den Nonnen.« – »Den Manni? Was wollen Sie denn von dem?«, fragte die Laban neugierig. Aha, dachte Wöller, anscheinend hatte sie den Kerl in ihr Herz geschlossen. »Der junge Mann hat mir heute früh fast die Stoßstange abgerissen! Und das ohne Führerschein, im Wagen seines Vaters!« – »Ach du grüne Neune!«, rutschte es Frau Laban heraus. Wöller nick-

te gewichtig: »Sie sagen es!« Damit nahm er seine Aktentasche und ging hinüber ins Sitzungszimmer, wo bereits die Gemeinderäte auf ihn warteten.
Die große Frage nach dem Ersatzkandidaten der Opposition beschäftigte alle. »Jetzt red nicht um den heißen Brei herum«, meinte einer zu Lehmann, »sag schon, wer es ist. Du weißt es doch!« Doch Lehmann lächelte nur still in sich hinein. Er wirkte sehr zufrieden. In diese Szene platzte Wöller nun hinein: »Die Herren Gemeinderäte beim Intrigenspiel!«, rief er dramatisch aus. »Was für ein Bild – wie im alten Rom. An den Iden des März!« Damit ging er mit stechendem Blick und drohender Faust auf Lehmann zu: »Auch du mein Sohn Brutus, was?« Es sollte scherzhaft klingen, aber wenn man genau hinhörte, merkte man, dass Wöller bange war. Die jüngste Finte der Opposition passte ihm gar nicht ins Konzept.
Lehmann spielte den Unschuldigen: »Ich war bis gestern in der Klinik, ich weiß nix!« Doch das wollte ihm niemand so recht glauben. Wöller drängelte weiter: »Red keinen Unsinn! Natürlich weißt du's! Aber zuvor noch eine ganz andere Frage: Wer hat mir eigentlich die Steuerprüfung auf den Hals gehetzt, so kurz vor der Wahl?« Durch den Sitzungssaal zog ein Raunen. Solche Unterstellungen wollte sich die Opposition nicht gefallen lassen. Endlich antwortete Lehmann auch für seine Kollegen: »Hör endlich auf, Wolfgang! Wir sind immer noch in Kaltenthal und nicht im alten Rom. Solche Intrigen spinnen wir nicht.« Anscheinend konnte er Wöller damit ein wenig beruhigen, denn schon kam der Bürgermeister wieder auf den ominösen Oppositionskandidaten zurück. »Wie ihr wollt. Aber das sag' ich euch: Für eine neue Kandidatenaufstellung ist es zu spät. Die Frist ist längst überschritten.« Dann nahm er den Vorsitz ein und mahnte: »Los, Leute, kommen wir zur Tagesordnung. Punkt eins: Kloster Kaltenthal!« Lehmann grinste. Seit Monaten fing jede Sitzung mit Kloster Kaltenthal an. Auch das könnte sich in Bälde ändern – wenn er es schaffte, Lotte als Kandidatin durchzuboxen.

Wöller stellte also mit gewichtiger Miene seinen Leitantrag vor: »Da die Klosterverwaltung auch auf die dritte Anmahnung der Rechnung vom Zwoten Zwoten nicht reagiert hat und die Zwangsvollstreckungsversuche nichts bewirkt haben, beantrage ich nun endgültig, den Laden zu schließen!« Er räusperte sich und führte dann weiter aus: »Das heißt: von allen Versorgungseinrichtungen zu trennen.« Grimmig sah er in die Runde. »Und wenn auch nur einer von euch es wagen sollte, dagegen Einspruch zu erheben, werde ich ihn öffentlich an den Pranger stellen. Als Saboteur! Also: Irgendwer dagegen, dass wir endlich den Bauplatz für unser Kongresszentrum kriegen?« Heinz Lehmann gab sich einen Ruck. Dramatische Gesten lagen ihm nicht, aber diese selbstgerechte Rede des Bürgermeisters konnte der Oppositionsführer nicht hinnehmen. »Ehrlich, Wolfgang«, rief er, »jetzt treib's bitte nicht zu weit! Das Kloster gibt es länger als die Stadt. Du kannst doch nicht unsere Wurzeln wegsprengen!« Wöller überging diesen Einwurf und meinte: »Also sind wir uns einig – einstimmig verabschiedet?« Alle hoben die Hände, bis auf Lehmann und den Gemeinderat neben ihm. Wöller notierte zufrieden nickend: »Sehr schön, mit zwei Gegenstimmen verabschiedet!«

Draußen im Vorzimmer telefonierte Marianne Laban jetzt mit Manni. »Komm am besten gleich vorbei«, empfahl sie, »und entschuldige dich höflich. Ich werde auch ein gutes Wort für dich einlegen. Bis später!« Sie hatte eben aufgelegt, als Lotte zur Tür hereinkam. Begeistert sprang Marianne Laban von ihrem Stuhl hoch, um ihr entgegenzulaufen. »Mensch, Schwester Lotte! Ich bin ja so froh. Endlich kriegt der Chef einen Gegner, der ihm gewachsen ist!« Lotte sah sie leicht konsterniert an: »Woher wissen Sie das denn schon wieder?« – »Heinz Lehmann lässt seine Plakate überkleben, haben Sie das noch nicht gesehen?«, gab die Laban zurück. Lotte nickte. »Ja, das finde ich aber gar nicht gut! Die Bewerbungsfrist ist nämlich schon abgelaufen, habe ich mir von Herrn Schäufele sagen lassen.« – »Ach, der Herr Schäufele«, versuchte Marianne Lottes Bedenken zu zerstreuen. »Stimmt's etwa nicht?«, fragte Lotte. »Doch, offiziell schon, aber das letzte Wort hat immer noch der Gemeinderat. Haben Sie den Antrag dabei?« Lotte nickte und zog das Formular aus ihrer Tasche. Sie hatte es gestern Abend noch gewissenhaft ausgefüllt. »Gut«, lächelte Marianne Laban ihr Mut zu, »dann geben Sie mal her. Der Gemeinderat tagt nämlich gerade. Und da können wir das sofort klar machen!«

Lotte wurde etwas mulmig zumute: »Jetzt gleich?«, fragte sie besorgt. Doch Marianne wusste genau, wie sie Lottes Zweifel ein für allemal zerstreuen konnte. »Wissen Sie eigentlich, was Wöller gerade wieder als Punkt eins seiner Tagesordnung behandelt? Das Kloster. Diesmal will er versuchen, alle Ihre Versorgungseinrichtungen lahmzulegen!« Vielleicht lag es an ihrem Sternzeichen, Waage, jedenfalls war Marianne Laban eine geborene Diplomatin. Um auch die allerletzten Zweifel bei Lotte zu beseitigen, zeigte sie ihr gleich noch das Fax, das heute Morgen im Bürgermeisterbüro eingegangen war: ein neues Verkaufsangebot der Mutter Oberin. »Vier Millionen sind zwar viel Geld«, sagte Marianne, »aber bei dem Bauvolumen ist es dem Huber und seinen Amigos vermutlich egal!« Lotte überflog, was da unter dem Briefkopf des Mutterhauses stand. Sie musste Marianne Laban Recht geben. Es sah wirklich nicht gut aus für ihr Stift. Ihr wurde flau im Magen. »Tja, Schwester, es wird ernst«, meinte die Laban mit grimmiger Miene. »Aber Sie können es ihnen zeigen!«

Leider spürte Lotte im Moment nicht einen Hauch von Kampfgeist in sich. Vielmehr fühlte sie sich von der Mutter Oberin verraten und verkauft. Sie las das Schreiben noch mal. Dann meinte sie: »Das Geld kann der Huber doch unmöglich wieder reinholen, oder?« Doch Marianne Laban hatte im Rathaus schon manche Überraschung erlebt. »Klar«, lächelte sie, »das holen die sich vom Denkmalschutz und von der Strukturförderung des Freistaats wieder zurück!« Lotte nickte grimmig. »Tja, wenn das so ist, dann bleibt mir wohl keine andere Wahl. Also gut, informieren Sie die Herren!« Sie ging zur Tür. »Das kann aber eine Weile dauern«, deutete Marianne Laban vorsichtig an. »Macht nichts«, sagte Lotte, »ich warte nebenan in der Stadtpfarrkirche. Sagen Sie mir Bescheid, wenn es so weit ist!« Die Sekretärin versuchte, ihr Mut zu machen, und meinte: »Mit dem lieben Gott als Wahlhelfer – was kann da schon passieren?« Sie begleitete Lotte noch den Flur entlang. »Ich glaube, der liebe Gott hat mit Politik nicht viel am Hut!«, meinte Lotte. Es klang etwas resigniert. »Aber er ist bestimmt einverstanden«, erwiderte die Laban, »wenn einer diesem Sumpf hier ein Ende macht!« Sie waren eben an der Treppe angekommen, da nahm Marianne Laban beruhigend Lottes Hand: »Keine Sorge! So wie ich denken viele hier am Ort. Zünden Sie eine Kerze an, ich sag' Ihnen Bescheid, wenn ich was weiß.« – »Danke, Frau Laban!« Nun lächelte auch Lotte wieder etwas zuversichtlicher. Zum Schluss fragte sie: »Wie geht es eigentlich Ihrem Mann?« Frau Laban grinste sie verschwörerisch an: »Bestens. Der liest mir jeden Wunsch von den Augen ab!« Damit ging sie den Gang zurück zum Sitzungssaal und klopfte an die Tür. Doch niemand reagierte. Im Rat drohte der Kloster-Streit zwischen Wöller und seinem Gegner Lehmann nämlich gerade zu eskalieren. Marianne Laban trat einfach ein. »Ich sag's dir – nach der Wahl wird es einige Veränderungen geben!«, kündigte Wöller seinem Kontrahenten böse an. Er schrie fast. »Auch was deinen Posten im Gemeinderat angeht! Ich hab's endgültig satt, dass man mir ständig Knüppel zwischen die Beine schmeißt!« Lehmann quittierte Wöllers Ausbruch nur mit einem müden Lächeln. Dann meinte er gelassen: »Was ist denn sonst der Sinn einer Opposition? Wenn du unbedingt den großen Diktator spielen musst, solltest du vielleicht mal über einen Ortswechsel nachdenken! Lass dich halt zum Bürgermeister in irgendeiner Bananenrepublik wählen!« – »Kaltenthal *ist* eine Bananenrepublik!«, schrie Wöller.

Da ergriff Marianne Laban das Wort: »Darf ich die Herren kurz unterbrechen? Wir haben einen neuen Bürgermeisterkandidaten. Und wo Sie gerade so gemütlich beieinander sitzen, könnten Sie vielleicht gleich über den Antrag abstimmen!« Wöller stand auf und nahm ihr das Formular aus der Hand. Er traute seinen Augen nicht! Eine Frau wollte gegen ihn antreten? »Charlotte Albers«, las er halblaut. »Wer soll das sein?« – »Dreimal dürfen Sie raten!« Marianne Laban konnte ihr Vergnügen nur schwer verbergen. »Char-Lotte?« wiederholte der Bürgermeister jetzt noch einmal. »Schwester Lotte! Genau!«, gluckste Marianne Laban.

Da konnte sich auch Lehmann nicht mehr halten. »Jawohl«, rief er begeistert und schlug mit der Hand auf den Tisch. Wöller ging mit versteinerter Miene wieder an seinen Platz zurück. »Ich denke, eine Abstimmung erübrigt sich hier«, versuchte er den ausgelassenen Verein wieder ruhig zu stellen. »Der Termin für die Anmeldung einer Kandidatur ist bekanntlich längst verstrichen!« Doch Lehmann meinte: »Moment, Wolfgang, nicht so schnell! Da ich meine Kandidatur zurückgezogen habe, stehst nach Adam Riese nur noch du zur Wahl. Da könnten wir uns die Wahl ja auch gleich sparen.« – »Das ist die erste gute Idee, die du hier in zehn Jahren unterbreitest!«, strahlte Wöller geschmeichelt. »Nur sieht die Satzung in so einem Fall vor, dass alle Anträge berücksichtigt werden müssen – bis sieben Tage vor der Wahl!«, belehrte ihn Lehmann. Wöller sprang auf wie ein getroffenes Tier. Dabei fiel sein Stuhl mit lautem Krachen um. »Bitte«, rief Wöller, »tut, was ihr nicht lassen könnt! Aber ohne mich! Ihr dürft mir das Ergebnis dann mitteilen!« Damit rauschte er hinaus, und Marianne Laban nahm er gleich mit.

Im Gasthof zum Ochsen waren kurz nacheinander zwei neue Gäste eingetroffen. Zuerst setzte sich Dr. Martin Richter in »seine« Nische – genau die, in der er kürzlich zum ersten Mal länger mit Barbara gesprochen hatte. Nur wenige Minuten nach Richter kam Schwester Sophie – und nahm am Tresen Platz.

Dr. Martin Richter entdeckte sie sofort. Seitdem er sich in Barbara verliebt hatte, übersah er keine schwarze Kutte mehr. Doch er hielt sich still und steckte den Kopf tief in die Speisekarte. Was sollte er auch mit Sophie reden?
Sophie bestellte ein Glas Limonade. Dann studierte auch sie die handgeschriebene Speisekarte. Dabei stockte ihr fast der Atem: Es war genau dieselbe Schrift wie auf Evas Postkarte! Aufgeregt hielt sie die Bedienung auf: »Kann ich Sie kurz sprechen?« – »Was gibt's, Schwester?«, fragte die Kellnerin Erika. Sophie hielt ihr die Postkarte vors Gesicht und fragte schneidend: »Die ist von Ihnen, stimmt's?« – »Wie bitte?«, fragte Erika verständnislos. Sie hatte seit Jahren keine Postkarte mehr geschrieben. Doch Sophie ließ sich nicht beirren. »Hier, das ist Ihre Handschrift. Die gleiche wie auf der Speisekarte. Und ich hätte größte Lust, damit zur Polizei zu gehen!« Erika starrte zuerst auf die Menütafel, dann auf die Karte. »10.000 Euro«, las sie halblaut. Dann begriff sie und sagte entsetzt: »Ach du liebes bisschen!« Sophie glaubte immer noch, sie hätte in Erika die Erpresserin gefunden. Wütend zischte sie: »Das ist eine Riesenschweinerei! Ich warne Sie!« Damit packte sie Erika am Arm, als wollte sie sie gleich persönlich zu Wachtmeister Meier führen.
Doch die Kellnerin schüttelte sie ab. »Also, jetzt beherrschen Sie sich«, wies sie die Schwester zurecht, »erstens hab ich die Tafel nicht geschrieben. Und zweitens ...« – »Wer dann?«, rief Sophie flehend. »Ich muss es wissen, bitte!« Erika versuchte, die Postkarte zu schnappen. Doch Sophie hatte sie schon in ihrer Schürze in Sicherheit gebracht. Da sagte Erika: »Sie geh'n jetzt besser. Die Limo geht auf mich!« Damit wandte sie sich ab und stellte die frisch gezapften Biere auf ein Tablett. »Der Wirt? Oder jemand aus der Küche?«, fragte Sophie weiter. So schnell wollte sie nicht aufgeben. Anscheinend war sie ganz nah dran. Doch die Bedienung gab keine Antwort mehr. Sophie stand seufzend auf. Hier konnte sie wohl nichts mehr ausrichten. Sie ging hinaus. So konnte sie nicht mehr hören, wie Erika die dralle

Wirtstochter zur Rede stellte: »Sag mal, Moni, hast du sie noch alle? 10.000 Euro von Georgs Braut zu erpressen!« Monika sah sie erschrocken an und verschwand dann ohne ein Wort schnell wieder in der Küche.

Dr. Martin Richter hatte seine Suppe bereits gegessen. Dabei hatte er sich überlegt, dass er vielleicht doch mit Sophie reden sollte. Er machte sich größte Sorgen um Barbara. Seit zwei Wochen kam von ihrer Seite nur noch Schweigen. Einen Brief, den er ihr geschrieben hatte, hatte sie ungeöffnet wieder in die Praxis zurückgebracht. Als er sah, dass Sophie wieder hinausging, wurde er immer unruhiger. Schließlich stand auch er auf und lief hinter ihr her. Draußen vor ihrem Fahrrad nahm er seinen ganzen Mut zusammen und sprach sie an. Er wusste, dass er sich dabei lächerlich machen würde. Aber was sollte er tun? »Schwester Sophie! Wie geht es Barbara?«, fragte er. »Gut«, gab Sophie kühl zur Antwort. Sie reagierte genau so, wie er es erwartet hatte. »Sind Sie sicher? Sie hat meinen Brief ungeöffnet zurückgebracht!« Sophie nickte: »Soviel ich weiß, will sie sich nach Köln versetzen lassen, warum, können Sie sich sicher denken!«, sagte sie. Sie konnte und wollte sich jetzt nicht mit Barbaras Privatleben beschäftigen, Eva war ihr im Moment wichtiger. Doch Martin meinte: »Nein, kann ich nicht! Ich könnte mir nur vorstellen, dass man sie gegen ihren Willen aus Kaltenthal wegschaffen möchte!« Sophie rollte die Augen gen Himmel! Schon wieder so ein Verschwörungstheoretiker! »Und der Gedanke, dass sie lieber geht, als weiter Ihren Annäherungsversuchen ausgesetzt zu sein – der Gedanke ist Ihnen noch nicht gekommen?« Martin zuckte hilflos die Schultern. »Kann schon sein, aber warum sagt sie mir das dann nicht selbst?« Er zog einen neuen Brief aus seiner Jackentasche und bat: »Geben Sie ihr das! Bitte!« Sophie nahm das Kuvert widerwillig an und radelte dann ohne ein weiteres Wort davon. Martin sah ihr verunsichert nach. Er wusste nicht, ob sein Schreiben Barbara jemals erreichen würde. Und wenn ja, dann war es immer noch fraglich, ob sie diesmal darauf reagieren würde. Aber mal sehen. Jetzt musste er ohnehin ins Lokal zurück, wo der Braten wohl schon auf ihn wartete.

Außer Lotte war kein Mensch im Kirchenschiff der Stadtpfarrkirche zu sehen – anscheinend war sie die einzige, die um die Mittagszeit mit Gott sprechen wollte. Dazu setzte sie sich vor den kleinen Georgs-Altar an der Seite. Die Darstellung des jungen Heiligen beim Kampf mit dem Drachen gefiel ihr von allen Altären am besten. So mutig und stark hatte sie früher auch immer sein wollen. Doch ob ihr Engagement in Kaltenthal richtig war? Sie seufzte, als sie mit ihrem »Lebensgefährten« zu reden begann. »Ich bin's schon wieder!«, sprach sie leise. »Und ich möchte alles zurücknehmen, was ich dir heute Morgen bei der Messe gesagt habe. Vier Millionen! Ich meine: Dich hat Judas für 30 Silberlinge verraten! Was hast du vor mit vier Millionen, falls die Mutter Oberin tatsächlich verkauft? Jedenfalls hoffe ich, du nimmst mir nicht übel, wenn ich da nicht mitmache! Ich kann mir nicht vorstellen, dass du mich hierher geführt hast, damit ich klein beigebe! Und ausgerechnet jetzt – wo wir endlich eine Lösung gefunden haben, mit der es weitergehen könnte!« Sie dachte ein wenig nach. »Die Idee mit dem Klostergeist ist nicht schlecht! Sobald wir das Geld auf dem Konto haben und die Destillieranlage wieder repariert ist, könnten wir selbst brennen – und langfristig sogar Geld damit verdienen. Aber gut, dein Wille geschehe! Auch was die Kandidatur anbelangt: Wenn du willst, dass ich mich zur Wahl stelle, kannst du die Herren im Gemeinderat ja entsprechend erleuchten!«
Plötzlich hörte sie schwere Schritte hinter sich. Sie drehte sich um und erschrak. Wöller! Sofort wandte sie den Kopf wieder geradeaus nach vorne zum Altargemälde. Doch Wöller nahm schon neben ihr in der Bank Platz. »Tatsächlich!«, redete er viel zu laut in die Stille hinein. »Und ich dachte erst, Frau Laban

verkohlt mich, als sie meinte, dass Sie hier in der Kirche auf die Entscheidung warten. Dass Sie sich überhaupt noch unter die Augen Ihres Schöpfers trauen!« Lotte wusste keine bessere Antwort, als ihn daran zu erinnern, dass es auch sein Schöpfer sei. »Na ja«, lächelte Wöller, »dann hat er aber wenig Grund, besonders stolz auf seine Werke zu sein – wenn ich mich so anschaue!« Lotte sah ihn irritiert an. Doch Wöller zählte gleich noch weitere Geschöpfe auf, die ihm wenig geglückt vorkamen: »Ein herzkranker Lokalpolitiker – und eine Betschwester, die glaubt, sich verwirklichen zu müssen. Obwohl sie vom richtigen Leben keine Ahnung hat!«
Lotte zog die Augenbrauen hoch: »Wenn Sie mit dem richtigen Leben Ihr Leben meinen, Ihre Anschauungen und Methoden – dann haben Sie Recht! Davon habe ich wirklich keine Ahnung!« – »Und Sie glauben, wenn Sie ins Rathaus einziehen, wird durch ein Wunder alles anders?« – »Dazu braucht es kein Wunder«, antwortete Lotte scharf, »nur gesunden Menschenverstand und eine Portion Gottvertrauen!« Wöller seufzte. »Gottvertrauen! Ist das jetzt ein neuer Ausdruck für Selbstüberschätzung? Oder eine Blanko-Absolution für absolutes Versagen? Egal, wie viel Mist man baut, der liebe Gott wird es schon richten. Und wenn nicht, dann war es eben sein spezieller Wille!« Nach dieser Tirade sah Lotte den Bürgermeister mit ihren klaren Augen eindringlich an. Der Mann hatte vor nichts Respekt! Überall musste er seine schmierigen Finger im Spiel haben. Sie antwortete ihm immer noch sachlich – trotz seiner geballten Unverschämtheiten: »Es läuft im Leben nicht alles so, wie man es sich wünscht oder vorstellt«, sagte sie. »Aber es ist ein gewaltiger Unterschied, ob man in bester Absicht gehandelt hat oder nur aus politischem Kalkül oder Profitgier! Meinen Sie nicht?« Der Bürgermeister seufzte und schüttelte in gespielter Verzweiflung den Kopf: »Sie wollen es einfach nicht kapieren, Schwester! Aber ich gebe Ihnen jetzt einen guten Rat: Egal, wie der Gemeinderat entscheidet, lassen Sie die Finger davon! Bis jetzt war ich nämlich noch nett zu Ihnen, aber falls Sie sich auf meinen Stuhl

im Rathaus setzen wollen, dann tut es mir Leid. Dann kann ich keine Rücksichten mehr nehmen!« Lotte nickte. Da klingelte Wöllers Handy. »Ja?«, sprach er leise hinein. »So? Haben Sie? Na dann!« Damit beendete er das Gespräch und richtete Lotte die Botschaft gleich persönlich aus: »Schönen Gruß von Frau Laban – der Gemeinderat hat mit einer Stimme Mehrheit entschieden. Ihre Kandidatur ist offiziell. Sie werden verstehen, wenn ich Ihnen jetzt nicht gratuliere, oder? Diesen Tag werden Sie noch bitter bereuen!« Damit stand er auf und ging hinaus. Lotte sah wieder hinauf zum Altar. Laut meinte sie: »Ich hoffe, du weißt, worauf wir uns da einlassen!« Dann verließ auch sie die Kirche.

Gerade als sie an der Tür angekommen war, setzte von oben die Orgel ein, an der einer der jungen Studenten übte. Sie blieb stehen und schloss die Augen. »Das ist ja meine Lieblingsfuge von Bach!«, sagte sie gerührt. »Tausend Dank!« Das war ein Zeichen von oben, eindeutig! Vielleicht war sie ja doch auf dem richtigen Weg. Lächelnd stand sie noch einige Minuten da und ließ die Musik in sich wirken.

Als Wöller wieder ins Rathaus zurückkehrte, traf er unten vor dem Eingang auf Manni, der mit sichtlich zerknirschtem Blick gerade sein Moped abstellte. »Tut mir echt Leid, Herr Wöller!«, sprudelte es aus dem Jungen heraus. »Ich wollte ja ausweichen, aber Sie sind einfach aus der Ausfahrt herausgeschossen!« – »Ach, ich bin schuld?« fragte Wöller sarkastisch. Wenn es hart auf hart käme, könnte er sich auf jeden Fall leichter rausreden, das war klar. »Ich habe einen Führerschein«, beschied er Manni triumphierend, »und das Auto gehört auch mir – und nicht meinem Vater!« – »Oh Gott«, sagte Manni verlegen. »Sie sagen doch hoffentlich nichts meinem Alten?« – »Nein«, lächelte Wöller falsch, »ich denke, wir können das unter Männern regeln – eine Hand wäscht die andere. Komm mal mit!« Dann zog er Manni in eine ruhige Nische des Rathauses und erklärte

ihm flüsternd, was er von ihm wollte. Manni hörte aufmerksam zu. Zuerst fühlte er sich, als würde er mit dem Teufel über seine Seele verhandeln. Aber wenn er sich damit freikaufen konnte, musste er sich den absurden Ideen des Bürgermeisters wohl beugen und bei den Nonnen einen Briefkopf vom Kloster klauen. Da hielt ihm Wöller auch schon seine ausgestreckte Hand hin. Und nach einigem Zögern schlug Manni ein. Damit saß er in der Falle. Jetzt musste er seinen Part erfüllen.
Mit klopfendem Herzen fuhr er den bekannten Weg zum Kloster hinaus. Irgendwie war es ein richtiger Betrug, fand er. Zum Glück waren die Schwestern anscheinend alle ausgeflogen, sodass er unbemerkt in Schwester Lottes Büro schlüpfen konnte. Fahrig ließ er die Tür erst ins Schloss fallen, dann rannte er wieder hin und vergewisserte sich mit einem kurzen Blick in den Gang, ob ihn auch wirklich niemand gehört hatte. Nein, es war immer noch völlig ruhig. Also ging er an den Schreibtisch und zog die oberste Schublade heraus. Tatsächlich – die Briefbögen des Klosters lagen obenauf. Er nahm einen davon heraus und faltete ihn zweimal.
Natürlich musste in diesem Moment Schwester Lotte nach Hause kommen. Manni schaffte es gerade noch, die Schublade wieder zuzuschieben, da stand sie auch schon neben ihm. »Manni!«, sagte sie erstaunt, »weißt du, wo Sophie steckt?« – »Klar«, nickte Manni erleichtert, »die ist mit Barbara im Kino.« Dann ging er schnell hinüber zum Computer und schloss seinen CD-Brenner an, den er als Alibi mitgenommen hatte. »Was machst du da?«, fragte Lotte. Manni fand, dass es irgendwie misstrauisch klang. Ob sie Verdacht geschöpft hatte? »Ich will nur den CD-Brenner für Sophie installieren«, redete er sich heraus. »Aha«, machte Lotte verständnislos. »Was ist das jetzt wieder?« Sie stellte ihre Tasche neben dem Schreibtisch ab und kam neugierig näher. »Damit kann man Songs aus dem Internet runterladen und mit diesem Ding dann auf eine CD brennen.« Lotte sah ihn durchdringend an. »Wie aufregend!«, lächelte sie.
Der Satz war aber nur die Einleitung zu einem ihrer berühm-

ten Verhöre. »Sag mal, ist was? Du bist doch sonst nicht so nervös!« Manni lachte verlegen und stotterte: »Äh, ich, nö, gar nichts!« Er versuchte sich zu verdrücken, doch Lotte stellte sich ihm in den Weg. »Moment, wo du schon da bist, habe ich gleich noch eine Frage!«, begann sie. »Nehmen wir mal an, ich würde für die Bürgermeisterwahl kandidieren – würdest du mir deine Stimme geben, wenn du schon wählen dürftest?« Manni nickte: »Logo! Das wäre ja der Wahnsinn!« – »Danke!«, sagte Lotte. »Das wollte ich nur wissen!« Dann ging sie zum Telefon und wählte die Nummer des Mutterhauses.

»Ich bin's, Schwester Hildegard«, grüßte sie die Kollegin. »Sagen Sie, ist die Mutter Oberin zu sprechen? Es ist dringend!« Hildegard ließ sie eine Weile warten, kam dann aber mit negativem Bescheid zurück. »Na gut, dann soll sie mich zurückrufen. Von mir aus per Computer, aber spätestens morgen. Sonst ist es zu spät. Danke. In Ewigkeit, Amen!« Sie legte auf und wollte sich Sophies Zahlen-Aufstellung zuwenden. Da merkte sie plötzlich, dass Manni immer noch wie angewurzelt hinter dem Computer stand. Seinen Brenner hatte er anscheinend schon erfolgreich installiert.

»Ist noch was?«, fragte sie ihn noch mal. »Ach, Schwester«, stöhnte Manni. »Ich kann das einfach nicht.« Damit griff er in seine Tasche und zog den eben geklauten Briefbogen hervor. »Hier!« Lotte verstand gar nichts. »Wöller hat mich gezwungen, Ihr Briefpapier zu klauen. Weil ich ihn heute morgen mit dem Wagen von meinem Alten angeschrammt habe.« – »Ja, aber was will er denn mit unserem Briefpapier?« Lotte begriff Wöllers Gründe immer noch nicht. Manni erläuterte sie ihr: »Das Finanzamt bescheißen! Ich hab' auch eine Weile gebraucht, bis ich drauf gekommen bin. Aber die Frau Laban hat mir gesagt, dass er die Steuerprüfung in der Firma hat.« Diesmal war Lotte wirklich schwer von Begriff: »Das Finanzamt bescheißen? Wie denn?«, wiederholte sie langsam. »Na – mit einer Spendenquittung! Zum Beispiel an ein Kloster! Die kann er dann von der Steuer absetzen. Mein Vater macht das mit seinem Kumpel vom Tierschutzverein genauso!« – »Verstehe!«, begriff Lotte jetzt endlich. Den Briefbogen gab sie ihm wieder zurück. »Nimm das ruhig!«, sagte sie. »Na los!« Jetzt kapierte Manni nichts mehr. »Wie?« – »Na ja«, grinste Lotte, »ich gewöhne mich gerade an meine neue Rolle als Politikerin. Wer weiß, wozu man so was später gebrauchen kann!« Da begriff auch Manni endlich: »Ach, das war kein Witz vorhin? Sie lassen sich wirklich aufstellen?« Lotte nickte und hob die Hand. »Jawoll«, schrie Manni auf, »High Five!« Damit schlug er zum zweiten Mal an diesem aufregenden Tag in eine ihm hingehaltene Hand ein. Diesmal aber aus ganzem Herzen.

Der Abend mit Barbara im Kino hatte nicht viel genutzt, um Sophie auf andere Gedanken zu bringen. Zumindest im Fall von Eva Manger hatte Sophie auch nach dem Aufwachen ein ganz schlechtes Gefühl im Magen. Wie gerädert stand sie auf und ging hinunter in die Küche. Als sie sich gerade ein Brötchen schmieren wollte, kam Lotte herein. »Morgen, Sophie!«, grüßte sie freundlich. Sophie sah sie nur zerknirscht an. Leise sagte sie: »Haben Sie heute Zeit, Schwester Lotte?« Lotte sah sie verdutzt an. »Ich glaub' nämlich, dass ich ziemlich viel Mist gebaut habe«, gab Sophie unumwunden zu. Lotte zog die Augenbrauen hoch. Als sie aber Sophies Gesicht sah, das grau und müde aussah, ahnte sie, dass sich etwas Schlimmes zugetragen haben musste. »Deine Freundin, wie?«, begann Lotte sich ihren Reim zu machen. Sophie nickte betreten. »Dachte ich mir's doch«, sagte Lotte energisch. »Ich fürchte, die Hochzeit platzt«, rückte Sophie mit der Wahrheit raus. »Wieso?« Doch Sophie meinte nur flehend: »Bitte, Schwester, kommen Sie mit!« Lotte wurde langsam ungeduldig: »Jetzt sag schon, was los ist!« Sophie versprach: »Gleich, im Auto. Ich zieh' mir nur schnell was Frisches an!«
Wenig später fuhren sie tatsächlich gemeinsam in Lottes Mercedes zum Standesamt. Doch von einer Hochzeit war weit und

breit nichts zu sehen. Nur Eva Manger saß in einem schicken, silbergrauen Kostüm einsam auf der Bank vor dem Trausaal. »Bist du noch allein?«, sprach Sophie sie an, als sie atemlos vor ihr stand. »Tja, das war's dann wohl!«, meinte Eva traurig. Sie wischte sich verstohlen ein paar Tränen aus den Augenwinkeln. »Hast du Georg schon angerufen?«, fragte Sophie. »Ach, vergiss es!«, schniefte Eva verzweifelt, »er wollte mich eigentlich vom Bahnhof abholen. Aber ...« Sophie sah nun auch schon ganz traurig aus und sagte: »Das hast du nicht verdient, Eva.« Doch Eva starrte nur bitter in ihren Brautstrauß. Dann fing sie an, die Blütenblätter abzuzupfen: »Er liebt mich ein wenig ... er liebt mich wie ein Verrückter ... er liebt mich gar nicht!« Nun mischte sich auch Lotte endlich in das Gespräch ein. »Sophie hat mir alles gebeichtet, Frau Manger. Vielleicht ist es ja noch nicht zu spät für eine Aussprache mit Ihrem Verlobten!« In dem Moment ging die Tür des Standesbeamten auf und ein frisch vermähltes Paar trat glücklich strahlend heraus. »Ist doch alles sinnlos«, murmelte Eva. Dann sah sie nur noch dem anderen Brautpaar nach. Sophie versuchte ihr Mut zu machen: »Der kommt bestimmt noch. Es ist ja erst zehn nach zehn!« Doch Eva war schon aufgestanden und drückte ihrer Freundin den zerrupften Strauß in die Hand. Dazu sagte sie: »Wenn er kommt, sag ihm bitte einen schönen Gruß! Ich hätte es mir doch anders überlegt, aber er kann mich ja mal auf dem Auto-Strich besuchen kommen!« – »Frau Manger, bitte!«, rief Lotte, die nun auch nicht mehr weiter wusste. Eva gab Sophie noch einen schnellen Kuss auf die Wange und verschwand. Da kam der Standesbeamte aus seinem Zimmer. Als er nur noch die beiden Schwestern sah, fragte er: »So, und wo bleibt das nächste Paar?« Lotte zuckte die Schultern: »Ich fürchte, daraus wird heute nichts!«

Für seine Verhältnisse war Manni diesmal schon ziemlich früh auf den Beinen. Er wollte Wöller den Bogen mit dem Klosterwappen so schnell wie möglich bringen, damit er den unangenehmen Auftrag endlich hinter sich hatte. Als er in den Verkaufsraum kam, redete Wöller gerade geschäftig mit einem Kunden. Doch bei Mannis Erscheinen unterbrach er sich und sagte zu seinem Interessenten: »Einen Moment bitte, ich muss kurz mal den jungen Mann verarzten.« Damit ging er Manni entgegen und fragte hektisch: »Und – hat's geklappt?« – »Klar«, nickte Manni. Dann reichte er ihm den gefalteten Briefbogen. »Perfekt«, lobte Wöller. »Es bleibt also bei unserem Deal – du behältst das für dich, und ich sag' kein Wort zu deinem Vater, ja?« Manni nickte nur und ging dann schleunigst wieder hinaus.

Wenig später wurde der Bürgermeister wieder aus dem Verkaufsraum abberufen. »Gespräch für Herrn Wöller, die Mutter Oberin«, schallte es aus den Lautsprechern. Wöller entschuldigte sich abermals bei dem Cabrio-Interessenten und eilte ins Büro. Wie üblich brauchte Schwester Elisabeth keine größere Einleitung, sondern kam sofort zur Sache. »Was sagen Sie zu meiner Offerte?«, wollte sie von Wöller wissen. »Welche Offerte meinen Sie?«, musste er nachfragen. »Sie müssten das Fax heute früh erhalten haben. Für vier Millionen sind wir bereit, Kaltenthal der Gemeinde zu überlassen!« Sie sagte es so, als wollte sie dafür auch noch gelobt werden. Doch Bürgermeister Wöller schnaubte nur. »Vier Millionen!«, lachte er ins Telefon. »Na, dann viel Glück! Das glauben Sie doch nicht im Ernst, dass wir da mitspielen?« – »Das ist jedenfalls mein letztes Wort!«, gab sie ihm Bescheid. »Aha, daher weht der Wind!«, rief er. »Erst hebeln Sie Schwester Lotte auf den Bürgermeistersessel, und dann wird die Gemeinde abgezockt!« – »Bürgermeister-Sessel? Was reden Sie da?« Die Oberin schrie jetzt fast. Bei dem Stichwort Lotte war sie sofort alarmiert. Was war ihr da nur wieder entgangen? Wöller schimpfte hemmungslos: »Tun Sie nicht so, Sie wissen genau, was ich meine! Aber das sage ich Ihnen, da können Sie so viele Kerzen anzünden, wie Sie wollen. Ihr Trojanisches Pferd wird auf keinen Fall meinen Stuhl einnehmen. Die Wahl gewinne ich. Und zwar mit links, wenn diese Nummer publik wird!« Die Oberin unterbrach ihn: »Ich lege jetzt auf, Herr Wöller. Melden Sie sich bitte, wenn Sie wieder nüchtern sind!«

Lotte und Sophie waren inzwischen zum Haus von Georg Dahlberg gefahren, wo die enttäuschten Hochzeitsgäste gerade wieder abfuhren. Auch die Musikanten mussten das Haus unverrichteter Dinge verlassen. Die beiden Schwestern sahen sich vielsagend an und gingen dann mit großen Schritten zum Haus. »Jedenfalls hat Eva gesagt, dass ihr Bräutigam völlig verrückt nach ihr war«, erklärte Sophie. »Wenn Sie es schaffen, ihn zu überreden, dass er wenigstens noch einmal mit ihr redet, dann könnte es vielleicht doch noch klappen!« – »Wenn er überhaupt da ist«, gab Lotte zu bedenken. Es war wirklich seltsam. Da standen nun fast alle Hochzeitsgäste draußen, doch kein Mitglied der Familie Dahlberg war zu sehen. »Gott, was für eine Pleite!«, jammerte Sophie. »Ich denke, es ist besser, du wartest im Wagen«, meinte Lotte. »Aber ...!«, wandte Sophie ein. Doch Lotte meinte nur: »Du kannst ja für Eva beten – das Reden überlässt du diesmal lieber mir, ja?« Dann drückte sie das Gartentor auf. Da saß der unglückliche Bräutigam tatsächlich einsam an einem der weiß gedeckten Tische und schenkte sich Schnaps ein. Als er Lotte sah, stand er auf und breitete dramatisch die Arme aus. »Herzlich willkommen bei der Hochzeit des größten Idioten von Kaltenthal«, schrie er, ziemlich angetrunken. »Ich bin frei. Der begehrteste Junggeselle im ganzen Kaff!« Lotte versuchte ihn zu beruhigen: »Herr Dahlberg!«, lächelte sie. Doch er ließ sich nicht besänftigen: »Wie wäre es mit einem Tänzchen?«
Lotte sah ihn erbarmungslos an: »Wie wäre es, wenn Sie mit Ihrem Selbstmitleid aufhören und zur Abwechslung mal an Ihre Braut denken, die Sie auf dem Standesamt sitzen gelassen haben?« Georg Dahlberg lachte ein wenig irre. »Braut? Sie meinen diese Nutte? Ich dachte, ich spinne, als die Tochter vom

Ochsen-Wirt mir sagt, was die Frau in München alles treibt!« Lotte nickte. »Ja, ich weiß, natürlich wäre es besser gewesen, sie hätte sich mit Ihnen ausgesprochen. Vorher. Aber sie hatte eben Angst, Sie zu verlieren! Das kann man doch verstehen!« Dahlberg schüttelte nur den Kopf: »Und so was sagt ausgerechnet eine Nonne!« – »Die heilige Magdalena war auch eine Sünderin, und Jesus hat sie nicht verstoßen!«

Lotte war stolz, dass ihr das Gleichnis so schnell eingefallen war. Doch auch damit kam sie bei Georg nicht weiter. Schlagfertig antwortete er: »Geheiratet hat er sie aber auch nicht! Überhaupt hatte sein Vater nur eine popelige Schreinerei und keine Firma mit 50 Arbeitern!« Der Mann war in seinem Stolz getroffen, das war deutlich herauszuhören. Trotzdem versuchte es Lotte wieder: »Ich sag' ja gar nicht, dass Sie sie heiraten müssen. Aber wenigstens mit ihr reden, fair und verständnisvoll! Eine Frau, die man heiraten will, die liebt man doch in der Regel. Oder?« – »Fair!«, heulte Georg auf. »Ich habe die Frau geliebt. Und wie geliebt! Dafür wollte sie mich benutzen wie einen Putzlappen, um ihre Vergangenheit aufzuwischen!« Lotte schüttelte den Kopf. »Liebe ist etwas anderes, Herr Dahlberg!« Sie merkte, dass sie sich an Georg die Zähne ausbeißen würde. Schon der nächste Satz gab ihr Recht: »Es geht nicht, Schwester! Morgen weiß es die ganze Stadt. Und wie steh' ich dann da? Nein, bei mir ist der Ofen aus!« Lotte sah ihn traurig an, und er meinte noch: »Bitte, gehen Sie jetzt. Oder wollen Sie mitansehen, wie ich mich völlig betrinke?«

Kopfschüttelnd ging sie hinaus zum Wagen. Bellende Hunde beißen nicht, dachte sie dabei. Und spätestens morgen, wenn er seinen Rausch ausgeschlafen hatte, würde Dahlberg junior auch sein Selbstbewusstsein wieder finden. Das Mädchen machte ihr erheblich mehr Sorgen. Womöglich war sie wirklich auf dem Auto-Strich zu finden? Eigentlich sollten wir sie suchen, dachte sie, als sie wieder im Auto neben Sophie saß. Die Novizin hatte ihre Hände immer noch streng ineinander gefaltet und war im Gebet versunken. Daher verstand sie nicht gleich, was Lotte

meinte, als sie sagte: »Ich hab's! Der Meier muss mit nach München fahren und uns helfen, Eva zu finden!« – »Häh?«, fragte Sophie verständnislos. »Ja, versuch' ihn aufzutreiben! Alleine kann ich ja schlecht auf den Strich gehen!« Endlich kapierte auch Sophie den Plan. Mit großen Augen lächelte sie Schwester Lotte an. Dann meinte sie: »Und was soll ich Meier sagen?« – »Was du willst, solange es keine Lüge ist«, grinste Lotte.
Damit waren sie wieder im Klosterhof angekommen, wo ihnen Agnes schon aus dem Garten entgegenrief: »Na endlich! Die Schwester Oberin ruft ständig bei uns an. Du sollst sofort auf dem Computer zurückrufen, Lotte!« Und so hetzte Lotte von der einen Mission sofort zur nächsten ins Büro. Eilig warf sie den Computer an und sagte unterwürfig, sobald das Bild der Mutter Oberin auftauchte: »Gelobt sei Jesus Christus! Tut mir Leid, aber ...« Die ehrwürdige Mutter fauchte: »Sparen Sie sich Ihre Ausreden. Sagen Sie mir lieber, dass das alles nicht wahr ist! Herr Wöller behauptet, Sie hätten vor, Bürgermeisterin zu werden?« – »Ich hätte Ihnen das lieber selbst gesagt«, erwiderte Lotte gelassen. »Schade!« – »Dann stimmt es also, Schwester? Sind Sie jetzt von allen guten Geistern verlassen?« Die Mutter Oberin war vor Aufregung in hysterisches Lachen ausgebrochen. Vorsichtig versuchte Lotte, sie zu beruhigen. »Die Idee stammt natürlich nicht von mir. Sie wurde an mich herangetragen, von den Bürgern der Gemeinde!« Es klang doch ein wenig stolz. Aber die Oberin zeigte kein Fünkchen Verständnis. »Schön für Sie!«, sagte sie zynisch. »Dass Sie sich und unsere gesamte Gemeinschaft damit dem Gespött der Leute preisgeben, interessiert Sie wohl nicht!? Ganz zu schweigen von den Konsequenzen eines solchen Abenteuers!«
Lotte war völlig verdattert von der kalten Reaktion. »Entschuldigen Sie, Mutter«, meinte sie, »aber ich habe das im guten Glauben getan, dass unsere Abmachung noch gilt: drei Monate Schonfrist, um Kaltenthal zu retten. Wir haben ein Konzept entwickelt. Ende der Woche können wir die Schulden an die Gemeinde zurückzahlen. Und jetzt höre ich, dass Sie uns schon

aufgegeben haben! Vier Millionen sind viel Geld, aber ich hätte nicht gedacht, dass Sie so ...« Die Oberin unterbrach sie barsch. »Woher wissen Sie das nun schon wieder?« – »Wöllers Sekretärin ist auf unserer Seite«, gab Lotte zu. »Gewinnen kann ich die Wahl nach menschlichem Ermessen natürlich nicht. Aber ich kann ein Zeichen setzen und unser Kloster erhalten, ohne Ihnen auf der Tasche zu liegen!« Die Oberin räusperte sich geziert. Dann sagte sie: »Na, da bin ich ja mal gespannt!« – »Etwa 100.000 Euro durch den Verkauf der Restbestände der ehemaligen Klostergeistproduktion.« – »Wie bitte?«, fragte die Oberin verständnislos. »Wir haben zehn Dutzend Flaschen davon im Keller gefunden und an einen Sammler verkauft. Und in den nächsten Tagen erwarte ich eine größere Spende eines namhaften und betuchten Bürgers unserer Gemeinde: Das sind noch mal 80.000 Euro! Das müsste erst mal reichen, um die sanitären Anlagen im stillgelegten Teil zu modernisieren.«
Lotte triumphierte. Doch von ihrer Mutter Oberin bekam sie nur ein irritiertes Kopfschütteln auf dem Bildschirm zu sehen. »Ich weiß, das ist alles nicht das, was man von uns erwartet«, sprach Lotte daher schnell weiter. »Nonnen haben mit gesenktem Blick umherzulaufen und Rosenkranz zu beten. Ansonsten sollten sie gefälligst zu allem ›Ja und Amen‹ sagen! Aber jetzt frage ich Sie: Welchen jungen Menschen soll so ein Beruf heute noch begeistern?« – »Sie meinen, mit Ihrem politischen Abenteuer erreichen Sie mehr?« »Ja«, brach es aus Lotte heraus. »Allein schon durch den Wirbel, den die Medien machen werden! Eine unbezahlbare Werbung für unsere Sache – das ist mehr wert als vier Millionen!« Unbewusst hatte sie bei ihrer Verteidigungsrede alle Argumente von Agnes ausgespielt. Als sie es merkte, musste sie unwillkürlich lächeln. Es kam ihr so vor, als hätte sie die ehrwürdige Mutter damit doch noch überzeugt. Denn auch die machte nun ein deutlich wohlwollenderes Gesicht und meinte versöhnlich: »Also gut, ich werde das mit dem Bischof klären. Aber freuen Sie sich nicht zu früh – es gibt für uns so etwas wie die Trennung von Staat und Kirche. Eins

ist klar: Falls Sie die Wahl gewinnen sollten, müssten Sie Ihr Ordensgewand ablegen und aus der Gemeinschaft austreten!« – »Keine Angst!«, lachte Lotte. »Ich glaube zwar durchaus an Wunder, aber das dürfte um einiges schwieriger sein, als über Wasser zu laufen!« – »Na, dann in Gottes Namen!« – »Danke, Mutter Oberin!«

In dem Moment klingelte bei der Mutter Oberin das Mobiltelefon. Sie zuckte. Doch bevor sie die Verbindung mit Lotte abbrach, offenbarte sie ihr gleich noch eine gute Nachricht: »Ich muss mein Angebot an Wöller sowieso zurückziehen. Sonst entsteht der Eindruck, dass Sie mit Ihrer Kampagne die Gemeinde um vier Millionen erleichtern wollen. Jetzt können Sie abschalten!« Lotte drückte den Knopf, und das Bild fiel in sich zusammen. Dann griff sie nach dem Kreuz vor ihrer Brust und drückte es ganz fest. Selig murmelte sie: »Dank dir! Ich liebe dich!« Zum zweiten Mal innerhalb von zwei Tagen hatte sie das Gefühl, dass ihr Weg von da oben gebilligt wurde. Mehr als gebilligt! Sie wurde richtig protegiert bei ihrem Versuch, das Kloster zu retten. In Kaltenthal fühlte sie sich längst nicht mehr als Einzelkämpferin, sondern lief die ganze Zeit mit einem warmen, wohligen Gefühl umher.

Sie lächelte immer noch hinter ihrem Schreibtisch, als plötzlich Sophie ins Büro trat. »Alles klar«, machte die Novizin Meldung. »Ich hab' Meier aufgetrieben. Er kommt gleich vorbei. Ich hab' ihm aber erst mal nicht gesagt, um was es geht. Das können Sie viel besser!« – »Gut, mache ich«, nickte Lotte.

Es klingelte an der Pforte. Lotte stand auf, um aufzumachen. Draußen stand der Bürgermeister neben einem Mann, den Lotte noch nie gesehen hatte. Was die beiden hier zu suchen hatten? »Einen wunderschönen Tag, Schwester!«, rief Wöller übertrieben freundlich. »Entschuldigen Sie die Störung! Aber dieser Herr ...« Der Mann unterbrach ihn, um sich vorzustellen: »Tag, Schranz ist mein Name, Finanzamt, Abteilung Steuerprüfung!« – »Dieser Herr«, machte Wöller gleich weiter, »will mir partout nicht glauben, dass ich Ihnen letztes Jahr 88.000

Euro gespendet habe. Alles in allem!« – »Ach ja?«, fragte Lotte verblüfft. Der Mann namens Schranz zeigt Lotte jene Spendenquittung, die sich Wöller auf Mannis Briefbogen selbst ausgestellt hatte. »Ist Ihnen dieser Beleg bekannt?«, fragte sie der Finanzbeamte dann. Lotte sah erst Schranz an, dann Wöller, der hinter ihm stand und ihr seltsam zuzwinkerte. »Ja, das ist unser Briefpapier. Und die Spendenquittung ist ausgestellt auf Herrn Wöller!«, meinte die Schwester kühl. »Dann ist das in Ordnung?«, fragte Schranz. Doch Lotte meinte nur: »Ich sehe keinen Grund, warum es nicht in Ordnung sein sollte!« Wöller trumpfte auf: »Haben Sie das gehört?« – »Nur eine Frage noch«, wandte Schranz ein, »warum wurde das in bar abgewickelt?« Wöller hatte sofort eine Antwort parat: »Sozialhilfeempfänger und Gäste in der Suppenküche haben ja in aller Regel kein Bankkonto!« Schranz sah Lotte an, doch die hob nur mit unschuldiger Miene ihre Schultern!
Sophie, die das ganze Spiel schweigend verfolgt hatte, verstand die Welt nicht mehr. »Zufrieden?«, krähte Wöller und hatte schon wieder Oberwasser. Lotte fragte: »Darf ich die Herren zu einem Glas Klostergeist einladen?« Es war ein klares Ablenkungsmanöver, das merkte sogar Sophie. Ob sie Angst hatte, dass jetzt auch die Kloster-Bücher noch geprüft wurden? Doch Schranz lehnte mit Blick auf seine Uhr bereits ab: »Vielen Dank, aber ich habe leider noch zu tun«, entschuldigte er sich. »Auf Wiedersehen, die Damen!« Dann ging er zu seinem Auto. »Bis morgen!«, rief er Wöller dabei zu.
Als Schranz' Kleinwagen verschwunden war, klopfte Wöller Lotte leutselig auf die Schulter. »Danke, Schwester! Das war wirklich knapp!« Sophie war entrüstet. »Sie haben uns doch nie im Leben eine Spende gegeben!«, rief sie empört. Und zu Lotte sagte sie: »Wie können Sie nur so lügen?« Lotte schüttelte den Kopf: »Ich habe nicht gelogen. Ich habe lediglich bestätigt, dass es eine Spendenquittung ist, auf unserem Briefpapier!« – »Haha«, lachte Wöller, »sehr raffiniert! Also, eine Hand wäscht die andere. Sie haben mir aus dem Schlamassel geholfen, dafür

werde ich den Unsinn mit der Kandidatur vergessen und die Presse zurückpfeifen!« Dazu machte er eine großzügig ausholende Handbewegung.

Darauf aber reagierte Lotte ziemlich sauer: »Sie haben die Zeitung informiert?«, fragte sie. »Entschuldigen Sie«, meinte Wöller, »Sie wollten den Krieg, nicht ich. Aber jetzt Schwamm drüber!« Da lächelte Lotte und meinte: »Sie haben mich nicht verstanden! Das mit der Spendenquittung war mein Ernst, Herr Wöller! Wir kriegen jetzt von Ihnen 88.000 Euro!« Sophie lächelte: »Ach so, na klar!« Wöller riss entsetzt die Augen auf: »Schwester, das Geld habe ich nicht verjubelt! Das kriegt jeden Monat mein Sohn!« – »Das ehrt Sie ja«, sagte Lotte immer noch lächelnd. »Trotzdem ist es Betrug. Und den können Sie nur auf diese Weise wieder gutmachen!« – »Sie glauben doch nicht, dass ich Ihren Wahlkampf auch noch finanziere!« Wöller schäumte. Doch Lotte beruhigte ihn: »Das brauchen Sie auch nicht. Wir haben genug Geld in der Kasse! Aber Sie sind ja Experte darin: Kann man Wahlkampfkosten eigentlich auch steuerlich absetzen?« – »Logisch«, grinste Wöller. Dann merkte er, dass er etwas Falsches gesagt hatte und machte erschrocken seinen Mund zu. Er holte tief Luft, machte wortlos auf dem Absatz kehrt und rannte zu seinem Wagen.

»So, den hätten wir auch verarztet!«, grinste Lotte. »Wo bleibt der Meier? Langsam sollten wir wirklich los – sonst wird es zu spät!« – »Er musste noch mal aufs Revier, glaub' ich!«, antwortete Sophie. Da konnte man das Polizeimotorrad auch schon hören. Wenige Sekunden später stand der Wachtmeister mit fragendem Gesicht vor den beiden Damen. »Was gibt's denn noch? Eigentlich hab' ich jetzt Feierabend!« Lotte sagte nur: »Stellen Sie Ihr Motorrad ab, schnell, wir müssen nach München!« – »Nach München? Also hören Sie mal!« Meier hatte nach seinem langen Arbeitstag absolut keine Lust mehr auf diese Sonderschicht, das war ihm deutlich anzusehen. Doch Lotte zog alle Register: »Ehrlich, Herr Meier. Es geht um Leben und Tod. Die Mission schaffe ich aber nicht allein. Sonst würde ich Sie

wirklich nicht herbemühen! Also, jede Minute ist kostbar!« Sie steuerte schon ihren alten Mercedes an. Meier rollte die Augen: Auch das noch – in Schwester Lottes Kiste konnte man höchstens 80 Sachen fahren! Laut sagte er: »Also, bei aller Liebe, Schwester! Ich bin gern bereit, die Kollegen in München um Hilfe zu bitten!« Aber Lotte ließ sich nicht bremsen. »Jetzt lassen Sie nicht den Beamten heraushängen. Ich brauche nicht Ihre Kollegen, sondern Sie!«
Da stieg Meier endlich ab und bockte sein Motorrad auf. »Gesetzt den Fall, ich komme mit – wo fahren wir dann eigentlich hin? Teilen Sie mir das gütigerweise auch noch mit?« – »Wir gehen auf den Strich!«, sagte ihm Lotte wahrheitsgemäß. »Aha, und dann sollen wir wohl alle Bumslokale abklappern, bis wir ihn gefunden haben – den Menschen, den Sie diesmal retten wollen, hm?« Der Polizist fühlte sich immer noch nicht ganz ernst genommen. Doch Lotte überhörte die Spitze und meinte nur: »Jetzt machen Sie nicht schlapp, Meier.« Damit umarmte sie die nervöse Sophie und setzte sich selbst hinters Steuer. Meier nahm brav auf dem Beifahrersitz Platz. So fuhren sie in dem alten Diesel los.
Es war eine wunderbar warme Sommernacht. Bei offenen Fenstern rauschte Lotte über die Landstraßen in die Landeshauptstadt. Der Fahrtwind war so laut, dass sie kaum reden konnten. So hatte Lotte Zeit zum Nachdenken, während Meier neben ihr ein Nickerchen hielt. Erst als sie die Stadtgrenze erreichte, musste sie ihn aufwecken. »Wissen Sie, wo es lang geht? Wo sollen wir denn anfangen?«, fragte sie aufgeregt. In der Stadt schwanden ihre Fahrkünste schnell, das war schon immer so gewesen, aber diesmal hatte sie wirklich gar keine Ahnung, wohin sie musste. Bei der Dunkelheit den Straßenstrich zu finden, das überstieg wirklich ihre Kräfte. Meier dirigierte sie daher auf den nächsten Parkplatz und stieg aus. Dann übernahm er selbst das Steuer.
Anscheinend kannte er sich besser aus, als er zugeben wollte. Zielstrebig steuerte er eine Vorstadtstraße an, in der Lotte noch

nie gewesen war. Sie wollte ihn fast fragen, woher er so einschlägig in diesem Milieu Bescheid wusste, ließ es aber lieber bleiben. Da hielt er auch schon vor einem Rotlicht-Lokal an. »Bitte«, meinte er und sah sie auffordernd an. »Was ist?«, fragte Lotte irritiert. »Sie kommen doch hoffentlich mit!« Meier wand sich und meinte nur: »Das geht nicht! Ich bin Polizist. Sehen Sie? In der Uniform kann ich mir solche Eskapaden einfach nicht leisten!« – »Was soll ich erst sagen?«, meinte Lotte. »Na, los, zieren Sie sich nicht!« Doch Meier blieb stur. »Dienst ist Dienst, und Schnaps ist Schnaps!«, meinte er schnippisch. Lotte stieg aus und schlug wütend die Autotür zu. Dann musste sie eben allein ihr Glück versuchen.

Sie klingelte an der erstbesten Bar. Tatsächlich wurde ihr geöffnet. Doch als er die Nonne sah, wurde der bullige Türsteher gleich unfreundlich: »Sind Sie von der Heilsarmee, oder wollen Sie hier strippen?« – »Keins von beiden«, antwortete Lotte, »ich hab' nur eine Frage: Kennen Sie eine gewisse Eva Manger?« Der Türsteher sah sie kritisch an: »Sind Sie die Mutter?« – »Nein«, sagte Lotte spitz, »aber der Herr da im Wagen, der in der Polizisten-Uniform, ist ihr Vater! Ich könnte ihn auch bitten, Sie auf dem Revier in die Mangel zu nehmen!« Der Türsteher wurde nervös. »Ach du Schande, Evas Vater ist ein Cop?«, entfuhr es ihm. Na bitte …

»Jetzt reden Sie schon«, forderte ihn Lotte auf. »Wo ist sie?« – »Na, wo wird sie wohl sein«, grinste er, »auf der Piste!« Lotte konnte mit seine Ausdrucksweise nichts anfangen. »Piste?«, fragte sie ahnungslos. »Auf dem Straßenstrich in der Kohlriederstraße«, erklärte der Bully. Damit wandte er sich schon den nächsten Kunden zu, die sich hinter Lotte eingefunden hatten. »Alles nackt, meine Herren, und zu reellen Preisen. Ein Herrengedeck fünfzig Euro! Da bleibt kein Auge trocken.« Lotte ging zu ihrem Wagen zurück. »Und?«, fragte Meier, als sie wieder neben ihm saß. »Zur Piste, bitte! Kohlriederstraße! Und sagen Sie nicht, Sie wüssten nicht, wo das ist.« Meier sagte kein Wort und fuhr schweigend los.

Die ganze Kohlriederstraße war gepflastert mit jungen Frauen in Miniröcken oder in Strapsen. Meier wurde ganz nervös. Viel zu schnell rauschte er an den Damen vorbei. Lotte musste ihn auffordern, langsamer zu fahren: »Nicht so schnell, bitte!« – »Na, Sie haben Nerven!«, stöhnte er. »Regen Sie sich ab. Es kennt Sie doch keine der Damen, oder?« – »Also ehrlich, Schwester!«, schnaufte Meier, ging dann aber doch deutlich vom Gaspedal herunter.

»Moment«, rief Lotte plötzlich, »das da könnte sie sein! Hallo, Sie!«, rief sie eine blonde Frau an, die zusammen mit einer Kollegin auf Kundschaft wartete. Die beiden Mädchen drehten sich nach ihr um. Doch Lotte winkte schon wieder ab: »Fehlanzeige. Nächster Versuch!« Meier fühlte sich wirklich nicht mehr besonders wohl in seiner Rolle. »Jetzt geben Sie's doch auf, Schwester. Auf dem Straßenstrich finden wir Ihr Mädchen nie! Und wir können wirklich nicht jede Bar abklappern! Schauen Sie mal, wie spät es ist!« Lotte fasste ihn am Arm: »Halt, da ist sie! Sofort anhalten!« Meier bremste abrupt. »Herrgott noch mal«, schimpfte er. Da war Lotte schon ausgestiegen.

»Hallo, Frau Manger!«, begrüßte sie die junge Frau freundlich. »Sophie schickt mich.« Doch Eva Manger reagierte nicht besonders erfreut: »Bitte, Schwester, gehen Sie!« – »Geht nicht!«, sagte Lotte, »ich darf nicht ohne Sie zurückkommen. Das würde Sophie sich nie verzeihen. Ich mir übrigens auch nicht!« Sie zog Eva von ihrem Warteposten weg zum Wagen hinüber. »Wir haben uns die größten Sorgen um Sie gemacht«, redete sie weiter, »vor allem, als wir Sie nicht mehr telefonisch erreicht haben.« Eva weigerte sich aber immer noch, einzusteigen. »Bitte, lassen Sie mich. Das bringt doch alles nichts!« Doch Lotte hielt ihr schon die Tür zum Fond auf. Meier gingen fast die Augen über, als er die junge Frau neben Lotte sah. Sie hatte ein kurzes schwarzes Kleid an, und über ihrem Dekollete trug sie eine riesige, glitzernde Strasskette.

Als er sich satt gesehen hatte an dieser göttlichen Person, rief er: »Und wie geht's jetzt weiter?« Es war mittlerweile ein Uhr, und Meier hatte nur noch einen Wunsch: Nach Hause und sofort ins Bett. Doch den Gefallen konnte ihm Lotte nicht tun – noch nicht. »Sie machen jetzt einen kleinen Spaziergang und kommen in zehn Minuten wieder her«, sagte sie. »Spaziergang? Hier?«, fragte Meier entsetzt. »Sie haben doch nicht etwa Angst? Also, los!« Meier schnaufte laut, stieg dann aber doch aus. Das war das letzte Mal, schwor er sich, dass er sich auf so ein Abenteuer eingelassen hatte.

Die Schwester nahm Eva mütterlich in den Arm und schaffte es so, sie in den Fond des Mercedes zu bugsieren. »Ich war bei Ihrem Bräutigam«, eröffnete sie. »Sophie meinte nämlich, dass es vielleicht eine Gelegenheit gäbe, mit ihm noch mal alles zu besprechen.« Eva sah sie neugierig an: »Und?« Doch Lotte wich aus. »Darf ich Sie was fragen?«, meinte sie. »Wenn ich nein sagen würde – würden Sie es lassen?«, lachte Eva. Lotte lächelte sie ebenfalls an. »Sie haben Recht – wahrscheinlich nicht! Aber ich kann Ihnen auch selbst sagen, was ich denke: Sie haben versucht, in eine Versorgungs-Ehe zu flüchten. Und zwar aus Angst: Angst, nicht mehr zu schaffen, was Sie sich eigentlich wünschen!« Eva nickte. Alles, was Lotte da sagte, stimmte haargenau. Sie spürte Tränen hochsteigen. Doch da machte ihr Lotte schon wieder Mut: »Diese Postkarte hat Ihnen nicht eine eifersüchtige Verflossene Ihres Bräutigams geschickt, sondern der liebe Gott!«, erklärte sie Eva ihre Sicht der Dinge. Die sah sie nur überrascht an. Aber das hatte Lotte nicht anders erwartet. »Er wollte nicht, dass Sie die Hölle hier auf der Straße gegen die Hölle einer schlechten Ehe eintauschen.« Eva war nicht so leicht zu überzeugen. »Gott soll mir eine Postkarte geschrieben haben? Was Sie nicht sagen!«, rief sie abfällig. Lotte war ihr nicht böse. Verständlich, dass ein Callgirl damit nicht sofort klar kam. Aber vielleicht brauchte das Mädchen ja nur Zeit, hoffte sie. Laut sagte sie: »Doch, ich glaube daran. Er schreibt nur nie den Absender darauf, weil man ja sonst glauben würde, jemand erlaubt sich einen schlechten Scherz!« Sie nahm ihre Hand und sprach ihr leise ins Gewissen: »Sie sind nicht allein, Eva. Sophie

und ich werden Ihnen helfen, wieder an sich zu glauben! Sie müssen sich aber auch eine Chance geben! Ja?«
Das Mädchen starrte sie erst völlig entgeistert an. Was in diesem Moment passierte, kam ihr verrückt vor: Eine Nonne, die sie auf Münchens Straßenstrich auftreibt und dann auch noch ihr Leben retten will? Solche Dinge kannte sie nur aus schlechten Filmen. Aber gut, dachte sie bei sich, wenn ihr wirklich geholfen werden sollte, musste sie das Angebot wohl annehmen. Dann nickte sie. »Ja?«, fragte Lotte und sah sie dabei lächelnd an. »Ja!«, wiederholte Eva. Da beugte sich Lotte vor und drückte auf die Hupe, um Meier ein Zeichen zu geben, dass es jetzt nach Hause ging. Noch schweigsamer als vorhin fuhren sie durch die Nacht nach Kaltenthal zurück. Lotte saß hinten im Fond bei Eva und hielt die ganze Zeit ihre Hand. Als sie im Klosterhof ankamen, flüsterte Lotte Eva die Sätze ins Ohr, die sie sich zurechtgelegt hatte: »Man weiß nie, wozu alles gut ist. Was einem im ersten Moment wie eine Katastrophe vorkommt, kann auch eine Chance sein. Gottes Wege führen in den seltensten Fällen geradeaus!« Meier stieg schon mal aus und ließ sein Motorrad an.
Der Lärm musste Sophie alarmiert haben. Die kam völlig aufgeregt aus dem Haus gestürzt und umarmte als erstes Eva. »Na, Gott sei Dank, dass du da bist!«, rief sie. Worauf Lotte Eva verschwörerisch ansah und meinte: »Na los, erzählen Sie ihr die gute Nachricht!« Doch Eva umarmte Sophie erst mal innig. Dann sagte sie: »Schwester Lotte meint, dass Georg mich verlassen hat, war das Beste, was mir passieren konnte.« – »Ehrlich?«, fragte Sophie ungläubig. Aber Eva war wie ausgewechselt. »Jetzt fängt das Leben noch mal ganz neu an. Vielleicht mach' ich mein Studium fertig – in Italien krieg ich bestimmt wieder einen Studienplatz!« Sophie fiel ihr noch einmal um den Hals, so erleichtert war sie.
Lotte fiel auf, dass Meier immer noch wartend neben seinem Motorrad stand. »Jetzt bedankt euch schon bei Herrn Meier!«, forderte sie die beiden Mädchen auf. »Ohne seine intimen

Kenntnisse des Münchner Nachtlebens hätten wir Eva nie gefunden!« – »Na na, intim ist ja wohl stark übertrieben«, wandte Meier ein. Doch Eva und Sophie taten, was sich gehörte, und meinten lebhaft: »Danke, Herr Meier! Sie sind ein Held.« Sophie beugte sich sogar ganz nah zu ihm ran und gab ihm dann einen herzlichen Kuss. »Gucken Sie nicht so! Als Novizin darf ich das – noch!«, grinste sie.

Zehntes Kapitel

Bei den Bewohnern von Kaltenthal war Lottes Kandidatur längst Stadtgespräch. Doch damit nicht genug: Jetzt riefen auch die Lokalzeitungen und Hörfunksender an – die ganze Medienmaschinerie kam ins Rollen. Schwester Charlotte Albers war ein Thema, mit dem man Quote machen konnte. Ihr Ruf in der Region war legendär – Kompetenz, gepaart mit Bescheidenheit, Charme und Durchsetzungsvermögen. »Von der Sorte gibt es nicht allzu viele Frauen.« So ungefähr hatte das erst gestern ein Radio-Redakteur formuliert, der bei Lotte um einen Interviewtermin angefragt hatte. Natürlich fühlte sich Lotte geschmeichelt. Und da sie neuerdings sogar den Segen des Bischofs besaß, widersetzte sie sich dem Drängen des Redakteurs nicht. Warum auch? Heute Morgen, Punkt neun, wollte man bei ihr anrufen und sie live zu ihren Plänen für die Stadt befragen. »Mein erstes Radio-Interview!«, dachte Lotte schon beim Aufstehen. Und als sie sich den Schleier aufsetzte, kontrollierte sie, ob sie gut aussah. Sollte sie Make-up auflegen? Ihre guten Schuhe anziehen?

Plötzlich fiel ihr ein, dass solche Vorbereitungen ja überflüssig waren. Im Radio sah sie ja niemand! Doch ihre Mitschwestern waren genauso nervös wie sie. Sogar das Frühstück wurde vorverlegt, damit alle in Ruhe dem lauschen konnten, was Lotte zu sagen hatte. Sophie und Barbara hatten schon den Computer präpariert, damit sie über Internet den Sender empfangen konnten. Nebenan im Büro saß Lotte, den Telefonhörer in der Hand. Es wurde nur noch ein Song gespielt, hatte man ihr gesagt, dann ging es los. Nur Felicitas hatte wieder mal an allem etwas auszusetzen. Zuerst schimpfte sie über »die elende Technik«, dann

passte ihr der »riesige Aufwand« nicht. Selbst in allerletzter Minute, als Lotte schon fast auf Sendung war, drängelte sie noch: »Leg auf, Lotte! Diese Menschen wollen dich nur benutzen!« Agnes konnte es schließlich nicht mehr mit ansehen. Resolut zog sie die Alte aus Lottes Sichtkreis und meinte: »Jetzt hör aber auf, Felicitas! Klappern gehört zum Handwerk!«
»Die Zeitung ist auch wieder voll davon«, berichtete Sophie stolz. Sie war schon in der Stadtpfarrkirche gewesen, um bei der Frühmesse die Kommunion auszuteilen. Und als sie die Schlagzeile gelesen hatte – »Charlotte Albers – die Alternative« – musste sie die Zeitung natürlich kaufen. Vor allem Agnes konnte sich kaum noch halten: »Meine Güte! Wenn der Bürgermeister das liest, wird er sich sicher freuen.«

Schwester Agnes konnte es nicht ahnen, doch ihre Vision traf voll ins Schwarze. Denn schon als der Bürgermeister die Zeitung aus dem Kasten holte, stockte ihm der Atem: Auf Seite eins priesen diese windigen Zeitungsschreiber Schwester Lotte als »die Alternative« an! Noch während er ins Haus ging, studierte er den Artikel. Lesend ging er zur Kaffeemaschine, häufte Kaffeepulver in den Filter. Dann musste er sich setzen. Gewohnheitsmäßig schaltete er das Radio ein. Ohne Musik wurde er morgens nicht munter. Doch heute erlitt er fast einen Schock! Eben kündigte eine aufgeräumte Sprecherstimme einen »ganz besonderen Interview-Gast« an: Schwester Lotte. »Wie Sie als treue Hörer bereits wissen«, eröffnete der Moderator, »hat sich Schwester Charlotte Albers zur Wahl für den Posten des Bürgermeisters in Kaltenthal aufstellen lassen. Diese Entscheidung hat in den Medien ein großes Echo ausgelöst. Eine Nonne als Bürgermeisterin!«
Wöller schüttelte sich und goss sich den frisch gebrühten Kaffee in die Tasse. Da hörte er, wie der Radio-Mensch sich brüstete, weil er es geschafft habe, »die viel beschäftigte Schwester ans Telefon zu bekommen. Herzlich willkommen, Schwester!«

– »Guten Morgen!«, rief Schwester Lotte mit dem Charme, der ihr an guten Tagen zur Verfügung stand. Da wurde dem Bürgermeister endgültig schwarz vor Augen. »Schwester Lotte, Sie haben ja viel zu tun. In drei Wochen sind bereits die Wahlen!«, säuselte der Mann. »Deshalb möchte ich nicht lange stören. Nur ein paar kurze Fragen!« – »Bitte«, ermunterte ihn die Schwester fröhlich. Schon nach den ersten Sätzen war sie ganz in ihrem Element. Sie redete davon, dass sie gerne Interviews gebe, weil das Kloster ja keine Mittel für Wahlwerbung ausgeben könne. Wie sie ohnehin der Meinung zuneige, dass Wahlwerbung eine grobe Verschwendung sei. »Das Geld könnte viel sinnvoller eingesetzt werden!«, argumentierte sie. »Und damit sind wir schon bei unserem Programm: Was heutzutage an Unsummen ausgegeben wird für unsinnige Prestige-Projekte, auf Kosten sozialer Einrichtungen, das schreit zum Himmel!« Wöller fasste sich an den Kopf: »Ein Kongresszentrum ist kein unsinniges Projekt, Herrgott noch mal!«, rief er aus. Aber in seiner Küche konnte ihn ja leider niemand hören!
Gerade bemerkte der Moderator: »Zum Himmel haben Sie ja von Berufs wegen beste Beziehungen, wenn ich das mal so sagen darf.« – »Du darfst die Klappe halten«, grummelte der Bürgermeister vor sich hin. »Inwiefern spielt Ihr Glaube eine Rolle in Ihrer Politik?«, wollte der Radio-Heini von Lotte wissen. Wöller lachte höhnisch: »Tischgebet vor jeder Gemeinderatssitzung!« Doch den Gefallen tat ihm die Schwester nicht. Souverän führte sie aus, dass ihr Glaube in keinem Widerspruch stehe »zu den Aufgaben, die in einer Gemeinde zu lösen sind. Das Gebot ›Liebe deinen Nächsten wie dich selbst!‹ sollte vielmehr als Richtlinie gelten.« Wöller stöhnte: »Das hältst du doch im Kopf nicht aus!« Ohne das Ende des Gesprächs abzuwarten, schaltete er das Radio aus. Schluss mit diesem Schwachsinn! Er hatte zu tun. Noch war er der Chef im Rathaus!
Vor dem Spiegel im Flur stoppte er, kämmte sich flink das Haar nach hinten und streckte die Brust raus. »So, Wöller, auf in den Kampf!«, sagte er zu sich selbst. Mit großen Schritten verließ

er das Haus, doch was er dann sah, setzte diesem verpatzten Morgen die Krone auf: Das Plakat »Charlotte Albers – die einzige Alternative!« prangte bestimmt ein Dutzend mal auf seiner Garagentür! Bürgermeister Wöller schnaufte und wollte das erste Plakat herunterreißen. Doch die nächtlichen Besucher hatten ganze Arbeit geleistet – das Papier klebte wie Pech auf seinem Tor!
Weil er sich nicht anders zu helfen wusste, rief der Bürgermeister seine Sekretärin an. »Ich bin's, Frau Laban!«, rief er aufgeregt ins Handy, »rufen Sie sofort bei der Polizei an und erstatten Anzeige gegen diese Nonne. Wegen Sachbeschädigung an meiner Garagentür! Und schicken Sie mir den Meier vorbei, wegen Aufnahme des Tatbestands. Ich warte hier!«

Im Refektorium platzten die Schwestern fast vor Stolz. Was Lotte da sagte, würden sie genau so unterschreiben. Sie hätten es nur nicht so schön formulieren können, dachte jede für sich. Doch der Interviewer war noch nicht ganz überzeugt: »Das klingt ja schön und gut«, meinte er, »aber kommt Ihnen die Sentenz ›Liebe deinen Nächsten‹ in der Politik nicht doch ein bisschen naiv vor?« Lottes Stimme wurde nun ein wenig lauter. »Wenn Sie damit meinen, es fehlt mir vielleicht an Gerissenheit, Sinn für Intrige und Geldgier – dann haben Sie Recht!«, beschied sie den Moderator. »Trotzdem sollten mich meine Gegner nicht unterschätzen. In der Bibel steht: ›Seid sanft wie die Tauben und klug wie die Schlange.« In diesem Sinne lief das Gespräch seinem Ende zu. Endlich klang der Mann am anderen Ende der Leitung zufrieden: »Sehr schön«, meinte er, »mal sehen, wohin Sie dieser Leitsatz führen wird, Schwester. Für heute vielen Dank!«
Damit war Lottes erster öffentlicher Auftritt überstanden. Die Schwestern sprangen vom Computertisch auf, um sie zu beglückwünschen. Und natürlich war es wieder Sophie, die den allgemeinen Eindruck als erste auf den Punkt brachte: »Toll,

denen haben Sie es wirklich gegeben!« Agnes meinte anerkennend: »Ehrlich Lotte, wie du das machst, so könnte ich das nie!« Lotte grinste und spürte, wie sie plötzlich Hunger bekam. Sie hatte vorher keinen Bissen hinuntergebracht. Dafür schmierte sie sich jetzt ein Marmeladenbrot nach dem anderen. Nur Felicitas versuchte noch einmal, ihr den Appetit zu verderben, indem sie meinte: »Ehrlich, Lotte, mit Demut und Bescheidenheit hatte das aber nichts zu tun!« Lotte antwortete ihr noch mit vollem Mund: »Christus haben sie als Rebellen ans Kreuz genagelt. Und jetzt muss ich ins Rathaus.« Stehend kippte sie den Kaffee hinunter.

Als sie fertig war, begannen Agnes und Barbara, das Geschirr abzuräumen. Dabei fiel Lotte noch auf, dass Barbara schon wieder so still war. Sie wollte ihr in die Küche folgen, da kam Sophie mit der Post herein und kreischte. »Schwester Lotte! Der Scheck ist da. Für unseren Klosterlikör.« Da war Barbara natürlich schnell vergessen. »Lass sehen!« Sophie hielt Lotte den Brief hin. »Hier!« – »Kaum zu glauben«, schüttelte Lotte den Kopf. »Kommt tatsächlich aus den USA zu uns geflattert. Jetzt muss er nur noch gedeckt sein!« Sie nahm den Scheck und steckte ihn in die Aktentasche.

Sophies markerschütternder Schrei hatte auch Felicitas alarmiert. Als sie sah, dass es sich um den Likörverkauf handelte, nahm sie einen schnellen Schluck aus dem Flachmann. Dann murmelte sie: »Das wird uns sicher noch mal Leid tun!« Lotte aber war heute so guter Laune, dass sie Felicitas trübe Stimmung gern aufgehellt hätte: »Nimm's nicht so tragisch«, meinte sie, »bald machen wir unseren eigenen, neuen Kräutergeist!« Doch Felicitas schüttelte nur den Kopf: »Das werden wir wohl beide nicht mehr erleben. Agnes und ich haben das ganze Haus auf den Kopf gestellt und jedes Buch durchgeblättert – das Rezept ist und bleibt einfach verschollen!« Doch Lotte war kaum noch zu bremsen in ihrem Optimismus: »Notfalls komponiert Agnes halt eine neue Hausmarke!«

Bürgermeister Wöller lief wie ein Tiger vor seinem Anwesen auf und ab. Die Warterei auf den Polizisten bereitete ihm heute fast körperliche Qualen. Zum Zeitunglesen fehlte ihm die Ruhe. Insofern war seine heftige Reaktion fast zu verstehen, als sich der Wachtmeister endlich auf dem Motorrad näherte. Schon von weitem schrie Wöller ihm zu: »Mensch, wo bleiben Sie denn?« Der Wachtmeister hatte aber nicht getrödelt – im Gegenteil. Sein Alibi war wasserdicht: »Wir haben das Fernsehen in der Stadt. Die drehen überall! Es ist kein Durchkommen!«, meldete er und stellte sein Motorrad ab. Der Bürgermeister wusste nicht, was Meier meinte. »Fernsehen?«, fragte er ahnungslos. Wieso hatte man ihm nichts gesagt? Doch statt zu antworten, fragte Meier ihn erst mal nach dem Tatbestand: »Jetzt sagen Sie mir mal, was es bei Ihnen gibt!« – »Da«, meinte Wöller und zeigte auf sein Garagentor. »Schauen Sie sich das an. Das Zeug ist so festgepappt, das kriegt man gar nicht mehr runter.« Meier musste lächeln: »Ja ja, die Schwester Lotte, die werden Sie jetzt nicht mehr so schnell los!« Auf solche Scherze konnte Wöller heute gut verzichten. »Das ist Sachbeschädigung!«, schimpfte er. »Ich erstatte Anzeige, verstanden?«
Meier gehörte schon längst der Lotte-Fraktion an. Trotzdem versuchte er, den Bürgermeister vor sich selbst zu schützen, und appellierte an seinen gesunden Menschenverstand: »Herr Wöller«, meinte er fürsorglich, »damit tun Sie sich doch keinen Gefallen. Die Leute finden so was eher lustig.« Vergeblich – Wöller wollte nicht auf ihn hören: »Ich finde das aber nicht spaßig. Also reden Sie nicht rum, sondern tun Sie endlich Ihre Pflicht. Wenn Sie Fragen haben sollten, erreichen Sie mich in der Firma.« Damit stiefelte er zum Wagen. Meier ging ihm nach. »Dann Sie sind also gar nicht dabei, bei den Fernsehaufnahmen?«, fragte er scheinheilig. Wöller sah ihn fragend an. »Wieso?« – »Na, im Rathaus waren die Fernsehleute schon, glaub' ich. Im Moment drehen sie bei den Nonnen!« Da dämmerte es Wöller endlich. Hektisch ließ er seinen Wagen an und fuhr los. Und soweit der Polizist aus Wöllers Abbiegemanöver

erkennen konnte, fuhr er nun nicht mehr in Richtung Autohaus, sondern offensichtlich zum Stift hinaus.
Im Auto rief Wöller gleich wieder seine Sekretärin an. »Sind Sie eigentlich von allen guten Geistern verlassen, Frau Laban? Wieso haben Sie mich nicht informiert, dass das Fernsehen da ist? Ohne meine Genehmigung!« Frau Laban hatte heute wirklich kein leichtes Leben mit ihrem Chef! Schon brüllte er weiter: »Diese wild gewordene Nonne stiehlt mir doch völlig die Show! Verstehen Sie das nicht? Rufen Sie bei dem Sender an und stoppen das Ganze. Ende!« Frau Laban versuchte ihrem wild gewordenen Chef noch klar zu machen, dass man das Fernsehteam nicht manipulieren konnte wie die örtliche Heimatzeitung. Doch Wöller ließ sich nicht belehren. In unveränderter Lautstärke schmetterte er alle ihre Einwände ab: »Was heißt da: Geht nicht? Klar geht das, es ist schließlich immer noch mein Rathaus und kein Nonnenstift. Also, tun Sie, was ich sage – sonst wird das Konsequenzen haben!«

Schwester Lotte hatte es ja geahnt! Sie hätte doch die besseren Schuhe anziehen sollen – jetzt war tatsächlich das erste Fernsehteam da. Gemeinsam mit der Schwester überlegten die Herrschaften von »Bayern TV«, wo man die besten Bilder drehen konnte. In der Kapelle? Im Kreuzgang? Kameramann Hornung hatte sich schließlich gegen den Regisseur durchgesetzt und Lotte einfach auf die Stufen vor dem Hauptgebäude gestellt. Hier sollte sie kurz aufsagen, was ihr am Herzen lag. Lotte war sofort bei der Sache, sie hatte ihr Anliegen heute ja schon einmal im Radio formuliert. »Das einzige Wahlkampfthema unseres Bürgermeisters ist sein monströses Kongresszentrum«, begann sie, »von dem außer ihm und diversen Geschäftemachern niemand in der Umgebung etwas hat. Weder die Hotels am Ort, weil die Pachtverträge längst an Großbetriebe vergeben sind. Noch die Bürger und Steuerzahler, weil das Projekt vom Denkmalschutz steuerlich begünstigt wird.« Während sie so redete, sah sie aus den Augenwinkeln Wöllers Limousine auf den Hof fahren. Sie ließ sich aber nicht aus dem Konzept bringen. »Gott sei Dank«, sprach sie ungeniert weiter, »gibt es in dieser Stadt Menschen, die das begriffen haben und mir bei den Wahlen mit ihrer Stimme das Vertrauen aussprechen wollen.« Regisseur Hauser, der ihr auch die Fragen gestellt hatte, unterbrach sie: »Danke, Schwester. Ich denke, das reicht. Dann drehen wir jetzt vielleicht noch die Einstellung, wie Sie in die Kapelle gehen!« Doch der Tonmeister bat: »Sorry, aber könnten wir den letzten Satz noch mal aufnehmen? Ich bin mir nicht ganz sicher ...« Der Regisseur regte sich ziemlich auf, meinte dann aber zu Lotte: »Würden Sie das noch mal wiederholen, bitte?« Lotte nickte. An ihr sollte der Beitrag nicht scheitern! Professionell stellte sie sich wieder in Position. Sie musste eine ganze Weile auf das Zeichen zum Fortfahren warten, weil Tonmeister Böll gerade mehrere Tabletten schluckte. Als der Regisseur ihn fragte: »Bist du so weit?«, ging er auch noch in die Hocke, um mit einem Schluck Tee aus der Thermoskanne seine Pillen nachzuspülen! Regisseur Hauser schnaubte. Auch der Kameramann beobachtete Böll mit echter Sorge. Seit gut zehn Jahren arbeitete er schon mit dem Kollegen – und nie hatte es solche Schnitzer gegeben. Irritiert schüttelte Hornung den Kopf. Nachdem der Tonmeister wieder stand, rief er: »Wir können wieder!« Worauf der Regisseur Lotte ein Zeichen gab und meinte: »Bitte!« – »Gott sei Dank«, wiederholte Lotte also, »gibt es in dieser Stadt ein paar Menschen, die diese Zusammenhänge begriffen haben und mir bei den Wahlen mit ihrer Stimme das Vertrauen aussprechen wollen!« – »Sehr gut!«, nickte der Regisseur Lotte zu. Dann fragte er den Tonmeister: »Das ist ja jetzt hoffentlich im Kasten?« Worauf der Mann mühsam beherrscht sagte: »Klar, einwandfrei!«

Schon folgte das Zeichen zur nächsten Einstellung: Kloster Kaltenthal in der Totale. Der Kameramann setzte sein Gerät um, und der Regisseur folgte ihm – wobei er auf halbem Weg fast mit dem Bürgermeister zusammenstieß. »Moment! Moment!«, machte Wöller sich wichtig. »Ich würde da auch ganz gern meine Meinung dazu sagen!« Die drei Männer vom Fernsehen waren alle auffallend groß. Verglichen mit ihnen wirkte Wöller wie ein Aufmerksamkeit heischender Gartenzwerg. Man konnte ihnen deutlich ansehen, dass sie über die Störung nicht gerade erfreut waren. »Wer sind Sie eigentlich?«, rief der Regisseur. »Der derzeitige Bewohner, äh, des Rathauses«, sagte Wöller nervös, »der Bürgermeister!«

Lotte verfolgte den missglückten Auftritt ihres Kontrahenten mit Vergnügen. Schließlich erbarmte sie sich und meinte: »Darf ich vorstellen? Wolfgang Wöller!« – »Tut mir Leid, wir haben nur drei Minuten Sendezeit«, redete sich der Regisseur heraus, »und die haben wir längst im Kasten. Ein andermal gerne!« Dann drehte er sich zu Lotte um und fragte freundlich: »Wenn ich Sie noch mal bitten dürfte!« Doch Tonmann Walter Böll, der eben erst mit seiner Tabletteneinnahme die Aufnahme verzögert hatte, bremste schon wieder: »Halt, kleinen Moment noch. Ich bin gleich so weit!«

Diesmal verlor der Regisseur aber wirklich die Geduld: »Langsam hab' ich echt die Schnauze voll!«, schrie er. »Wir sollten längst in München sein. Was ist eigentlich los mit dir, in letzter Zeit?« Der Kameramann versuchte seinem sichtlich überforderten Kollegen beizuspringen und flüsterte dem Regisseur zu: »Theo, hör auf!« Doch Hauser ließ seinem Ärger freien Lauf. »Mit dir bin ich das letzte Mal auf Tour, das steht fest!«, schrie er laut. Dann wandte er sich wieder Lotte zu und meinte schulterzuckend: »Entschuldigen Sie!«

Da hatte der Tonmann den Drehort schon verlassen. Als erster bemerkte der Kameramann sein Fehlen. Er sah sich suchend um, konnte aber nur noch beobachten, wie der Kombi des TV-Teams mit quietschenden Reifen den Hof verließ. Er rannte ihm noch hinterher. »Walter! Mach keinen Scheiß!«, rief er. Doch da war es schon zu spät. Laut fluchend verzichtete der Regisseur auf die anderen Einstellungen und winkte auch den Kameramann wieder zurück. Einen Wagen hatten sie ja noch zur Ver-

fügung. Und für die letzten Aufnahmen von Kaltenthal würde ihnen der reichen.
Wöller stand immer noch wie angewachsen vor dem Kloster, wo Lotte vor wenigen Minuten ihr Programm erklärt hatte. Doch wenn jetzt auch der Tonmann weg war, dann würde er wohl nichts mehr ausrichten können – das leuchtete sogar dem Bürgermeister ein. Trotzdem hätte er wenigstens noch gern mit seiner Konkurrentin geredet. »Schwester Lotte!«, rief Wöller. Sie blieb aber nicht einmal stehen. »Entschuldigen Sie«, lächelte sie ihm zu, »aber ich muss gleich ins Stadt-Archiv. Und überhaupt bin ich heute viel zu spät dran!« Wöller wurde immer misstrauischer. »Was wollen Sie denn im Stadt-Archiv?«, fragte er nervös. »Keine Angst«, beruhigte Lotte grinsend, »ich schaue schon nicht nach Ihren Leichen im Keller!« Als sie schon in der Tür stand, drehte sie sich noch einmal nach ihm um und meinte: »Ach, übrigens! Was muss man eigentlich tun, wenn man den Gemeindesaal für eine Wahlveranstaltung mieten möchte?« – »Einen Antrag stellen, würde ich sagen!« Jetzt war es Wöller, der breit grinsend die Zähne zeigte. Lotte konnte sich den Grund für seine Heiterkeit schon denken: »Und der vergammelt dann wochenlang bei Ihnen im Eingangskorb, oder?« Wöller nickte, immer noch amüsiert. »In Ihrem Fall würde ich die Angelegenheit schon etwas beschleunigen«, versprach er. »Sagen wir: bis Weihnachten?« Doch Lotte winkte großzügig ab: »Das hab' ich mir gedacht! Bloß keine Umstände!«

Es gab einen fliegenden Besucherwechsel im Klosterhof. Zum zweiten Mal an diesem Tag fuhr Dr. Martin Richter vor. Mittlerweile musste das Fernsehen ja weg sein, dachte er. Richtig – die Eingangstür stand sperrangelweit offen. Niemand war mehr zu sehen, er konnte ungehindert den Flur betreten. Ausgerechnet in diesem Moment hörte er Barbaras Stimme aus dem Büro. Atemlos lauschte er, wie sie jemanden fragte: »Und wann genau soll das sein?« Es musste ein Anrufer sein, denn sie machte eine längere Pause. Endlich meinte sie kurz angebunden: »Da muss ich erst mal mit Schwester Lotte sprechen, ob sie Zeit hat. Ja, wir rufen Sie zurück!« Es klang ziemlich kühl. Anscheinend, dachte Martin, war er nicht der einzige Gesprächspartner, zu dem Barbara abweisend war. Irgendwie hatte sie sich verändert, fand er. Ob das mit dem Druck von oben zu tun hatte? Oder hatte er sie wirklich so aus der Bahn geworfen, wie Sophie und Agnes immer behaupteten? Egal, sagte sich Dr. Richter, er musste mit ihr sprechen. Die Gelegenheit war günstig – von den anderen Schwestern war keine zu sehen. So klopfte er an die Tür und sagte leise: »Hallo!« Nach einer Schrecksekunde erwiderte Barbara den Gruß. Es klang wie ein heiserer Laut, ohne Ton. Martin merkte, dass er wohl in seine Trickkiste greifen musste: »Ich hätte gern mit Barbara gesprochen, Schwester«, lächelte er, »wissen Sie, wo ich Sie finde?« Er trat etwas näher und setzte dann fort: »Sie beantwortet meine Briefe nicht. Und am Telefon ist sie auch nicht zu erreichen! Bitte, es ist sehr dringend. Weil ich sie liebe – und ohne sie nicht mehr leben kann!« Dr. Richter zog wirklich alle Register – aber Barbara reagierte nicht. Noch während er redete, war sie aufgestanden. Sie ließ ihn einfach stehen und ging in den Flur hinaus. Richter folgte ihr und packte sie am Arm. »Ich will ohne sie nicht mehr leben, weil sie die einzige Frau ist, mit der ich mir zutraue, eine eigene Existenz aufzubauen und Kinder in die Welt zu setzen!«, stieß er hervor. Das war Barbara zu viel. Bei der Erwähnung der Kinder fuhr sie ihn heftig an: »Hör auf! Bitte!« Martin Richter sah sie kühl an: »Nur, wenn du mir sagst, dass du mich nicht liebst!« Barbara wollte jetzt nach oben, hinauf in die Klausur, wo er keinen Zugang hatte. Doch er hielt sie noch auf dem Treppenabsatz fest. »Ich will, dass du mir das hier und jetzt sagst«, forderte er, »und dass du mir dabei in die Augen schaust!« Immer noch hielt er sie fest. »Na los, sag es: ›Ich liebe dich nicht!‹« Barbara wand sich: »Du kennst mich ja gar nicht!«, stöhnte sie. Richter ging darauf gar nicht mehr ein. Immer wieder sprach er ihr vor: »Warum sagst Du es nicht: ›Ich liebe dich nicht!‹« Aber sie gab ihm keine Antwort mehr. Resigniert ließ er sie irgendwann los, und sie rannte durch die Eingangstür ins Freie. Dabei schrie ihr Martin nach: »Weil es gelogen wäre, darum!«

Draußen waren die Kameraleute gerade dabei, ihre Geräte in den einzigen noch verbliebenen Kombi zu verstauen. Schwester Lotte hatte sich auf dem Weg ins Stadtarchiv noch kurz bei dem Kameramann nach seinem Freund Walter erkundigt. Nach einigem Zögern gab Hornung zu, dass er schon mehrere seltsame Beobachtungen bei Böll gemacht hatte. Zum Beispiel war da die Tablettenschachtel, die Böll vorhin vor lauter Hektik verloren hatte. »Hier«, sagte Hornung und zeigte Lotte die Schachtel, »die ist ihm aus der Tasche gefallen.« Lotte wusste mit dem Namen des Präparats aber auch nichts anzufangen. »Was kann das sein?«, fragte sie nur. Er zuckte mit den Schultern und meinte: »Ich weiß wirklich nicht mehr, was ich machen soll! Seine Freundin hat ihn rausgeschmissen, letztes Wochenende, weil er ihr nicht sagen will, was ihm fehlt. Dabei verbreitet er seit Wochen schon schlechte Stimmung. Und jetzt pennt er halt so lange bei mir auf der Couch – wenn er überhaupt pennt und mich nicht nächtelang mit seinem Beziehungselend traktiert!« In dem Moment kam der Regisseur, um sich bei Lotte zu verabschieden: »So, Schwester, jetzt sind Sie uns gleich los!«, grinste er. Doch Lotte hatte gerade noch rechtzeitig Doktor Richter in die Remise gehen sehen. Daher meinte sie nur: »Warten Sie einen Moment! Ich muss kurz noch etwas erledigen, bin gleich zurück!« Dann rannte auch sie in Richtung Remise, die Tablettenschachtel in der Hand.

Barbara hatte nicht damit gerechnet, zu dieser Zeit einen der Jugendlichen in der Remise vorzufinden. Eigentlich sollten jetzt alle brav in der Schule sein. Und zum Schwänzen würden sie wohl nicht gerade ins Kloster kommen, dachte Barbara. Doch sie hatte sich getäuscht. Denn wer saß da seelenruhig auf dem Boden und malte voller Begeisterung an einem neuen Plakat? Manni! »Was machst du denn hier?«, sprach sie ihn verblüfft an – während Dr. Richter sofort am Türrahmen stehen blieb, um sie nicht in Verlegenheit zu bringen. »Barbara!« – Manni war ebenfalls überrascht von ihrem Besuch, wurde aber kein bisschen unsicher. »Ach, wir hatten nur Sport und Religion. Dann Bio, aber da krieg' ich sowieso eine Fünf. Bei dem Stundenplan hab' ich mir gedacht, male ich lieber ein neues Plakat für Schwester Lotte!« Er rückte ein wenig zur Seite, damit sie sein Werk bestaunen konnte. Es war nicht schlecht, trotzdem zögerte Barbara: »Ehrlich, ich weiß nicht, ob Schwester Lotte damit einverstanden ist« – »Wieso?«, fragte er. Es klang etwas enttäuscht. Dann entdeckte er den jungen Arzt. »Was sagen Sie, Herr Doktor? Ist doch genial, oder?« Der Entwurf zeigte ein Foto von Wöller – dabei hatte Manni das »W« durchgestrichen und mit roter Farbe den Buchstaben »H« drübergemalt. Jetzt las sich der Name des Bürgermeisters wie »Wolfgang Höller« – die Assoziation zu Hölle lag auf der Hand. Außerdem hatte Manni dem Enkelsohn, den Wöller stolz auf dem Arm hielt, winzige Teufelshörner angemalt. Der Arzt kapierte die Idee zwar, 100-prozentig aber war er von der Wirkung nicht überzeugt. »Schon originell«, kritisierte er freundlich, »aber wenn der zurückschießt, hängen überall Plakate mit ›Flotte Lotte‹ oder so!« – »Genau«, gab ihm Barbara Recht. »Ich finde, du gehst jetzt besser in die Schule, Manni! Bevor Schwester Lotte dich findet. Und ich denk noch ein bisschen über deinen Entwurf nach.« Manni war ziemlich sauer, dass er weggeschickt wurde. »Muss das jetzt sein, Schwester Barbara?«, maulte er. Doch sie ließ nicht mit sich handeln und wies ihm die Tür: »Nach der Schule kannst du wiederkommen!« Manni zog einen Flunsch, verdrückte sich dann aber.

Als sie allein waren, sagte Barbara zu Martin: »Und, äh, Sie gehen auch besser, bitte!« Martin Richter sah sie verstört an. Die Hartnäckigkeit dieser Frau verblüffte ihn immer mehr. Sie ließ

sich auf nichts mehr ein – kein Gespräch, keine Erklärungen, von kleinen Hoffnungsschimmern ganz zu schweigen!
Da ging noch einmal die Remisen-Tür auf, und Schwester Lotte kam völlig außer Atem herein. »Guten Tag, Herr Doktor«, grüßte sie freundlich. »Herr Richter wollte gerade gehen!«, beeilte sich Barbara zu erklären. »Eigentlich nicht nötig«, lächelte Lotte, »ich habe nur eine medizinische Frage!« Damit hielt sie Martin die Tablettenschachtel unter die Nase: »Können Sie mir sagen, was das ist?« Richter brauchte nur kurz auf den Namen des Medikaments schauen, dann war er schon im Bilde. »Wo haben Sie das her?«, fragte er sie. »Das ist ein hoch wirksames Schmerzmittel, verschreibungspflichtig!« – »Aha, und was für ein Schmerzmittel?« Lotte wollte es genau wissen. »Gegen Tumor!«, gab Richter ihr Auskunft, »bevorzugt bei Indikation von – Hodenkrebs! Warum?«
Lotte sah betroffen auf das Medikament, das immer noch in Richters Hand lag. »Der arme Mensch!«, meinte sie leise. Dann schaute sie dem Doktor fest in die Augen. »Wie hoch sind denn die Aussichten, dass das Zeug wirkt?« – »In Verbindung mit Chemotherapie gibt es schon ganz gute Erfolgschancen!«, antwortete Dr. Richter, »aber ich weiß natürlich nicht, in welchem Stadium der Patient ist.« Lotte nickte. »Danke«, sagte sie zu ihm. Schließlich sagte sie Barbara, dass sie mit den Fernsehleuten zum »Ochsen« fahre und danach ins Stadtarchiv. »Ist recht!«, beruhigte Barbara sie. »Wir kommen schon klar.« Dann hielt sie Mannis Plakat hoch: »Was sagen Sie übrigens dazu? – Mannis neueste Idee!« Lotte musste laut lachen: »Wolfgang Höller! Na ja, ist nicht ganz meine Linie. Aber es hat Witz, oder?« Der letzte Satz war an Dr. Richter gerichtet. Der antwortete darauf salomonisch: »Der Zweck heiligt die Mittel.« Da konnte ihm Lotte nicht ganz recht geben: »In der Politik vielleicht, aber nicht im Leben.« Damit ließ sie die beiden wieder allein und hetzte hinaus zu den Fernsehleuten.
Martin ging wieder einen Schritt auf Barbara zu. »Kannst du meine Frage jetzt bitte beantworten – wenn du sagst, dass du

mich nicht liebst, wäre das doch echt gelogen, oder?« Er war sich sicher, dass es so war. Sonst müsste sie sich ja nicht die ganze Zeit so seltsam verhalten. Doch Barbara meinte: »Es ist nicht gelogen – ich liebe einen anderen. Und ich habe versprochen, mit ihm zu leben.« Martin verstand natürlich sofort, wer damit gemeint war. »Was hat denn der andere, was ich nicht habe?«, fragte er sie. »Bei ihm fühle ich mich sicher und geborgen. Ich kenne ihn schon seit meiner Kindheit«, stieß sie hervor. »Und er war immer da, wenn ich ihn brauchte. Als ich mal todkrank war und die Ärzte mich alle aufgegeben haben, da hat er mir das Leben wieder geschenkt. Und jetzt *ist* er mein Leben, Martin!« Es klang ernst. Andererseits spürte Dr. Richter auch, wie sie krampfhaft nach Argumenten suchte, um nicht schwach zu werden. Auf seine Intuition war er schon immer stolz gewesen. Sie verließ ihn auch in diesem schwierigen Moment nicht. Doch Barbara war nicht mehr zu bremsen. »An Pfingsten werden wir heiraten. Und der Bischof wird uns trauen.« Während sie das sagte, wich sie seinen Blicken konsequent aus. Trotzdem sprach sie hektisch weiter: »Sophie und die anderen Novizinnen heiraten auch. Und dann gehe ich mit ihm auf Hochzeitsreise, nach Südamerika oder vielleicht nach Afrika. Wohin auch immer!« Sie redete sich so in Rage, dass sie gar nicht mitbekam, wie er wegging. Als sie sich endlich nach ihm umdrehte, merkte sie, dass sie allein war. Sie erschrak. Dann stiegen ihr die Tränen in die Augen.

Schnaufend kam Lotte nach ihrer Unterredung mit Dr. Richter zum Kameramann gelaufen. Sie wollte ihn nicht verunsichern, andererseits hatte Richter eine so klare Diagnose gestellt, dass sie Hornung informieren musste! Der Regisseur saß schon hinter dem Steuer, nur Hornung stand noch neben dem Wagen. Also rief Lotte gleich ohne Vorwarnung: »Ich weiß jetzt, was mit Ihrem Kollegen los ist: Er hat Krebs!« – »Walter hat Krebs?«, fragte Hornung entgeistert. »Ja«, sagte Lotte, »und zwar ausgerechnet an einer Stelle, die einem Mann besonders zu schaffen

macht!« Der Kameramann sah sie zunächst verständnislos an, dann dämmerte es ihm. »Da? Oh Gott!« Lotte nickte. »Aber unser Arzt meint, das muss kein Todesurteil sein. Sie müssen ihn nur finden! Er braucht eine Therapie!«
Hornung machte sich schwere Vorwürfe. »Was war ich bloß für ein Rindvieh! Ich kenne ihn schon so lange, da hätte ich mir doch was denken können! Aber warum sagt er denn nichts?« Die Nachricht warf ihn wirklich um. Lotte konnte sich gut vorstellen, was in dem Tonmann vorgegangen war: »Er wird sich vielleicht geschämt haben!«, vermutete sie. In dem Moment drückte der Regisseur auf die Hupe seines Wagens. »Was ist denn nun? Können wir?« Hornung nickte und zeigte mit den Händen zu Lotte. Dann stieg er in ihren alten Mercedes, und wenig später verließen beide Autos endlich den Klosterhof.

Das Stadtarchiv war eigentlich ein sehr schöner, ruhiger Ort. Wenn man Zeit hatte, konnte man hier wunderbar auf Entdeckungsreise gehen. Sogar aus der Zeit um 1500, noch vor der Stadtgründung, waren Dokumente zu finden. Leider hatte Lotte zum Stöbern heute absolut keine Zeit. Ihr ging es nur um das Originalrezept des Klostergeistes. In einer ihrer schlaflosen Nächte hatte sie kürzlich die Eingebung gehabt, dass das Dokument vielleicht im Archiv des Rathauses liegen könnte. Doch bisher war sie ihrem Ziel keinen Schritt näher gekommen. Obwohl sie sogar von Frau Laban unterstützt wurde: Unermüdlich brachte die Sekretärin neue Akten aus den Magazinen herbei. Lotte musste nur auf ihrem Drehhocker sitzen und die staubigen Seiten durchblättern. Doch es war nichts zu machen. »Das ist alles«, sagte Frau Laban jetzt, »dann gibt es nur noch die Stadturkunden aus der Gründungszeit, aber die sind im Nationalmuseum in München unter Verschluss!« – »Phh!«, machte Lotte. Langsam wurde sie doch ziemlich müde. »Können Sie mir jetzt vielleicht ein wenig beim Durchschauen helfen?«, fragte sie. »Mir tun echt die Augen weh.« Frau Laban nick-

te: »Solange Wöller nicht schreit! Was suchen Sie denn?« – »Das Rezept unseres Kloster-Geistes«, antwortete Lotte dankbar, »ein echtes Wundermittel gegen alle Gebrechen. Aber es ist und bleibt verschwunden. Im Kloster haben wir schon alles abgesucht.« Marianne Laban lachte. »Sie wollen Alkohol produzieren?« – »Medizin!«, korrigierte Lotte lächelnd. Doch Frau Laban wusste, dass das gar nicht so einfach war: »Dafür brauchen Sie aber eine Lizenz!«, sagte sie. Lotte starrte sie überrascht an. Daran hatte sie noch gar nicht gedacht. »Wo gibt's denn so eine Lizenz?«, fragte sie. »Beim Vater Staat!«, antwortete die Laban. »Sprich bei …« – »Wöller?« Marianne Laban nickte. Doch Lotte meinte nur: »Ein Grund mehr, die Wahl zu gewinnen.«
Eine ganze Weile arbeiteten sie schweigend die Unterlagen und Ordner durch. Irgendwann meinte Marianne Laban nervös: »Entschuldigen Sie, Schwester, aber ich fürchte, ich muss mich jetzt mal wieder oben blicken lassen, sonst dreht Wöller durch!« – »Klar, Sie haben mir schon viel geholfen«, lächelte Lotte und machte dann alleine weiter. Als nach zwei Stunden aber immer noch kein Klosterrezept aufgetaucht war, klappte sie seufzend die Mappen zu und ging nach oben, hinaus ins Freie. Auf dem Weg zum Auto wurde sie von mehreren Bürgern auf dem Rathaus-Vorplatz erkannt und angesprochen. Alle wünschten ihr Glück für die heiße Wahlkampfphase. Lotte war tief bewegt. »Danke«, lächelte sie in die Runde, »Glück kann ich brauchen – bei dem Gegner!«

Der Bürgermeister hatte von seinem Fenster aus Lottes Abgang genau beobachtet. Er bekam fast Magenkrämpfe, wenn er mitansehen musste, wie beliebt seine Widersacherin war. Anscheinend war der Wunsch nach einem Wechsel in der Stadt durchaus vorhanden. Wöller seufzte. Die düsteren Visionen hatten ihn so sehr gepackt, dass er nicht einmal mitbekam, wie sein Telefon läutete. Irgendwann riss Marianne Laban die Tür zu seinem Büro auf und rief: »Was ist denn los, Herr Wöller? Die

Schwester Oberin will Sie sprechen!« Der Bürgermeister ächzte. Für heute war sein Bedarf an Nonnen eigentlich gedeckt. Aber alle Ausflüchte halfen nichts, weil Marianne Laban der Oberin schon gesagt hatte, dass der Bürgermeister im Rathaus war. Also blieb ihm nichts anderes übrig. »Ja, Wöller?«
»Entschuldigen Sie die Störung«, meldete sich Schwester Elisabeth ungewohnt freundlich. »Aber ich sitze gerade mit seiner Exzellenz, Bischof Rossbauer, im Auto. Uns beschäftigt wieder einmal die Zukunft von Kloster Kaltenthal. Jetzt würde ich gern wissen, ob Sie dem Gemeinderat mein Angebot schon unterbreitet haben?« – »Warum sollte ich?«, brummte Wöller zurück. »Sie kriegen keine vier Millionen von uns! Niemals! Drei Millionen, und keinen Pfennig mehr! Und die auch nicht von der Gemeinde, sondern von einer Gruppe privater Interessenten!« Er wollte gerade dazu ansetzen, die einzelnen Interessenten vorzustellen, da unterbrach sie ihn schon wieder: »In dem Fall ziehe ich mein Angebot zurück«, beschied sie ihn knapp. »Falls Sie nach den Wahlen noch interessiert sein sollten, melden Sie sich!« Wöller merkte, wie sein Mund trocken wurde. Doch er schlug sich wacker. Locker sagte er: »Klar, kann ich verstehen. Sie lieben das Pokerspiel, nicht wahr? Aber dass Sie sich da keine falschen Hoffnungen machen – Ihre Nonne wird nicht ins Rathaus einziehen. Das ist Ihnen hoffentlich klar?« Die Oberin hatte Wöller schon mehrmals zu erklären versucht, dass Lottes Kandidatur nichts mit dem Mutterhaus zu tun hatte. Doch anscheinend nahm er das nicht zur Kenntnis. »Sagen Sie mal, sind Sie schwer von Begriff? Schwester Lotte kandidiert nicht im Auftrag der Kirche oder des Klosters. Aber mir liegt jetzt ein Konzept vor, wie Kloster Kaltenthal finanziell auf eigenen Füßen stehen kann. Und dem will ich eine Chance geben.« Wöller tat, als hätte er nicht richtig gehört. »Konzept? Meinen Sie damit diese jämmerlichen Wochenend-Seminare?« Die Mutter Oberin machte nur Andeutungen. »Unter anderem. Machen Sie sich keine Gedanken, wir werden zu gegebener Zeit wieder auf Sie zukommen! Bis dann!«

Kameramann Hornung war mit dem Kombi des Fernsehteams noch ein wenig durch die Gegend gefahren. Während sein Chef im Gasthof zum Ochsen Mittag machte, wollte er die Zeit nutzen, um Walter zu suchen. Doch es half alles nichts, von Böll fehlte jede Spur. Der Kameramann machte sich große Vorwürfe. Im Moment saß er draußen irgendwo am Waldrand und sprach in sein Mobiltelefon. »Hallo Walter! Bitte melde dich! Wir warten auf den Ersatzwagen.« Dann wiederholte er eindringlicher: »Walter! Herrgott noch mal, melde dich, ja? Ich bin doch dein Freund, und wenn ich geahnt hätte, was du durchmachst, dann ...«
Er war gerade wieder in Richtung »Ochsen« unterwegs, als plötzlich das Handy schrillte! Tatsächlich war Böll dran. »Mensch, Walter«, rief Hornung. »Wo bist du?« – »Egal«, gab Böll zurück, »ich mache Schluss, Axel!« Hornung konnte es nicht fassen. »Spinnst du?«, stammelte er hilflos. »Hör zu, Alter! Schwester Lotte hat mit einem Arzt gesprochen. Und der meinte, mit Chemotherapie kann man deine Sache gut kurieren!« – »Und was dann?«, fragte Walter. »Meinen Job bin ich los – und Edith wohl auch!« Der Kameramann schnaufte ärgerlich. »Wenn du nur ein bisschen mehr Vertrauen hättest! Edith ist keine von denen, die wegen so was gleich weglaufen. Sie liebt dich doch! Also bitte: Reiß dich zusammen. Wo steckst du?« Doch der Tonmann gab nur noch knapp Antwort: »Sorry, aber ich muss allein sein! Tschüs, Axel!«

Schwester Lotte wurde schon erwartet, als sie endlich ins Kloster zurückkam. »Da ist sie ja«, rief Agnes, die ihr mit der Schubkarre entgegenkam. »Ich war noch einkaufen«, entschuldigte sich Lotte. »Gibt's Probleme?« Da sah sie Meier, der neben seinem Motorrad wartete. Er hielt auch gar nicht lange mit seiner unangenehmen Neuigkeit hinter dem Berg: »Wöller hat Anzeige erstattet!«, berichtete er. Das Bedauern in seiner Stimme war nicht zu überhören. »Ja, er hat schon so was angedeutet«, erwiderte Lotte locker. »Das nehmen Sie doch nicht ernst, oder?« – »Na ja«, meinte Meier, »in dem Fall hat er leider Recht: Sie können nicht Ihre Plakate an seine Garagentür kleben – und dann noch so, dass sie nicht mehr weggehen!« Lotte musste lachen, als Meier das Delikt schilderte. »Ich kann mir schon denken, wer das war! Aber ich werde dafür sorgen, dass das in Ordnung kommt.«

Der ganze Jugendclub hatte sich mittlerweile freiwillig zu Lotte-Wahlhelfern erklärt. Zu zehnt fuhr Mannis Gang nun Tag und Nacht den Ort ab, um überall Lottes Porträt anzupappen. Und als Schwester Lotte dem Polizisten davon erzählte, konnte er die Anzeige auch nicht mehr ernst nehmen. Also machte er ihr einen Vorschlag zur Güte: »Ich denke, es wäre am besten, Sie schicken jemand bei Wöller vorbei, der die Plakate wieder abkratzt!« – »Mach' ich!«, versprach Lotte.

Anschließend fragte sie Schwester Agnes, wo sie Barbara finden könne. »Ich denke, in der Remise«, antwortete die, »da war sie wenigstens vorhin!« – »Gut«, nickte Lotte und ging in den Jugendclub hinüber.

Ali und Manni waren gerade dabei,Poster von Lotte zu falten und mit einem Anschreiben in Umschläge zu packen. »Was um Himmels willen treibt ihr da?«, fragte Lotte. Der Eifer der Kinder war wirklich beachtlich. »Die Kuverts werfen wir in die Briefkästen«, erklärte Manni. »Den Text hat Barbara geschrieben. Sie sollen ihn aber noch mal checken, hat sie gesagt!« Er reichte Lotte ein Exemplar und murmelte: »Ich finde ihn ja viel zu nett. Dem Wöller gehört richtig was vor den Latz geknallt!« Lotte las vor, was Barbara geschrieben hatte: »Sehr geehrte Wählerin, sehr geehrter Wähler! In drei Wochen entscheiden Sie mit Ihrer Stimme über das Schicksal der Gemeinde Kaltenthal – für die nächsten sechs Jahre! Diesmal ist auch die Existenz des Klosters Kaltenthal betroffen. 500 Jahre Tradition und Geschichte sollen einem monströsen Neubau weichen, dessen Finanzierung ...« Lotte sah zufrieden auf. »Ich finde das hat sie gut gemacht«, nickte sie. »Aber jetzt sagt mir mal, wo sie ist, die Barbara!« – »Keine Ahnung«, meinte Manni, »aber sie hat ziemlich geheult, vorhin. Ist sie krank?« Lotte seufzte. »So was Ähnliches.« Dann gab sie ihm den Brief zurück: »Das könnt ihr nachher machen. Zuerst holt ihr euch Putzzeug bei Schwester Agnes: Die Garagentür von Wöller muss in ihren Originalzustand versetzt werden, sonst kriege ich Ärger!« Manni fragte unschuldig: »Was meinen Sie?« – »Du weißt genau, was ich meine!«, grinste Lotte. »Er hat Anzeige erstattet. Also macht das bitte weg, ja? Mir zuliebe!«

Dann ging Lotte in die Klausur, um Barbara aufzusuchen. In der Hand hielt sie eine Einkaufstüte der schicksten Boutique des Ortes. Sie klopfte vorsichtig. Von innen hörte sie Barbaras leise Stimme: »Ja?« Lotte trat ein. Barbara lag zusammengekauert auf dem Bett, machte aber sofort Anstalten, aufzustehen. Es war ihr sichtlich peinlich, dass Lotte sie so sah. Nervös strich sie ihre Kutte glatt und sagte: »Entschuldigen Sie, ich hab' mich ein bisschen hingelegt. Mir war nicht gut!« Lotte nickte. »Mach dir keine Sorgen, probier das lieber mal an.« Damit gab sie ihr die Einkaufstüte. Barbara sah vorsichtig hinein. »Ein Kleid? Für mich?«, fragte sie entgeistert. »Ja«, lächelte Lotte, »ich hoffe, es passt dir. Und die Sandalen auch!« Barbara verstand nicht, wozu sie das anziehen sollte. Doch Lotte erklärte es ihr. »Im Leben gibt es Situationen, da muss man riskieren, das Falsche zu tun, um das Richtige zu finden. Und zwar bevor du Pfingsten vor dem Altar stehst und der Bischof dir die Weihen gibt!« Endlich begriff Barbara, was Lotte meinte. Mit großen Augen sah sie sie dankbar an. »Das ist wirklich ihr Ernst?«, fragte sie. Lotte nickte wieder. »Ja. Ein sehr gescheiter Mensch hat einmal gesagt: Man kann nur auf etwas verzichten, wenn man es gehabt hat. Jetzt guck nicht so!« Damit setzte sie sich mit ihr aufs Bett und strich ihr liebevoll über den Kopf. »Die Liebe wurde von Gott erfunden«, dozierte sie weiter, »und das Gebot der Keuschheit von den Menschen. Jedenfalls könnte ich den Gedanken nicht ertragen, dass du in diesem totalen Gefühlswirrwarr den Schleier nimmst. Also, folge deinem Herzen. Egal, wohin es dich führt!« Sie lächelte der jungen Frau noch einmal aufmunternd zu und ließ sie mit den neuen Sachen allein.

Barbara stand auf und zog das Kleid aus der Tüte. Es gefiel ihr, Lotte hatte einen guten Geschmack. Doch dann warf sie es plötzlich zusammen mit der Tüte aufs Bett und rannte Lotte nach. »Schwester Lotte«, rief sie den langen Flur entlang. Lotte war schon fast am Treppengeländer angekommen. Als sie Barbara hörte, blieb sie stehen. »Da kam ein Anruf, schon heute früh. Wieder jemand vom Fernsehen. Die wollten wissen, ob Sie Lust hätten, in einer Talkshow aufzutreten. Ich hab' die Telefonnummer aufgeschrieben!« – »Talkshow?«, fragte Lotte zögernd. »Ja«, nickte Barbara, »sie soll tolle Einschaltquoten haben. Im dritten Programm!« – »Na ja«, sagte Lotte, »anrufen kann ich ja mal.« Damit wollte sie wieder gehen. Doch Barbara hatte noch ein Anliegen. »Schwester Lotte«, fing sie vorsichtig noch mal an, von ihrer Entscheidung zu reden, »was ist eigentlich, wenn ich, also, wenn ich ganz …?« Lotte hatte schon verstanden. »Ich hab' dir ja schon gesagt: Es ist ein Risiko. Aber absolute Sicherheit gibt es sowieso keine. Also, hab keine Angst. Im schlimmsten Fall bist du enttäuscht, dass die Versuchung und die Sehnsucht schöner waren als die Erfüllung«!

Als Sophie mit dem Fahrrad vom Kindergarten wieder ins Kloster zurückkam, hörte sie schon im Flur, wie Schwester Lotte wieder mit einem Fernsehsender telefonierte: »Leider habe ich die Sendung noch nie gesehen«, erklärte die Schwester freundlich. Dann fragte sie, wie diese Shows eigentlich abliefen: »Sie stellen also Fragen, und ich antworte? Verstehe! Nein, dagegen habe ich nichts einzuwenden. Ich komme aber nur, wenn der amtierende Bürgermeister auch eingeladen wird! Ja, Herr Wöller!« Sophie trat neugierig ins Büro. »Ich bin mir sicher, dass der Bürgermeister drauf brennt, mich zu demontieren. Das ist doch sicher auch gut für Ihre Einschaltquoten?«, sagte Lotte gerade. Sophie grinste sie an und machte das V-Zeichen. Es war ja überhaupt keine Frage, wer am Ende Sieger sein würde! Da sprach Lotte auch schon weiter: »Ich kann ihn anrufen, sicher. Ich hab' die Nummer. Also dann, um acht bei Ihnen im Studio. Ja, die Adresse hat mir unsere Novizin aufgeschrieben. Nichts zu danken!«

Als sie aufgelegt hatte, war Sophie völlig aus dem Häuschen: »Eine Talkshow mit Wöller? Das finde ich aber mutig!« – »Ich weiß«, meinte Lotte, »taktisch vielleicht nicht klug, aber er hat mir heute früh echt Leid getan, wie er wieder abziehen musste, ohne wenigstens einmal von den Fernsehfuzzis interviewt worden zu sein.« Dann lachte sie plötzlich. »Unsere Tracht hat übrigens wirklich Vorteile – ich muss nicht zum Friseur. Und neue Klamotten sind auch nicht nötig! Aber inhaltlich sollte ich mich vorbereiten. Sagst du Agnes, dass ich beim Abendessen nicht da bin?« Sophie nickte. An der Tür wandte sie sich noch einmal um und fragte: »Ist Barbara im Haus?« – »Ja, aber lass sie bitte in Ruhe«, sagte Lotte. »Sie hat eine schwere Entscheidung zu treffen!« Sophie sah sie grimmig an. Doch Lotte wiederholte die Bitte.

Dann griff sie wieder zum Telefonhörer, um im Rathaus anzurufen. »Hallo, Frau Laban! Ist Wöller noch da?« Marianne senkte die Stimme und antwortete so leise, dass Lotte es kaum verstehen konnte. »Ja, aber seien Sie gewarnt. Der ist heute unausstehlich, weil Sie ihm die Show gestohlen haben.« In dem Augenblick kam Wöller offenbar ins Zimmer, Marianne sprach also wieder in normaler Lautstärke weiter: »Ach, da kommt er gerade!« Und zu ihm gewandt sagte sie: »Schwester Lotte für Sie!« – »Für die bin ich nicht zu sprechen«, stieß er hervor. Lotte konnte sich sein Gesicht dabei gut vorstellen. Sie durfte aber nicht lachen, sondern sagte ganz ernst: »Bitte richten Sie dem Bürgermeister aus, dass ich ihn zu einer Talkshow im Dritten Programm einladen möchte. Heute Abend im Fernsehen.« Marianne Laban wiederholte Lottes Satz wortwörtlich. Und

von einem Moment zum anderen war Wöller hellwach. Er riss den Hörer an sich. »Ja, hallo, Wöller hier!«, rief er hektisch. »Wenn das wieder eine Ihrer Finten sein sollte ...« – »Nein«, schnitt im Lotte den Satz ab, »um acht Uhr sollen wir im Studio in München sein. Aber vorher muss ich noch tausend Dinge erledigen. Könnten Sie mich vielleicht abholen – so gegen sechs? Dann könnten wir ja unterwegs ein bisschen plaudern!« Wöller war nun so aufgeregt, dass ihm alles recht war. Dann würde er eben mit seiner Widersacherin gemeinsam vorfahren! Er gab Marianne Laban den Hörer zurück und rief ihr dabei zu: Ich brauche einen Termin beim Friseur; außerdem ein sauberes Hemd und einen frischen Anzug von zu Hause. Besorgen Sie das bitte?« Hektisch rannte er hinaus. Marianne Laban kicherte ins Telefon: »Haben Sie das gehört?« – »Ja«, lachte Lotte, »und da heißt es immer, Frauen seien eitel!« – »Viel Glück«, sagte die Laban noch, »und geben Sie ihm ordentlich Contra!«
Als Lotte aufgelegt hatte, fiel ihr der krebskranke Tonmann wieder ein. Sie kramte nach dem Zettel mit der Handy-Nummer des Kameramanns. Der war auch sofort am Apparat. »Walter?«, rief er ins Telefon. Die Enttäuschung darüber, dass es »nur« die Schwester war, war ihm deutlich anzumerken: »Ach so, Sie sind's!« – »Gibt's was Neues?«, fragte Lotte. »Nein. Seine Stammkneipen habe ich alle durch!«, seufzte er. »Jetzt fahr' ich noch mal das Gelände ab!« Lotte räusperte sich. »Ich bin heute Abend bei Ihnen im Fernsehen. In der Talkshow. Wären Sie denn dort eventuell zu erreichen?« – »Klar, bis 21 Uhr habe ich Bereitschaft in der Technik! Warum?« – »Ach, mir kam da gerade so eine Idee«, sagte Lotte, »also – vielleicht bis später!«

Martin Richter war verzweifelt. Seit Tagen fuhr er den Vertrag für die Übernahme der Praxis im Auto spazieren. Alles war fertig, er hatte nur noch auf ein Zeichen von Barbara gewartet. Aber so wie es aussah, würde sie an Pfingsten tatsächlich »heiraten!« Er war nun in seinem Wagen vor dem Ochsen-Wirt angekommen. Gleich musste er in die verrauchte Gaststube gehen und zwischen all den Kaltenthalern sein einsames Abendbrot essen. Schon beim Gedanken verging ihm der Appetit. Er brauchte nichts zu essen, beschloss er. So ging er nur noch kurz an den Tresen und ließ sich die Schlüssel geben. Dann stieg er langsam die Stiegen zu seinem Zimmer hinauf. Bett, Tisch, Stuhl, Schrank, alles in Holz. Ganz im ländlichen Stil. Kein Luxus, aber da Martin sowieso die ganze Zeit unterwegs war, reichte ihm die Unterkunft. Er zog das Jackett und die Schuhe aus; dann warf er sich lustlos aufs Bett.

Dr. Richter konnte ja nicht wissen, dass Barbara schon seit einer halben Stunde das zivile Leben einer 25-jährigen Frau probierte. Sie hatte sich die langen Haare hochgesteckt und etwas Make-up aufgelegt. Schließlich zog sie noch das Kleid an, das Lotte ihr mitgebracht hatte. Die dunkelrote Farbe gefiel ihr. Nur mit der Länge kam sie nicht klar: Der Rock bedeckte ganz knapp die Knie! Was hatte sich Lotte denn da gedacht? Sie war doch kein Kind mehr – und im Minirock wollte sie Martin auch nicht gleich treffen. So stand sie vor dem Spiegel und zupfte den Rock immer wieder nach unten. Oder war diese Rocklänge vielleicht modern? Sie hatte sich über solche Fragen schon seit Jahren keine Gedanken mehr gemacht. Doch wenn sie ehrlich sein sollte, machte es ihr doch Spaß, sich vor dem Spiegel zu »stylen«.

Zu dumm, dass ausgerechnet jetzt Sophie hereinkam. Barbara fühlte sich ertappt. »Kannst du nicht anklopfen?«, rief sie böse. »Verzeihung!«, gab Sophie zurück, »aber ich dachte, ich wohne hier auch!« Da merkte Barbara, dass sie sich doch besser entschuldigen sollte: »Sorry, du hast ja Recht!«, sagte sie nervös lächelnd. Sophie fragte sie gleich nach dem Kleid: »Hey, cool! Woher hast du das?« Barbara wäre jetzt lieber mit sich allein gewesen, hätte sich lieber in aller Stille auf ihren »Auftritt« vorbereitet. Aber das war eben der Nachteil, wenn man Novizin war. Da musste man alles teilen. »Von Schwester Lotte!«, sagte Barbara also. Sie hoffte, dass Sophie sich damit zufrieden geben würde.

Doch sie kannte ja Sophie. Und die wollte es jetzt natürlich ganz genau wissen. »Von Schwester Lotte? Die hat dir ein Kleid gekauft?« Ihre Augen funkelten böse. »Dann hat er dich also rumgekriegt, der Herr Doktor, ja?« – »Nein«, sagte Barbara knapp. »Gott, bist du naiv«, schimpfte Sophie. »Der Mann will doch nur eine Nonne ins Bett kriegen. Ist ja auch spannender, als es nur mit seiner Sprechstundenhilfe zu treiben.« Barbara konnte das dumme Gerede von Sophie nicht mehr ertragen. »Was soll das?«, rief sie, dann schlug sie Sophie mitten ins Gesicht. Sie merkte sofort, dass sie einen Fehler gemacht hatte. Aber es war nicht mehr gut zu machen. »Gott! Sophie!«, stöhnte Barbara entsetzt, »Es tut mir ja so furchtbar Leid! Ich ...« Doch Sophie war schon an der Tür. Sie drehte sich nur noch einmal um und meinte spöttisch: »Hättest du das nicht mit 16 erledigen können? Auf dem Rücksitz von irgendeinem Auto – wie jeder andere Teenager auch? Dann hättest du es jetzt hinter dir und wüsstest, dass es in drei Minuten vorbei ist. Und die große Liebe zwei Wochen später auch!« Barbara schüttelte den Kopf. »Es ist eben nicht jede so wie du, Sophie! Und nicht jeder Mann ist so verdorben wie die Typen, an die du geraten bist!«, sagte sie leise.
Da wurde Sophie ganz blass. »Ich hab' dich so bewundert, Barbara«, sagte sie bitter. »Ich bin auf der Straße aufgewachsen, und du – du bist wie ein Engel über allem geschwebt. Aber jetzt versteh' ich dich nicht mehr. Und wenn ich dich so anschaue in diesem albernen Kleidchen, dann will ich dich auch nicht verstehen!« Weinend ging sie hinaus. In ihrer ganzen Zeit im Kloster hatte sie sich nie so hilflos gefühlt.
Drinnen im Zimmer ging es Barbara kaum besser. Sie hatte es geahnt, dachte sie verzweifelt: Entweder sie trat brav ins Kloster ein – oder diese Freundschaft war vernichtet. So war Sophie, dachte Barbara, alles oder nichts! Doch noch nie hatte sie Tränen in Sophies Augen gesehen, die waren neu. Deshalb taten sie Barbara auch besonders weh.

Noch vier Stunden bis zur Sendung – Bürgermeister Wöller war ein einziges Nervenbündel. Es ging schon damit los, dass der Friseur ihm keinen Termin mehr geben konnte. »Was soll ich denn jetzt machen?«, fragte Wöller Marianne Laban hilflos. »Ich sehe ja aus wie ein Vorstadt-Gigolo mit den Locken!« Doch die Sekretärin beruhigte ihn schnell: »Erstens sieht es immer noch ganz passabel aus, und zweitens könnte ich ja vielleicht einfach einen Zentimeter wegschneiden. Wenn Sie nichts dagegen haben!« Wöller sah sie irritiert an. Da hatte Marianne Laban schon ihre kleine Schreibtischschere gezückt. Wöller kniff also die Augen zusammen und sank noch tiefer in seinen Bürgermeisterstuhl. Während Marianne sich an seinen Haaren zu schaffen machte, fingerte er nach dem Handy und rief zur Beruhigung seinen Freund Huber an. »Weißt du, wer heute Abend im Dritten in der Talkshow ist? Ich!« Huber glaubte ihm zuerst gar nicht. Doch Wöller wiederholte: »Ich! Im Fernsehen! Wenn ich es dir sage! Ein Wahnsinn!« Anscheinend hatte auch Huber die Nervosität in seiner Stimme gehört, denn er meinte: »Dann verlier jetzt bloß nicht die Nerven, Wolfgang! Das ist die Chance, der Nonne einzuheizen. Nimm einen Plan mit vom Kongresszentrum, den bunten, mit dem wir den Denkmalschutz ins Boot geholt haben!« – »Den hast du!« Wöller jaulte auf, weil ihn Marianne gerade gepiekst hatte. »Aber es ist ja sowieso schon viel zu spät. Ich glaube, ich muss jetzt Schluss machen!« – »Wolfgang!«, schrie Huber noch ins Telefon. Doch Wöller stieß nun auch Marianne weg und bellte ins Telefon: »Bis später!« Dann eilte er davon. Marianne verdrehte die Augen.

Auch Schwester Lotte war schon etwas aufgeregt vor dem großen Auftritt. Doch sie tat genau das Gegenteil von Wöller: Ganz still und zurückgezogen, setzte sie sich in die Klosterkapelle zum Zwiegespräch mit ihrem Herrn. »Zu deiner Zeit hat es ja kein Fernsehen gegeben – aber stell dir vor, deine Bergpredigt wäre gesendet worden! Oder dein Prozess live übertragen!

Millionen Menschen schauen zu – also, das geht einem schon an die Nerven! Ehrlich. Also bitte, komm runter und halt meine Hand, ja? Und lass mich nicht ausfallend werden. In keiner Situation – auch wenn Wöller mir dumm kommt!« In dem Moment hörte sie eine Autohupe. Das musste er sein. Lotte stand auf und wandte sich dem Ausgang zu. Da fiel ihr Walter Böll wieder ein. Während sie die Knie beugte, legte sie ihrem Lebensgefährten schnell noch den armen Tontechniker ans Herz: »Da ist noch etwas«, vertraute sie ihm an, »der arme Mensch, der Krebs hat und völlig verzweifelt ist. Gib ihm und seinen Freunden die Kraft, damit fertig zu werden.« Sie murmelte noch: »Ich liebe dich!« – dann rannte sie in den Hof hinaus. Felicitas, Agnes und Sophie standen Spalier, bis sie in Wöllers Limousine endlich den Hof verließ. »Du machst das, Lotte!«, riefen sie ihr munter hinterher. »Toi toi toi und viel Glück!«

Wöller bemühte sich redlich um eine Unterhaltung mit seiner Kontrahentin. »Wie kam es überhaupt«, fragte er sie, »dass Sie mich eingeladen haben und keiner vom Fernsehen?« – »Na ja, ich dachte, nach allem, was Sie mir heute früh vorgejammert haben, sollten Sie sich auch mal im Rampenlicht der Öffentlichkeit sonnen. Ich hoffe nur, Sie holen sich dabei keinen Sonnenbrand!« Wöller war immer noch misstrauisch. Bisher war am Ende ja immer er der Gelackmeierte gewesen. »Sie wollen mich reinlegen, oder? Was haben Sie vor?« – »Nichts«, sagte Lotte ehrlich. Er sah sie prüfend an. »Ich versteh' das nicht, Schwester! Mir ist, als hätte ich Schmetterlinge im Magen!«, sagte er. »Lampenfieber!«, antwortete sie. »Das ist ganz normal. Ruhig Blut!«
Fast einträchtig und ohne eine einzige Störung fuhren beide Kandidaten nun weiter nach München-Unterföhring. Sie fanden sogar die Fernsehstudios sofort. Doch die ließen sie auf Lottes Bitte hin vorerst links liegen und fuhren dem Pfeil nach, auf

dem »Technik« stand. Wöller war der Umweg gar nicht recht. »Was wollen Sie da? Das ist nicht unser Studio, wir kommen noch zu spät!«, jammerte er. Doch Lotte erklärte ihm: »Dauert nur einen kleinen Moment, bleiben Sie ganz ruhig sitzen! Ich bin gleich zurück!« Damit sprang sie hinaus und schlug die Autotür zu.

Lotte fand das Büro der Techniker sofort. Der Kameramann Axel telefonierte zwar noch, beendete aber sein Gespräch, als er sie hereinkommen sah. »Gute Nachrichten?«, fragte sie ihn. »Leider nein!« Axel Hornung kam ihr ziemlich bedrückt entgegen. »Bei seiner Freundin war er nicht. Jetzt sucht die Polizei nach ihm.« Lotte nickte. Dann erklärte sie ihre Idee: »Ich glaube, nach der Talkshow, in der ich gleich auftreten soll, wird der Bericht gezeigt, den Sie heute früh bei uns gedreht haben.« – »Ich weiß«, sagte der Kameramann, »und weiter?« – »Es könnte doch sein, dass er ihn sich ansieht«, überlegte Lotte laut, »schon weil er ein paar Mal gepatzt hat und vielleicht wissen will, ob seine Aufnahme in Ordnung war.« Der Kameramann schüttelte den Kopf. In seiner derzeitigen Situation würde Walter für derlei wohl keinen Sinn haben, dachte er. Doch Lotte schien ziemlich sicher: »Männer sind so, meiner Erfahrung nach. Der Beruf ist ihr Ein und Alles. Oder?« – »Na ja«, antwortete Hornung ausweichend, »außerdem: Was soll schon passieren, wenn er guckt?« – »Dann haben wir eine Chance«, sagte Lotte bestimmt. »Ich wüsste nur gern Ihre Meinung dazu, weil Sie ihn kennen. Es könnte ja sein, dass ich alles noch viel schlimmer mache.« – »Schlimmer kann es ja kaum werden«, meinte er. Was hatte sie nur vor? »Ihr Freund hat sich aufgegeben! Aber Sie ihn nicht. Und ich auch nicht. Und so lange ist Hoffnung, meiner Meinung nach!«

Axel Hornung sah nicht so aus, als ob er sie verstanden hatte. Aber Lotte musste jetzt dringend hinaus zu Wöller und dann ins Studio. »Da sind Sie ja endlich!«, rief ihr der Bürgermeister hysterisch entgegen. »Wissen Sie wenigstens, wohin wir jetzt müssen?« Lotte nickte selbstbewusst. »Ganz ruhig. Denken Sie an Ihr Herz! Nicht, dass Sie vor laufender Kamera umkippen!« Wöller sah sie entsetzt an. Was für eine Vorstellung! Aber so wie sein Herz raste, kam ihm die Vision gar nicht mal so unrealistisch vor.

Dr. Richter lag immer noch auf seinem Bett. Verloren sah er sich im Zimmer um und beschloss, doch noch hinunter zu gehen und eine Kleinigkeit zu essen. Es war ihm klar, dass er vor seiner Einsamkeit floh. Aber egal. Unten im Gastraum suchte er sich eine Zeitung heraus und las die Geschichte über Schwester Lotte nach. Automatisch bestellte er bei Erika ein Bier und das Tagesgericht. Zuerst kam er sich wie ein verlassener Ehemann vor. Dann fiel ihm auf, dass ihm für diesen Vergleich jede Berechtigung fehlte. Er war ein einsamer Wanderarbeiter, nicht mehr und nicht weniger. Tausend Monteure hockten Abend für Abend genau wie er vor ihrem Bier und warteten auf den nächsten Morgen, bis sie wieder anfangen durften, ihr Geld auf anständige Art zu verdienen …
Das Essen kam. Martin musste nur einmal hinsehen, schon wusste er, dass er nicht viel davon runterbekommen würde. Er zwang sich, ein paar Bissen zu essen, dann stand er auf, hängte die Zeitung zurück und ging wieder in sein Zimmer. Er schaltete den Fernseher ein. Doch auch der interessierte ihn nicht. Endlich glaubte er, die rettende Idee gefunden zu haben: Er stellte sich unter die Dusche und ließ eine Viertelstunde lang heißes Wasser über sich laufen. Als seine Haut krebsrot war, hörte er auf und trocknete sich ab. Mit einem Handtuch um die Lenden ging er ins Zimmer zurück.
Was er da sah, konnte er zuerst gar nicht glauben. Doch es war keine Erscheinung, die da plötzlich in der offenen Zimmertür stand. Es war – Barbara in Zivil! Minuten vergingen, und nichts passierte. Unfähig, etwas zu sagen, starrten sie sich an. Dann zwang sich Barbara, den Satz auszusprechen, den sie während der Fahrt auf dem Fahrrad auswendig gelernt hatte: »Ich hab’

gelogen, Martin. Ich liebe dich!« Damit lösten sie sich aus ihrer Erstarrung und fielen sich in die Arme.

Die Talkshow hatte längst angefangen. Schwester Lotte saß zwischen Wöller und dem Moderator und blinzelte in das Scheinwerferlicht. Sie waren zu dritt, die anderen Gäste würden erst später dazukommen. Das kündigte der Moderator an, als der Applaus der Studiogäste verklungen war. Dann meinte er: »Ich denke, Schwester Lotte muss ich Ihnen nicht mehr vorstellen. Sie sind ja in ganz Bayern in aller Munde. Unser zweiter Gast ist erst durch seine ungewöhnliche Gegnerin ins Rampenlicht gerückt.« Genau wie die Verfasser der Zeitungsartikel war auch dieser Moderator eher Lotte zugeneigt. Das spürte vor allem Wöller. Er lächelte nervös und krallte seine Finger in die Armlehnen. »Wenn Sie sich bitte selbst vorstellen möchten!«, wurde er da auch schon aufgefordert, »aber bitte keine Wahlpropaganda! Unser Thema ist nicht Ihre Wahl, sondern ›Eine Klosterfrau und die Politik‹. Bitte sehr!« Schwester Lotte sah Wöller eindringlich an. Er saß da wie auf dem elektrischen Stuhl. »Tja, äh, wie gesagt, ich, äh, heiße Wölfgang Woller.« Wöller verhaspelte sich sogar bei seinem Namen. Er tat Lotte richtig Leid. Sie unterbrach ihn und meinte: »Herr Wöller ist Bürgermeister in Kaltenthal, und das seit fast 16 Jahren unangefochten!«
Wöller schluckte. Eigentlich fand er es unmöglich, dass sie sich einmischte. Andererseits hatte sie ihn in diesem Moment wirklich gerettet. Dankbar nuschelte er: »Genau!« Jetzt wusste er wieder, wie er weiterreden musste: »Auch in Zukunft, denke ich, werde ich, äh, am Wahlsonntag ... Weil unser Kongresszentrum, also, was das angeht, deshalb auch meine Kontrahentin hier ...« Doch auch diesen Satz konnte er nicht vollenden. Lotte griff wieder ein: »Der Herr Bürgermeister möchte mit Mitteln des Landes und privaten Investoren unser Kloster Kaltenthal zu einem Kongresszentrum ausbauen«, erklärte sie in

die Kameras. »Er hofft, dadurch die Wirtschaft der Region zu fördern und Arbeitsplätze zu schaffen.« Wöller stammelte erleichtert: »Sag' ich doch! Arbeitsplätze!« Er merkte gar nicht, wie sie ihm gerade die Butter vom Brot nahm. Doch der Moderator konfrontierte ihn knallhart damit: »Das klingt ja alles schön und gut, aber was haben Sie dazu zu sagen, Herr Bürgermeister?« – »Die Meinung von Schwester, äh …« – »Lotte«, half ihm Lotte. »Also, die Meinung von Schwester Lotte in allen Ehren«, machte Wöller weiter, »aber zweihundert statistische Plätze, äh, Arbeitsplätze in der Astronomie, äh ich meine …« – »In der Gastronomie«, sprang Lotte wieder ein. »Und überhaupt, Kloster Kaltenthal! Also, die Zustände da – äh, ich meine, die ganzen Nonnen! Das ist doch, äh?« Fragend sah er jetzt Lotte an: »Oder?«
Vermutlich hatte keiner der Zuschauer auch nur ein Wort verstanden. Daher dolmetschte Lotte noch einmal: »Der Herr Bürgermeister meint, dass es sich nicht lohnt, weder für den Orden, noch für die Gemeinde, diese Institution am Leben zu erhalten! Ich hingegen bin der Meinung, dass unser neues Konzept, eine Stätte der Besinnung zu schaffen für Menschen aus allen Schichten der Bevölkerung – dass dieses Konzept der Gemeinde langfristig mehr Segen bringt als ein aufgeblasenes Kongresszentrum!« Die Zuschauer applaudierten – schon weil sie froh waren, endlich wieder vernünftige Sätze zu hören. Wöller empfand das Klatschen nur als Dröhnen in seinen Ohren. »Wenn ich da einhaken darf, also, das kann ich nicht unwidersprochen stehen lassen«, versuchte er es noch einmal. Doch der Moderator meinte: »Ich fürchte, wir müssen das so stehen lassen, weil unser nächster Gast schon wartet! Begrüßen Sie jetzt mit mir …«
Da hob Lotte vorsichtig die Hand: »Moment, ich bin noch nicht fertig. Ich möchte die Gelegenheit nutzen, einen Menschen da draußen zu erreichen, wenn ich darf?« Der Talkmaster schaute etwas pikiert drein. »Bitte!«, sagte er. Da begann Lotte einen Monolog, der den Sender einige teure Sendeminuten kosten sollte: »Herr Böll«, sagte sie, »falls Sie das sehen, irgendwo, zufäl-

lig oder durch Gottes Fügung, dann möchte ich Sie bitten, Ihren Freund Axel oder mich anzurufen. Ihr Schicksal und Ihre Krankheit gehören sicher zum Schlimmsten, was einem Menschen widerfahren kann. Aber für die Menschen in Ihrer Umgebung ist es genauso furchtbar, nicht helfen zu können. Dabei muss Krebs doch heutzutage nicht mehr das Ende bedeuten. Sie haben eine Chance, wenn Sie sich dem Schicksal stellen und kämpfen. Natürlich können Sie auch feige davonlaufen. Nur: Dann haben Sie alles verloren. Wie auch immer – Sie wissen, wo Sie uns finden. Behüte Sie Gott!« Die Rede war allen Zuschauern zu Herzen gegangen. Das Studiopublikum applaudierte stürmisch.

Auf der Heimfahrt musste Lotte den Wagen steuern. Jetzt war Wöller zwar nicht mehr nervös, doch er merkte, dass er alles verbockt hatte. Lotte chauffierte ihn gern, doch schon nach wenigen Kilometern konnte sie das Gejammer nicht mehr ertragen. »Hören Sie auf, sich Vorwürfe zu machen!«, schimpfte sie. »Das kann doch passieren!« Wöller fluchte: »Es darf aber nicht passieren. Ab heute bin ich der Trottel der Nation!« – »Na, so viele sehen die Sendung auch nicht!«, wandte Lotte ein. Dann fuhren sie wieder eine Weile schweigend durch die Dunkelheit. Erst als sie Kaltenthal erreicht hatten, kurz bevor Lotte aussteigen sollte, meinte er ironisch: »Und ich Rindvieh besorge mir auch noch einen neuen Anzug!« Lotte nickte ihn lächelnd an: »Steht Ihnen aber sehr gut!« – Finden Sie?«, fragte Wöller. Jetzt spürte er am eigenen Leib, was die Leute immer von der Schwester sagten: Sie hatte Talent darin, Menschen Mut zu machen! »Doch, doch«, sprach Lotte weiter. »Und die Krawatte ist so geschmackvoll!« Der Bürgermeister musste lächeln. »Sie«, fing er an. Dann stockte er. »Was?«, fragte Lotte. »Ach, nur schade, dass Sie ...« Dann schwieg er wieder. Lotte fragte vorsichtshalber auch gar nicht mehr nach. »Vielen Dank fürs Mitnehmen – und Gute Nacht!«, meinte sie noch. Dann stand sie draußen vor der Pforte in der Sommernacht und atmete tief durch. Sie liebte den schweren Geruch von Flieder! Und sie war sie zufrieden mit ihrem Tag.

Bevor sie ihren Schlüssel gefunden hatte, wurde die Tür von Sophie aufgerissen, die Wöllers Wagen gehört hatte. »Sie waren Spitze!«, rief die Novizin ehrfürchtig. »Kein Kunststück – bei dem Gegner!«, meinte Lotte. »Ich hatte Angst, er kriegt einen Herzinfarkt!« Lachend gingen die beiden ins Haus.

In der Küche fragte Lotte als Erstes nach Barbara. Doch Sophie schüttelte nur den Kopf und meinte: »Nicht aufgetaucht!« – »Tja dann!«, meinte Lotte vielsagend. »Dafür kamen während der Sendung zwei Anrufe«, berichtete Sophie, »von Mädchen, die wissen wollten, was man tun muss, um Novizin zu werden. Eine war erst vierzehn. Aber die andere hat gerade ihren Doktor gemacht und arbeitet in einer Bank.« – »Na, das ist ja schon mal was. Müssen wir morgen der Schwester Oberin reinreiben!« Sophie nickte. Dann brach es aus ihr heraus. »Ich versteh' nur eines nicht, Schwester Lotte«, sagte sie. »Was passiert, wenn Barbara das für einen Freibrief hält, einfach mit dem Doktor …?« Lotte wollte dazu nichts sagen. Barbara würde es richtig machen, davon war sie überzeugt.

Als sie in ihr Büro ging, sah sie draußen noch einmal Auto-Scheinwerfer auftauchen. War das Richter, der Barbara zurückbrachte? Nein, es war ein größeres Auto – so eines, wie das Fernsehteam hatte. Schwester Lotte hielt es nicht mehr hinter ihrem Schreibtisch. Die beiden Männer waren schon aus dem Auto gestiegen und gingen auf die Pforte zu. »Es geschehen noch Wunder«, rief der Kameramann. »Walter ist wieder da!« Freudig klopfte er dabei dem Freund auf die Schultern. Lotte sah lächelnd von einem zum anderen. Dann meinte sie: »Das ist kein Wunder, das ist mutig! Guten Abend, Herr Böll!« Sie streckte ihm die Hand hin – und er nahm sie dankbar. »Er will die Chemotherapie machen!«, freute sich der Kameramann. »Und jetzt fahren wir heim und feiern noch ein bisschen.« – »Sehr gut«, sagte Lotte. Erleichtert über den Ausgang ihrer Fahndung, verabschiedete sie sich von den beiden Männern und ging nach oben.

Und als wirklich alle im Bett lagen, und keiner sie mehr hören konnte, kam als letzte Barbara mit dem Fahrrad in den Hof geradelt. Dabei strahlte sie so glücklich, wie seit Monaten nicht mehr.

Elftes Kapitel

Grüß Gott, Schwester!«, rief der Mann Agnes durchs Autofenster zu. »Mein Name ist Wiegand!« Agnes war im Klostergarten mit den Radieschen beschäftigt. »Grüß Gott!«, gab sie freundlich zurück. Sie konnte sich denken, wer das war: Lottes Destillenvertreter. Da stand der Mann auch schon am Gartentor und fragte nach der alten Anlage: »Wo ist denn Ihr Prachtstück? Man hat mir gesagt, Sie hätten hier irgendwo noch eine Destille aus der Zeit vor dem Zweiten Weltkrieg herumstehen?« Agnes nickte lächelnd. Sie war hocherfreut über den Besuch. Wenn sich die Destille reparieren ließe, würde sie selbst, Agnes, bald einen großen Batzen zum Klosterunterhalt beitragen können. Erst kürzlich hatte sie davon geträumt, wie sie die Anlage bediente. In ihrem Traum war sie sehr erfolgreich gewesen. Sogar Felicitas und ihr Flachmann waren darin vorgekommen. Doch so weit war sie noch nicht. Der Mann musste sich die Destille ja erst mal anschauen. Zurück zur Realität, ermahnte sich Agnes. Und laut rief sie durchs offene Bürofenster ins Haus: »Lotte! Der Herr Wiegand ist da!« Lotte streckte den Kopf heraus: »Herr Wiegand? – Zehn Uhr hatten wir ausgemacht. Jetzt muss ich gleich weg!« Wiegand entschuldigte sich – er sei aufgehalten worden. »Na«, meinte Lotte, »dann kommen Sie mal rein. Unsere Vorsteherin, Schwester Felicitas, wird Ihnen das Gerät zeigen. Und Sie machen uns dann ein Angebot, ja?«

Unten im Keller fühlte sich Felicitas wie ein Fisch im Wasser. Sie erzählte Wiegand die Geschichte der Destille. Dabei klang ihr Vortrag so lebhaft, dass man fast denken konnte, sie hätte das Ding selbst gebaut: »Im Zweiten Weltkrieg hat man das Kupfer abmontiert, für den so genannten Endsieg. Aber sonst müsste noch alles dran sein.« Dabei knipste sie die neue Deckenbeleuchtung an. Die hatten sie kürzlich angeschafft – als ersten Schritt auf dem Weg, ihr Prachtstück wieder arbeitstauglich zu machen. »Hier!«, meinte sie ehrfürchtig. Doch Wiegand sagte nur: »Ach, du liebes bisschen!«. Es lag natürlich viel Staub auf dem Apparat. Doch Felicitas ließ sich nicht aus dem Konzept bringen. »Na, alt ist sie schon«, meinte sie schulterzuckend, »aber unsere Vorgängerinnen haben damit einen köstlichen Geist hergestellt. Möchten Sie mal probieren?« Damit war sie schon an ihrem Vorratsschränkchen und zog den Korken aus einer Flasche. Wiegand roch daran und nahm dann einen kleinen Schluck. Felicitas beobachtete ihn genau. »Na?«, fragte sie. »Vom Feinsten!«, nickte er anerkennend.

Doch als er sich einen zweiten Schluck genehmigen wollte, meinte sie: »Das reicht!« und zog ihm die Flasche weg. Er sagte gelassen: »Na, dann wollen wir mal!« und ging einmal um die Maschine herum. Anschließend machte er sich Notizen über ihren Zustand. Und Felicitas füllte in einem günstigen Moment schnell ihren Flachmann auf.

Barbara musste schleunigst in den Kindergarten. Sie rannte zu ihrem Fahrrad im Hof – als sie eben »ihren« Doktor im Wagen heranfahren sah. »Komm, steig ein! Ich bring' dich!«, rief er ihr zu. Doch sie schüttelte den Kopf. »Lieber nicht!«, flüsterte sie und sah nach oben zu ihrem Zimmer. »Ich muss dir aber etwas zeigen«, meinte Dr. Richter. »Dauert nur eine halbe Stunde!« Damit war er schon ausgestiegen und legte das Fahrrad in den Kofferraum seines Kombis. Sie konnte nichts dagegen sagen, denn er hielt ihr bereits die Beifahrertür auf: »Bitte sehr, die Dame!« Barbara war nicht ganz wohl, aber sie konnte nicht widerstehen. »Du weißt, dass ich in den Kindergarten muss, oder?« Als er nickte, stieg sie ein.

Agnes war in den Wald gefahren. Sie kannte da eine Lichtung, auf der die verschiedensten Kräuter wuchsen, Blüten und Heilpflanzen wild durcheinander. Agnes konnte aus dem Vollen schöpfen! Sie hatte nämlich einen Plan. Wenn das Rezept nicht mehr aufzutreiben war, dann wollte sie selbst eine Mischung zusammenstellen. Sie musste dazu nur verschiedene Wiesenkräuter testen. Sie lehnte ihr Fahrrad also an einem Baum und ging mit großen Schritten auf die Lichtung zu. Ihrer Stimmung entsprechend, summte sie dabei ein Lied, das sie schon in der Schule immer gern gehabt hatte: »Kein schöner Land in dieser Zeit!« Ihr Summen hörte auch die alte Frau, die nur wenige Meter entfernt auf der Wiese saß und ebenfalls »erntete«. Agnes hatte sie noch nicht gesehen, da war die Frau auch schon mit einem flinken Satz im Gebüsch verschwunden.
Agnes hatte nun den Platz erreicht, auf dem die Frau eben noch gearbeitet hatte. Über eine Pflanzen-Kolonie wunderte sie sich sehr. Die kannte sie ja gar nicht! Aber das machte nichts – zu Hause hatte sie ja ihr Bestimmungsbuch. Da konnte sie nachschlagen, woher das Kraut kam. Zufrieden schnitt sie mehrere Stängel ab und legte diese fremden »Kräuter« zu den anderen in ihren Korb. Die Frau in ihrem Buschversteck beobachtete die Schwester mit zusammengekniffenen Augen. Der Eifer der Nonne gefiel ihr gar nicht. Zum Glück hörte man in diesem Moment den Kirchturm schlagen. Agnes ließ ab von ihrem Tun und marschierte zurück zu ihrem Fahrrad.

Auch Lotte war in Sachen Kloster-Geist unterwegs. Sie war immer noch auf der Suche nach dem verschollenen Rezept. Es konnte doch nicht sein, dass die Rezeptur auf ewig verloren war! Lotte wollte einfach nicht einleuchten, was die Nazis damit hätten anstellen sollen. Schnaps für den Endsieg? Unmöglich. Mit diesen Gedanken eilte sie also wieder die Treppe zu Mariannes Büro im Rathaus hinauf. Fast atemlos kam sie oben an. »Grüß Gott!«, grüßte sie ihre Helferin freundlich. »Grüß Gott, Schwester!«, erwiderte die Laban und klang dabei recht erfreut. »Haben Sie was gefunden für mich, im Archiv?« – »Ach«, Frau Laban machte eine abfällige Geste, »gefunden habe ich alles Mögliche! Nur nichts über den Alkohol!« Lotte nickte. »Ich hab' es mir ja fast gedacht. Dabei würden wir das Rezept vielleicht sogar selbst hinkriegen. Agnes ist nämlich eine Spezialistin, was Kräuter anbelangt. Aber die Lizenz brauchen wir halt. Na, vielleicht werde ich ja im Mutterhaus fündig. Ich glaube, ich fahre heute noch nach München.« Sie musste sich Mut zusprechen. Seufzend lächelte sie: »Ach, Frau Laban, wenn wir wirklich irgendwann brennen können, dann kriegen Sie eine der ersten Flaschen. Das verspreche ich Ihnen!« Marianne Laban lächelte geschmeichelt. Dann ging sie wieder zur Tagesordnung über: »Gut, dann fangen wir gleich mal an! Haben Sie den Antrag dabei? Wöller wäre nämlich jetzt da!« Lotte nickte und fischte ein Antragsformular aus ihrer Aktentasche. »Alles in Ordnung«, sagte Laban, als sie es kurz überflogen hatte. »Dann gehen Sie mal rein. Und viel Glück! Ich glaube, der Bürgermeister ist heute guter Laune. Gott weiß, warum!« Sie nickte Lotte aufmunternd zu und drückte dann die Sprechtaste zu Wöller: »Schwester Lotte ist da, Herr Wöller!« Tatsächlich antwortete der Bürgermeister aufgeräumt und ohne den kleinsten Unterton: »Schicken Sie sie rein!«

Wöller zog schnell noch seine Krawatte zurecht, fuhr sich durchs Haar und ging der Konkurrentin dann sogar entgegen. »Entschuldigen Sie die Verspätung!«, rief Lotte, sobald sie sein Büro betreten hatte. Doch er beruhigte sie: »Macht doch nichts! Für Sie bin ich immer da! Wie geht's?« Dabei streckte er ihr die Hand entgegen.

Lotte war durch seine Freundlichkeit sofort alarmiert. »Sind Sie krank?«, fragte sie vorsichtshalber. »Nein! Warum?« Wöller lächelte immer noch. »Na, so einen freundlichen Empfang bin ich von Ihnen nicht gerade gewöhnt!« – »Ach, wissen Sie«, mein-

te er großzügig, »einen Gegner, der am Boden liegt, soll man nicht auch noch mit Füßen treten!« Lotte sah ihn verständnislos an. »Am Boden? Ich?«, fragte sie lächelnd. »Tja, Schwester, ich habe Sie gewarnt«, meinte er. Aber Sie wollten sich ja in dieses politische Abenteuer stürzen!« Er fingerte nach einem Schrieb auf seinem Schreibtisch. »Ich hab' hier nämlich das Ergebnis der jüngsten Umfragen: Wen würden Sie wählen, wenn heute Wahl in Kaltenthal wäre? 2000 Haushalte wurden da befragt. Und – was tippen Sie?« Lotte sah ihn neugierig an. »Keine Ahnung!« – »Wöller: 63 Prozent, Charlotte Albers: 15 Prozent. Der Rest ist unentschieden!« Lotte war gar nicht unglücklich. »Na, das heißt doch, dass ich in einer Woche 15 Prozent geschafft habe. Also, ich finde das gut!« Jetzt war sie es, die breit grinste.
Wöllers Fassade bröckelte: »Herrgott«, schimpfte er, »jetzt geben Sie endlich auf!« Da streckte ihm Lotte schon das Formular entgegen und meinte: »Im Gegenteil. Jetzt leg' ich erst richtig los! Wollen Sie das bitte abzeichnen?« Wöller traute seinen Augen nicht, als er las, was die Nonnen anpeilten – es ging um einen Antrag zur »Herstellung alkoholischer Getränke«! »Seid ihr jetzt von allen guten Geistern verlassen?«, fragte er. Dabei sah er sie richtig schockiert an. »Kaltenthaler Klostergeist!«, rief Lotte fast übermütig. Wöller konnte es nicht fassen: »Warum das denn? Wollen Sie einen Nachtclub aufmachen?« Lotte musste schon wieder grinsen. Eine rege Phantasie besaß der Mann! Dann antwortete sie aber ernst: »Quatsch. Es geht um Medizin. Zur Stärkung von Herz und Kreislauf. Oder zum Einreiben!« Aber Wöller schüttelte nur den Kopf. »Also, das kommt überhaupt nicht in Frage«, sagte er resolut. »Herr Wöller!«, bat Lotte. Doch er ließ nicht mit sich handeln: »Da könnte ja jeder kommen!« Lotte hielt ihm entgegen: »Wir sind aber nicht jeder! Außerdem hat das Schnapsbrennen Tradition, früher hatten viele Klöster eine eigene Brauerei oder Brennerei. Wussten Sie das nicht?« Wöller schüttelte sich. »Kann ich mir gut vorstellen – anders hält man das ja gar nicht aus!« –

»Sehr witzig!«, fand Lotte. Dann meinte sie: »Gibt es nicht so was wie ein Gewohnheitsrecht?« Wöller nickte. »Sicher. Aber dafür müssten Sie einen Beweis erbringen. Haben Sie eine alte Lizenz?« Lotte verneinte. »Wenigstens nicht bei uns im Haus. Und im Stadtarchiv war auch nichts!« – »Tja«, sagte er, »dann tut es mir sehr Leid, Schwester! Und was Ihren sonstigen Unternehmungsgeist angeht, Ihre ›Zufluchtsstätte für gestresste Menschen‹, da brauchen Sie auch eine Genehmigung.« Lotte packte das Formular wieder in die Tasche. »Genau genommen«, sprach Wöller weiter, »sind Sie damit nämlich ein Hotel- und Gaststättenbetrieb!« Lotte ging einfach hinaus. »Ehrlich«, rief er ihr noch nach, »mir sind quasi die Hände gebunden!« Da knallte Lotte endgültig die Tür zu. Wöller in seinem Chefsessel lächelte wie nach einer gewonnenen Schlacht. Dann sprach er in sein Mikrofon: »Frau Laban, falls was ist: Ich bin im ›Ochsen‹!«

Martin fuhr mit Barbara in eine Neubausiedlung am Stadtrand. Es war eine Anlage der Baufirma Huber. Gleich vorne an der Straße sah Barbara das Schild: »Komfort-Eigentumswohnungen, 115 bis 200 Quadratmeter. Anfragen unter Tel. … Huber Immobilien, Kaltenthal.« Sie hielten jetzt vor einem der Häuser, und Martin nickte ihr zu. »Los, schau's dir an. Nur so zum Spaß. Ich hab' die Schlüssel!« Barbara sah ihn an und meinte kopfschüttelnd: »Das ist nicht dein Ernst, oder?« – »Doch, mein Schatz!« Damit war er schon auf dem Holzsteg, der durch den Sand zur Haustür führte. Barbara sah sich unsicher um, dann folgte sie ihm ins Haus. Beim Hineingehen begegnete ihnen aber doch jemand – Hermann Huber persönlich. Anscheinend war er mit der Arbeit der Handwerker nicht ganz zufrieden, denn er schrie in sein Handy: »Das ist eine Schlamperei! Bevor die nicht beseitigt ist, gibt's keinen Cent, ist das klar?« Martin sagte nur: »Guten Tag!« – und sperrte dann die Haustür auf. Huber sah das Paar irritiert an. Irgendwo hatte er die Frau schon mal gesehen, nur wo? Als es ihm endlich wieder einfiel, rief er sofort seinen Kumpel Wöller an. Der würde sich freuen!

In der Wohnung angekommen, führte Martin seine Barbara auf den Balkon, von dem aus man heute sogar die Alpen sehen konnte. Es war ein traumhafter Föhn-Tag. »Und?«, fragte er begeistert. »Ist das nicht fantastisch?« Barbara nickte. Aber sie sah gar nicht richtig hin. »Ja, doch!« Martin stellte sich hinter sie, drehte sie in Richtung Gebirge und umfasste sie mit beiden Armen. »Unser Märchenschloss! Und niemand soll uns stören.« Bei diesen Worten ließ sie sich endlich gelöst nach hinten in seine Arme fallen. »Ach, Martin!«, seufzte sie. »Wenn ich bei dir bin, dann ist alles so einfach, aber wenn ich im Stift bin, dann habe ich wieder Zweifel. Ich kann es einfach nicht glauben, dass du ...« – »Na, das darfst du mir schon glauben«, rief er erleichtert. »So wie dich habe ich noch keine Frau geliebt! Du gibst mir so viel Kraft! Ohne dich würde ich heute kaum den Vertrag unterschreiben. Und dann hab' ich meine eigene Praxis! Unsere Praxis!« Er umarmte sie fest. Dann führte er sie durch die Wohnung. »Das wird das Kinderzimmer ... Und hier, guck mal – die Badewanne ist so groß, dass locker zwei reinpassen!« Sie küssten sich minutenlang – bis Martin großzügig meinte: »So, jetzt darfst du in deinen Kindergarten! Aber wir sehen uns heute Abend, ja? Ich hab' nämlich noch eine Überraschung für dich!« Barbara sah ihn neugierig an. Dummerweise war ausgerechnet heute ein Elternabend! Martin reagierte auf diese Ankündigung mit einem Lächeln. »Egal«, meinte er. »Ich warte!«

Schwester Agnes fuhr nach Hause. Von der Kräutersuche war sie richtig ins Schwitzen geraten. Trotzdem war sie in Hochstimmung – das Körbchen war bis obenhin gefüllt. Vorsichtshalber hatte sie ein Küchentuch über ihre Beute gebreitet, damit sie beim Radeln auch ja nichts verlor! Sie genoss die Radfahrt durch die Felder. Sogar als sie im Ort Kaltenthal ankam, summte sie noch. Am Marktplatz war aber so viel Verkehr, dass sie beschloss, in die kleine Gasse hinter dem Pfarrhaus auszuweichen. Heute gab es aber einen Autofahrer, der die gleiche Idee gehabt hatte und sich unbedingt durch das Nadelöhr zwängen musste: Bürgermeister Wöller. Er rauschte so rasant über das Kopfsteinpflaster, dass er Agnes gar nicht bemerkte. Sie sah ihn noch, geriet aber vor Schreck aus dem Gleichgewicht, kam ins Trudeln und kippte um.

Der Bürgermeister war furchtbar erschrocken, als er das Malheur sah. »Herrgott, Schwester! Das ist eine Einbahnstraße!«, rief er und sprang aus dem Auto. Andererseits war er froh, dass der Zusammenstoß glimpflich ausgegangen war. »Eine Einbahnstraße?«, fragte Agnes. »Seit wann das denn?« Seitdem sie denken konnte, war sie in diese Straße von zwei Seiten hineingefahren. Zum Glück hatte sie sich nicht verletzt. Sie klopfte ihre Kutte sauber, dann sah sie nach ihrem Korb. Die Kräuter lagen auf der Straße verstreut.

Zu Agnes' Überraschung half Wöller, alles wieder aufzusammeln. Einmal hob er eine Dolde auf, krähte triumphierend: »Ja, was haben wir denn da?« und riss ein paar Blätter ab. »Nein, Herr Wöller, bitte nicht!«, wies ihn Agnes zurecht. Wöller gab ihr die Pflanze wieder zurück und meinte scheinheilig: »Schon gut, schon gut – geht's wieder, Schwester?« – »Ja, danke!«, lächelte ihn Agnes an. Manchmal konnte er ganz charmant sein, fand sie. Gelassen stieg sie auf ihr Rad und trat kräftig in die Pedale. Und als sie im Kloster ankam, hatte sie den kleinen Zwischenfall schon fast vergessen. Ganz anders Wolfgang Wöller: Der Bürgermeister wartete nur ab, bis die Schwester außer Sichtweite war. Dann machte er sich schnurstracks auf den Weg zur Polizei.

Wachtmeister Meier war gerade mit seiner Großmutter beschäftigt, die sich auch zu den großen Pflanzen-Kennern zählte. Leider verwechselte sie mitunter schon mal einen Knollenblätterpilz mit einem Champignon – was einmal beinahe zur Auslöschung der ganzen Familie Meier geführt hätte. Seitdem musste Oma Meier all ihre Fundsachen zuerst beim Enkel vorlegen, bevor sie die »Schwammerl« zubereiten oder verkaufen durfte. Oma Meier war es gewesen, die kurz vor Agnes auf der Lichtung im Wald geerntet hatte. In der Hauptsache waren es die Pilze, die Wachtmeister Anton Meier jetzt ins Halogenlicht seiner Dienststube halten durfte. Am liebsten hätte er einige Pilze einfach unbemerkt im Müll verschwinden lassen, bevor seine Großmutter den halben Ort umbrachte. Das war nur nicht so einfach, weil die Oma genau aufpasste, was ihr Enkel trieb. »Jetzt lass schon!«, protestierte sie eben, »das ist ein Steinpilz!« – »Ja«, sagte Meier verächtlich, »einer, der dir wie ein Stein im Magen liegt!« Damit warf er den Pilz mit elegantem Schwung in seinen Papierkorb.

Die Oma jaulte auf: »Anton!« – »Entschuldige, aber der war nun wirklich giftig. Damit dürfte dir ja wohl kaum gedient sein, wenn du deine Kundschaft vergiftest, oder?« – »Doch!«, rief sie temperamentvoll, »dann komm' ich nämlich ins Gefängnis und bin bestens versorgt!« Sie riss ihm den Korb weg: »Meine Rente reicht jedenfalls nicht!«

Der Polizist konnte nichts mehr antworten, weil in diesem Moment die Tür aufflog und Wöller hereinstürmte. »Gut, dass Sie da sind, Herr Meier!«, rief er hektisch. »Ich denke, ich weiß, wer unsere Dorf-Disco mit ›Stoff‹ versorgt!« – »Was meinen Sie«, fragte Meier nach, »die bunten Pillen?« – »Ach woher«, gab Wöller zur Antwort, »Haschisch!« Dann meinte er: »Und jetzt raten Sie, wer das Zeug unters Volk bringt!« Meier hatte keine Ahnung. »Unsere Nonnen!«, schrie Wöller. Völlig unbeeindruckt verdrehte Meier die Augen und meinte: »Also, ehrlich, Herr Wöller!« Der zog aber schon sein Beweismaterial, die geklauten Blätter, aus seiner Anzugtasche und wedelte damit vor Meiers Gesicht herum. »Na?«, rief er stolz.

Oma Meier hielt es für angebracht, sich unbemerkt aus dem Büro zu stehlen. Die Geschichte wurde ihr doch zu brenzlig.

Und in der Aufregung bemerkte weder ihr Enkel noch Wöller, dass sie verschwunden war. Beifallheischend erklärte Wöller jetzt, wie er zu dem Beweismittel gekommen war. »Dieses Exemplar habe ich bei Schwester Agnes konfisziert!«, erzählte er. »Zu Hause im Kloster hat sie mindestens ein halbes Pfund davon. Also, schwingen Sie sich in Ihren Wagen, und machen Sie eine Razzia. Bitte, worauf warten Sie?« Der Polizist war von dieser Idee nicht unbedingt begeistert, aber was sollte er machen?

Schwester Lotte führte ein kurzes Zwiegespräch mit ihrem »Lebensgefährten«, bevor sie im Kloster endgültig wieder aus dem Auto stieg. »Entschuldige, wenn ich das so sage«, meinte sie mit Blick auf ihren Rosenkranz am Rückspiegel. »Aber wir brauchen was zum Verkaufen. Vom Beten allein kann keiner leben. Und Almosen gibt's keine mehr. Also, hilf mir, dass wir die Lizenz kriegen. Und wenn möglich das Originalrezept!« Damit war sie bereits neben Wiegands Wagen angekommen. Offenbar hatte sich der Vertreter weit mehr Zeit genommen, als gedacht. Er saß schon in seinem Wagen, stieg aber noch einmal aus, um mit Lotte zu sprechen. »Ich habe Ihrer Kollegin alles erklärt«, sagte er höflich, »das Angebot schicke ich Ihnen zu.« – »Und?«, fragte Lotte schon neugierig, »was meinen Sie, was es kostet?« – »Tja, so um die 20.000 Euro müssen Sie wohl rechnen!« – »Was?«, rief Lotte erschrocken. »So viel?« Der hochgewachsene, schlanke Mann nickte. »Das sind größtenteils Spezialanfertigungen. Aber die Investition lohnt sich.« Dabei lächelte er. »Ich hab' Ihren Stoff probiert – erstklassig, Gratulation!« – »Danke!«, sagte Lotte und gab ihm die Hand. »Auf Wiedersehen und gute Fahrt!«
Lotte wollte gerade wieder ins Haus gehen, als sie an der Hofeinfahrt Meiers Motorrad hörte. Sie blieb in der Tür stehen. »Das ging aber schnell«, grinste sie, als er vor ihr stand. »Sie wissen schon?«, fragte Meier, während er darüber nachdachte, ob

sie vielleicht Gedanken lesen konnte. »Der Herr Wöller schickt Sie, um unsere Destille zu beschlagnahmen, stimmt's?« Meier sah sie verstört an. »Sie machen Schnaps aus Haschisch?«, fragte er die Schwester entgeistert. Diesmal waren sie in ihren Vermutungen also beide übers Ziel hinausgeschossen. »Haschisch?«, hakte Lotte gleich nach. »Wie um alles in der Welt kommen Sie darauf?« Meier zog die Augenbrauen hoch. Diesmal war er ausnahmsweise fast geneigt, der Version des Bürgermeisters zu folgen. »Na na«, sagte er dann und klang dabei genau so, wie wenn er mit einem echten Gauner sprach, »jetzt spielen Sie mal nicht das Unschuldslamm. Herr Wöller hat Schwester Agnes sozusagen in flagranti erwischt!« Lotte verstand kein Wort. »Hä?«, machte sie hilflos. »Er meint, Sie hätten da noch mindestens ein halbes Pfund!« – »Das ist kein böser Scherz, oder?«, wollte Lotte wissen. Doch Meier meinte nur knapp: »Sehe ich so aus? – Jetzt sagen Sie schon – wo ist das Gras?« Lotte machte kurz kehrt und marschierte in die Küche.

In der Küche war Schwester Agnes sehr beschäftigt. Einstweilen nur im kleinen Rahmen, aber immerhin! Sie maß Alkohol aus der Apotheke in einem Messbecher ab und goss ihn in einen Kessel, den sie bis zum Rand mit ihren diversen Kräutern gefüllt hatte. Entsprechend misstrauisch blickte Lotte in den Sud, als sie meinte: »Was um Himmels willen braust du da eigentlich?« – »Ich braue nicht«, korrigierte Agnes die Mitschwester, »ich setze eine Mazeration an!« Dann begrüßte sie den Polizisten, der ihr ebenfalls über die Schulter sah. »Tag, Herr Meier!«, sagte sie freundlich. Es klang wirklich nett, doch gerade das irritierte Meier. »Sie setzen *was* an?«, fragte er scharf. »Na, ich wollte mal was probieren. Mit verschiedenen Kräutern – für den Fall, dass wir das Originalrezept nicht mehr finden, müssen wir uns ja etwas anderes einfallen lassen.« – »Und was ist da jetzt drin?«, fragte Lotte. Agnes rührte stolz im Topf: »Melisse, Pappelknospen, Pfefferminze, Ysopkraut, Arnikablüten etcetera. Dazu 80-prozentiger Alkohol aus der Apotheke. Und als Drogen noch ...« – »Drogen?«, unterbrachen sie Meier und Lotte fast unisono. Doch Agnes ließ sich nicht aus der Ruhe bringen. »Na, so heißt das bei der Likör-Herstellung«, meinte sie, »die Drogen sind die Wurzeln von Angelika, Enzian und so. Die bringen das Aroma!« – »Sonst nichts?«, fragte Lotte ein letztes Mal. Währenddessen inspizierte Meier den Korb auf dem Küchenstuhl. Gleich obenauf fand er eine Haschisch-Pflanze und hielt sie Agnes vors Gesicht: »Und was ist das?« – »Ja, gell, da staunen Sie auch! Ich hab' schon im Kräuterbuch nachgeschlagen, aber da ist sie nicht drin.« Lotte schüttelte den Kopf. »Agnes, wo hast du die her?« Agnes verstand die Aufregung nicht. Die beiden veranstalteten ja eine regelrechte Razzia in ihrer Küche! »Ich habe sie auf einer Lichtung im Wald gefunden, heute Morgen. Warum? Stehen die unter Naturschutz?«

Lotte stöhnte, und Meier verdrehte die Augen vor so viel Naivität. »Da gibt's noch ganz viele davon!«, plapperte Agnes weiter. Das kann ja gar nicht wahr sein, dachte Meier. Und nach einem Pfiff durch die Zähne meinte er zu Lotte: »Anscheinend eine ganze Plantage!« Lotte nickte und stellte sofort den Herd ab. »Los, komm, Agnes!« Doch die Küchenschwester wurde nun richtig ärgerlich. »Was machst du denn? Das muss mindestens noch 10 Minuten kochen!« Lotte schüttelte den Kopf: »Das ist jetzt egal. Du musst dem Wachtmeister zeigen, wo du das Zeug gefunden hast.« Damit fasste sie Agnes am Arm und zog sie mit sich zur Tür hinaus. Meier kehrte noch einmal um und sammelte die Haschisch-Dolden ein. Dann rannte er Lotte und Agnes nach.

Im Hof wurde es Agnes dann doch zu bunt. »Jetzt sagst du mir vielleicht mal, was los ist, sonst komme ich nicht mit!«, drohte sie Lotte. Doch die murmelte nur: »Wie kann man nur so naiv sein!« Ohne ein Wort rannte Lotte mit ihr zum Mercedes. Bei dem Versuch, die beiden Schwestern einzuholen, stieß Meier fast mit Manni zusammen, der eben ins Haus wollte. Manni erkannte das Kraut in den Händen des Polizisten natürlich sofort. »Herr Meier«, fragte er grinsend, »wo haben Sie das denn her?« Meier sah ihn nur vielsagend an. »Da können wir uns später gerne länger unterhalten. Anscheinend bist du da Experte!« Manni protestierte. Doch Meier hielt sich gar nicht bei ihm auf, sondern sprang gleich in den Streifenwagen. Er musste Lotte und Agnes einholen.

Die Oberin kam gerade mit dem Wagen vor dem Mutterhaus an, als ihr Mobil-Telefon läutete. Es war Bischof Rossbauer, der von einem Straßenfest im Kloster Wind bekommen hatte. Nun wollte er von der Oberin wissen, was dahinter steckte. Assistentin Hildegard hielt ihrer Chefin die Fondtür auf, damit sie ungehindert telefonieren konnte. »Schwester Lotte hat mir versichert, dass die Veranstaltung nur im Hof des Klosters stattfindet. Und dass sie nur am Rande mit ihrer politischen Karriere zu tun hat!« Sie selbst hätte um dieses harmlose Fest nicht so viel Aufhebens gemacht, dachte die Oberin. Aber der Bischof hatte an Lotte einen Narren gefressen. Er wollte alles ganz genau wissen. »Ja, eine Art Straßenfest«, wiederholte die Oberin. »Mit Musik und Selbstgebackenem. Ohne Alkohol natürlich.« Dann hielt sie inne. »Das wollen Sie sich antun?« Hilfesuchend sah sie ihre Assistentin an, die ihr die Eingangstür aufhielt. »Na, wenn Sie meinen – dann bis morgen! In Ewigkeit, Amen!« Sie schaltete das Handy ab und atmete laut aus. »Was ist los?«, wollte Hildegard wissen. »Seine Exzellenz möchte morgen zu der Veranstaltung nach Kaltenthal fahren!« – »Ach, du Schande!«, sagte Hildegard. Dann fiel die Tür hinter den beiden Nonnen ins Schloss.
Im Vorzimmer zum Büro der Oberin hatte Bürgermeister Wöller nun schon eine halbe Stunde lang die ausliegenden Bistums-Boten durchgeblättert. Endlich hörte er Schritte. Da waren sie, die Mutter Oberin und ihre ständige Begleiterin. »Herr Wöller?«, sprach ihn Elisabeth Reuter mit gerunzelter Stirn an, »Sie hier?« – »Ich weiß, ich weiß!«, entschuldigte er sich und strich nervös seinen Anzug glatt, »nicht die feine englische Art, so unangemeldet hereinzuschneien. Aber ich wollte das lieber nicht

am Telefon besprechen.« Er sah zu Hildegard hinüber und meinte: »Sondern am liebsten unter vier Augen.« Die Oberin ließ ihn in ihr Büro treten. Hildegard verzog sich hinter ihren Schreibtisch.
»Falls Sie wegen der Veranstaltung im Kloster gekommen sein sollten, dann ...«, nahm ihm die Oberin den Wind aus den Segeln. Doch der Bürgermeister schlug kraftlos mit der Hand durch die Luft. »Aber nein, wegen so was Läppischem rege ich mich doch nicht mehr auf!« Die Mutter Oberin schloss nun auch noch die Tür zu Hildegards Vorzimmer. »Sondern?« Wöller machte es spannend. »Auch dass Ihre Schwester Lotte nun unter die Schnaps-Fabrikanten gehen will, wundert mich nicht mehr.« Die Oberin war gerade dabei, ihren Laptop anzuschließen. Sie wollte damit ihr Desinteresse an seinen Ausführungen demonstrieren, doch bei der letzten Andeutung war sie hellhörig geworden. »Schnaps?« Wolfgang Wöller nickte ernst. »Oder Kräuter-Geist, wenn Ihnen das lieber ist. Das sind aber immer noch legale Drogen! Wenn das Kloster und seine umliegenden Wälder aber zur Anpflanzung von Haschisch-Pflanzen zweckentfremdet werden, dann finde ich, ist der Punkt erreicht ...« Die Oberin sah ihn zornig an. »Allerdings, Herr Wöller«, schnitt sie ihm das Wort ab. »Dann ist der Punkt erreicht, an dem ich mir überlege, in Zukunft nur noch über unsere Anwälte mit Ihnen zu verkehren!« Wöller lächelte sie ruhig an. Diesmal fühlte er sich eindeutig überlegen. »Das würde ich Ihnen nicht empfehlen«, sprach er weiter, »denn es dürfte nicht leicht sein, einen Anwalt zu finden, der sie da wieder raushaut!« Damit reichte er ihr die Haschisch-Pflanze, die er bei Agnes geklaut hatte.
Die Oberin betrachtete den Zweig und sah ihn dann doch etwas irritiert an. »Woher haben Sie das?«, fragte sie, nun schon wieder ganz sachlich und kühl. »Schwester Agnes heißt sie, glaub' ich, die hat heute morgen etwa ein halbes Pfund davon geerntet. Ich nehme an, zur Auflockerung der Wahl-Party am Samstagabend.« Die Mutter Oberin sah ihn eine ganze Weile mitlei-

dig an. Dann meinte sie leise: »Mein Amt verbietet mir leider, Ihnen zu sagen, was ich denke, Herr Wöller. Und jetzt gehen Sie bitte!«
Wöller war beleidigt. Die Frau nahm sich ja nicht einmal die Zeit, seinen Bericht zu prüfen! Er entfernte sich in Richtung Ausgang, wobei er unwillig vor sich hin schimpfte. »Na, so hab ich's gern – da hätte ich auch gleich zur Zeitung gehen können. Anstatt Ihnen die Chance zu geben, die Angelegenheit aufzuklären!« Die Oberin war inzwischen aufgestanden, um ihm demonstrativ die Tür aufzuhalten. »In unseren Klöstern wird kein Haschisch angebaut! Und gnade Ihnen Gott, wenn Sie aus einer solchen Behauptung Kapital für Ihren Wahlkampf schlagen wollen!« Dann sagte sie zu Schwester Hildegard: »Bitte zeigen Sie dem Herrn den Weg!« – »Nicht nötig«, meinte Wöller grimmig, »den kenne ich! Aber Sie offenbar nicht!« Mit dieser kryptischen Andeutung beendete er seinen Besuch. Schwester Hildegard hatte nur die letzten Sätze mitbekommen und war neugierig geworden: »Haschisch im Kloster?« Worauf die Oberin sich an die Stirn tippte und bat: »Verbinden Sie mich mal mit Schwester Lotte, wenn's geht!«

Dieser Wunsch konnte ihr im Moment nicht erfüllt werden, denn Schwester Lotte, Schwester Agnes und der Polizist Meier suchten immer noch im Wald nach den Pflanzen. Endlich fand Agnes die Lichtung wieder. »Da sind sie!«, rief sie erleichtert aus. »Ihr müsst mir aber glauben, dass ich wirklich keine Ahnung hatte!« Lotte nickte, und Meier meinte nur: »Ich glaub's Ihnen schon!« Dabei checkte er die Pflanzen. Lotte meinte: »Das sind ja mindestens zwanzig!« Damit war sie schon mitten drin im Gebüsch, doch Meier lotste sie wieder zurück. »Stopp«, rief er, »nicht weitergehen! Vielleicht gibt es ja Spuren!« – »Wem gehört eigentlich der Wald?«, fragte Lotte. Worauf Meier zu ihrer Verblüffung antwortete: »Ihnen! Das ist der Klosterwald, der jetzt von der Gemeinde verwaltet wird.« Er seufzte. »Tja, schöner Mist, jetzt kann ich das ganze Wochenende auf der Lauer liegen! Dabei wollte ich eigentlich mit ein paar Kollegen zum Chiemsee fahren, zum Segeln.«

Agnes hatte inzwischen die ersten Spuren entdeckt. »Hier war jemand mit dem Auto!«, rief sie aufgeregt. »Schauen Sie!« Meier kam heran und meinte: »Das war kein Auto, sieht eher nach Mopedreifen aus!« Lotte ahnte, was er damit sagen wollte. »Meine Kinder?«, rief sie empört. »Ausgeschlossen! Das wüsste ich! Ich weiß, wie ein Joint aussieht. Und wie es riecht, wenn einer geraucht wird.« – »Ach ja«, machte Meier anzüglich, »und woher wissen Sie das, wenn man fragen darf?« – »Woher wissen Sie es denn?«, gab Lotte zurück. Da wurde es Meier plötzlich ganz heiß in seiner Uniform. Und versöhnlich meinte er: »Einmal einen Zug probieren ist ja doch etwas anderes, als gleich in die Großproduktion einsteigen, oder? Da stehen gut und gern zehn Pfund! Und das ist dann kein Kavaliersdelikt mehr!«

Agnes hörte gar nicht zu. Sie fühlte sich immer noch wie ein kleines Dummerchen und wäre am liebsten im Erdboden versunken. Endlich fasste sie sich ein Herz und fragte: »Dürfen wir jetzt gehen?« Worauf Meier großzügig meinte: »Ich bitte darum! Aber kein Wort – zu niemandem! Haben Sie verstanden? Wenn sich das rumspricht, kann ich hier campieren, bis ich schwarz werde.« Dann ging er gemeinsam mit den beiden Frauen den Waldweg wieder zurück.

Als sie im Kloster angekommen waren, ging Lotte schnurstracks zur Remise, wo Mannis Band probte. Die Musik beschallte den ganzen Hof. Die Mädchen bemalten gerade ein Bettlaken mit der Parole: »Schwester Lotte lädt ein zum Kloster-Fest!« Sie waren alle so vertieft in ihre Beschäftigung, dass niemand von Lotte Notiz nahmen. Sie musste ihre ganze Lungenkraft aufwenden, um sich Gehör zu verschaffen: »Ruhe!«, rief sie. Die Musiker hielten inne. »Wieso?«, rief Joe ahnungslos, »es ist doch erst zwei Uhr!« – »Darum geht es nicht«, meinte Lotte. »Ich war gerade mit Wachtmeister Meier im Wald – wo er mir eine Plantage hochwertiger Haschischpflanzen gezeigt hat!« Sie machte eine effektvolle Pause und sah in die Runde. Manni rief vorlaut: »Hab' ich's nicht gesagt? Da ist was im Busch!« – »Jedenfalls haben wir bei dem Besuch unter anderem auch Spuren von Moped-Reifen gefunden. Ich frage euch jetzt – und das nur einmal: Habt ihr oder eure Freunde irgendetwas damit zu tun?«

Doch die Kinder schüttelten nur den Kopf. Keiner wurde rot oder reagierte sonst irgendwie nervös. Manni lachte sogar: »Leider nein!« Lotte nickte erleichtert. »Gut. Das ist nämlich kein Witz, Manni! Die Pflanzen stehen im Klosterwald, und ich darf gar nicht daran denken, was ein Mann wie Wöller daraus stricken kann.« Joe hob die Hand zum Schwur und rief: »Ehrlich, Schwester! Wir waren es nicht!« – »Hab' ich auch nicht anders erwartet!«, meinte Lotte erleichtert.

Die Jungs gingen zu ihren Instrumenten zurück, und gleich wurde die Stimmung wieder ausgelassen. »Schauen Sie mal«, riefen die Mädchen und zeigten Lotte stolz ihr Kunstwerk, »das hängen wir nachher am Marktplatz auf. Genau gegenüber vom Rathaus!« Lotte musste lächeln. Sie war gerührt. »Und in der Zeitung kommt morgen auch was«, hatte Ali von irgendjemandem gehört. »Weil: Sie sind ja jetzt eine lokale Berühmtheit!« – »Ach Gott, ja«, stöhnte Lotte amüsiert. »Aber da fällt mir noch was Wichtiges ein: Morgen brauche ich euch alle. Bänke und Tische habe ich im Vereinsheim vom Fußballclub organisiert. Aber wir müssen sie selber abholen!« – »Kein Problem«, versprach Ali. »Mein Vater kann das mit dem Lastwagen von seiner Firma erledigen.« – »Super!«, lächelte Lotte, »und die Mädchen kümmern sich um die Getränke, ja? Agnes macht eine Melissen-Bowle.« – »Wir könnten auch Apfelsaft auspressen«, schlugen die Mädchen vor, »es gibt schon genug Fallobst.« Lotte war begeistert. »Sprecht das einfach mit Agnes ab«, bat sie, »ansonsten können wir nur hoffen, dass es nicht regnet!«

Plötzlich wurde die Tür aufgerissen, und eine atemlose Sophie stürmte herein: »Schwester Lotte! Da sind Sie! Die Mutter Oberin versucht Sie zu erreichen!« Lotte schüttelte den Kopf. Sie konnte sich denken, was jetzt wieder kam. Leise meinte sie: »Bitte, was hab' ich gesagt? Es geht schon los!« Eilig ging sie hinaus.

Auf halbem Weg zum Haus hatte Sophie Lotte endlich eingeholt. »Sieht so aus, als wäre der Wöller extra nach München gefahren, um ihr unsere Haschisch-Plantage reinzureiben!«, machte Sophie Meldung. »Wenn Sie ihm das geglaubt hat, dass wir unser ›Profit center‹ mit Drogen finanzieren, dann geb' ich auf!«, rief Lotte fast etwas resigniert. Manchmal wurde ihr das dauernde Kämpfen doch zu viel!

Dem Anlass angemessen, wartete die Mutter Oberin diesmal sogar am Bildschirm auf Lotte. »Da!«, machte Sophie und verzog das Gesicht. Lotte zwinkerte zurück, dann nahm sie vor dem Laptop Platz und grüßte ernst: »Gelobt sei Jesus Christus!« – »In Ewigkeit, Amen!«, vollendete die Oberin. Dann meinte sie: »Warum ich Sie sprechen möchte, wissen Sie sicher. Also, erzählen Sie mir, was los ist!« Doch Lotte wollte erst noch Genaueres über Wöllers Besuch erfahren. »Der Bürgermeister war bei Ihnen?« – »Vergessen Sie Wöller!«, meinte die Mutter Oberin. »Ich brauche Ihre Version der Geschichte, und zwar ohne Mithörer!« Sophie zog sich zurück. Den Anfang von Lottes Bericht bekam sie trotzdem noch mit: »Das ist schnell erzählt: Schwester Agnes hat die Anpflanzung heute früh zufällig entdeckt und etwas mitgenommen.« Lotte lachte kurz auf, dann berichtete sie weiter: »Aber nur um sie anhand ihrer Fachbücher zu bestimmen. Sie hatte nicht die geringste Ahnung, dass es sich um Haschisch handelt!« Die Naivität der Küchenschwester amüsierte sogar die strenge Oberin. Außerdem hatte die Mutter Oberin mittlerweile so viel Vertrauen gefasst, dass sie den Bürgermeister schon vorher weggeschickt hatte – noch bevor sie Lottes Version gehört hatte. Lotte war darüber mehr als erleichtert. Ruhig und freundlich berichtete sie von ihrem Besuch mit Meier und Agnes am »Tatort«.

Sophie, die noch eine Weile an der Tür gelauscht hatte, interessierte das nicht mehr – sie hatte genug gehört. Jetzt musste sie zu Agnes in die Küche, dringend! Tatsächlich stand der Kräuterkorb immer noch auf dem Küchentisch, während Agnes eifrig in ihren dicken Büchern blätterte, um das Kraut zu bestimmen. Endlich hatte sie eine Abbildung gefunden, die der Form der Pflanze entsprach. »Hanf!«, rief sie stolz. »Ich hab's, Sophie! Früher hat man daraus Säcke gemacht, oder Seile – Hanfseile!« Sophie hatte inzwischen schon einen Stängel gegriffen und schnupperte mit geschlossenen Augen an den Blättern. Der Geruch erinnerte sie an ein früheres Leben ... »Rauchen kann man das übrigens auch, Agnes. Und danach wird man furchtbar lustig!« Damit ließ sie die Schwester mit ihren »Hanfpflanzen« wieder allein.
Wöller war von seinem Besuch bei der Mutter Oberin geschockt. Es war doch unmöglich, wie sie mit ihm umsprang. Er musste sich irgendjemandem anvertrauen – und ohne nachzudenken, wählte er die Nummer seines Spezls Huber. Er saß noch im Auto, aber draußen auf der Landstraße würde ihn schon niemand sehen, dachte Wöller noch. Damit schimpfte er auch schon los: »Ich sag's dir, Hermann, die Frau ist knallhart! Schmieren kannst du die nicht. Wir müssen noch die eine Woche überstehen – dann ist Wahl und der Albtraum hoffentlich vorbei.« Huber wäre es lieber gewesen, wenn er noch vorher konkrete Ergebnisse bekommen hätte. Doch Wöller konnte ihn nur vertrösten. »Ist doch egal, ob das verdammte Kongresszentrum eine Woche früher oder später fertig wird!«, meinte er barsch. Da sah er den Streifenwagen am Straßenrand. Jetzt hielt sogar noch einer der Polizisten die Kelle heraus. »Ach du Schande!«, schimpfte er ins Telefon. »Polizeikontrolle! Ich muss Schluss machen.« Er schaltete nervös sein Handy ab, dann fuhr er rechts ran und kurbelte das Fenster runter. Kein anderer Wagen war auf der Straße zu sehen. »Ich weiß, ich bin zu schnell gefahren«, rief der Bürgermeister, bemüht, den Schaden so gering wie möglich zu halten. »Aber ich muss dringend ins Rathaus, mein Name

ist Wöller, ich bin der Bürgermeister von Kaltenthal!« Wöllers Sündenregister war allerdings länger, als die beiden Polizisten durchgehen lassen konnten: »Bedauere«, meinte der mit der Kelle, »aber Sie sind vorhin schon mit 80 Sachen durch eine geschlossene Ortschaft gedüst. Und ein Stopp-Schild haben Sie auch überfahren!« Wöller zuckte zusammen. »Wirklich? Na gut! Was kostet so was heutzutage?« Er fischte seinen Geldbeutel aus der Tasche – wobei ihm auch seine Beweis-Haschisch-Pflanze herausfiel. Wöller bückte sich zwar sofort, doch der zweite Polizist hatte sie schon gesehen. »Ach, das ist ja interessant. Darf ich mal sehen?« – »Herr Wachtmeister!«, fing Wöller an, »das ist …« – »Haschisch! Genau!« Er schnupperte an der Dolde. »Deshalb habe ich es ja so eilig!«, sagte Wöller unwillig. Doch der Polizist meinte zu seinem Kollegen: »Ja, Günther, ich glaube, da haben wir eine ganze Büchse mit Würmern angestochen, was denkst du?« Der Polizist mit dem Vornamen Günther nickte lebhaft. »Ja, ich würde auch sagen, der Herr macht jetzt mal seinen Kofferraum auf!« Wöller stöhnte. »Ich kann alles erklären!«, rief er wild gestikulierend. Doch die beiden Polizisten ließen sich nicht aufhalten, sondern filzten in aller Ruhe seinen Wagen. Wöller stand hilflos daneben. Und während er so dastand, kam in ihm der Wunsch auf, sich mal wieder so richtig gepflegt zu betrinken.

Dr. Martin Richter hatte die Frau seines Herzens nun endlich davon überzeugt, dass sie mit ihm gemeinsam den besseren Lebensweg beschreiten würde. Sie kam heute sogar freiwillig nach ihrem Dienst im Kindergarten zu ihm in die Praxis, weil er an diesem Tag seinen Vertrag unterschrieben hatte. Martin lachte stolz, als er ihr die Tür aufmachte. Noch im weißen Kittel, hob er sie stolz über die Schwelle. Diesmal ließ sie es sich sogar ohne Murren gefallen. Dann fragte sie ehrlich beeindruckt: »Und das gehört jetzt alles dir?« – »Ja«, lächelte er und zog sich den Arztmantel aus, »und eine Kartei mit über 3000 Patien-

ten!« Dann zog er sie ins Vorzimmer. »Und das wird einmal dein Büro, mein Schatz!« Barbara zuckte zusammen. »Ja, und die Sprechstundenhilfe?« – »Der hab' ich gekündigt!« Barbara blieb erschrocken stehen. »Wegen mir?« – »Nein«, beruhigte er, »wegen ihr! Kündigungsgrund: galoppierende Verliebtheit in ihren Chef!« – »Armes Mädchen!«, meinte Barbara. Doch er zog sie schon hinaus zum Parkplatz.
Im Auto sagte er ernst: »Alles hängt jetzt von dir ab, Barbara. Alles.« Barbara nickte. Sie dachte schon dauernd daran, wie sie es den anderen am schonendsten beibringen konnte. »Morgen nach der Messe sage ich es ihnen«, versprach sie. »Bestimmt?«, fragte er und drückte dabei nervös ihre Hand. »Bestimmt!«, nickte Barbara. Dann sah sie die Tüten auf dem Rücksitz. »Was hast du denn alles gekauft?« – »Na ja, Frühstück bei Tiffany's wird es nicht, dafür aber ›Picknick auf dem Parkettfußboden‹«, grinste er. Dann startete er den Motor.

Es wurde langsam Abend. Irgendjemand musste nach dem armen Wachtmeister sehen, dachte Lotte und ging in die Küche, um ihm ein wenig Proviant einzupacken. Anschließend fuhr sie mit dem Fahrrad in den Wald hinaus. An einem kleinen Pfad entdeckte sie im Gebüsch sein Motorrad, sorgfältig mit Zweigen getarnt. Sie stieg ab und lehnte ihr Rad an den nächsten Baum. Anscheinend war Meier eingenickt, doch als er sie hörte, schreckte er hoch und rieb sich die Augen. »Alles in Ordnung, ich bin's nur!«, gab sie Entwarnung. Er nickte erleichtert. »Ich hab' Ihnen was mitgebracht«, lächelte sie, »Kaffee und Kuchen von gestern.« Meier fühlte sich geschmeichelt. »Das ist ja nett! Für einen Polizisten zwar nicht sehr professionell, während man auf der Lauer liegt. Aber ich hab' wirklich Hunger!« Hastig wickelte er das erste Stück Kuchen aus der Alufolie, und zwei, drei Bissen später hatte er es bereits weggeputzt. »Ich hab' unterwegs niemanden gesehen«, sagte Lotte. »Sie?« Meier schüttelte den Kopf, er konnte nicht antworten, so voll hatte er den Mund. Dann meinte er: »Die müssen aber kommen. Es hat schon eine Weile nicht geregnet – und die Dinger brauchen eigentlich dringend Wasser.« – »Wo wollen die hier Wasser hernehmen?« – »Da, beim Hochsitz!«, Meier zeigte in eine Ecke der Lichtung. »Da ist ein Tümpel, und da habe ich auch schon einen Eimer gefunden. Den haben sie dort versteckt. Und einen Sack Dünger!« Lotte war beeindruckt. Doch als er weitererzählen wollte, unterbrach sie ihn rasch: »Still!« Sie hatte das Knattern eines Motorrads gehört. Meier zerrte Lotte in Deckung; gespannt knieten beide hinter einem Baumstamm. Das Motoren-Geräusch kam tatsächlich näher. Jetzt hörte man auch Zweige knacken. Lotte beschwerte sich, weil sie nichts sah. »Sie bleiben da!«, sagte Meier, richtete sich auf und ging leise los. Doch Lotte dachte gar nicht daran, tatenlos in ihrem Versteck sitzen zu bleiben. Sie stand ebenfalls auf und folgte ihm. Von hinten sah man eine ältere Frau mit Kopftuch auf dem Boden kauern. Sie war gerade dabei, Dünger auf die Erde zu schütten, in der die Hanfpflanzen wuchsen. Meier zog seine Waffe. Dann rief er: »Polizei! Stehen Sie ganz langsam auf, und drehen Sie sich um!« Die Frau rührte sich nicht. »Jetzt machen Sie schon!«, wiederholte Meier scharf. Da stützte sich die Frau auf ihre Harke und richtete sich mühsam auf. Meier fiel die Kinnlade herunter, als er ihr Gesicht sah. »Oma!«, rief er entsetzt. »Ach, du bist es!« Im Gegensatz zu ihrem Enkel wirkte sie nun sichtlich erleichtert. »Ja, bist du denn von allen guten Geistern verlassen?«, schrie er fast und ging auf sie zu. Doch sie antwortete ihm nicht. Zu sich selbst sagte sie: »Noch zwei Wochen, und ich hätte es geschafft!«

Lotte war von hinten an ihre Seite getreten und sah amüsiert zwischen den beiden hin und her. »Tja, Herr Meier«, lächelte sie, »was machen wir denn nun?« Meier winselte: »Mensch, Oma, sag, dass das nicht wahr ist. Du machst mich fertig!« Seine Großmutter wusste sofort einen Rat: »Tut mir Leid, Anton«, sagte sie, »aber du musst ja nix gesehen haben!« Anton sah Hilfe suchend zu Lotte hinüber. Dann betonte er sein Berufsethos:

»Ich bin Polizist, Oma! Ein Vertreter von Recht und Ordnung!« – »Jetzt red nicht so geschwollen daher«, holte ihn die Oma auf den Boden der Realität zurück, »es ist auch nicht recht und schon gar nicht in Ordnung, wenn eine alte Frau gezwungen wird, sich nebenher etwas dazuzuverdienen. Nur damit sie nicht verhungert! Oder denkst du, von meiner Rente könnte ich leben?« Überraschend kam ihr Lotte zu Hilfe. »Also, ich finde, dem Gesetz wäre auch Genüge getan, wenn wir die Pflanzen jetzt einfach vernichten!« Die Großmutter protestierte: »Was? Das ganze schöne Kraut ausreißen?« – »Das wird sich nicht umgehen lassen, gute Frau«, meinte Lotte geduldig. Meier starrte immer noch zu Boden und zuckte mit den Schultern. Dass er ausgerechnet seine Großmutter hier erwischen musste, war nicht leicht zu verkraften. »Weiß sonst noch jemand von deiner, äh, Nebenbeschäftigung?«, fragte er sie dann. »Nein!«, krähte sie. Doch das half ihm auch nicht weiter.

Lotte spürte, dass der Mann vollständig überfordert war. Daher schlug sie ihm vor, nach Hause zu gehen. »Ich denke, es ist besser, Sie beruhigen sich jetzt erst mal und lassen uns hier allein. Mit dem Fall werde ich schon fertig«, sagte sie grinsend. »Sie? Ja, aber …«, versuchte Meier zu widersprechen. Doch Lotte meinte: »Je weniger Sie wissen, desto besser, oder?« Meier sah kopfschüttelnd seine Oma an. »Pilze suchen, Rente aufbessern! Also, ehrlich, Oma.« Lotte klopfte ihm auf die Schulter. »Jetzt hören Sie schon auf, ihr Vorwürfe zu machen!«, sagte sie energisch. »Noch ist ja nichts passiert.« Sie stoppte und sah die Oma eindringlich an. »Oder machen Sie das schon länger?« – »Großmutter von Polizist als Drogendealerin überführt!«, jammerte Meier immer noch. Er sah die Schlagzeile schon vor sich. Da schob ihn Lotte resolut vom Tatort weg: »Los, ich mach' das schon! Und wenn Wöller Sie fragen sollte, stellen Sie sich einfach dumm.« – »Da braucht er sich ja nicht groß zu verstellen«, rief die Oma feixend dazwischen.

Meier konnte sich nur noch mühsam beherrschen. Langsam wurde es ihm wirklich zu bunt. Doch bevor er ausrasten konnte, lenkte Lotte ihn ab. »Woher haben Sie eigentlich die Samen?«, fragte sie die Großmutter. »Aus Bochum«, antwortete die, »vom Versand, im Internet!« Die Schwester und der Polizist starrten sich entgeistert an. Das war ja wirklich nicht zu fassen! »Mein Enkel, der Dieter, hat mir gezeigt, wie es geht«, erklärte sie. »Und jetzt war doch alles umsonst!« Sie schniefte und strich sich dramatisch eine Träne aus dem Gesicht. Meier kannte diese Taktik schon, doch Lotte bekam tatsächlich Mitleid mit der alten Frau. »Jetzt weinen Sie nicht, sondern helfen Sie mir lieber, die Pflanzen zu vernichten! Wir finden was anderes, um Ihre Rente aufzubessern!« Da ging Anton Meier eilig zu seinem Motorrad und warf es an. Nur raus aus diesem Albtraum! Für heute hatte er genug.

Schwester Barbara lag neben Martin auf dem Boden ihrer neuen Wohnung und dachte zum ersten Mal über eine Familie nach. Von all ihren Bekannten hatte Barbara vermutlich die größte Veränderung hinter sich. Zu Beginn hatte sie ja noch versucht, die komischen Regungen ihres Gefühlshaushalts zu übergehen, dann hatte sie sie zwar wahrgenommen, aber nicht verstanden, was sie bedeuteten. Doch jetzt, wo sie Martin einigermaßen geschützt treffen konnte, wusste sie plötzlich, was das war: Sie fühlte sich als Frau. Mehr noch: als geliebte Frau. Sie merkte, dass es gut war, wenn sie bei ihm war. Dass sie ihm etwas geben konnte. Und dass ihr das viel leichter fiel als ihr Dienst im Kloster.

Martin träumte von vier Kindern. Zuerst war Barbara darüber richtig erschrocken gewesen. Durch die schwere Krankheit in ihrer Jugend war sie selbst ja für alle immer das Kind gewesen. Ihre Eltern hatten die Idee gehabt, dass sie zum Dank für ihre Genesung ins Kloster eintreten sollte. Und das brave Kind Barbara hatte genickt und sich einige Tage darauf in München vorgestellt. Auch in der Freundschaft zu Sophie war sie lange Zeit immer die Kleine gewesen, auf die man aufpassen musste. Jedenfalls hatte sie nie das Gefühl gehabt, dass sie als erwachsene Frau handelte oder behandelt wurde. Und das war nun anders. Sie wirkte zwar in dem geblümten Kleid, das ihr Lotte gekauft hatte, immer noch wie ein Schulmädchen. Doch Martin liebte sie genau so. Mehrmals am Tag sagte er ihr, wie erotisch er sie fand. Worauf ihn Barbara immer etwas unsicher ansah. Doch mit der Zeit glaubte sie ihm. Sie hatte sogar schon mal gesagt, dass sie ihn auch »schön« fand – ein Kompliment, das ihn ganz rot werden ließ.

Für den Freitagabend hatte sich Martin jedenfalls etwas ganz Besonderes einfallen lassen: ein Candle-Light-Dinner mit Champagner, Lachs, Mousse au Chocolat. Er hatte wirklich an alles gedacht. Sie hatten eine Decke auf den Parkettboden gebreitet und Kerzen in leere Weinflaschen gesteckt. Es war eine wunderbare Sommernacht. Martin grinste: »Gib zu, dass jedes Kleidungsstück zu viel wäre!« Doch Barbara ging nicht mehr auf seinen Scherz ein. Es war längst elf Uhr vorbei – und da sollte sie eigentlich schon zu Hause sein. Sie sprang auf. »Martin, ich muss los!« Er lächelte sie ergeben an. »Wie Madame befehlen«, meinte er und zog sich auch an, um sie »nach Hause« zu fahren. »Zum letzten Mal!«, hoffte er. Barbara nickte. Dann bliesen sie die Kerzen aus.

Lotte kam zur selben Zeit nach Hause wie Barbara. Es hätte gar keinen Sinn gehabt, eine Lüge zu erfinden, die Beweislast war erdrückend: Martin Richter wendete gerade seinen Wagen, als Barbara noch dabei war, ihren Schlüssel zu suchen. Als sie ihn gefunden hatte, wartete sie, bis auch Lotte ihr Fahrrad abgesperrt und sie eingeholt hatte. Sie hatte ein furchtbar schlechtes Gewissen nach ihrem »Schäferstündchen«; schließlich war sie immer noch Novizin. Barbara nahm also ihren ganzen Mut zusammen und sagte leise: »Bitte, Schwester Lotte, ich kann alles erklären!« Lotte nahm sie an der Hand und zog sie ins Haus. Barbara konnte keine Sekunde länger warten. »Eigentlich wollte ich es allen zusammen erst morgen sagen«, begann sie, »aber jetzt ist es halt so gekommen: Ich werde nicht bleiben, Schwester. Und ich bitte Sie, versuchen Sie nicht, es mir auszureden. Ich bin mir zum ersten Mal wirklich sicher!« – »Wunderbar!«, lächelte Lotte. Trotzdem klang sie ein bisschen traurig. »Wenigstens hast du eine Entscheidung getroffen. Das ist doch schon etwas! Aber in dem Fall hast du sicher auch nichts dagegen, wenn ich dich um einen letzten Gefallen bitte?« – »Nein«, sagte Barbara erleichtert. »Was kann ich tun?« – »Erinnerst du dich an Annika?«, fragte Lotte. »Das Mädchen mit den Autoknacker-Freunden? Bei der ist mir damals diese Idee mit dem nigerianischen Reife-Kreis gekommen. Und ich möchte, dass du so was heute Nacht auch machst. Um ganz sicher zu gehen!«

Barbara wirkte unsicher. »Sie möchten, dass ich da rein gehe?« Lotte nickte und zog sie hinter sich her in den Garten. »Nicht mir zuliebe, dir zuliebe!«, betonte sie dabei. »Das ist die wichtigste Entscheidung in deinem Leben. Und wenn du nach 24 Stunden immer noch gehen willst, verspreche ich dir, dass wir dir alle Glück und Segen wünschen. Ja?« Barbara nickte. »Danke«, sagte Lotte und nahm sie in den Arm. Dann ließ sie Barbara in dem Kreis stehen. Frieren würde sie heute ja nicht. Es kam nur darauf an, dass sich Barbara einmal selbst verantwortlich fühlte.

Segen für diese schweren Stunden in Barbaras Leben erhoffte sich Lotte von ihrem Lebensgefährten. Gleich anschließend ging sie in die Kapelle und zündete eine Kerze für ihre Novizin an. Die stille, freundliche Barbara war ihr ans Herz gewachsen, doch wenn sie gehen wollte, durfte man sie nicht aufhalten. »Ich fürchte, mit Schlafen ist heute nichts!«, begann Lotte leise. »Du kannst dich auf eine lange Nacht einstellen mit mir! Es geht um deine Tochter Barbara! Bitte, lass sie den Weg finden, der richtig ist für sie. Wenn sie erst mal verheiratet ist und Kinder hat, dann gibt es kein Zurück!«

Barbara hatte von Anfang an das Gefühl, dass Lottes »Kreis-Methode« in ihrem Fall nicht wirkte. Sie hatte ihre Entscheidung längst getroffen, und zwar ohne Martin Richter. In vielen einsamen Stunden, die sie heulend unter ihrer Bettdecke verbrachte, hatte sie ihren Lebensweg irgendwann erkannt. Jetzt wusste sie, was sie wollte! Und schon ganz früh, noch bevor die Glocken der Kirche zur Morgenandacht riefen, löste sie sich aus ihrer kauernden Stellung im Kreis. Sie nahm ihre Tasche und verabschiedete sich still von Lottes magischem Ort. Ihr konnte er ja doch nichts mehr sagen. Nun wollte sie keine Zeit mehr verlieren!

Im Licht der aufgehenden Sonne lief sie zum Bahnhof. Sie hoffte, dass um diese Zeit schon ein Zug nach München fahren würde. Tatsächlich – sie hatte Glück: Es gab einen Regionalexpress, der an normalen Tagen die Pendler zur Arbeit brachte. Heute, am Samstag, war Barbara die einzige, die am Bahnsteig stand. Das war ihr ganz recht – schließlich konnte sie so niemand erkennen. Außerdem hatte sie so mehr Muße, um sofort wieder an Martin zu denken. Wenn sie in München angekommen war, würde sie ihn gleich anrufen und ihm einen guten Morgen wünschen. An ihre Mitschwestern im Stift dachte Barbara an diesem frühen Morgen noch nicht.

Anders Lotte, die sofort nach dem Aufwachen zu ihrem Fenster eilte – und den Kreis leer fand. Sie eilte zu Barbaras Zimmer. Doch auch hier fand sie die Novizin nicht, nur eine aufgelöste Sophie. »Sie ist weg«, sagte Sophie. »Ich hab' sie noch gehört in der Nacht. Aber ich konnte einfach nicht.« Es war ein trauriger Anblick: Das Bett hatte Barbara bereits abgezogen. Im Kleiderschrank hing fein säuberlich ihre Tracht. Sophie brach in Tränen aus. Sie hatte Barbara wirklich geliebt. »Komm her«, meinte Lotte und nahm sie dabei in den Arm. »Du weißt doch, Sophie, viele sind berufen, doch wenige sind auserwählt.«

Bürgermeister Wöller begann diesen Samstag gleich in der Polizeistube. Die Sache mit der Autokontrolle hatte ihn eine ganze Nacht gekostet – kein Auge hatte er zugetan. Wenn das in die Medien ginge, so kurz vor der Wahl, dann wäre er geliefert, das wusste er. So wartete er schon vor Meiers Dienstbeginn auf den Polizisten. »Endlich«, begrüßte er ihn, als Meier ebenfalls unausgeschlafen hinter seinem Schreibtisch Platz nahm. »Sie müssen Ihre Kollegen zurückpfeifen!« – »Wieso?« Meier verstand überhaupt nichts. »Ihre Kollegen aus Garching haben mich gestoppt, gestern Abend, wegen überhöhter Geschwindigkeit. Und bei der Gelegenheit haben sie auch noch meine Beweis-Pflanze gefunden. Und jetzt wollen sie mir nicht glauben, dass die Nonnen das Zeug anbauen!« – »Das tun sie auch nicht«, erwiderte Meier sachlich. Wöller wurde hysterisch. Alles, was er sich zurechtgelegt hatte, war plötzlich sinnlos. »Was soll das heißen?«, fragte er laut. »Na, dass wir die Pflanzen gefunden und sofort vernichtet haben. Mehr kann ich Ihnen nicht sagen – aber die Nonnen waren es nicht. Damit ist der Fall für mich erledigt.« Er machte eine seiner berühmten Pausen. »Außer, der Herr Bürgermeister bestehen darauf, die Sache noch weiter zu verfolgen – auf die Gefahr hin, dass die Presse Wind davon kriegt ...« Wöller ahnte, dass irgendetwas an dieser Sache zum Himmel stank. Aber er wollte es nicht darauf ankommen lassen. Das Risiko, selbst Schaden zu nehmen, war ihm zu groß. Also meinte er: »Na, dann wollen wir mal nicht so sein, wenn Sie mir sagen, der Fall ist erledigt ...« Meier zerriss das Protokoll und nickte: »Na, prima!«

Auch im Klosterhof, den die Jugendlichen schon für Lottes Wahlparty geschmückt hatten, gab es nur ein Thema: »Was heißt erledigt?«, wollte Manni von Lotte wissen. »Haben Sie die Haschisch-Farmer erwischt?« Doch Lotte wich aus. »So ähnlich!«, meinte sie. Dann fragte sie Agnes, wo das kalte Büfett aufgebaut werden sollte. Agnes antwortete, dass sie den großen

Tisch aus dem Refektorium holen wollte. »Für den Fall, dass es regnet!«, meinte sie. Doch Lotte sagte bestimmt: »Es wird nicht regnen!«

In dem Moment sahen sie beide, wie Wöller in den Hof fuhr. Die Jungs um Manni stießen sich feixend an. »Lassen Sie sich nicht stören«, grüßte Wöller mit grimmigem Gesicht, »ich möchte nur Schwester Agnes sprechen!« Lotte stellte sich ihm in den Weg. »Was wollen Sie denn von unserer Agnes?« Wöller schimpfte. »Tun Sie nicht so scheinheilig. Da haben doch garantiert Sie wieder irgendwo dran gedreht.« – »Ich weiß nicht, wovon Sie reden«, reagierte Lotte in ähnlich scharfem Tonfall, »aber falls es sich wieder um Ihren hanebüchenen Verdacht handeln sollte, dass Schwester Agnes oder ich oder sonst wer hier etwas mit Drogen ...« – »Ach, und wie erklären Sie sich dann, dass Herr Meier die Sache urplötzlich nicht mehr verfolgen will?«

Lotte sah ihn milde lächelnd an. »Na gut«, erbarmte sie sich schließlich seiner Neugierde, »ich zeige es Ihnen.« – »Keine Ausflüchte oder Tricks!«, meinte der Bürgermeister. »Sonst lass' ich den Klosterwald durchkämmen, bis der Gauner gefunden ist!« – »Nicht nötig«, lächelte Lotte, »es sei denn, Sie wollen ihre treueste Wählerin und die älteste Rentnerin des Ortes in den Knast schicken!« Wöller sah sie fragend an. »Bitte?« Da deutete Lotte schon auf Oma Meier, die im Gemüsebeet Bohnen pflückte. »Frau Meier?«, rief Wöller entgeistert aus. »Also, das ist ja ...« Er war sprachlos. Und Lotte meinte genüsslich: »Bitte, sprechen Sie sich ruhig aus. Das ist mir nämlich weitaus lieber, als wenn Sie Ihre Fehden ständig über unsere Mutter Oberin austragen.« – »Hören Sie auf mit Ihrer Mutter Oberin«, beklagte sich der Bürgermeister. »Die Frau ist ja noch schlimmer als Sie!« Er lachte bitter, weil er an seinen Auftritt im Mutterhaus denken musste. »Aber was soll's. Ich kann Ihnen nur eines sagen: Ihren Festschmuck können Sie wieder abbauen. Veranstaltungen im Freien mit mehr als 100 Besuchern müssen gesundheitspolizeilich angemeldet und mit ausreichend sanitären Einrichtungen … und so weiter, und so fort! Hier steht's!« Dann reichte er ihr ein amtliches Formular. Lotte nahm es an sich, überflog den Text und meinte: »Das ist nicht Ihr Ernst, oder?« – »Ernster geht's gar nicht«, grinste Wöller wieder auf seine unnachahmliche Art, »und wenn Sie sich über das Verbot hinwegsetzen sollten, werde ich den Platz räumen lassen. Ich wünsche einen schönen Abend!« Mitten auf dem Hof ließ er Lotte stehen und eilte zu seinem Wagen. Diese Mission war ihm geglückt, dachte er zufrieden. Auch Lotte dachte, dass er es diesmal ziemlich weit gebracht hatte. Fast kamen ihr die Tränen, so traurig war sie. Der ganze Aufwand – alles umsonst. Bloß weil ein bornierter Bürgermeister keine Konkurrenz neben sich verkraften konnte. Sie musste heftig schlucken.

Schwester Barbara war inzwischen vor dem Mutterhaus angekommen. Schwester Hildegard, die Assistentin der Mutter Oberin, ließ sie herein. Sie erkannte Barbara trotz der zivilen Kleidung sofort. Doch sie ließ sich nichts anmerken. Eine »entlaufene Nonne« konnte von Hildegard kein Mitleid erwarten. »Sie wünschen?« – »Zur ehrwürdigen Mutter möchte ich«, antwortete Barbara bescheiden. »Bitte«, nickte Hildegard und brachte sie ins Büro. Die Oberin telefonierte gerade, doch sie winkte Barbara gleichzeitig auf den Besucherstuhl. Barbara setzte sich auf die vorderste Sitzkante. Als das Telefonat beendet war, sprach die Oberin sie ernst an: »Also doch?« Barbara nickte nur. Dann brach es aus ihr heraus: »Ich weiß, so kurz vor den Weihen. Aber ich kann nicht mehr zurück.« – »Der junge Doktor, hm?«, fragte die Oberin. »Ja, wir werden heiraten. Und ich werde ihm helfen, seine Praxis aufzubauen.« Die Oberin zuckte etwas zusammen bei diesem Geständnis, doch sie hatte sich schnell wieder im Griff. »Na, das ist doch eine schöne Aufgabe«, sagte sie. »Dann wünsche auch ich Ihnen von ganzem Herzen Glück!« Barbara sah sie dankbar an. Andererseits war sie fast etwas enttäuscht, dass man sie so einfach ziehen ließ. »Sie müssen mir glauben, ich hab' mir die Entscheidung nicht leicht gemacht, ehrlich!« Damit ergriff sie die ausgestreckte Hand der Mutter Oberin und beugte ihre Knie. »Das habe ich auch nicht angenommen«, nickte die, »aber Sie werden verstehen, dass ich, nun ja, auch für mich ist es nicht leicht, eine Frau wie Sie einfach gehen zu lassen. Deshalb machen wir es lieber so kurz und schmerzlos wie möglich!« Barbara stammelte: »Danke, Mutter!« Sie merkte, dass sie beide den Tränen nahe waren. Deshalb küsste sie schnell die Hand der Mutter Oberin, und die legte ihr segnend ihre Hand auf den Kopf: »Ich kann Ihnen nur noch meinen Segen mit auf den Weg geben.« Lautlos bewegte sie die Lippen und sprach eine Formel über Barbara. Als sie fertig war, half sie Barbara hoch und meinte: »Sie dürfen eines nicht vergessen: Der Glaube wird immer Ihr Zuhause sein!« Sobald Barbara unten aus der Pforte trat, fühlte sie sich so frei wie nie zuvor in ihrem Leben. Das Schönste aber war, dass sie abgeholt wurde! Sofort nach ihrem Anruf vom Hauptbahnhof aus hatte sich Martin in den Wagen gesetzt und war ihr zum Mutterhaus nach München gefolgt. Er wusste, was dieser Gang für Barbara bedeutete. Und er wollte sie auf keinen Fall allein lassen.

Es war schon fast Samstagabend, die Vorbereitungen waren so gut wie abgeschlossen. Doch auf Wöllers Geheiß hin wurde das Klosterfest tatsächlich abgesagt. Die Jugendlichen mussten die Transparente in der Stadt abnehmen, und den Tisch aus dem Refektorium brauchte Agnes auch nicht mehr. Trotzdem hatte Lotte entschieden, dass wenigstens im kleinen Rahmen gefeiert werden sollte, als Belohnung für den Einsatz ihrer jugendlichen Helfer. Vielleicht auch als Generalprobe für die Wahl am nächsten Sonntag. Die Rede, die sie vorbereitet hatte, wollte sie auf jeden Fall halten.
»Also, Herrschaften«, meinte sie energisch, als die Kinder, der Stadtpfarrer und ihre Mitschwestern versammelt waren, »ich

möchte doch kurz noch etwas sagen. Auch wenn der Abend ganz anders verlaufen ist, als wir uns das vorgestellt hatten! Wir werden uns davon aber nicht entmutigen lassen, sondern weiter für das einstehen, an was wir glauben!«
In dem Moment tauchte völlig überraschend auch noch die Schwester Oberin auf – gemeinsam mit Bischof Rossbauer. Die beiden wollten Lottes Ansprache nicht stören, und hielten sich zunächst bescheiden im Hintergrund. Doch Lottes Rundumblick hatte sie schon entdeckt. Noch lebhafter setzte sie ihre Rede fort: »Es geht nicht um mich oder um dieses schöne alte Kloster, dem Kaltenthal historisch gesehen seine Existenz verdankt. Nein, es geht um Anstand und Integrität. Um Ehrlichkeit und Sparsamkeit. Und um all die Tugenden, die unsere Eltern uns beigebracht haben. Es kann mir keiner erzählen, dass das in der Politik – zumindest auf Gemeinde-Ebene – nicht mehr möglich sein soll! Und dafür stehe ich, und für nichts anderes!«
Im Klosterhof brandete schon Beifall auf, dabei war Lotte noch gar nicht am Ende. »Ich würde sagen, jetzt lassen wir uns den Abend nicht verderben, sondern feiern eben unter uns. Musik, Manni!« – »Geht klar«, nickte Manni und rief seine Musikerkollegen zu sich auf die Bühne in der Remise.
Lotte steuerte auf Bischof Rossbauer und die Mutter Oberin zu, doch als sie endlich vor ihnen stand, setzte ein ohrenbetäubender Lärm ein. Die Musik war bestimmt nicht nach dem Geschmack des hohen Besuchs, dachte Lotte etwas beschämt. Doch beide Würdenträger hielten sich nur lachend die Ohren zu. Dabei gingen sie ein wenig von der Remise weg. »Eine schöne Rede«, meinte der Bischof schmunzelnd, als sie wieder miteinander sprechen konnten, »schade, dass sie außer uns keiner gehört hat. Wo sind denn Ihre Anhänger?« – »Bürgermeister Wöller hat uns mit der Polizei gedroht«, lächelte Lotte. Aber das sei ihr jetzt egal, meinte sie, »immerhin sind Sie beide ja da! Kommen Sie, das Büfett ist eröffnet!« – »Wunderbar!«, sagte Rossbauer, der sich gern an die Vollwertkost von Schwester Agnes erinnerte.

Zwölftes Kapitel

Die Uhr am Armaturenbrett zeigte kurz vor elf, als Julia Seewald Kaltenthal erreichte. Sie fuhr einen schwarzen, offenen Porsche – normalerweise ein Traumauto für eine 28-Jährige. Doch Julia kam der Sportwagen vor wie ein Pfand, das sie an das Leben in der so genannten besseren Gesellschaft band. Ihr Vater hatte ihr den Flitzer gekauft. So war er nämlich, ihr Vater: nach außen rührend um sein »Julchen« besorgt und innerlich kalt wie ein Eiszapfen. Seit sie denken konnte, hatte sich Julia in seiner Gegenwart immer einsam gefühlt. So war in den letzten Jahren ihr Wunsch immer größer geworden, ins Kloster einzutreten. Niemandem hatte sie etwas davon gesagt. Diese schönen, hohlen Menschen würden sie ohnehin nicht verstehen, dachte sie. Nein, ihr Projekt in Kaltenthal musste sie ganz allein durchziehen.

Je näher sie an das Kloster herankam, umso sicherer wurde sie. Als sie in den Klosterhof einfuhr, war sie sogar richtig euphorisch – bis das Handy sie aus ihren Gedanken riss. »Seewald«, meldete sie sich. Es war ihr Verlobter, sie hatte es geahnt. »Nein, ich sag' dir nicht, wo ich bin!«, zierte sie sich. »Du würdest es mir sowieso nicht glauben! Außerdem will ich nicht, dass Vater etwas erfährt.« Noch während sie redete, zog sie die Klingel an der Kaltenthaler Klosterpforte. Schließlich gab sie seinem Drängen doch nach und meinte: »Also gut. Ich bin in einem Kloster vor München. In Kaltenthal. Ich muss mir darüber klar werden, was ich mit meinem Leben anfangen soll. So geht es jedenfalls nicht weiter.« Da wurde die Tür geöffnet, und Julia beendete das Telefonat nur noch mit einem kurzen »Tschüs!«

Sie steckte ihr Handy in ihr Ledertäschchen und streckte

Schwester Lotte selbstbewusst die Hand entgegen. Lotte blickte die junge Frau etwas irritiert an. Rein äußerlich sah sie aus wie eine Studentin, doch ihre Gestik wirkte so, als würde sie heute noch das ganze Kloster kaufen! Julia wusste, dass sie sich durch ihr Auftreten von den meisten ihrer Altersgenossinnen unterschied. Dabei war das nicht mal ihre eigene Leistung. Es kam einfach daher, dass sie von früher Kindheit an auf ihre Aufgabe als Unternehmerin vorbereitet worden war. »Mein Name ist Julia Seewald«, stellte sie sich nach einem kurzen »Grüß Gott!« vor. »Ich habe letzte Woche schon mal hier angerufen. Die Schwester hieß Sophie, glaube ich …«
Lotte war sofort im Bilde. »Stimmt, sie hat mir so was ausgerichtet. Womit kann ich Ihnen helfen?« – »Ich trage mich mit dem Gedanken, ins Kloster einzutreten, und will mich informieren, wie das vonstatten geht. Und was ich tun muss.« Lotte war ziemlich überrascht – überall hätte sie sich die junge Dame vorstellen können, aber im Kloster? »Darf ich wissen, was Sie dazu bewegt?«, fragte sie. »Ich bin in einem Kloster-Internat zur Schule gegangen«, erklärte Julia, »bei den Benediktinerinnen in Sasbach!« – »Ach ja?«, fragte Lotte, noch immer nicht ganz überzeugt. »Ja, mein Vater hat mich da hingeschickt, weil meine Mutter …« Sie unterbrach sich, um die Geschichte abzukürzen: »Na ja, ich hatte keine – aber die Nonnen haben mich das vergessen lassen. Ich war glücklich da, viel glücklicher als später, zu Hause.« Sie sprach das Wort fast verächtlich aus. Lotte glaubte zu ahnen, was das Mädchen suchte. »Verstehe«, sagte sie etwas reserviert, »aber das hier ist kein Internat. Und Sie sind ja auch kein Kind mehr!« Julia nickte. Dann meinte sie: »Klar, aber so wie jetzt kann mein Leben nicht mehr weitergehen. Auf gut Deutsch: Es widert mich an!« Dazu lächelte sie Lotte strahlend an. »Und als ich Sie in der Talkshow sah, da ist mir ein Licht aufgegangen: Ich möchte Novizin werden! Das hab' ich richtig gespürt, übrigens nicht zum ersten Mal. Als ich neun Jahre alt war, habe ich mir das auch schon mal überlegt.« Dazu nickte sie, als wollte sie sich selbst Mut zusprechen.

Lotte war aber immer noch nicht überzeugt, das merkte die junge Frau genau. Also versuchte sie, die Schwester mit ganz praktischen Argumenten zu ködern. »Ich hab' übrigens eine abgeschlossene Ausbildung zur Bankkauffrau hinter mir. Und da dachte ich, dass Sie mich vielleicht ganz gut für Ihre Unternehmungen brauchen könnten.« Die Frau schien ziemlich überzeugt von ihrem Plan, nur Lotte hatte noch immer kein gutes Gefühl. Irgendwie war es eine absurde Situation, wie die Schöne da in ihrem Porsche ankam und lieber heute als morgen Novizin werden wollte. »Liebe Frau Seewald«, versuchte Lotte das Gespräch nun zum Abschluss zu bringen. »Ich fürchte, das alles reicht nicht. Um Nonne zu werden, braucht es nicht so sehr einen Beruf, als vielmehr eine Berufung!« Dann sah sie flüchtig auf die Uhr. »Herrjeh, ich muss dringend nach München, und meine Mitschwestern sind alle außer Haus. Ich fürchte also, im Moment können wir Ihnen beim besten Willen nicht helfen.« Julia witterte ihre Chance. »Ich muss sowieso wieder nach München. Und ich bin mit dem Wagen da«, lockte sie. »Ich könnte sie doch chauffieren. Und unterwegs erzählen Sie mir alles!«

Lotte liebte Sportwagen, insofern war Julia Seewalds Cabrio schon eine große Versuchung für sie. Das gab aber nicht den Ausschlag. Nein, es war Julias Stimme, die plötzlich zu kippen begann. Ganz deutlich hörte Lotte hinter ihrem fröhlichen, professionellen Tonfall ein leichtes Zittern heraus. Leise bat sie: »Bitte Schwester, ich muss mit Ihnen reden! Man sieht es mir nicht an, aber ich bin in einer ziemlich verzweifelten Lage!« Ohne zu zögern nahm Lotte nun ihre Tasche und sperrte die Tür ab. Julia lächelte sie dankbar an: »In einer halben Stunde sind wir in München – für Sie beschleunige ich in fünf Sekunden von Null auf Hundert«, versprach sie.

Bürgermeister Wöller hatte nicht mehr viel Zeit. Morgen war der große Tag, an dem sich sein Schicksal entscheiden würde:

der Wahlsonntag. Er schauderte ein wenig bei dem Gedanken. Bei Heinz Lehmann hätte er ja gewusst, was auf ihn zukam. Doch seit Schwester Lottes Erscheinen hatte sich die Lage geändert. So sicher wie früher war seine Wiederwahl nicht. Und nun hatte der Huber ihm auch noch die Sache mit dem jungen Doktor und der Novizin gesteckt. Er wollte unbedingt, dass er daraus Kapital schlug.
Wöller war das alles höchst unangenehm. Aber vielleicht ließ sich bei der Mutter Oberin mit dieser Geschichte etwas erreichen? Schon hatte er das Handy am Ohr.
Dass auch die Mutter Oberin unter dem Einfluss des Bischofs Rossbauer längst auf Lottes Seite übergewechselt war, hatte Bürgermeister Wöller in seinem Übereifer leider noch nicht mitbekommen. Während er seine Haustür aufsperrte, erreichte er die Oberin auf dem Funktelefon. Den Hintergrundgeräuschen nach zu urteilen, fuhr sie eben auf der Autobahn. »Was wollen Sie jetzt wieder?«, begrüßte sie ihn, schon gereizt, bevor er sein Anliegen überhaupt schildern konnte. Mühsam suchte er nach einer Einleitung und begann mit Lottes Likör-Idee. Doch die Oberin meinte nur: »Wie bitte? Eine Lizenz zum Brennen von Alkohol? Herr Wöller, das kann ich mir nicht vorstellen!« Tatsächlich hatten die Kaltenthaler Nonnen bislang darüber nicht mit ihr gesprochen. Lotte wollte das erst tun, wenn sie das Rezept für den Klostergeist in Händen hatte. Ahnungslos sprach die Mutter Oberin also weiter: »Da kann ich Sie beruhigen, es gibt keine Lizenz! Und selbst wenn es eine gäbe, dürfen Sie sicher sein, dass ohne meine Zustimmung nichts geschehen wird!«
Schwester Hildegard, die das Auto fuhr, unterbrach ihren Redefluss: »Mutter, schau'n Sie mal nach links! Neben uns fährt ein Cabrio, mit Schwester Lotte auf dem Beifahrersitz!« In dem Augenblick zog der Porsche auch schon an der Limousine vorbei. »Das sind mindestens 180 Sachen«, meinte Hildegard lachend. »Schwester Lotte ist echt nicht mehr zu bremsen!« Die Mutter Oberin seufzte.

»Hallo, Schwester Oberin, sind Sie noch dran?«, machte sich der Bürgermeister wieder bemerkbar. »Es gibt da noch etwas, worüber wir sprechen sollten! Ich habe Sie ja schon vor Monaten auf gewisse Zustände im Kloster hingewiesen ...« Die Mutter Oberin konnte sich denken, dass er auf ihre »entlaufene« Novizin anspielte. Allerdings war diese Sache für sie längst geklärt. Daher beschied sie ihn kühl: »Herr Wöller, bitte nicht!« Er ließ sich aber nicht bremsen. »Die Sache ist dabei, sich zu einem Skandal auszuweiten: Doktor Richter und seine Holde haben inzwischen ein Liebesnest bezogen!« Wöller war in seinem Wohnzimmer angekommen. Hier öffnete er die Hausbar und goß sich einen Whisky ein. Ohne Eis! Ihm war nach einem starken Drink. Dabei drohte er: »Ich könnte daraus natürlich jede Menge Kapital für meinen Wahlkampf schlagen, aber in Anbetracht unserer gemeinsamen Interessen, was den Verkauf des Klosters angeht, werde ich davon Abstand nehmen!« – »Danke, zu freundlich, Herr Wöller!«, gab die Oberin ironisch zurück. »Und jetzt, bitte, ich hab' noch ein anderes Gespräch in der Leitung! Guten Tag!«

Julias zackigem Fahrstil war es zu verdanken, dass Lotte sogar noch auf ihre Mutter Oberin warten musste. Eigentlich hatte sie ja vorgehabt, sich vor der Pforte des Mutterhauses von Julia zu verabschieden. Doch die junge Frau ließ sich nicht abschütteln. Geschickt hatte sie ihren Wagen geparkt und war dann einfach mitgekommen. »Ich werde wirklich nicht schlau aus Ihnen!«, sagte Lotte. Auch nach einer Stunde Fahrt war sie dieser Frau Seewald nicht wirklich näher gekommen. »Ich weiß«, antwortete Julia Seewald, »das klingt alles furchtbar durcheinander. Aber ich hab' in meinem ganzen Leben nach dem Internat nie mehr ein richtiges Zuhause gefunden. Das höchste der Gefühle waren zwei Studentenbuden in London und Boston. Im Augenblick wohne ich sogar im Hotel. Der Mensch, den mir mein Vater als Zukünftigen auserkoren hat und mit dem ich seit fünf Jahren zusammenwohne, betrügt mich nämlich mit seiner Sekretärin.«

Es war wirklich verworren. Lotte musste mit ihren Fragen noch weiter vorne anfangen, um sich zurechtzufinden: »Darf ich fragen, was Ihr Vater macht, beruflich?« – »Entschuldigen Sie«, antwortete Fräulein Seewald, »ich dachte, das wäre Ihnen klar gewesen. Gerade sind wir am Ring vorbeigefahren, da stand sie: unsere Privatbank – Bucher und Seewald.« – »Ihr Vater ist also Bankier.« – »Ja, praktisch gehört ihm der Laden allein. Bucher ist weit über siebzig!« Lotte begann zu ahnen, was für eine Prinzessin sie da zum Mutterhaus chauffiert hatte. »Dann sind Sie also ...« – »Die Erbin – und stinkreich!«, vollendete Julia selbst den Satz. Es klang bitter. »Nein«, wehrte sich Lotte, »das soll ja kein Vorwurf sein.« – »Ich weiß«, nickte die junge Frau an ihrer Seite. »Aber trotzdem traut man reichen Leuten doch nicht über den Weg!« Lotte läutete zweimal kurz an der Pforte. Dann antwortete sie salomonisch auf Julias versteckten Vorwurf: »Der heilige Franziskus zum Beispiel war auch ein reicher Mann!« Doch Julia schüttelte nur den Kopf. »Dafür wurde er fast auf dem Scheiterhaufen verbrannt, als er herumzog und Armut predigte!« – »Ihnen ist wirklich schwer beizukommen!«, meinte Lotte. Aber in ihrer Stimme schwang nun schon sehr viel mehr Sympathie mit. »Das ist ja das Problem«, sagte Julia traurig, »niemand nimmt mich ernst. Ich glaube, Sie auch nicht!« Da hörte man den Summer der Tür. Lotte drückte dagegen, und Julia folgte ihr wie ein junger Hund. »Gelobt sei Jesus Christus!«, sagte die Schwester. »In Ewigkeit, Amen!«, antwortete die Pförtnerin. Die Tür war erst wenige Minuten hinter den beiden Besucherinnen ins Schloss gefallen, da fuhr auch Schwester Elisabeths Limousine auf den Parkplatz. Anscheinend hatte es die Oberin ziemlich eilig. Bevor ihr Schwester Hildegard den Schlag zum Fond aufhalten konnte, stand sie schon an der Pforte. »Gelobt sei ...«, begann die Pförtnerin wieder. Doch die Mutter Oberin kürzte ab: »In Ewigkeit, Amen!«, sagte sie. »Wo ist Schwester Lotte?«

Lotte war mit Julia in die Bibliothek des Klosters gegangen, wo die junge Frau augenblicklich verstummte. Der hohe Raum in seiner schlichten Schönheit beeindruckte sie sehr. Riesige Regale durchzogen den Saal. Julia Seewald wirkte wie ein Kind, als sie sich neugierig zwischen den Bücherreihen umsah. Lotte hingegen ging ziemlich zielstrebig auf eine niedrige Regalreihe mit Karteikästen zu, aus der sie nun zwei Kästen herauszog. »Könnten Sie sich vielleicht auch einen vornehmen?«, fragte sie Julia. »Ich suche nach allem, was mit Kaltenthal zu tun hat.« In dem Moment ging die Tür wieder auf, und die Mutter Oberin schritt mit hoch erhobenem Kopf auf Lotte zu. »Darf man fragen, was Sie hier suchen?«, fragte sie sie – ohne Begrüßung. Lotte hielt inne. Und auch Julia sah erstaunt von ihrem Zettelkasten auf. Einen derart scharfen Ton hatte sie in diesen heiligen Gemäuern nicht erwartet! »Ich, äh, darf ich vielleicht erst mal bekannt machen?«, erinnerte sich Lotte an ihren Gast. »Julia Seewald! Und das ist unsere ehrwürdige Mutter Oberin, Frau Reuter!« Julia sah sie erfreut an. »Frau Reuter? Ist mir ein Vergnügen! Ich habe Ihre Dissertation gelesen: ›Armut als Finanzierungsmodell in Ordensgesellschaften des Mittelalters.‹ Fand ich sehr spannend!« Damit hatte sie die herbe Oberin sofort auf ihrer Seite. Gegen intelligente Schmeichelei war sogar die ehrwürdige Mutter machtlos. »Nein!«, rief sie mit kaum verhohlenem Stolz, »wie kommt das?« – »Tja«, lächelte Julia, »bevor ich mich für ein Leben im Kloster interessiert habe, habe ich alles gelesen, was es darüber im Internet gibt. Und Ihre Doktorarbeit war eben auch dabei!« – »Ach ja, das ist lange her«, nickte die Oberin, immer noch geschmeichelt. Dann fragte sie vorsichtig: »Könnte ich Schwester Lotte einen Augenblick unter vier Augen sprechen?« – »Klar«, nickte Julia und ging zum Ausgang. »Ich warte im Wagen.«

Zu Lotte war Schwester Elisabeth dann wieder weniger freundlich. »Erklären Sie mir mal bitte, warum Sie eine Lizenz zum Brennen von Alkohol beantragt haben? Nein, noch besser wäre, Sie würden mir sagen, dass das nicht wahr ist!« Lotte schüttel-

te energisch den Kopf. »Das Brennen von Kräutergeist ist eine alte Tradition im Kloster Kaltenthal. Und ich dachte, wenn man von uns schon ein Profit Center verlangt …« Damit holte sie eine angebrochene Flasche des Kloster-Geistes aus ihrer Aktentasche und meinte: »Hier, ich habe eine Probe mitgebracht. Laut Aussage von Fachleuten ein Spitzenprodukt mit hervorragenden Marktchancen!« Sie stellte die Flasche vor der Oberin auf den Regalkasten und kramte noch weiter auf der Suche nach dem kleinen Schnapsglas, das sie eingesteckt hatte. Die Oberin sah sie skeptisch an. Lotte spürte ihren zweifelnden Blick, ließ sich jedoch nicht beirren. Während sie das Glas voll schenkte, führte sie ihr Anliegen weiter aus: »Die alten Etiketten dazu haben wir noch. Nur das Rezept ist nirgendwo zu finden. Und die Lizenz von damals auch nicht. Die brauche ich aber, um das Gewohnheitsrecht dafür zu bekommen!«
Mit ihrem typischen strengen Zug um den Mund belehrte die Oberin sie: »Wir leben nicht mehr im Mittelalter. Und ich kann mir kaum vorstellen, dass Schnapsbrennen die Lösung für unsere Probleme ist!« Ohne zu antworten, hielt ihr Lotte nun das Glas hin. Die Mutter Oberin nahm es, schnupperte und nippte dann sehr vorsichtig. Sie kniff die Augen zusammen und ließ den Geschmack wirken. Dann wiederholte sie ihre Probe.
Lotte sah sie gespannt an und sagte: »Wir wollen ihn natürlich nicht als Schnaps verkaufen, sondern als Tonicum oder Heilmittel.« – »Verschreibungspflichtig?«, fragte die Oberin ironisch. »Das nicht gerade. Aber jetzt sagen Sie mal, was spricht dagegen?« An guten Tagen machte es Lotte fast Spaß, mit der Oberin zu streiten. Weil sie am Ende doch meistens das bekam, was sie wollte. Zumindest sah es so aus, dachte Lotte, wenn sie die vergangenen drei Monate Revue passieren ließ. »Also?«, fragte sie selbstsicher. Und tatsächlich: Nach zwei Schlucken war auch die Mutter Oberin vom belebenden »Geist« des Gebräus überzeugt. »Nicht übel«, gab sie zu, »aber ich werde mich erst dazu äußern, wenn ich Rücksprache mit dem Bischof gehalten habe.« Lotte lächelte selig und drückte ihr die Flasche

in die Hand. »Hier!«, meint sie verschmitzt. »Dann bringen Sie das Seiner Exzellenz! Mit herzlichen Grüßen von Schwester Lotte. Und jetzt erst mal vielen Dank, Mutter!« Die Oberin stellte die Flasche auf ihre Seite. Dann kam sie zum zweiten wichtigen Thema des Tages – dem Wahlsonntag. »Morgen ist es also so weit!«, sagte sie. »Ja, und?«, fragte Lotte. »Ich weiß gar nicht, ob ich Ihnen Glück wünschen soll!« – »Lieber nicht!«, meinte Lotte schnell. »Das fehlte gerade noch, dass ich gewinne!« Die Mutter Oberin sah sie prüfend an. »Laut den letzten Umfragen haben Sie mächtig aufgeholt!«, meinte sie. »Wöller liegt nur noch mit 48 Prozent vorne!« Lotte machte eine abwehrende Handbewegung. Sie hatte dem ganzen Zahlenzirkus noch nie viel abgewinnen können. Leichthin meinte sie: »Ach, keine Angst. Gegen das Establishment in Kaltenthal kommt keiner an. Aber der Zweck wird vielleicht erreicht. Ganz so leicht kriegt Wöller sein Kongresszentrum im Gemeinderat nämlich nicht mehr durch!« – »Wir werden sehen!«, meinte die Oberin und wandte sich zum Gehen. Dann sagte sie so beiläufig wie möglich: »Ach ja, die Urkunden, Kloster Kaltenthal betreffend, finden Sie im Safe. Schwester Hildegard hat die Schlüssel.« Lotte sah sie erstaunt an. Sollte das bedeuten, dass sie die alten Lizenzen und das Rezept so ohne weiteres einfach rausrückte? Bevor sie mit seiner Exzellenz gesprochen hatte? »Gelobt sei Jesus Christus!«, sagte Lotte schnell. Sie wusste sonst nicht, was sie sagen sollte. Dieser Coup der Elisabeth Reuter hatte sie nun wirklich sprachlos gemacht. »In Ewigkeit, Amen!«, beendete die ehrwürdige Mutter das Gespräch.

Als Lotte wieder hinaustrat, saß Julia in ihrem Porsche und wartete auf sie. Anscheinend lag dem Mädchen wirklich etwas an dem klösterlichen Leben. Ob man ihr eine Chance geben sollte? Vermutlich wäre ein Schnupperwochenende das Richtige, dachte Lotte. Fröhlich sagte sie: »Ich hab' alles gefunden!« Dann wedelte sie stolz mit den Blättern vor Julias Nase herum. »Hier!

Dabei haben wir schon ganz Kaltenthal auf den Kopf gestellt. Ich war auch im Archiv im Rathaus – alles vergeblich. Und hier im Mutterhaus muss man nur eine Schublade aufziehen – dann kann man anfangen zu kopieren.«

Julia sah sich die Kopien der alten Urkunden interessiert an. »Sehen Sie mal«, sagte Lotte stolz, »die ist noch von König Ludwig II. persönlich unterzeichnet. Und das ist eine noch ältere, von 1677, signiert von Fürstbischof Eberhardt. Und hier ist das Allerbeste: das Originalrezept!« Es war eine zwei Seiten lange, handgeschriebene Aufstellung von Inhaltsstoffen für den »Abtei-Destillat-Likör«. »Meine Güte, was da alles rein muss«, meinte Julia, als sie den Text überflogen hatte. »Ysop-Kraut, Moschus-Körner, Angelika-Wurzeln, Angelika-Samen …« Lotte nickte. »Ja, ganz schön viel, aber ich glaube, für unsere Küchenfee, Schwester Agnes, ist das kein Problem.« Während sie ihre Kopien wegsteckte, meinte Julia: »Wollen wir wieder?« Worauf Lotte mit dem Finger drohte und sagte: »Ja, aber diesmal nur mit 130 – Anordnung von der Mutter Oberin!«

Julia mochte die Musik, die da aus irgendeinem Teil des Klosters kam, als sie wieder in den Hof fuhr. Trotzdem fragte sie Lotte leicht irritiert: »Wer ist denn das?« Rockmusik hatte sie hier nicht erwartet, eher etwas Klassisches oder dünne Stimmen, die Choräle anstimmten. »Wie?«, meinte Lotte. »Ach das! Ich habe mich schon so daran gewöhnt, dass es mir gar nicht mehr auffällt. Das sind ein paar Jugendliche aus der Gegend, denen wir unsere Remise als Jugendclub überlassen haben.« Sie stiegen aus und gingen ins Haus. In der Küche experimentierte Agnes gerade wieder mit Kräutersud und hochprozentigem Alkohol. Es war ihr zu einem richtigen Hobby geworden. Irgendwann musste es doch klappen, hoffte Agnes.

Jetzt zupfte Lotte sie kurz am Ärmel: »Du, wir haben heute einen Gast zum Abendessen!« Und mit Blick auf Julia Seewald setzte sie fort: »Frau Seewald wird in den nächsten Tagen bei uns bleiben und uns über die Schulter gucken.« Agnes stellte ihre Trichter-Vorrichtung umständlich ab, trocknete sich die Hände und gab Julia dann die Hand. Das hübsche Mädchen gefiel ihr. Sie hatte so etwas Aristokratisches, fand Agnes. Laut sagte sie: »Ich bin Schwester Agnes, herzlich willkommen!« – »Danke, aber bitte keine Umstände meinetwegen!«, meinte Julia Seewald.

Lotte kramte unterdessen in ihrer Handtasche und zog das Rezept hervor, das ihr die Mutter Oberin anvertraut hatte. »Hier, dein Rezept!« Agnes traute ihren Augen nicht. »Nein! Du hast es gefunden?« – »Ach, das war nicht weiter schwer – es lag einfach im Mutterhaus im Safe.« Dann zog sie Julia in Richtung Ausgang: »Kommen Sie, ich zeige Ihnen schnell Ihr Zimmer, dann muss ich noch ins Rathaus.« – »Ich darf also wirklich bleiben?«, lächelte Julia. Doch es war eine rein rhetorische Frage. Sie hatte ja längst gemerkt, dass Lotte ihr gegenüber ganz zutraulich geworden war. »Sagen wir mal, wenigstens für ein Orientierungs-Wochenende!«, lächelte Lotte.

Agnes hatte sich bereits am Tisch niedergelassen und studierte begeistert ihr Likör-Rezept. »Ach so! Schlehdorn ist da drin, das ist ja raffiniert!« Sie merkte nicht mehr, wie Lotte mit Julia ihre Küche verließ. Oben im Trakt neben der Klausur erklärte die Schwester ihrem Gast die Aufteilung des Klosters. »Hier, das ist also das Stockwerk, das wir für unsere Seminar-Gäste modernisieren wollen. Spartanisch soll es auch nach der Renovierung noch sein, aber ein bisschen zeitgemäßer.« Dann öffnete sie die Tür zu einer Zelle und rief fröhlich: »Bitte sehr, und das ist jetzt Ihr Reich!« Julia sagte nur: »Sehr schön!« Ehrfürchtig sah sie die weiß gekalkten Wände an. Sie war sehr ergriffen bei dem Gedanken an all die Menschen, die hier im Lauf der Jahrhunderte gelebt hatten. Das waren noch wirkliche Biographien gewesen, anders als heute, dachte sie. Lotte unterbrach ihre Andacht: »Ich muss los«, erklärte sie, »aber Schwester Sophie müsste jeden Moment aus dem Pfarrhaus kommen. Mit der haben Sie ja schon telefoniert. Sie wird Ihnen dann alles weitere zeigen!« Julia nickte. »Bis später!« Nachdem Lotte die Tür zu ihrer Kammer geschlossen hatte, ging sie zum Fenster und schaute in den Garten hinaus. Dabei sagte sie still zu sich: »Endlich daheim!«

Dr. Richter und Barbara hatten sich wieder einmal in ihre leere Wohnung zurückgezogen. In München hatten sie eingekauft, und nun verbrachten sie ganz unbeschwert einen wunderbaren Abend zusammen. Die Antipasti, die Martin besorgt hatte, hatten sie schon aufgegessen, die erste Flasche Wein war auch fast weg. Da spürte Barbara plötzlich die Wirkung des Alkohols – manchmal machte sie Wein richtig melancholisch. Das hatte auch damit zu tun, dass Martin sie schon den ganzen Abend nur noch mit »Frau Richter« ansprach. »Möchtest du die Musik auswählen, Frau Richter?«, fragte er zum Beispiel. Oder: »Noch was vom Büfett, Frau Richter?« Zuerst hatte sie sich geschmeichelt gefühlt, doch andererseits machte es sie auch traurig. »Versteh mich recht«, sagte Martin Richter gerade, »ich will dich nicht drängen, aber je schneller wir heiraten, desto schneller hört auch das Gerede auf!« Sie nickte, doch ganz so schnell konnte sie seinen Wünschen nicht folgen. »Ach Martin, ich habe so vielen Menschen weh getan mit diesem Schritt. Menschen, die mir nahe stehen. Meinen Eltern zum Beispiel, und vor allem Sophie. Die ist ja meine beste Freundin. Jetzt sofort zu heiraten, wäre blöd, glaube ich.« Martin konnte ihr beim besten Willen nicht folgen. Kopfschüttelnd trat er an die Brüstung des Balkons.

Der Herr, der sich im Rathaus nach dem Bürgermeister erkundigt hatte, schien sich seiner Sache ziemlich sicher zu sein. Mit großen Schritten kam er ins Vorzimmer geeilt. »Guten Tag! Ist Herr Wöller im Haus?« Seine Stimme klang mächtig. Und ebenso kühl, wie er sie angesprochen hatte, gab Frau Laban zurück:

»Haben Sie einen Termin?« – »Nein. Aber ich müsste ihn trotzdem kurz sprechen. Mein Name ist Seewald. Ich gehe davon aus, dass er Zeit für mich hat.« Marianne Laban schüttelte den Kopf. Was bildete sich dieser Typ eigentlich ein? »Ich wäre mir da nicht so sicher«, antwortete sie ihm. »Morgen ist Wahltag. Sonst wäre das Rathaus am Samstag auch nicht besetzt!« Bevor sie weiterreden konnte, flog die Tür auf und Wöller tobte herein. »Welcher Idiot steht da auf meinem Parkplatz? Sie vielleicht?«, sprach er den Besucher gleich ungnädig an. Er brauchte irgendein Ventil, um seinen Stress loszuwerden, und da kam ihm der Fremde gerade recht. Er war ja kaum ein potentieller Wähler, da durfte man schon mal etwas lauter werden, fand Wöller.

Doch der Mann im Nadelstreifen-Anzug lächelte auch noch, als Wöller laut weiterschimpfte. »Das ist mein Parkplatz. Steht doch groß und deutlich drauf. Können Sie nicht lesen?« – »Sicher!«, nickte der Mann. »Sie hoffentlich auch?« Damit reichte er ihm seine Karte, und Wöller las seinen Namen. »Seewald? Der Dr. Seewald?«, wiederholte er zweimal ungläubig. Seewald nickte nur. Und Wöller blaffte hilflos seine Sekretärin an, wie immer, wenn er nicht mehr weiter wusste: »Also, Frau Laban, wieso lassen Sie denn den Herrn einfach so stehen? Bitte bringen Sie uns zwei Cognac, aber nicht den für die normalen Besucher. Den anderen!« Damit führte er Seewald in sein eigenes Büro.

»Bitte, keine Umstände«, sagte Seewald bescheiden. »Der Anlass meines Besuches ist ...« – »Unser Kongresszentrum, vermute ich. Aber jetzt nehmen Sie doch erst mal Platz!« Weltmännisch deutete Wöller auf die Sofa-Ecke für Besucher. »Das Projekt ist mir bekannt«, sagte Seewald. »Aber ich bin in privater Mission da. Ich darf doch mit Ihrer Diskretion rechnen?« Wöller nickte. »Versteht sich, Herr Doktor! Um was geht es?« – »Diese Nonne, Ihre Konkurrentin bei der Wahl morgen«, begann Seewald. »Schwester Lotte?«, rief Wöller aufgeregt dazwischen. »Was ist denn mit der schon wieder?« Seewald räusperte sich.

»Nun, wie ist die Frau einzuschätzen? Ich meine, es ist ja doch ungewöhnlich für eine Ordensfrau, sich derart politisch hervorzutun.« – »Wenn Sie mich fragen, ist es ziemlich bescheuert«, lächelte der Bürgermeister säuerlich, »aber wir leben nun mal in einer Demokratie!« – »Jedenfalls scheint ihr auch meine Tochter auf den Leim gegangen zu sein!« Wöllers Augen weiteten sich. »Sie ist im Augenblick bei ihr im Kloster, um sich zu orientieren, wie sie sagt!« – »Ihre Tochter will ins Kloster?« Wöller konnte es nicht fassen. »Das werde ich natürlich nicht hinnehmen«, antwortete Seewald. »Ich habe Hunderttausende in das Mädchen investiert. Beste Erziehung, Top-Schulen und Universitäten. Ab nächstem Monat sollte sie unsere Devisen-Abteilung übernehmen. Und jetzt ...« Er hielt inne, weil Marianne mit dem Cognac hereinkam und das Tablett vor Wöller abstellte. »Tragisch«, meinte der Bürgermeister und reichte seinem Gast ein Glas. »Vielleicht ist sie ja das Opfer einer Gehirnwäsche geworden? Bei einem Wochenend-Seminar vielleicht?« Marianne, die Wöllers Überlegung von der Tür aus noch mitgehört hatte, konnte nur noch den Kopf schütteln. Seewald nahm den Cognac, schnupperte kurz daran und leerte das Glas in einem Zug. Dann ging er zum Fenster und sah hinaus. Die Sache mit seiner Tochter ging ihm doch ziemlich an die Nieren.

Im Computer-Zimmer des Klosters waren die Experten nun schon zu dritt: Sophie, Manni – und Julia Seewald, die sich wirklich gut auskannte. »Warum schießt ihr das Video von dem Fest nicht auf die Kloster-Homepage?«, schlug sie eben vor. Manni fand die Idee super. Nur Sophie zickte. »Das geht doch nicht!«, meinte sie. »Sicher«, lächelte Julia, »das ist ganz leicht, darf ich mal?« Da stand Sophie wütend auf und rannte hinaus. Manni sah ihr nach. »Was ist denn mit der los?« Dann sah er Julia an. »Sie ist eifersüchtig«, erklärte sie dem Jungen, »aber wie heißt es so schön: Du sollst dein Licht nicht unter den Scheffel stellen!« Souverän machte sie sich an der Tastatur zu schaffen, und

keine fünf Minuten später hatte sie das Video schon installiert. Sophie war erst eine Weile im dunklen Gang gestanden, die Hände vors Gesicht geschlagen. Es war zu demütigend. Da kam diese Barbie-Puppe aus München – und alle waren gleich begeistert. Sie seufzte und wollte sich eben in der Küche ein Brot schmieren, als sie Lottes Schritte hörte. »Na endlich!«, rief sie und eilte ihr im Gang entgegen. »Gott sei Dank, dass Sie kommen!« – »Was ist los?«, fragte Schwester Lotte beunruhigt. »Na, diese Seewald ist vielleicht ein Ding!« – »Sophie!«, rief Lotte verärgert. »Ist doch wahr!«, schimpfte die Novizin. »Sportwagen, Designer-Klamotten, Handy!« Lotte begann zu ahnen, was los war: Sophie war eifersüchtig. Schließlich war Julia Seewald nicht nur das verwöhnte Töchterchen aus gutem Haus, sondern auch noch eine begabte junge Frau mit Charme und Idealen. »Hast du sie schon durchs Haus geführt?«, fragte Lotte misstrauisch. »Jaaa«, antwortete Sophie genervt. »Sie fand natürlich alles ›cool‹!«
Lotte drückte ihr wortlos ihre Aktentasche in die Hand und verschwand in Richtung Kapelle. Die Novizin sah ihr schmollend nach. Da läutete es an der Pforte, und Sophie ging, um aufzumachen. Es war ein Mann. »Guten Tag, mein Name ist Seewald. Ist meine Tochter bei Ihnen?« Sophie riss sich zusammen. Herzlich meinte sie: »Klar, da wird sie sich bestimmt freuen. Kommen Sie!« Sie öffnete die Tür zum Besucherzimmer und ließ ihn Platz nehmen. »Einen Moment, bitte.«
Sie ging ins Computerzimmer, um Julia Bescheid zu sagen. »Ihr Vater ist da!«, meldete sie fast schüchtern. Die Szene vorhin tat ihr nun doch Leid. Doch Julia reagierte völlig verstört. »Was?«, schrie sie. »Sie haben ihn reingelassen?« Sophie wusste nicht, was sie sonst hätte tun sollen. »Klar«, meinte sie arglos, »er sitzt im Besucherzimmer, kommen Sie!« Und jetzt war es Julia, die betrübt den Computer verließ.
Dr. Seewald betrachtete mit großem Interesse die gerahmten Fotos und Bilder früherer Bewohnerinnen über dem Sofa. Da ging die Tür auf, und Sophie sagte: »Bitte sehr!« Sie ließ Julia

den Vortritt und schloss anschließend gleich wieder die Tür hinter ihr. Doch selbst von außen konnte sie hören, wie das Mädchen loslegte. »Was willst du hier? Ich hab' dich ausdrücklich gebeten, mich nicht zu besuchen.« – »Du hast mich vor vollendete Tatsachen gestellt«, widersprach er, »aber ich denke nun mal nicht daran, meine Tochter an so einen antiquierten Verein abzugeben!« Sophie konnte der Versuchung nicht widerstehen – und stellte sich doch wieder zum Lauschen an die Tür. »Julia, wach endlich auf«, hörte sie den Mann drinnen sagen, »diese Nonnen haben dich bequatscht. Dein Hirn ist vermutlich vernebelt! Aber denen geht es doch nicht um dein Glück oder Seelenheil, die wollen dich als Vorzeigemitglied. Und vor allem wollen sie dein Geld!«

Drinnen hatte Dr. Seewald seine Tochter kurz am Arm gepackt, doch sie wies ihn zurück. »Lass mich!«, rief sie. »Die wollen mich ja nicht mal, verstehst du? Sie meinen, ich sei nur eine frustrierte Gesellschaftstussi – und gar nicht wirklich berufen!« – »Na prima«, nickte er erleichtert, »dann komm mit nach München!« – »Nein«, rief sie und widersetzte sich seinem Griff von Neuem, »lass mich los!«

Sophie fühlte sich beschämt, als sie die junge Frau reden hörte. Da bildete sie sich immer so viel auf ihre Menschenkenntnis ein, doch bei Julia Seewald ... Aufgeregt verließ sie ihren Horchposten und rannte zur Kapelle, in der sie Lotte vermutete. Lotte saß tatsächlich noch da, völlig in ihr Gespräch mit Gott versunken. Vor allem hatte sie ihn um Rat in der Sache Seewald gebeten. Einerseits fand sie die junge Frau sympathisch, und auch ihr finanztechnisches Talent könnten sie hier im Kloster gut gebrauchen. Doch ob Julia wirklich berufen war – bei der Herkunft? »Schick mir ein Zeichen, bitte«, bat Lotte, »damit wie immer auch diesmal dein Wille geschehe! Genau wie bei der Wahl morgen. Aber wenn es sich irgendwie mit deinem göttlichen Plan vereinbaren lässt, dann lass mich lieber nicht gewinnen, Herr!«

Da ging die Tür auf, und Sophie stürmte herein. Ohne Rücksicht auf Lottes Andacht rief sie: »Schnell, Schwester Lotte! Der Vater von Julia Seewald macht Terror!« Lotte sprang auf. »Wo?« Dann rannten beide Frauen nach unten. Doch im Besucherzimmer war niemand mehr! Auch der Gang war leer. Sie schauten noch im Hof – da standen Julia und ihr Vater vor seinem Wagen, in eine heftige Diskussion verstrickt. »Das kannst du nicht machen!«, rief Julia empört aus. »Vater! Ich bitte dich, was können die Nonnen dafür?« – »Du lässt mir ja keine andere Wahl!«, meinte er unerbittlich. »Also, entweder du nimmst Vernunft an und erscheinst heute Abend Punkt acht zum Versöhnungs-Essen mit Robert. Oder ich werde entscheiden.« – »Wie immer!«, sagte Julia bitter. Er trat auf sie zu und schlug einen milderen Ton an. »Du bist mein einziges Kind, Julia, und der einzige Grund, warum ich lebe. Sonst läge ich längst neben deiner Mutter auf dem Waldfriedhof!« Er versuchte, sie in den Arm zu nehmen, doch Julia verkrampfte sich. Da ließ er sie los und fuhr davon.

Julia hatte Tränen in den Augen, als sie sich umdrehte, um zum Haus zurückzugehen. Lotte und Sophie gingen ihr entgegen und nahmen sie in die Mitte. »Was ist passiert?«, fragte Lotte mitfühlend. »Tja«, schniefte Julia, »sieht ganz so aus, als könnte ich nicht bleiben!« – »Wegen Ihrem Vater?«, fragte Sophie. Lotte bat Julia, wenigstens noch bis zum Abendessen zu bleiben. »Ich muss gleich noch mal wegen der Lizenz zum Bürgermeister, aber das kann nicht lange dauern. Und dann reden wir, ja?« Julia zuckte nur resigniert mit den Schultern. Da meinte Lotte: »Warum gehen Sie nicht in die Kapelle und reden mit Ihm? Er ist auch ein Vater – der beste!« Damit hatte sie Julia endlich etwas beruhigt. Sie merkte, dass sie sich nun guten Gewissens zu Wöller aufmachen konnte.

Sie waren im Gasthof zum Ochsen verabredet. Wöller hatte vorgeschlagen, den Abend vor der Wahl im halbprivaten Rahmen ausklingen zu lassen. Dass Lotte auch über die Lizenz zum

Schnapsbrennen mit ihm reden wollte, hatte er gar nicht richtig mitbekommen. Doch die Idee, zum Schluss des Wahlkampfs einen Schoppen miteinander zu trinken, gefiel auch ihr. Sie kam pünktlich und bestellte sich erst mal ein Glas Apfelschorle. Doch auch, als sie es bereits ausgetrunken hatte, war vom Herrn Bürgermeister noch nichts zu sehen.

Irgendwann hatte Lotte genug von der Warterei. Also zählte sie das Geld für ihr Getränk ab, legte es neben das Glas und ging hinaus. Als sie schon auf dem Parkplatz neben ihrem Mercedes stand, kam er herangeprescht. Er sah sie sofort und kurbelte das Seitenfenster herunter: »Moment, Schwester Lotte!«, rief er schuldbewusst. »Entschuldigen Sie, ich hatte Probleme im Autohaus. Aber jetzt bin ich ganz für Sie da!«

Doch Lotte hatte trotzdem keine Lust mehr, in den Gasthof zurückzukehren. Daher holte sie kurz entschlossen ihre Kopien aus der Aktentasche und breitete sie auf dem Kofferraum ihres Wagens aus. »Hier«, sagte sie geschäftsmäßig, »die gewünschten Unterlagen. Und im übrigen wäre ich Ihnen dankbar, wenn Sie es unterlassen würden, die Mutter Oberin zu belästigen. Wenn Sie mit mir Probleme haben, dann tragen Sie die bitte mit mir aus!« Wöller antwortete nicht, sondern prüfte ihre Urkunden. Jetzt war er auch sauer. »Mit Ihnen kann man ja nicht reden!«, schimpfte er. Er war so gut gelaunt gewesen, und jetzt hatte sie ihm den Abend verdorben. »Ich bin beharrlich«, verbesserte ihn Lotte, »stur sind Sie!« – »Haha«, machte Wöller. Lotte erklärte ihm etwas genauer, was sie meinte: »Zum Beispiel Ihre Manie, hinter allem einen Skandal zu wittern und zu versuchen, ihn für den Wahlkampf auszuschlachten. Ich finde das lächerlich!« Wöller sah sie lange an. Dann meinte er wichtig: »Wittern ist schön gesagt! Das *ist* ein Skandal, wenn eine Nonne mit einem Mann rumpoussiert. Und auch noch in Zivilklamotten.«

Lotte blickte ihm ernst in die Augen. »Entgegen der landläufigen Meinung hat der Zweck noch nie die Mittel geheiligt, darf ich Ihnen das mal sagen? Mit anderen Worten: Aus etwas Bösem ist noch nie etwas Gutes entstanden. Und was unsere Novizin angeht: Sie ist schon seit einer Woche keine mehr.« Wöller glotzte sie an. »Wie? Was?«, fragte er. »Sie können einem Leid tun«, gab Lotte zurück. »Wenn Sie so weitermachen, werden Sie verlieren. Spätestens in vier Jahren sind Sie fällig!« Damit packte sie zusammen und marschierte zum Wagen. Wöller sah sie an und ging ihr dann nach. Die Sache mit der Novizin interessierte ihn. Außerdem hatte er ja seinen letzten Trumpf noch gar nicht ausgespielt: »Sie haben die Novizin gefeuert, geben Sie es doch zu. Und an der Neuen werden Sie auch nicht lange Freude haben!«

Lotte hielt inne und drehte sich fragend nach ihm um. »Ja, ja«, redete Wöller wichtig weiter. »Der Doktor Seewald war heute bei mir. Und er ist entschlossen, Ihren Laden endgültig dicht zu machen.« Lotte fragte jetzt genau nach: »Entschuldigen Sie, was wollen Sie damit sagen?« Wie aus der Pistole geschossen, meldete Wöller: »Er wird wohl mit seiner Bank in das Kongresszentrum einsteigen! Damit ist die Gemeinde nicht mehr auf Huber und seine Spezln angewiesen, wissen Sie! Mit anderen Worten – Ihre Mutter Oberin hat keinen Grund mehr, unser Angebot abzulehnen.«

Lotte wurde für einen Moment schwarz vor Augen. Aber dann erwachte schon wieder ihr Kampfgeist. »Da unterschätzen Sie meine Chefin aber gewaltig!«, rief sie zornig. »Schön«, rief Wöller, »ich fress' einen Besen, wenn sie bei fünf Millionen immer noch nein sagt!« Er lächelte – dankbar, dass Lotte auch einmal für eine Minute sprachlos war. »Das, das«, stotterte sie. Dann schüttelte sie den Kopf und stieg in ihren Wagen.

Es war Abend geworden. Die Schwestern versammelten sich in der Kapelle zur Andacht. Obwohl Lotte noch nicht wieder zurück war, dachten dabei alle an die Wahl. Auch Julia Seewald saß in einer Bank. Plötzlich aber stand sie auf, beugte rasch die Knie und ging hinaus. Sophie war die einzige, die es bemerkte.

Was das nun bedeuten sollte, dachte sie. Doch sie ließ sie gehen. Lotte fuhr gerade auf den Hof, als Julia mit ihrer Reisetasche aus dem Haus kam, in den Porsche stieg, und losfuhr. Ziemlich traurig sah sie aus, fand Lotte. Doch sie konnte ihr in diesem Moment nicht helfen. Lotte ging zu den anderen in die Kapelle. Es war ihr ein Bedürfnis, noch ein paar Takte mit ihrem Herrn zu sprechen. »Also, ehrlich«, sprach sie leise in sich hinein, »der Tag hat so gut angefangen. Warum machst du jetzt wieder alles kaputt?« Sie spürte keine Antwort. Nun ja, dachte Lotte, dann musste sie sich eben nachher an den Bongos beruhigen. Sonst hielt sie diese Anspannung nicht mehr aus.
Wenig später konnte man ihre afrikanischen Rhythmen auch schon hören. Sophie fasste sich ein Herz und klopfte an Lottes Tür. Sie musste loswerden, was sie vorhin beim Lauschen gehört hatte, als Julia noch einmal per Handy mit ihrem Vater sprach. Doch Lotte reagierte nicht. Da streckte Sophie einfach den Kopf ins Zimmer und sprach sie an: »Schwester Lotte?« – »Schon gut, ich höre ja schon auf!«, antwortete Lotte, weil sie dachte, irgendjemand fühle sich durch ihre Musik gestört. Doch das war es nicht, wie ihr Sophie kopfschüttelnd bedeutete. »Nein, nein«, sagte sie, »ich wollte nur, äh, ich weiß, warum Julia gegangen ist.« Lotte sah sie verwirrt an. »Ja?« – »Ich, na ja, ich hab' gelauscht. Sie wissen ja, dass ich anfangs nicht sehr viel von ihr gehalten habe. Und da wollte ich eben wissen, was läuft.« Sie redete, als säße sie auf der Anklagebank. Dabei wusste Lotte doch, dass Lauschen manchmal auch Vorteile haben konnte. »Ihr Vater hat gedroht, unser Kloster dichtzumachen«, berichtete Sophie weiter. »Zusammen mit Wöller und der Gemeinde. Offenbar kann er sich das leisten.« Lotte nickte ergeben. »So was ähnliches hat Wöller vorhin auch angedeutet. Seewald will drei Millionen drauflegen, auf das Angebot der Gemeinde.« – »Da haben Sie es«, sagte Sophie erregt, »und deshalb ist Julia zurück nach München. Nicht wegen uns.« – »Natürlich wegen uns«, verbesserte Lotte, »damit ihr Vater die Drohung nicht wahr macht. Und das ist das Zeichen, auf das ich gewartet

habe«, sagte sie mit einem Blick zum Kreuz über der Tür. »Sie ist doch berufen!«
Sophie meinte leise: »Also, das ist mir zu hoch. Ich merke nur, dass alle gehen. Wir werden immer weniger.« Lotte wusste, dass sie mit ihr über Barbara reden musste. Deshalb sagte sie jetzt: »Das mit Barbara ist etwas anderes, Sophie!« Sophie sah sie hoffnungsvoll an. »Kommt sie zurück?« – »Nein«, meinte Lotte, aber es geht ihr gut. Sie hat schon eine Wohnung mit Dr. Richter bezogen.« Sophie ließ den Kopf hängen. Es tat ihr richtig weh, wenn sie das hörte. Lotte sah es, doch sie ließ sich nicht beirren. Freundlich riet sie: »Du solltest dich mit ihr aussprechen!« – »Wieso?«, fragte Sophie. »Ich habe ihr nichts mehr zu sagen. Und was sie sagen wird, weiß ich auch.« – »Barbara hat es sich nicht leicht gemacht«, sagte Lotte und stand von ihrem Bett auf. »Und du solltest langsam aufhören, ihre Entscheidung als persönliche Beleidigung aufzufassen.« Sophie hatte Tränen in den Augen, als sie sich rechtfertigte: »Ich bin nicht beleidigt. Ich bin nur so allein. Wir alle sind so allein. Sie auch! Warum sitzen Sie sonst hier und trommeln? Weil Sie niemanden haben!« Das war starker Tobak. Die junge Novizin verlangte offenbar ein Glaubensbekenntnis, ausgerechnet jetzt! »Natürlich habe ich jemanden!«, sagte Lotte entschieden. Sophie konnte sie damit aber nicht beruhigen: »Nein, ich meine, jemanden aus Fleisch und Blut. Wir sind Schwestern, das schon, aber keine Freundinnen.« Als sie merkte, welche ketzerischen Gedanken sie da ausgesprochen hatte, wechselte sie das Thema: »Wann gehen wir morgen wählen?«, wollte sie wissen. »Nur damit ich mich drauf einrichten kann.« – »Ich dachte, gleich morgens um acht«, antwortete Lotte seufzend, »dann haben wir es hinter uns.« – »Gut«, meinte Sophie, »dann schlafen Sie mal gut!« Sie sagte es mit einem leichten, versöhnlichen Tonfall, dann eilte sie zur Tür. Lotte stand immer noch neben ihrem Bett und sah ihr betroffen nach: »Gute Nacht, Sophie!«

Wäre der Anlass nicht so bitter gewesen, dann hätte Julia die Rückfahrt nach München fast genossen. Die ganze Zeit auf der Autobahn strahlte die Abendsonne. Julia fuhr mit offenem Verdeck, und passend zum Sommer hatte sie Reggae-Musik aufgelegt. Die lenkte sie ein wenig von den schweren Gedanken ab. Sie wollte auch nicht mehr viel nachdenken. Die Würfel waren ja längst gefallen: Ihr Vater zahlte, ihr Vater schaffte an. Ob sie noch im Hotel vorbeifahren sollte, um ein Cocktailkleid anzuziehen? Aber dann würde sie dort womöglich ihren Verlobten treffen – und das wollte sie auf keinen Fall. Der Hosenanzug, den sie zum Vorstellungsgespräch bei den Nonnen angezogen hatte, musste reichen. Kurz darauf fuhr sie auch schon auf den Parkplatz vor dem »Park-Schlösschen«. Sie fühlte sich wie eine Schauspielerin, die gleich raus muss auf die Bühne, zum letzten Akt. »The show must go on», lächelte sie bitter, während sie sich vor dem Rückspiegel ihres Porsches schminkte. Jetzt musste sie nur noch schnell die Lippen anmalen! Signalrot! Sie wollte zeigen, dass sie kein Kind mehr war.
Hoch erhobenen Hauptes stieg sie aus und schritt auf das Lokal zu, in dem ihr Vater und ihr Verlobter Robert seit etwa einer Viertelstunde auf sie warteten. Robert, ein Yuppie wie aus dem Bilderbuch, hatte in der Zwischenzeit schon fast sein silbernes Zigarettenetui leer geraucht. Er wusste, dass er Mist gebaut hatte. Und sein Schwiegervater in spe tat ja alles, um ihm die Lage so richtig bewusst zu machen. Auf irgendeine Weise meinte es der alte Herr gut mit ihm, sicher, doch die Art, wie er die Fäden zog, löste bei dem jungen Mann langsam auch Unsicherheit aus. »Und dann geht Ihr beide zu McKinney nach London!«, sagte Dr. Seewald gerade. »Das bringt Julia auf andere Gedanken.« In Roberts Ohren klang das etwas vorschnell. Erst musste sie sich wieder mit ihm versöhnen. »Und wenn sie nicht kommt?«, fragte er und sah dabei bestimmt schon zum zehnten Mal auf seine Uhr. »Sie wird kommen«, sagte der alte Herr. »Im Gegensatz zu dir ist meine Tochter nämlich nicht egoistisch. Sie wird den Nonnen den Ausverkauf ersparen wollen.

Und wenn sie kommt, lass' ich euch mit einer Ausrede allein. Und du wirst dich in aller Form entschuldigen, ist das klar?« Robert sah an Dr. Seewald vorbei und pfiff durch die Zähne. »Tatsächlich, da ist sie.« Er stand auf. Dass sie gekommen war, gab ihm ein wenig Sicherheit zurück. Auch ihr Vater erhob sich, als sie nun endlich vor dem Tisch stand. Julia wirkte völlig cool. »Ihr habt doch mit dem Essen nicht auf mich gewartet?«, meinte sie. Ihre gute Laune war fast gespenstisch. »Lieb von euch! Aber ich habe gar keinen Hunger.« Damit nahm sie das Rotweinglas ihres Vaters und kippte es in einem Zug hinunter. Dr. Seewald und sein Beinahe-Schwiegersohn sahen sich betroffen an. »Ah«, machte Julia lächelnd, »jetzt geht es mir schon besser!« Damit nahm sie auch noch das Glas ihres Verlobten, in dem nicht mehr ganz so viel drin war, und fragte leichthin: »Ich darf doch, Liebling?« Schon kippte sie auch den Inhalt aus Roberts Glas komplett hinunter.

»So«, lächelte sie, »ich bin da. Wie geht es jetzt weiter?« Herausfordernd schaute sie abwechselnd die beiden Männer an. Sie war nicht ein bisschen nervös. »Na ja«, sagte ihr Verlobter, nestelte an seinem Kragen und sah nervös zu dem älteren Herrn an seiner Seite, »ich möchte mich entschuldigen.« Dann sah er wieder Julia an. »Und dir sagen, dass Frau Hinrichs ab sofort nicht mehr für mich arbeitet.« Julia Seewald traute ihren Ohren nicht: »Du hast sie entlassen?« – »Natürlich! Die Sache ist ein für allemal erledigt.« Julia klang empört: »Du bist ja verrückt!«, rief sie. Dann wandte sie sich direkt an ihren Vater: »Mit anderen Worten, erst nutzt Robert seine Position aus und bringt das Mädel dazu, mit ihm ins Bett zu steigen, und jetzt steht sie dafür auf der Straße?« Sie schüttelte den Kopf. Robert sah hilfesuchend zu Dr. Seewald hinüber. Der meinte beruhigend: »Sie hat natürlich eine großzügige Abfindung bekommen, Kind. Und jetzt entschuldigt mich. Ich habe einen Telefontermin mit den USA! Benehmt euch bitte wie zwei erwachsene Menschen, ja?« Er stand auf und zog noch im Gehen sein Handy aus der Tasche. Dieses Telefonat, wollte er Julia signalisieren, war wirklich wichtig.

Julia durchschaute ihn sofort. Vor allem jetzt, als Robert wie auf Kommando die Gesprächsführung übernahm. Dazu goss er zuerst Julias Glas voll, dann sein eigenes. Als er die Flasche zurückgestellt hatte, meinte er: »Dein Vater hat Recht, Julia. Es war idiotisch von mir, diese Sache …« Er räusperte sich. Den Namen der Sekretärin wollte er nicht mehr erwähnen. »Aber du musst auch zugeben, dass du in letzter Zeit …« Er sah Julia bedeutend an. »Na ja, wie soll ich sagen – nicht so gut drauf warst, hm?« Julia lachte spöttisch. »Ach, das ist dir aufgefallen?«, fragte sie. So viel Sensibilität hätte sie gar nicht von ihm erwartet. »Was soll der Ton, Julia?«, fragte Robert. »Ich hab' mich entschuldigt, oder? Und ehrlich gesagt: Du bist mir auch eine Erklärung schuldig, denke ich. Kloster! Was hast du dir dabei bloß gedacht?« Julia strich energisch eine Haarsträhne aus ihrem Gesicht und sagte: »Ach, vergiss es – du verstehst es sowieso nicht!« Dabei tätschelte sie ihm beruhigend die Hand. Er konnte ja nichts dafür, dass er so ein aalglatter Karrierist geworden war. Auf dem internationalen Parkett musste man so sein. Und irgendwo tief drinnen hatte er ein weiches Herz. Das wusste sie, sonst hätte sie sich nie auf ihn eingelassen.

Doch ihr bester Schachzug kam erst jetzt: »So«, meinte sie selbstbewusst, »und dann rufst du gleich mal Frau Hinrichs an und sagst ihr, dass sie am Montag wieder bei dir anfangen kann.« Robert starrte sie mit halb offenem Mund an. »Doch«, nickte Julia, »du brauchst eine erfahrene Sekretärin, wenn du meinen Job übernehmen willst.« Robert war wirklich verdutzt. Doch er kam gar nicht zu Wort, denn Julia redete schon weiter: »Vater braucht langsam einen Nachfolger. Und da ich ausfalle, bist du der Kronprinz!« – »Du meinst?«, stotterte Robert. »Unter einer Bedingung!« Julia machte eine dramatische Pause, dann sagte sie: »Die Bedingung ist, dass du ihm ausreden kannst, das Kloster zu kaufen. Und wenn er sich stur stellt, lassen wir ihn vom Aufsichtsrat überstimmen!« Robert wusste nicht, wie ihm geschah. »Julia!«, rief er und packte ihren Arm. Doch Julia schüttelte ihn kühl ab. »Tu doch nicht so, das war es doch, was du immer wolltest: die Bank! Aber deswegen musst du mich doch nicht heiraten! Okay?« Sie lächelte und hob ihr Glas. Robert musste auch lachen und zwinkerte ihr zu – für ihn war es auf jeden Fall ein guter Deal. Erleichtert stießen sie beide an – als würden sie sich nach einer glimpflich abgelaufenen Scheidung zuprosten. Julias Vater, der die Szene aus der Bar her beobachtet hatte, nickte zufrieden. »Ich glaube, das war's«, rief er fröhlich ins Handy. Auf der anderen Seite der Leitung war nicht Amerika, sondern seine langjährige Geliebte. »Ich lasse die beiden jetzt allein. Dann kann ich in einer halben Stunde bei dir sein!« Dann schaltete er das Mobiltelefon aus und eilte auf den Kellner zu, um die Rechnung zu begleichen.

Der Sonntagmorgen kündigte sich unspektakulär an. Die Vögel zwitscherten vor Lottes Fenster, die Kirchenglocken der Stadtpfarrkirche läuteten vertraut und friedlich wie immer. Doch Lotte fühlte sich wie auf den Kopf gestellt. Sie hatte eine schreckliche Nacht hinter sich. Bis zwei Uhr hatte sie kein Auge zugetan. Und drei Stunden später, als der Morgen graute, war sie schon wieder wach. Es war furchtbar, auch am Frühstückstisch. Da saß sie nervös herum und brachte keinen Bissen hinunter. Sie hätte nie gedacht, dass sie diese Wahl so mitnehmen würde. Sie hörte ja nicht einmal, wie Felicitas sie ansprach. »Lotte, kann ich mal die Butter haben?«, wiederholte die Mitschwester gerade noch einmal. Aber nichts zu machen, Lotte war so in Gedanken versunken, dass Sophie Felicitas die Schale reichen musste. Da endlich wachte Lotte auf: »Entschuldigt bitte! Ich hatte einen richtigen Albtraum, heute Nacht«, meinte sie. »Dass du die Wahl gewinnst?«, wollte Felicitas wissen. Agnes, die gerade die gekochten Frühstückseier aus der Küche brachte, unterbrach sie: »Habt ihr schon gesehen, das Fernsehen ist da. Sie warten auf dem Hof.« – »Super!«, rief Sophie. »Das filme ich auch, für die Web-Site im Internet!« Lotte sah auf die Uhr. »Kommt«, sagte sie, »bringen wir es hinter uns!« – »Ach Lotte«, protestierte

Agnes, »jetzt hab' ich extra Eier gekocht.« – »Genau«, fand auch Felicitas, »erst wird gefrühstückt. Und was deinen Traum angeht«, sagte sie an Lotte gerichtet, »da kannst du beruhigt sein – ich geb' meine Stimme dem Wöller.«
Alle sahen sie irritiert an. Sophie schrie sogar empört auf: »Felicitas!« Doch die sah Sophie überlegen ins Gesicht. »Nicht, weil ich ihn so toll finde! Sondern, weil ich nicht will, dass Lotte aus dem Orden austreten muss!« – »Ach«, lächelte Lotte spöttisch. Sophie formulierte es drastischer: »Das ist doch total beknackt!« – »Doch«, schaltete sich nun auch Agnes ein. »Stimmt schon, das hat die Mutter Oberin gesagt!« Lotte und die Novizin sahen sich verschwörerisch an. »Das kann sie doch nicht machen!«, widersprach Sophie. »Wenn die erst mal hört, wie viele E-Mails wir jeden Tag kriegen!?« Lotte legte trotzdem kurz ihre Hand auf Felicitas Arm. Diese Rede vorhin würde sie ihr nicht vergessen. »Danke, Felicitas! Ich dachte immer, du wärst mich liebend gern los!«, sagte sie. Worauf Felicitas meinte: »Na ja, man soll die Prüfungen, die Gott einem schickt, in Demut ertragen, oder?« Damit war der Status quo also wieder hergestellt. Lotte lächelte nur: »Oder so!« Dann stand sie vom Tisch auf und meinte. »Lasst uns gehen und nachher frühstücken! Entschuldige, Agnes!« Die Küchenschwester nickte nur ergeben. Wenn Lotte es so wollte, mussten sie sich fügen. Wenigstens heute.

Die Fernsehleute im Klosterhof standen schon auf ihrem Posten. Wie Scharfschützen warteten sie auf die Nonnen. Irgendwann müssten sie ja wohl kommen! Plötzlich rief der Chefreporter: »Achtung!« Tatsächlich, da traten sie auch schon im Gänsemarsch auf den Hof hinaus. Schwester Lotte eilte vorneweg zum Auto, das die kleine Gemeinschaft locker aufnahm. »Ton ab«, rief der Reporter, »in drei Sekunden können wir!« Der Kameramann antwortete: »Geht klar.« Dann sprach der Reporter seine Ansage ins Mikrofon: »Wahlsonntag-Morgen in Kaltenthal! Ein ungewöhnlicher Wahlkampf, der bundesweites

Interesse gefunden hat, geht zu Ende. Schwester Lotte und ihre Mitschwestern machen sich auf zur Wahlurne.« Danach hörte man eine Weile nur noch den lauten Dieselmotor des klösterlichen Oldtimers. Mit dem fuhr Lotte rasant an den Fernsehleuten vorbei vom Hof.

Lotte wusste, dass das wohl noch nicht alles war – und richtig: Vor dem Wahllokal im Rathaus stand auch schon das nächste Filmteam. Dessen Reporter tröstete sich einstweilen mit dem Bürgermeister: »Tja, hier sehe ich gerade den amtierenden Bürgermeister vorfahren!«, sprach er in sein Mikrofon. Dann zoomten die Kameras auf Wolfgang Wöller. »Herr Bürgermeister«, sprach ihn der Reporter vorsichtig an, »haben Sie eine Minute, für unsere Zuschauer?« Doch Wöller sah ihn an wie ein scheues Tier und huschte vorbei. Der Schock nach seinem ersten missglückten Fernsehduell steckte ihm noch immer in den Knochen. »Offenbar hat der Herr Bürgermeister keine Zeit für uns!«, machte der Fernseh-Mann geschickt weiter, »aber das soll uns nicht weiter stören. Spätestens in ein paar Stunden werden unsere Zuschauer wissen, für wen sich die Wähler in Kaltenthal entschieden haben. Und laut unserer Umfrage vor Ort sieht es nicht schlecht aus für die eloquente Konkurrentin.« In diesem Moment erfassten die Kameras den grünen Mercedes. »Ach!«, rief der Reporter erleichtert, »da ist sie ja schon: Schwester Lotte!«

Lotte parkte den Wagen neben Wöllers Limousine und stieg aus, gefolgt von den Mitschwestern Felicitas, Sophie und Agnes. Doch auch Lotte winkte ab, als der Mann vom Fernsehen auf sie zukam. Sie spürte, dass sie im Moment keinen vernünftigen Satz herausbringen würde. Als sie ins Erdgeschoss des Rathauses trat, wo die kleinen Holzkabinen aufgestellt waren, kam ihr der Bürgermeister entgegen. Er hatte sein Kreuzchen schon gemacht. Siegessicher lächelte er Lotte an, dann tönte er: »Möge der Bessere gewinnen!« Als er merkte, dass ihm die Kameras gefolgt waren, streckte er ihr auch gleich noch seine Rechte hin. Lotte nahm sie und schüttelte sie herzlich. Für einen Moment

hatte sie das Gefühl, als könnte sie sich durch die Bewegung auch ihre Nervosität aus dem Leib schütteln. Tatsächlich, es wirkte. »Ich ziehe es vor zu sagen: Gottes Wille geschehe!«, meinte sie dann. Worauf Wöller grinsend antwortete. »Kommt der auch zur Wahl? – Nix für ungut!« Er hob seinen Wahlzettel hoch, ging zur Wahlurne und steckte den Zettel selbstbewusst hinein. Lotte und die Nonnen ließen sich die Wahlunterlagen geben und verschwanden dann jede für sich ebenfalls hinter einen hölzernen Wand. So konnte niemand sehen, dass auch Lotte ihr Kreuz – nach kurzem Zögern allerdings – hinter Wöllers Namen machte …
Als alle ihre Zettel in der Urne versenkt hatten, machte sich die kleine Gemeinschaft wieder auf zum Wagen. Lotte verabschiedete sich freundlich von den Journalisten. Zu längeren Reden fühlte sie sich nach wie vor nicht imstande – anders Bürgermeister Wöller, der sich am Eingang des Rathauses spreizte wie ein Gockel auf dem Hühnerhof. »Wir werden sofort, wenn alle Stimmen ausgezählt sind, mit der Arbeit beginnen«, diktierte er gerade einem Reporter in den Notizblock. Vor der schreibenden Zunft hatte er keine Angst, nur die Kameras flößten ihm Respekt ein.
Da kamen auch die Fernsehleute schon wieder heran. Sie brauchten dringend noch weitere Bilder der Hauptdarsteller in Kaltenthal! Wöller sah die Leute und wurde sofort wieder einsilbig. »Tja, also, wir sehen uns dann wieder bei der Grundsteinlegung für unser Kongresszentrum! Und jetzt wollen Sie mich bitte entschuldigen!« – »Sie sind ganz sicher, dass Sie die Wahl gewinnen?«, rief ihm einer der Reporter noch nach. »So sicher wie der Papst katholisch ist!«, schrie Wöller zurück. Er war beinahe schon bei seinem Wagen angekommen. Genau wie die Nonnen, die eben noch sahen, wie Dr. Richter und Barbara Hand in Hand zum Rathaus schlenderten.
Lotte nickte ihnen freundlich zu, dann setzte sie sich hinter das Steuer. Doch Sophie stand wie angewurzelt vor dem Wagen und konnte nicht einsteigen. Als wäre sie eine Erscheinung, so starr-

te sie Barbara an. Doch die ehemalige Novizin freute sich wirklich über das unvermutete Treffen: »Sophie! Warte!«, rief sie. Da stieg Sophie ganz schnell zu den anderen in den Wagen und bat Lotte, schnell wegzufahren. »Ich kann sie nicht mehr sehen«, sagte sie leise. Barbara sah ihnen verletzt nach. Sie war den Tränen nahe. Dr. Martin Richter konnte sich gut in sie hineinversetzen, und er tat wirklich sein Bestes. Trotzdem brauchte er eine Weile, bis er Barbara so weit getröstet hatte, dass sie ihrer Bürgerpflicht nachkommen konnten. »Das war dein früheres Leben, schau nicht zurück!«, sagte er und drückte ihre Hand noch etwas fester. »Die Sorgen bringen gar nichts!«
Eigentlich hätte sie sich langsam entspannen können – sie hatte jetzt auf den Ausgang der Wahl ohnehin keinen Einfluss mehr. Trotzdem fühlte sich Lotte immer noch wie ein einziges Nervenbündel. Sie kannte sich selbst nicht wieder. Sobald sie den Marktplatz verlassen hatten, sagte sie den anderen, dass sie nun allein sein müsse. Auf der Landstraße zum Stift fuhr sie rechts ran und überließ Sophie das Steuer. Sie selbst stieg aus und wanderte auf dem kleinen Feldweg hinüber zum See. Dort angekommen, setzte sie sich auf den Bootssteg und zog ihre Schuhe und Socken aus. Sie konnte sich gar nicht mehr erinnern, wann sie zum letzten Mal so etwas getan hatte. Seit sie in Kaltenthal angekommen war jedenfalls bestimmt nicht. Dazu war sie immer viel zu beschäftigt gewesen.
Nach einigen Minuten wurde sie wirklich ruhiger. Sie legte sich der Länge nach ganz auf den Steg und sah in den blauen Himmel. Ab sofort, versprach sie ihrem Herrn, würde sie es ruhiger angehen lassen – egal wie die Wahl ausging!
Irgendwann meldete sich ihr Magen. Lotte merkte, dass sie seit dem gestrigen Abendbrot nichts mehr gegessen hatte. Sie ging zur Straße zurück und hatte nur noch einen Wunsch: Dass Schwester Agnes vor lauter Aufregung das Mittagessen nicht vernachlässigen möge!
Auf dem Weg zum Kloster wurde sie von einem schwarzen Porsche überholt. Die Fahrerin hupte. Lotte winkte ebenfalls: Julia!

Sie war zurückgekehrt! Sofort hielt sie am Straßenrand an. Auch Julia stoppte ihren Wagen und sprang ihr entgegen: »Sie haben gewonnen! Vor zehn Minuten wurde das erste Ergebnis der Hochrechnung durchgegeben! Danach liegen Sie mit neun Prozent vorn!« – »Nein!«, rief Lotte fassungslos. »Bitte nicht!« – »Doch«, widersprach Julia lächelnd, »es sind schon so viele Stimmen ausgezählt, dass Wöller Sie nicht mehr einholen kann. Sie liegen vorn!« – »Oh Gott!«, stöhnte Lotte ergeben. Natürlich freute sie sich auch ein bisschen. Jetzt konnte sie nur noch hoffen, dass sich die Mutter Oberin etwas einfallen ließ, damit sie im Orden bleiben durfte. Aber irgendwie musste das doch zu machen sein!

Um sich abzulenken, fragte sie, wie es Julia ergangen war: »Und bei Ihnen – alles okay?« Julia strahlte. »Ja, ich hab' auch gewonnen. Vorerst hab' ich Ruhe. Solange, bis ich weiß, wie es weitergeht!« – »Na, dann kommen Sie!«, rief Lotte fast schon übermütig und setzte sich auf den Beifahrersitz des Porsches. Dann fuhren sie in den Klosterhof zurück. Von den Mitschwestern wurde sie schon sehnsüchtig erwartet. Sophie filmte ihre Rückkehr als strahlende Siegerin. Agnes klatschte rhythmisch in die Hände und rief dazu immer wieder: »Gewonnen, gewonnen, gewonnen!« Lotte versuchte sie zu beruhigen: »Die Stimmen sind doch noch gar nicht alle ausgezählt!«

Da rief Felicitas: »Ach du liebes bisschen! Der Wöller!« Langsamer als sonst kam der Bürgermeister auch schon in den Hof gefahren. »Oh Gott!«, meinte Lotte. »Dann lasst mich jetzt erst mal mit ihm allein!« – »Der erwürgt Sie!«, rief Julia ernstlich besorgt. Doch sie konnten Lotte den Wunsch nicht abschlagen. Im Weggehen fragte Agnes Felicitas flüsternd: »Hast du ihm jetzt wirklich deine Stimme gegeben?« Worauf Felicitas meinte: »Ich hab's nicht übers Herz gebracht! Wie der vorhin gesagt hat: Kommt der liebe Gott auch zur Wahl? Da konnte ich einfach nicht mehr. Aber es wird mir sicher bald Leid tun – und dir auch!«

Gesenkten Hauptes kam der Bürgermeister auf Lotte zu. Er

sah überhaupt nicht so aus, als ob er sie erwürgen wollte – eher zerknirscht und kleinlaut. »Herr Wöller, bisher haben wir nur die Hochrechnung!«, versuchte Lotte ihn wieder aufzurichten. Doch Wöller winkte nur traurig ab: »Ach was, Sie haben gewonnen! Ich habe zwar keine Ahnung, wie und warum. Außerdem glaube ich, dass es Ihnen noch mal Leid tun wird. Vermutlich früher, als Sie denken.« – »Das tut es mir jetzt schon!«, meinte Lotte. »Aber warten wir ab bis morgen! Dann sieht vielleicht alles anders aus.« Wöller rang um Fassung. Doch das konnte er natürlich nicht zugeben. »Bitte, bitte, ich brauche kein Mitleid!«, presste er hervor. Dann sah er sie lange an. »Bitte?«, sagte Lotte fragend. Offenbar lag ihm noch etwas auf dem Herzen. Doch Wöller konnte es ihr nicht sagen. Er schüttelte nur den Kopf und drehte sich stumm um zu seinem Wagen. In wenigen Stunden hatte er seine Lebensaufgabe verloren. Vernichtet, geschlagen, aus und vorbei. Bürgermeister Wöller war ein gebrochener Mann.

Dreizehntes Kapitel

Julia Seewald war bekannt als rasante Fahrerin. Aber heute preschte sie wirklich viel zu schnell über die Landstraßen. Das war ihr klar, störte sie aber nicht. Denn wenn sie nun tatsächlich ins Kloster eintreten durfte, dachte sie bei sich, dann musste sie ihren Sprinter ja ohnehin bald aufgeben. Insofern war es nur vernünftig, wenn sie den Wagen noch mal richtig nutzte. Sie lächelte während der ganzen Fahrt – so gut hatte sie sich seit Monaten nicht mehr gefühlt! Endlich traf sie die Entscheidungen über ihr Leben selbst. Nicht ihr Vater, nicht irgendein Professor, nein, Julia Seewald höchstpersönlich. Je näher sie dem Kloster kam, desto ausgelassener wurde ihre Stimmung. Da war die Abbiegung zum Stift Kaltenthal auch schon erreicht. Rasant bog Julia Seewald in den Hof, stieg aus und nahm schwungvoll die teure Reisetasche vom Beifahrersitz. Dann stutzte sie. Irgendetwas war anders als sonst, kein Mensch war draußen vor dem Haus zu sehen. Nicht einmal die Kids vom Jugendclub schraubten an ihren Mopeds herum. Sehr seltsam das alles, fand Julia und klingelte an der Pforte.

Agnes, Felicitas und Sophie saßen derweil drinnen in der Küche um den großen Tisch und diskutierten heftig. Lottes erfolgreiche Wahl zur Bürgermeisterin hatte alles auf den Kopf gestellt: Die Mutter Oberin wollte Lotte ihren »Zweit-Job« nämlich nicht durchgehen lassen. Und die Gemeinschaft der Schwestern war in heller Aufregung. »Das schaffen wir nie!«, rief Agnes verzweifelt aus. »Barbara ist schon weg – und wenn sie uns jetzt Lotte auch noch nimmt …« Sie sprach den Satz nicht zu Ende. »Wöller hat ja seine Firma auch weitergeführt, neben seinem Amt«, warf Sophie schnell noch ein, bevor sie zur Tür ging, um zu öffnen. Felicitas sah von allen dreien am säuerlichsten drein. »Papperlapapp«, rief sie ihr nach, »ob mit oder ohne Lotte – wir brauchen einfach Nachwuchs. Ich kann nur hoffen, dass unter den vielen Anruferinnen eine Brauchbare dabei ist.« Agnes nickte. Dann sagte sie: »Was meinst du – ob Lotte die Wahl annimmt?« – »Na sicher«, rief Felicitas. »Sie war doch nie wirklich eine von uns!« Agnes sah sie empört an: »Also ehrlich, Felicitas!« Doch Felicitas meinte nur altklug: »Bitte, du wirst schon sehen!«

An der Klostertür wurde Julia überschwänglich von Sophie begrüßt. »Julia! Großartig! Hast du mit deinem Vater alles klären können?« Julia umarmte die Novizin herzlich: »Ach, Sophie. Ich habe alles getan, was ich konnte. Jetzt ist der liebe Gott dran. – Sag mal, ist Schwester Lotte da?« Sophie nickte und meinte dann kryptisch: »Körperlich ist sie anwesend. Aber komm erst mal rein.« – »Wie meinst du das?«, fragte Julia verwirrt. »Na ja, Bürgermeisterin werden ist nicht schwer. Bürgermeister sein dagegen sehr! Anscheinend hat sie bis zuletzt gehofft, dass die Leute den Alten wiederwählen. Jetzt steht sie vor der dummen Entscheidung, ob sie die Wahl annehmen soll!« Völlig perplex zog Julia ihre perfekt gezupften Augenbrauen hoch: »Aber das ist doch keine Frage!?« Sophie schüttelte den Kopf: »Doch. Zumindest ist es in unseren Kreisen anscheinend nicht ganz einfach! Die Mutter Oberin ist nämlich der Meinung, dass man auf keinen Fall zwei Herren dienen kann. Und von Anfang an hat sie darauf bestanden, dass Schwester Lotte als Bürgermeisterin die Kutte auszieht.« Julia sah sie erschrocken an: »Wie? Schwester Lotte soll austreten? Das ist doch völlig absurd!« – »Das finden wir ja auch alle. Die Seminare sind auf Wochen ausgebucht. Und noch nie haben wir so viele Anfragen bekommen wie jetzt. Du bist ja das beste Beispiel, dass Schwester Lottes Werbung funktioniert!«

Sie lächelten sich verschwörerisch an. Dann zog Sophie Julia im Kreuzgang an jenes Fenster, von dem aus man in den Garten sehen konnte. »Da!«, sagte Sophie und deutete hinaus. Dort hin-

ten saß Lotte in einem Kreis von Kerzen auf dem Boden und hatte die Augen geschlossen. Um ihre Schultern hatte sie eine Wolldecke gewickelt, um sich gegen die Kälte zu schützen. Julia stieß einen spitzen Schrei aus, als sie das sah. Wenn man nicht genau hinsah, konnte man Lotte auch für eine Gestrandete halten, fand sie. Wie die Penner auf dem Hauptbahnhof sah Lotte in ihrer Verkleidung aus! »Seit über 48 Stunden sitzt sie da«, erzählte Sophie. »Sogar als es gestern geregnet hat, blieb sie in ihrem Kreis. Mir tut sie ja echt Leid.« – »Was macht sie da?«, wollte Julia wissen. »Allein sein mit sich, schutzlos der Natur ausgeliefert. Sie hat das aus Nigeria mitgebracht. Anscheinend macht man das, wenn man in seinem Leben nicht mehr weiter weiß. Oder wenn man vor einer schweren Prüfung steht. Es ist echt irre, aber wir hatten schon ein paar hoffnungslose Fälle hier im Kloster, an denen hat sie das praktiziert – und es hat immer gewirkt. Eigentlich kann ich es nur empfehlen. Also, wenn du wirklich bei uns bleiben willst, mach das!«
Julia nickte. »Ja ja, schön und recht! Aber vorher muss ich doch wissen, ob ich überhaupt bleiben darf. Meinst du, ich kann sie stören?« – »Klar, ich denke, das wird Schwester Lotte sogar gut tun. Außerdem hat sie heute noch einige Termine. Irgendwann wird sie also sowieso ihren Kreis verlassen müssen.« Sie nahm Julia die Reisetasche ab und schob sie nach vorne, zur Gartentür. »Geh ruhig! Ich bring' deine Sachen schon mal nach oben. Aber warte, bis sie dich anspricht. Sie kommt von ganz weit her. Es kann schon eine Weile dauern.«
Julia sah sie zögernd an. Sollte sie Lotte jetzt wirklich aus dieser Meditation herausholen – nur um sie dann mit ihren kleinen Problemen zu belästigen? Eigentlich hatte Schwester Lotte ja im Moment mit sich selbst genug zu schaffen. Doch Sophie nickte Julia noch einmal aufmunternd zu und blickte dabei energisch in Richtung Garten. Da drückte Julia die Tür endlich auf und ging direkt auf Lotte zu.
Genau wie Sophie es vorausgesagt hatte, hatte Lotte sie nicht kommen gehört. Auch als Julia schon längst vor ihr am Kreis

stand, rührte sich die Schwester nicht. Die junge Frau beschloss also, ihre Haltung einfach nachzuahmen: Sie setzte sich Lotte gegenüber auf den Erdboden und schlang die Arme um ihre Knie. Regungslos blieb sie sitzen. Es passierte nichts. Julia versuchte sich zu entspannen und ebenfalls zu meditieren. Sie war allerdings furchtbar aufgeregt. Was sollte sie sagen, wenn Lotte aus ihrer Trance erwachte?

Irgendwann läuteten die Glocken der Kaltenthaler Stadtpfarrkirche. Die weckten Lotte auf. Langsam öffnete sie die Augen und sah Julia direkt ins Gesicht. Sie war echt verblüfft! Mit Julia hatte sie am allerwenigsten gerechnet. Lächelnd meinte sie: »Na so was!« – »Hallo«, sagte Julia, sichtlich nervös. Doch Lotte kannte keine Berührungsängste. »Helfen Sie mir hoch?«, meinte sie. Da stand Julia auch schon auf und zog sie an ihrer ausgestreckten Hand in die Höhe. Das stundenlange Kauern auf dem Erdboden hatten Lottes Gelenke unbeweglich gemacht. »Geht's wieder?«, fragte Julia, als die Schwester endlich aufrecht stand. Doch die winkte nur abwehrend durch die Luft. Alles klar, sollte das heißen.

Julia konnte ihre Neugierde kaum noch beherrschen. Indirekt war sie ja auch ein wenig von Lottes Entscheidung betroffen – ohne Schwester Lotte wäre das Dasein in Kaltenthal für sie schon sehr viel weniger attraktiv! So fragte sie gleich, als Lotte wieder sicher auf den Beinen stand: »Na, wie haben Sie sich jetzt entschieden? Sophie erzählte, sie seien nicht sicher, ob Sie die Wahl annehmen sollen?« Lotte nickte und strich energisch ihre Kutte glatt: »Es heißt ja, man solle bei Entscheidungen am besten seinem Herzen folgen. Leider ist das Herz nicht immer der beste Ratgeber!« Sie machte eine Pause. Dann sagte sie: »Das gilt übrigens auch für Sie!« Julia wusste, worauf sie hinauswollte: »Sie meinen, ob ich berufen bin oder nicht?« Lotte nickte. »Aber woher weiß man das?«, fragte Julia. »Wenn man es weiß, dann muss man nicht mehr fragen«, gab Lotte zur Antwort. Julia fand das nicht fair. Das sagte sie ihr auch. Außerdem meinte sie irritiert: »Warum siezen Sie mich plötzlich? Das Du fand ich völlig okay!« Lotte schmunzelte. »Dumme Angewohnheit aus der Mission in Nigeria, entschuldige! Aber jetzt muss ich mich wirklich auf den Termin bei der Mutter Oberin konzentrieren!« Julia verstand. »Klar, das dürfen Sie sich nicht gefallen lassen. Die kann ja nicht von Ihnen verlangen, dass Sie aus dem Orden austreten – nach allem, was Sie für das Stift geleistet haben!« Lotte lachte leise. »Oh doch, das kann sie!«

Dann fragte sie: »Wo hast du deine Anziehsachen eigentlich her, Julia? Diese Klamotten zum Beispiel?« – »Das? – Aus einer Boutique in München! Die gehört einer Freundin von mir.« – »Ich hab' mir bestimmt seit 30 Jahren kein Kleid mehr gekauft!«, sagte Lotte nachdenklich. »Ach, das dürfte bei Ihnen überhaupt kein Problem sein«, beruhigte sie Julia. »Sie haben wirklich eine tolle Figur!« Lotte lachte über das Kompliment. »Na ja, so eine Kutte verzeiht viel!« Julia wurde ganz ernst. Aufgeregt sagte sie: »Wissen Sie was, ich habe eine Idee: Wir werden aus Ihnen eine so tolle Frau machen, dass die Mutter Oberin vor Neid platzt!« – »Julia!« Doch Julia ließ sich nicht beirren: »Nein, ehrlich. Ich kenne die Frauen«, meinte sie. »Nichts macht sie mehr fertig, als wenn eine andere besser aussieht! Am besten, wir fahren gleich nach München – und ich spiele Ihren ›Personal Shopper‹!« – »Was für ein Ding?« – »Ihre persönliche Einkaufs-Beraterin. Das macht uns beiden einen Riesenspaß! Und Sie sind in zwei Stunden die perfekte Karrierefrau.«

Damit waren sie wieder im Flur des Klosters angekommen, wo ihnen Sophie schon vorlaut entgegenschrie: »Na endlich, Schwester Lotte! Was ist jetzt – nehmen Sie die Wahl an?« – »Jein«, grinste Schwester Lotte. »Ja was nun, was soll das heißen – Jein?« Julia legte den Arm um Sophie und drückte sie kurz an sich. »Zuerst mal gehen wir shoppen. Ich werde Schwester Lotte so schick stylen, dass die Mutter Oberin sie nicht wiedererkennt!« Sophie sah Julia überrascht an. »Tja, und dann wird sie ganz grün vor Neid und will sie gleich wieder in ihre Kutte stecken – und alles ist paletti!«

Julia schien wirklich von ihrer Idee überzeugt zu sein. Doch

Lotte bremste ihren Enthusiasmus. »Ich denke, da unterschätzt du die Mutter Oberin!« – »Glaube ich gar nicht!«, rief Sophie. »Die Idee ist klasse! Aber vor dem Einkauf müssen Sie sich noch um Frau Laban kümmern, Schwester Lotte.« Lotte sah Sophie ernst an: »Wieso? Ist was passiert?« – »Tja, der gute Herr Wöller ist verschollen! Und Frau Laban steht kurz vor dem Nervenzusammenbruch! Sie macht sich furchtbare Vorwürfe!« Lotte sah sie entgeistert an. »Wöller ist weg?« Sophie nickte. »Ja, Frau Laban hat halb Kaltenthal abtelefoniert. Keine Spur. Seit Sonntag hat man ihn nicht mehr gesehen. Sie war sogar schon bei ihm zu Hause – totales Chaos, sagt sie. Alle Schranktüren offen.« Lotte schüttelte den Kopf und versprach, sich bei Frau Laban zu melden. Dann ging sie ins Büro und packte die Aktentasche für ihren Ausflug nach München.

Bürgermeister Wöller kam sich vor wie ein alter Hirsch, den der Jäger angeschossen hatte. Getroffen, aber noch nicht ganz erledigt, Verstand und Herz arbeiteten noch. Doch was sollte er anfangen? So ein alter Hirsch in der Natur würde sich wohl irgendeinen abgeschiedenen Ort zum Sterben suchen. Auf jeden Fall hatte er, Wöller, jetzt keine Lust mehr, noch länger in Kaltenthal die Stellung zu halten. Das war nun mal der Nachteil am Leben in der Kleinstadt, dass jeder alles wusste. Wöller empfand sein Dasein nach der Wahl als ein einziges Spießrutenlaufen. So hatte er am Sonntagabend beschlossen, einfach abzuhauen. Und heute Morgen war er also, ohne nachzudenken, auf die Autobahn gefahren. Zuerst Richtung München, dann an der Ausfahrt Schwabing runter. Wie früher zu Studentenzeiten. Damals hatte er sich nach missglückten Klausuren immer zuerst zum Biergarten am Chinesischen Turm aufgemacht. Und so ein Bier unter Kastanienbäumen würde ihm jetzt auch gut tun, dachte er.
Doch schon von der ersten Maß wurde er furchtbar müde. Er suchte sich also eine Bank im Park und legte sich lang ausge-

streckt hin. Ergeben starrte er in den blauen Himmel. Was von da oben noch alles auf ihn einprasseln würde? Er stöhnte leise und bedauerte sich sehr.

Plötzlich wurde er von einem Mann angesprochen. »Alles in Ordnung, Kollege?«, fragte der Typ freundlich. Es war ein Penner, vielleicht etwas älter als Wöller, der gerade dabei war, die Mülleimer nach verwertbaren Abfällen zu durchsuchen. »Nee!«, gab Wöller maulend Antwort. »Nix ist in Ordnung!« – »Hast du 'ne Zigarette?«, fragte ihn der Penner. »Ich rauche nicht«, meinte Wöller, »aber vielleicht sollte ich damit anfangen? Gute Idee!« Er setzte sich aufrecht hin und kramte in seiner Blousonjacke nach Geld. Schließlich hielt er dem Mann ein Bündel zerknüllter Scheine hin. »Da, kaufst du uns welche?« Der Mann war fast erschrocken, als er das Geld sah. »Das sind ja über 100 Möpse!« – »Nimm ruhig!«, meinte Wöller. »Ich hab' genug von dem Zeug!«

Spätestens die Art, wie Wöller das sagte, zeigte dem Clochard, dass mit Wöller etwas nicht in Ordnung sein konnte. »Na, sag mal«, meinte der Mann, »irgendwas ist faul an dir! Bist du aus dem Knast? Gerade entlassen?« Der Penner setzte sich auf die Bank neben Wöller und sah ihn mitleidig an. »Knast, ja!«, grinste Wöller bitter. »So könnte man das auch nennen! 15 Jahre! Und dann stehst du von heute auf morgen im Freien!« Der Penner nickte. Er wusste, wie man sich in der Situation fühlte. »Mit der Freiheit ist das so eine Sache! Weil die schönste Freiheit nix nützt, wenn man nicht weiß, was man mit ihr anfangen soll!«

»Du bist doch ein freier Mann, oder?« Dabei sah ihn Wöller fast bewundernd an. »Ja«, meinte der Ältere, »seit ich nicht mehr trinke, schon.« Dann nahm er einen Fünf-Euro-Schein und gab Wöller den ganzen Rest zurück. »Wie?«, Wöller traute seinen Augen nicht. »Du machst dir wohl nichts aus Geld, oder?« Der Penner nickte. »Genau. Ist doch bloß Papier mit Zahlen drauf! Dem laufen alle nach – und dann ist das Leben doch vorbei!«

In dem Moment trabte ein schwitzender Jogger an den beiden Männern auf der Parkbank vorbei. »Guck dir das doch an«, redete der Penner weiter. »Ein Wahnsinn! Heutzutage wollen alle reich und gesund sterben!« Sie sahen sich an, dann mussten sie beide lachen. Wöller merkte, dass der Mann ihm viel geben konnte, bei der Lebenserfahrung, die er auf dem Buckel haben musste!

»Wie heißt du?«, fragte er ihn. »Alex, und du?« – »Wolfgang«, sagte Wöller, der gerade merkte, dass er Hunger hatte: »Sag mal, was hältst du von einer Brotzeit drüben im Biergarten?« – »Da hab' ich Lokalverbot«, meinte der Mann namens Alex. »Aber ich nicht«, grinste Wöller und stand auf, »also, los!«

Lotte war zur gleichen Zeit im Kaltenthaler Rathaus eingetroffen, wo sie eigentlich einen Übergabe-Termin mit Wöller hatte. Julia hatte sie im Wagen chauffiert und wartete brav vor dem Haus auf die Bürgermeisterin. Anschließend wollten sie weiter nach München fahren, zur Mutter Oberin, und vorher noch einkaufen. Doch von Ex-Bürgermeister Wöller gab es weit und breit keine Spur. Als Schwester Lotte das Bürgermeisteramt betrat, hing Frau Laban schon wieder am Telefon. »Danke, Herr Diebold. Ich schau' gleich nach. Und bitte, sagen Sie mir Bescheid, wenn er sich melden sollte!«

Als sie Lotte zur Tür hereinkommen sah, legte sie sofort auf und meinte: »Super, dass Sie da sind, Schwester Lotte!« – »Immer noch nichts?«, fragte die. »Nein, aber das war Herr Diebold aus dem Autohaus. Er sagt, in der Zeitung sei heute eine Anzeige von Wöller!« Währenddessen schlug sie auch schon den Anzeigenteil des Lokalblattes auf und begann danach zu suchen. »Tatsächlich«, meinte sie betrübt, »ich glaube, jetzt hat er völlig den Verstand verloren!« Lotte sah ihr neugierig über die Schulter und las den Text laut vor: »Führendes Autohaus wegen Ruhestand zu verkaufen!« Frau Laban sah sie verzweifelt an: »Ich meine, er war bestimmt nicht der einfachste Chef, mit seinen tausend Macken. Aber dass er jetzt so durchdreht, das tut mir echt Leid!« Lotte klopfte ihr aufmunternd auf die

Schulter. »Es tut weh, so eine Niederlage einstecken zu müssen. Und Männer sind da ja ganz speziell, was den Beruf angeht. Überhaupt sind sie wohl von Haus aus wehleidiger als wir, oder?«

Marianne Laban empfand Mitleid. Immer mehr verspürte sie das Bedürfnis, Wöller nach seiner Niederlage in Schutz zu nehmen. »Ich glaube, daran ist vor allem der Hermann Huber schuld! Wie der ihn fertig gemacht hat nach der Auszählung. Mein Mann hat das auch erzählt!« – »Haben Sie es eigentlich schon bei Wöllers Ex-Frau versucht?«, fragte Lotte. »Klar«, nickte Frau Laban. »Aber die hat nur gelacht und gemeint, dass es ihm recht geschieht! Seltsame Frau!« Darüber schüttelten beide Frauen den Kopf, dann sagte Lotte: »Sehr seltsam, das alles. Ich muss jetzt aber ins Mutterhaus, nach München. Sonst würde ich natürlich gern noch weiter bei Ihnen auf den Kollegen warten.« In dem Moment klingelte das Telefon auf Marianne Labans Schreibtisch. »Rathaus Kaltenthal!«, sagte sie, und nach einer Pause: »Ja, guten Morgen, Herr Wöller!« Lotte, ging sofort zurück zum Schreibtisch. »Geben Sie!« – »Nicht der Senior – der Junior!«, flüsterte die Laban, während sie die Hand auf die Muschel hielt. Dann sprach sie wieder ins Telefon: »Sagen Sie nur, wo ist er?«

Wolfgang Wöller junior berichtete von den Eskapaden seines Vaters. Frau Laban bemühte sich, den jungen Mann am anderen Ende der Leitung zu beruhigen. Doch was Wöller junior von seinem alten Herrn berichtete, klang wirklich seltsam. »Die ganze Nacht war er auf der Piste«, erzählte der Junge gerade, »und vor zehn Minuten ist er hier bei mir aufgetaucht – zusammen mit einem verlausten Penner. Der liegt jetzt in meiner Badewanne und singt. Das Wasser dazu hat ihm mein Vater höchstpersönlich eingelassen! Und im Moment wäscht er dem Typen in unserer Waschmaschine die Klamotten!« – »Unglaublich!«, schnaufte Marianne Laban laut ins Telefon. Dann nahm ihr Lotte den Hörer aus der Hand und meinte: »Geben Sie mir den Jungen! – Ja, hallo, Herr Wöller, hier spricht Schwester

Lotte!« Wolfgang Wöller war immer noch sehr aufgeregt. »Sie müssen kommen, Schwester, so schnell wie möglich. Der Mann ist völlig verrückt geworden – nicht, dass er noch vom Dach springt! Die Firma will er auch verkaufen, dabei hat er, seitdem ich denken kann, immer nur gejammert über die ganzen Deppen um ihn herum.«
Die Geschichte mit der Firma kannte Lotte ja bereits aus der Anzeige. Trotzdem fand auch sie, dass sich Wöllers Zustand ziemlich ernst anhörte. Irgendwann würde er wohl aus der Clochard-Romantik aufwachen und wieder in seine Depression verfallen. »Gut, ich komme«, meinte sie. »Sie müssen mir nur noch sagen, wo Sie wohnen.« Marianne schob ihr einen Notizblock hin, und Lotte begann die Adresse zu notieren. »An der alten Gießerei, Haus 174«, wiederholte Lotte. »Ich kann aber erst so gegen drei oder vier Uhr da sein, vorher habe ich noch einen Termin. Versuchen Sie ihn irgendwie in der Wohnung zu halten, ja?«
Zum Schluss fragte sie den jungen Mann noch nach seiner Familie. Sie hoffte, ihn damit auf andere Gedanken zu bringen. »Wie geht's Sandra und dem Kleinen?« – »Die hab' ich zur Oma ausquartiert«, antwortete Wöller junior ziemlich säuerlich. »Unsere Wohnung ist ja viel zu klein für so eine Penner-Kommune. Aber mein Vater glaubt, wenn er jeden Monat die Miete abdrückt, dann hat er hier Wohnrecht.« Er zögerte, dann fragte er fast aufmüpfig: »Mussten Sie ihm unbedingt seinen Bürgermeistersessel wegnehmen, Schwester?« Lotte gefiel diese Tonlage gar nicht: »Reißen Sie sich bitte zusammen«, rief sie. »Ihr Vater hat Ihnen die ersten Lebensjahre den Hintern abgewischt, tja, und jetzt sind Sie mal dran. So was nennt man Generationen-Vertrag. Also, bis später!«

Es war nun wirklich an der Zeit, nach München aufzubrechen. Sonst könnte sie Julias Einkaufspläne endgültig begraben. Lotte verabschiedete sich also von Frau Laban und ging hinunter

zum Auto. Immer, wenn sie in Julia Seewalds schnellem Wagen saß, merkte Lotte, dass so ein Leben in Luxus und Sonnenschein doch auch ganz schön sein konnte. Sie gestand sich das halb belustigt, halb irritiert ein. Was nicht heißen sollte, dass sie ewig in Saus und Braus leben wollte, um Gottes willen – nein, aber für ein paar Stunden fand sie Julias »alte Welt« doch ganz passabel. Sie profitierte auch sehr davon, dass sie an der Seite der erfahrenen jungen Frau in die Business-Welt hineinschnuppern konnte. Das merkte Lotte vor allem, als sie mit Julia durch Münchens Fußgängerzone schlenderte. Mit traumwandlerischer Sicherheit steuerte die hübsche junge Frau die Läden an. Lotte konnte sich richtig entspannen – Julia wusste genau, wie sie ihre Ziele erreichte! In der besagten Boutique zum Beispiel wartete schon eine Auswahl von Kleidern und Kostümen in Lottes Größe auf sie. Das kam daher, weil Julia die Besitzerin vor ihrem Eintreffen informiert und genaue Maße von Lottes Größe und Figur durchgegeben hatte. So ging der Einkauf unglaublich schnell vonstatten. Lotte probierte, Julia entschied. Am Ende ließ sie sich die Kutte einpacken und schritt als neuer Mensch in Kostüm und Stöckelschuhen auf die Straße.
Die Schuhe machten der verwandelten Lotte anfangs die größten Probleme. Am liebsten hätte sie sie wieder umgetauscht, aber das ging ja nun leider nicht mehr. Außerdem war der Rock am Hintern zu eng, fand Lotte. Doch Julia beruhigte sie. »Nein, das passt schon. Das trägt man jetzt. Wer schön sein will, muss leiden!« – »Was hat das überhaupt gekostet?«, fragte Lotte kleinlaut. Doch Julia gab nur ausweichend Antwort: »Das wollen Sie nicht wirklich wissen!« – »So viel?« – »Nein, mehr!«, grinste Julia, »aber so lange ich meine Kreditkarte noch habe, muss ich sie ausnützen!« Lotte sah sie bedenklich an.
Inzwischen hatte Julia schon wieder ihr Handy gezückt und den Friseur angerufen. Im Moment trug Lotte die langen Haare ohne Schleier, ganz offen. Doch Julia fand Naturhaar für eine Frau in ihrer Position etwas unpassend. Eben rief sie bettelnd und drängend ins Telefon: »Es ist wichtig, Marcello! In zwei Stun-

den hat die Dame den nächsten Termin.« Marcello zickte ein wenig herum, gab dann aber doch nach. Und Julia meinte übermütig: »Du bist ein Schatz, bis gleich!« – »Wer war das jetzt wieder?«, fragte Lotte unsicher, als Julia aufgehört hatte zu telefonieren. »Der wildeste Friseur von ganz München!«, antwortete Julia. »Leider lebt er gern auf großem Fuß und überzieht immer sein Konto. Normalerweise muss man sich 14 Tage vorher anmelden, um einen Termin zu bekommen. Aber ich bin nun mal die Tochter des Bankiers, der bei ihm immer beide Augen zudrückt!«

Lotte lachte. Dann meinte sie: »Meine Güte, was für ein Aufwand! Richtig stressig, das Leben als tolle Frau. Jetzt kann ich auch verstehen, warum du ins Kloster willst. Zum Nachdenken bleibt einem bei so viel Trubel ja überhaupt keine Zeit mehr!« Julia sah sie ernst an. »Warum sind Sie eigentlich Nonne geworden?« Lotte meinte: »Vielleicht fragst du das besser Sophie – die ist immerhin deine Generation. Als ich so jung war wie du, da war Glauben irgendwie selbstverständlich. Und das Wort Liebe hatte auch noch eine andere Bedeutung.« – »Zum Beispiel?« – »Bitte, nicht hier!«, meinte Lotte. »Ich muss mich jetzt auf mein Leben als Karrierefrau konzentrieren!« Doch Julia war mit dem Thema noch nicht fertig. Mit dem gleichen Eifer, den sie früher auf ihre Studien angewandt hatte, wollte sie im Moment alles über das Leben als Nonne wissen. »Sophie bekommt ja jetzt bald die Weihen, oder?« – »Ja, am Sonntag«, bestätigte Lotte, »der Bischof kommt extra wegen ihr. Ich denke, er möchte wohl ein Signal setzen, dass er Kloster Kaltenthal nicht aufgegeben hat.« – »Ach, ich beneide Sophie wirklich!«, sagte Julia leise. »Nicht nötig!«, meinte Lotte. »Die hat es nicht leicht – genauso wenig wie du!«

Damit waren sie auch schon bei dem Friseur angekommen. Julia hielt Lotte die Tür auf und sagte lächelnd: »Na, Sie werden mich schon hinkriegen, oder? Bitte sehr!«

Sophie hatte den ganzen Vormittag über an Barbara gedacht. Eigentlich sollte sie für Lotte wieder einmal die Ausgaben des Klosters im Computer zusammenstellen, aber kurz vor zwölf hielt sie es einfach nicht mehr aus. Sie ging hinauf in ihr Zimmer, das ihr seit Barbaras Weggang allein gehörte. Auf dem Schrank hatte sie eine Schachtel deponiert, die nahm sie und packte sie in eine Plastiktüte. Dann fuhr sie mit dem Fahrrad zu Doktor Richters Praxis. Ihm wollte sie die Tüte für Barbara geben – doch zu ihrer Überraschung traf sie die frühere Freundin gleich persönlich an.
Sophie war etwas irritiert, denn Barbara hatte ihre schwarze Kutte inzwischen mit einem strahlend weißen Krankenschwestern-Anzug vertauscht. Wenigstens hatte sie ihre freundliche Art noch nicht abgelegt. Denn tatsächlich war sie nun in weniger als einem Monat zur rechten Hand ihres Martin mutiert. Sie machte ihre Sache wirklich gut, fand Sophie, die zunächst vom Eingang aus beobachtete, wie sie im Sprechzimmer agierte. Irgendwann bemerkte auch Barbara die Freundin. Blitzschnell schloss sie die Tür zum Sprechzimmer hinter sich und kam fast flüsternd auf sie zu: »Falls du gekommen sein solltest, um mich fertigzumachen …«, begann sie ängstlich. Doch Sophie streckte ihr demonstrativ die Hand entgegen. »Nein, nein. Ich wollte nur noch mal mit dir reden. Am Sonntag lege ich ja mein Gelübde ab. Und bis dahin bin ich in Klausur.« Barbara nickte. »Der Bischof kommt auch, hab' ich gehört?« Sophie lächelte. Dann gab sie ehrlich zu: »Ja, aber ich glaube, nicht wegen mir. Die Weihe passt ihm nur gut in den lokalpolitischen Kram! Aber jetzt sag mal: Wie geht's dir denn? Bist du glücklich?« Barbara wich ihrem prüfenden Blick aus und zog sich vorsichtshalber hinter ihren Schreibtisch zurück. Dort häufte sie irgendwelche Briefe von einem Stapel auf einen anderen. Sophie tat so, als würde sie ihr Verhalten nicht bemerken. »Schön«, meinte sie. »Und wann heiratet Ihr?« – »Weiß nicht!«, wich Barbara wieder aus. »Barbara!«, sagte Sophie jetzt fast liebevoll. »Was ist los mit dir? Du kannst es mir wirklich sagen.«

Barbara stöhnte: »Manchmal wache ich mitten in der Nacht auf und weiß nicht mehr, wo ich bin! Ihr fehlt mir sehr, alle – du und unser Zimmer vor allem!« Sophie ging es ähnlich. »Ja, mir tut es auch immer noch ziemlich weh. Aber ich möchte jetzt meinen Frieden machen mit dir. Dass du nicht mehr bei uns im Kloster bist, das muss doch nicht heißen, dass wir keine Freundinnen mehr sein können, oder?« Barbara starrte sie bei diesen Sätzen gerührt an. Dann hielt sie es nicht mehr aus. Sie eilte wieder um den Schreibtisch herum und schloss Sophie innig in die Arme. »Ach, du!«, sagte sie.

Eine Weile standen sie so da. Dann fragte Sophie: »Kommst du denn auch zur Weihe? Von mir aus darfst du auch deinen Doktor mitbringen!« Barbara zuckte mit den Schultern. »Ich weiß gar nicht, ob ich das schaffe. Bestimmt heule ich die ganze Zeit Rotz und Wasser!« – »Na, hoffentlich!«, lächelte Sophie. »Aber falls es dich tröstet – vielleicht kriegen wir bald eine Neue. Julia heißt sie, Tochter eines stinkreichen Bankiers aus München.« – »Ach?« Barbara wurde fast eifersüchtig. »Und gefällt sie dir?« – »Na, zuerst dachte ich: blöde Schnepfe, typische Schickeria-Braut. Aber jetzt finde ich sie wirklich in Ordnung. Ich weiß bloß nicht, ob sie durchhält. Bisher wurde sie ja nach Strich und Faden verwöhnt!«

Gerade noch rechtzeitig fiel Sophie ihre Plastiktüte ein: »Ach ja, ich hab' dir was mitgebracht.« Sie gab Barbara einen Blütenkranz, den eine Novizin normalerweise bei der Weihe als Brautschmuck aufgesetzt bekommt. Barbara schluckte und war tief bewegt. »Hast du den selbst gemacht?« – »Mit Agnes' Hilfe«, lachte Sophie, »aber jetzt guck nicht so ernst – du darfst ihn bei deiner Hochzeit tragen!«

Julias Ziel, aus Lotte die neue Frau Albers zu machen, war fast erreicht – die Schwester sah wirklich klasse aus. Die ehemals langen Haare waren überschulterlang geschnitten und in einer leichten Rolle nach außen geföhnt. Sie hätte auch als Fernsehansagerin durchgehen können oder als Mannequin für »Mode ab 40«. Lotte lächelte sich zufrieden zu, als sie sich auf dem Beifahrersitz im Schminkspiegel betrachtete. Doch ihre Chauffeuse war noch nicht ganz zufrieden: »Fehlt noch die Kriegsbemalung!«, grinste sie und reichte Lotte ihr Schminktäschchen. Lotte wühlte ziemlich lustlos darin herum. »Muss das sein?«, fragte sie. Sie hatte ja keine Ahnung mehr, wie man mit all den Stiften und Quasten umging. Aber Julia beruhigte sie: »Das muss sein! Aber keine Sorge, ich mach' das gleich. Sobald wir am Mutterhaus angekommen sind, okay?«

Da bog sie auch schon in die kleine Seitenstraße ein, in der die Mutter Oberin residierte. Julia parkte schwungvoll den Wagen. »Oh Gott, ich glaube, wir kommen zu spät«, meinte Lotte mit einem nervösen Blick auf die Uhr am Armaturenbrett. Vielleicht war es auch nur ein Vorwand, um der Schminkerei zu entgehen. Doch bei Julia kam sie damit nicht durch: »15 Minuten ist nicht zu spät, sondern die Pünktlichkeit wichtiger Persönlichkeiten«, lachte die junge Frau. Dann zog sie Lotte die Lippen mit ihrem Lippenstift nach. »Und jetzt machen Sie so!«, befahl Julia und machte ihr vor, wie man die Lippen aufeinander gepresst bewegte, um die Farbe gleichmäßig zu verteilen. Lotte tat wie ihr geheißen. »Komisches Gefühl – als hätte man ein Schmalzbrot gegessen und sich danach den Mund nicht abgewischt!«, fand sie. Julia musste lachen über den Vergleich. Dann machte sie sich routiniert an Lottes Augen Make-up.

»Meiner Erfahrung nach, ist es übrigens nur positiv, wenn man etwas zu spät kommt«, dozierte sie. »Das ist üblich, um die Hackordnung klar zu machen. Vor allem jetzt, wo Sie durch den Wahlsieg nach oben gerutscht sind – Bürgermeisterin ist in der Rangordnung ungefähr so viel wie Oberin …« – »Im Kloster gibt es diese Rangordnung nicht. Offiziell sind alle gleich!« – »Ja ja«, nickte Julia, »nur manche sind gleicher, oder?« Lotte zuckte die Schultern. Als Julia aber nach dem Kajalstift auch noch grünen Lidschatten auspackte, sagte sie klipp und klar: »Stopp! Nicht ganz so perfekt, ich finde das reicht jetzt!« Sie klappte die Sonnenblende wieder nach unten, um sich im Spiegel zu betrachten. »Du liebes Lieschen!«, seufzte sie. Und Julia kommandierte: »Sehr gut, oder nicht? Na, dann mal los, auf in den Kampf!«

Sie klingelten. Die Pförtnerin, die ihnen öffnete, erkannte Schwester Lotte nicht. Lotte zwinkerte Julia verschwörerisch zu. Das Werk ihrer Verwandlung war wirklich gelungen. Unter der Führung der Pförtnerin gingen sie zum Vorzimmer der Mutter Oberin, wo Schwester Hildegard gelangweilt hinter ihrem Computer saß. Sie hatte ihre dicke Brille auf – doch auch Schwester Hildegard begriff zuerst gar nicht, wer da so fröhlich »Gelobt sei Jesus Christus« grüßte. »In Ewigkeit, Amen!«, gab sie zurück. Plötzlich starrte sie Lotte mit weit aufgerissenen Augen an. »Lotte, du? – Um Himmels willen!« Mehr bekam sie nicht heraus. Lottes Outfit hatte sie wirklich umgehauen. »Bitte keine Kommentare!«, meinte Lotte mit schuldbewusstem Lächeln. »Ist die Mutter Oberin noch zu sprechen? Ich hatte eigentlich einen Termin um 14 Uhr – leider ist es etwas später geworden.« – »Macht überhaupt nichts«, nickte Hildegard, für ihre Verhältnisse beinahe freundlich. »Seine Exzellenz, Bischof Rossbauer ist gerade noch bei ihr. Aber ich werde dich anmelden.« Sie war schon an der Tür zum »Allerheiligsten«, als sie sich noch einmal umdrehte und Lotte direkt in die Augen sah: »Sag mir nur ganz kurz: Du nimmst die Wahl nicht wirklich an, oder? Das Karriere-Outfit ist doch nur eine schlechte Show!?« Doch Lotte antwortete nur: »Meldest du mich jetzt bitte?« – »Na schön, aber mach dich auf was gefasst!« Als Hildegard endlich im Zimmer der Mutter Oberin war, flüsterte Julia amüsiert: »Hab' ich es nicht gesagt? Sie werden die Oberin schwer beeindrucken!« Lottes Blick wanderte derweil nervös an der Decke umher.

Im Büro der Oberin saßen Schwester Elisabeth Reuter und Bischof Rossbauer einträchtig hinter dem Bildschirm ihres Laptops und betrachteten die Web-Site des Klosters Kaltenthal. Der Bischof war voll des Lobes, als er die Video-Sequenzen sah. »Das

war die Gruppe der Jugendlichen, die auf der Wahlparty letzte Woche musiziert hat!«, erklärte die Mutter Oberin gerade, »sofern man diese Geräusche ›Musik‹ nennen möchte.« Worauf der Bischof anerkennend meinte: »Wirklich erstaunlich, was man heutzutage alles machen kann!« Da unterbrach Hildegard die kleine Internet-Show: »Verzeihen Sie, Mutter! Aber Schwester Lotte ist jetzt da – ich meine, äh, Frau Charlotte Albers.« Schwester Oberin hörte nur mit halbem Ohr hin und meinte abwesend: »Ja, gleich. Wir sind noch nicht so weit. Ich melde mich.« Schwester Hildegard lief demütig nickend wieder hinaus.
Auf der Website lief gerade eine Sequenz, die den Bischof zeigte, wie er sich auf Lottes Wahlparty mit einem Schnittchen fast bekleckert hätte. Die Mutter Oberin wollte ihm diese peinliche Selbstbetrachtung ersparen. »Und so weiter und so weiter«, sagte sie und versuchte, das Video schnell abzuschalten. Doch der Bischof hielt sie amüsiert zurück: »Nein, lassen Sie. Das ist doch lustig – und zeigt uns einmal mehr, dass wir kirchlichen Würdenträger auch nur Menschen sind.« – »Na ja, das ist jedenfalls die Internet-Seite von Kloster Kaltenthal«, erklärte die Oberin abschließend. »Mit Links zu den Wochenend-Seminaren, den verschiedenen Programmen und den Produkten, die vom Kloster demnächst vertrieben werden sollen.« – »Kräutergeist?«, fragte der Bischof lächelnd. Er erinnerte sich noch gut an die halbe Flasche, die ihm Lotte kürzlich geschickt hatte. »Unter anderem«, gab die Oberin zurück, »soviel ich weiß, bastelt Schwester Agnes im Moment auch an einer Kräuterseife.« – »Mit anderen Worten – die Niederlassung steht demnächst finanziell auf eigenen Füßen?« – »Sozusagen!«, nickte die Oberin stolz. »Wo ist dann aber Ihr Problem?«, hakte der Bischof nach. »Na, inzwischen werden mir schon fünf Millionen für die Immobilie geboten – zwei von der Gemeinde und drei von einem hiesigen Bankhaus.« – »Tja«, nickte der Bischof, »das ist natürlich ein Dilemma!« – »Und unglücklicherweise hat Schwester Lotte jetzt auch noch die Wahl gewonnen. Wie ich sie kenne, will

sie die auch annehmen. Und das, obwohl sie in diesem Fall ihr Habit ablegen und den Orden verlassen müsste.«

Der Bischof rieb sich müde die Augen. »Wieso denn das?«, fragte er. »Weil, weil, äh ...« die Oberin suchte nach einer plausiblen Erklärung, konnte aber letztendlich nur sagen: »Na, weil ich finde, dass das nicht geht!« – »Schwester Lotte ist jetzt da, wenn ich richtig verstanden habe?« – »Ja, mit der Tochter dieses Bankiers, die bei uns eintreten möchte, als Novizin.« Rossbauer schüttelte den Kopf – die Entwicklungen im Kloster Kaltenthal schienen sich ja wirklich zu überschlagen. Laut sagte er: »Na, dann bitten Sie die beiden doch herein!« Worauf Schwester Elisabeth eilig die Haus-Telefonanlage betätigte und ihre Assistentin benachrichtigte: »Wir sind so weit, Schwester!«

Eine Minute später ging die Tür auf, und die beiden Damen, Frau Albers und Frau Seewald, traten ein. »Gelobt sei Jesus Christus«, grüßte Lotte. Worauf dem Bischof der Satz entfuhr: »Heiliger Sankt Florian!« Die Oberin war völlig sprachlos. »Darf ich vorstellen?«, übernahm Lotte die Regie, »Julia Seewald – ihr verdanke ich dieses neue Aussehen!« Julia lächelte bescheiden. Dann schüttelte sie der Oberin die Hand. Die des Bischofs versuchte sie sogar zu küssen. Doch er wehrte sie lächelnd ab.

Die Mutter Oberin sah Schwester Lotte nur irritiert an, eher bewundernd als verwundert. Dann sagte sie mit süßsaurer Miene: »Na, Sie hatten es aber eilig, die Kutte loszuwerden!« Der Neid in ihrer Stimme war nicht zu überhören. »Darf ich Sie daran erinnern, dass das nicht meine Idee war?«, gab Lotte souverän zurück. »Und dass ich nach wie vor der Meinung bin, dass ich mein neues Amt durchaus auch im Habit unseres Ordens ausüben könnte – wenn es mir denn gestattet würde!« Bei diesen Worten sah Lotte vor allem den Bischof an. Der merkte schon, woher der Wind wehte, hatte aber keine Lust, in den Konflikt hineingezogen zu werden. Ausweichend meinte er: »Diese Entscheidung sollten Sie lieber keinen Mann treffen lassen, Schwester Lotte! Sie sehen ja bezaubernd aus!« Dann ver-

abschiedete er sich: »Ich muss jetzt wirklich, Mutter Oberin!«, meinte er und streckte ihr seine Hand entgegen. »Wir sehen uns ja Sonntag in Kaltenthal.« Den anderen beiden Damen nickte er freundlich zu.
Die Oberin nahm seine Hand und zog ihn zur Tür. Dabei flüsterte er ihr leise etwas ins Ohr, was sie nicht unbedingt glücklicher machte. »Exzellenz!«, rief sie entsetzt. »Ist nur ein Vorschlag, Sie sind die Chefin in diesem Haus!«, beschwichtigte er schnell. Doch Julia hatte genug mitbekommen. Hinter dem Rücken der Exzellenz zeigte sie Lotte mit Zeige- und Mittelfinger das Victory-Zeichen. »Spitze gelaufen!«, sollte das heißen. Lotte nickte ihr dankbar zu. Da kam die Oberin auch schon zurück und meinte: »Na, da haben Sie mir ja was Schönes eingebrockt!« Es war ihr anzusehen, wie es in ihr arbeitete. Gegen die Worte des Bischofs fühlte sie sich machtlos.

Lotte hatte sich gleich nach ihrer geglückten Audienz bei der Mutter Oberin von Julia zum jungen Wöller fahren lassen, hinaus an den Stadtrand von München. »Ich kann dir leider nicht sagen, wie lange es dauert«, entschuldigte sie sich. »Am besten wäre es, wenn du mich einfach hier absetzen würdest. Vielleicht kann ich ja mit Wöller oder seinem Sohn nach Kaltenthal zurückkommen!« Doch Julia wollte davon nichts wissen: »Quatsch, ich hole sie schon wieder ab! Hier ist meine Visitenkarte mit der Handynummer drauf. Da können Sie mich jederzeit erreichen.« – »Und was machst du solange?«, wollte Lotte wissen. »Vielleicht kann ich ja mein Auto verkaufen!«, lächelte Julia. »Nicht sofort, aber es gibt einen Interessenten aus der Bank. Dem würde ich es gerne geben, weil ich ja hoffentlich bald keins mehr brauche!« Lotte lachte: »Das wird dir sicher bald Leid tun. Du hast ja ein Tempo drauf – da kann einem echt schwindlig werden!« Damit stieg sie vor der Wohnung von Wöllers Sohn aus. »Halt«, rief Julia ihr noch nach. »Sie haben Ihre Handtasche vergessen!« – »Danke! Daran werde ich mich auch nie gewöhnen!« – »Müssen Sie vermutlich auch nicht – so neidisch wie die Oberin geguckt hat!« Julia grinste von einem Ohr zum anderen. Doch Lotte blieb vorsichtig. »Kann ich mir nicht vorstellen!«, wehrte sie ab. Worauf Julia meinte: »Na, wir werden sehen. Bis später!«

Auf ihr Klingeln hin öffnete Wolfgang Wöller junior die Tür. Er trocknete sich flink die Hände an seiner Küchenschürze ab, bevor er ihr die Hand gab. »Danke, dass Sie gekommen sind, Schwester!«, sagte er nervös. »Mein Vater ist leider gerade ausgeflogen!« Dann erst bemerkte er ihre beeindruckende Verwandlung. Er sah sie verblüfft an, schwieg aber. »Wie meinst du das – dein Vater ist ausgeflogen?«, fragte Lotte erregt. »Ich habe doch darum gebeten ...« – »Ja, ich weiß, aber zusammen mit seinem neuen Freund, diesem Penner, ist er kaum noch zu bremsen. Die führen sich auf wie junge Dackel. Weil der Penner jetzt gesagt hat, dass er Platzangst bekommt, wenn er länger als zwei Tage in einem Haus lebt, hat mein Vater ihn zurückgebracht. Ich denke, jetzt dürften sie wieder am Chinesischen Turm sein. Da wohnt der Typ nämlich!«
Lotte schüttelte den Kopf. Dann ließ sie sich am Küchentisch noch mal die ganze Geschichte erzählen. Danach half sie ihm, die Flaschen und den Müll wegzuräumen, den die beiden Herren hinterlassen hatten. »Das Schlimmste ist ja, dass er mir jetzt auch keinen monatlichen Unterhalt mehr zahlen will«, erzählte Wöllers Sohn nervös, »und die Firma will er auch noch verkaufen!« Der junge Mann seufzte tief auf. »Ich weiß«, sagte Lotte. Dann bemerkte sie die Krümel, die überall auf dem Tisch herumlagen. »Was ist das denn?«, fragte sie irritiert. »Ach, das war Papas neuer Freund. Der isst nämlich nur die Rinde von den Semmeln. Alles, was weich ist, puhlt er raus!« Lotte stellte kopfschüttelnd den Korb zurück. »Mensch, wo bleibt der Typ denn? Es ist ja schon nach vier!« Wolfgang Wöller sah sie entsetzt an: »Sie wollen doch nicht etwa gehen? Bitte, Schwester!« –

»Nein, nein, ein wenig warte ich noch!« – »Dann kann ich ja vielleicht kurz zu meiner Mutter rüber – um Sandra und den Kleinen zu besuchen. Ich hab' sie seit drei Tagen nicht mehr gesehen … Wenn Sie hier die Stellung halten? Bitte!« Lotte sagte nur ein Wort: »Jaaa!« Er schmiss die Schürze in die Ecke und wollte hinaus, doch sie hielt ihn noch kurz auf: »Der Müll!« Als er weg war, zog sie sich die Stöckelschuhe aus und atmete tief durch. Sogar das damenhafte Laufen wollte gelernt sein, dachte sie, während sie sich ihre schmerzenden Füße massierte.

Wolfgang Wöller senior genoss den Ausflug zu den Isarbrücken sehr. Völlig aufgekratzt fragte er seinen Kumpel: »Das ist also dein Penthouse, was?« – »Tja«, antwortete Alex, »Matratze mit Isar-Blick. Hundert Meter weiter kostet das 2000 Euro im Monat. Hier ist es umsonst. Prima, oder?« Von Alex Kollegen war um diese Zeit keiner mehr zu sehen. Die waren alle unterwegs, um zu schnorren oder, wie Alex sich ausdrückte, »um Platte zu machen«. Wöller nickte. Es war ihm auch lieber, wenn ihn keiner sah. »Also, was meinst du?«, wollte Alex wissen. »Im Sommer ist es bestimmt ganz okay«, fand Wöller, »aber im Winter?« – »Da bin ich in Nizza«, grinste Alex. Wöller zog eine Flasche Bier aus seiner Plastiktüte und hielt sie ihm hin: »Du willst wirklich nichts?« – »Keinen Schluck«, Alex schüttelte energisch den Kopf, »da bin ich eisern! Und du solltest auch aufhören damit – du bist doch auch schon Alkoholiker!«
Das wollte sich Wöller nicht gefallen lassen: »Na, jetzt mach mal einen Punkt«, polterte er los. »Was sonst?«, gab Alex zurück. »Wir sind vielleicht fünf Stunden unterwegs – und du hast bestimmt schon vier Bier intus!« – »Ich befinde mich in einer Krise!«, wich Wöller aus. »Da ist so was völlig normal!« – »Das ist keine Krise!«, sagte Alex. »Das ist nur eine dumme Ausrede, um mehr saufen zu können!« – »Hast du eine Ahnung!«, jammerte Wöller. »Dann gib mir mal deine Hand, das werden

wir gleich haben«, kündigte Alex an. Damit nahm er Wöllers Linke und betrachtete interessiert die Furchen auf dem Handteller. »Ich weiß alles«, begann der Clochard seine Analyse. »Hier steht's: Du hast jede Menge Kohle, Geschäftsmann würde ich sagen, möglicherweise Autohandel ... Und dann haben wir hier noch ein öffentliches Amt: Richter? Quatsch! Politiker – Landtag vielleicht? Oder Bürgermeister?« Wolfgang Wöller sah ihn ungläubig an. »Und was haben wir denn da? Eine Frau! Bist du verheiratet?« Wöller schüttelte den Kopf. »Geschieden«, ächzte er. »Hätte mich auch gewundert«, nickte der Penner. »Jetzt sehe ich es auch, das ist eine schwarze Frau – aber du bist ziemlich sauer auf sie!« – »Stimmt!«, meinte Wöller. Die Sache kam ihm schon etwas komisch vor, aber bisher hatte alles, was Alex geweissagt hatte, gestimmt! »Sie hat dir wohl etwas Wichtiges weggenommen – deshalb bist du abgehauen und lässt dich voll laufen, oder?« Damit ließ er Wöllers Hand wieder los.

Der Ex-Bürgermeister war vollkommen überfordert mit der Situation. Er drehte seine Hände um und betrachtete sie genau. »Das steht alles in meiner Hand?«, fragte er unsicher. Da musste Alex doch grinsen. Dann griff er in den Müll neben seiner Matratze und zog eine zerknüllte Zeitung hervor. »Blödmann! Hier steht's drin – mit Foto und allem! Als ich das Türschild bei deinem Sohn gesehen hab', wo groß und breit dein Name drauf stand, war mir klar, wer du bist. So schwer war das nicht. Aber mit der Nummer hab' ich schon eine Menge Kohle verdient! Weil jeder lieber an Kaffeesatz und Horoskope glaubt als an die traurige Wahrheit.« Wöller nickte und meinte ergeben: »Und die weißt du auch, die Wahrheit?« – »Nein«, meinte der Penner schlicht, »aber näher dran bin ich schon an ihr, als du!« Er klopfte sich eine Zigarette aus der Packung und drehte den Filter ab. Wöller gab ihm Feuer. Von einer Minute auf die andere war er ziemlich still geworden. Auch Alex neben ihm rauchte schweigend.

Irgendwann stand Wöller von der Matratze auf und ging ein

wenig am Ufer lang. Nach dieser kurzen Andacht entschied er sich, zu seinem Sohn zurückzufahren. Im Penner-Paradies hatte er jetzt nichts mehr zu suchen. Dafür war er Wolfgang langsam wirklich eine Pizza schuldig.

Lotte saß immer noch mit hochgelegten Beinen im bequemsten Sessel des Wohn- und Esszimmers. Sie hatte die Augen geschlossen und träumte von ihrer nahen Zukunft als Chefin im Kaltenthaler Rathaus. Wenn sie ehrlich sein sollte, machte ihr der Gedanke daran immer mehr zu schaffen. Ob sie Wöller um Hilfe bitten sollte? Irgendwann würde sie ihn ja ohnehin um Rat fragen müssen, überlegte sie. In dem Moment sperrte draußen jemand die Tür auf. Lotte sprang auf und zog sich hektisch die Schuhe an. Es war Ex-Bürgermeister Wöller, der plötzlich mit zwei Pizza-Kartons im Zimmer stand. »Guten Abend!«, begrüßte ihn Lotte. Wöller erstarrte zur Salzsäule. Er hatte ein paar Bier getrunken, und auch die Sitzung bei seinem Freund Alex war nicht ganz spurlos an ihm vorübergegangen. Vor lauter Verwirrung glaubte er zunächst, er habe eine Fata Morgana vor sich, eine Art »Wunsch-Halluzination«. »Ganz ruhig bleiben, Wolfgang!«, versuchte er sich zu beruhigen und schloss dazu die Augen. »Was du da siehst, ist nicht die Wahrheit. Du bist gestresst, depressiv und angesoffen. Also, wenn du jetzt wieder hinschaust, ist es weg. Okay?« Lotte stand leise auf und ging in die Küche. Da machte Wöller die Augen wieder auf. »Na also«, lächelte er erleichtert. Dann wollte auch er in die Küche, um die Kartons dort abzustellen. Doch da war die Fata Morgana schon wieder – diesmal sogar ziemlich lebendig am Spülbecken beschäftigt. »Jetzt hören Sie schon auf mit dem Unsinn!«, befahl Schwester Lotte im Business-Outfit. »Ich bin keine Fata Morgana, sondern warte hier schon seit Stunden auf Sie. Vielleicht stellen Sie einfach kurz ihr Zeug da ab und setzen sich!« Wöller begann zu begreifen. »Jetzt brat mir einer einen Storch!«, ächzte er. »Ich denk' ja nicht dran, Ihnen einen Storch oder sonst was zu braten«, widersprach Lotte, »und kommen Sie mir bloß nicht mit irgendwelchen Kommentaren zu meinem Äußeren!« Spätestens hier erkannte Wöller den energischen Stil der leibhaftigen Lotte. Trotzdem konnte er sich ein Kompliment nicht verkneifen: »Sorry, aber ich finde, Sie sehen saustark aus – würde mein Sohn wohl sagen.« Dabei stellte er seinen Sechserpack Pils ab und hielt Lotte einen Pizzakarton hin: »Darf ich Ihnen was anbieten? Pizza Primavera oder Puttanesca – mit Oliven, Kapern, Anchovis?« – »Danke, nein«, sagte Lotte. »Erst will ich von Ihnen wissen, was das alles soll – Firma verkaufen. Ihrem Sohn auf die Nerven fallen. Mit Pennern rumziehen … Und alles nur, weil Ihnen ein paar Kaltenthaler Bürger einen Denkzettel verpassen wollten?« Während Lotte ihre Gardinenpredigt hielt, hatte sich Wöller ihr gegenüber am Küchentisch niedergelassen und öffnete eine Dose Bier. »Reden Sie ruhig weiter!«, meinte er gelassen. »Ich höre!« Lotte sah ihn ernst an. »Sie dürfen mir ruhig glauben – ich wollte das alles nicht, Herr Wöller! Zu meiner Schande muss ich sogar gestehen, dass ich vorhin darüber nachgedacht habe, sie in mein ›Kompetenzteam‹ zu berufen. Ich brauche Sie wirklich, Herr Wöller!« – »Papperlapapp!«, machte Wöller. »Doch«, sagte sie schnell, »ich habe ja keine Ahnung, wie das geht, Bürgermeisterin zu sein! Ich weiß, Sie haben mich damals gewarnt, aber ich dachte, ich hätte nie eine Chance gegen Sie und Ihre Amigos.« Wöller hörte ihr nur noch mit halbem Ohr zu. Er war völlig fasziniert von der Frau, die ihm da gegenübersaß. Lotte merkte es noch nicht, wie sehr er sie mit den Augen verschlang. »Bitte, Herr Wöller!«, sprach sie atemlos weiter. »Es geht hier ja nicht um mich, sondern um Kaltenthal. Wir brauchen Sie und Ihre Erfahrung. Wenn nicht als Bürgermeister, dann auf alle Fälle in der Opposition! Und ich verspreche Ihnen, dass ich mich bemühen werde, Ihre Vorstellungen von der Zukunft der Gemeinde in mein Programm zu integrieren. Soweit sich das mit meiner christlichen Überzeugung in Einklang bringen lässt!«

Als sie fertig war mit ihrem engagierten Monolog, musste sie eine ganze Weile auf Wöllers Antwort warten. Der Mann war wie in Trance, ihre Erscheinung hatte ihn völlig verzaubert. »Verzeihen Sie«, sagte er sanft, »aber Sie haben wirklich wunderschöne Augen. Ich könnte Ihnen stundenlang zuhören!«
Lotte verdrehte ihre wunderschönen Augen völlig entnervt in Richtung Decke, bis man nur noch das Weiß der Augäpfel sah. »Ich bitte Sie recht schön«, meinte sie kühl, »schauen Sie halt woanders hin!«
Gehorsam sah Wöller auf den Tisch, wo sein Blick auf ein Männchen fiel. Das hatte Lotte vorhin aus den Brotkrümeln geknetet, um sich die Wartezeit zu vertreiben. »Was ist denn das?«, rief Wöller amüsiert. »Mir war langweilig. Und als ich die Brotreste von Ihrem Freund so liegen sah, da fiel mir dieser nigerianische Brauch wieder ein. Man bastelt eine Puppe aus Ton, die wie der Gegner aussieht. Und dann sticht man in die Körperteile, die man beeinflussen möchte!« Damit piekste sie demonstrativ kurz in ihr Knetpüppchen. »Ach ja«, folgerte Wöller blitzschnell, »dann soll das wohl ich sein!« Lotte nickte. »Dann mal los, durchbohren Sie ruhig mein Herz!«, scherzte er. »Liebend gern«, gab Lotte kühl zurück, »das Dumme ist nur: Sie haben keines! Da wo andere einen Herzmuskel haben, sitzt bei Ihnen die Brieftasche und Ihr Parteibuch!« – »Kann sein«, lächelte er immer noch, so begeistert war er von der »neuen« Lotte, »dann ist es wohl meine Leber, die im Moment so heftig klopft!« Lotte tat so, als hätte sie seine Anspielung nicht gehört. »Herr Wöller, es ist mein voller Ernst: Entweder Sie reißen sich zusammen und kommen zurück, um sich Ihrer Aufgabe in Kaltenthal zu stellen, oder ich muss die Puppe wirklich an einer ganz empfindlichen Stelle stechen.« Wöller riss entsetzt die Augen auf. »Sie glauben doch wohl nicht an den Humbug, oder?« Lotte zuckte die Schultern. »Tja, was soll ich sagen – leider funktioniert der Humbug meistens! Also?«, fragte sie und hielt einen Zahnstocher drohend über der Puppe. »Bitte!«, sagte Wöller, »nur nicht unter die Gürtellinie!«

Da hatte Lotte genug. Sie steckte den Stocher in die Teig-Puppe und stand auf. Wöller nahm die Puppe an sich und fand, dass der Stab tatsächlich in der Lebergegend steckte. Das konnte ihn aber nicht weiter stören. Sehr viel unangenehmer fand er es schon, dass Lotte mittlerweile aufgestanden war und vom Telefon aus jemanden anrief, der sie abholen sollte. »Ich bin so weit«, hörte Wöller sie sagen. »Wie ist es bei dir? – Super, ich warte dann unten vor dem Haus!« Sie nahm ihre Handtasche und wollte nur noch fluchtartig von dem durchgeknallten Bürgermeister weg. Doch er stellte sich ihr in den Weg. »Sehe ich das richtig – Sie sind keine Nonne mehr?«, fragte er hoffnungsvoll. »Na ja«, erklärte sie ihm, »man hat mich vor die Wahl gestellt, entweder – oder. Und ich habe mich entschieden. Jetzt oder nie! Und im Moment glaube ich, dass ich es schaffen kann!« Sie war schon an der Wohnungstür, da versuchte sie noch einmal, Wöller umzustimmen: »Was ist nur mit Ihnen, Herr Wöller? Ich hab' Sie immer für einen Mann gehalten! Aber da muss ich mich wohl gründlich getäuscht haben!« Worauf ihr Wöller nachrief: »Dafür sind Sie jetzt endlich eine Frau! Das ist doch schon was!«

Als Lotte und Julia abends ins Kloster zurückkehrten, waren die Vorbereitungen für Sophies »Hochzeit« in vollem Gange. Agnes und Felicitas trugen dicke Sommerblumen-Sträuße aus dem Garten in die Kapelle. Sie mussten schon einige Male gegangen sein – vor allem Felicitas standen unübersehbar die Schweißperlen auf der Stirn. Vor lauter Stress bemerkten die beiden Lottes Verwandlung zuerst gar nicht. Erst an der Haustür drehte sich Felicitas noch einmal um und rief: »Herrje, Lotte, wie siehst du denn aus?« Und Agnes meinte bewundernd: »Stimmt! Ist ja todschick!« – »Hat die Mutter Oberin angerufen?«, wollte Lotte als erstes wissen. »Keine Ahnung«, sagte Agnes ehrlich, »wir waren die ganze Zeit im Garten. Und Sophie ist ja noch in Klausur!«

An der Pforte hörte Lotte noch, wie Felicitas sagte: »Wir müssen in der Kapelle weitermachen, aber ich nehme an, für sowas bist du ja jetzt zu fein?« Lotte und Julia sahen sich an. Die junge Frau fragte: »Vielleicht kann ich helfen?« Worauf Agnes freundlich Entwarnung gab: »Ach, lassen Sie. Jetzt sind wir fast fertig. Das bisschen schaffen wir auch noch.«
Lotte und Julia bogen also guten Gewissens ab, um im Büro auf den Anruf der Mutter Oberin zu warten. Dort steuerte Lotte schnurstracks auf die Besuchercouch zu. »Phh! Auf was hab' ich mich da nur eingelassen!«, ächzte sie. Sie wusste selbst nicht, was sie mehr erschöpft hatte – die Strapazen ihrer München-Fahrt oder die Sorgen über ihre Zukunft im Kaltenthaler Rathaus. Doch diesmal war es Julia, die ziemlich kluge Worte fand, um sie wieder aufzurichten. »Als ich ein Kind war, hatte ich Angst vor dem Schwimmen. Da hat mich mein Vater in unseren Swimmingpool geworfen, einfach so. Und seit dem Tag kann ich schwimmen!« Lotte verstand, was die junge Frau ihr sagen wollte. Trotzdem kam ihr der Vergleich in ihrer Lage nicht ganz passend vor. »Das Rathaus ist aber kein Swimmingpool, sondern eher ein Haifischbecken! Schau dir die Wöller-Amigos doch an!« In diesem Moment klingelte das Telefon. Lotte hob erschöpft die Arme und murmelte: »Gehst du? Ich kann nicht mehr!« Julia nahm ab: »Kloster Kaltenthal? Nein, Schwester Lotte ist im Augenblick nicht erreichbar. Kann ich etwas ausrichten? Ach ja? Nein, ich denke nicht – im Gegenteil. Danke. In Ewigkeit, Amen.« Als sie aufgelegt hatte, rannte sie mit strahlender Miene zu Lotte an die Couch. Sie setzte sich ans Fußende und machte es spannend: »Dreimal dürfen Sie raten, was passiert ist!« Lotte sah sie stumm und erwartungsvoll an. »Sag schon!«, meinte sie. Worauf Julia meldete, dass die ehrwürdige Mutter Oberin durch Hildegard ausrichten ließ, Lotte könne ihr Bürgermeisteramt nun doch in der Ordenstracht ausüben! »Na bitte!«, feixte Julia. »Hab' ich es nicht immer gesagt? Sie meint, sie hielte es nun auch für publicity-fördernder, wenn Sie in der Kutte auftreten!«

»Wunderbar!«, strahlte nun auch Lotte. »Ich fühle mich ja schon wie eine Muschel ohne Schale! Aber jetzt sag mal, wo haben wir das Gewand eigentlich liegen lassen, nach dem Einkauf?« – »Im Auto«, antwortete Julia schnell und stand auf, um es zu holen. »Ich bringe es Ihnen sofort, aber zuerst möchte ich wissen, wann ich meine ›Schale‹ bekomme!«
Lotte musste über so viel Eifer schon wieder lachen. Geduld gehörte nicht zu den großen Stärken der Julia Seewald. Genauso schnell wie sie Auto fuhr, handelte sie auch, eine Eigenschaft, die Lotte persönlich sehr sympathisch fand. Sie wollte aber wenigstens versuchen, ein wenig auf die junge Dame einzuwirken, und meinte: »Nicht ganz so rasant, Julia! Leb erst mal eine Weile hier, dann kommt der Rest von selbst!« Doch als Julia den Raum verlassen hatte, beschloss sie, ihr heute noch das Ordensgewand zu geben. Nach all dem, was sie in den letzten Tagen an ihrer Seite erlebt hatte, fand sie es einfach schön, wenn sie eine so starke Frau in ihren Kreis aufnehmen könnte.
Mit diesen Gedanken ging sie also nach oben, zum großen Holzschrank im Flur, und holte eine Grundausstattung in Julias Größe. Als sie Julia wieder unten im Hausgang hörte, rief sie sie nach oben und meinte: »Dann lass uns mal tauschen!« Damit reichte sie der verblüfften Julia den schwarzen Habit mit dem weißen Novizinnen-Schleier. »Und wenn du angezogen bist, kommst du gleich wieder zur Kapelle, ja? Wir müssen mit Agnes und Felicitas reden!«

Agnes stellte eben die letzte Vase auf den Altar, als Lotte und Julia in die Kapelle traten. Beide trugen nun stolz ihren Habit. Lotte ging demonstrativ zu Felicitas, die gerade den Boden fegte, und nahm ihr den Besen aus der Hand. »Lass gut sein, Felicitas«, sagte sie freundlich. »Ich mach' das schon, ruht ihr euch jetzt mal aus!« Julia war ganz hinten an der letzten Bank stehen geblieben.
»Wieso siehst du jetzt wieder normal aus?«, fragte Felicitas neu-

gierig. »Weil unsere Mutter Oberin eine Erleuchtung gehabt hat«, erklärte ihr Lotte. »Ich darf bleiben!« – »Ach, wie schön!«, rief Agnes und klatschte dazu in die Hände. »Finde ich auch. Außerdem ist es auch eine gute Gelegenheit, Julia in unserer Mitte willkommen zu heißen und sie dem Hausherrn vorzustellen!«, sprach Lotte nach einem kurzen Blick aufs Kreuz weiter. Dann gab sie Julia ein Zeichen, nach vorne zu treten. Agnes lächelte selig. Und Lotte fragte Felicitas: »Willst du, oder soll ich?« Worauf Felicitas bescheiden meinte: »Mach du es, du kannst das viel besser!« Lotte trat also vor Julia in den Mittelgang und sprach mit eindringlicher Stimme: »Liebe Julia! Du bist alt genug, zu wissen, dass das vielleicht die wichtigste Entscheidung in deinem Leben sein wird. Niemand weiß, ob du sie nicht bereuen wirst, früher oder später. Man hält uns Schwestern für naiv, manchmal auch für weltfremd. Und fast möchte ich sagen: Ja, das stimmt. Wir sind kindlich genug, zu glauben, dass alle Menschen gleich sind. Wir beurteilen Menschen nicht nach Geld, Beruf, Aussehen, Rasse oder Glauben. In unserer Welt gib es keine Sieger und Verlierer. Und wenn andere das Kloster auch für ein Gefängnis halten, dann glauben wir, dass es ein unendlicher Freiraum ist. Ungebunden an Mann oder Familie kannst du hier deine Fähigkeiten entwickeln und deinem Herzen folgen, wohin es dich auch führen wird.« Sie machte eine kurze Pause, um sehen, wie Julia ihre Worte aufnahm. Doch die neue Novizin hatte die Augen geschlossen. Auf ihrem Gesicht lag ein friedlicher Ausdruck. Da fuhr Lotte fort: »Was keiner versteht, der es nicht am eigenen Leib erfahren hat – in dieser Welt kann einem Gott so greifbar nahe sein, dass man seine Stimme hören kann. Man muss nur still genug sein – und hören!« Sie breitete die Arme aus und ging einen Schritt auf Julia zu: »Willkommen, liebe Schwester!«

Julia hatte feuchte Augen bekommen und konnte gar nichts sagen. Agnes und Felicitas in ihren Bänken waren ebenfalls gerührt und suchten schniefend ein Taschentuch. Minutenlang stand Lotte unbeweglich vor dem Altar, die tief bewegte Julia fest in ihre Arme geschlossen. Dann stand zuerst Agnes auf und tat es Lotte nach. Schließlich umarmte sogar Felicitas die überraschte Novizin.

Bei Wolfgang Wöller junior ging es einstweilen nicht halb so idyllisch zu. Als er nach Hause gekommen war, hatte er nur noch seinen Vater vorgefunden. Anscheinend war er schon wieder angetrunken, jedenfalls stellte er gerade das halbe Wohnzimmer auf den Kopf. »Sag mal, spinnst du jetzt ganz?«, erlaubte sich Wolfgang zu fragen, als sein Vater eben den Papierkorb unter dem Schreibtisch umkippte. »Nee, aber ich muss diese verdammte Puppe finden!« Dann griff er sich in seine Leber-Gegend und stöhnte: »Ich sag's dir, diese Schmerzen!« Das machte Wolfgang doch etwas nervös: »Das Herz?« – »Nein, eine Kolik oder so was«, jammerte Vater Wöller. In dem Moment fand er die Teig-Puppe ganz unschuldig im Brotkorb auf dem Tisch liegen. Er begann zu schimpfen: »Diese Hexe!« Wolfgang verstand seinen Vater nun überhaupt nicht mehr. »Was soll das jetzt, bitte?«, fragte er. – »Egal!«, antwortete Wöller senior. »Hilf mir lieber packen! Ich muss nach Hause! Im Rathaus sind meine Tabletten!«

Plötzlich konnte es Wöller nicht schnell genug gehen. Hektisch sammelten Vater und Sohn die herumliegenden Klamotten in Wöllers Reisetasche, der Vater holte sich noch eine Büchse Bier aus der Küche – dann verließ er das Haus und raste davon, ohne sich großartig zu bedanken oder zu verabschieden. Der Sohn tippte sich an die Stirn – dann rief er seine Frau an. Lotte würde er morgen verständigen. Für heute hatte er genug von der Kaltenthaler Dorfdramatik.

Es waren gar nicht so wenige Gäste, die Sophies großen Tag in der Kaltenthaler Klosterkapelle mitfeiern wollten. Allen voran die Ehrengäste aus München: Bischof Rossbauer und die Mut-

ter Oberin mitsamt ihrer Assistentin Hildegard. Polizist Meier und seine Oma waren gekommen, genau wie Marianne Laban und ihr Mann Willy, die heute noch von Schwester Lottes Ehe-Therapie schwärmten. Außerdem hatte sich die ganze Jugendgruppe aus der Remise versammelt.
Und dann saß da noch eine junge Frau im dunklen Kostüm in der letzten Reihe, über deren Erscheinen sich die Novizin am allermeisten freute: Das war Barbara, in Begleitung ihres sichtlich nervösen Dr. Richter. Die Haare trug sie immer noch streng zum Zopf gebunden, genau, wie zu ihren Zeiten als Schwester. So als wollte sie sagen, dass sie die Zeit im Kloster nie vergessen würde. Doch sie musste eigentlich gar nichts sagen – man sah es ihr an, wie sie sich fühlte, denn als Sophie ihre Weihen bekam, weinte sie herzzerreißend.
Sophie aber trug den Kranz, den sie mit Agnes gebastelt hatte, so stolz, als wäre er eine Krone. Hoch erhobenen Hauptes schritt sie nach der Zeremonie durch den Mittelgang hinter dem Bischof ins Freie. Im Hof standen alle im Halbkreis um sie herum und beglückwünschten sie. Nur Barbara und Martin hielten sich noch etwas im Hintergrund.
Der Bischof trat nach seiner Gratulation neben Schwester Lotte und meinte freundlich: »Wie ich sehe, sind Sie wieder in der Ordenstracht, Schwester Lotte!« – »Das verdanke ich unserer ehrwürdigen Mutter!«, nickte Lotte mit vielsagendem Blick. »In Anbetracht der Publicity, die wir auf diese Weise gratis bekommen«, beeilte sich die Oberin zu erklären.
In dem Augenblick näherte sich Julia der kleinen Gruppe. »Schwester Lotte«, sagte sie leise, »Wöller junior hat angerufen! Er sagt, sein Vater sei wieder in Kaltenthal. Und wenn es Ihnen irgendwie möglich wäre, sollten Sie vielleicht heute mal im Rathaus vorbeischauen! Der Alte hat offenbar Andeutungen gemacht.« Lotte rollte mit den Augen und nickte dann: »Ist gut, danke, Julia. Nach dem Essen!«
Aller Augen richteten sich jetzt auf Barbara, die ihrer Freundin eben gratulierte. Es war wirklich rührend. »Du bist die schöns-

te Braut, die ich je gesehen habe«, sagte sie sehr ernst. Hinter ihr stand der Doktor und lächelte: »Darf ich Sie auch beglückwünschen, Schwester?« Sophie nickte gnädig. Natürlich wäre es ihr lieber gewesen, wenn sie die ewigen Weihen zusammen mit Barbara hätte entgegennehmen können. Aber wenn der Herr mit der Freundin andere Dinge vorhatte, konnte man auch nichts machen, dachte sie. Damit streckte sie dem Arzt offen die Hand hin. Der Doktor nahm sie und meinte: »Mir wären ja auch beinahe die Tränen gekommen, so wie Barbara während der ganzen Messe geweint hat!« Sophie sah ihm daraufhin tief in die Augen. »Ja, aber Sie wissen hoffentlich auch, warum Sie so geweint hat?« – »Na ja«, machte Richter und sah dabei hilfesuchend Barbara an. »Weil sie weiß, dass sie Ihnen zuliebe mehr aufgegeben hat, als Sie ihr je geben können«, gab sich Sophie selbst die Antwort. Sie konnte es einfach nicht lassen! Nicht einmal an ihrem »Hochzeitstag« wollte sie auf ihren üblichen Schlagabtausch mit dem Doktor verzichten. Richter und Barbara sahen sich erschrocken an. Doch nun sagte Schwester Sophie: »Na ja, vielleicht können es ihr ja später mal Ihre Kinder vergelten. Und ich bin ja auch noch da!« Dazu grinste sie schelmisch. Richter und seine Barbara begriffen endlich – und in der nächsten Sekunde mussten auch sie über Sophies Reden lachen.

Nach dem Mittagessen hatte Lotte keine Ruhe mehr – sie musste nun doch im Rathaus nach dem Rechten sehen. Ihr Timing hätte nicht besser sein können, denn fast synchron mit ihrem alten Mercedes näherte sich auch Wöllers Citroën und stoppte auf seinem angestammten Parkplatz. Lotte hielt neben ihm. Beide »Bürgermeister« stiegen aus und gingen aufeinander zu. »Falls Sie zu meiner Beerdigung kommen wollten, müssen Sie sich noch ein Weilchen gedulden«, eröffnete Wöller das Feuer. Doch Lotte war heute nicht nach kämpfen zumute. Stattdessen erkundigte sie sich nach seinem Befinden: »Ihr Sohn sagte, Sie

hätten Schmerzen in der Leber-Gegend?« – »Wo sonst«, rief Wöller, »das haben Sie doch so eingefädelt, oder? Bei Ihren Kontakten nach oben ist es ja auch kein Wunder …« – »Herr Wöller, das war ein Witz!«, gab Lotte zurück. »Eine Kolik ist kein Witz!«, rechtfertigte er sich. »Nein, das glaube ich ja. Aber ich habe damit nichts zu tun. Eher Ihr Alkoholmissbrauch, der Stress …«, mutmaßte sie.
Wöller nickte langsam. Dann meinte er: »Wie sehen Sie überhaupt aus?« – »Tut mir Leid!«, sagte Lotte lächelnd. »Schade!« Wöller war richtig enttäuscht. »Und ich Rindvieh dachte schon, ich könnte Sie jetzt …« Er ersparte sich und Lotte das Ende des Satzes und sperrte gewohnheitsmäßig das Rathaus auf. »Immerhin sind Sie zurückgekommen«, lobte ihn Lotte, »das ist schon mal ein Anfang!« Wöller sah sie fast bewundernd an. Dann meinte er: »Ach, Schwester. Wissen Sie was? Ich gehe jetzt hoch und hole meine Tabletten. Dann gehen wir in den ›Ochsen‹ und reden endlich mal Tacheles. Und ich verspreche Ihnen jetzt schon, hier auf den Stufen des Kaltenthaler Rathauses, dass ich Ihnen eine Opposition liefern werde – dagegen war der Dreißigjährige Krieg ein Kirchentag in Köln!« – »Amen!«, sagte Lotte lachend. Dann stieg auch sie die Treppen zur Rathaustür hinauf, an der Wöller immer noch stand. Und mit einladender Geste sagte er: »Bitte, nach Ihnen, Frau Bürgermeister!«